KEVIN J. ANDERSON (Hrsg.)

Star Wars –
Palast der dunklen Sonnen

Die Star-Wars-Saga im Goldmann Verlag:

Krieg der Sterne/Das Imperium schlägt zurück/
Die Rückkehr der Jedi-Ritter.
Drei Romane in einem Band (23743)

Alan Dean Foster:
Skywalkers Rückkehr. Roman (25009)

Kevin J. Anderson (Hrsg.):
Sturm über Tatooine (43599)
Kevin J. Anderson (Hrsg.):
Palast der dunklen Sonnen (43777)

Timothy Zahn: Erben des Imperiums.
Roman (41334)
Timothy Zahn: Die dunkle Seite der Macht.
Roman (42183)
Timothy Zahn: Das letzte Kommando.
Roman (42415)

Brian Daley: Han Solos Abenteuer.
Drei Romane in einem Band (23658)

L. Neil Smith: Lando Calrissian – Rebell des Sonnensystems.
Drei Romane in einem Band (23684)

Michael Stackpole: X-Wing – Angriff auf Coruscant.
Roman (43158)
Michael Stackpole: X-Wing – Die Mission der Rebellen.
Roman (24766)

Weitere Bände in Vorbereitung.

KEVIN J. ANDERSON
(HRSG.)

STAR WARS®

PALAST DER DUNKLEN SONNEN

Aus dem Amerikanischen von
Andreas Decker

GOLDMANN

Die amerikanische Originalausgabe erschien 1996
unter dem Titel
»Star Wars: Tales from Jabba's Palace«
bei Bantam Books, New York

Umwelthinweis:
Alle bedruckten Materialien dieses Taschenbuches
sind chlorfrei und umweltschonend.
Das Papier enthält Recycling-Anteile.

Der Goldmann Verlag
ist ein Unternehmen der Verlagsgruppe Bertelsmann

Deutsche Erstveröffentlichung 9/97

Umschlaggestaltung: Design Team München
Cover art by Stephen Youll

Satz: deutsch-türkischer fotosatz, Berlin
Druck: Elsnerdruck, Berlin
Verlagsnummer: 43777
VB · Redaktion: Gerd Rottenecker
Herstellung: Sebastian Strohmaier
Made in Germany
ISBN 3-442-43777-6

1 3 5 7 9 10 8 6 4 2

Für Sue Rostoni

die hilfreicher war, als es Jabbas Höflinge jemals hätten sein können, Vorschläge machte, Hindernisse aus dem Weg räumte und mich durch ein Labyrinth aus Details navigierte, das selbst einem Hutt Kopfschmerzen bereitet hätte.

»Wenn ich dir nur die Hälfte dessen erzählen würde, was mir über Jabba den Hutt zu Ohren gekommen ist, würdest du wahrscheinlich auf der Stelle einen Kurzschluß kriegen!«

C-3PO zu R2-D2

INHALT

EINFÜHRUNG

Jabba der Hutt hat viele Feinde.

Von einigen als »abscheulicher Verbrecher« bezeichnet, hat Jabba mittels krimineller Methoden große Macht und Reichtum angehäuft, was ihn nun in seiner schwerbewachten Zitadelle unter den Zwillingssonnen Tatooines in eine gefährliche Position brachte. Obwohl nur wenige Jabbas Reichtum ganz offen begehren, hält es sie nicht davon ab, hinter seinem Rücken Komplotte zu schmieden.

Die Whipidin Lady Valarian, der das Hotel und Casino Zum Glücklichen Despoten gehört, ist Jabbas größte Rivalin. Haarig und hauerbewehrt, mit einem unersättlichen Appetit auf die Männchen ihrer Spezies ausgestattet (manche behaupten, dies sei wortwörtlich zu verstehen), bemüht sie sich, keine Aufmerksamkeit zu erregen, und plant auf lange Sicht.

Der auf Tatooine stationierte Präfekt Eugene Talmont ist der Befehlshaber der imperialen Garnison. Er haßt den Posten auf dem Hinterwäldlerplaneten und hofft, daß ihm die Beseitigung Jabbas einen Weg aus diesem öden Loch verschaffen könnte, in dem er gelandet ist.

Dann ist da der geheimnisvolle Orden der B'omarr-Mönche, die einst die gewaltige Zitadelle in der Wüste erbauten, weil sie dort die Einsamkeit suchten. Die Mönche, die völlig von ihren geistigen Interessen in Anspruch genommen werden, scheint die Tatsache nicht zu stören, daß sich Jabba – wie in den Jahrzehnten zuvor andere Banditen vor ihm – ihrer Steinfestung bemächtigt hat. Aber niemand kann wissen, was die stillen, verschlossenen Mönche tatsächlich denken.

Jabba ist immer auf der Hut, aber er hat nicht den leisesten Verdacht, daß seine Nemesis in Form eines einzelnen Jedi-Ritters erscheinen wird, der allein aus der Wüste kommt …

Anmerkung: Um den Lesern die Lektüre zu erleichtern, wurden alle nichtmenschlichen Sprachen in Basic übersetzt.

Ein Junge und sein Monster:

Die Geschichte des Rancorhüters

Kevin J. Anderson

Die Spezialfracht

Das nicht identifizierte Raumschiff ritt auf einem Flammenstrahl durch die kühle Atmosphäre Tatooines und zog eine öligschwarze Rauchwolke hinter sich her. Der Himmel erbebte wie durch eine ins Tal niedergehende Lawine, als das abstürzende Schiff einen Überschallknall nach dem anderen produzierte.

Unten zog der Sandkrabbler der Jawas auf der Suche nach weggeworfenem, vergessenem und doch so kostbarem Schrott seine endlose Bahn durch das Dünenmeer. Es war reiner Zufall, daß der Krabbler nur zwei Dünen entfernt stand, als das außer Kontrolle geratene Raumschiff auf dem Ozean aus blendendem Sand auftraf und einen Staubtrichter in die Höhe schleuderte, der im Licht der gleißenden Zwillingssonnen wie Katzengold schimmerte.

Tteel Kkak, der Lenker des verrosteten Sandkrabblers, starrte aus dem schmalen Fenster hoch oben auf dem Brückendeck und konnte einfach nicht glauben, welch einen Schatz das Glück seiner Ahnen in seinen Schoß fallen ließ. Die ein Jahr dauernde Fahrt seines Krabblers durch das Ödland war so gut wie ergebnislos gewesen, und er hätte sich geschämt, mit so wenig in den Händen zur verborgenen Festung seines Clans zurückzukehren – aber jetzt lag ein unberührtes Raumschiff in seiner Reichweite, auf das kein anderer Schrottsammlerclan einen Anspruch erhob und an dem der Zahn der Zeit noch nicht genagt hatte.

Die uralten Energiemeiler setzten den gewaltigen Sandkrabbler in Bewegung. Er schob sich über den Sand, als die breiten Ketten auf dem trügerischen Untergrund Halt fanden und breite, schnurgerade Linien hinterließen, die direkt auf das qualmende Wrack zuhielten.

Das Schiff lag in einem Krater aus lockerem, aufgewühltem Sand, der möglicherweise den Aufprall gedämpft hatte; ein Teil der Fracht war sicher unversehrt. Die gepanzerten Frachträume und Teile des Computerkerns waren unter Umständen noch zu retten. Zumindest hoffte das Tteel Kkak.

Jawas schwärmten aus dem Sandkrabbler auf das Wrack zu; alles Schrottsammler des Clans Kkak – kleine, vermummte, modrig riechende Kreaturen, die schnatternd Anspruch auf ihre Beute erhoben.

Die erste Gruppe Jawas trug chemische Feuerlöscher, mit denen sie das glühend heiße Metall besprühten, um weitere Schäden zu verhindern. Sie suchten nicht nach möglichen Überlebenden des Absturzes, die waren zweitrangig. Überlebende Passagiere oder Besatzungsmitglieder würden den Bergungsanspruch der Kkak nur komplizieren. Verletzte, die sich in solchen Wracks befanden, überlebten nur selten Erste Hilfe auf Jawa-Art.

Die Jawas verbrauchten zwei Batteriesets, bis die fauchenden alten Laserschneidbrenner einen Weg durch die Hülle bis zur gepanzerten Brücke geschnitten hatten. Die verlassenen Kommandostationen wurden vom fahlen Licht der Notfallsysteme und dem flackernden Schein der im Inneren noch brennenden Elektronikkomponenten erhellt.

Tteel Kkaks empfindliche Nase roch beißende chemische Dämpfe und sich kräuselnden graublauen Qualm – aber es lag ein deutlich wahrnehmbarer Hauch metallisch schmeckender Furcht in der Luft, der Kupfergeruch vergossenen und verbrannten Bluts. Er wußte, daß er im Kapitänssessel keinen Lebenden antreffen würde. Worauf er jedoch nicht vorbereitet gewesen war, war das Fehlen jeglicher Leichen – hier gab es nur überall dunkle, feuchte Blutspuren und an den Wänden die zerschmolzenen sternförmigen Einschläge von Blasterschüssen.

Die anderen Jawas öffneten das Hauptschott und drängten zwitschernd herein. Erkundungsteams schwärmten in die Überreste des Schiffs aus, besprühten qualmende Sektionen und zwängten sich durch zerborstene Wände, um im Frachtraum weitere Schätze zu finden.

Tteel Kkak befahl einem der jüngeren Clanmitglieder, sein Können zu demonstrieren, indem er den Hauptcomputer der Brücke anzapfte und die Registrierungsnummer und den Eigner des Raumschiffs kopierte, nur für den Fall, daß eine große Prämie ausgesetzt werden sollte; eine Belohnung, die man lediglich dafür erhielt, daß man den Aufenthaltsort des Schiffes meldete – natürlich nachdem sie sämtliche Wertsachen ausgebaut hatten.

Das junge Clanmitglied – der fünfte Sohn von Tteel Kkaks dritter Schwester und ihrem Hauptgefährten – holte ein zerschrammtes Lesegerät mit einem flachen Bildschirm hervor, aus dessen einem Ende nackte Drähte baumelten. Mit seinen nagetierähnlichen Krallen schob er die Zugangsklappe der Kommandokonsole beiseite und quiekte, als beim Zusammendrehen der Drähte Funken aufstoben. Er stopfte die Leitungsdrähte in andere Buchsen, stellte die Verbindung mit den immer schwächer werdenden Notstrombatterien des Schiffes her und rief die Informationen auf, die in grün phosphoreszierenden, flackernden Buchstaben über den Bildschirm wanderten.

Bei dem Kapitän des Raumschiffs hatte es sich um einen Menschen namens Grizzid gehandelt, und Tteel Kkaks Träume erhielten einen Dämpfer. Er hatte auf einen bekannten Würdenträger oder VIP-Passagier gehofft.

Dieser Grizzid kam aus dem Tarsunt-System, ein Ort, von dem Tteel Kkak noch niemals gehört hatte. Das war alles völlig uninteressant, darum wies er seinen jungen Assistenten an, nach wichtigeren Informationen zu suchen – der Ladeliste.

Als die nächsten Buchstaben über den Bildschirm scrollten, flackerte das Gerät, und der junge Jawa mußte ein paarmal dagegenschlagen, bis es wieder funktionierte. Die Ladeliste war erschreckend kurz, und Tteel Kkaks klopfendes Herz sank. Ein Gegenstand, der nur mit der Bezeichnung »Spezialfracht« gekennzeichnet war, war von einem bothanischen Händler namens Grendu an Bord gebracht worden, einem Verkäufer »seltener Antiquitäten«, der auf extreme Vorsichtsmaßnahmen bestanden hatte. Der größte Teil des Frachtraums wurde von einem zusätzlich verstärkten Duraniumkäfig in Beschlag genommen.

Tteel Kkak entließ Enttäuschungspheromone in die Luft, die stark genug waren, selbst den bitteren Brandgeruch zu überdekken. Sollte dieser Käfig nicht tatsächlich außerordentlich widerstandsfähig sein, war die kostbare Spezialfracht – was auch immer sie darstellen mochte – mit Sicherheit bei dem Absturz getötet worden.

Er hatte den Gedanken noch nicht zu Ende gedacht, als kreischende Schmerzens- und Entsetzensschreie ertönten – zusammen mit einem Grollen, das aus dem Inneren des Wracks kam. Es war ein Baßton, der die Knochen erzittern ließ, tief genug, um die Schiffstrümmer vibrieren zu lassen.

Über die Hälfte der Jawas schoß klugerweise aus der Öffnung im Rumpf und floh zurück in die Sicherheit des Sandkrabblers; Tteel Kkak war der Lenker und Clanstellvertreter, er war für die Bergungsoperation verantwortlich. Obwohl es sicher am klügsten gewesen wäre, konnte er nicht einfach vor einem lauten, furchteinflößenden Geräusch davonlaufen. Er wollte herausfinden, was das für ein Ding war. Vielleicht stellte sich die »Spezialfracht« ja doch noch als wertvoll heraus.

Er packte den Arm seines jungen Assistenten, der den unangenehmen Geruch finsterer, metallischer, eiskalter Angst ausschied. Als sie die abwärts führenden Korridore entlangliefen, wurden sie beinahe von sieben kreischenden, flüchtenden Jawas über den Haufen gerannt, die unverständliche Worte quiekten und einen undefinierbaren Geruch ausströmten, der nichts als würgende Furcht vermittelte.

Langgezogene Blutspuren bedeckten den Boden, dazu kamen riesige rote Fußabdrücke. Ein Stück weiter vorn im Korridor waren alle Lichter ausgebrannt; das Schiff ächzte und knirschte, als die Brände erloschen und die Wüstensonne den Rumpf aufheizte. Wieder erscholl das hallende, laute Grollen.

Der junge Assistent riß sich aus Tteel Kkaks Griff los und schloß sich den anderen Flüchtenden an. Nun ganz allein schlich der Lenker leise und vorsichtig weiter. Auf dem Boden lagen abgenagte Knochen, die aussahen, als hätte jemand das Fleisch mit säbelähnlichen Reißzähnen abgeschabt und die Reste wie weiße Stöcke beiseite geworfen.

Ein Stück voraus lauerte der Durchgang zum unteren Frachtraum wie die schwarze Augenhöhle eines Totenschädels. Ein Gewirr von nach außen gebogenen Gitterstäben bedeckte die Öffnung. Das Tor war aus den Angeln gerissen worden – aber soweit Tteel Kkak es beurteilen konnte, nicht in den letzten Augenblikken und auch nicht während des Absturzes. Das war schon einige Zeit her.

Etwas Riesiges bewegte sich in den Schatten, knurrte, schlug zu. Tteel Kkak vermutete, daß das Ding aus seinem Käfig ausgebrochen war, als das Schiff sich Tatooine näherte. Danach hatte es sich wieder in seinen Schlupfwinkel zurückgezogen, um die restlichen Crewmitglieder in Ruhe verschlingen zu können. Aber der Absturz des steuerlosen Schiffs hatte die dicken Wände zusammengedrückt und das Ding in dem Käfig gefangengesetzt, der es gleichzeitig vor dem Tod beim Aufprall bewahrt hatte.

Angetrieben von einer todbringenden Neugier, die noch größer als seine Angst war, schlich Tteel Kkak näher. Er konnte das Ding jetzt riechen: ein durchdringender, feuchter Gestank nach Gewalt und verfaulendem Fleisch. Zerrissene Fetzen mehrerer Jawa-Roben lagen herum, und der Geruch von saurem Jawa-Blut hing in der Luft.

Einen Schritt vor der Öffnung zögerte Tteel Kkak – und eine riesige Krallenhand, größer als sein ganzer Körper, schoß wie ein gezackter Blitz in der Sandwirbelzeit hervor. Der Jawa stolperte rückwärts und fiel flach auf den Rücken. Die monströse Klauenhand, der einzige Teil der Kreatur, der durch die Öffnung paßte, schien die Raumzeit selbst aufzureißen. Krallen trafen die Korridorwand, fuhren quietschend über die Stahlplatten und hinterließen parallele weiße Furchen.

Bevor das Ungeheuer erneut zuschlagen konnte, sprang Tteel Kkak auf die Füße und wieselte den abschüssigen Korridor hinauf zur Öffnung in der Zentrale. Doch bevor er die Hälfte der Strecke zurückgelegt hatte, fing er an, die Situation neu zu überdenken und sich zu fragen, wie er doch noch einen Gewinn aus dem Wrack ziehen konnte.

Er kannte nur eine Person, die an dieser schrecklichen, gefährlichen Kreatur durchaus Gefallen finden würde: Sie hauste auf der anderen Seite des Dünenmeeres in einer alten, düsteren Zitadelle, die dort seit Jahrhunderten stand.

Tteel Kkak würde den größten Teil des verwertbaren Schrottmaterials einbüßen, aber mit diesem Monster wollte er nichts zu tun haben. Er hoffte, er würde Jabba den Hutt überreden können, ihm wenigstens einen ordentlichen Finderlohn zu zahlen.

Die Haltung und Ernährung eines Rancors

Malakili, professioneller Monstertrainer und Raubtierdompteur, wurde ohne viel Aufhebens vom Zirkus Horrificus – einer Show exotischer Monstrositäten, die von System zu System reiste und Zuschauermengen in Furcht und Staunen versetzte – abgetreten. Zumindest stand das Wort »abgetreten« in seiner Vertragsdatei, aber die Wahrheit sah so aus, daß Malakili wie ein Sklave gekauft und dann in aller Eile zu dieser schrecklichen Pestbeule von einem Wüstenplaneten gebracht worden war.

Als Malakili in die betäubende Hitze der Sonnen von Tatooine trat, vermißte er bereits die vielen blutdürstigen exotischen Kreaturen, die er jahrelang betreut hatte. Niemand verstand genau, was er eigentlich tat. Aber außer ihm verstand auch niemand mit den empfindlichen und oftmals schnell erregbaren Bestien umzugehen, die vorgeführt wurden. Die Zirkusvorstellungen würden zweifellos sehr blutig werden, wenn die unerfahrenen Dompteure die Kunststücke ausprobierten, für die Malakili berühmt war. Ohne seine Dienste würde der Zirkus Horrificus schlechten Zeiten entgegengehen.

Aber als Malakili vor den aufragenden Türmen einer hoch oben auf den Klippen gelegenen Zitadelle aus dem privaten Landgleiter ausstieg, begriff er langsam die Bedeutung und die Macht des Wesens, das Jabba der Hutt genannt wurde.

Die Felsmauern des Palastes ächzten unter der brennenden Hitze der Zwillingssonnen. Am Fuß eines der Türme rasselte ein mit Zacken versehenes Fallgatter in die Höhe, und zwei humanoide Außenweltler traten aus den Schatten. Der eine trug ein fließendes, schwarzes Gewand, das die Blässe seiner käsig-weißen Haut, die funkelnden Augen und den reißzahnbewehrten Mund betonte. Zwei lange, dicke Tentakel wuchsen aus seinem Hinterkopf, von denen der eine seinen Hals wie eine Garotte umschmiegte. Malakili kannte die Spezies, ein Twi'lek, eine jener herzlosen Kreaturen von dem unwirtlichen Planeten Ryloth, die den Ruf hatten, die Seiten schneller zu wechseln, als eine Brise in der Wüste die Richtung änderte.

Neben dem Twi'lek stand ein narbiger, graugesichtiger Mensch, dem äußeren Anschein nach ein Corellianer, dessen Gesicht sowohl von den Pockennarben einer Krankheit als auch der seit langem verheilten Narbe einer schlimmen Blasterfeuerverbrennung verunstaltet war. Sein Haar war schwarz bis auf eine weiße

Strähne, die sich wie die Flamme einer Notfallfackel quer hindurchzog.

»Du bist Malakili«, sagte der Twi'lek. Es war keine Frage. »Ich bin Bib Fortuna, und das hier ist Bidlo Kwerve, mein Kollege.«

Kwerve nickte, aber der Blick seiner smaragdgrünen Augen blieb wie festgenagelt auf Malakili gerichtet. Malakili zuckte darunter zusammen. Mit der richtigen Ausbildung hätte aus dem Corellianer ein guter Raubtierdompteur werden können, fand er.

Ein Leben voll harter Arbeit und das Ringen mit starken Kreaturen hatten aus Malakili einen muskulösen Mann gemacht. Sein Gesicht war verzerrt und häßlich, seine Augen weit und rund wie Vollmonde, und das gute Essen, in dessen Genuß er als Star des Zirkus Horrificus gekommen war, hatte ihm einen mächtigen Bauch beschert. Aber Malakili war sein Aussehen ziemlich egal. Er war nicht darauf aus, jemanden zu beeindrucken. Solange die Monster ihn respektierten, war er zufrieden.

»Wir sind Jabbas Leutnants. Wir haben dich kommen lassen«, sagte Bib Fortuna.

»Warum?« fragte Malakili mit schroffer Stimme und in die dikken Hüften gestemmten Fäusten.

»Wir haben ein Geschenk für Jabba«, fuhr Fortuna fort. »Ein Schiff mit einer ganz speziellen Fracht ist in der Wüste abgestürzt, eine Kreatur, die anscheinend niemand kennt. Bidlo Kwerve brauchte acht Gasgranaten, um das Monster soweit zu betäuben, daß wir es in einen der Kerker unter dem Palast transportieren konnten.« Der Twi'lek rieb sich die Krallenfinger. »Morgen ist der Geburtstag unseres Herrn. Er war geschäftlich unterwegs, um in Mos Eisley eine Bar zu kaufen. Aber morgen ist er wieder zurück, und wir wollen ihn überraschen. Bei einer Kreatur dieser, äh, Größe und dieses Temperaments wollten wir natürlich, daß sie mit ihrem eigenen Hüter kommt.«

»Aber warum ich?« Malakilis Worte waren unzufriedene Grunzer. An längere Unterhaltungen war er nicht gewohnt. »Mein alter Job hat mir gefallen.«

»Ja«, erwiderte Bib Fortuna und ließ nadelspitze Zähne aufblitzen. »Du hast sieben Saisons beim Zirkus Horrificus verbracht und seine Monster dressiert, ohne gefressen zu werden. Das ist ein Rekord, mußt du wissen.«

»Ich weiß«, sagte Malakili. »Ich mag Monster.«

Bib Fortuna ließ die Krallen zusammenklicken. »Dann wirst du von dem hier *begeistert* sein!«

Bib Fortuna und Bidlo Kwerve zogen sich in die tiefen Schatten des Verlieses zurück, als Malakili durch das vergitterte Guckloch in die Käfiggrube starrte. Die riesige Bestie hatte ihn in ihren Bann geschlagen.

Jeder ihrer Atemzüge endete als Grollen. Selbst in der Dunkelheit konnte man das Aufblitzen ihrer kleinen runden Augen sehen. Sie bewegte sich mit einer schnellen, fließenden Anmut, die viele gelenkige Kreaturen von der halben Größe nicht zustande gebracht hätten.

»Großartig«, stieß Malakili durch die dicken Lippen hervor. Tränen so kalt wie Eis sickerten seine Wangen herab. In seinem ganzen Leben hatte er noch nie so etwas Schönes gesehen.

»Habe ich es dir nicht gesagt?« meinte Bib Fortuna.

»Ich glaube ...« Malakili holte tief Luft, noch immer fast sprachlos und zögernd, seinen Verdacht in Worte zu fassen. »Ich glaube, das ist ein Rancor. Ich habe schon von ihnen gehört, hätte mir aber niemals im Leben träumen lassen, je einen von ihnen zu Gesicht zu bekommen.«

»Du siehst nicht nur einen«, sagte Bib Fortuna. »Er ist dein. Du mußt dich um ihn kümmern.«

Malakilis Brust schwoll vor Stolz an, und er strahlte Jabbas Leutnants an. »Das will ich tun, so gut ich kann«, versprach er.

Der aufgedunsene Verbrecherlord Jabba der Hutt wußte einfach alles, so daß es unmöglich war, ein Geheimnis vor ihm zu bewahren – selbst ein angeblich geheimes Geburtstagsgeschenk. Als die beiden Leutnants Jabba zum Geburtstag gratulierten – Malakili stand hinter ihnen –, benahmen sie sich trotzdem so, als würden sie ihm eine große Ehre erweisen.

»Was nun unser Geschenk angeht, großer Jabba«, sagte Bib Fortuna, »so haben wir ein prächtiges und exotisches neues Schoßtier für Euch gefunden – ein bösartiges Monster, das man Rancor nennt. Das ist sein Hüter.« Ohne sich umzudrehen, deutete er mit einer gefährlich aussehenden Kralle auf Malakili, der noch immer nur mit einem Lendenschurz und einem schwarzen Kopftuch bekleidet war. Er hatte seine nackte Brust gewaschen und den Bauch poliert, um bei der ersten Begegnung mit seinem neuen Herrn präsentabel zu sein.

Jabba beugte sich vor und blinzelte. Eine Zunge von der Größe eines menschlichen Oberschenkels strich eine neue Schleimschicht über die wulstigen Lippen. Seine Plattform glitt nach vorn, näher an das im Boden eingelassene Gitter heran.

Unten stapfte der Rancor in seinem feuchten Gefängnis umher und machte dabei Geräusche wie nasses, zerreißendes Papier. Jabba erbebte vor Freude. Malakili bemerkte, wie sich Bib Fortunas und Bidlo Kwerves verkrampfte Schultern sichtlich entspannten, als sie sahen, daß Jabba zufrieden war. Das gab Bidlo Kwerve den nötigen Mut, denn er trat vor und sprach, es war das erste Mal, daß Malakili den narbigen Corellianer ein Wort sagen hörte.

»Ich habe die eigentliche Gefangennahme vorgenommen, Meister Jabba.« Er hatte eine hohe, krächzende Stimme – Malakili fand sie ziemlich weinerlich. Kein Wunder, daß Bidlo Kwerve die meiste Zeit den Mund hielt.

Jabba setzte sich plötzlich auf, überrascht. Bib Fortuna fuchtelte wild mit den Händen herum, um Schadensbegrenzung zu betreiben. »Ja, Meister, Bidlo Kwerve spricht die Wahrheit, aber ich habe mich um … den ganzen organisatorischen Kleinkram gekümmert. Ihr wißt, wie schwierig diese Dinge sein können.«

Jabba beugte sich wieder vor, um den Rancor zu betrachten.

Er seufzte vor Begeisterung. Bib Fortuna erklärte die Funktion der neuen Falltür, die sie vor dem Podium installiert hatten, da sie vorausgesehen hatten, welches Vergnügen es Jabba bereiten würde, Feinde in die Rancorgrube zu befördern. Salacious Crumb, der großmäulige kowakianische Echsenaffe, lachte und schnatterte auf Jabbas Schulter, wiederholte manchmal Worte oder bildete seine eigenen sinnlosen Sätze.

»Ich bin hocherfreut«, sagte Jabba.

Malakili stellte die Ohren auf Empfang, machte aber ein unbeteiligtes Gesicht. Er hatte vor vielen Jahren die Sprache der Hutts zu sprechen gelernt, da das mit Abstand blutdürstigste Publikum des Zirkus Horrificus kaltherzige Hutts waren, die gern zusahen, wie andere Geschöpfe gequält wurden.

»Ich werde euch großzügig belohnen«, sagte Jabba. »Einer von euch soll mein neuer Majordomus werden, meine neue rechte Hand, die mir assistiert und während meiner Abwesenheit im Palast befiehlt. Der andere ... soll eine noch größere Belohnung erhalten, die in die Geschichte eingehen wird.«

Bib Fortuna verbeugte sich, seine Kopfschwänze zuckten. Er schien angespannt zu sein, obwohl Malakili das nicht verstehen konnte. Bidlo Kwerve sah zufrieden und sorglos aus. »Master«, sagte Fortuna, »die Stellung des Majordomus würde mich zufriedenstellen. Wie Bidlo Kwerve hervorhob, hat er Euch den größeren Dienst erwiesen. Bitte erlaubt ihm, dafür die größere Ehre zu empfangen.«

Der Corellianer blinzelte und warf ihm aus seinen eisgrünen Augen einen mißtrauischen Blick zu. Jabba nickte. »Gut«, sagte der Hutt.

Kwerve trat vor. Er widmete Bib Fortuna einen zweiten Blick. »Was hat er gesagt?« Jetzt verstand Malakili das aufgeschreckte Blinzeln des Corellianers. Bidlo Kwerve konnte kein Huttisch!

Bib Fortuna bedeutete ihm, noch einen Schritt nach vorn zu machen, während er selbst einen Schritt zurücktrat. Kwerve streckte das pockennarbige Kinn in die Luft und stellte sich vor Jabba hin, um seine Belohnung in Empfang zu nehmen.

»Du sollst das erste Opfer sein, das ich an meinen Rancor verfüttere«, sagte Jabba. »Ich werde deinem Kampf zusehen und mich für alle Zeiten daran erinnern.«

Salacious Crumb schnatterte wie ein Verrückter. Jabbas Gefolge im Thronsaal kicherte. Bidlo Kwerve sah zu Bib Fortuna hin, und es war klar, daß er nicht wußte, was Jabba gesagt hatte.

Als der Corellianer das Gesicht abwandte, drückte Jabba den Knopf, der die Falltür öffnete. Der Boden unter Bidlo Kwerve gab nach.

In den folgenden Jahren waren sich alle einig, daß Bidlo Kwerve einen grandiosen Kampf geliefert hatte. Der Corellianer hatte es irgendwie geschafft, einen kleinen Blaster in seinem Körperpanzer zu verbergen – was in Jabbas Gegenwart strengstens verboten war. Aber die grenzenlose Wildheit, die der Rancor an den Tag legte, als er seit seiner Gefangennahme auf Tatooine die erste lebendige Mahlzeit verschlang, verblüffte die Zuschauer noch mehr.

Malakili verfolgte den Sieg des Monsters und fühlte sich in seinem Inneren ganz warm, wie ein stolzer Vater.

Zahnärztliche Hilfe

Im Verlauf der nächsten Monate bereitete das neue Schoßtier Jabba ein außerordentliches Vergnügen, und er ersann die unterschiedlichsten Opfer und Kämpfe für das Monster.

Bib Fortuna rückte in der Organisation des Verbrecherlords in den Vordergrund. Doch Malakili blieb in der unteren Ebene des Palastes und unterhielt sich nur mit den paar Bewohnern, die es ebenfalls vorzogen, sich statt in Jabbas unmittelbarer Nähe – oder

der seiner Gefolgsleute –, in der feuchten Kühle und der Anonymität der Schatten aufzuhalten.

Bei seinen Streifzügen, bei denen Malakili zusätzliches Futter für seinen Schützling auftrieb, lernte er Porcellus, Jabbas Küchenchef, recht gut kennen. Der Mann war ein begabter Koch, der in der ständigen Angst lebte, etwas zuzubereiten, das Jabba nicht schmeckte, woraufhin sein Leben und sein kulinarisches Geschick verwirkt wären. Malakili warf frische, blutige Fleischbrokken durch die Gitterstäbe in das Rancorgehege, und mit der Zeit schien ihn das Monster als Betreuer zu akzeptieren.

Für diejenigen, die um Jabbas Anerkennung buhlten, wurde es bald ein Spiel, neue Gegner für den Rancor zu finden. Zuerst begegnete Malakili den Herausforderungen mit Stolz und Zuversicht, wußte er doch genau, daß sich die lauernde Killermaschine jede Beute einverleiben würde – aber mit der Zeit wurde ihm bewußt, daß Jabba den Rancor nicht auf die gleiche Weise wie er schätzte. Für den Hutt war er bloß eine Ablenkung, und sollte jemand ein Monster finden, das den Rancor besiegte, würde Jabba einfach erfreut sein, ein neues Spielzeug zu haben. Der Hutt machte sich nichts aus der großartigen Bestie. Er wollte sie einfach nur immer wieder auf die Probe stellen, bis sie versagte.

Der Rancor wurde das erste Mal verletzt, als Jabba drei caridanische Kampfarachniden in die Grube warf. Die Kampfarachniden hatten zwölf Beine und einen blutroten, mit kastanienbraunen Flecken gesprenkelten Körperpanzer, der so widerstandsfähig wie eine dünne, aus reinem Diamant bestehende Platte war. Die Körper waren so dicht mit nadelscharfen Stacheln übersät, daß man nur mit Mühe feststellen konnte, wo die Stacheln aufhörten und die messerscharfen Beine anfingen. Dafür konnte man die Raubtierrachen nicht übersehen, gezackte Kolben von der dreifachen Größe der granatenförmigen Köpfe, die kräftig genug waren, um die Hülle eines gepanzerten Transporters aufzureißen.

Als sich die Tore der angrenzenden Zellen öffneten und die

drei wütenden Kampfarachniden mit einem Donnern herausstürmten, das von den drei Dutzend Beinen verursacht wurde, wichen Malakili und der Rancor überrascht zurück – ganz so, als wären sie psychisch miteinander verbunden. Von oben hallte Jabbas brüllendes Lachen durch das Beobachtungsgitter, begleitet vom Jubel und den Schmährufen der einfältigen Speichellecker, die sich dort drängten, um ihre Loyalität zu zeigen.

Der Rancor beugte sich vor, breitete die Hände aus, blinzelte mit den kleinen dunklen Augen und brüllte herausfordernd.

Die drei Kampfarachniden schwärmten scheinbar lautlos vorwärts, aber ein hohes Pochen ließ Malakilis Ohren schmerzen; anscheinend kommunizierten die Arachniden auf einer Hochfrequenz-Ebene miteinander.

Ein Arachnid lief direkt zwischen die Beine des Rancors. Das Monster bewegte sich viel zu langsam, um auf diese unerwartete Taktik zu reagieren: Es fuhr mit zu Fäusten geballten Klauen über den Boden, aber der Arachnid entkam auf die andere Seite.

Während der Rancor abgelenkt war, warfen sich die beiden anderen Arachniden auf seine lederhäutigen Beine und schnitten ihn mit ihren Stacheln. Der Rancor schlug eine der Kreaturen beiseite; sie prallte so hart gegen die Wand, daß der Panzer knirschend zerbarst und sich die weichen inneren Organe auf die Splitter aufspießten.

Aber der Rancor heulte vor Schmerz auf und hielt die Hand hoch. Zwei dunkel tropfende Stellen verrieten, wo die langen Stacheln des Arachniden sie durchbohrt hatten.

Der zweite Kampfarachnid klammerte sich an der Rückseite des Rancorbeins fest, wo sich die Muskeln wie Durastahlkabel anspannten. Die mächtigen Mandibel schnappten zu und verbissen sich mit der ganzen rücksichtslosen mechanischen Kraft, die der Kampfarachnid aufbringen konnte.

Fauchend beugte sich der Rancor vor und versuchte die Mandibel mit den schaufelähnlichen Klauen loszureißen; als ihm das nicht gelang, riß er statt dessen am Kopf des Arachniden.

Als sich der Rancor tief nach vorn beugte, sprang der dritte Kampfarachnid von hinten auf seinen massigen Rücken. Die Kreatur fügte ihm mit den scharfen Beinen lange Schnitte zu, bohrte die Stacheln in ihn und riß große Löcher in die Rancorhaut.

Mit einem verwirrten Quieken, das deutlich Schmerz verriet, bäumte sich der Rancor auf, stolperte rückwärts und warf sich gegen die Steinblöcke der Wand. Er rammte immer wieder dagegen und zerschmetterte den harten Panzer des Arachniden, der an seinem Rücken klebte, bis das Ding mit zuckenden, verkrümmten Beinen auf dem schuttübersäten Steinboden lag.

Der letzte überlebende Arachnid verbiß sich noch immer in das sehnige Bein. Schließlich tastete der Rancor nach den kräftigen Mandibeln – wobei er den Anschein erweckte, als könnte er wegen der Schmerzen nicht mehr klar denken –, packte den Kopf des Monsters, riß ihn ab und stemmte den Körper in die Höhe; aus der Halsöffnung baumelten hellrote Ganglien. Der Kopf selbst blieb im Bein des Rancors verbissen, und seine Reflexe ließen die Kiefer weiter zupacken.

Unfähig, seine Wut anders abzureagieren, stopfte sich der Rancor den stacheligen, gepanzerten Körper des Kampfarachniden in den zahnstarrenden Rachen und biß zu, zerschmetterte das spitze Nadelkissen des Arachnidenkadavers. Eine scharlachrote Flüssigkeit spritzte aus dem Rachen, die aus dem zerstörten, aufgedunsenen Leib stammte – aber sie vermischte sich mit einer andersfarbigen Flüssigkeit: Rancorblut. Der Biß auf den Kadaver des letzten Feindes hatte das Innere seines Rachens in Streifen geschnitten.

Malakili fing an, entsetzt vor sich hinzumurmeln. Der Rancor war verletzt, er blutete aus vielen Wunden. Während er automatisch auf dem spröden, stachligen Arachniden herumkaute, riß er sich den Kopf aus dem Bein, wobei er einen blutigen Brocken eigenes Fleisch mit herausriß.

Malakili wollte etwas tun, er wollte in die Grube eilen und dem

Rancor in seinem Schmerz helfen – aber er wagte es nicht. Das Ungeheuer war von solch blinder Wut erfüllt, daß es den Unterschied zwischen Freund und Feind nicht erkennen würde. Malakili biß sich auf die Knöchel und versuchte zu entscheiden, was er nun tun sollte, während der Rancor dort stand, sich wand und blutete.

Plötzlich landeten mit einem dumpfen Laut vier Granatenkanister in der Grube und spien ihre Ladung Betäubungsgas aus. Undurchdringliche Metallplatten schoben sich über die Gitterfenster und versiegelten die Ventilationsschächte, um das Gas so lange in dem Raum zu halten, bis der Rancor ausreichend betäubt war.

Hinter Malakili bewegte sich jemand, und als er sich umdrehte, sah er Gonar, einen der Aufdringlichen, die sich anscheinend nicht entscheiden konnten, ob sie in Malakilis Nähe herumhängen und den Rancor beobachten oder oben im Thronsaal bei Jabba Punkte machen wollten.

»Jabba will die Panzer der Kampfarachniden«, sagte Gonar und nickte dabei wie eine Marionette. Seine Nase war so platt und nach oben gebogen wie die eines Gamorreaners, sein Haar hing in schmierigen, rötlichen Locken herab, als würde er es mit frischem Blut stylen.

Malakili hielt sich den Schmerbauch; er war benommen, stand kurz davor, sich zu übergeben. »Was?«

»Die Panzerschalen«, sagte Gonar. »Sehr hart, ähneln Juwelen. Man züchtet Kampfarachniden nicht allein wegen ihrer kämpferischen Fähigkeiten, sondern auch wegen des Chitins. Wußtest du das nicht?«

Nachdem der Rancor endlich das Bewußtsein verloren hatte, pumpte man das Betäubungsgas heraus, und die riesigen Zugangstore mit den breiten Zacken an den Unterkanten glitten in die Höhe, als Jabbas gamorreanische Wachmannschaft sich bereit machte, die zerstörten Überreste der Arachniden herauszuholen.

Malakili drängte sich an ihnen vorbei und eilte zu seinem

grunzenden, schnarchenden Lieblingsmonster. Die Wächter stemmten die gigantischen Kiefer des Rancors mit einer Hydraulikwinde auseinander, um den gepanzerten Kadaver des Kampfarachniden zu entfernen.

Die Wächter waren Malakilis Meinung zufolge nicht besonders klug, und sie dachten nicht nach, bevor sie handelten. Ohne jedes noch so geringe Feingefühl zerrten sie das tote insektenähnliche Geschöpf los und rissen die Verletzungen im Rachen des Rancors noch weiter auf.

Malakili rannte auf sie zu, brüllte sie an und sah noch furchterregender als sein Lieblingsmonster aus. Die Gamorreaner schnaubten alarmiert, sie wußten nicht, was sie falsch gemacht hatten. Aber gamorreanische Wächter waren es gewohnt, nichts zu begreifen, und so stritten sie sich nicht herum, als sie die Juwelenkadaver packten und wegschleppten.

Malakili befahl Gonar, mehrere große Fässer einer Heilsalbe zu holen, die es in der Krankenstation von Jabbas Palast gab, und bald kehrte der rothaarige Mensch zurück und rollte eines der Fässer vor sich her. Er hebelte den Deckel auf, und in der engen Rancorgrube machte sich ein ekelhafter chemischer Geruch breit.

Malakili fühlte sich bereits schwindelig, nicht von der Chemikalie, sondern von den Resten des Betäubungsgases, die sich in der feuchten Luft hielten; außerdem wurde ihm übel, als er sah, was mit dem Rancor geschehen war. Er nahm ein paar Handvoll der feuchten, zähen Paste und verteilte sie auf die offenen Wunden. Nach einem Blick in die Runde fand er ein flaches, abgenagtes Schulterblatt von einer der früheren Mahlzeiten des Monsters und benutzte es als Kelle, um die desinfizierende Substanz liebevoll auf die tiefen Risse zu häufen.

Gonar half ihm zögernd, ängstlich und begierig zugleich, der Bestie zu nahe zu kommen. Nachdem die gröbsten äußeren Verletzungen versorgt waren, wandte sich Malakili dem zerstörten Monsterrachen zu. Er schickte Gonar los, eine Zange zu holen, mit der er die diamantharten Chitinsplitter entfernte, die noch immer wie Glasscherben zwischen den Reißzähnen steckten. Dabei stand er mitten im Rachen des Rancors und zerrte und riß an den verkeilten Splittern.

Gonar sah ihm zitternd zu, aber Malakili hatte keine Zeit, sich um solche Dinge Sorgen zu machen. Der Rancor hatte Schmerzen. Falls die Splitter in seinen Kiefern steckenblieben, würden sich die Wunden infizieren und das Monster würde noch gereizter werden.

Als die abgehackten Schnarchtöne leiser wurden, stieg eine Fäulniswolke aus den Tiefen des Rachens empor. Malakili fand die Stummel zweier verfaulter Zähne, die bei einem anderen Kampf abgebrochen sein mußten. Er zog sie gleich mit. Die Stummel lösten sich viel leichter als erwartet, aber der Rachen war so voller Zähne, daß es den Anschein hatte, als würden für jeden verlorenen zwei nachwachsen.

Das Monster rührte sich, und die schwarzen Knopfaugen blinzelten. Seine Nüstern blähten sich, als es tief Luft holte. Die Kiefer schnappten zu, und Malakili konnte gerade noch rechtzeitig herausspringen.

»Er ist wach!« kreischte Gonar und floh durch das niedrige Tor. Die Dosis Betäubungsgas war mit alarmierender Schnelligkeit unwirksam geworden.

Malakili stolperte zurück, als der Rancor auf die Beine sprang. Einen Augenblick lang schwankte er. Das war seine letzte Chance, um noch rechtzeitig zum Tor zu flüchten.

Der Rancor richtete sich auf und breitete die Krallenhände aus. Er schnaubte und starrte, offensichtlich noch immer von Schmerzen gepeinigt, auf seinen Hüter herunter.

Malakili erstarrte und blickte zu dem Monster hoch. Wenn er lief, würde er seine Aufmerksamkeit auf sich ziehen, und es würde ihn sofort verschlingen. Ein Teil von ihm betete, daß der Rancor ihn erkennen und nicht töten würde.

Die Bestie schnaubte erneut, dann beugte sie sich herunter, um an der Heilsalbe zu schnüffeln, die die zerbissenen Beine bedeckte. Sie hob die Hand an die flachen Nüstern und schnupperte noch einmal, dabei sah sie sich die Wunden an, die von den Stacheln der Kampfarachniden herrührten und die gesalbt und versorgt worden waren. Der Rancor grunzte Malakili an, dann blickte er sich auf dem Boden der Grube um, als würde er etwas suchen.

Malakili konnte ihn bloß weiter anstarren, vor Ehrfurcht und Entsetzen wie gelähmt. Schweiß strömte über seine schmutzige Haut. Sein Herz hämmerte, als würden in seiner Brust Sternenschiffe kollidieren.

Und dann fand der Rancor, wonach er gesucht hatte: den langen Oberschenkelknochen eines Beutetieres. Er warf dem Menschen in seiner Grube einen Blick zu, hob den blutigen Knochen auf, hockte sich hin und kaute gleichmütig darauf herum, obwohl sein Rachen noch immer schlimm schmerzen mußte.

Malakili stand eine lange, lange Zeit da, bevor er schließlich leise ging.

Eine Runde Fangen spielen

Malakili machte sich nicht die Mühe zu fragen, ob er den Rancor aus dem Palast bringen durfte, wo das Monster in der Weite der Wüste umherschweifen, sich die kräftigen Beine vertreten und die frische Luft genießen konnte. Er rechnete sich aus, daß niemand mit ihm diskutieren würde, wenn er von mehreren Tonnen beweglicher Reißzähne und Klauen begleitet wurde.

Malakili hatte sich lange genug mit bösartigen Tieren beschäftigt, um zu wissen, was sie sich am meisten im Leben wünschten; die eine Sache, die in ihren kleinen, ultrakonzentrierten Bewußtseinen gärte, während sie die Käfige entlangliefen, die sie hassen gelernt hatten, war der einfache Wunsch, dort *herauszukommen. Herauszukommen!*

Malakili wartete bis zum heißesten Teil eines tatooinischen Nachmittags, als beide Sonnen im Zenit standen. Zu diesem Zeitpunkt hielten Jabba und seine Horde Speichellecker Siesta, ihre einzige Verteidigung gegen die erdrückende Hitze.

Aus dem Hangar auf der Hauptebene holte er sich einen Sandgleiter und parkte ihn vor einem der großen Tore am Fuß der Zitadelle. Dieses Tor war genau einmal geöffnet worden, und zwar als Bidlo Kwerve und Bib Fortuna den betäubten Rancor in sein Gehege geschleift und es danach wieder verschlossen hatten, und zwar mit Schlössern an der Innen- wie an der Außenseite. Malakili hatte die Außenschlösser mit kleinen Sprengladungen abgesprengt. Sie verdampften in einer silbernen Wolke. Das dumpfe Explosionsgeräusch ließ kleine kriechende Kreaturen blitzartig in schattenerfüllten Felsspalten Zuflucht suchen.

Als sich wieder einschläfernde heiße Stille über den Palast gesenkt hatte, lauschte Malakili einen Augenblick lang, dann eilte er hinunter auf die Verliesebene. Er blieb vor dem Rancorgehege stehen, in der Hand eine speziell auf Metallfrequenzen eingestellte Vibroklinge. Die Klinge konnte die Innenschlösser durchtrennen; das würde zwar mehr Zeit als die kleinen Sprengladungen in Anspruch nehmen, aber er wollte nicht, daß die Explosionen den Rancor erschreckten.

Gonar, der hagere, hypernervöse, anhängliche Mensch trat aus den Schatten. Malakili gefiel die Art nicht, wie ihn der junge Mann ständig belästigte, ihn beobachtete und ihm folgte. »Was hast du vor?« fragte Gonar. Seine schmierigen roten Locken sahen aus, als wären sie gerade frisch in Öl getaucht worden, und sein Gesicht war so blaß wie saure Milch.

»Wir machen einen Spaziergang«, sagte Malakili. »Spielen Fangen.«

Gonar riß die Augen weit auf. »Du bist verrückt. Du läßt den Rancor frei?«

Malakili kicherte. Dieser Ausflug bereitete ihm rundherum

großes Vergnügen. Er tätschelte seinen dicken Bauch. »Ich glaube, wir können beide ein bißchen Bewegung brauchen.«

Er öffnete die Käfigtür und ging gebückt hindurch, sie fiel klappernd hinter ihm zu. Gonar umklammerte die Gitterstäbe und starrte ihm hinterher, aber es wäre dem jungen Mann niemals eingefallen, Malakili in das Monstergehege zu folgen, solange der Rancor wach war.

Von dem Besucher gestört, erhob sich der Rancor auf die Beine und stieß ein tiefes, gurgelndes Grollen aus – aber Malakili ignorierte es. Das Monster ließ ihn nicht aus den funkelnden Augen, die eine eiskalte Intelligenz verrieten. Aber es hatte sich daran gewöhnt, Malakilis Anwesenheit zu tolerieren. Tatsächlich schien der Rancor sich über die Besuche seines Hüters zu freuen. Mittlerweile verließ sich Malakili darauf.

In einer prahlerischen Zurschaustellung von Vertrauen watschelte Malakili über den knochenübersäten Boden der Grube und ging zwischen den wulstigen Rancorbeinen hindurch zur gegenüberliegenden Wand, wo man das schleimverkrustete Tor versiegelt hatte.

Er bückte sich mit seinem Vibromesser, stellte Frequenz und Energiedichte höher und hackte auf die Schlösser ein. Funken und geschmolzene Durastahltropfen flogen durch die Luft, aber Malakili hämmerte solange auf die Schlösser ein, bis sie zerschnitten am Boden lagen.

Die Kontrollen waren unterbrochen worden, aber Malakili brachte ein neues Batterieset an und schloß den Stromkreis kurz. Mit einem kreischenden Geräusch schob sich das schwere Metalltor in die Höhe, und durch den entstehenden Spalt schnitt eine Klinge aus schmeichelndem Sonnenlicht in die düstere Grube. Heiße Luft strömte herein und stahl die kühle Feuchtigkeit, bis das Tor mit einem Ächzen oben angekommen war, ein offenes Fenster in die Freiheit der Wüste.

Der Rancor stand auf, blinzelte ein paarmal mit den unergründlich blickenden Augen. Er öffnete die Arme und streckte die schweren Krallenhände aus, als wollte er die Sonnen und die frische Luft anbeten. Er blieb erstarrt und verwirrt stehen und starrte auf Malakili herunter, unsicher, was da eigentlich geschah. Malakili bedeutete ihm, durch die Öffnung zu gehen.

»Das ist in Ordnung«, sagte der Hüter in einem beruhigenden Tonfall. »Geh schon, es ist in Ordnung. Wir kommen nachher zurück.«

Der Rancor trat in das grelle Sonnenlicht, das ihn zusammenzucken ließ. Er krümmte die Schultern. Die Schaufelhände pendelten von einer Seite zur anderen und schabten über den Käfigboden – und dann erhob er sich zu seiner vollen Größe, trat mitten ins Licht und die Hitze hinaus und stieß einen Schrei aus, der von unbekümmerter Freude kündete. Seine Reißzähne funkelten im Licht der zwei Sonnen.

Als hätte man ihn plötzlich von Ketten befreit, begann er zu rennen, in gewaltigen Sätzen, bei denen er die Beine streckte und mit den schweren Händen ruderte, um das Gleichgewicht zu bewahren. Die gesprenkelte grünbraune Haut schien zwischen den Wüstenfelsen zu verschwinden.

Malakili schaute dem davonrasenden Ungeheuer ein paar Sekunden lang begeistert und erfreut zu, dann sprang er in den Sandgleiter, startete den stotternden Motor und schwebte hinter seinem Liebling her.

Der Rancor sprang auf einen blasenbedeckten, aus dem Boden hervortretenden Lavafelsen. Er legte den Kopf in den Nacken, brüllte den Himmel an und hob die gewaltigen Krallen, dann sprang er wieder herunter und suchte sich auf der schrägen, unebenen Klippe einen Weg.

Über ihnen, auf den Türmen von Jabbas Palast, blitzten Alarmlichter auf. Malakili hörte in der Ferne das Geschrei der aufgescheuchten Wächter, aber in diesem Augenblick war ihm das egal. Er würde mit dem Rancor zurückkommen. Er würde ihnen zeigen, daß alles in Ordnung war.

Einmal kam er dem Rancor mit dem summenden Sandgleiter

zu nahe, und sofort schlug das Monster reflexartig mit den knochigen Krallen nach ihm, als wäre Malakili ein lästiges Insekt. Aber der Hüter überholte es und schwebte vor ihm her, so daß es ihn erkennen konnte. Die Bestie blieb ein Stück zurück, ließ den Kopf hängen, als wäre ihr peinlich, was sie versucht hatte, und trabte dann weiter in die offene Wüste.

Sie trottete über den heißen, rissigen Boden und sprang in Ekstase über sich erhebende Felsen. Dabei entfernte sie sich weit von Jabbas Palast, aber sie befand sich nicht auf der Flucht – sie genoß einfach nur ihre Freiheit.

Malakilis Brust schwoll vor Stolz an, obwohl er sich seiner gefühlsmäßigen Schwäche schämte. Tränen hinterließen kühle Bahnen auf seinen Wangen. Das war vermutlich einer der bemerkenswertesten Tage seines Lebens.

Der Rancor rannte auf eine rotbraune, spitze Felsreihe zu, die ein Beweis für Tatooines bewegte geologische Vergangenheit war. Vor ihnen erstreckten sich zerklüftete Berge, die von zahlreichen, an rasierklingenbewehrte Kiefer erinnernden Canyons durchzogen wurden, felsigen schmalen Spalten, die längst vergessene, reißende Wassermassen vor langer Zeit ins Land gegraben hatten. Als der Rancor den Schatten und die zerklüfteten, stufenähnlichen Felsen sah, die zum Klettern einluden, verdoppelte er seine Geschwindigkeit und hielt auf die schattigen Canyons zu.

Malakili schob den Geschwindigkeitshebel des Sandgleiters vor – aber statt für zusätzliche Schnelligkeit zu sorgen, bockte und hustete das kleine Gefährt wie ein kranker Mann, der Blut ausspuckt. Das Gewicht des Hüters drückte den Sandgleiter in die Tiefe. Er umklammerte das Steuer, und seine Hände waren plötzlich rutschig vom Schweiß.

Hinter ihm in der Ferne erhob sich Jabbas Palast, eine düstere Zitadelle, die sie im Auge behielt wie ein strenger Vater seine ungehorsamen Kinder.

Der Rancor wußte von all dem nichts; er stürmte in einen nahen Canyon und verschwand in den Schatten.

»Warte!« rief Malakili mit brüchiger Stimme, als hätte die Wüstensonne jedes Leben aus ihr wie Feuchtigkeit verdunsten lassen. Er kämpfte mit dem Sandgleiter, der dem pudrigen Sand und den scharfen Felskanten gefährlich nahe kam. Doch irgendwie schaffte es das Gefährt bockend und stotternd bis zur felsigen Wand eines Hügelkamms. Malakili konzentrierte sich so sehr darauf, den Gleiter in der Luft zu halten, daß er nicht mehr wußte, in welchem der vielen Seitencanyons der Rancor verschwunden war.

Malakili stöhnte, als der Gleiter schließlich auf den Boden stürzte und ihn in ein Geröllfeld warf. Er erhob sich von den spitzen Steinen und blickte zu dem willkommenen Schatten eines Seitencanyons hin. Die Wüstenhitze der Zwillingssonnen knallte auf ihn nieder. Er bewegte sich mühsam über den zerklüfteten Boden und ließ den Sandgleiter hinter sich zurück. Schließlich gelangte er in den staubigen Windfang der Canyonöffnung, trat auf flachen Lehmboden und begab sich in die dunklen Schatten. Das knirschende Geräusch bröckelnder Felsen begleitete jeden Schritt. Davon abgesehen erfüllte eine unglaubliche Stille die Welt.

Er wußte nicht, was er tun sollte. Er konnte nicht den ganzen Weg zu Jabbas Palast zu Fuß zurücklegen, auch wenn er es im Zwielicht der Nacht vielleicht versuchen würde. Trotz der Gefahr, in der er sich selbst befand, galt Malakilis Hauptsorge jetzt dem Problem, den Rancor wiederzufinden. Wenn er das Monster verloren hatte, würde Jabba ihn einer langen Reihe einfallsreicher und unaussprechlich schmerzhafter Folterprozeduren unterziehen. Es würde besser sein, sich einfach hinzulegen und in der Wüstensonne zu Tode braten zu lassen.

Aber er konnte nicht glauben, daß der Rancor ihn so einfach im Stich lassen würde. Dazu hatten sie zuviel gemeinsam durchgemacht.

Eine Stunde lang suchte er sich seinen Weg durch ein uraltes Flußbett und hielt nach den Spuren des Rancors Ausschau, aber er sah und hörte nichts, von ein paar von der Höhe herabprasselnden Steinen abgesehen.

Schließlich ertönten voraus erstaunlich leise, raschelnde Schritte. Ein großer, schwerfälliger Schatten verschwand in einem schmalen Felsspalt, einem Miniaturcanyon mit scharfen Vorsprüngen und von der Zeit geglätteten Steinflächen.

Malakili ging schneller, in der Hoffnung, den Rancor zu finden, damit sie sich der Zukunft wenigstens zusammen stellen konnten. »Hallo!« Die trockenen Steinchen knirschten unter seinen watschelnden Schritten. »Komm her, Junge!«

Als er um die Ecke bog, versperrte ihm ein brüllender Dämon mit einem Sprung den Weg – mannsgroß, aber mit einem mit Stoffstreifen vermummten Gesicht, einem von einem Sandfilter verborgenen Mund und Augen, die durch ein Paar glitzernder Metallröhren blickten.

Sandleute! Tusken-Räuber!

Der Dämon hielt einen langen scharfen Gaffi-Stock wie einen Kampfstab in den Händen. Das hakenförmige Ende wippte auf und nieder, als der Räuber eine Herausforderung brüllte.

Malakili taumelte zurück und erblickte dann zwei weitere Sandleute auf gewaltigen, wolligen Banthas, mammutgroßen Tieren mit Stoßzähnen, die sich um die Ohren bogen. Die beiden in den Sätteln sitzenden Tusken knurrten etwas, und die Banthas reagierten wie auf ein telepathisches Kommando und jagten auf ihn zu.

Der unberittene Tuske sprang vom Felsen und schlug mit dem gekrümmten Gaffi-Stock nach Malakili.

Der Hüter war unbewaffnet. Schwerfällig bewegte er sich rückwärts, in dem Wissen, daß eine Flucht aussichtslos war. Er bückte sich, ergriff einen Stein und warf ihn dem Angreifer entgegen, aber das Geschoß flog weit vorbei.

Die Banthas stürmten schnaubend und keuchend auf ihn zu. Malakili fiel auf die spitzen Steine, und er wußte, daß die Monster ihn zertrampeln würden. Innerhalb von Sekunden würden sie ihn zu Brei zerquetschen.

Mit einem Aufbrüllen, dessen Echo locker sitzende Steine aus der Felswand in die Tiefe rieseln ließ, sprang der Rancor von einem Sims hoch über dem Geschehen. Mit ausgestreckten Krallenhänden krachte er gegen den ersten Bantha und warf ihn zu Boden.

Der Bantha schnaubte und bäumte sich auf, aber er begriff nicht, was eigentlich mit ihm passiert war. Der Rancor packte mit seinen furchtbaren Händen die Stoßzähne auf beiden Seiten des Banthakopfes, setzte die volle Kraft der durastahlstarken Muskeln ein und drehte, als würde er das Rad eines Panzerschotts aufdrehen. Der Schädel des Banthas wurde seitwärts gerissen, und mit einem hohlen, feuchten Laut brach das Genick.

Noch aus derselben Bewegung heraus hieb der Rancor mit seinen Klauen zu und riß den Leib des Tusken-Räubers auf, der von dem Bantha geworfen worden war.

Der zweite Reiter jaulte eine Herausforderung, ließ den Gaffi-Stock durch die Luft sausen und stürmte direkt auf den Rancor zu. Der Bantha hielt den Kopf gesenkt, die gebogenen Stoßzähne nach vorn geneigt wie ein Rammbock – aber der Rancor glitt mit täuschender Leichtigkeit zur Seite und riß den Tusken aus dem Sattel. Dann stopfte er sich sein Opfer in den höhlenartigen Rachen, ließ die schraubstockartigen, mit rasiermesserscharfen Reißzähnen versehenen Kiefer zusammenkrachen und verschlang den Angreifer mit zwei Bissen.

Als der Reiter verschwunden war, verlor der Bantha die Kontrolle, als wäre er verrückt geworden. Der Rancor stemmte einen gewaltigen, zerborstenen Sandsteinfelsen in die Höhe, der sich vor langer Zeit aus der Klippe gelöst hatte.

Malakili kam taumelnd auf die Beine. Der erste Tusken-Räuber hatte den bandagierten Kopf abgewandt, um den Kampf zwischen Rancor und Bantha zu verfolgen, und dabei sein menschliches Opfer vergessen. Malakili ließ den Rancor nicht aus den Augen, und er fühlte die Wut seines Lieblings. Dann konzentrierte er sich wieder auf den Tusken, der ihn angegriffen und mit seinem Gaffi-Stock nach ihm geschlagen hatte. Der Hüter hob einen viel kleineren Felsen auf, der aber immer noch tödlich genug war.

Der Bantha bäumte sich auf und wollte dem Rancor einen Kopfstoß versetzen, aber die Bestie ließ den Sandsteinfelsen auf den zotteligen Schädel des mammutähnlichen Tieres niederkrachen. Die Stoßzähne brachen wie trockene Strohhalme, und der dicke Schädelknochen der Kreatur zersplitterte. Der Bantha grunzte. Sein Schwung ließ ihn noch ein Stück vorwärts stolpern, bis er als unförmige Masse auf dem Canyonboden zusammenbrach.

Der Tusken-Räuber hörte einen Laut neben sich, wirbelte herum und riß den Gaffi-Stock in dem Moment hoch, in dem Malakili mit dem kleineren Felsbrocken zuschlug und den umwickelten Kopf seines Angreifers zerschmetterte. Der Tusken-Räuber fiel zwischen die Felsen, die dicken Bandagen saugten das sich wie eine Blume entfaltende hellrote Blut auf.

Mit pochendem Herzen betrachtete Malakili das Schlachtfeld. Der Rancor stieß einen heulenden Triumphschrei aus und sah Malakili mit so etwas wie tiefer Zufriedenheit an. Dann beugte sich das Monster über den blutigen Kadaver des erschlagenen Banthas und fing an zu fressen.

Später klammerte sich Malakili an der trockenen, wulstigen Nakkenhaut des Rancors fest, als die Bestie im Zwielicht durch den Wüstensand stapfte. Sie wußte, wo ihr Zuhause lag, und hielt direkt auf die unteren Teile von Jabbas Festung zu. Während sie nach vorn gebeugt lief, stoben Sandfontänen in die purpurne Nacht.

Der Rancor hatte sich vollgestopft, seine Brust war blutverschmiert. Offenbar hatte er es als seltsam empfunden, daß Malakili den Tusken-Räuber, den er getötet hatte, nicht gefressen hatte, aber der Hüter hatte keinen Appetit.

Er grübelte bereits darüber nach, wie er alles Jabba dem Hutt erklären sollte.

Fütterung der Raubtiere

Wie sich herausstellte, war es Jabba ziemlich egal, daß Malakili den Rancor für einen Spaziergang in der Wüste freigelassen hatte – allerdings war er außer sich, daß er die gewaltige Schlacht mit den beiden Banthas verpaßt hatte.

Malakili strahlte voller väterlichem Stolz, als er den Mut und die Wildheit seines Monsters pries, aber Bib Fortuna wisperte Jabba einen anderen Vorschlag ins Ohr. Mit einem entzückten Rülpsen setzte sich der Hutt auf seiner Plattform aufrecht hin. Wäre es kein grandioses Duell, wenn man den Rancor gegen einen *Kraytdrachen* antreten ließe?

Die legendären Wüstendrachen Tatooines waren riesig und selten, und sie verbreiteten mehr Furcht als jedes andere Lebewesen in diesem Sektor der Galaxis. Noch nie zuvor war einer von ihnen lebendig gefangen worden, aber Jabbas Belohnung – garantierte einhunderttausend Kredits für denjenigen, der ein lebendes, unverletztes Exemplar anbrachte – war verlockend genug, um sicherzustellen, daß sich jeder Interessent die größte Mühe gab. Selbst der große Kopfgeldjäger Boba Fett schwor, in Jabbas Palast zu bleiben, während er über die vielversprechendste Möglichkeit nachsann, dieser Herausforderung zu begegnen.

Malakili war überzeugt, daß es jemandem gelingen würde, und er sah dem angedrohten Kampf mit Schrecken entgegen. Obwohl ihn die Fähigkeiten seines Rancors mit Stolz erfüllten, wußte er, wie furchteinflößend die Kraytdrachen waren.

Jabba wollte nur für diesen Anlaß in einem von den obersten Türmen einzusehenden Wüstenkessel ein Amphitheater bauen, in dem der Rancor und der Kraytdrache miteinander kämpfen und sich gegenseitig in Stücke reißen sollten. Selbst wenn es dem Rancor gelingen sollte, den unglaublichen Drachen zu besiegen, vermutete Malakili, daß er bei dem Kampf schwere, wenn nicht sogar tödliche Verletzungen davontragen würde.

Das konnte er nicht zulassen.

Tief in den unteren Ebenen des Verlieses schob Malakili eine schwer beladene Karre voller blutigem Fleisch, zersägten Knochen und Abfällen aus dem Jabbas Küche angegliederten Schlachthaus. Porcellus, Jabbas Küchenchef, hatte ausgesuchte Leckerbissen für den Rancor beiseitegelegt; das mit aufgeschnittenem, mariniertem Fleisch belegte Sandwich war Malakilis Mittagessen.

Malakili kam gut mit dem schreckhaften Koch zurecht und brachte ihn immer auf den neuesten Stand des Klatsches, den er in den unteren Ebenen aufschnappte, obwohl er sich im Gegenzug die stetig wachsenden Befürchtungen des Küchenchefs anhören mußte, daß Jabba seiner kulinarischen Fähigkeiten bald überdrüssig sein und ihn an den Rancor verfüttern würde.

Seufzend schob Malakili die Karre zum Gittertor des Rancorgeheges. Die Räder quietschten wie ein sich sträubendes, total verängstigtes Nagetier, von denen es im Verlies so viele gab. Er schwang das Tor auf, zerrte den Karren hindurch und verriegelte es hinter sich.

Der Rancor stand auf und sah zu, wie er die Fleischberge heranschaffte; er fuhr mit der dicken Zunge, deren Farbe eine gewisse Ähnlichkeit mit Purpurrot hatte, über die dichten Zahnreihen. Nachdem Malakili sein in weißes Papier eingepacktes Sandwich von dem Fleischstapel genommen hatte, schob er ihn dem Rancor hin. Das Monster wühlte mit einer gekrümmten Kralle in dem Mittagsangebot herum und entschied sich für eine gebogene Dewbackrippe, an der knorpelige Fleischbrocken hingen.

Malakili wickelte sein Sandwich aus und hockte sich auf eine bankgroße Rancorzehe. Über ihm kaute das Monster sabbernd und schlürfend auf der langen Rippe herum. Malakilis schwarzes Kopftuch schützte ihn vor dem herabtropfenden, mit rohem Fleisch durchsetzten Sabber aus dem Rachen des Rancors, der ihn benäßte und ihm den nackten Rücken hinunterlief.

Während er gedankenverloren auf dem köstlichen Sandwich

herumkaute, überdachte er seine Möglichkeiten – und die Zukunft.

Es war von Anfang an klar gewesen, daß Jabbas Hauptziel darin bestand, den Rancor so lange mit neuen Herausforderungen zu konfrontieren, bis ihn ein größerer Gegner tötete. Jabba war das Monster völlig egal, und das gleiche galt auch für alle anderen. Selbst Gonar mit den schmierigen Haaren hatte entsetzliche Angst vor dem Rancor und hielt sich nur deshalb in seiner Nähe auf, weil es ihm Ansehen und Macht brachte. Die anderen Zuschauer, die im Verlies herumhingen, hatten auch keine Beziehung zu der Bestie – das galt für den haarigen Whipid-Wächter, der seine Stoßzähne gegen die Käfiggitter drückte und die animalische Kraft des Rancors betrachtete, als würde sie in ihm eine Erinnerung an seinen Heimatplaneten wecken, wie auch für Lorindan, den rüsselnasigen Spion, dessen einziges Motiv darin bestand, Informationen zu finden, die er an jemanden anderen verkaufen konnte.

Nein. Malakili war auf Tatooine ganz allein. Er allein liebte das Monster, und es war seine Aufgabe, dafür zu sorgen, daß sein Liebling beschützt wurde. Er würde eine Möglichkeit finden, dem Rancor zur Flucht zu verhelfen – und ihm gleich mit dazu.

Malakili kaute weiter auf seinem Sandwich herum und schluckte, obwohl sein Hals ganz trocken war, als in seinen Gedanken die ersten Pläne Gestalt annahmen. Jabba war ein mächtiger Verbrecherlord, ja, aber er war nicht die einzige Macht auf Tatooine. Jabba hatte viele Feinde, und Malakili verfügte über viele Informationen.

Vielleicht fand er eine Möglichkeit, für seinen Liebling die Freiheit zu erkaufen.

In der Höhle des Monsters

In der Nähe des Zentrums der schmierigen Stadt Mos Eisley setzte ein zerbeultes Frachtraumschiff Staub an. Nachdem die *Glücklicher Despot* einmal zu oft gelandet war, konnte sie keine einzige Sicherheitsprüfung mehr überstehen, und so stand der Koloß verlassen an dieser Stelle, bis eine Gruppe fehlgeleiteter arconaischer Investoren entschied, ihn in ein Luxushotel zu verwandeln, beflügelt von der Hoffnung, von dem ausgedehnten Tourismus auf Tatooine zu profitieren.

Kurz nachdem die Unternehmer Bankrott angemeldet hatten, übernahm eine neue Unterweltgröße den Hotel- und Kasinobetrieb des Glücklichen Despoten, eine von ganz unten aufgestiegene Rivalin Jabbas mit großen Träumen, bescheidenem Kapital und einem niederträchtigen Wesenszug, der noch ausgeprägter als ihr klaffender, mit zu vielen Zähnen gefüllter Mund war.

Lady Valarian, die sich in ihrem luxuriösen Büro aufhielt, lehnte sich in ihrem gebogenen Sessel zurück und entspannte sich. Sie sah so freundlich aus, wie es für eine pferdegesichtige, hauerbewehrte, fellbewachsene Whipidin möglich war. Als sie ihre sanften Laute von sich gab, hatte es den Anschein, als wolle sie schnurren – aber für Malakili hörte es sich wie ein überfressener Gundark an, der mit seinen Körperflüssigkeiten gurgelte.

»Ich weiß, daß du aus Jabbas Palast kommst«, sagte Lady Valarian mit einem Knurren, das tief aus ihrem Hals kam. Ihre pflockähnlichen Hauer schoben sich aus ihrem Unterkiefer nach vorn, als sie sich näher zu ihm heranbeugte. Sie klimperte mit den langen Wimpern.

Malakili bekam einen Hauch ihres schweren Parfüms mit, das den moschusartigen, strengen Geruch des Whipidenfells überdecken sollte; er fand, daß es ein schlimmerer Gestank als alles war, womit er je in den Käfigen des Zirkus Horrificus konfrontiert worden war.

»Ja, ich komme aus Jabbas Palast«, sagte Malakili und strich über sein schwarzes Kopftuch, »aber Jabba kann mir nicht immer alles geben, was ich brauche. Darum komme ich zu Ihnen, Lady Valarian.«

Sie schob die Schultern nach vorn und hob ihr unglaublich häßliches Gesicht. Ihr ganzer Körper bebte, Malakili hielt es für einen Ausdruck von Heiterkeit. »Und wie gedenkst du für diesen Gefallen zu bezahlen, den du von mir verlangst?«

»Lady Valarian, ich weiß, daß Jabba Ihr Feind ist«, erwiderte Malakili. »Vielleicht würde Sie ein genauer Grundriß des Palastes interessieren? Die B'omarr-Mönche, die ihn erbauten, haben den Grundriß geheimgehalten. Vielleicht interessieren Sie sich für einige der verborgenen Eingänge zu den unteren Ebenen? Oder wie wäre es mit einigen von Jabbas Gewohnheiten und Schwächen?«

Lady Valarian schnaubte. »Glaubst du etwa, ich habe keinen von meinen Leuten in Jabbas Palast?«

Malakili ließ sich nichts anmerken, obwohl er entsetzt war. »Ich habe nichts über Ihre Agenten gesagt. Ich habe Ihnen lediglich meine Dienste angeboten. Wenn Sie Jabba den Hutt herausfordern wollen, müssen Sie allerdings mit größter Vorsicht vorgehen.«

Er hoffte, daß er die richtigen Worte gesagt hatte. Er, der sieben Saisons damit verbracht hatte, die wildesten Geschöpfe des Zirkus Horrificus zu zähmen, fühlte sich in einem luxuriösen Raum mit einer parfümierten Frau, die ihn mit einem Fingerschnippen zerquetschen lassen konnte, völlig fehl am Platz.

»Ich sage nicht, daß ich ein persönliches Interesse daran hätte, Jabba Schaden zuzufügen«, sagte sie. »Tatsächlich sind wir auf bestimmten Gebieten Geschäftspartner. Außerdem gehört ihm ein gewisser Prozentsatz des Glücklichen Despoten. Aber Informationen sind manchmal schwierig einzuschätzen, haben einen schlecht zu beziffernden Wert. Es ist unklug, eine Gelegenheit auszuschlagen, sein Wissen zu vervollkommnen.« Sie hob eine haarige Augenbraue. »Möchtest du etwas zu trinken? Danach darfst du mir erzählen, welchen Gefallen ich dir tun kann.«

Malakili nickte blöde, als sie ihm eines von Tatooines teuersten Getränken in einem eisgekühlten Glas brachte: klares, kaltes Wasser, in dem zwei Eiswürfel schwammen. Malakili trank einen Schluck und leckte sich die Lippen, als die kühle Flüssigkeit seine Kehle hinabrann.

»Ich brauche ein Schiff – einen Frachter mit einem speziell verstärkten Käfig.«

Lady Valarians Nasenlöcher weiteten sich, als sie vor Neugier heftig schniefte. »Einen Käfig? Was willst du transportieren?«

»Ein lebendes Tier«, sagte Malakili. »Und mich. Ich will Jabbas Schoßtier, einen Rancor, mitnehmen. Dazu brauche ich eine verlassene Welt, am besten üppig bewachsen, vielleicht einen Dschungelmond oder einen abgeschiedenen Waldplaneten, wo sich eine einfallsreiche Person ihren Lebensunterhalt verdienen kann und eine große Kreatur ihre Freiheit haben könnte und es genug Wild gibt, damit sie zu ihrer Zufriedenheit jagen kann.«

Lady Valarian grollte in stotternden, leisen Ausbrüchen, die Malakili als fröhliches Gelächter interpretierte. »Du willst Jabbas Rancor stehlen? Das wäre ein echter Brüller! Oh, das ist zu gut, um es zu verpassen. Ja, ja, ich werde dir dein Schiff besorgen. Wir können Zeit und Datum festsetzen.«

»So bald wie möglich«, sagte Malakili.

Beherrscht fuhr Lady Valarian mit ihrer krallenbewehrten Hand über ihren glänzenden antiken Schreibtisch. »Ja, ja, so bald wie möglich. Das wichtigste wäre, denke ich, eine winzige Spionkamera in Jabbas Thronsaal zu installieren – nur damit ich den Ausdruck auf seinem aufgedunsenen Gesicht sehen kann, wenn er herausfindet, was geschehen ist!«

Sie tippte auf einige unsichtbare Sensoren auf der Schreibtischplatte, und ein melodiöser Summer ertönte. Die Tür fuhr auf, und zwei auf Hochglanz polierte Protokolldroiden marschierten herein. »Ja, Lady Valarian«, sagten die beiden gleichzeitig.

Sie befahl einem der Droiden, Malakili in einen anderen Raum zu führen, wo er »gewisse Informationen« mitteilen würde. Den anderen instruierte sie, ein Schiff zu besorgen, eine Welt zu finden, die Malakilis genauen Wünschen entsprach, und die Details für den Flug zu arrangieren.

»Ich danke Ihnen, Lady Valarian«, stotterte Malakili, der noch immer nicht glauben konnte, daß er den unwiderruflichen Pfad betreten hatte.

Valarian gluckste wieder voller Vorfreude, als Malakili aufstand, um dem Protokolldroiden in den Korridor zu folgen. »Nein, ich danke *dir*«, sagte sie. »Das ist jede Investition wert.« Als sich die Tür hinter Malakili schloß, kicherte sie noch immer.

Schlechtes Timing

Malakili gab sich alle Mühe, ruhig zu bleiben und sich unverdächtig zu benehmen, während er die Tage bis zur festgesetzten Stunde seiner Rettung zählte.

Verstohlen ließ er die Blicke schweifen, sah in jedem Schatten Spione – aber Jabba und sein Gefolge oben im Thronsaal schienen von seinen Plänen nichts zu wissen. Jabba war völlig mit den lästigen Einzelheiten beschäftigt, die der Betrieb seiner neuesten Bar mit sich brachte, außerdem prahlte er, daß seine Kopfgeldjäger ihm bald einen Kraytdrachen bringen würden – was bedeutete, daß der Hutt die gewaltsamen Herausforderungen für den Rancor einschränkte, da er nicht wollte, daß das Monster vor der Titanschlacht verletzt wurde. Das letzte frische, lebendige Mahl, das der Rancor verschlungen hatte, war bloß ein Twi'lek-Tanzmädchen gewesen, das Monster hatte sie regelrecht genossen und in drei kleinen Bissen verspeist, statt sie, wie gewöhnlich, einfach hinunterzuwürgen.

Malakili versuchte, sich zu entspannen, und hoffte, daß sein Plan glatt und problemlos ablaufen würde. Aber als er den fleischbeladenen Karren mit dem Mittagessen des Rancors zur

Gittertür rollte, trat der bleichgesichtige Gonar mit einem teuflischen Idiotengrinsen aus den Schatten.

»Malakili, ich weiß Bescheid!« flüsterte er leise. »Ich weiß von dir und Lady Valarian.«

Malakili hielt den Karren an, drehte sich ganz langsam um und versuchte sich den Schock nicht anmerken zu lassen – aber er war nie gut darin gewesen, seine Gefühle zu verbergen. »Und was genau weißt du über Lady Valarian und mich?«

»Ich weiß, daß du für sie spionierst. Du bist in Mos Eisley beschattet worden, bis in den Glücklichen Despoten. Ich weiß, daß du in ihren Privatgemächern warst. Ich weiß zwar nicht, was du vorhast, aber ich weiß, daß es Jabba nicht gefallen wird.«

Malakili konnte es nicht verbergen. Seine Blicke huschten von einer Seite zur anderen. Der Rancor in seinem Käfig spürte die Aufregung seines Hüters und stieß ein leises Knurren aus. »Was willst du?« fragte Malakili.

Gonar seufzte erleichtert, als wäre er erfreut, nicht länger diskutieren zu müssen. Er schob sich eine fettige Haarsträhne aus den Augen. »*Ich* will den Rancor betreuen«, sagte er. »Ich war genauso oft in seiner Nähe wie du. Er müßte *mein* Tier sein.«

Gonar warf einen Blick auf den Käfig. »Entweder du fliehst sofort und überläßt mir die Betreuung des Monsters«, sagte er, »oder ich melde dich Jabba, und er wird dich töten. Und ich bekomme den Rancor trotzdem als Belohnung. So oder so bekomme ich, was ich will. Du kannst dir aussuchen, auf welche Weise es geschehen soll.«

»Du läßt mir keine große Wahl«, wimmerte Malakili.

»Nein«, sagte Gonar und plusterte sich triumphierend auf. »Nein, ich lasse dir keine große Wahl.«

Malakili packte einen schweren Oberschenkelknochen, der aus dem Rancorfutter herausragte. Ohne innezuhalten, schwang er den blutigen Knochen mit aller Kraft, die seine schwellenden Muskeln hergaben. Er ließ die provisorische Keule mit dem Oberschenkelkopf auf Gonars Stirn niedersausen. Der Schädel zerplatzte wie eine Seifenblase. Der rothaarige junge Mann brach zusammen. Sein letzter Laut war nicht mehr als ein überraschtes Quieken gewesen.

Der Rancor bewegte sich und gab ein hungriges Grollen von sich. Das war nicht so schwer, wie den Tusken-Räuber im Canyon zu töten, dachte Malakili, aber irgendwie war es viel befriedigender. Mehr ein persönlicher Triumph.

Er hob Gonars schlaffen Körper auf. So wie seine Arme und Beine und das Rückgrat in allen Richtungen gleichzeitig baumelten, schien er ein Dutzend zusätzliche Gelenke bekommen zu haben.

Malakili war gerade im Begriff, die Leiche auf den Karren zu heben, als stampfende Schritte und das Klirren einer Rüstung die Ankunft von einem von Jabbas nicht sehr hellen gamorreanischen Wächtern verkündeten. Er bog um die Ecke, ebenfalls eine Leiche über der Schulter. Er blinzelte und kräuselte die Unterlippe, um die vorstehenden Reißzähne noch weiter vorzuschieben. Dann schob er den Helm gegen die aus seinem Kopf wachsenden Hörner und betrachtete aus zusammengekniffenen Augen die Szene mit Malakili und der frischen Leiche.

»Was ist hier los?« fragte der Wächter und sagte damit einen der wenigen Basicsätze, die er kannte.

Malakili starrte ihn an, in den Armen die Leiche des Mannes, den er gerade ermordet hatte. Die blutige Keule lag noch immer oben auf dem Fleischhaufen. Ihm fiel einfach keine gute Erklärung ein. »Ich füttere den Rancor. Was soll ich sonst machen?«

Der Gamorreaner starrte die Leiche an, dann die frischen Fleischreste aus der Küche. Er grunzte. »Brauchen Hilfe?«

»Nein«, sagte Malakili. »Nein, alles prima.« Er warf einen bedeutsamen Blick auf den dämmerigen Rancorkäfig und dann auf die Last des Wächters. »Willst du ihn hier auch abladen?«

»Nein! Beweismittel von Verbrechen!«

Der Gamorreaner watschelte weiter und summte dabei vor sich hin, vom Leben nicht weiter gefordert und froh, daß er seinen langweiligen Job so gut erfüllte, wie es ihm möglich war.

An diesem Tag schmeckte dem Rancor sein Mittagessen noch besser als gewöhnlich.

Lady Valarians Transporter sollte direkt nach Tagesanbruch eintreffen, bevor Jabba und seine Gefolgsleute die Lethargie abschütteln konnten, die von den wilden Parties kam, die die ganze Nacht dauerten.

Soweit es Malakili sagen konnte, hatte niemand Gonars Verschwinden erwähnt, aber andere Aufdringliche hatten zur Fütterungszeit und während der Dressur den Platz des jungen Mannes eingenommen; jedem von ihnen flößte die Bestie Ehrfurcht ein, jeder von ihnen wollte ein Stück ihrer Macht teilen, indem er sich einfach in ihrer Nähe aufhielt.

Malakili betrat den Rancorkäfig und vergewisserte sich, daß die Schlösser am Außentor auch alle durchtrennt waren, damit die Flucht leicht sein würde, sobald Valarians Schiff eintraf.

Er sah auf seinen Chronometer, kontrollierte die Zeit, zählte rückwärts. Noch weniger als eine Stunde. Sein Herz klopfte.

Der Rancor war angespannt und bewegte sich unruhig in seinem Käfig hin und her. Er wußte, daß etwas nicht stimmte, und gab jedesmal, wenn Malakili draußen vor der Gittertür in Sicht kam, fragende, schnaubende Laute von sich.

»Nicht mehr lange, mein Liebling«, sagte Malakili. »Dann haben wir beide uns von diesem Palast befreit.«

Von oben waren nur bleierne Stille und schlaftrunkene Geräusche zu hören, als Jabba und die anderen schliefen; sogar das dürftig bekleidete, dralle neue Mädchen, das an der Plattform angekettet war, schlief.

Dann hörte Malakili verstohlene Schritte wie die einer huschenden Spinne; die paar Leute, die wach geblieben waren, schmiedeten ihre eigenen Pläne gegen Jabba. Es wurde an einem Gitterrost gerüttelt. Noch mehr Schritte. Malakili verfluchte die Störung.

Er blickte erneut auf den Chronometer, und zu seinem Entsetzen rührte sich Jabba; jemand sprach, dann wachten die Gefolgsleute auf. Ein Besucher war erschienen. Nicht jetzt!

Malakili zischte und marschierte in dem feuchten Korridor auf und ab. Jabba durfte jetzt einfach nicht aufwachen. Vielleicht würde er ja die Angelegenheit schnell erledigen und sich entscheiden, noch eine Stunde oder so zu schlafen.

Jabbas dröhnende Stimme ertönte. Es klang nach einem Streit. Ein Aufschrei – die Falltür öffnete sich, und zwei Körper stürzten in die Rancorgrube.

Malakili stöhnte und drückte die Fäuste gegeneinander. »Warum ausgerechnet jetzt?« Er sah wieder auf den Chronometer. Das Rettungsschiff würde jeden Augenblick eintreffen.

Ein paar von Gonars Nachfolgern quetschten sich an Malakili vorbei, um den neuen Opfern in der Grube beim Sterben zuzusehen. Er konnte sich an keinen ihrer Namen erinnern. Sie waren ihm auch egal. Er flüsterte eine Botschaft, von der er wußte, daß der Rancor sie nicht hören konnte. »Schluck sie einfach runter. Beeil dich, mein Liebling!«

Er sah einen jungen Menschen, einen dünnen blonden Mann – kein Grund zur Besorgnis –, und einen der dummen gamorreanischen Wächter. Malakili zuckte zusammen, als er sah, daß der Wächter noch immer seine gefährliche Vibroaxt hatte, die den Rancor verletzen konnte – aber der Gamorreaner schien zu verängstigt zu sein, um an seine Waffe zu denken.

Der schweineähnliche Rohling wandte sich zur Flucht, aber der Rancor war in einer Sekunde über ihm und stopfte ihn sich in einem Stück in den Rachen. Er kaute einmal, dann schluckte er schlürfend die noch immer zuckenden Beine hinunter. Jetzt kam der Mensch an die Reihe.

Malakili blickte auf den Chronometer. Lady Valarians Frachter war mittlerweile im Anflug, schwebte in geringer Höhe über den Sand, bewegte sich verstohlen auf den geheimen Treffpunkt zu. »Mach schon!« flüsterte er.

Die Zuschauer im Thronsaal jubelten und brüllten. Jabbas

dröhnendes Lachen hallte bis in die Grube. Alle schienen dem Spektakel mehr Bedeutung zuzumessen als angebracht gewesen wäre. Malakili fragte sich, wer das Opfer war.

Der junge Mann rannte zur anderen Seite der Grube und schnappte sich genau in dem Augenblick, in dem der Rancor ihn mit seinen Klauen packte und zum Rachen führte, einen der herumliegenden Knochen.

Der Mensch war ein schneller Denker und verkeilte den langen Knochen wie eine Stützstrebe im Rancorrachen, und die Bestie ließ ihn fallen, während sie auf den morschen Knochen biß und ihn zersplitterte.

Malakili zuckte zusammen, denn er mußte an die Kampfarachniden denken, die der weichen Innenseite des Rachens soviel Schmerzen zugefügt hatten. »Mein armer Liebling«, sagte er.

Er rief sich zur Ordnung. Egal. Sobald sie entkommen waren, hatte er alle Zeit der Welt, um sich um sein Monster zu kümmern, allein und im Einklang mit ihrer eigenen Welt.

Der junge Mann rannte in Panik los, krachte gegen das Gitterfenster der Zugangstür und versuchte zu entkommen. Malakili schlug auf ihn ein, und die anderen stießen ihn zurück.

»Laß dich endlich fressen!« sagte der Hüter und blickte erneut auf den Chronometer. Es blieb nicht mehr viel Zeit.

Der junge Mensch rannte zwischen die Beine des Rancors, lief unter ihm hindurch und dann weiter auf die andere Seite der Grube.

Malakili schlug sich verzweifelt gegen die Stirn. Der Kampfarachnide hatte den gleichen dummen Trick benutzt, aber der Rancor war noch immer nicht darauf gekommen, wie er sich dagegen verteidigen konnte.

Das Monster wandte sich um und bewegte sich schwerfällig mit ausgestreckten Armen auf den Menschen zu. Der lief auf die kleine Höhle zu, in der der Rancor öfters schlief, duckte sich unter dem schweren, mit Zacken versehenen Tor hindurch, das man herunterlassen konnte, wenn der Käfig gesäubert werden mußte.

Malakili fühlte sein Herz hämmern, er stieß zischend die Luft aus. Die Zuschauer oben brüllten und jubelten noch lauter als zuvor. Selbst wenn der Rancor den Jungen in den nächsten paar Sekunden verschlang, würde das Publikum noch lange nicht zur Ruhe kommen. Er stöhnte erneut. Was sollte er nur tun? Lady Valarian würde nicht warten.

Der Rancor hatte den Menschen jetzt in der Falle, und er bückte sich tief, um in die Schlafhöhle zu kommen. Der Mensch packte einen runden, elfenbeinfarbenen Felsbrocken – nein, einen Totenschädel – und warf ihn in dem Augenblick auf die Kontrolltafel, in dem der Rancor unter dem gezackten Tor stand.

Der Schädel ließ den Schalter kippen, und das massive Durastahltor sauste wie die Klinge einer Guillotine in die Tiefe. Die gezackte Unterseite krachte auf Kopf und Nacken des Rancors, nagelte das Monster auf den Boden, zerfetzte die Haut und schlug ihm den Schädel ein.

Der Rancor schnaubte und wimmerte einmal kurz in verblüfftem Schmerz auf, als würde er nach Malakili rufen, dann starb er.

Malakili stand da wie ein Denkmal. Sein Kinn klappte herunter, und seine Ohren füllten sich mit einem brüllenden Tosen der Ungläubigkeit und der nackten Verzweiflung. »Nein!« wimmerte er.

Der Rancor war tot! Sein Liebling, den er betreut und gepflegt hatte … die Kreatur, die ihn vor den Tusken-Räubern gerettet hatte … die ihm erlaubt hatte, auf seinem knorrigen Fuß zu sitzen, um dort sein Mittagessen zu verspeisen.

Oben ertönte wütendes Geschrei, während andere Wächter den Käfig öffneten. Sie schleppten den sich wehrenden Menschen weg, aber Malakili war viel zu geschockt, um es zu registrieren.

Mit den Bewegungen eines Droiden stolperte er in den Käfig und blieb vor dem Kadaver des toten Monsters stehen. Die meisten der anderen Hoffnungsvollen, die alle den Rancor hatten betreuen wollen, verschwanden unauffällig, da sie ihre Chancen für einen Aufstieg für geplatzt hielten. Nur ein Mann, ein großer, dunkelhäutiger Kerl mit schwarzem Haar, folgte ihm hinein.

Malakili sah zu, wie das Blut über die dreckigen Steinplatten sickerte. Der Rancor lag ganz still da, als würde er schlafen. Und schließlich konnte Malakili es nicht länger ertragen, die Tränen schossen wie eine tatooinische Sturzflut hervor. Er wimmerte vor Trauer, kurz davor, ohnmächtig zu werden, ohne die geringste Idee, was er jetzt tun sollte.

Der Mann an seiner Seite – Malakili konnte sich nicht an seinen Namen erinnern, egal, wie sehr er es auch versuchte – legte ihm die schmutzige Hand auf die Schulter, tätschelte ihn und versuchte ihn zu trösten, aber er stolperte durch einen Tränenschleier fort. Alles, was er sah, waren die Erinnerungen an die wunderbaren Tage mit dem Rancor.

Jabbas wütende Stimme hallte durch das Bodengitter, als er den Befehl verkündete, den gefangenen Menschen zur Großen Grube von Carkoon zu bringen und an den Sarlacc zu verfüttern. Jabba kümmerte es nicht, daß der Rancor tot war; er war bloß enttäuscht, daß der mit Spannung erwartete große Kampf mit dem Kraytdrachen nun nicht mehr stattfinden konnte.

Die Tränen flossen ungehindert Malakilis stoppelige Wangen hinunter und wuschen saubere Bahnen in die schmutzstarrende Haut. Sein Adamsapfel hüpfte auf und ab, als er versuchte, weitere Schluchzer zu unterdrücken.

Malakili konnte nur daran denken, wie sehr er Jabba dafür haßte, daß der Verbrecherlord alles ruiniert hatte. Noch bevor die Trauer verblaßte, schwor sich Malakili, mit Jabba dem Hutt abzurechnen. Er würde einen Weg finden, den schneckenähnlichen Gangster dafür bezahlen zu lassen.

Draußen, in der lähmenden Hitze des Nachmittags, kreiste Lady Valarians Rettungsschiff und wartete lange, bis es schließlich nach Mos Eisley zurückkehrte – ohne Passagiere.

Valarian war das egal. Schließlich besaß sie bereits die Informationen, die sie wollte.

Der Küchenchef empfiehlt:

Die Geschichte von Jabbas Küchenchef

Barbara Hambly

Alles begann an dem Tag, an dem Jabba der Hutt die beiden neuen Droiden bekam.

Nicht, daß die Ankunft neuer Sklaven im abgelegenen Wüstenpalast des Aufgedunsenen für Porcellus, den schikanierten Küchenchef des Verbrecherlords, einen Unterschied gemacht hätte; als Malakili, der Rancorhüter des Hutts, ihn über die Neuzugänge informierte, lautete seine einzige Frage: »Was essen sie?«

»Es sind Droiden«, erwiderte Malakili. Er hockte auf der Kante des langen, wuchtigen Küchentisches, stocherte in zwei Kubikmetern Dewbackinnereien herum und aß einen Windbeutel. In Mos Eisley hatten Porcellus' Windbeutel einige unbedeutende Religionen ins Leben gerufen – ehrlich gesagt waren sie nicht einmal die seltsamsten Objekte, die in diesem Raumhafen angebetet wurden. Auf einem seiner vier Herde hatte Porcellus einen riesigen Topf mit ihnen am Köcheln, und in der langgezogenen Küche mit der niedrigen Decke herrschte eine gewaltige Hitze.

»Gut«, sagte Porcellus. Er hatte durchaus nichts dagegen, wenn vernünftige Leute seiner Küche einen Besuch abstatteten, um einen Imbiß zu schnorren. Es war nur so, daß die meisten der Leute, die sich am Hof des tatooinischen Verbrecherlords aufhielten und in seine Küche kamen, ihn außerordentlich nervös machten.

»Sogar ziemlich höflich«, fügte Malakili hinzu. »Hochklassige gesellschaftliche Programmierung.«

»Das ist mal was anderes.« Porcellus hob die letzten Windbeutel im genau richtigen Augenblick ihrer Apotheose mit der Zange aus dem kochenden Öl, legte sie auf die auf der Theke ausgebreiteten Papiertücher, bestäubte sie ehrfürchtig mit Puderzucker und aktivierte den tragbaren Elektrozaun, der um sie herum aufgebaut stand. Er lächelte seinem Freund zu. »Anwesende ausgenommen.«

»Ach, die Wächter und dergleichen sind gar nicht so übel.« Malakili verstummte, als Phlegmin, der Küchenjunge, eine gerade gelieferte Kiste zerbrechlicher belsavianischer Rebenfrüchte hereintrug. Der pickelgesichtige Junge schniefte, wischte sich die Nase mit den Fingern ab und packte die Früchte aus, bis Porcellus ihm ungehalten bedeutete, sich die Hände zu waschen, worauf er mit einem ungehaltenen, mürrischen Blick reagierte. »Na ja, zumindest der eine oder andere«, räumte der Rancorhüter ein. Er hüpfte vom Tisch und schlenderte zu dem Küchenchef, der die Früchte mit den sensiblen Fingern eines Künstlers nach Druckstellen untersuchte. Phlegmin wollte im Vorbeigehen einen Windbeutel stehlen – der Elektrozaun schleuderte ihn mehrere Schritte weit gegen die nächste Wand. Er steckte die verbrannten Finger in den Mund und verzog sich.

»Ich muß dich warnen, mein Freund«, flüsterte Malakili.

Porcellus ließ von seiner Arbeit ab, das vertraute Gefühl eiskalter Panik schnürte ihm die Brust zusammen. »Was?«

Als Porcellus seinerzeit Küchenchef und wertvollster Besitz des imperialen Edelmannes Yndis Mylore, Gouverneur von Bryexx und Moff des Varvenna Sektors, gewesen war – und wieso auch nicht, wo er doch dreimal den Goldenen Löffel sowie fünf Jahre hintereinander den Tselgourmetpreis gewonnen hatte? –, hätte ihn niemand als besonders nervösen Mann beschrieben. An der Perfektion seiner Kunst interessiert, das schon, aber welcher große Maestro ist das nicht? Er hatte sich auch gelegentlich Sorgen um die Festigkeit eines servierten Baisers gemacht, wenn der Imperator bei Gouverneur Mylore zu Gast war, oder um die genaue Zusammensetzung der Zutaten einer Soße, die bei einem botschafterlichen Bankett aufgetragen wurde …

Aber niemals war er bei jedem unerwarteten Wort voller Panik zusammengezuckt.

Fünf Jahre als Sklave im Palast von Jabba dem Hutt hinterließen Spuren.

»Jabba hatte vergangene Nacht wieder eine Magenverstimmung.«

»Eine Magenverstimmung?« Erst später begriff Porcellus, daß seine unmittelbare Reaktion aus unkontrollierbarem Entsetzen hätte bestehen müssen; als er es das erste Mal hörte, brachte er nur ein völlig ungläubiges Auflachen zustande. »Du meinst, es gibt tatsächlich etwas, das er nicht verdauen kann?«

Malakili senkte die Stimme noch mehr. »Er glaubt, es handele sich um *Fierfek.* Soweit ich weiß«, wisperte er, »ist das das huttische Wort für Gift.«

Das war der Augenblick, in dem unkontrollierbares Entsetzen die Kontrolle übernahm. Porcellus wurde kreidebleich, seine Hände und Füße wurden trotz der in der Küche herrschenden Hitze eiskalt.

Der Rancorhüter legte seinem Freund die große Hand auf die Schulter. »Ich mag dich, Porcellus«, sagte er. »Du warst ein guter Freund, hast mir immer ein paar Reste für meinen Liebling verschafft …« Er deutete mit dem Daumen auf das dampfende Fleisch und die Innereien, die gut drei Viertel des Tisches beanspruchten. »Ich will dich nicht zusammen damit zu ihm reinwerfen müssen. Also dachte ich mir, ich sag's dir, bevor Bib Fortuna hier herunterkommt, um mit dir darüber zu sprechen.« Malakili schlug die Ecken des Öltuchs hoch, auf dem man die Innereien und den Rest aufgehäuft hatte, und schleppte es aus der Tür, wobei er eine Tropfspur hinterließ.

»Danke«, sagte Porcellus, obwohl sein Mund zu trocken war, um überhaupt einen Ton hervorzubringen.

»Seine Exzellenz ist äußerst ungehalten.«

»Ohne jeden Grund, Verehrtester. Das ist allein das Resultat eines bedauerlichen Mißverständnisses.« Porcellus verbeugte sich so tief, daß er fast den Boden berührte, und hoffte, daß Bib Fortuna, der abstoßende Twi'lek, der als Jabbas Majordomus fungierte, die durchstöberten Kisten und Kanister nicht bemerkte, die jede horizontale Oberfläche der Küche bedeckten. Sie waren das Ergebnis einer verzweifelten Suche nach allem, was für das beispiellose Unbehagen des Aufgedunsenen verantwortlich gewesen sein könnte. Da viele der Delikatessen, die im Verlauf der letzten Jahre als Zutaten für die Omelettes, *roulades* und *étouffées* des Hutts gedient hatten, für alle niederen Rassen ungenießbar waren, war die Suche nicht einfach gewesen – der Küchenchef grübelte noch immer über das Ziegengras nach, das er am vergangenen Abend als Füllung für seine Pastete benutzt hatte, oder über die kleine, unbeschriftete rote Dose mit der unidentifizierbaren Paste, mit der die gestrigen Schokoladenladybabies bestrichen worden waren.

Die schmalen Augen des Twi'leks wurden noch schmaler; im dunstigen Küchenlicht sahen sie aus wie schmutziges Glas. »Du weißt, wie besorgt unser Herr um seine Gesundheit ist.«

Natürlich würde keiner der beiden das Wort »Gift« aussprechen.

»Selbstverständlich«, dienerte Porcellus, der der Meinung war, daß man bei dem massenhaften Konsum von Triglyceriden, Cholesterin und Alkohol – von den weniger identifizierbaren Substanzen einmal abgesehen – und den unbeschreiblichen sexuellen Praktiken des Hutts wohl kaum Gift *brauchen* würde. Es bereitete ihm noch immer Mühe, sich überhaupt vorzustellen, daß man einen Hutt vergiften konnte. »Ich muß Ihnen ja wohl kaum versichern, daß ich seit meiner Anstellung hier für den anspruchsvollen Gaumen Seiner Exzellenz nur die besten, gesündesten und schmackhaftesten Zutaten eingekauft habe. Ich habe einfach keine Erklärung für diese äußerst beunruhigende Entwicklung.«

Fortuna, der mit verschränkten Armen dort stand, trommelte

sich sanft mit den langen Krallen auf den Bizeps. »Sollte diese Situation andauern«, sagte er mit seiner leisen Stimme, »könnte man Erklärungen dafür finden.«

»He!« Porcellus wirbelte herum und schlug ungehalten mit dem Geschirrtuch in seiner Hand zu. »Die gehören dem Herrn!«

Ak-Buz, der Captain von Jabbas Segelgleiter, wich schnell von dem kleinen Elektrozaun um die Windbeutel zurück und ließ die lange, isolierte Maschinistenzange fallen, mit der er durch den Stromfluß hindurchgegriffen hatte. Das ledrige Gesicht verzog sich zu einem Knurren – nach Porcellus' Ansicht war das der einzige Gesichtsausdruck, zu dem Weequays fähig waren –, und er rannte aus der Küche in das heiße Sonnenlicht des Lieferanteneingangs, wobei er sich unterwegs den gestohlenen Windbeutel in den lippenlosen Mund stopfte.

»Anscheinend glauben alle, das hier sei eine Wohlfahrtsküche.« Porcellus wischte nervös über die letzten Spuren des verschütteten Zuckers.

»Soll ich Jabba vorschlagen, daß der Weequay bestraft werden soll?« Fortunas Stimme glich einem gefährlichen Schnurren. »Daß man ihn dem Rancor zum Fraß vorwirft? Vielleicht etwas voreilig, obwohl Jabba das Spektakel schätzt ... Da wäre noch die Grube mit den Brachno-Jags. Die sind zwar klein, aber hundert von ihnen können jemanden bis auf die Knochen abnagen in, oh, fünf oder sechs Stunden. Einer allein braucht dazu vier oder fünf Tage – natürlich muß man den Betreffenden ordentlich fesseln.« Er grinste bösartig. »Wäre das eine angemessene Bestrafung für jemanden, der sich am Essen Seiner Exzellenz zu schaffen macht?«

»Äh ...« machte Porcellus. »Ich glaube nicht, daß das nötig ist.«

Zu seinem großen Leidwesen erwiesen sich seine Worte als prophetisch, wie er ein paar Stunden später entdeckte, als er in einem Korridor zu den unteren Regionen der Dienstbotenquartiere über die Leiche des Gleitercaptains stolperte ...

Die Panik hatte ihre Wirkung gezeigt. Nachdem Porcellus die Küche eine weitere halbe Stunde durchsucht hatte, in der ihm der mürrische Phlegmin keinen Augenblick lang von der Seite gewichen war (»Wieso durfte Ak-Buz sich einen Windbeutel nehmen und ich nicht? Die Schublade da is' leer … Was suchen Sie überhaupt, Boß?«), bemerkte er zu seinem Schrecken, daß der Zeitpunkt immer näherrückte, an dem er mit den Vorbereitungen für das abendliche Bankett beginnen mußte, er aber nicht die geringste Inspiration hatte, was er auf den Tisch bringen sollte. Pochierter, aus Ediorung importierter Eisfisch auf einem Bett aus ramoreanischer Campanata? Und wenn sich Jabba an einem Knochen verschluckte? Ein Ragout aus besnischer Wurst in einer Madeira-Orange-Soße? Falls die Gewürze seine bereits gestörte Verdauung noch mehr durcheinanderbrachten, was würde er wohl als erstes denken? *Gemüsebrühe,* dachte Porcellus, *Gemüsebrühe und ungewürzter Reispudding* … Er fragte sich, wie der Verbrecherlord auf ein solches Menü reagieren würde, und die Bilder, die sein Verstand heraufbeschwor, waren unerfreulich.

Zum erstenmal in seinem Leben auf der Suche nach einer Inspiration hatte er sich in sein Quartier zurückziehen wollen, um seine Kochbücher zu konsultieren und ein Nickerchen in der relativen Kühle zu machen … er mußte sich entspannen …

Und da lag Ak-Buz' Leiche im Korridor, auf halbem Weg zu seinem Quartier, mit ausgestreckten Armen und Augen, die die Starre des Todes zeigten.

Porcellus kniete neben dem Toten nieder. Noch immer warm. Auf der Weste des Weequays klebte Puderzucker.

Vielleicht würde der Rancor ja heute abend nicht mehr so schrecklich hungrig sein, nachdem er fünfundsiebzig Kilo Dewback-Innereien verschlungen hatte …

Ein Schnauben ertönte, dann fragte eine tiefe, gurgelnde Stimme: »Was ist hier passiert?«

Der Küchenchef sprang entsetzt auf die Füße und stand einem von Jabbas gamorreanischen Wächtern gegenüber.

Porcellus hatte die Gamorreaner schon immer gehaßt. Sie gehörten zu den schlimmsten Schnorrern; ständig mußte er den Sabber, den Dreck und das diverse Ungeziefer beseitigen, das sie hinterließen. Letzte Woche hatten sich fünf der Wächter in seiner Küche darum geprügelt, wer von ihnen den Topf mit den Resten der *Chantillycreme* auslecken durfte; am Ende lag der Topf in tausend Scherben, zwei ziemlich empfindliche Prozessoren waren zerbrochen, und Porcellus wäre beinahe von einer ziellos geschwungenen Vibroaxt enthauptet worden. Die Chantillycreme hatte auch gelitten.

»Was hier vor sich geht?« quiekte Porcellus. »Nichts, gar nichts.«

Der Wächter runzelte einen langen, nachdenklichen Augenblick lang die schweineähnliche Stirn. Dann deutete er mit der stachelbewehrten, behandschuhten Hand auf den Gleiterkommandanten. »Er tot?«

»Der ist doch nicht tot«, sagte Porcellus. »Er schläft. Er ruht sich aus. Er sagte, er sei müde und wolle in sein Quartier, um ein Schläfchen zu halten. Er muß ... er muß hier im Korridor eingeschlafen sein.«

Ak-Buz' tote Augen starrten weiter zur Decke.

Der Wächter runzelte die Stirn und überdachte die Information schwerfällig. »Sieht tot aus.«

Porcellus konnte bereits fühlen, wie sich die Klauen des Rancors um seinen Körper schlossen. »Hast du schon mal einen schlafenden Weequay gesehen?«

»Äh ... nein.«

»Nun, da ist einer.« Porcellus bückte sich, hievte die Leiche auf die Füße und legte sich einen Arm über die Schultern. Einen schrecklichen Augenblick lang fragte er sich, was er tun sollte, wenn die Rigor Mortis schon eingesetzt hatte, aber in dieser Hitze war das so gut wie unmöglich. Der Kopf mit dem schmutzigen Zopf kippte gegen seine Wange. »Ich schaffe ihn in sein Quartier, bevor ... äh ... bevor er aufwacht.«

Der Wächter nickte. »Helfen?«

»Vielen Dank«, lächelte der Küchenchef. »Es geht schon.«

Er versteckte Ak-Buz' Leiche unter dem Schrotthaufen im Maschinenhof, eine ausgesprochen heikle Operation, da er sie durch das Verlies und dann draußen an den Unterkünften der Weequays vorbeizerren mußte. Die Weequays – leise, tödliche, bösartige Killer – gehörten zu Ak-Buz' Segelgleitermannschaft, und obwohl sie anscheinend für niemanden große Loyalität empfanden, hatte Porcellus den Eindruck, daß es wenig ratsam war, mit der Leiche ihres Captains erwischt zu werden. Aber sie waren nirgendwo in Sicht – *vermutlich sind sie alle in meiner Küche und stehlen die Windbeutel,* dachte Porcellus düster –, genausowenig wie Barada, der Mechaniker des Segelgleiters. Mit etwas Glück würde niemand unter den gewaltigen Haufen aus verrosteten Landgleiterteilen in der Hofecke sehen, bis die Verwesung weit genug fortgeschritten war, was in dieser Hitze nicht allzu lange dauern sollte. Auf Tatooine hätte man eigentlich damit rechnen müssen, daß Jawas den Schrotthaufen nach Metall durchstöberten, aber die Stücke des letzten Jawas, den man dabei erwischt hatte, hingen angenagelt am Tor und waren noch ziemlich frisch.

Porcellus eilte in seine Küche zurück und fragte sich, was er nur wegen des Banketts machen sollte, denn ihm fehlte jede auch noch so kleine Inspiration.

»Das nennst du eine Mahlzeit?« Die großen kupferroten Augen des huttischen Verbrecherlords drehten sich langsam, die Pupillen zogen sich vor Wut zusammen, als sich ihr Blick auf seinen unglücklichen Diener richtete.

Porcellus hatte Huttisch noch nie besonders gut verstanden, aber als Jabba mit einer im Vergleich zu dem restlichen gelblichen, massigen Körper überraschend kleinen und zierlichen Hand eine der exquisiten Gemüsecrêpes hochhielt und sie zusammendrückte, so daß ihr Inhalt mit einem platschenden Geräusch auf dem Boden landete, war es völlig unnötig, daß sein neuer Übersetzerdroide C-3PO erklärte: »Seine Exzellenz ist äußerst unzufrieden mit den Speisen, die du in letzter Zeit serviert hast.«

Porcellus stand vor der Plattform des Hutts auf der verzierten Falltür, die die Rancorgrube bedeckte, und er schaffte es, ein klägliches Geräusch hervorzubringen, aber mehr auch nicht. Acht Meter unter seinen Stiefelsohlen schnaubte der Rancor leise in der Dunkelheit.

Die furchtbaren Augen verengten sich. »Willst du mir Schaden zufügen?«

»Niemals!« Porcellus fiel auf die Knie – was den Rancor in der Grube sich zu seiner vollen Größe aufrichten und an dem Gitter schnuppern ließ – und faltete flehend die Hände. »Wie kann ich meinen guten Willen beweisen?«

Jabba kicherte, ein Geräusch, das an einen Bantha erinnerte, den man lebendig ausweidete – aber langsam. »Wir lassen es meine Kleine entscheiden«, sagte er und zog an der Kette, die er hielt. Neben ihm erhob sich die liebliche Twi'lek-Tänzerin Oola, Jabbas neuestes Spielzeug. Ihr hübsches Gesicht zeigte Besorgnis, was auch angebracht war.

Porcellus hatte nie erfahren, was genau Jabba eigentlich mit seinen »Spielzeugen« tat – für gewöhnlich weiblich, aber immer jung, geschmeidig und wunderschön –, aber er wußte, daß sie sich selten lange hielten, und seine Freundin und Mitsklavin Yarna, die Askajianerin, hatte ihm ein paar wirklich schreckliche Geschichten erzählt.

Im Augenblick lud Jabba jedoch nur einen Klecks Gemüsecrêpefüllung auf den Finger und hielt ihn ihr hin, und nach kurzem Zögern leckte Oola die subtil gewürzte Mischung mit sichtlichem Ekel von der schleimigen Hand.

»Jetzt bring mir richtiges Essen«, gurgelte der Hutt wieder an den Koch gewandt. »Frisch – lebendig – *unberührt.*«

Als Porcellus mit einem Glas voller lebendiger klatooinischer

Reiskröten in den Thronsaal zurückkehrte – sie schwammen in gewürztem Brandy, der verhinderte, daß sie sich gegenseitig angriffen und töteten, wie es die übellaunigen kleinen Kreaturen zu tun pflegten –, tanzte Oola, die weit davon entfernt war, daß ihr die Gemüsecrêpes nicht bekommen waren. Am Hals angekettet schwang sie die Kopftentakel in sinnlicher Einladung. Ihre Vorstellung müßte Jabbas Verdacht auf *Fierfek* – Vergiftung – endgültig ausräumen, fand Porcellus.

Normalerweise blieb der Küchenchef so weit von Jabbas Hofstaat weg, wie es die Enge des Palastes erlaubte, da ihm der gemeingefährliche und gewalttätige Haufen Kopfgeldjäger, Söldner und intergalaktischer Abschaum Angst einjagte. Aber an diesem Abend lehnte er mit der Schulter gegen einen Torbogen; dünn, mit ergrauendem Haar, nervös, bekleidet mit einer unaussprechlich fleckigen weißen Kochuniform, lauschte er den Jizzspielern – er hatte schon immer gern guten Jizz gehört – und sah dem Tanz zu, wobei er verzweifelt hoffte, daß die wunderschöne Oola nicht aus unerfindlichen Gründen tot zusammenbrechen würde wie Ak-Buz.

Das brachte ihn zu der Frage, was den Captain des Segelgleiters eigentlich getötet hatte, aber wer konnte das an diesem schrecklichen Ort schon sagen?

Jabba zog mit einem furchterregenden Lachen an der Kette der Tänzerin. Oola wich zurück, außerstande, den Abscheu auf ihrem Gesicht zu unterdrücken – es war ziemlich offensichtlich, daß er keineswegs beabsichtigte, sie mit noch mehr Gemüsecrêpes zu füttern –, und eine Zeitlang amüsierte sich der Hutt und ließ ihr immer wieder etwas Kette, wie einem Fisch an der Angel, bevor er die Falltür auslöste und sie in die Rancorgrube stürzen ließ. Sie stieß einen schrecklichen Schrei aus, und alle eilten zu dem im Boden eingelassenen Gitter, um die Show nicht zu versäumen. Porcellus wich tiefer in den Torbogen zurück und zitterte wie ein Schilfrohr im Wind. Die Gleichgültigkeit, die Willkür, mit der der Mord verübt worden war, versetzte ihn in Angst …

Der Hutt hatte sie mit der gleichen Gedankenlosigkeit getötet, mit der er die nächste Reiskröte runterschluckte.

Und genauso würde er seinen Küchenchef töten, wenn das geringste Grollen einer Magenverstimmung ihm das Wort *Fierfek* ins Gedächtnis zurückrief, dachte Porcellus, dem vor Schock ganz übel war.

Es war der Abend, an dem der Kopfgeldjäger den Wookiee brachte.

Eigentlich handelte es sich um eine Aufräumaktion. Der Wookiee – über zwei Meter Zottelhaar und Gereiztheit – war der Partner eines corellianischen Schmugglers namens Han Solo, dessen lebloser, in Karbonit eingefrorener Körper seit Monaten Jabbas Wand verzierte. Einmal hatte Porcellus mit dem Gedanken gespielt, den Mann aufzutauen und ihm im Gegenzug dafür, daß er ihn bei seiner Flucht mitnahm, weitere Hilfe anzubieten, aber in letzter Minute hatte ihn der Mut verlassen. Es war unmöglich zu sagen, wie kooperativ er gewesen wäre, selbst wenn Porcellus ihn lange genug hätte verstecken können, damit er die Blindheit und die Schwäche der Hibernationskrankheit abschütteln konnte, und der Gedanke, was Jabba mit ihm anstellen würde, falls man ihn bei einem Fluchtversuch erwischte, hatte ihn in Schweiß ausbrechen lassen.

Jabba hatte ein Kopfgeld in Höhe von fünfzigtausend Kredits auf den Wookiee ausgesetzt und war bereit, genau die Hälfte davon zu zahlen. Nach langwierigen Verhandlungen mit dem Kopfgeldjäger – einer rattenähnlichen, dürren Kreatur mit einer ledernen Atemmaske –, die die Drohung des Jägers beinhalteten, den Thermodetonator auszulösen, den er praktischerweise mit sich in der Tasche herumtrug, hatten sie sich auf fünfunddreißigtausend geeinigt. Zu diesem Zeitpunkt zog sich Porcellus in seine Küche zurück und sann darüber nach, daß er für derartige finanzielle Transaktionen nicht geeignet war, und er fragte sich, wie er sich wohl verhalten würde, wenn der Kopfgeldjäger in die Küche kommen und Windbeutel oder *Chantillycreme* verlangen sollte.

Phlegmin, der Küchenjunge, lag mausetot in der Mitte des Vorraums.

Schlagartig schien sich Dunkelheit über Porcellus' Blickfeld zu legen und es tunnelartig einzuschränken – eine Dunkelheit, die nach Rancor roch. Im nächsten Augenblick stieß ihn eine große Hand beiseite, und Ree-Yees, ein schmieriger Betrüger von Gran und unbedeutendes Mitglied von Jabbas Hof, platzte in den Vorraum; seine drei Augen quollen beinahe aus ihren kurzen Stielen, als er den Küchenjungen ungläubig anstarrte.

»Damit habe ich nichts zu tun!« kreischte Porcellus. »Er hat nie etwas aus dieser Küche gegessen! Er hat die Gerichte nicht einmal angefaßt!«

Ree-Yees, der auf den Knien lag und die geöffnete Kiste Ziegengras durchstöberte, die neben Phlegmins Leiche am Boden lag, nahm keine Notiz von ihm.

»Hey«, grollte es schnaubend von der Tür her. »Er schlafen?«

Es war der gamorreanische Wächter. Derselbe gamorreanische Wächter, erkannte Porcellus, der ihn in dem Korridor mit Ak-Buz' Leiche angetroffen hatte.

Sein Leben raste in einem Kaleidoskop aus Kroketten und coruscanter *Sauce Supreme* vor seinen Augen vorbei. »Ich habe es nicht getan!«

»Du kommst gerade rechtzeitig!« Ree-Yees sprang auf die Füße. »Ich habe ihn gerade gefunden ... äh ... genau so ... den Gang runter ... in der Nähe des Tunnels zu Ephant Mons Quartier! Und ich habe ihn hergebracht, um ... äh ... eine kulinarische Not-Notwiederbelebung zu verabreichen! Müllschnüffeln als letzter Ausweg! Das ist eine Erste-Hilfe-Technik, die ich von ...«

Voller Geistesgegenwart stahl sich Porcellus aus dem Vorraum und verbarg sich in der dunkelsten Ecke seiner Küche. Von dort beobachtete er ein paar Minuten später, wie der Gamorreaner pflichtbewußt davonwatschelte, die Leiche des Küchenjungen über der Schulter. In kurzem Abstand folgte ihm Ree-Yees, der nach sullustanischem Gin stank und taumelte, als wäre sein Gehirn auf Autopilot geschaltet.

Im Palast ging definitiv etwas vor.

»Eine Verschwörung«, grollte Gartogg, der Gamorreaner, der am nächsten Morgen in die Küche kam, Phlegmins Leiche, der die zunehmende Tageshitze nicht gut bekommen war, noch immer auf der Schulter. »Spuren.« Eine lange Denkpause folgte, als würde er den Inhalt einer Hirnzelle sorgfältig mit dem Inhalt der anderen vergleichen. »Alle hängen zusammen.« Er nahm eine Handvoll von dem Verpackungsmaterial, das um ein Einmachglas mit kandierten Rennette-Äpfeln gewickelt gewesen war, und schnüffelte lautstark daran. »Mädchen. Sie, äh ...«

»Was für ein Mädchen?« wollte Porcellus wissen. »Und schaff mir dieses ekelhafte Ding hier raus.«

»Söldnermädchen. Brachte den Wookiee. Abends.« Gartogg leckte ein Plastiform-Fragment von der Unterlippe. »Freundin von Solo. Der Schmuggler. Boß hat sie erwischt.« Mit aller gebotenen Vorsicht drückte er das linke Auge der Leiche, das gerade herausrutschte, zurück in die Höhle und sah fragend in Richtung des Schokoladenbrotpuddings aus Weißer Schokolade, den Porcellus als Dessert für das heutige Abendessen vorbereitete.

»Schaff dieses Ding hier raus!« befahl Porcellus. »Ich koche hier, dieser Ort muß sauber bleiben – sauber und *hygienisch.*« Er war nicht scharf darauf, daß der Gamorreaner anfing, über Verschwörungen nachzugrübeln.

Aber Gartogg hatte recht gehabt, was das Mädchen anging. Als man ihn zu Beginn der abendlichen Festivitäten in Jabbas Thronsaal zitierte, fiel ihm sofort das Fehlen der trüben, braunschwarzen Karbonitplatte auf, die monatelang die Nische geziert hatte, ganz zu schweigen von der Anwesenheit des neuen »Spielzeugs« auf Jabbas Plattform.

Sein Herz quoll sofort von Mitleid über. Sie war sehr klein und schlank, und in den paar Fetzen aus Gold und Seide, die ihr der

Verbrecherlord zugestand, sah sie zerbrechlich aus. Ihr schweres, dunkelrotes Haar war hoch auf ihrem aristokratischen Kopf aufgetürmt. »Ich ... ich ... Es tut mir leid«, stammelte er leise und kniete neben ihr auf der Plattform nieder. »Wenn es etwas gibt, das ich dir aus der Küche holen kann ...«

Es war ein hoffnungslos nutzloses Hilfsangebot, und er wußte es, aber sie lächelte und nahm seine Hand. »Vielen Dank.« Ihre Stimme war wie Rauch und Honig; in ihren braunen Augen las er keine Furcht, sondern schreckliche Sorge.

Solo, dachte Porcellus verzweifelt. *Sie liebt diesen Schmuggler Solo.* Nur wegen dieser Liebe war sie in dieser Lage – wie er gefangen in Jabbas Palast.

Und obwohl sein Herz vor Liebe für sie schmerzte, machte er es sich zu seiner Aufgabe, dafür zu sorgen, daß Solo aus der Palastküche etwas zu essen bekam, was in Jabbas Verlies keineswegs selbstverständlich war. Viele der Gefangenen bekamen lange Zeit überhaupt nichts. Jedesmal, wenn er es tat, sank Porcellus vor Angst das Herz in die Hose, aber er bestach die Wächter mit Windbeuteln und Schokoladenladybabies, dem Wookiee Fleisch zu bringen, und da er wußte, daß die Hibernationskrankheit den Körper durch Kohlenhydratentzug schwach und zittrig machte, schmuggelte er Dinge wie gefüllte Pasteten und Eier im Brotmantel in die Zelle des Mannes, dem seine Angebetete ihr Herz geschenkt hatte.

Er kam sich wie ein Narr vor – der Mann würde sowieso exekutiert werden, und er spielte mit einem Vergehen herum, das ihn direkt in die Rancorgrube befördern konnte. Aber das war alles, was er für sie tun konnte, und als sie am nächsten Abend seine Hand nahm und »Vielen Dank, Porcellus, vielen Dank« flüsterte und ihm dabei in die Augen blickte, war es das alles eine Sekunde lang wert.

Über ihnen ertönte Jabbas grollendes, schreckliches Lachen. »Paß lieber auf, hübsche Leia«, sagte der Verbrecherlord in seinem langsamen, beinahe unverständlichen Huttisch. Der Lärm in dem Saal war gewaltig, als Jabbas Hof zu der gewöhnlichen Orgie aus Kartenspiel, Alkoholismus und testosterondurchtränkten Lügen degenerierte, durch die sich die Abende im Palast auszeichneten: Max Rebo und seine Band spielten, und Jabbas bösartiges kleines Schoßtier Salacious Crumb war in ein Duett mit der Sängerin Sy Snootles vertieft.

Jabba wog den goldenen Teller mit frikassierten Sandmadennieren, die an diesem Abend das erste von Porcellus' kulinarischen Angeboten waren. Nach dem Abenteuer mit den Gemüsecrêpes war Porcellus wieder zu den alten Lieblingsgerichten des Aufgedunsenen übergegangen, aber seit Tagen hatte er jedes nur noch mit großer Angst zubereitet. »Ich glaube, in deinen Gerichten ist *Fierfek*. Was sagst du dazu, Küchenchef?«

»Nein«, flüsterte Porcellus verzweifelt und sah nach, ob er auf der Falltür zur Rancorgrube stand. Er tat es. »Nein, das ist nicht wahr ...«

»Moment.« Leia warf einen schnellen Blick in das leichenblasse Gesicht des Kochs und griff nach dem Teller, um ihn Jabba abzunehmen. »Da ist kein *Fierfek* drin, nicht wahr, Porcellus?«

»Äh ...«

»Eure Hoheit«, warnte der goldfarbene Protokolldroide C-3PO hastig, »ich würde euch wirklich nicht raten ...«

Für gewöhnlich verzichtete Jabba auf die Formalität von Eßutensilien, aber die kunstvoll in der Mitte aufgehäufte fette gelbliche Masse wurde von einem schmückenden Kreis aus Knusperkeksen umgeben. Leia benutzte zwei davon als Löffel und nahm zwei große Bissen.

Sie wurde grün im Gesicht und setzte sich schnell wieder hin.

Jabba brüllte vor obszönem Lachen. Salacious Crumb, der sich hüpfend einen Weg durch die um die Band versammelte Menge bahnte, kletterte den Rücken des gamorreanischen Wächters hinauf, der Jabbas Plattform am nächsten stand. Es handelte sich um ein häßliches Scheusal namens Jubnuk, und als Jubnuk gereizt nach ihm schlug, rannte er kreischend an die Seite seines Herrn und bewarf den Wächter mit dem Rest der Sandmadennieren. Das sorgte für genug Ablenkung, daß Porcellus den Thronsaal hastig verlassen konnte. Aber im Verlauf der allabendlichen Feier kehrte er immer wieder hierher zurück, um nach Leia zu sehen, die ziemlich kränklich aussah.

Sandmadennieren vertrug nicht jedermann.

Sie muß nur tot umfallen, dachte Porcellus voller Verzweiflung, und alles ist vorbei.

Jubnuk, der die Reste der Sandmadennieren von seiner Rüstung und den Wänden geleckt hatte, zeigte keinerlei Beeinträchtigung. Porcellus zog daraus soviel Trost, wie er konnte.

Luke Skywalker, der letzte der Jedi-Ritter, betrat den Palast beim ersten Licht der Morgendämmerung.

Porcellus erfuhr es, als er sich in den Thronsaal schlich und auf Zehenspitzen die schlafenden Körper umging, in der Hand eine Tasse Rebenkaffee und einen frisch gebackenen Marmeladendonut für Leia – die an der Seite des Hutts auf der Plattform schlief –, und Bib Fortuna eintreten sah, dem ein mittelgroßer, schlanker und zurückhaltender junger Mann in Schwarz folgte.

»Ich habe doch befohlen, ihn nicht einzulassen«, grollte Jabba, nachdem ihn sein Majordomus geweckt hatte, damit er sich dem jungen Mann vor ihm widmete.

Porcellus trat schnell zurück und verbarg sich hinter der amüsierten und verkaterten Menge aus Jabbas Gefolgsleuten, von denen einer – ein dunkelhäutiger Neuankömmling mit einem Helm aus Gondarhauern – ihm den Rebenkaffee und den Donut abnahm.

»Du mußt mir gestatten zu sprechen«, sagte Skywalker mit seiner leisen Stimme.

Bib Fortuna wandte sich sofort an den Verbrecherlord. »Gestattet ihm zu sagen, was er zu sagen hat …«

»Du schwachsinniger kleiner Tor.« Jabba stieß Fortuna beiseite. »Er benutzt einen alten Trick der Jedi-Ritter, seine geistigen Kräfte.«

Skywalker neigte den Kopf zu einem respektvollen Nicken. »Du wirst mir jetzt Captain Solo und den Wookiee bringen lassen«, sagte er, und Porcellus verspürte den unmittelbaren Drang, ins Verlies zu laufen, von Captain Ortugg den Schlüssel zu holen und genau das zu tun.

»Vorsicht, Master Luke«, rief C-3PO, der – wenn sich Porcellus richtig erinnerte – Skywalkers Geschenk an Jabba gewesen war. »Ihr steht auf ...«

»Aber dagegen bin ich immun, mein Junge«, sagte Jabba und übertönte vermutlich absichtlich die Warnung des Droiden, daß Skywalker tatsächlich genau auf der Falltür zur Grube des Rancors stand.

»Wie dem auch sei«, sagte Skywalker sanft, »ich nehme jetzt Captain Solo und seine Freunde mit. Widersetzt du dich, wird es dein Untergang sein.«

Jabba lächelte bösartig, und seine Augen schienen roter zu werden, als die Pupillen zusammenschrumpften. »Es wird mir ein Vergnügen sein, dich sterben zu sehen.«

Porcellus hatte gesehen, wie sich die Blicke Skywalkers und Leias direkt bei seinem Eintreten begegnet waren. Jetzt rief sie »Luke!«, als die Wächter näherrückten. Skywalker stieß die Hand vor, und irgendwie tauchte in ihr der Blaster auf, der sich eben noch im Holster eines vier Meter entfernten Wächters befunden hatte. Er hatte Zeit für einen Schuß, als sie sich auf ihn stürzten und Jubnuk ihn packte. Dann öffnete sich die Falltür zu seinen Füßen, und sowohl Skywalker als auch Jubnuk stürzten in die Grube.

»Luke!» schrie Leia erneut und riß vergeblich an den Ketten, und der ganze Hofstaat eilte nach vorn – Porcellus wurde von ihnen mitgerissen –, um die Show in der Grube zu sehen.

Es ging blitzschnell: Die alptraumhafte Gestalt des Rancors schoß aus ihrer Schlafhöhle, als sich das Tor öffnete. Bräunlich, schleimig und schrecklich jenseits aller Vorstellungskraft stürzte er sich zuerst auf den Jedi, dem es gelang, sich in einen Spalt in der

Felswand zu quetschen, dann wandte er sich um und schnappte sich Jubnuk, als der Gamorreaner versuchte, das vergitterte Guckloch an der Seite der Grube aufzustemmen. Porcellus stand mitten zwischen den anderen Gamorreanern, als der Rancor Jubnuk an der Taille packte – Captain Ortugg und seine Schar bellten ihr Gelächter heraus, als das Monster Jubnuk mit drei Bissen verschlang und ihre lärmende Heiterkeit seine gequälten Schreie fast übertönte. Dem Küchenchef wurde es schwarz vor Augen, er spürte diese Zähne um seine Taille, sah seinen eigenen Arm wie das letzte Stück einer Nudel in dem runden, reißzahnbewehrten Rachen verschwinden …

Ich nicht, dachte er verzweifelt, *ich nicht …*

Skywalker erkannte seine Chance und nutzte sie. Er floh zwischen den Beinen des Rancors hindurch in die kleine Kammer, in der die Bestie schlief, und als ihn das Monster verfolgte, warf er von dort einen Schädel auf den Mechanismus, der das unten mit Zakken versehene Tor kontrollierte. Ob er dabei irgendeine Jedi-Macht einsetzte, damit das Geschoß traf, oder ob er einfach nur das unfehlbare Auge eines ausgebildeten Kriegers hatte, vermochte Porcellus nicht zu sagen. Aber das Tor fiel wie eine Guillotine, und die spitzen Zacken bohrten sich wie Speere in den Schädel des Rancors.

Die Bestie gab einen schrecklichen Laut von sich und erschlaffte.

Das überraschte Schweigen der Kriminellen um Porcellus herum wurde von einem wilden Aufschrei gebrochen, der aus den Tiefen der Grube kam und von Malakili stammte. »NEEIIN …!!!«

Porcellus hatte nichts mehr zu befürchten.

Er richtete sich auf und fühlte sich seltsam heiter. Jabba hatte ihm fünf Jahre lang angedroht, ihn dem Rancor zum Fraß vorzuwerfen … und jetzt war der Rancor tot. Malakili tat ihm leid, das Echo dieses schrecklichen Aufschreis bereitete ihm Unbehagen, aber in diesem ersten, verwirrenden Aufwallen von Erleichterung fiel es ihm schwer, den Verlust seines Freundes entsprechend nachzuempfinden. Der Rancor war tot …

Wächter zerrten den Schmuggler Solo mitsamt dem Wookiee in den Thronsaal. Solo war noch immer blind von der Hibernationskrankheit, aber sichtbar kräftiger – Porcellus hoffte verzweifelt, daß niemand fragen würde, wer ihm zu essen gegeben hatte. Man stieß sie vor die Plattform des Aufgedunsenen.

»Seine Allerdurchlauchtigste Hoheit, der Große Jabba, hat beschlossen, daß ihr dem Tod überantwortet werden sollt, unverzüglich«, sagte der Protokolldroide C-3PO ziemlich erschüttert. Für die paar Tage, die er sich in Jabbas Palast aufhielt, sah er reichlich ramponiert aus, befleckt mit den schleimigen grünen Ausschwitzungen des Aufgedunsenen und Teilen der Sandmadennieren. »Zu diesem Zweck werdet ihr jetzt zum Dünenmeer gebracht und dort in die Grube von Carkoon geworfen, dem Schlund des mächtigen Sarlacc. In seinem Leib werdet ihr unvorstellbare Qualen erleiden, während ihr tausend Jahre allmählich verdaut werdet.«

»Du hättest verhandeln sollen, Jabba«, sagte Skywalker leise. Die Wächter stießen ihn, Solo und den Wookiee zum Ausgang; auf der Plattform stand Leia mit verzweifeltem Gesichtsausdruck auf, aber der Hutt zerrte sie an ihrer Kette zurück. »Das ist der letzte Fehler deines Lebens ...«

Porcellus lehnte sich an den Torbogen, in dem er stand, und seine Knie zitterten vor Erleichterung. Was auch sonst noch geschehen würde, der Rancor war tot. Die Drohung, die all diese Jahre über ihm geschwebt hatte ...

»Und du!« Jabba drehte sich plötzlich auf seiner Plattform um, der Blick aus den kupferroten Augen schien Porcellus dort, wo er stand, förmlich aufzuspießen. Aus seinem gewaltigen Mund tropfte Sabber, er zeigte mit dem Finger auf den Koch. »Du wirst ebenfalls sterben!«

»Was?« schrie Porcellus fassungslos.

»Jetzt kannst du nicht mehr bestreiten, mein Essen mit *Fierfek* versehen zu haben. Schafft ihn fort!« Jabba gab den wenigen Wächtern, die sich noch in dem Raum aufhielten, ein Zeichen.

»Schafft ihn in den tiefsten Kerker. Wenn mich mein Segelgleiter zurückgebracht hat, nachdem ich mir Skywalkers und Solos Tod angesehen habe, dann habe ich die Muße, mich um dich zu kümmern!«

»Aber keiner, der von Eurem Essen gegessen hat, ist an Gift gestorben!« jammerte Porcellus, als die Wächter ihn ergriffen. »Jubnuk … und Oola … Ihr könnt mich nicht …«

»Oh, *Fierfek* bedeutet nicht ›Gift‹.« C-3PO eilte beflissen von der Plattform. »Natürlich ist es außerordentlich schwierig, einen Hutt zu vergiften. Aber Sie müssen wissen, daß sich alle huttischen Wörter aus der bildlichen Darstellung von Nahrung ableiten. Fierfek bedeutet einfach soviel wie ein Zauber, ein Todesfluch … und Sie können nicht bestreiten, daß Jubnuk und die unglückliche Oola ziemlich bald, nachdem sie von Ihrem Essen kosteten, gestorben sind. Das ist ein geläufiges Mißverständnis.«

Und das war es tatsächlich, aber Porcellus konnte aus dieser Tatsache nur geringen Trost ziehen, als man ihn schreiend in eine Zelle schleppte, wo er auf sein Ende warten sollte.

That's Entertainment:

Die Geschichte von Salacious Crumb

Esther M. Friesner

Melvosh Bloor hatte keine Brille, die er zurechtrücken konnte, also gab er sich damit zufrieden, den Schirm seines Datenblocks zu polieren, wann immer er nervös war. Wie bei allen guten Akademikern bestand eine seiner unmittelbaren Reaktionen auf einen längeren Kontakt mit der realen Welt darin, nervös herumzuzappeln. Jedoch wie bei allem in seinem Leben mußte dieses Gezappel einen Zweck erfüllen (zumindest vertrat er diese Ansicht). Melvosh Bloor tat nichts, ohne daß es einen Zweck erfüllte.

Also lag allem äußeren Anschein nach die Vermutung nahe, daß das Eindringen in den Schlupfwinkel des berüchtigten Verbrecherlords Jabba des Hutts einem einfachen Zweck diente: Er wollte sterben, aber ihm fehlte die Willenskraft, Selbstmord zu begehen. Natürlich war diese Annahme ein verhängnisvoller Irrtum. Andererseits würde die Bezeichnung verhängnisvoll Melvosh Bloors Schicksal ganz gut beschreiben.

O je, o je, dachte der Kalkal, als er durch den von Gängen durchzogenen Untergrund von Jabbas Schlupfwinkel stolperte. *Wo steckt der Bursche nur? Man sollte glauben, daß er es bei dem Preis, den ich ihm bezahlt habe – im voraus, ungesehen, allein aufgrund der Empfehlungen meiner Kollegen –, doch wenigstens schaffen sollte, rechtzeitig am Treffpunkt zu sein.*

Seine klobigen Stiefel traten in etwas Matschiges und Klebriges. In diesem Teil von Jabbas Palast gab es nur wenig Licht, aber Melvosh Bloor verfügte über die ausgezeichnete Sehkraft aller Kalkals, für die Tag oder Nacht keinen Unterschied bedeuteten. Darum sah er notgedrungen, daß ein Teil der großen und nachgiebigen Masse, in die er gerade hineingetreten war, Augen hatte.

»O je«, sagte Melvosh Bloor und führte eine zitternde Hand an die Lippen, als eine saure Woge der Übelkeit seinen mit Hautlappen bewachsenen Hals hinaufschoß. Die letzte Mahlzeit war, höflich ausgedrückt, nicht gerade von berauschender Qualität gewesen – tatsächlich hatte sie das Mensaessen der guten alten Beshka-Universität im Vergleich ansprechend erscheinen lassen –, darum hatte er nicht den Wunsch, sie ein zweites Mal zu schmekken. (Obwohl Kalkals für ihre Fähigkeit berühmt sind, alles essen zu können, selbst Universitätsessen, gab es keine Garantie, daß das, was sie einmal hinuntergeschluckt hatten, nicht wieder oben zum Vorschein kam, wenn sie etwas ausreichend aufregte. Der Schleimberg mit Augen hätte ausgereicht, um Jabba persönlich abführen zu lassen.)

»O je? *O je?«* Die tropfende Dunkelheit explodierte mit einer schrillen, rauhen Stimme, die Melvosh Bloors gebildete Aussprache bis aufs letzte I-Tüpfelchen verspottete. Gackerndes Gelächter wurde von dem Labyrinth der unter der Decke hängenden Rohre zurückgeworfen und hallte vom Ende des düsteren, in unbekannte Regionen führenden Ganges zurück.

Melvosh Bloor keuchte auf, seine großen gelben Augen kreisten wild in seinem Kopf, als er sich gegen die nächste Wand drückte. »Wer ist da?« flüsterte er, wobei sich winzige Schuppen von seinen breiten, dünnen Lippen lösten.

Die Antwort war Schweigen.

Am ganzen Leib zitternd, fummelte der Akademiker nach der Handfeuerwaffe, die ihm sein Jawa-Führer aufgedrängt hatte, bevor sich ihre Wege vor dem Palast getrennt hatten. *Weit* vor dem Palast. So sehr Melvosh Bloor den Gedanken an Gewalt haßte und so sehr er auch ihre Symbole verabscheute, hielt er sich dennoch für fähig, ein anderes lebendes Wesen zu erschießen, falls sich die Notwendigkeit dazu ergeben sollte (natürlich streng im Interesse der Bewahrung akademischer Freiheiten, wozu sein Leben zählte). Er verspürte einen flüchtigen Hauch Dankbarkeit für die Sturheit des Jawas, der darauf bestanden hatte, daß er die Waffe nahm.

Vielleicht ließ sich das hingebungsvolle Interesse des Führers an Melvosh Bloors persönlicher Sicherheit ja in mehr als nur geringem Ausmaß auf die Tatsache zurückführen, daß er dem Jawa den Rest der vereinbarten Bezahlung erst geben konnte, wenn sie beide unbeschadet nach Mos Eisley zurückgekehrt waren. Aber das war ein unfreundlicher, gewöhnlicher Gedanke, der des rangältesten und kommenden (wenn auch noch nicht fest angestellten) Professors für Investigative Soziologie an der Beshka-Universität unwürdig war. Melvosh Bloor verbannte ihn weit aus seinen Gedanken, während er in die Schatten spähte.

»Äh ... Hallo?« wagte er sich vor. Ein Hoffnungsschimmer glomm in ihm auf, was die Identität des unsichtbaren Sprechers anging. »Darian Gli, sind Sie das? Sie ... Sie sind spät dran, wissen Sie.« Er bemühte sich, es nicht wie eine Anschuldigung klingen zu lassen. Wunschdenken ließ in ihm die Überzeugung entstehen, daß die Stimme, die er gerade aus den Schatten hatte kommen hören, dem bereits durch einen Vorvertrag gebundenen Führer durch Jabbas Palast gehörte, und er wollte ihn nicht verstimmen. »Sie ... Sie sollten mich doch weiter vorn in diesem Tunnel treffen. Falls ich mich nicht geirrt habe, was unsere Vereinbarung betrifft. Was vermutlich der Fall ist. Alles meine Schuld. Nichts für ungut. Ich entschuldige mich.«

Irgendwo tropfte Wasser, ein unheimliches Geräusch, das von der Tatsache noch unheimlicher gemacht wurde, daß Jabbas Palast mitten im Dünenmeer lag, einem wilden, mitleidlosen Ödland, in dem man eher Blut als Wasser hätte versickern lassen. Eine schwache Brise fuhr über Melvosh Bloors Gesicht, so flüchtig wie der Schleier einer Tänzerin. Sein Atem trat aus den breiten, flachen Nasenlöchern, als er auf eine Reaktion auf seine Worte wartete.

Ein gewaltiges Donnern, das sich je zur Hälfte aus einem Aufbrüllen und einem Kreischen zusammensetzte, ließ die Wand erbeben, an die er sich klammerte. Melvosh Bloor sprang vorwärts, unwillkürlich entrang sich ein kläglicher, überraschter Laut seinen Lippen. Unglücklicherweise landete der Akademiker mitten in dem Schleimklumpen, und die in Stiefel steckenden Füße rutschten unter ihm weg. Er landete mit einem übelkeiterregenden *Platsch*. Die verwaisten Augäpfel schienen ihn mit dem dumpfen Unwillen eines überarbeiteten Lasttieres zu betrachten.

Das gleiche verrückte Gelächter wie vorhin hallte über Melvosh Bloors Kopf hinweg. Diesmal löste sich jedoch eine kleine, bewegliche Gestalt aus ihrem Versteck und sprang direkt in den Schoß des benommenen Akademikers. Ein runzeliges, zu einem sinnlos bösartigen Grinsen verzerrtes Gesicht schob sich ganz nah an das des Professors, bis sich ihre Nasen fast berührten.

Die häßliche kleine Erscheinung brachte Melvosh Bloor ziemlich durcheinander, aber auf Teeparties der Fakultät war er mit noch häßlicheren Wesen eingesperrt gewesen (und gezwungen, mit ihnen Smalltalk zu betreiben). »Äh ... Ich grüße Sie.« Er hob grüßend die rechte Hand, hatte jedoch ganz vergessen, daß er mit ihr noch immer das Abschiedsgeschenk des Jawas umklammerte. Die Kreatur in seinem Schoß gab ein alarmiertes Jodeln von sich und hastete ein kleines Stück davon. Dann blieb sie stehen, schnatterte wütend und tanzte von einem Bein aufs andere.

»Es ... es tut mir leid«, stammelte Melvosh Bloor und steckte die Waffe umständlich weg. »Ich versichere Ihnen, ich habe nicht die Absicht, Sie zu erschießen. Das wäre eine feine Begrüßung.« Er zwang sich zu einem dümmlichen Lächeln, in der Hoffnung, daß die Kreatur einen Sinn für Humor hatte.

»Eine *feine* Begrüßung.« In der Erwiderung der Kreatur war keine Spur von Humor zu finden, lediglich Unwillen. Sie verschränkte die kraftlosen Arme über der Brust und starrte den unglücklichen Akademiker finster an.

»O je, ich muß mich wirklich bei Ihnen entschuldigen. Sie

müssen mich für einen schrecklichen Dummkopf halten.« Melvosh Bloor kam unsicher auf die Beine und machte einen gezierten Schritt von den Überresten der Person oder des Dings weg, dessen oder deren letzte Ruhe er auf so abscheuliche Weise gestört hatte.

»Einen ... *schrecklichen* ... Dummkopf«, wiederholte die Kreatur jedes Wort voller Verachtung. Ihre Beherrschung von Melvosh Bloors außerordentlich kultiviertem Akzent schien mit jedem weiteren Wort besser zu werden. Sie schien sogar Melvosh Bloors leicht gebeugte und verzagte Körperhaltung nachzuahmen. Hätte es der Akademiker nicht besser gewußt, hätte er glatt angenommen, daß sich das Geschöpf über ihn lustig machte. Das war *nicht* Bestandteil des Vertrages gewesen.

Melvosh Bloor entschied sich im Namen der Erfüllung seiner Mission, die Beleidigung zu übersehen. »So«, sagte er. »So ist es besser. Nun können wir weitergehen.«

»Weitergehen?« Die Kreatur schüttelte schnell den Kopf, was dafür sorgte, daß die mit Quasten versehenen Ohren einen wilden Tanz aufführten.

»Hm?« Melvosh Bloors momentane Erleichterung, dem versprochenen Führer gegenüberzustehen, erlosch wie eine Kerzenflamme im Sandsturm. »Wollen Sie damit sagen, es sei zu gefährlich, weiterzugehen? Oder ... oder hat sich seit unserer letzten Kommunikation eine Veränderung der Situation ergeben?« Er senkte die Stimme und bettelte in einem heiseren, entsetzten Flüstern: »Sagen Sie mir nicht, daß Professor P'tan tatsächlich *lebendig* wieder aufgetaucht ist?«

»P'tan! P'tan! Hahahahaha!« Die kleine Kreatur krümmte sich vor unkontrollierter Erheiterung zusammen und rollte sich unter Melvosh Bloors entgeisterten Blicken auf dem Boden herum.

»O je«, murmelte er. »Professor P'tan lebt trotz allem. O je, o je, das ruiniert *alles.*«

Die Kreatur gab das verrückte Herumwälzen auf und spitzte ein Ohr. »Alles?« fragte sie.

Melvosh Bloor stieß einen gewaltigen Seufzer aus. »Können wir uns irgendwo unterhalten? Wo es sicher ist? Irgendwo« – noch ein Seufzer – »wo ich mich setzen könnte?«

Einen kurzen Augenblick lang geschah das Undenkbare: Das Grinsen, das das Gesicht der Kreatur in zwei Hälften zu teilen schien, wurde noch breiter, ob das nun physikalisch möglich war oder nicht. Dann sprang sie vorwärts und ergriff Melvosh Bloor bei der Hand und riß und zerrte gewaltsam (und schmerzhaft) daran, als sie ihn drängte, ihr in einen der schmaleren Korridore zu folgen. Der Kalkal, der vor Müdigkeit und Verblüffung stolperte, ließ sich in das Labyrinth der Gänge führen.

Schließlich standen sie vor einer matt schimmernden Metalltür. »Dort drin?« fragte der Akademiker voller Zweifel. «Es ist ...? Sind Sie sicher, daß wir dort in Sicherheit sind?«

»Dort drin.« Sein Führer sprach entschieden und versetzte ihm einen harten Stoß. »*Dort* drin!«

Noch immer von einem schleichenden Gefühl der Unsicherheit erfüllt (hatte diese für eine Whipidin durchaus charmante Lady Valarian ihm nicht versichert, daß Darian Gli, sein Kontaktmann im Palast, ein Markul war? Dieses kleine Geschöpf sah überhaupt nicht wie ein Markul aus. Aber Melvosh Bloor war ein Soziologe, kein eidetischer Xenologe, und so war es seiner Meinung nach durchaus vorstellbar, daß er sich irrte), tat der Akademiker wie geheißen. Er legte die Hand gegen die massive Tür und war etwas überrascht, als sie problemlos zurückschwang.

»Wie ... primitiv«, bemerkte er, als er in den dahinterliegenden dunklen Raum blickte. Die schwache Beleuchtung des Korridors reichte aus, um etwas zu erkennen. An der Schwelle zögerte er, bis ihm sein Führer einen weiteren dieser kräftigen Stöße versetzte, der den Kalkal über seine eigenen Stiefel stolpern und aufs Gesicht fallen ließ. Die kleine Kreatur schnatterte und quietschte vor Schadenfreude, während sie über Melvosh Bloors ausgestreckt daliegenden Körper huschte. Ein Rascheln ertönte, und am anderen Ende des Raumes flammte ein schwaches bernsteinfarbenes Licht auf.

Melvosh Bloor stand vorsichtig auf. »Soll ich ... Soll ich die Tür schließen?«

»Die Tür schließen! Die Tür schließen!« befahl sein Führer gebieterisch. Er saß auf einem grob behauenen Sandstein von Tischhöhe. Das Bernsteinlicht kam aus einer kleinen, kristallgeschützten Nische in der nahen Wand. Das einzige andere Objekt, das die kubische Monotonie des Raums brach, war ein zweiter Felsblock, der ungefähr die Ausmaße von Melvosh Bloors Bett daheim im Universitätskloster hatte.

Er beeilte sich, dem Befehl nachzukommen, dann setzte er sich auf den Felsblock. Er verbarg das Gesicht in den Händen und ließ zu, daß das volle Ausmaß seines Elends seine Schultern noch mehr krümmte. »Ich vermute, es ist meine Schuld, daß ich vor Beginn dieser Mission nicht genügend recherchiert habe«, sagte er. »Und zweifellos wird Professor P'tan der erste sein, der mir das vorhält, sobald wir wieder in der Universität sind. Unerträglicher alter Gormwurm. Oh, ich kann ihn schon hören, wie er wie immer große Reden schwingt, wenn er zur Juniorfakultät spricht.« Melvosh Bloor nahm eine steife Pose ein und intonierte mit blubberndem, pompösem Tonfall: »›Melvosh Bloor, nennen Sie das *unterrichten?* Sie hämmern bloß Fakten in die steinigen Schädel ihrer armen Schüler und geben ihnen die erforderlichen Noten, wenn sie den gleichen Mischmasch direkt zurück in Ihren Schoß spukken! Kein Wunder, ist es doch der gleiche Mischmasch, den *Sie* ganz und gar von Ihren Professoren geschluckt haben.‹« Der Kalkal schnaubte. »*Dann* muß er damit angeben, daß *er* sich in seinem Unterricht nicht auf Wissen aus zweiter Hand verläßt; *er* geht in die Welt und betreibt Feldforschung. Wenn ich ihn noch einmal ›Veröffentlichen oder scheitern‹ sagen höre, werde ich ...«

»Feldforschung?« unterbrach ihn sein Führer mit schiefgelegtem Kopf. Dann machte er mit einem oder mehreren Körperteilen einen unfeinen Laut.

»Ganz meine Meinung«, stimmte Melvosh Bloor ihm zu. »Oh, ich wünschte, wir hätten mehr ehrliche Leute wie Sie an der Universität. Darian Gli, haben Sie irgendwelche akademischen Erfahrungen?«

Der Führer wiederholte den unfeinen Laut, diesmal nur lauter und mit mehr Enthusiasmus.

»Ah«, sagte Melvosh Bloor trocken, »ich verstehe, das haben Sie also.«

»Professor P'tan«, drängte die Kreatur.

Melvosh Bloor war es nicht gewohnt, sich der Gesellschaft eines so guten Zuhörers zu erfreuen. »Sie wünschen, daß ich ... weiterspreche?« fragte er zaghaft.

»Weiter, weiter«, erwiderte sein Gegenüber mit einer weitausholenden Geste. Mit jeder verstreichenden Minute gefiel Melvosh Bloor dieser wunderliche Bursche besser.

»Mein lieber Freund, Ihre ziemlich, äh, ins Schwarze treffende Einschätzung von Professor P'tans Charakter läßt mich vermuten, daß Sie ihm begegnet sind, obwohl er geschworen hatte, nichts mit Ihnen zu tun haben zu wollen. Was ich – korrigieren Sie mich, falls ich da unrecht habe – für idiotisch halte.«

»Idiotisch.«

»Aha! Dann stimmen wir darin überein. Als ich anfing, diese Expedition zu planen – ich will natürlich sagen, sie in *Erwägung* zog –, haben mir meine akademischen Freunde Ra Yasht und Skarten gesagt, daß es kein Fehler sei, Sie an meiner Seite zu haben. Vielleicht erinnern Sie sich an sie? Sie haben ihnen bei den Recherchen für die *faszinierende* Monographie *Angewandte Folter: Ein Interview mit Jabbas Koch* geholfen.«

Die Kreatur gab einen würgenden Laut von sich, doch es blieb offen, ob es sich dabei um eine literarische oder kulinarische Kritik handelte.

»Natürlich steht Ihnen Ihre Meinung zu, aber mit dieser Monographie haben die beiden an der Universität ihre Reputation erlangt. *Sofortige* Festanstellung als Professoren. Professor P'tan war außer sich vor Wut – seiner Meinung nach hatten sie noch nicht genug gelitten –, aber der Universitätsausschuß überstimmte ihn. Sofort reichte ich meine Eingabe für Urlaub ein, um ein Projekt von einer solch gewaltigen Herausforderung, eines solch grandiosen Ausmaßes durchzuführen, daß, selbst wenn es Professor P'tan gelingen sollte, den Ausschuß mit Gewalt auf seine Seite zu ziehen, die bloße *Kühnheit* meiner Arbeit ihn dazu zwingen würde, es sich anders zu überlegen und am Ende mir gewogen zu sein. Ich würde in eines der größten und am wenigsten bekannten soziologischen Geheimnisse der Galaxis eindringen, ich würde den Schleier zwischen der angesehenen Gesellschaft und dem düstersten, schleimigsten, abscheulichsten und profitabelsten Phänomen unserer Zeit lüften. Ich würde *Jabba den Hutt* interviewen!« Melvosh Bloors Augen leuchteten, als er sich an die Größe seines Plans erinnerte.

»Den Hutt interviewen?« Blubberndes Gelächter ertönte, wie Lachen aus einem Pudding; Melvosh Bloors Führer konnte sich gar nicht beruhigen.

»Äh ... genau. Sich nett mit ihm hinzusetzen, wie zivilisierte Wesen, und ...«

»Nett? *Nett*! Mit *ihm*?«

Angesichts solch offensichtlichen Spotts ging der Akademiker in die Defensive. »Ich kann daran nichts Lustiges finden«, sagte er steif. »Mir ist bekannt, daß der ... Aufgedunsene, wie er auf so farbige Weise genannt wird, einen gewissen Ruf hat, trotzdem ...« Melvosh Bloor schürzte die Lippen, soweit das einem Kalkal möglich war. »Als man sich mit Ihnen in Verbindung setzte, sagten Sie, Sie könnten das arrangieren. Sie haben sich als eine Person dargestellt, die Jabba sehr nahesteht.«

»Jabba sehr nahesteht?« Die Kreatur prustete wieder gackernd los, aber sie nickte.

»Dann können Sie mich zu ihm bringen? Nicht nur bis zu seinem, äh, Majordomus oder Sekretär oder wer auch immer das gemeine Volk vorher aussortiert, sondern bis zu Jabba persönlich?«

»Bringen? Ha, bis zu Jabba *persönlich*!« Jetzt nickte der Führer so heftig, daß es so aussah, als würden die Ohrquasten jeden Augenblick davonfliegen. »Bis zu Jabba persönlich!« Er packte seine langen, beweglichen Füße und schaukelte auf seinem schlaffen Hinterteil vor und zurück. »Zu Jabba, zu Jabba, zu Jabba!«

»Derselbe Weg, den Professor P'tan benutzt hat?« fragte Melvosh Bloor kühl. In dem kleinen Raum war es möglich, daß man sich sicher fühlte; hier konnte man tatsächlich eine Zeitlang vergessen, daß man sich tief unter dem Stützpunkt des skrupellosesten Verbrecherlords der Galaxis befand. In dieser Umgebung der Selbsttäuschung verfiel der Akademiker in das Benehmen, das er im Klassenzimmer an den Tag legte, ein Stil, der kühle Geringschätzung für Untergebene, schamloses Speichellecken bei Vorgesetzten und, wenn sich die Gelegenheit bot, improvisiertes Intrigieren in sich vereinigte.

»*Er* hat von meinem Plan Wind bekommen, dieser verdammte P'tan«, fuhr Melvosh Bloor fort. »Er stürmte herein, als ich vor dem Universitätsausschuß meinen Antrag auf Studienurlaub und Finanzierung einreichte. Er sagte, es sei lächerlich, eine Studie von solchem Ausmaß einem Mitglied der Juniorfakultät anzuvertrauen – und es spielte keine Rolle, daß es meine Idee gewesen war! Er behauptete, ich würde alle Daten durcheinanderbringen oder mich von der, äh, Neigung des Hutts, Fakten zu verdrehen, einnehmen lassen.«

»Er lügt, lügt, lügt«, meinte die Kreatur. »Wie ein Gran!«

»Nun, was diesen Punkt angeht, stimme ich wohl mit Ihnen überein«, erwiderte Melvosh Bloor und schenkte seinem Führer ein herablassendes Lächeln. »Aber ich werde Jabba auf keinen Fall darüber informieren, daß Sie das über ihn gesagt haben, wenn Sie ihn nicht wissen lassen, daß ich Ihnen zugestimmt habe.«

»Ohhh, ich werde Jabba auf keinen Fall darüber informieren. Hahahaha.«

»Äh, gut.« Die unschönen Heiterkeitsanfälle des Führers fingen langsam wirklich an, das zaghafte Naturell des Akademikers zu beunruhigen. »Vergessen wir Jabbas Ethik mal für den Augenblick; Professor P'tan bestand jedenfalls darauf, daß *er* die von *mir* vorgeschlagene Studie durchführte. Was er dann auch tat. Vielleicht war der Universitätsausschuß ja der Meinung, daß ein elender Dieb am besten dazu qualifiziert sei, einen anderen zu befragen.«

»Elender Dieb? Jabba der Hutt? Jabba, ein elender Dieb, lügt wie ein Gran?« Der Führer spitzte die Ohren.

»Entschuldigen Sie bitte meine Ausdrucksweise. Die Hitze des Augenblicks. Obwohl ich, äh, glaube, diese letzte Bemerkung – lügt wie ein Gran –, die kam von Ihnen. Nein?«

Der lippenlose Mund schnappte zu. »Nein.«

»Aber das haben Sie gesagt! Ich gebe zu, ich sagte, Jabba würde lügen, aber Sie waren derjenige, der ...« Ein Blick in das harte kleine Gesicht verriet Melvosh Bloor, daß er wegen einer Nebensächlichkeit in eine aussichtslose Schlacht verwickelt worden war. Er seufzte müde. »Also gut, wenn Sie darauf bestehen, bitte. *Ich* habe gesagt, Jabba lügt wie ein Gran. Darf ich jetzt fortfahren?«

Eine krallenbewehrte Pfote vollführte die Parodie der Geste einer feinen Dame, die einen überflüssigen Diener verscheucht.

»Also kam P'tan hierher.« Der breite Mund des Kalkals eignete sich ganz hervorragend für einen grimmigen Gesichtsausdruck. »Und man hörte nie wieder von ihm. Wir alle hofften – *nahmen an* –, er sei tot, aber der Universitätsausschuß hat gern Klarheit in solchen Dingen. Dann haben sie einen handfesten Grund, die Unterstützung für seine Frau einzustellen. Darum schickten sie mich, um definitiv festzustellen, ob Professor P'tan noch am Leben ist. Das ist natürlich lächerlich; er muß einfach tot sein. Ich beschloß, diese Reise zu der Expedition zu machen, die sie von Anfang an hätte sein sollen – *meine* Expedition, mein Interview mit Jabba dem Hutt. Und nun sagen Sie mir, Professor P'tan sei nicht tot.« Der Akademiker knirschte mit den Zähnen.

»P'tan ist nicht tot.« Die Kreatur grinste hämisch. »Sarlacc frißt eine Mahlzeit eine lange, lange Zeit. Hahahaha!«

»Der Sarlacc!« Melvosh Bloor war entsetzt. Obwohl er kein Experte für das Leben außerhalb der Universitätsmauern war, hatte er, während er in Mos Eisley auf den Jawa-Führer wartete, genügend gänsehauterregende Geschichten über den Sarlacc und seine langwierigen Verdauungsgewohnheiten gehört, die diese Lükke in seinem Studienwissen mehr als ausreichend ausfüllten. »Wollen Sie damit sagen, Professor P'tan fiel in die ... die ...?«

»Platsch«, sagte sein Führer selbstgefällig. »Platsch, autsch. Hilfe, *Hilfe*«, fügte er hinzu, als wäre es ihm nachträglich eingefallen.

»Nicht so laut, nicht so laut!« zischte Melvosh Bloor und machte mit den Händen verzweifelte, dämpfende Bewegungen.

»Hah! Feigling. Glauben, ich sei dumm?« Die Kreatur kochte vor Wut. »Wie dummer Führer dummer P'tan anheuerte? Dummköpfe kommen in die Sarlacc-Grube! Ich biete an, sein Führer zu sein. Hört er zu? Nein! Er *Mittagessen*! Abendessen. Frühstück. Häppchen ...«

Der Akademiker war entsetzt über den Ausfall. »Mögen die Götter mit uns Gnade haben. P'tans Führer muß ein Narr allererster Güte gewesen sein. Wen hat er angeheuert? Wie dumm war er?«

Statt einer Antwort prustete der Führer vor Heiterkeit los, bis er keine Luft mehr bekam. »Wie dumm war er? Wie dumm war er? Der Narr P'tan hat« – er schnaubte und lachte schallend – »er hat« – er schnappte keuchend nach Luft und kreischte vor Schadenfreude – »er hat *Salacious Crumb* angeheuert!« Nachdem er diese Information mitgeteilt hatte, war es endgültig mit seiner Beherrschung vobei, und er lachte so laut, daß er vom Sitz fiel und auf dem Kopf landete. Den Sturz kommentierte er mit einem schlimmen Wort von so obskurer Herkunft, daß Melvosh Bloor sich beeilte, es für das spätere linguistische Studium in seinen Datenblock einzutragen, bevor er fragte: »Wer ... wer ist Salacious Crumb? Ich fürchte, ich kenne keinen ...«

Die Kreatur grunzte einfühlsam und kletterte zurück auf den Sandstein.

»Aber ... was ist so dumm daran, diesen Salacious Crumb anzuheuern? Kennt er sich im Innern des Palastes nicht aus?«

»Auskennen? Hee! Kennt den Palast wie die Oberseite meiner – seiner rechten Pfote. Ha!«

»In diesem Fall ... ist er kein guter Kontaktmann, um näher an Jabba heranzukommen? Gehört er vielleicht zu den Feinden des Hutts?«

»Zu den *Feinden* des Hutts?« Ein Stöhnen melodramatischen Ausmaßes schüttelte den Führer, er schlug die Pfoten vors Gesicht. »Keiner steht dem Aufgedunsenen näher! *Keiner!* Alle Tage, jeden Tag. Hutt sagt ›Crumb, Salacious Crumb, bring mich sofort zum Lachen oder ich fresse dich!‹«

»Äh, ich verstehe«, sagte Melvosh Bloor, obwohl davon keine Rede sein konnte. »Ich fürchte, ich habe den Witz nicht ganz verstanden, aber ...«

»Besser Sie als Jabba. Jeden Tag, jeden Tag neue Witze! Niemals dem Aufgedunsenen denselben Witz zweimal erzählen!« Das kleine Gesicht verzog sich zu einer erschreckenden Grimasse.

»Wollen Sie damit sagen, daß dieser Salacious Crumb Professor P'tan absichtlich in die Grube des Sarlacc hat stürzen lassen – als Witz?«

Die Kreatur schenkte dem Akademiker einen völlig unschuldigen Blick. »Und? Ihn nicht verstanden?«

Melvosh Bloor schüttelte den Kopf.

»Der Aufgedunsene auch nicht«, seufzte der Führer. »Sah zu. Sagte ›Nächstes Mal bitte lauter und witziger!‹«

Melvosh Bloors gelbe Augen verengten sich mißtrauisch. »Sie scheinen wirklich viel über die Taten dieses Salacious Crumb zu wissen.«

»Und?« Die Kreatur sprang auf die Füße, ihr Pelz sträubte sich, wodurch sie für das Auge noch unerfreulicher aussah. »Sie viel über Jabba wissen. Macht das Sie zu einem Hutt?«

Melvosh Bloor schauderte. »Ich hoffe nicht.«

Die Kreatur schnaubte. »Kommen.«

Dieses eine Mal war es der Akademiker, der zum Echo wurde. »Kommen? Wohin? Sie wollen doch nicht sagen, daß ich mit Ihnen kommen soll, um ... um Jabba den Hutt zu treffen?«

»Jabba ... den ... Hutt!« Die Kreatur sprach den Namen des Verbrecherlords in einem leisen, rollenden, beeindruckenden Tonfall aus, der an Lord Vader persönlich erinnerte.

»So ... so schnell? So einfach ist das?« Melvosh Bloor wußte nicht, ob er vor Entzücken oder Angst zittern sollte, also entschied er sich für ein allgemeines Erbeben. »Sie können mich zu ihm bringen, jetzt sofort?«

»Jetzt sofort. Timing, Timing, *Timing!* Zeit ist reif!« Die Kreatur machte eine große Show daraus, an den Achselhöhlen zu schnüffeln, und fügte dann fröhlich hinzu: »Ich auch!« Sie hoppelte auf allen vieren über den Boden und stieß die Zellentür auf. »Letzte, der draußen ist, ist Sarlacc-Futter.«

Eine solche Aufforderung, die kurz nach der Schilderung von Professor P'tans Ende erfolgte, konnte man unmöglich ignorieren. Melvosh Bloor rannte seinem Führer förmlich aus der Zelle hinterher. Im Korridor kletterte die Kreatur an dem Akademiker hoch, als wäre er der Mast eines Segelgleiters, und hockte sich auf seine Schulter. »Zuhören«, zischte sie ihm ins Ohr. »Ich rede, verstanden? Sonst ...« Sie fuhr sich mit einer Kralle über den faltigen Hals und machte: »Krrgs!«

»Sie meinen, Sie wollen mit ihm sprechen? Aber meine Fragen ...?« Melvosh Bloor gestikulierte hilflos mit dem Datenblock.

Der Führer riß ihn ihm aus den Händen und kaute probeweise auf einer Ecke herum. »Nee! Bis zum Thronsaal kein Wort. Dann sprechen.« Er gluckste fröhlich. »O Mann!«

Melvosh Bloor holte sich seinen Datenblock zurück und brachte ihn vor den gierigen Fingern der Kreatur in Sicherheit. »Damit kann ich mich einverstanden erklären«, sagte er. »Gehen wir.«

Die Dinge und Geräusche, die der Kalkal in den Kellergewölben des Palasts zu sehen und zu hören bekam, hätten Material für eine Vielzahl von Monographien über Ausschweifungen, Leid und unter der Norm liegender Hygiene geboten, wäre er geneigt gewesen, sich von seinem ursprünglichen Ziel abzuwenden. Von seinem Sitz auf der Schulter grüßte der Führer jedes Wesen, dem sie begegneten – Twi'leks, Gamorreaner, Quarren und alle anderen –, mit einer unbeschwerten Kameradschaft, die ... Nun, um die Wahrheit zu sagen: Sie war schlichtweg unverschämt. Aus dem Mund der Kreatur sprudelte förmlich ein Schwall von Beleidigungen und hämischen Bemerkungen. Die Schnelligkeit, mit der Melvosh die vielen Begriffe eingeben mußte, die die Bewohner von Jabbas Palast über seinen Führer ausschütteten, ließ beinahe seine Finger abfallen. (Alles wurde unter dem Buchstaben »U« abgespeichert, »U« für »Unglaublich unanständig«.)

Schließlich kamen sie zu einem von einem Vorhang versperrten Portal. Ein hauerbewehrter Gamorreaner hob drohend die Vibroaxt, bis Melvosh Bloors Führer sich auf seiner Schulter aufrichtete und ein ohrenbetäubendes Schnattern ausstieß. Der Gamorreaner schnaubte eine Erwiderung und winkte sie durch.

Als Melvosh Bloor den Thronsaal von Jabba dem Hutt betrat, verspürte er eine überwältigende Ehrfurcht, die beinahe so herzerschütternd wie die Furcht war, die ihn geschüttelt hatte, als er zu seiner mündlichen Prüfung für den Doktortitel angetreten war. Jabba der Hutt war in natura viel beeindruckender als die Berge von Informationen, die der Akademiker zur Vorbereitung auf diesen Augenblick zusammengetragen hatte. Er fühlte, wie das Gewicht seines Führers von seinem Rücken verschwand, und sah ihn durch den großen Raum zum Thron des Hutts huschen. Eine solche Unverfrorenheit hätte von Rechts wegen in sofortiger Verspeisung enden müssen (zumindest den Studien des Kalkals zufolge), aber das geschah nicht. Statt dessen erlaubte der Verbrecherlord der Kreatur, seinen monströsen Körper emporzuklimmen und ihm etwas zuzuflüstern, was allein für seine Ohren bestimmt war. Bei diesem unwiderlegbaren Beweis für den bevorzugten Status seines Führers machte das Herz des Akademikers einen Sprung. Er konnte seine Festanstellung fast schon schmecken.

»Äh ... Erhabener?« Als sich Melvosh Bloor dem Thron näherte, verließ ihn der Mut. Jabba sah ihn ungerührt an, was er als gutes Zeichen wertete. Er wagte sich einen weiteren Schritt vor. »Ich bin Melvosh Bloor von der Beshka-Universität, und ich ...«

»Universität?« donnerte der Hutt.

»J-ja. Ich bin gekommen, um ... um Euch zu ehren und unsterblich zu machen, indem ich eine tiefschürfende Studie der Gedanken und Motive veröffentliche, die Euch bei dem Aufbau und der Erhaltung Eures krimine ... außersozialen Reichs geleitet haben.«

»Hm.« Das Geräusch der Nachdenklichkeit polterte durch den gewaltigen Leib des Hutts. »Mit anderen Worten, *du* erwartest von *mir*, daß ich dir ohne jede Gegenleistung alle meine Geheimnisse enthülle, damit du sie der Öffentlichkeit präsentierst, wo sie jeder meiner Rivalen studieren kann?« Er beugte sich vor, und sein Mund kam Melvosh Bloors Kopf unbehaglich nahe. Der Akademiker wollte zurückweichen, aber etwas Spitzes bohrte sich unten in seinen Rücken, was den Rückzug zu einer selbstmörderischen Alternative machte. Er glaubte, das Grunzen eines gamorreanischen Wächters zu hören.

Jabbas Körper erbebte. Sein Mund öffnete sich. Melvosh Bloor erstarrte, im festen Glauben, daß sein Leben mit einem Bissen enden würde. Aber dann geschah das Unvorstellbare: Dröhnende Heiterkeit erschütterte den Thronsaal. Jabba lachte, was von den Speichelleckern und Gefolgsleuten des Hutts sofort aufgegriffen wurde. Schließlich hörten das Erdbeben und das Lachen auf. Jabba holte tief Luft. »*Ich* soll *meine* Geheimnisse preisgeben und das als Ehre betrachten? Also das ist witzig!« sagte er.

»Was ich sagen, Master?« Melvosh Bloors kleiner Führer tanzte zwischen ihm und dem massigen Körper des Hutts herum. »Der Typ ist zum Schreien komisch!«

»Zum ... Schreien komisch?« wiederholte der Kalkal verblüfft.

»In der Tat. Ich bin überrascht«, gab Jabba zu. »Für gewöhnlich sind Akademiker zu trocken, um witzig zu sein. Oder genießbar. Ich weiß es: Ich vergesse nie einen Geschmack.«

Melvosh Bloors Haut wurde eiskalt. »Geschmack?« piepste er. »Ihr meint, Ihr habt … Professor P'tan …?«

»*Das* war der Name.« Hätte Jabba die Fähigkeit besessen, bei einer wiedergefundenen Erinnerung mit den Fingern zu schnippen, hätte er es in diesem Augenblick getan. »Du bist der zweite Akademiker, der Unruhe an meinen Hof bringt, was ich der Unverschämtheit meines elenden Dieners Salacious Crumb zu verdanken habe.« Eine der verkümmerten Hände zeigte auf die wie eine Verrückte umherstolzierende Kreatur. »Wenigstens warst *du* es wert!«

»Sa-Sa-Salacious Crumb?« Das war alles, was Melvosh Bloor herausbekam, während er seinen eben noch geliebten und vertrauenswürdigen Führer mit großen Augen anstarrte. »Aber ich dachte – ich war überzeugt –, *Sie sagten, Sie seien Darian Gli!«*

»*Sie* sagten«, prustete der Echsenaffe hämisch.

»Darian Gli?« Der Name sagte Jabba im Moment nichts. »Ach ja, der Markul, der die beiden Störenfriede angeschleppt hat, die meinen Koch so aufgeregt haben.« Er schmatzte voller Nostalgie. »Köstlich.«

»*Sie* sagten, *Sie* sagten, ich nicht!« verspottete Salacious Crumb ihn. Der kowakianische Echsenaffe sonnte sich in seinem Erfolg. »Haa! *Dumm?«* Er zeigte auf den zitternden Akademiker, damit auch jeder von Jabbas Gefolgsleuten mitbekam, auf wen die Beleidigung gemünzt war.

Die Mühe hätte er sich sparen können. Tatsächlich rief jemand aus der Menge: »Wie dumm ist er?«

»Wie dumm? *Wie dumm?«* Die Knopfaugen des Kowakianers funkelten vor Bosheit. »Er sagt, Jabba *lügt wie ein Gran!«*

Jabbas wütender Aufschrei übertönte die kläglich hervorgebrachten Unschuldsbeteuerungen des Kalkals; glücklicherweise verschlang er ihn nicht auf der Stelle – noch nicht. Während Melvosh Bloor stammelte »Aber ich ... er ... aber wir ...«, brüllte Jabba nach den gamorreanischen Wächtern. Irgendwo in Jabbas empörtem Wortschwall hörte Melvosh Bloor deutlich den Namen »Sarlacc« heraus.

Verzweiflung kann erstaunliche Verwandlungen bewirken. Tief getroffen von der Tatsache, daß ihn jemand ohne Doktortitel zum Narren gehalten und auf unerträgliche Weise beleidigt hatte, in der Falle, ohne jede Hoffnung, explodierte der sonst so gelassene Akademiker. Salacious Crumb quiekte auf, als Melvosh Bloors Hand vorschoß und sich um seinen Hals schloß, während die andere die geliehene Faustfeuerwaffe zog und den Lauf bis zur Hälfte in die Nase des Kowakianers schob.

»Er ist *bewaffnet* vor mich getreten?« brüllte Jabba seine Leibwächter an, die sich beeilten, sich als lebenden Wall zwischen ihren Herrn und die Gefahr zu werfen.

»Tut mir leid, Master«, nuschelte Salacious Crumb undeutlich, so gut er konnte. »Ich dachte, Ihr würdet ihn fressen, sobald ...«

»Sei verdammt, Salacious Crumb, er hat einen klatooinischen Handblaster! Du weißt genau, daß ich davon Blähungen bekomme!«

»Ich will Euch nichts tun«, knurrte Melvosh Bloor den Hutt an. »Ich will nur diesem ekelhaften kleinen Kretin den Kopf wegblasen, dann könnt Ihr mich verspeisen. Zumindest werde ich glücklich sterben.« Seinen Gefangenen fauchte er an: »Mich um meine Festanstellung betrügen, was?«

»Hey, hey, hey! Sie wollen eine Festanstellung? Master, Master, gebt ihm, was er will, beantwortet seine Fragen, macht, daß Salacious Crumb seinen Kopf behält ...«

»Er hat gesagt, ich würde wie ein Gran lügen«, erwiderte Jabba.

»Äh ... das war ich«, gestand Salacious Crumb.

»Du!«

»War Kompliment. *Kompliment.* Könnt Ihr keinen Scherz verstehen?«

Jabba sank in sein Fett zurück, um darüber nachzudenken.

»Ein Kompliment?« meinte er. »Von einem Kowakianer ... hm ... vielleicht.« Er lehnte sich auf seinem Thron zurück und gab eine Reihe von Befehlen.

Melvosh Bloor konnte kaum glauben, wie sich sein Glück so total wandelte. Stand er noch Augenblicke zuvor an der Schwelle der Vernichtung, dazu bereit, den hinterhältigen Salacious Crumb mit ins Nichts zu nehmen, saß er auf einmal bequem auf einem Stapel Kissen, die Salacious Crumb mit großer Mühe vor Jabbas Thron zurechtgelegt hatte. Der Hutt erwies sich als überraschend offener Interviewpartner. Es dauerte nicht lang, und der Speicher von Melvosh Bloors Datenblock war bis zum Bersten gefüllt, was auch völlig in Ordnung war: er hatte keine Fragen mehr.

»Ich kann Euch nicht genug danken, Sir«, sagte er und drückte den kostbaren Datenblock an die Brust, als er von den Kissen aufstand. »Ich muß sagen, Euer Ruf wird Euch nicht gerecht. Eure Freundlichkeit, Eure Toleranz, Eure Nachsicht ...« Er schenkte Jabba sein gewinnendstes Lächeln – das Lächeln, das in der Vergangenheit beinahe den verstorbenen Professor P'tan getäuscht hätte, und das wollte etwas heißen. »Sollte es je etwas geben, das ich für Euch tun kann ...«

»Das gibt es«, erwiderte Jabba. Seine Augen schlossen sich zu Schlitzen. »Bring mich zum Lachen.«

Verblüfft konnte der Akademiker nur erwidern: »Äh ... was?«

»Du hast mich schon verstanden. Salacious Crumbs Scherze ermüden mich. Das ist das zweite Mal, daß er versucht hat, mich mit Akademikern zu amüsieren. Ich höre nicht gern denselben Witz zweimal. Bring mich zum Lachen ...«

»Das hat er erwähnt. Äh, nun, Sir, Sie müssen wissen, Humor fällt nicht unbedingt in mein Fachgebiet ...«

»... oder ich verschlinge dich an Ort und Stelle.«

»... allerdings habe ich einen Kurs über die Analyse der Komödie absolviert und würde mich glücklich schätzen, Ihnen meine Notizen zum Thema zu schick-«

»Bring ... mich ... zum ... Lachen!«

Melvosh Bloor saugte die Unterlippe nach innen – keine geringe Leistung – und versuchte die Fassung zu wahren. Den Hutt zum Lachen bringen? Er ließ die Blicke im Thronsaal umherschweifen, auf der verzweifelten Suche nach einem Hinweis, einer Inspiration, die seine Haut retten würde. Sein Blick fiel auf die widerliche Gestalt Salacious Crumbs. Der kowakianische Echsenaffe grinste und schnitt ihm abscheuliche Grimassen. *Wie kann er es wagen!* dachte Melvosh Bloor, und seine Wangen röteten sich. *Ich hätte ihm den Kopf wegschießen sollen, als ich die Gelegenheit dazu hatte. Wenn dieser obszöne kleine Pickel den Hutt zum Lachen bringen kann, dann sollte das mir mit meiner Universitätsausbildung, meinem Wissen und meiner weit überlegenen Herkunft erst recht gelingen.*

Und dann hatte er eine Eingebung, einen Witz, den ausgerechnet Professor P'tan bei einem Fakultätstreffen erzählt hatte. Melvosh Bloor erinnerte sich, daß die ganze Juniorfakultät laut und lange gelacht hatte, also mußte er gut gewesen sein.

Der Akademiker räusperte sich, lächelte freundlich und begann. »Unterbrecht mich, wenn Ihr den schon kennt. Wie viele Sarlaccs braucht man, um einen Jedi zu verspeisen?«

Jabba starrte ihn an. Zu spät fiel Melvosh Bloor wieder ein, daß die Juniorfakultät über jeden Witz lacht, den ein Seniorprofessor erzählt.

»Den habe ich schon gehört«, sagte Jabba. Er ließ den Schwanz auf einen Schalter niedersausen, den er allein bedienen konnte, und der Boden unter Melvosh Bloors Füßen verschwand. Der Akademiker stürzte mitsamt seinen Kissen und allem in die Grube. Der Datenblock flog in hohem Bogen aus seinen hochgerissenen Händen und landete mit einem Klappern vor Salacious Crumbs Füßen. Eine schreckliche, markerschütternde Kakophonie ertönte, als Jabbas bevorzugtes Schoßtier, der Rancor, die Bekanntschaft seines neuesten Spielgefährten machte. »Und *den* habe ich auch schon gehört«, bemerkte Jabba abschließend.

Er schenkte seinem Hofnarren einen strengen Blick. »Nun, Salacious Crumb«, sagte er, »das war lauter, aber ich glaube nicht, daß es lustiger war.«

»Bah! Akademiker.« Der Kowakianer zuckte mit den Schultern. »Veröffentlichen oder scheitern, veröffentlichen oder scheitern«, äffte er nach. Bei jedem Wort schlug er Melvosh Bloors Datenblock auf den Boden.

»Veröffentlichen oder ...?« Ein langsamer, gänsehauterregender Laut bahnte sich den Weg aus dem Innern des massigen Hutts, bis er schließlich als Geysir zufriedenen Lachens aus dem Maul des Aufgedunsenen herausplatzte. »Also das *ist* witzig!« verkündete Jabba.

Salacious Crumb verzog das Gesicht zu einem Ausdruck tiefer Verachtung für die Vorstellung seines Herrn von einer Pointe. Er warf den Datenblock in die Rancorgrube. Der Rancor, der kein nervöses Herumzappeln kannte und absolut keinen Sinn für Humor hatte, warf ihn zurück.

Schließlich hatte er schon eine Festanstellung.

Eine Zeit zum Trauern, eine Zeit zum Tanzen:

Oolas Geschichte

Kathy Tyers

Oolas Rücken schmerzte von den Wurzeln ihrer Lekku bis zu den sandalenbedeckten Fußsohlen. Sie hockte am Rand von Jabbas Plattform, so weit von dem Aufgedunsenen entfernt, wie es die Kette erlaubte. Übelriechender Qualm stieg aus seiner Wasserpfeife auf; er hing beißend in der Luft und kratzte in ihrer Kehle.

Sie schüttelte den Kopf, und die Kette rasselte. Sie hatte jedes einzelne Glied überprüft, in der Hoffnung, eine schwache Stelle zu finden. Umsonst. Seit zwei Tagen, zwei endlosen Umläufen von Tatooines brennenden Zwillingssonnen, hatte sie kein Tageslicht mehr gesehen. Und sie vermutete, daß sie die sabbernden Annäherungsversuche des schrecklichen Hutts nur deshalb hatte abwehren können, weil er ihre Bestrafung genauso sehr genoß, wie er ihre absehbare Unterwerfung erwartete.

Die Gamorreaner, die sie am Morgen geschlagen hatten, waren vorsichtig gewesen. Sie hatte sich geweigert, näher an Jabba heranzutanzen. Oola kauerte sich zusammen und versuchte zu vergessen. Jabbas segelohriger Echsenaffe hatte sich auf ihre Ferse gehockt und gegackert, als die Gamorreaner sie ausstreckten und mit wissenschaftlicher Kunstfertigkeit auf sie einschlugen. Sie hatte auf blaue Flecken gehofft. Vielleicht würden sie dafür sorgen, daß Jabba sie abstoßend fand.

Ihr Sponsor Bib Fortuna, wie sie ein Twi'lek, hatte in der Nähe gekauert und seine knotige Stirn gerunzelt. Er signalisierte mit

Zuckungen und huschenden Bewegungen seiner dicken, männlichen Lekku: »Lerne schnell! Du hast mich ein Vermögen gekostet. Zwei Vermögen. Du wirst ihn erfreuen – selbst wenn sein einziges Vergnügen darin besteht, dich sterben zu sehen.«

Oola hatte nur noch zwei Hoffnungen: aus diesem Palast des Todes zu entkommen oder, falls das unmöglich war, einen sauberen, anständigen Tod zu sterben, um auf diese Weise zu entkommen. Fortuna war die einzige Person, die ihre Sprache sprach. Dieser Gedanke machte sie unerträglich einsam. Master Fortuna saß in einer Nische am Tisch und hängte seine Lekku über die Schultern von Melina Carniss – einer menschlichen Tänzerin, die dunkelhaarig und beinahe hübsch war.

Jabbas Schwanz zuckte. Oola legte die Arme um die Fußknöchel. Sie hatte nur wenige Worte Huttisch gelernt (»Nein«, »Bitte nicht« und »Auf keinen Fall«), aber es gelang ihr immer besser, die Körpersprache des Hutts zu verstehen. Gerade hatte ihn ein Gedanke erfreut.

Sie mußte an ein uraltes Lied mit freiem Versmaß denken: »Nur ein Verbrecher zieht Überleben der Ehre vor. Liebe das Leben zu sehr, und du verlierst den besten Grund zum Leben.« Sie hatte dieses Lied als Kind gelernt. Das Leben war gefährlich. Oola verlangte nach dem Leben wie nach Wasser, und sie wollte den Tod wie Wein trinken, mit einem großen, schnellen Schluck.

Aber noch nicht so bald.

Dann hörte sie, was Jabba bereits in Aufregung versetzt hatte: Rufe und die Geräusche sich sträubender Körper hallten die Eingangstreppe hinunter. Durch ihre Haube konnte sie sie kaum hören. Master Fortuna hatte Jabba die beschlagene Lederhaube vor ihren Augen präsentiert, Huttisch gesprochen und mit einer scharfen Kralle über einen knotigen Stirnhöcker gestrichen. Dann schnallte er sie unter ihrem Kinn zu, der krönende Abschluß ihres Kostüms.

Metallene Nieten in den Ohrmuscheln stießen durch das Leder direkt in ihre empfindlichen Ohren und blockierten alle Laute –

bis auf die lautesten Geräusche wie Max Rebos verabscheuungswürdige Sängerin Sy Snootles und Jabbas abscheuliche Aufforderungen.

Sie hob den Kopf, um in Richtung Treppe zu sehen. Um den Thron herum und in den dunklen Nischen und Ecken des Thronsaals hielten Jabbas Höflinge in ihren üblichen Tätigkeiten inne. Bib Fortuna sah zur Mitte des Raumes, dann erhob er sich und glitt vorwärts.

Einst hatte sie ihn bewundert. Jetzt verabscheute sie sein serviles Schlurfen und die Berührung seiner Krallenfinger.

Zwei hauerbewehrte gamorreanische Wächter zerrten eine sich wehrende Gestalt herein. Obwohl der Gefangene nur halb so groß wie die Wächter war, sprang er nach rechts und links und trat verzweifelt gegen die dicke Haut ihrer Knie. Jedesmal, wenn ein Tritt traf, schnaubten die Gamorreaner. Oola vermutete, daß sie lachten.

Jabba riß an ihrer Kette. Keuchend stolperte sie gegen schmieriges Fleisch. Eine warzige, verkümmerte Hand packte ihren empfindlichen linken Lek und streichelte ihn.

Jabba grollte seinem neuen glücklosen Gefangenen etwas zu. Ein Gamorreaner packte seine grobgewobene braune Robe am Kragen, riß sie herunter und enthüllte eine hagere Kreatur mit eingefallenem Gesicht und glühenden gelben Augen. Sie schnatterte Jabba mit einer schnellen, hohen Stimme an. Jabba rülpste etwas, das wie ein Befehl klang. Hinter den schrecklichen Wächtern flitzte ein gedrungenes Krebsgeschöpf mit vier grüngepanzerten Beinen hervor. Mehrere Höflinge wichen davor zurück; andere kamen näher heran. Selbst Master Fortuna hielt respektvoll Abstand.

Das Krebsgeschöpf schwenkte einen Vorderfuß. Zwei Paar Scheren schnappten auf. Zwischen den Scheren trat je eine gerade, schmale Kralle hervor. Eine von ihnen schimmerte feucht. Der Gefangene fuhr zusammen und schrie auf.

Jabbas grollendes Lachen ließ seinen Bauch vibrieren. Oola zitterte. Sie hatte zwei Nächte lang nicht geschlafen; wenn das hier noch viel länger so weiterging, würde sie zu müde zur Flucht sein, wenn sich die Gelegenheit bot. Jabbas angekettete Tänzerinnen mußten kurze, elende Leben führen. Das uralte Lied verfolgte sie: »... du verlierst den besten Grund zum Leben ...«

Als sich der Gefangene zusammenkauerte, packte die Zwillingsklaue des Krebsgeschöpfs seinen Oberarm. Scheren schnappten zu. Der Gefangene kreischte erneut auf, es war ein langer, dünner Schrei, der dafür sorgte, daß Oola zusammenzuckte. Sie wirbelte herum, vergrub das Gesicht in die stinkende Haut und schob sich an Jabbas ekelerregendem Bauch hoch. Einen Augenblick lang vergaß sie das faulige Fleisch unter ihren nackten Armen und Beinen. Jabba kicherte, lockerte aber ihre Kette, vermutlich, um sich besser auf die letzte Qual seines Opfers konzentrieren zu können.

Oola rutschte an Jabbas anderer Seite herunter und testete vorsichtig den Freiraum, den er ihr ließ. Sie schaffte es, an der Rückseite der Plattform herunterzugleiten, bevor sich die Halsfessel zuzog. Jabba schien nichts dagegen zu haben, die Kette quer über den Körper gezogen zu bekommen. Er würde sie zu finden wissen, wenn ihm der Sinn nach leichterer Unterhaltung stand.

Sie schob den Riemen der verhaßten Haube übers Kinn und riß sie herunter. Dann zupfte sie an dem luftigen Netzkostüm und straffte das fadenscheinige Gewebe, um ihren Körper so gut zu bedecken, wie es ging. Schmale Lederstreifen hielten es an Taille, Hüften, Knie und Knöchel fest.

Sie hatte gehofft, Tanzschleier zu bekommen.

Langam paßten sich ihre Augen an das Zwielicht an. Zu ihrer Überraschung teilten noch zwei andere Geschöpfe ihr Refugium. Ihre Kollegin Yarna – eine üppige Askajianerin, deren Brüste Platz für einen großen Wurf Nachwuchs boten – hatte nach den ausgedehnten Schlägen am Morgen ein paar »tröstende« Worte zu ihr gesagt: »Tu, was du tun mußt. Was auch immer funktioniert. Solange du am Leben bist, gibt es noch Hoffnung.« Oola runzelte die Stirn. Tod war der ultimative Feind, aber dahinter warteten die helle, saubere Ewigkeit und der Große Tanz.

Auch der humanoid aussehende Droide kauerte hier. Er war beinahe so groß wie Fortuna und schimmerte golden, wo Jabbas Schleim ihn nicht beschmutzt hatte. Sie hatte ihn gesehen, als er mit seinem gedrungenen silbrigen Partner eingetroffen war, und sie hatte den hochgewachsenen Menschen nicht vergessen, dessen Bild in die stinkende, diesige Luft projiziert worden war ...

Yarna lag ausgestreckt da, wie bei einem friedlichen Nickerchen nach dem Frühstück. Der Droide preßte mit metallischen Gelenken versehene Hände auf seine unsichtbaren Ohren. Oola kauerte sich näher an ihn heran. Sie zermarterte sich den Kopf nach Worten, die ihn trösten würden, aber sie konnte nicht genügend Huttisch, um einen Anfang zu machen. Vielleicht sollte sie es mit Basic versuchen, auch wenn sie es nicht gut sprach.

Der Metallkopf drehte sich. Er straffte sich – zuerst glaubte sie, er wollte ihr aus dem Weg gehen – und machte dann eine steife, höfische Verbeugung. »Miss Oola.«

Er sprach Twi'lek. Wie zuvor, als sein Partner dieses Bild projiziert hatte, traf sie der Schock des Vertrauten.

»Ich bin C-3PO, zuständig für Beziehungen zwischen Mensch und Cyborg«, verkündete er; der Droide sprach Twi'lek so gut, wie sie es noch nie ein Wesen ohne Lekku hatte sprechen hören. »Ich beherrsche über sechs Millionen Kommunikationsformen. Ich entschuldige mich für meinen schändlichen Zustand«, fügte er hinzu und strich mit einer Metallhand über den grünen Schleim auf seinem Körper. »Sollte ich tatsächlich zum Untergang verurteilt sein, würde ich es vorziehen, dem Schrotthaufen in einem sauberen Zustand gegenüberzutreten.«

»Sei nicht feige«, flüsterte sie, konnte aber keine Kraft in ihre Stimme legen.

»Er hat gedroht, mein Gedächtnis zu löschen. Das wäre noch schlimmer«, wimmerte der Droide.

»Nichts ist endgültig«, murmelte Oola und bemühte sich, weitere grundsätzliche Dinge aufzusagen, an die sie früher ihrer Meinung nach fest geglaubt hatte, bevor die Angst Löcher in ihren Glauben genagt hatte. »Nicht einmal der Tod. Er befreit nur den Geist von den Beschränkungen der Gravitation, um zu tanzen ...«

»Sie verstehen nicht.« 3PO setzte sich mit einem metallischen Quietschen auf den sandigen Boden des Saals. »Selbst eine partielle Gedächtnislöschung wäre verheerend für einen Droiden mit meiner Programmierung. Ich müßte dann unter Umständen wieder mit grundsätzlichen, imitierenden Körperbewegungen anfangen. Ich bin nicht einmal sicher, ob ich alle meine Kommunikationsfunktionen behalten würde.«

Was das auch immer ist, signalisierte sie mit ihren Lekku. Kein Nicht-Twi'lek konnte Lek-Gesten verstehen.

Er überraschte sie erneut. »Es würde das Ende bedeuten«, erklärte er und spreizte dabei die Metallfinger. Dann sprach er weiter, fast schüchtern. »Darf ich Ihnen mein Mitgefühl für Ihre unglückliche Situation aussprechen, Miss Oola?«

Das waren die ersten wohlerzogenen Worte, die sie in den vergangenen zwei Tagen gehört hatte. Sie bedauerte, daß sie in der Stadt so tollkühn gehandelt hatte, wo sie doch Master Fortuna hätte entkommen können, sie bedauerte ihren offensichtlich fehlenden Mut hier an diesem Ort, und sie krümmte sich zu einem kleinen Ball zusammen und wiegte beide Lekku zwischen den Knien. »Danke, PO«, murmelte sie. »Weißt du, was da passiert?« Sie zeigte mit einer schnellen Kopfbewegung auf die andere Seite von Jabbas Thron.

»3PO«, korrigierte er, aber er versuchte ritterlich zu sein. »Soweit ich es verstanden habe, bestraft Seine Allerdurchlauchtigste Hoheit einen Jawa. Ich vermute, jemanden, den er dabei erwischt hat, wie er ein Komplott gegen ihn schmiedete. Soweit ich feststellen konnte, hofft hier jeder, den anderen ermorden zu können. Ich ... Oh!«

Ein weiterer schriller Schrei unterbrach ihn. Er drehte den Kopf.

Oola stieß den nackten Ellbogen in seine harte, kühle Seite. »Erzähl mir von diesem ... Bild, das der andere Droide heute Morgen projiziert hat«, drängte sie ihn. Sie mußte es *jetzt* wissen. Sie hatte gelernt, nicht auf zweite Chancen zu hoffen.

»Was?« 3PO drehte ihr den Kopf zu.

»Der ... Mensch.« Menschen sahen fast wie Twi'leks aus, nur mitleiderregend verstümmelt ... so wie Jabba schrecklich mutiert aussah, wie ein Lek, der zu obszönen Proportionen aufgequollen war. »Wer war das?«

3POs Tonfall hellte sich merklich auf. »Oh! Das ist mein ...« Er hielt inne, bevor er »Besitzer« oder »Master« sagen konnte – jetzt gehörte er Jabba –, aber seine Worte hatten eindeutig damit begonnen, Eigentum anzudeuten.

Sie berührte ihren Kragen in unerwartetem Mitgefühl, ignorierte sein Stocken und sagte: »Ich habe ihn gesehen.«

Er richtete sich mit einer grandiosen Geste beider Arme auf. »Ich fürchte, das ist unmöglich.«

»Ist sein Name Luke?« fragte Oola.

3POs Augen leuchteten in der dunklen, verqualmten Luft. »Du meine Güte. Ja. Ja, das stimmt. Wo war das?«

Oola berichtete traurig.

Oola entspannte sich auf ihrem Verzögerungssitz, erleichtert, daß ihr erster Raumflug problemlos geendet hatte. Jerris Rudd, Bib Fortunas Angestellter und ihr Pilot-Begleiter auf der kurzen Reise von Rylcth nach Tatooine, hatte sie gewarnt, daß plötzliche Sandstürme oder feindlich gesonnene Eingeborene für Probleme bei der Landung sorgen könnten. Oola streckte die Beine, begierig, aus der engen Kabine zu springen. In ihrem Zuhause auf Ryloth, tief in den Untergrundwohnbezirken, wo ewiges Zwielicht herrschte und achthundert Leute ihren Vater als Clanführer anerkannten, war sie als ausgezeichnete Tänzerin bekannt gewesen. Die Höhe ihrer Tritte und der sinnliche Schwung ihrer Lekku hatten ihr dutzendweise Bewunderer eingebracht.

Vor vier Monaten hatte Bib Fortuna sie auf die Oberfläche gelockt. Statt ihren Vater zu bezahlen, wie es der Brauch vorschrieb, hatte er sie entführt. Er hatte sie – zusammen mit einem anderen Twi'lek-Mädchen, das noch jünger und noch hübscher war als sie – in dem Gebäudekomplex auf Ryloth versklavt, von dem aus er einst ein lukratives Schmugglergeschäft geführt hatte. Er hatte ihnen die teuerste Ausbildung von sechs Welten gekauft: vier Monate mit Ryloths anmutigsten, erfahrensten Hoftänzerinnen.

Die älteren Tänzerinnen verachteten die seltsamen, primitiven Bräuche ihres Clans. Oola glaubte fest daran, daß ihr Clan den Glauben und den Anstand bewahrte, den der Rest der Welt in seiner Hast, den Sklavenhändlern und Schmugglern entgegenzukommen, verloren hatte. Selbstsucht war ein todbringender Gott.

Dennoch zeigte Oolas Ausbildung Erfolg. Eine Flucht war unmöglich, und sie liebte den Tanz. Die Zwillinge der Versuchung, Macht und Ruhm, schlugen ihre Fänge in ihre Seele. Fortunas Künstlerinnen bestimmten die Charaktere, die die Mädchen im Tanz verkörpern sollten: Sienn sollte einen etwas jüngeren, naiven und unschuldigen Eindruck machen; Oola sollte wissend, erfahren und gefühllos erscheinen. Sienn saß stoisch da, als Fortunas erbarmungslose Ausbilderinnen ihre von Nerven durchzogenen Lekku mit zarten Blumenkränzen tätowierten. Oola hielt Sienns Hand und wischte ihr die stummen Schmerzenstränen ab.

Sienn war zu jung und verletzlich für eine Arbeit, die ihre Schönheit zu einer Ware machte. Twi'leks bezeichneten Mädchen ihrer Sorte als »Leckerbissen« – ein Biß, und ihre Klienten hatten sie verspeist. Ihre alternde Chefausbilderin, die noch immer eine gewisse Schönheit ihr eigen nannte, versuchte Sienn abzuhärten. »Spiel nicht mit dieser Art von Verlangen«, hatte sie gewarnt. »Laß sie sabbern, aber laß sie nicht zubeißen.«

Oola glättete ihre Lekku und trainierte ihre Schultern, bis sie so anmutig wie möglich waren. Sie und Sienn waren von den Besten ausgebildet worden, damit sie für die Besten begehrenswert waren.

Sienn, die einen mit einer Kapuze versehenen Overall trug – genau wie Oola, nur war ihrer hellgelb statt dunkelblau –, saß ebenfalls in einem Verzögerungssitz und streichelte ihre frisch tätowierten Lekku. »Tun sie noch immer weh?« murmelte Oola.

»Mit ihnen ist alles in Ordnung«, beharrte Sienn. »Sie ...«

Die Kabinentür glitt beiseite. Jerris Rudd trat ein, einhundertsiebzig Zentimeter Abschaum. Rudd war der erste Mensch, den sie kennengelernt hatte. Vielleicht kleideten sich alle Menschen in ausgebeulte, zerrissene Kleidung. Vielleicht rochen sie alle so widerlich und hatten ein verfilztes Fell auf dem Kopf (Rudds schlimmster Gestank ging von diesem Fell aus). Wenn das zutraf, dann waren Menschen Abschaum. Damit sie ihrer welterfahrenen Rolle besser entsprach, hatte Rudd ihr einen kleinen Dolch gegeben »Hilf Sienn«, hatte er sie verspottet, »wenn du kannst.« Sie hatte sich gesträubt, aber dann hatte sie dafür gesorgt, daß der Dolch auch scharf war, und ihn in den Gürtel gesteckt.

»Schönen Flug gehabt, Mädchen?« Rudd rieb sich die schmutzigen Hände. »Das war eine ganz ordentliche Landung, wenn ihr mich fragt. Kein *Bumms.*« Er klatschte vor Sienns Gesicht in die Hände.

Sienn duckte sich auf ihrem Sitz zusammen. Offenbar hatte Rudd während ihres Sprungs durch den Hyperraum versucht, Sienns Ausbildung abzuschätzen.

Oola beherrschte nur ein paar Hundert Worte Basic, aber sie erkannte Pidgin, wenn sie es hörte. Es beleidigte sie. Die meisten Worte konnte sie aus dem Kontext heraus erraten und übersetzen. »Es war eine gute Landung«, sagte sie bestimmt.

»Zeit zum Losschnallen« – er zeigte mit Gebärden, wie man die Gurte löste – »und Aussteigen. Ihr werdet Tatooine lieben.«

Sienn drückte einen Schalter. Ihre Gurte zogen sich in den Sitz zurück. »Wie ist der Planet?«

»Ein bißchen wie Ryloth. Ihr werdet sehen. Kommt schon.«

Sie waren kaum in die Hitze der Andockbucht hinuntergeklettert – und der sandige Hinterhof hatte viel Ähnlichkeit mit Ryloths heißer, für alle Zeiten unbewohnbarer heller Seite –, als eine metallische Stimme befahl: »Stehenbleiben. Keiner rührt sich.«

Die Stimme hatte keine Musik in sich. Sie knirschte in ihren Ohren wie Eisen auf Schiefer. Oola gehorchte.

Die Stimme gehörte einem Menschen, der in weißes Metall gekleidet war. Oola starrte ihn an. Sie hatte Drei-D-Bilder imperialer Sturmtruppler gesehen. Drei von ihnen standen zwischen der verbeulten vorderen Landekufe von Rudds kleinem Transporter und dem einzigen Tor in den Sandsteinwänden der Andockbucht. Eine Weißhaut marschierte auf Rudd zu. »Lassen Sie mal die Papiere sehen.«

Rudd, der die Blastergewehre der Sturmtruppler im Auge behielt und keine hastigen Bewegungen machte, grub in seiner mit Schweißflecken versehenen Schultertasche herum. Der Sturmtruppler entriß sie ihm. Sienn rührte sich nicht; sie zitterte am ganzen Leib.

Schließlich gab die Weißhaut Rudds Tasche zurück. Seine Kameraden senkten die Waffen. »Das ist eine weit verbreitete Schiffsklasse«, erklärte er. »Genau die Sorte, die man unserer Meinung nach benutzen würde, wenn man sich durch die Kontrollen schmuggeln will.«

»Ich bin eine respektable Begleitperson«, sagte Rudd. »Ich ...«

»Hören Sie auf«, sagte der Anführer der Sturmtruppler. »Wir kennen Ihren Boß. Jabba wird eine Überraschung erleben. Schon bald.« Die Weißhäute an seiner Seite lachten.

Der dritte Sturmtruppler hielt die Waffe noch immer nach oben gerichtet. »Ich sage, wir durchsuchen das Schiff.«

»Das ist nicht nötig«, beteuerte Rudd. »Ich bin sauber. Außerdem habe ich gleich einen Termin.«

Offensichtlich war das nicht das, was der Sturmtruppler hören wollte. Oola, Sienn und Rudd verbrachten die nächsten Stunden unter imperialer Bewachung; sie hockten im kaum vorhandenen Schatten, während zwei Sturmtruppler jeden Quadrat*glekk* des

Shuttles untersuchten. Sie kamen mit übertriebenem Schulterzucken zurück. »Geht«, sagte der Anführer der Weißhäute. »Diesmal gibt's keine Anklage.«

»Vielen herzlichen Dank«, grollte Rudd, aber er sagte es leise. Was auch immer Anklagen waren, sie machten ihm jedenfalls Angst. »Kommt schon, Mädchen.« Oola ging etwas schneller und entging so seinen Schweißtropfen. Aus den Augenwinkeln sah sie, daß Sienn nicht so schnell war.

»Was suchen die?« fragte Oola, als sie durch eine schmale Gasse eilten.

»Nicht was. Wen. So wie sie uns durchsucht haben, halten sie Ausschau nach einer bestimmten Person.«

»Wer könnte das sein?«

»Was weiß ich? Ist mir auch egal. Frag nicht. Jetzt ist mein Terminplan im Eimer«, grollte er und vergaß dabei, herablassend zu sein und Pidgin zu sprechen. Er packte sie in ein radloses Fahrzeug mit drei hinten angebrachten Motoren. Oola eroberte den Rücksitz. »Fortuna wird noch länger als eine Stunde beschäftigt sein. Wir müssen ...« Der Motorenlärm übertönte die gereizten Worte.

Oola sah sich um, als Rudd das Fahrzeug durch die häßliche kleine Stadt steuerte. Alles war überirdisch, nichts war, den Gesetzen der Vernunft gehorchend, in solidem Fels untergebracht. Schon jetzt verspürte sie Heimweh. Neben rechteckigen Gebäuden, die die gleiche häßliche orange Farbe wie Tatooines Sand aufwiesen, häuften sich Berge voller Abfall und Schrott. Rudd bog mehrere Male ab, und Oola hätte die Orientierung verloren, wären da nicht die Sonnen gewesen, deren Position sie unfehlbar im Gedächtnis behielt. Wenn man sich auf Ryloth nicht orientieren konnte, bestand die Gefahr, vor der Zeit zu sterben. »Es ist nicht mehr weit.« Rudd streichelte Sienns Bein; sie saß neben ihm auf dem Vordersitz. »Und wir werden – whoops.« Er hatte die Geschwindigkeit verringert. Abrupt beschleunigte er und raste um eine Ecke.

»Was war das?« fragte Oola. Sie verdrehte den Hals, um nach hinten zu blicken. Es gab nichts Interessantes zu sehen.

»Besucher vor Jabbas Stadthaus. Nicht unbedingt die Art von Leuten, denen ich euch Mädchen zeigen möchte. Laßt mich nachdenken.« Augenblicke später bremste er das Fahrzeug neben einem großen Schrotthaufen ab. Zwischen zerfetzten Stoffbahnen lagen Metallsparren und Platten eines Rumpfes; offensichtlich waren zwei Luftschiffe über Mos Eisley kollidiert, abgestürzt und von Tatooines trockenem Klima konserviert worden ... bis auf die demontierbaren Teile. Dem Sand nach zu urteilen, der durch die Löcher in den Wrackteilen wehte, hatte man sie schon vor langer Zeit geborgen. »Raus«, befahl Rudd. »Raus.«

»Hier?« Sienns Lekku wanden sich verwirrt. Es war eine natürliche Geste, die zu betonen ihr die Lehrerinnen beigebracht hatten, so wie Oola gelernt hatte, ihre Lekku wild umherzuschwingen.

»Na klar.« Rudd versetzte Sienn einen Stoß, der sie über die Seite fallen ließ. Oola sprang mit einem lässigen Satz aus dem Fahrzeug.

Rudd folgte ihnen. Er klopfte gegen eine lange Motorhaube, schob einen Sparren beiseite und zog schließlich ein großes Tuch aus gelbem Gewebe hervor. Möglicherweise hatte es einst als Segel gedient; es war an einer langen Stange befestigt, und ein Ende war in verwitterte gelbe Streifen gerissen. »Kriecht darunter. Wartet, bis ich zurück bin. Verhaltet euch ruhig. Mos Eisley ist voller Raubtiere und Jäger.« Er imitierte ein kehliges Knurren und gab vor, mit einer Klaue nach ihnen zu schlagen. »Raubtiere fressen nette kleine Mädchen. Schlagt die Kapuzen hoch.«

Sienn hatte sich bereits im stickigen Schatten des Segels zusammengerollt. »Komm hier drunter, Oola«, flüsterte sie. »Schnell. Jemand könnte dich sehen.«

Oola kroch nahe an sie heran und rollte ihre Lekku unter der Kapuze in Halsnähe zusammen. Sie konnte nicht zulassen, daß der Sand ihre zarte Haut zerkratzte. Das würde weh tun ... und es würde ihren Wert für Bibs berühmten Arbeitgeber schmälern.

Endlich wurde ihr die Tatsache richtig bewußt: Sie befanden sich auf derselben Welt wie Jabba der Hutt. Master Bib Fortuna hatte ihr den Mund wäßrig gemacht mit seinen Geschichten über Jabbas Reichtum und Pracht – sein legendärer Palast, sein exquisiter Geschmack, was Essen, Frauen und andere Luxusgüter anging. Oola stellte sich weiche Kissen und Gewänder vor, die im Abendwind flatterten und nur aus kunstvoll drapierten Tanzschleiern bestanden. Ihr stattlicher neuer Herr würde zuvorkommend, mächtig und außerordentlich tief beeindruckt von ihr sein … eine Stellung, die den geringfügigen Preis wert war, dafür die Freiheit aufzugeben.

Aber jetzt lag sie hinter einem Schrotthaufen und versteckte sich. Sienn weinte leise.

Mehrere Minuten später blinzelte Oola Schweiß aus einem Auge. Sie hatte ihre Meinung über Tatooine geändert: Hier war es heißer als auf Ryloth. In der Hitze, die die Luft flimmern ließ, verschwamm auch ihre Sicht. Ein schlecht auszumachender Schatten schien sich von einem angrenzenden Gebäude zu lösen und auf den Schrotthaufen zuzuschweben.

Das war lächerlich. Selbst zur Mittagszeit schwebten Schatten nicht …

Sienn packte Oolas Bein. »Oola«, flüsterte sie. »Was ist das?«

Oola blinzelte. Es war keine Halluzination, sondern eine in eine schwarze Robe gekleidete … Person. *Mos Eisley ist voller Jäger.* Selbst Rudd war hier vorsichtig. Oola berührte Sienns Schulter mit dem Zeh. »Kriech tiefer hinein.« Sobald sich Sienn in Bewegung gesetzt hatte, kroch Oola rückwärts. Heißer, kratziger Sand scheuerte durch den Overall hindurch gegen Knie, Ellbogen und Bauch, aber sie schaffte es, sich einen Meter tiefer in Dekkung zu schieben.

Das andere Ende des Segels hob sich. Die dunkle Kreatur kauerte auf den Fersen und streckte die Hand aus, als wollte sie etwas anheben – aber sie berührte weder den Stoff noch das Metallrohr. Die Kapuze eines schwarzen Umhangs verbarg ihr Gesicht.

Sienn wimmerte. Oola fummelte mit sandigen Fingern an ihrem Gürtel herum, auf der Suche nach dem kleinen Schmuckdolch. »Bleiben Sie weg!« zischte und signalisierte sie in Twi'lek.

Die vermummte Kreatur stützte sich auf eine Hand. Im tiefen Schatten der Kapuze bekam Oola flüchtig ein Kinn und ein blaues Funkeln zu sehen. Twi'leks hatten keine blauen Augen.

»Bleiben Sie weg«, wiederholte sie. In Basic klangen die Worte weitaus weniger bedrohlich.

Die Kreatur nahm den Umhang ab und kam näher. Sie war wie Rudd ein Mensch, mit einem sauberen, wergfarbenen Pelz. Im Gegensatz zu Rudds zerlumpter Garderobe sah seine schwarze Kleidung intakt aus (wenn auch abgetragen). Falls er ein Jäger war, hatte sie mit ihrer Einschätzung recht, was Rudd betraf: Rudd war Abschaum, selbst unter seinen eigenen Leuten. Bib Fortunas Organisation sank in ihrer Achtung. Zusammen mit ihrem Willen zur Kooperation.

Die ungewöhnlich blauen Augen des Menschen blickten von Oola zu Sienn und wieder zurück. »Ich fühle eure Furcht«, sagte er leise. »Kommt mit mir. Ich habe einen« – er benutzte mehrere Worte, die sie nicht verstand, aber die letzten beiden kannte sie wieder – »sicheren Ort.«

Oola lachte leise. »Auf dieser Welt gibt es keinen sicheren Ort«, vermutete sie laut. Es beunruhigte sie, daß die Art, wie dieser Mensch sprach – wobei es keine Rolle spielte, ob sie seine Worte verstand oder nicht – ihre von der Logik diktierte Angst zerstreute.

Sienn zitterte wie eine von Master Fortunas Kragenverzierungen. Oola richtete sich wie eine Echse auf Ellbogen und Knie auf und schwang drohend Rudds kleinen Dolch. »Wer sind Sie?« verlangte sie zu wissen. »Was wollen Sie?«

»Ich will Ihnen nichts tun.« Die Klinge jagte ihm keine Angst ein. »Ich heiße Luke.«

Sie ließ das Wort über die Zunge rollen. »Luke. Gehen Sie weg, Luke.«

»Ich bin auf dieser Welt geboren worden.« Jedes Wort versuchte sie zu beruhigen. »Ich bin zurückgekehrt, da ich eine wichtige ...« Er benutzte wieder ein Wort, das sie weder kannte noch sich zusammenreimen konnte. Vielleicht war es der Name seines Raumschiffs.

»Dann gehen Sie und tun das, weswegen Sie gekommen sind«, sagte sie. »Lassen Sie uns in Ruhe.«

Er ließ sich auf beide Hände hinunter und kroch näher heran. Etwas, das von seinem Gürtel herabbaumelte, zog ihre Aufmerksamkeit auf sich. Es sah nicht aus wie ein Blaster, und es war mit Sicherheit auch kein Messer. Aber sie hatte noch nie zuvor einen derart geformten Geldbeutel gesehen. Wenn es eine Waffe war, griff er jedenfalls nicht danach. Er mußte sie für nicht schnell – oder entschlossen – genug halten, um das Messer zu benutzen. Sie schob die Knie nach vorn und grub die Zehen in den Sand. *Diese* Echse konnte springen.

»Wie heißen Sie?« fragte er. Er war fast nahe genug heran, um sie zu berühren.

»Niemand, Tochter von Niemand.« Sie wollte ihn nicht verletzen, nur verjagen. Sie suchte nach einem Ziel – der linke Arm war ausgestreckt. Sie konnte in seinen Ellbogen stechen. Nur so tief, daß ...

Seine rechte Hand bewegte sich ruckartig, eine rufende Geste. Ihre Arme knickten ein. Sie fiel kopfüber in den Sand und ließ das Messer los. Er krümmte die Finger – und der Dolch glitt in seine Hand. »Es tut mir leid«, sagte er. »Aber ich werde Sie nicht verletzen. Und Sie sollen mich nicht verletzen. Sind Sie Sklavinnen?«

Was war dieser Luke nur für ein Wesen? Sein Gesichtsausdruck war gelassen, sogar freundlich ... aber sie konnte dieser Macht in seiner Stimme und seiner rechten Hand nicht trauen, und sie wollte kein zweites Mal entführt werden. Sie wich wieder zurück. Ihr linker Fuß traf etwas. »Aua!« quiekte Sienn.

»Kommen Sie mit mir«, flüsterte Luke. »Ich verstecke Sie und

Ihre Gefährtin. Wenn mich jemand sieht, muß ich mich ... verbergen.« Jetzt unterschätzte er ihren Basicwortschatz. »Oder ... ich muß sie loswerden.«

Oola kroch noch weiter nach hinten und nahm eine Handvoll Sand.

»Ich meine nicht Sie beide.« Sein Lächeln schien ehrlich, auch wenn sie Menschen nicht einschätzen konnte. »Ich bringe Sie zur Rebellenallianz. Dort wird niemand gekauft oder verkauft.«

Laut Master Fortunas Leuten war die Allianz noch gefährlicher als das Imperium. Oola blieb, wo sie war.

Der Mensch – Luke – wandte sich Sienn zu. »Kommen Sie mit mir?« lockte er sie.

Oola drehte sich um, um ihre Gefährtin zu warnen. Sienns Augen weiteten sich, und sie lächelte. Sie erhob sich auf Hände und Knie und kroch vorwärts.

»So ist es gut«, lockte der Fremde sie.

»Sienn!« zischte Oola. Sienn kroch an ihr vorbei.

Luke berührte Sienn an der Schulter und ließ die Hand auf dem gelben Seidenstoff liegen. »Beeilen Sie sich«, drängte er sie. Er schob sich rückwärts aus dem drückend heißen Unterstand und blickte Oola dabei erneut an. Sie vermutete, daß er sie bedauerte. »Wollen Sie mich nicht helfen lassen? Sie werden keine zweite ... Chance bekommen. Wissen Sie, was das ist, eine ›Chance‹?«

In demselben Augenblick, in dem Oola seinen lockenden Einfluß spürte, flammten ihr Stolz und ihre Eifersucht auf. »Wir sind auserwählt, in Jabbas Palast zu tanzen«, beharrte sie, »dem größten auf Tatooine. Wir sind ein Paar. Wir gehen zusammen zu Jabba.«

»Es ist der größte Palast auf Tatooine, das ist richtig«, gab Luke zu. Er legte Sienn seinen Umhang über die Schultern. »Aber ich habe dort« – wieder das Wort, das sie nicht übersetzen konnte – »und es wird nicht erfreulich werden. Jabbas Palast ist nicht das, wofür Sie es halten.«

Unvermittelt fielen Oola die Sturmtruppler am Raumhafen wieder ein, die die landenden Schiffe durchsuchten ... nach einer bestimmten Person. Sie starrte die gebückt stehende Gestalt in dem derben, aber würdevollen Schwarz an. Er hatte den Körper eines Tänzers und bewegte sich mit kontrollierter Energie. Und er hielt noch immer ihr Messer. Sie hatte nicht viel von der Galaxis gesehen, aber sie wußte, wie man Hinweise zusammensetzen mußte. Sie wagte eine Vermutung. »Sind *Sie* derjenige, der vom Imperium gesucht wird? Am Raumhafen?«

Luke zuckte mit den Schultern. Er blickte sich um. »Schon möglich. Wir müssen uns beeilen. Kommen Sie. Ich verschaffe euch die Freiheit.«

Freiheit? Auf diesem Planeten? Was für eine Art Leben konnte das schon sein?

Sie hatte versucht, sich mit der Sklaverei abzufinden. Aber Freiheit war besser als Knechtschaft, selbst wenn sie in dem schönsten aller Paläste stattfand.

Andererseits ... Oola stellte sich vor, wie sie auf weichen, luftigen Kissen lag, die besten rohen Pilze genoß, neue Energien für einen weiteren großartigen Tanz sammelte. Sie dachte an den donnernden Applaus, den sie erzielen würde. Sie zögerte.

Jabba war der wohlhabendste Verbrecher von hundert Welten.

»Bitte kommen Sie«, flüsterte Luke. »Jabba wird Sie töt ...«

»Hey!« brüllte eine vertraute Stimme, »verschwinde von den Mädchen!«

Oola blickte unter dem Segel hindurch auf die Straße. Rudd war um die Ecke eines rechteckigen Gebäudes gebogen. Bib Fortuna hielt sich ein Stück hinter ihm, wie immer von düsterer Eleganz mit seiner hohen knochigen Stirn und den dicken Lekku. Aus seinem Umhang ragten die von fingerlosen Handschuhen und verzierten Armbändern betonten Hände mit den langen, krallenbewehrten Fingern. Seine Hände hatten sie fasziniert, damals, in jener schicksalhaften Nacht zu Hause.

Er war die personifizierte Versuchung.

Er war böse, erkannte sie mit einem Schock, der sie beinahe stolpern ließ. *Böse.*

Rudd hatte den Blaster gezogen. »Also gut. Du willst es nicht anders. Das ist Jabbas Besitz.«

»Ich habe für Jabba nicht viel übrig.« Luke stieß Sienn hinter sich. Etwas geschützt suchte sie nach besserer Deckung. Aus dem Schrotthaufen ragte eine zerquetschte Raketenspitze. Sienn warf sich dahinter. Luke zwängte sich in die nächste Häusernische und drückte gegen etwas, das wie eine Tür aussah. Sie öffnete sich nicht.

Oola zuckte zusammen.

»Hah!« Rudd feuerte. Sein Schuß brannte sich direkt hinter Lukes linkem Bein in den Sand. Der Sand zerschmolz zu einer glasigen Pfütze. »Ich werde dich nicht sofort töten«, meinte er höhnisch. »Zuerst wirst du lernen, dich von Jabbas Besitz fernzuhalten.«

Luke drückte sich gegen das Gebäude. Sein Gesicht verriet völlige Ruhe. Fortuna hatte sie gewarnt: Erfreue Jabba und empfange die großzügigsten Belohnungen. Verrate ihn und erwarte Schlimmeres, als du es dir jemals vorstellen kannst.

Jabba mußte ebenfalls böse sein. Sie mußte das hier beenden. Irgendwie. Was konnte sie tun?

Schließlich griff Luke nach dem seltsamen Gegenstand an seinem Gürtel und hakte ihn los, dann nahm er ihn in beide Hände. Zu Oolas Verblüffung erschien an einem Ende ein glühender, grüner Strahl. Luke trat aus dem Eingang auf Rudd zu. Der Schritt endete damit, daß er eine tiefe, geduckte Duellposition einnahm, und dann führte er die schimmernde Waffe mit langen, starken Hieben. Das seltsam metallische Summen der Waffe veränderte seine Tonlage, als er sie schwang. Blasterblitze wurden in alle Richtungen abgelenkt. Nicht einer kam ihm nahe. Oola sah mit weit aufgerissenen Augen zu. Er war nicht nur gebaut wie ein Tänzer. Er bewegte sich auch wie einer.

Er drehte den Kopf. »Gehen Sie!« rief er Sienn zu. »Laufen Sie!« Das war an Oola gerichtet.

Oola zögerte. Rudd hatte Luke gesehen. So wie Oola es verstanden hatte, mußte Luke ihn nun töten. Er versteckte sich vor dem Imperium.

Was war mit Master Fortuna?

»Laß das sein!« Rudd kauerte sich hin. Er stützte einen Ellbogen auf dem Knie ab und feuerte pausenlos weiter. Luke trat näher heran und wehrte jeden Schuß ab. Rudd schien die Gefahr, in der er schwebte, nicht zu erkennen.

Oola hielt nach ihrem hochgewachsenen Master Ausschau.

Fortuna schlich am Rand des Schrotthaufens auf Sienn zu. Er hielt ebenfalls einen Blaster in der Hand. Vermutlich wollte er Sienn lähmen und dann Luke töten ... falls Rudd ihn nicht erledigte. Er umrundete die Raketenspitze und zielte mit dem Blaster. Sienn drückte sich noch näher an die Wrackteile, gefangen wie ein Kind, ohne Deckung oder eine Möglichkeit zur Flucht. Oola blieb nur ein Augenblick, um sich zu entscheiden.

»Sienn!« kreischte Oola. »Geh! Lauf!« Sie stürmte auf Fortuna zu, packte sein flatterndes schwarzes Gewand und schlang ihm ihre Lekku in einer Parodie der Leidenschaft um die Schultern. In seinem Genick bebten Fettwülste. Der Blaster fiel aus seiner eleganten Hand. Er bückte sich nach hinten, um ihn wieder aufzuheben. »Geh runter«, schäumte er. »Geh von mir runter, du kleine Närrin.«

Oolas plötzliche Panik ließ Mos Eisley kühl erscheinen. Wenn Luke Fortuna töten wollte, war sie gerade in seine Schußlinie gesprungen. Sie versuchte sich von ihm zu lösen. Ihre und Fortunas Lekku verhedderten sich.

Bib packte ihr Handgelenk mit einem Griff, der seine Krallen in ihr Fleisch trieb. Keuchend ging Oola in die Knie. Ihre Lekku sackten zusammen. Fortuna befreite sich von ihnen.

Oola ließ zu, daß er sie auf die Füße zerrte. Sie war nicht getroffen worden. Fortuna auch nicht, aber Rudd lag mit dem Gesicht nach unten zuckend auf dem Boden. Sienn rannte die Straße entlang. Ihre beiden Lekku baumelten auf der Rückseite von Lukes viel zu langem Umhang. Sie hatte fast die Straßenecke jenseits des Schrotthaufens erreicht. Luke folgte ihr, in der Hand die seltsame Waffe ... aber der funkelnde Strahl war verschwunden. Als Sienn außer Sicht war, verringerte Luke das Tempo. Er sah über die Schulter, fing Oolas starren Blick ein und zögerte.

Allein würde Sienn in diesen Straßen keine zwei Minuten überleben. »Geh!« kreischte Oola.

Luke hob beide Augenbrauen in einem schmerzlichen Ausdruck, als hätte sie ihn nun doch noch mit dem Dolch gestochen. Dann verschwand er ebenfalls.

»Du willst also Jabba für dich allein.« Bib zog sie so nahe an seinen ledernen Brustpanzer, daß sie den widerlichen Atem riechen konnte, der zwischen seinen langen, spitzen Zähnen hervorschoß. Er stieß ihr die Blastermündung in den Magen. »All die guten Sachen für Oola. Keine Rivalin.«

»Keine Rivalin«, spie sie zurück, voller Adrenalin und Mut. Es hieß entweder das oder zurückweichen. Sie durfte keine Furcht zeigen.

Fortuna stieß sie von sich. Oola bremste mit einem lässigen Handstandüberschlag, wandte sich wieder Fortuna zu und wartete.

»Mein Gleiter steht um die Ecke geparkt«, grollte er. Seine orangepinkfarbenen Augen starrten sie finster an. »Hier entlang.«

Oola seufzte die Erinnerung fort. Sie hatte das Tageslicht und die Hoffnung verloren, und sie hatte niemals über irgendwelche Macht verfügt. Aber niemand konnte ihr die Ehre stehlen. Nie wieder würde sie den besten Grund zum Leben verlieren.

»Fortuna haßt mich jetzt«, murmelte sie und fingerte an der schrecklichen Lederhaube herum. »Hier sind meine weichen Kissen.« Die eigenen Worte verspottend, strich sie mit den Fingerspitzen über die Steinkante von Jabbas Lagerstatt. Ihre Leckerbissen? Reste, die Jabba ihr zuwarf, wenn sie vor ihm kroch ... oder Essen, in dem er Gift vermutete.

3PO beendete die Übersetzung ihrer Geschichte für Yarna, dann schüttelten beide den Kopf. Jenseits Jabbas Thron verhallte ein Schrei im Boden. Oola schauderte. Sie hatte zugesehen, wie Jabba sein stinkendes, schreckliches Monster fütterte. Gewöhnlich verschlang der Rancor seine Beute in einem Stück. Nach den Maßstäben dieses Ortes schien das ein schneller Tod zu sein. Sie wäre lieber die nächste auf dem Speiseplan, statt noch einmal zusehen zu müssen, und das war nicht einmal so unwahrscheinlich. Sie hatte entschieden, dieses Schicksal Jabbas leidenschaftlicher Umarmung vorzuziehen. Welche Ironie, daß Sienn, der offensichtliche Leckerbissen, entkommen war ... Aber Oola war froh, daß sie es geschafft hatte, und war stolz, dabei geholfen zu haben.

»Wenigstens kannst du tanzen«, meinte Yarna. »Sei dankbar, daß Jabba nicht deine Jungen in seiner Gewalt hat.«

Oola hob den Kopf. »Ich kann tanzen«, stimmte sie zu. »Hätte ich einen Wunsch frei ...«

»Ja?« ermunterte Yarna sie und rückte ihre Kopfhaube zurecht.

»Ich würde den perfekten Tanz tanzen. Einmal. Es wäre egal, wer zusieht. Ich würde wissen, daß er perfekt war.«

3POs Kopf drehte sich unbeschwert auf seinem metallischen Hals. »Aber Miss Oola, Master Luke ist ganz in der Nähe.«

»Du kennst ihn?«

»O ja. Ich ...«

»Ich war nicht hitzeverrückt? Er kann alle diese Dinge tun?«

»O ja. Auch ich war ein Geschenk für Jabba.« Seine Singsangstimme klang übermütig. »Master Luke ist ein Jedi-Ritter, eine sehr wichtige Person der Rebellenallianz. Er ist sehr gut darin, Leute zu retten. Sie hätten ...«

»Sag es nicht«, stöhnte sie. Wovor hatte Luke sie warnen wollen? Daß Jabba sie ... tö–irgendwas. Sie töten würde? Bestimmt konnte er nicht die Zukunft vorhersagen.

3PO berührte ihre Schulter. »Er kommt her, um mich zu retten. Ich sorge dafür, daß er auch euch Ladies rettet. Überlassen Sie das nur mir.«

Oola musterte den Droiden kritisch. »Er benutzte so viele schwierige Worte in der Botschaft – die dein Freund ... *projizierte*«, beendete sie den Satz in Twi'lek.

»Oh, das. Vielleicht sollten Sie Seine Allerdurchlauchtigste Hoheit noch eine winzige Zeitlang länger hinhalten?« 3PO imitierte ein menschliches Schulterzucken.

Yarna stupste sie an, das Gesicht voller Mitleid. »Hör auf den Blechmann, Oola. Wenn ich das überlebe, kannst du es auch.«

»Nicht lange. Nicht mit meinem ...« Heiseres Gelächter erschütterte den Hof. Jeden Augenblick würde sie den Zug an der Sklavenkette spüren. »3PO, hilf uns entkommen. Du mußt.«

3PO berührte die unnachgiebige Kette und dann den schmierigen runden Bolzen auf seiner Brust. »Einen Plan zu entwickeln«, zitterte er auf Twi'lek, »liegt jenseits meiner Kapazität. R2 hat einen Vibroschneider bei seiner Ausrüstung, aber er ist zum Hangar abkommandiert worden.«

Oola zwang den kurzen Hoffnungsschimmer nieder. Sie durfte die strahlende Ewigkeit nicht vergessen, genausowenig wie den Großen Tanz. Nicht an diesem Ort. Keinen Augenblick lang. »Das ist der Unterschied zwischen uns«, murmelte sie. »Trotz deiner sechs Millionen Kommunikationsformen hast du keinen Glauben.«

»Ich bitte um Entschuldigung.« 3PO rieb sich wieder über die Bauchgegend. »Ich glaube fest an Master Luke. Er wird mich retten.« Seit er ihre Geschichte gehört hatte, hatte er Luke zweimal »Master« genannt – ein Begriff, den zu benutzen er zuvor gezögert hatte. Offensichtlich hatte ihre Geschichte ihm gutgetan.

Und falls »Master Luke« kam, würde sie vielleicht doch noch eine zweite Chance erhalten. Sie betrachtete die zweite Tänzerin. »Vielleicht werde ich es ja überleben«, stimmte sie ihr zu.

Und vielleicht befand sich Sienn bereits in Sicherheit. »Ich werde mein Bestes …«

Ihr Kragen wurde nach oben gerissen. Halb erwürgt stülpte sich Oola die Haube über den Kopf und ruderte mit den Armen, um das Gleichgewicht nicht zu verlieren, als Jabba sie quer über seinen Bauch zerrte. Sie grub Finger und Zehen in das stinkende Fleisch. Jabba schnurrte, als würden ihre abwehrenden Bewegungen ihn kitzeln. Die Jizz-Spieler stimmten eine neue Tanzmelodie an.

Wütend sprang Oola von der Plattform ihres grotesken Herrn. Mit einem Satz sprang sie in die Mitte des Raumes und kam genau auf dem Gitter zur Rancorgrube auf. Jabbas Falltür hatte sich wieder geschlossen. Vielleicht hatte er sie nicht einmal geöffnet.

Vielleicht.

Yarna gesellte sich zu ihr, genau wie Melina Carniss mit ihrem langen dunklen Fell. Oola blieb am äußersten Ende ihrer Kette. In einer dunklen Nische glaubte sie blaue Augen zu entdecken, die ihr aus den Tiefen einer derben schwarzen Kapuze zusahen. Diesmal würde sie für ihn tanzen. Für eine zweite Chance. Sie ließ die Beine bis in Kopfhöhe fliegen und noch höher, schwang die fleischigen Lekku mit aller Kraft. Ihre Anmut war ihr Ruhm. Die körperliche Verzückung des Tanzes durchzuckte sie und ergriff von ihr Besitz, frei und natürlich. Jeder Schritt und jede Geste entsprach einer Melodie. Sie hatte die perfekte sinnliche innere Harmonie gefunden. Endlich.

Offensichtlich teilte Jabba ihre Meinung. Er zerrte an der Kette.

Zuerst eher wütend als ängstlich, griff sie mit beiden Händen zu und stemmte sich dagegen. Es war ihr egal, ob die Gamorreaner sie wieder schlugen – sie würde nicht näher herantanzen. Sie kannte nur wenige Worte Huttisch. Sie brüllte sie heraus. »Na chuba negatorie!«

Jabba zerrte wieder an der Kette; er sabberte.

Oola stemmte die Füße gegen den Falltürrand. Nacktes Entsetzen beraubte sie ihrer Harmonie, doch sie würde nicht nachgeben. »Na! Na! Natoota …«

Laßt uns jagen:

Die Geschichte des Whipiden

Marina Fitch und Mark Budz

Es war wieder Fütterungszeit. Das Knirschen und Krachen der Knochen hallte durch die Wände von J'Quilles Quartier, als sich Jabbas Schoßrancor über seinen neuesten Leckerbissen hermachte.

Der Whipide schritt in dem kargen Raum auf und ab. Jagdlust durchfuhr seinen großen, mit hellgelbem Fell bewachsenen Körper und ließ ihn die breite Schnauze verziehen. Seine Stoßzähne juckten, obwohl mehrere Stunden vergangen waren, seit Jabba die Twi'lek-Tänzerin in die Rancorgrube gestoßen hatte. Die Schreie waren schon vor langer Zeit verstummt, aber J'Quille konnte nicht aufhören zu speicheln. Der appetitanregende Duft frischen Bluts wärmte seine Magengrube.

Die Wärme würde sich nicht lange halten. J'Quille knurrte leise. Das nächste Mal konnte er das Festmahl für den Rancor sein. Jabba langweilte sich so schnell. Was war, wenn die Neuheit, einen ehemaligen Liebhaber der Verbrecherlady und Whipidin Lady Valarian damit zu beschäftigen, Verschwörungen aufzudekken, ihren Reiz verlor?

Als Jabba ihm ein Quartier so nah bei der Grube gab, hatte er zweifellos beabsichtigt, ihn stets an diese Möglichkeit zu erinnern. Falls Jabba je der Verdacht kam, daß er noch immer für sie arbeitete ...

Lady Valarian, die Besitzerin des Glücklichen Despoten, war

Jabbas mächtigste Rivalin. Ihr Nachtclub war der erfolgreichste in Mos Eisley – und damit auf ganz Tatooine –, und außerdem machte sie Jabba Geschäfte mit der gleichen Leichtigkeit streitig, mit der sie sullustanischen Gin kippte.

Mit der gleichen Leichtigkeit, mit der der Rancor das Mark aus J'Quilles Knochen schlürfen würde, wenn er aufflog.

J'Quille schnaubte. Alles, was er tun mußte, war, die Hauer noch ein paar Tage sauber zu halten. Dann würden der Rancor und sein hingebungsvoller Hüter Malakili weg sein – weit weg von Jabba. J'Quille hatte geholfen, zusammen mit Lady Valarian ihre Flucht zu organisieren. Eine der paar guten Taten, die er hinter Jabbas Rücken hatte tun können.

Genau wie er den Küchenjungen Phlegmin bestochen hatte, ein langsam wirkendes Gift in Jabbas Imbißtank mit den gefleckten Kröten zu geben. So wie es aussah, etwas zu langsam.

Der nächste Knochen splitterte.

J'Quille spannte die Krallen an. Er glättete das Fell im Nacken, das sich von dem Geruch des Twi'lekbluts und der ihn durchströmenden Jagdlust gesträubt hatte. Aber war er Jäger oder Beute? Oder beides?

Er blieb stehen und blickte sich in dem Raum um, der bis auf eine Pritsche leer war. Erbaut von den B'omarr-Mönchen, erinnerte ihn die asketische Strenge an die aus Felsen und Knochen errichteten Unterstände auf seiner Heimatwelt Toola. An zwei einander gegenüberliegenden Wänden hingen zwei Trophäen: eine Kette aus Mastmotzähnen, die in Gift getaucht waren, und der Schädel eines jungen Bantha, den er eines Nachts mit bloßen Klauen erlegt hatte. Er war ein Jäger, kein junger Eiswelpe, der sich hinsetzte und auf den kommenden Tod wartete.

Er riß die Tür auf und schlüpfte in den Gang. Aus einer der stinkenden Zellen kam ein schmerzerfülltes Stöhnen. Ein gamorreanischer Wächter drückte sich grunzend an J'Quille vorbei, angefüllt mit sullustanischem Gin oder einfach nur schlaftrunken.

J'Quille strich sich über die stacheligen Haare entlang seiner

Unterlippe. Lady Valarian mochte Gin. Wäre er doch nur schon wieder zurück im Glücklichen Despoten! Vor zwei Tagen, als es noch so aussah, als ginge alles nach Plan, war das als durchaus realistische Möglichkeit erschienen. Sein »Zerwürfnis« mit Lady Valarian würde enden, und sie konnten endlich aufhören, der Welt etwas vorzuspielen.

Das war vor dem Zettel gewesen. Jemand wußte, daß er Phlegmin bestach. Er hatte bereits satte zehntausend Kredits bezahlt, um das Schweigen des Erpressers zu erkaufen. Aber es war nur eine Frage der Zeit, bis Jabba alles herausfand.

Wieviel Zeit? Das war die Frage.

Das Krachen berstender Knochen hörte auf. Verdammt. J'Quilles Stirn und die lange, breite Schnauze waren schweißbedeckt. Wann war ihm das letzte Mal angenehm kühl gewesen? Er wischte sich mit der Pfotenrückseite das Gesicht ab. Haare klebten an dem Schweiß. Er verzog das Gesicht. Er haarte schon wieder. Tatooines trockene, drückende Hitze saugte ihm die Kraft aus. Was würde er für ein paar Minuten in einer Eissauna des Glücklichen Despoten geben.

Etwas huschte an ihm vorbei – einer der spinnenähnlichen Droiden, die die erleuchteten B'omarr-Mönche für den Transport ihrer eingelegten Gehirne benutzten. Der Glasbehälter blinkte im Dämmerlicht, dann verschwanden Droide und Gehirn um die Ekke.

J'Quille knurrte angeekelt und eilte weiter, bis er vor der Rancorgrube stehenblieb. Das Innentor stand einen Spalt breit offen, wie er es erwartet hatte. Malakili säuberte den äußeren Käfigbereich.

Hier war der Blutgeruch stärker. J'Quille schloß die Augen und atmete tief ein. Der berauschende Duft beruhigte seine angespannten Nerven, ließ ihn die unterdrückte Frustration leichter ertragen. Wenn er doch nur den Erpresser finden und töten könnte …

Neben ihm scharrte ein Fuß auf dem Steinboden. Er riß die Augen auf. Eine Hand fuhr mit ausgestreckten Krallen in die Höhe, während die andere nach der Vibroaxt griff.

»Hey, ich bin's«, sagte Malakili leise und trat aus dem Schatten des Käfigs. Auf seiner nackten Brust und den muskulösen Armen glänzte der Schweiß. Er klopfte J'Quille mit einer behandschuhten Hand auf die Schulter. »Entspann dich. Du bist steifer als ein imperialer Sturmtruppler.«

»War eine schlimme Nacht«, sagte J'Quille und ließ die Vibroaxt los.

»Erzähl mir davon«, sagte Malakili und rückte das schwarze Kopftuch zurück. Die Augen in dem teigigen Gesicht wurden schmal. »Es liegt was in der Luft. Selbst mein Freund hier ist gereizter als sonst.«

»Dieser Ort ist eine Gruft«, sagte J'Quille. »Innerhalb dieser Mauern sind selbst die Lebenden tot. Wir könnten unsere Gehirne genausogut in Gläser stopfen.«

»Klar, aber die Gehirne der Mönche sind nicht tot.« Malakili beugte sich näher an ihn heran. »Hör zu, ich habe etwas gehört, das du meiner Meinung nach wissen solltest.«

J'Quille versteifte sich. »Was?«

»Heute nachmittag wollte Bib Fortuna Jabba dazu überreden, dich in die Grube zu werfen. Er glaubt, es wäre ein interessanter Kampf.«

J'Quille sah Malakili an. »Was hat Jabba gesagt?«

»Ich habe versucht, es ihm auszureden. Du würdest zuviel Schaden anrichten, bevor mein Freund dich tötet. Aber Jabba war nicht überzeugt. Sagte, er wollte darüber nachdenken.«

»Also habe ich etwas Zeit«, sagte J'Quille.

Malakili nickte. »Ein wenig. Mit etwas Glück sind wir beide hier bald verschwunden.«

»Ich hoffe nur lebend«, sagte J'Quille und kräuselte die Mundwinkel um die Hauer herum zu einem Lächeln.

Malakili lächelte zurück. »Ich sage dir Bescheid, wenn ich noch was höre.«

»Danke.«

J'Quille knirschte mit den Stoßzähnen und eilte zurück in sein Quartier. Die Dinge geschahen zu schnell, zwangen ihn zum Handeln. Jabbas kühle Distanziertheit, die immer deutlicher wurde, der Erpresser … und jetzt Bib Fortunas Intrigen. Höchste Zeit, Phlegmin dazu zu bringen, die Dosis des langsam wirkenden Gifts zu erhöhen. Je eher Jabba nur noch eine hirnlose, lallende Masse Nacktschneckengelee war, desto eher konnte J'Quille zu Lady Valarian zurückkehren. Er hatte die Dosis schon früher erhöhen wollen, aber befürchtet, jemand würde die plötzliche Veränderung an Jabba bemerken.

Jetzt konnte er sich den Luxus der Vorsicht nicht länger leisten.

J'Quille schlüpfte in sein Quartier und ging zu der Kette aus Mastmotzähnen, die an der Wand hing. Er hob sie von ihrem Haken und streifte sie sich über den Kopf. Glücklicherweise hielten ihn die meisten Leute – Jabba eingeschlossen – für einen hirnlosen Schläger, der primitive Schmuckstücke mochte. Niemand hegte den Verdacht, daß die Zähne in Gift getaucht worden waren.

Ein leises, mechanisches Trillern vor der Tür ließ J'Quille zusammenzucken. Seine Nasenlöcher weiteten sich, als er den beißenden Gestank von Öl und Metall roch.

Ein Droide.

Unwillkürlich schloß sich J'Quilles rechte Klaue um den Griff der Vibroaxt, um sich dann langsam zu entspannen. Ein Attentäterdroide würde seine Anwesenheit nicht ankündigen.

Das Trillern wiederholte sich. J'Quille riß die Tür auf.

Der Droide, ein blaues U2C1-Raumpflegermodell, piepste und trat einen Schritt zurück. Seine beiden Schlaucharme zitterten. Mit einem Aufheulen saugte er Luft durch die steife Bürste am Ende des linken Arms und den aufgesetzten Polsterstaubsauger am rechten Arm.

»Ich hoffe, ich störe Sie nicht«, sagte er blechern. »Ich habe den Auftrag, diesen Raum zu säubern.«

J'Quille trat beiseite und ließ den Droiden herein. Eine weitere kalkulierte Belästigung, die von Jabba oder einem seiner Diener ausging – vermutlich von Salacious Crumb. Sicher durchstöberte der sabberleckende kowakianische Echsenaffe den Abfalltank des Droiden, wenn er zwischen den Mahlzeiten Hunger auf einen Imbiß hatte. J'Quille grinste höhnisch. Am liebsten würde er den Raumpflegerdroiden programmieren, den keckernden kleinen Dreckhaufen aufzusaugen.

»Bitte schließen Sie die Tür«, sagte der Droide.

J'Quille grollte mürrisch.

Der Droide fuhr den rechten Arm aus und fing an staubzusaugen. Das laute Jaulen zerrte an J'Quilles Nerven. Er griff nach dem Türöffner.

»Ich überbringe eine Botschaft«, sagte der Droide.

J'Quille zögerte. »Eine Botschaft?«

»Von einem Freund.« Der Droide verstummte, ließ den Staubsauger aber weiterlaufen. »Ich weiß, wer Sie erpreßt. Treffen Sie mich bei Sonnenaufgang auf dem Dach der Zitadelle, und ich sage Ihnen seinen Namen.«

Die Brustwehr oben auf dem Flügel mit den Gästequartieren. J'Quille war mehr als nur einmal dorthin geflüchtet, um der Enge der Mauern zu entkommen und die kalte Nachtluft zu trinken.

»Ich wurde instruiert, auf Ihre Antwort zu warten«, sagte der Droide.

J'Quilles Fell sträubte sich. Eine geschickte List Jabbas, um ihn zu überführen? Wenn ein Freund die Botschaft geschickt hatte, warum dann die Geheimniskrämerei? Warum ihm nicht einfach den Namen des Erpressers verraten?

Offenbar wollte derjenige etwas mehr von ihm ... aber was?

Geld? Oder ihn für eine weitere Verschwörung mit dem Ziel, Jabba zu töten, anwerben? Davon gab es sicherlich genug. J'Quille hatte nur einen Bruchteil davon an Jabba weitergegeben. Nur die am wenigsten erfolgversprechenden.

»Wie werde ich ihn erkennen?« fragte J'Quille.

»Ihn gar nicht«, erwiderte der Droide. »Sie werden das erkennen, was er trägt.«

J'Quille atmete zischend aus, dieser ganzen Spiele überdrüssig. Sollte es sich als Falle herausstellen, konnte er immer noch behaupten, daß er nur seine Arbeit tat, gegen einen Verdächtigen ermittelte. Für Jabba.

Er befeuchtete sich die Lippen. Ja, so mußte er die Angelegenheit angehen. Ein Prickeln durchfuhr ihn, nicht unähnlich dem, das er erlebt hatte, als er auf Toola eine Eiswelpe oder ein Seeschwein gejagt hatte.

»Ich werde da sein«, sagte J'Quille.

Er bückte sich, um nicht gegen die Türkante zu stoßen, trat hinaus in den Korridor und schritt die Treppe zu Jabbas Thronsaal hinauf. Jabba und sein Gefolge dösten auf der Plattform des Verbrecherlords. Die Band spielte, melodischer Jizz und dichter Qualm wirbelten in einem sinnlichen Tanz aus Geräuschen und Gerüchen durcheinander. Eingefroren in Karbonit starrte Han Solo ihn aus seiner Nische an.

J'Quille schob sich an der Bühne vorbei und mied die Falltür zur Rancorgrube. Ein flüchtiger Blick in die Tiefe zeigte ihm Malakili, der noch immer den Käfig säuberte, während der Rancor zufrieden an einem blanken Knochen nagte.

Das Monster rülpste. Die Band verpaßte einen Takt, machte aber schnell weiter, als wollte sie die Störung übertönen.

Jabba öffnete ein Auge und schloß es wieder, offensichtlich unbesorgt. Sein Schwanz zuckte, ein sicheres Zeichen, daß er hellwach war. Selbst der neue goldfarbene Droide an seiner Seite stand aufmerksam da, bereit, die Befehle seines Herrn zu übersetzen. Bib Fortuna schlief auf dem Boden, direkt neben Salacious Crumb, der laut schnarchte. Nicht einmal der Schlaf konnte den kleinen Müllschlucker zum Schweigen bringen.

J'Quille ging die Stufen zur Küche hinunter. Jemand beobachtete ihn aus einer dunklen Ecke – einer der B'omarr-Mönche, die sich noch immer im Palast herumdrückten. Das breite, runde Gesicht war mondbleich, die schiefe Nase warf einen kratergleichen Schatten auf eine Wange.

J'Quille runzelte die Stirn und beschleunigte seine Schritte.

Vor der Küchentür wurde er langsamer. Aus dem dunklen Raum strömte der Geruch von zermahlenem Ziegengras. Er schlich näher heran. Aus einem der Nebenräume sickerte Dämmerlicht.

Er spitzte die Ohren.

Zwei Stimmen stritten sich: Ree-Yees' ständiges Lallen und das gutturale Grunzen eines gamorreanischen Wächters. J'Quille verbarg sich hinter dem Türrahmen und warf einen Blick in den Raum.

Ziegengras lag in der Küche verteilt wie die Federn eines frisch getöteten Beutetiers. Ree-Yees schwankte noch unsicherer als gewöhnlich vor einer Leiche, die neben einer zerbrochenen Kiste lag. Seine drei Augenstiele zitterten bei dem Versuch, sich auf den Gamorreaner zu konzentrieren. Der Wächter starrte Ree-Yees drohend an, watschelte vorwärts und beugte sich vor, um die Leiche näher zu betrachten.

Ree-Yees bewegte sich ein Stück zur Seite und verschaffte J'Quille freies Blickfeld.

Phlegmin der Küchenjunge.

Reflexartig krümmten sich J'Quilles Fußkrallen und schabten über den Steinboden. Der Herzschlag hämmerte ihm in den Ohren und blendete das schweineähnliche Grunzen des Wächters und Ree-Yees' betrunkenes, weinerliches Gejammer aus. Was hatte dieser ziegengesichtige, dreiäugige Säufer getan? J'Quille ballte und entspannte die Klauen und unterdrückte den Drang, loszustürmen und dem diebischen Gran die Kehle rauszureißen.

Der Whipide knurrte leise und zog sich zurück. Es war besser abzuwarten. Er konnte den mörderischen Säufer noch später jagen. Es gab nichts, was er jetzt tun konnte – nicht ohne das Mißtrauen des Wächters zu erregen. Er schluckte und wandte sich ab.

Er ging den Weg zurück, den er gekommen war. Als er die

dunkle Nische passiert hatte, blieb er stehen. Der B'omarr-Mönch war verschwunden.

J'Quilles Gedanken rasten. Vielleicht hatte Ree-Yees den Küchenjungen gar nicht ermordet? Vielleicht war es der Mönch gewesen? Phlegmin konnte den Droiden geschickt haben, nachdem er den Erpressungsversuch des Mönchs entdeckt hatte. Der Mönch fand es heraus und brachte Phlegmin um ...

Aber warum sollte ein B'omarr-Mönch J'Quille erpressen? Seiner Meinung nach wollten die Mönche Jabba aus ihrer Zitadelle raushaben, vielleicht sogar noch mehr als alle anderen. Aber falls Jabba einen desillusionierten B'omarr fand, der als Spion für ihn arbeitete ... das wäre keine Überraschung. Im Gegenteil, es wäre überraschend, wenn er es nicht getan hatte.

Aber warum ihn dann nicht einfach an Jabba ausliefern?

J'Quille stieß die angehaltene Luft aus und eilte die Stufen zum Thronsaal hinauf. Lady Valarian würde wissen, was zu tun war. Bei ihrem letzten Kontakt hatte sie ihm befohlen, sich nicht wieder zu melden, bevor Jabba eine kichernde, hirntote Nacktschnecke war.

Aber ohne Phlegmin würde das eine Zeitlang dauern. Davon abgesehen mußte sie erfahren, was hier vor sich ging.

Die Band packte ein, während J'Quille den Thronsaal durchquerte. Der Rancor schnarchte in seiner Grube, und selbst Jabbas Schwanz hatte seinen nachdenklichen Rhythmus verlangsamt. J'Quille ballte die Klauen, um nicht die Kette aus Mastmotzähnen zu berühren. Er vermied den Blick auf den Tank mit den lebenden Kröten.

Als er die Stufen zu den Gästequartieren emporstieg, kam er an dem maskierten Kopfgeldjäger vorbei, der früher am Abend den Wookiee gebracht und gedroht hatte, den Palast mit einem Thermodetonator in die Luft zu jagen. J'Quille lächelte. Eine subtile Zurschaustellung von Jagdlust. Wirklich bewundernswert.

Der Kopfgeldjäger nickte kurz und ging weiter. Zweifellos war er auf dem Weg ins Verlies, um den Wookiee zu verspotten.

J'Quilles Nasenlöcher zuckten. Etwas an dem Kopfgeldjäger roch seltsam, etwas, das nicht zu ihm paßte. Jetzt war nicht die Zeit, darüber nachzudenken. J'Quille raste die Treppe hinauf.

Er keuchte, die unbewegliche, heiße Luft ließ seine Lungen schmerzen. Türen säumten beide Seiten des geschwungenen Gästeflügels; die meisten standen offen und zeigten leere Räume. In der Vergangenheit hatten sie als individuelle Schlaf- und Meditationsgemächer für die Mönche gedient, aber nun erfüllte der modrige Geruch von Vernachlässigung den Korridor. Jabba hatte nie viele Gäste. Schon zwei oder drei nährten seine gepflegte Paranoia.

Nachdem J'Quille einen Blick über die Schulter geworfen hatte, schlich er sich in ein leeres Zimmer in der Nähe der Treppe, die zum Dach hinauf führte, und schloß leise hinter sich die Tür.

Er begab sich zum Fensterschlitz in der gegenüberliegenden Wand. Er schaute hinauf zum Nachthimmel und atmete mit geweiteten Nasenlöchern die lindernde Brise ein. Die kühle Luft roch schwach nach Staub. Die Brise brachte einen Hauch von Ziegengras mit sich, der zweifellos aus der Küche kam. Ein angenehmer Schauder durchfuhr ihn. Heute abend befleckte auch Blut den Wind.

Er wandte sich vom Fenster ab und zog die Verschlußkappe vom Knauf seiner Vibroklinge. Der darin verborgene röhrenförmige Holoprojektor glitt heraus, und er legte ihn auf den breiten Fenstersims, wobei er darauf achtete, daß die winzige Linse in der Seite ihm zugewandt war.

Er drückte den Sendeknopf und wartete auf Lady Valarians Antwort. Es würde bestimmt nicht lange dauern. Sie ging nie vor Morgengrauen zu Bett, wenn der Glückliche Despot für kurze Zeit schloß, um sich auf die Kunden des nächsten Tages vorzubereiten.

Auf dem Zylinder blinkte ein Licht. Eine halbe Sekunde später projizierte die Linse das Hologramm der Kabine, in der Lady Valarian ihre Geschäfte tätigte. Ein Teil des Charmes des Glücklichen Despoten lag darin, daß er einst als Frachter gedient hatte. Lady Valarian hatte auf die Ausstattung des Raumschiffs zurückgegriffen, um eine Atmosphäre zu schaffen, die Raumfahrern gefiel und zugleich exotisch genug war, planetengebundene Kundschaft anzulocken. Ein leises, wehmütiges Knurren stieg aus J'Quilles Kehle empor.

Lady Valarian trat in die Mitte des Holos, so bezaubernd wie immer. Die lockige Mähne mit dem glänzenden roten Farbton ergoß sich zu beiden Seiten ihres Gesichts. Sie hatte die Stoßzähne blau geschminkt, am linken trug sie einen Goldring. An den Ohrläppchen funkelten Ohrringe.

Eine Welle des Verlangens durchfuhr J'Quille. Seine Nasenlöcher kribbelten bei der Erinnerung an ihr verlockendes Pheromonparfüm, die Weichheit ihres Fells an seiner Nase, die Art, wie sie im Schlaf schnaubte …

»J'Quille«, sagte sie und schwenkte eine Hand, deren Krallen poliert waren. Im Hintergrund dröhnte der Lärm von Musik und Sabacc-Spielern aus dem Café Sternkammer. »Wie schön, dich zu sehen! Oh, mein kleiner Mastmot, wie dünn du geworden bist! Du hast wieder gehaart! Nun, jetzt, wo du wie versprochen die kleine Aufgabe für mich erledigt hast …«

»Noch nicht ganz, meine kleine Eistigerin«, sagte er und schnalzte mit der Zunge. »Es gibt da ein Problem. Ich muß mit dir sprechen.«

Lady Valarians Augen verengten sich. »Was für ein Problem, mein Liebling?«

Die gewaltige Hand eines Whipiden kam am Rand des Hologramms in Sicht und reichte ihr einen mit sullustanischem Gin gemixten Eisblaster. J'Quilles Hals schnürte sich zu. Ein Mann, in Lady Valarians Räumen …

»J'Quille«, sagte sie. »Darling?«

J'Quille räusperte sich. Vermutlich nur ein Diener. »Ich werde erpreßt«, sagte er. »Jemand weiß, daß der Küchenjunge die Kröten vergiftet hat. Er wurde vor Minuten umgebracht.«

Lady Valarian nahm das Saugrohr von den Lippen. »Was willst du damit sagen, Liebling? Weiß Jabba, daß du versuchst, ihn zu vergiften?«

»Noch nicht«, erwiderte J'Quille und wünschte, er könnte sich da tatsächlich so sicher sein.

Lady Valarian seufzte. »Warum rufst du dann an, Liebling? Bitte komm zur Sache. Ich muß mich um andere Dinge kümmern.«

J'Quilles Nasenlöcher weiteten sich.

Lady Valarians Augen tränten unter der vor Besorgnis gerunzelten Stirn. »Und das hier ist viel zu gefährlich. Wenn dich jemand erwischt, mein kostbarer ...«

J'Quille beugte sich näher an das Holo heran. »Ich brauche Hilfe. Ich muß herausfinden, wer den Küchenjungen ermordet hat. Hast du eine Idee, wer das sein könnte oder wer mich erpreßt?«

»Da ist ein B'omarr-Mönch ...«

Ein tiefes Lachen dröhnte von unten durch die Palastwände und übertönte die Worte.

Jabba.

J'Quille versteifte sich. Das Fell auf seinem Rückgrat sträubte sich in einem plötzlichen Aufwallen von Furcht.

Lady Valarians Augen weiteten sich. »J'Quille ...«

»Ich werde nicht versagen«, sagte J'Quille und griff nach dem Projektorzylinder, als das nächste Lachen durch die Wände hallte. Er trennte die Verbindung und stieß den Zylinder in den Griff der Vibroklinge.

Mit angespannten Muskeln fuhr J'Quille herum und hielt die Vibroklinge vor sich. Er horchte nach noch so leisen Geräuschen ... dem Scharren von Füßen auf dem Boden oder dem Klappern von Waffen.

Stille.

Warteten im Korridor Wächter auf ihn? Es war besser, sich dem Tod zu stellen. Er öffnete die Tür und erwartete einen Blasterschuß oder den Hieb einer Vibroklinge.

Nichts.

Der Korridor lag verlassen da. J'Quille rannte auf die Treppen am anderen Ende zu. Stimmen aus der Ferne, menschliche Stimmen, wehten aus Jabbas Thronsaal empor, unterstrichen von Salacious Crumbs unverkennbarem Geschnatter.

J'Quille nahm zwei Stufen auf einmal. Kurz bevor er die unterste Stufe erreichte, fiel ihm plötzlich etwas auf. Er blieb stehen.

Der Karbonitblock.

Leer.

J'Quilles Schwanz zuckte. Der Mensch, der gerade auf Jabba einredete, mußte Han Solo sein. Aber das war unmöglich. Man hatte eine größere Chance, aus dem Herzen eines toolanischen Eisbergs herauszukommen, als den eiskalten Griff eines Karbonitblocks zu sprengen ...

Wieder hallte Gelächter durch den Thronsaal. Ein mißtönender Chor aus allen möglichen Stimmen beteiligte sich an Jabbas Baßgelächter. J'Quille drückte sich an die Wand und warf einen verstohlenen Blick in den Raum.

Der Kopfgeldjäger, der in Wirklichkeit eine menschliche Frau war, stand ohne Helm an Solos Seite vor Jabba. J'Quille zischte überrascht. Ein Mensch! Das hatte der Geruch bedeutet!

Solos Kopf wackelte hin und her, seine Blicke schweiften immer wieder von Jabba ab. »Ich zahle das Dreifache«, rief er, als die Gamorreaner ihn wegzerrten. »Du wirfst ein Vermögen weg. Sei kein Narr!«

Jabba lächelte, dann wandte er sich um und starrte die Menschenfrau mit der gleichen schmierigen, grausamen Lüsternheit an, mit der er die Twi'lek-Tänzerin betrachtet hatte. Auf seinen schleimigen Lippen glänzte der Speichel.

J'Quille glitt in die Schatten zurück und schob leise die Vibroklinge in die Scheide. Es würde nicht gut aussehen, wenn ein Wächter über ihn stolperte, wie er mit gezogener Waffe auf der Treppe lauerte. Er holte tief Luft und atmete langsam wieder aus.

Crumbs hysterisches Kreischen übertönte J'Quilles Rückzug

nach oben. Es war noch immer genug Zeit. Zumindest so lange, wie Jabba mit der Menschenfrau beschäftigt war.

J'Quille ging den Korridor zu den Gästequartieren entlang. Hier würde es sicherer sein als in seinem eigenen Raum, falls Jabba ihn verdächtigte. Er schloß die Tür und setzte sich auf den Boden, die Vibroklinge quer über die Knie gelegt, das Gesicht dem Fensterschlitz zugewandt. Der von dem Schlitz eingerahmte Nachthimmel war nun tiefblau. Bald würde die Dämmerung anbrechen.

Er starrte auf die gegenüberliegende Steinwand. Jabba mußte Bescheid wissen. Warum sollte man Phlegmin sonst ermordet haben? Der Erpresser, der Mönch, vor dem Lady Valarian ihn gewarnt hatte, hatte Jabba von den vergifteten Kröten berichtet und dann als Beweis seiner Loyalität den Küchenjungen getötet. J'Quille schnitt eine Grimasse. Jabba verlangte immer Beweise der Loyalität. J'Quille war gezwungen gewesen, seinen Diener zu jagen und zu »töten«, um seine Treue zu zeigen. Glücklicherweise konnte der große Sack voll kurzsichtigem Schneckenschleim keinen Whipidhauer von einem größeren Mastmotzahn unterscheiden.

Schwerfällige Schritte trampelten den Korridor entlang. J'Quille sprang auf die Füße und zog die Vibroklinge. Die gutturalen, schweinischen Grunzer mehrerer Gamorreaner hallten durch den Gang. Mit angehaltenem Atem trat J'Quille hinter die Tür.

Die Wächter gingen vorbei.

J'Quille lauschte, bis ihre Schritte verhallt waren, dann ließ er sich wieder auf den Boden sinken. Er schob die Vibroklinge in die Scheide. Lady Valarian hatte ihm die Waffe gegeben.

Lady Valarian. Für die er täglich seine Hauer riskierte.

Und die einen fremden Mann in ihren Räumen hatte. Nur ein Diener? Oder ein Rivale? J'Quilles Mähne sträubte sich. Vielleicht hatte dieser Erpresser mehr mit Lady Valarian und weniger mit Jabba zu tun.

Vielleicht war es Lady Valarian leid geworden, darauf zu warten, daß er handelte, und sie hatte beschlossen, sich der potentiellen Peinlichkeit zu entledigen, die ein unfähiger Spion in Jabbas Palast bot. Sie hatte dumme, schwache Männer schon immer verabscheut. So wie D'Wopp, ihren ersten Ehemann. Der Trottel war so dumm gewesen, bei ihrem Hochzeitsempfang ein Kopfgeldangebot Jabbas nicht abzuschlagen. Lady Valarian hatte ihn in einer Kiste nach Toola zurückschiffen lassen.

J'Quille war kein Trottel, und er war auch nicht schwach. Das langsam wirkende Gift war Lady Valarians Idee gewesen. »Laß uns nicht zu offensichtlich sein, mein Süßer«, hatte sie gesäuselt.

J'Quille starrte die Vibroklinge an. Eine wunderbare Arbeit, die beste Waffe, die Kredits kaufen konnten. Zog er voreilige Schlüsse? Aber sie wußte von dem Mönch …

Aus Richtung des Hangars ertönte lautes Hämmern. J'Quille lauschte an der Tür, dann ging er zum Fenster. Im grauen Licht eilten Leute umher und bereiteten Jabbas ubrickkianischen Segelgleiter vor. Offensichtlich plante Jabba in naher Zukunft eine Fahrt zur Großen Grube von Carkoon, vermutlich um Han Solo und den Wookiee an den Sarlacc zu verfüttern.

Stand J'Quille auch auf dem Speiseplan?

Er zitterte, dann blickte er über den Sand auf den hellen Streifen am Horizont. Die eine von Tatooines zwei Sonnen stieg in den Himmel. Das Licht breitete sich langsam wie Wasser aus, das die funkelnden Sterne löschte. Er machte sich besser auf den Weg zum Dach, um den Informanten zu treffen. J'Quille zog die Vibroklinge und öffnete die Tür.

Jemand schlurfte den Korridor entlang. J'Quille blieb in der Tür stehen und konzentrierte sich auf das trockene Rascheln von Stoff. Statt auf die Treppe zum Thronsaal zuzuhalten, wurde das stetige Schlurfen lauter.

Ein Schatten materialisierte aus der Biegung des Korridors. Er passierte eine offene Tür. Ein bleiches, rundes Gesicht mit einer schiefen Nase spähte mißtrauisch in jeden Schatten.

Es war der Mönch, der sich in der Nische vor der Küche herumgedrückt hatte.

J'Quille schlich zurück ins Zimmer und wartete darauf, daß der Mönch vorbeiging. Das locker fallende Gewand des Mannes raschelte bei jedem Schritt. Licht aus der einen Spaltbreit geöffneten Tür beleuchtete die eine Hälfte seines Gesichts. Kopf und Gesicht waren völlig haarlos.

In J'Quille stieg Wut hoch. Er kniff die Augen zusammen, und die Schatten im Gang gewannen an Tiefe. Sein Pulsschlag dröhnte in seinen Klauen, während sich seine Brust um das Herz zusammenzog.

J'Quille betrat den Korridor. Der Mönch blieb stehen und drehte sich um, die Hände in den Falten seiner Robe verborgen, eine Robe, die großzügig genug geschnitten war, um einen Blaster oder eine Vibroklinge zu verbergen.

»Da seid Ihr ja«, sagte der Mönch. Sein Blick streifte die Vibroklinge. »Laßt uns aufs Dach gehen, mein Freund, wo wir frei sprechen können.«

Die Vibroklinge in J'Quilles Hand zitterte. Sein Griff verstärkte sich. »Was wollen Sie von mir?«

Der Mönch sah sich nervös um. »Das hier ist kein guter Ort zum Reden. Man könnte zu leicht belauscht werden. Vertraut mir.«

»Sie waren da, als der Küchenjunge ermordet wurde«, sagte J'Quille ungerührt. »Ich habe Sie gesehen.«

»Ich konnte nichts tun«, sagte der Mönch. Die Hände unter der Robe bewegten sich.

Bevor der Mönch die Hände hervorholen konnte, führte J'Quille einen aufwärts gerichteten Schlag mit der Vibroklinge. Sie fuhr durch die Robe und die Brust des Mannes. Der Mönch starrte J'Quille mit einem Ausdruck der Überraschung auf dem Gesicht an, dann stürzte er vorwärts zu Boden.

Der Druck in J'Quilles Brust ließ nach. Endlich konnte er wieder frei atmen. Er holte tief Luft und füllte die Lungen mit dem reifen, schwindelerregenden Duft frisch vergossenen Blutes.

Er schob die Vibroklinge in die Scheide, kniete nieder und drehte den Körper herum. Der Mönch röchelte. »Phlegmin ... der ... Erpresser«, keuchte er, erbebte und starb.

Phlegmin? J'Quille runzelte die Stirn und beugte sich tiefer.

Etwas funkelte im Dämmerlicht.

Ein Ohrring. J'Quille drehte den Kopf des Mönchs, um den hellgrünen, in einem Goldring eingefaßten Edelstein besser sehen zu können. Sein Blut gefror. »Sie werden erkennen, was er trägt«, hatte der Raumpflegerdroide gesagt.

Der Ohrring gehörte Lady Valarian.

J'Quille hatte ihr das Paar nach ihrer ersten gemeinsam verbrachten Nacht geschenkt. Sie hatte entzückt geknurrt und die Ohrringe sofort angelegt.

J'Quille nahm dem Mönch das Schmuckstück ab.

Er hatte für Lady Valarian gearbeitet. J'Quille nahm den Ohrring zwischen zwei Krallen. Was sollte er ihr sagen?

Ein Grunzen hallte durch den Korridor. J'Quille packte die Robe des Mönchs und zerrte die Leiche auf das nächste Gästezimmer zu. Dabei glitten die Hände des Toten aus der Robe.

Die rechte Hand umklammerte einen Thermodetonator.

Handelte es sich um den Detonator, mit dem der Kopfgeldjäger Jabba bedroht hatte?

J'Quille riß ihn aus der steifer werdenden Hand. Was auch immer er getan hatte, hier war die Chance, sich zu rehabilitieren.

Ein weiteres Grunzen erklang, untermalt von schweren Schritten. J'Quille warf einen Blick über die Schulter. Noch niemand in Sicht, aber die Person kam definitiv in seine Richtung. Er blickte sich wild um. Wo konnte er den Detonator verstecken? Seine Gürteltasche schien dafür zu klein zu sein ...

J'Quille stopfte den Detonator trotzdem hinein und betete, daß er ihn nicht auslöste. Die Tasche wölbte sich nach außen und ließ sich nicht mehr schließen. J'Quille strich das Fell über der Tasche glatt und richtete sich auf, als der näherkommende Fremde etwas rief.

Oder vielmehr etwas quiekte. J'Quille drehte sich langsam um, zwang sich dazu, nicht hämisch zu grinsen, und blickte in das Gesicht eines gedrungenen gamorreanischen Wächters.

Dummheit auf Hufen.

Der Wächter trug Phlegmins Leiche auf der Schulter. Es mußte sich um denselben Gamorreaner handeln, der mit Ree-Yees in der Küche gesprochen hatte.

Der Wächter stapfte schnaubend und keuchend auf ihn zu, stieß weitere unverständliche Grunzer aus und sah den Whipiden dann voller Erwartung an.

J'Quilles Gedanken rasten. Wie dumm waren diese Wächter wirklich? Wenn dieses Scheusal Ree-Yees glaubte, würde er alles glauben.

Der Gamorreaner grunzte ungeduldig. Einer der Laute klang entfernt wie »tot«.

J'Quille stand auf. »Er ist nicht tot, er ... äh ... meditiert. Hat sich in eine tiefe Trance versetzt. Grübelt über das Unergründliche nach.«

Der Wächter beugte sich über den Mönch. Das Blut ließ ihn die Nase rümpfen; er schnaubte ein kurzes, verblüfftes Grunzen.

J'Quille befeuchtete sich die Lippen. »Das Blut? Er wollte sehen, ob er das letzte Stadium der Erleuchtung erreichen würde. Er entschied sich für einen kleinen Test, um zu sehen, ob er bereit dafür war, bevor er seine Freunde bat, sein Gehirn in einen Glasbehälter zu packen.«

Die Augen des Wächters wurden schmal. Er grunzte und zeigte zuerst auf den Kopf des Mönchs und dann auf die eigene Brust.

J'Quille zuckte mit den Schultern. »Da stecken ihre Gehirne nun mal. In der Brust. Das macht es leichter, sie zu entfernen.«

Der Wächter runzelte die Stirn. Er schnaubte, dann grunzte er etwas wie »Kann hier nicht meditieren!« und bückte sich. Er legte sich die Leiche des Mönchs über die andere Schulter.

J'Quille sah dem davonschlurfenden Gamorreaner nach, dann

stieß er einen Seufzer der Erleichterung aus. Er berührte den Thermodetonator.

Er schlüpfte in das nächste Gästezimmer und ging zum Fenster. Dort hielt er den Ohrring hoch und bewunderte das Sonnenlicht, das durch den klaren Stein schien, dann legte er ihn auf die Fensterbank. Er öffnete die Gürteltasche.

J'Quille wog den Thermodetonator in den Klauen. Er wußte ganz genau, was er damit machen würde. Das hier war seine Chance, Jabba loszuwerden – und diesmal würde er es nicht versauen.

Taschenspielertricks:
Die Geschichte von Mara Jade

Timothy Zahn

Der Tanz endete, die Musik verstummte. Sie verharrte, wie sie aufgehört hatte: auf einer Zehe balancierend, den Arm ausgestreckt, griff sie mit stummer Beredsamkeit nach den Sternen oder dem Imperium oder vielleicht auch nur nach der Zufriedenheit ihres Masters. Sie behielt die Pose ein paar Herzschläge lang bei. Dann brach sie auf dramatische Weise zusammen; die Arme fuhren herum und kamen vor ihr auf dem Boden zu liegen wie die Schwingen eines ertrunkenen Vogels, die Beine veränderten ihre Position, um sich halb um ihren Körper herum zu winden, das eine nach vorn und das andere nach hinten gestreckt. Der Oberkörper beugte sich vorwärts über die Arme. Anmut, Schönheit und Stil, in einem kurzen Augenblick in Wertlosigkeit, Unterwerfung und Demut verwandelt. Genau die Kombination, die Jabba der Hutt bei seinen Tänzerinnen mochte; zumindest hatte man ihr das gesagt.

Was vermutlich auch für den dicken Mann mit dem vernarbten Schädel galt, der es sich vor ihr auf der Couch bequem gemacht hatte. Aber die Sekunden verstrichen, und er saß einfach da, stumm, ohne den Blick von ihr zu nehmen. Sie hielt die Pose, atmete schnell und flach in die zusammengekrümmten Lungen ein und fragte sich, ob sie nicht einfach weitermachen und aufstehen sollte, ohne auf die Erlaubnis zu warten. Aber der Dicke hatte bereits sein Vergnügen am Befehlen demonstriert, besonders bei hilflosen Untergebenen. Wenn sie eine dieser Untergebenen werden wollte, war es besser, sie gestattete ihm diese kleine Extraportion Selbstgefälligkeit.

Also wartete sie auf seine Befehle, und nach ein paar weiteren Sekunden war er bereit, sie zu erteilen. »Steh auf«, sagte er in einem Tonfall, der genauso unduldsam wie der Rest von ihm war. »Komm her.«

Sie gehorchte. Aus der Nähe war er noch abstoßender, sein irgendwie schmieriger Körpergeruch näherte sich dem Erstikkungsniveau. Aber wie sie wußte, würde Jabba noch schlimmer sein. Vielleicht war das ein Teil des Tests.

»Du tanzt sehr gut, Arica«, sagte er und musterte sie von unten bis oben. »Wirklich sehr gut. Erzähl mal, was kannst du sonst noch gut?«

»Was auch immer mein Herr Jabba der Hutt von mir verlangt.«

Er lächelte, und die kleinen Augen verschwanden beinahe hinter Speckwülsten. »Sehr gut«, sagte er. »Nicht, was ich verlangen würde, aber was Jabba als dein Herr verlangt. Eine kluge Antwort, aber vielleicht nicht klug genug. Sag mir, würde es dich überraschen, wenn ich dir sage, daß *ich* einst Jabba der Hutt war?«

Sie blinzelte und zeigte ihm den Gesichtsausdruck, mit dem sie am besten Dummheit, Hilflosigkeit und Staunen ausdrückte. »Sie waren ...? Ich verstehe nicht.«

»Ich war Jabba der Hutt«, wiederholte er selbstgefällig. »Natürlich nicht wirklich, aber eine Zeitlang haben das viele Leute auf Tatooine geglaubt. Weißt du, ich war derjenige, den Jabba immer aus dem Palast geschickt hat, um sich mit Leuten zu treffen. So hielt er seine Anonymität aufrecht. Ein guter Schmuggler behält immer ein paar Geheimnisse für sich.« Das selbstgefällige Lächeln verschwand. »Jetzt siehst du genau, mit wem du es zu tun hast.«

»Ja, das sehe ich.« Und das war nicht gelogen. Er war der Entbehrliche, der Mann, den Jabba nach draußen geschickt hatte, um die Blasterschüsse abzufangen, die seine vielen Feinde in seine Richtung abzufeuern gedachten. Außerdem der Dumme, der von dem Pseudoglamour und der Pseudomacht der Rolle viel zu geblendet war, um zu erkennen, daß er wenig mehr als ein Köder für die Attentäter war.

Doch trotz allem mußte er ein Mann sein, dem Jabba immerhin zugetraut hatte, seine Geschäfte zu Ende zu führen und die Scharade dabei nicht auffliegen zu lassen. Und der sich auf diese Weise vermutlich die mikroskopische Dankbarkeit verdient hatte, zu der der Hutt fähig war.

Jemand, den man nicht hereinlegen sollte. Zumindest nicht offen.

»Gut«, sagte der Dicke leise. »Du bist eingestellt. Du fängst in der Mitternachtsschicht an – man weiß nie, wann Jabba Lust auf Unterhaltung bekommt.« Er sah zur Tür und schnipste mit den Fingern. Einer der gamorreanischen Wächter löste sich von der Wand und schlurfte heran. »Der Wächter wird dir den Weg zeigen. Ich sehe dich später, Arica.«

»Es wird mir eine Ehre sein«, sagte sie und verbeugte sich bescheiden, als sie sich rückwärts bewegte. Vor ihm kroch.

Aber das war in Ordnung. Sollte sich der unbedeutende Mann an seiner unbedeutenden Macht über sie ergötzen. Als Vertrauter und Untergebener eines der mächtigsten Verbrecherlords des Imperiums war er trotzdem ein Nichts. Sie konnte ihn mit einem Wort vernichten, konnte Jabbas ganze Organisation aus einer Laune heraus zerstören, konnte mit einem einzigen Befehl diesen Hinterwäldlerplaneten zu einem glasierten Sandball verbrennen lassen. Und wenn nichts davon geschah, dann lag das bloß daran, daß sie wichtigere Dinge zu tun hatte.

Denn sie war Mara Jade, die Hand des Imperators. Die hier die Ankunft Luke Skywalkers erwartete. Um ihn zu töten.

Das Gesicht des Imperators schien vor Mara in der Luft zu schweben, seine gelben Augen funkelten vor Zufriedenheit.

Also bist du drinnen, sagten seine Gedanken. *Skywalker ist noch nicht eingetroffen?*

Noch nicht, dachte sie zurück. *Aber Solo ist noch immer hier. Wenn Skywalker kommt, werde ich bereit sein.*

Die Augen funkelten wieder, und Mara fühlte, wie die Wärme seiner Anerkennung ihren Geist erfüllte.

Ausgezeichnet, sagten seine Gedanken. *Eine solche Drohung muß eliminiert werden.*

Mara gestattete sich ein kleines Lächeln. *Das wird er,* versicherte sie ihrem Master. *Vielleicht erwischt Jabba ihn sogar zuerst.*

Abrupt zog sich die Wärme zurück und hinterließ eine eisige Kälte. *Unterschätze diesen Gegner nicht,* warnte der Imperator, und seine Gedanken waren düster. *Denk an Bespin.*

Mara schnitt eine Grimasse. Ja. Die Wolkenstadt auf Bespin, und das Duell zwischen Skywalker und Darth Vader. Skywalker hatte sich in diesem Kampf gut gehalten – weitaus besser, als es weder Vader noch der Imperator erwartet hatten.

Und mitten in diesem Duell hatte Vader vorgeschlagen, eine Allianz gegen den Imperator einzugehen.

Vader hatte es später natürlich bestritten, hatte behauptet, das Angebot sei nur Teil seines Köders gewesen, um Skywalker zu verwirren und ihn zur dunklen Seite der Macht zu verführen. Aber der Imperator kannte Vaders Gedanken und Gefühle, und er wußte, daß das nicht die ganze Wahrheit war.

Aus diesem Grund war Mara hier, und darum war sie auch allein gekommen. Sie war die Hand des Imperators, sie beherrschte Teile der Macht, die der Imperator persönlich in ihr ausgebildet, gehegt und gestärkt hatte ... und dazu gehörte auch die Fähigkeit, ihre Gefühle selbst vor einem so mächtigen Dunklen Jedi wie Lord Darth Vader zu verbergen. Vielleicht würde er sich hinterher fragen, ob der Imperator bei Skywalkers Tod die Hand im Spiel gehabt hatte, aber er würde es niemals mit Sicherheit wissen. Und wenn es Skywalker nicht mehr gab, war alles vorbei. Vader würde den Imperator niemals allein auf sich gestellt herausfordern.

Ich werde Bespin nicht vergessen, versprach Mara. *Skywalker wird hier sterben.*

Der Imperator lächelte ... und dann war da ein anderes Gesicht, das Maras Vision überlagerte. Eine junge Frau mit dunklem Haar, die einen dunkelroten Overall trug. »Bist du Arica?«

Mara blinzelte, und das Gesicht des Imperators verschwand; nur das Gefühl seiner fernen Gegenwart blieb. »Ja«, sagte sie. »Es tut mir leid, ich war ganz in Gedanken.«

Die andere Frau lächelte wissend. »Natürlich hast du nachgedacht.« Sie machte eine allesumfassende Geste. »Ich wette deinen ersten Wochenlohn, du hast gedacht, es war ein großer Fehler hierherzukommen.«

Mara blickte sich um. Sie nannten die Garderobe die Tänzergrube, und sie wurde diesem Namen in jeder Hinsicht gerecht. »Oh, ich weiß nicht«, sagte sie diplomatisch. »Ich bin schon an schlimmeren Orten gewesen.«

»Besser als die Rancorgrube, das sowieso.« Die Frau zuckte mit den Achseln. »Keine Sorge, die Bezahlung ist bedeutend besser als die Örtlichkeiten.«

»Das hoffe ich«, erwiderte Mara und fragte sich, was eine Rancorgrube war. »Die angedeuteten Sonderleistungen klangen nicht gerade verlockend.«

Die Frau lachte. »Ja, der Dicke. Hat er dir auch erzählt, was für eine wichtige Person er ist?«

»So was in der Art.«

»Nun, mach dir keine Sorgen, er ist eigentlich ganz harmlos. Ich verrate dir später, welche Knöpfe du drücken mußt, um ihn dir vom Leib zu halten. Übrigens, ich bin Melina Carniss. Ehemalige Tänzerin, derzeitige Tanzdesignerin und eine Art Mädchen für alles. Komm, laß uns in den Thronsaal gehen, und ich stelle dich Seiner Durchlauchtigsten Hoheit vor.«

Sie gingen durch einen der dunklen Tunnel, die den größten Teil des Palastes auszumachen schienen. Die Gerüche ließen Mara die Nase rümpfen, und sie wünschte sich, die kurze Einweisung, die sie über Jabba und seinen Palast erhalten hatte, wäre ausführlicher gewesen. Vielleicht sollte sie in Erwägung ziehen, eine Fahrt nach Bestine zu arrangieren, wo sie versuchen konnte, im Büro von Kommandantin Aryon ein paar neuere Informationen über Jabba und sein Gefolge zu erhalten.

Aber auf lange Sicht gesehen konnte sich das als gefährlich erweisen. Um Zugang zu imperialen Dateien zu erhalten, würde sie sich als hochrangige Agentin des Imperiums zu erkennen geben müssen … und wirklich fähige Leute schickte man nicht auf solche Dreckswelten wie Tatooine. Kommandantin Aryon konnte zu faul oder inkompetent sein, um Jabbas Spione von ihrer Lohnliste fernzuhalten, oder sie stand selbst auf Jabbas Lohnliste. Was aber noch viel schlimmer war, selbst die geringste Bloßstellung konnte Lord Vader zu Ohren kommen.

Davon abgesehen handelte es sich hier um ein einfaches Attentat: schnell rein, schnell töten, schnell raus. Nein, sie würde diesen Auftrag ganz auf sich allein gestellt erledigen.

»Da ist der Thronsaal«, erklärte Melina und deutete auf einen Torbogen, hinter dem sich ein großzügig möblierter Raum befand. »Oh, sieh mal – anscheinend läuft da gerade eine Show.«

Mara hielt den Atem an. Die Show bestand aus Luke Skywalker.

Beziehungsweise einem Holo von ihm. Eine vorab aufgenommene Botschaft, die von einem gedrungenen R2-Astromechdroiden projiziert wurde, an dessen Seite ein nervöser C-3PO-Protokolldroide stand. Es handelte sich um Skywalkers Droiden, keine Frage. Die beiden, die bei der Zerstörung des geliebten Todessterns des Imperators eine Schlüsselrolle gespielt hatten.

»… überreiche ich Euch ein Geschenk: diese beiden Droiden.«

Der Protokolldroide quiekte. »Ich frage mich, wer das ist«, murmelte Melina.

»Keine Ahnung«, sagte Mara und betrachtete stirnrunzelnd das Bild. Sie hatte alles gelesen, was der Imperator über Skywalker zusammengetragen hatte: sein Hintergrund, seine Erziehung hier auf Tatocine, seine kurze Ausbildung unter Obi-Wan Kenobi, das gewaltige Problem, das er bis jetzt für das Imperium dargestellt hatte. Aber das hier war nicht der zögerliche, unreife Junge, den sie in diesen Aufzeichnungen gesehen hatte. Der Luke Skywalker, den sie hier sah und hörte, war selbstbewußt, ausgeglichen und hatte Vertrauen in seine Kräfte.

Und an seinem Gürtel hing deutlich sichtbar ein Lichtschwert. Ein Ersatz, vermutlich selbst hergestellt, für das, das er auf Bespin verloren hatte.

Der Imperator hatte recht gehabt. Skywalker war tatsächlich gefährlicher, als Mara es ihm zugetraut hätte.

Die Botschaft endete, und die Droiden wurden weggeschafft, wobei 3PO die ganze Zeit jammerte. »Okay«, sagte Melina und nahm Mara beim Arm. »Kopf hoch, Arica. Lerne den Hutt kennen.«

Zu dem Zeitpunkt, an dem der Protokolldroide zurückgebracht wurde, herrschte im Thronsaal ein schreckliches Gedränge; es gab Menschen und Nichtmenschen und Qualm und Lärm. Im Hintergrund spielte eine drittklassige Band; in der Mitte, vor Jabbas Thron, tanzte ein junges Twi'lek-Mädchen.

Ihr Name war Oola, und sie war ganz gut.

Mara stand neben dem Torbogen, der zur Tänzergrube führte, und hielt sich im Hintergrund, während sie Oolas Vorstellung mit einem halben Blick im Auge behielt und gleichzeitig den Raum und die Anwesenden studierte. Zweifellos ein entschieden bunter Haufen. Hier war alles vertreten, von den offensichtlich ehrgeizigen Nobodys, die versuchten, Jabba mit ihrer Härte zu beeindrucken, bis hin zu einigen der berüchtigtsten Namen auf der imperialen Fahndungsliste. Sollte Skywalker es bis hierher schaffen, würde er alle Hände voll zu tun haben.

Sie straffte sich. In ihrem Hinterkopf hatte sich gerade ihr Gespür für Gefahr gemeldet.

Sie holte langsam Luft, beruhigte ihr Bewußtsein und bereitete ihren Körper auf den Kampf vor. Ihre Blicke und ihre Sinne streiften durch den Raum, auf der Suche nach der Quelle der Gefahr …

Gerade rechtzeitig, um zu beobachten, wie Jabba auf seinem Thron auf einen Schalter schlug, der direkt unter Oola einen Teil des Bodens öffnete.

Der durchdringende Schrei der Tänzerin verhallte. Jabbas Thron schob sich vorwärts über die Falltür zu einem großen Gitter, das freiklappte, ein Gitter, auf das die Gefolgsleute zustürmten, um sich drängelnd einen Platz zu erkämpfen. Mara entdeckte Melina Carniss, die an einer Ecke kauerte und begierig zusah, was da unten geschah. Ein weiterer, viel leiserer Schrei ertönte …

Und plötzlich war die Show vergessen. Aus dem Durchgang am anderen Ende des Thronsaals drang das Geräusch von Blasterfeuer. Einen kurzen Augenblick lang herrschte Verwirrung, und dann erschien eine bewaffnete und gepanzerte Gestalt, die sich hochmütig an den Wächtern vorbeizwängte. Hinter sich führte sie einen Wookiee in Ketten.

Nicht irgendeinen Wookiee. Chewbacca, den Freund und Kopiloten Han Solos.

»Boussh«, murmelte jemand in ihrer Nähe. »Das war's dann mit dem Lösegeld für Chewbacca.«

Mara lächelte angespannt. So einfach, so klassisch, so einfallslos. Sie glaubten immer, die beste Methode, den Stützpunkt eines Feindes zu infiltrieren, bestünde darin, eine Verkleidung anzulegen und etwas oder jemanden mitzubringen, an dem der Feind Interesse hat.

Aber diesmal würde es nicht funktionieren. Sie runzelte leicht die Stirn vor Konzentration, versuchte das laute Gepolter all der anderen in dem Raum versammelten Bewußtseine auszublenden, griff auf die Macht des Imperators in ihrem Inneren zurück und richtete sie auf die Gestalt in der Rüstung. Sie berührte das fremde Bewußtsein …

Und blinzelte überrascht. Das war gar nicht Skywalker. Es war eine Frau.

Eine Frau?

Ein kleines, nebensächliches Schauspiel nahm seinen Lauf: Jabba bot eine zu niedrige Summe, die Gestalt diskutierte den Punkt mit einem Thermodetonator. Mara wartete, bis alles geregelt war und man den Wookiee weggezerrt hatte. Dann bahnte sie sich einen Weg durch die wieder in Schwung gekommene Partyatmosphäre und blieb an der Stelle stehen, an der Boba Fett, der Kopfgeldjäger, stumm Wache hielt. »Entschuldigen Sie, Sir«, sagte sie zaghaft, streckte die Hand nach seiner Schulter aus und hielt dann mitten in der Bewegung inne, als hätte sie ihn antippen wollen und sich dann doch vorsichtshalber dagegen entschieden. »Mein Name ist Arica ... Ich bin heute erst eingetroffen. Die Sache mit dem Kopfgeldjäger – das war ganz schön furchteinflößend. Geschehen hier solche Dinge öfters?«

Einen langen Augenblick lang konnte er sie bloß anstarren, und die ganze Zeit dachte Mara, daß das Spiel nun aus war. Boba Fett hatte im Lauf der Jahre eine beträchtliche Menge verschwiegener Aufträge für das Imperium erledigt, und es war durchaus möglich, daß er sie dabei irgendwann einmal im Gefolge des Imperators gesehen hatte. Sie griff mit der Macht zu und versuchte, sein Bewußtsein zu berühren. Aber seine Kontrolle war ausgezeichnet, und nichts von dem, was sie las, gab ihr einen Hinweis.

»Nett, dich kennenzulernen, Arica«, sagte er schließlich mit jener tonlosen Stimme, die seine Opfer so entsetzte und seine Arbeitgeber beeindruckte. »Mach dir wegen Boussh keine Sorgen – er mag in diesem Augenblick wie ein Verrückter ausgesehen haben, aber das ist er nicht. Und du brauchst dir auch wegen der anderen keine Sorgen zu machen. Jabba weiß, wer vertrauenswürdig ist. Andere kommen hier nicht rein.« Er klopfte auf das Blastergewehr an seiner Seite. »Und ich halte mich hier oft zwischen zwei Jobs auf.«

»Da bin ich aber erleichtert«, säuselte Mara. »Vielen Dank – ich fühle mich schon viel besser.«

»Nichts zu danken.«

Sie schenkte ihm ein Lächeln und ging. Also war Boussh tatsächlich ein Mann. Das heißt, der richtige Boussh war einer.

Wer also war diese Frau? Eine von Skywalkers Verbündeten? Oder jemand vom Außenrand, der sich einen Namen machen wollte, und der Wookiee war einfach unachtsam gewesen?

Eigentlich spielte es keine Rolle. Mara war hier, um Skywalker zu erwischen, und nur Skywalker. Jeder andere war nur ein Störenfried, und Jabbas Leute sollten dazu in der Lage sein, mit Störenfrieden fertig zu werden. Eine dezente Bemerkung in das Ohr des Hutts, daß dieser Boussh ein Betrüger war, dürfte das Problem erledigen.

Wenn Skywalker dann irgendwann keine Verbündeten und Droiden mehr zur Verfügung standen, würde er selbst kommen müssen.

Er kam einen Tag später am Morgen, kurz nach Sonnenaufgang, als Jabba und sein Hofstaat noch immer die Nachwirkungen ihrer mitternächtlichen Feier anläßlich der Demaskierung und Gefangennahme von Prinzessin Leia Organa ausschnarchten.

Maras Sinn für Gefahr warnte sie frühzeitig. Zu ihrer Überraschung war das die einzige Warnung, die jemand erhielt. Völlig lautlos und ohne daß ihm die angeblich aufmerksamen, draußen auf Posten stehenden Wächter irgendwelche Schwierigkeiten machten, stand Skywalker plötzlich mitten im Thronsaal. Jabbas Majordomus, der Twi'lek, führte ihn fügsam herein.

Skywalkers Holo hatte Mara auf eine Leistung dieses Kalibers vorbereitet. Trotzdem war sie beeindruckt.

Als der Twi'lek an die Seite seines Herrn trat und ihm etwas ins Ohr flüsterte, fingen einige der Wächter zögernd an, Skywalker einzukreisen. Jabba erwachte mit einem Ruck, seine großen, trüben Augen blinzelten, als er die Situation erfaßte. Er sah den Twi'lek und Skywalker an.

Und dann lachte er.

Das tiefe Grollen hallte durch den Thronsaal und ließ die restlichen Männer verschlafen hochschrecken und auf die Füße springen. Ein paar Blaster wurden gezogen, aber die meisten Waffen blieben in ihren Holstern, als die verwirrten Gefolgsleute sich darüber klar zu werden versuchten, ob es sich bei der schweigsamen Gestalt in dem Umhang mit der Kapuze um einen Freund oder dem äußeren Anschein zum Trotz um einen Feind handelte.

Das war der Augenblick, auf den Mara gewartet hatte: leichte Verwirrung, keiner wußte so genau, was hier vor sich ging, keiner wußte genau, wer der andere war. Der Augenblick zum Zuschlagen. Ihre inneren Alarmglocken schrillten noch immer, als sie einen lautlosen Schritt nach rechts machte, wo einer von Jabbas jüngeren menschlichen Wächtern seine Energielanze umklammerte und sich mächtig anstrengte, die Situation zu begreifen. Sein Blaster steckte im Holster. Mara griff anmutig hinter ihn, ertastete den Kolben ...

Und erstarrte, als sich ein harter Gegenstand in ihren Rücken bohrte.

Sie hatte sich geirrt. Die Gefahr war nicht von Skywalker ausgegangen.

»Ganz langsam und vorsichtig«, murmelte Melina Carniss ihr ins Ohr. »Wir ziehen uns einfach rückwärts in den Tunnel zurück. Es sei denn, du möchtest lieber hier auf der Stelle sterben.«

Stumm und von rasender Wut auf sich selbst erfüllt, ließ sich Mara rückwärts aus dem Thronsaal führen. Eine Leibwächterin in Zivil. Vermutlich sogar eine von vielen, die eine zusätzliche Barriere zwischen Jabba und seinen Feinden bildeten. Sie hätte wissen müssen, daß es an einem solchen Ort eine derartige Sicherheitsmaßnahme geben würde, und danach Ausschau halten müssen. Aber statt dessen hatte sie sich allein auf Skywalker und seine Freunde konzentriert; sie war nachlässig gewesen.

Vor dem Thron kam es plötzlich zu einem Aufruhr, ein einzelner Blasterschuß ertönte. Mara drehte den Kopf, aber sie waren zu weit weg, um etwas sehen zu können. »Neugierig, hm?« kommentierte Melina. »Einer von deinen Leuten? Da rein – aber vorsichtig.«

Mara gehorchte und musterte Melina aus dem Augenwinkel, als sie sich umdrehte und den Tunnel betrat. Melina hatte den Blaster, aber sie hatte die Ausbildung, die Kraft des Imperators und den Willen, sie zu benutzen. Wenn sie genau jetzt mit der Macht zugriff und den Blaster an sich brachte ...

Sie warf einen Blick auf Melinas Hand. Nein. Nicht aus einem so festen Griff. Nicht, ohne daß die andere mindestens einen Schuß abgeben konnte.

Bewußtseinsmanipulation? Es gab mehrere Möglichkeiten, einen Gegner zu beruhigen oder zu verwirren oder ihn ganz einfach auszuschalten, indem man seinem Geist mit der Macht einen Hieb versetzte. Aber all diese Techniken benötigten zumindest etwas Zeit, um ihre Wirkung zu entfalten, und in Melinas aufgeregtem Bewußtseinszustand bestand durchaus die Möglichkeit, daß sie diesen einen Schuß abgab.

»Du bist schrecklich ruhig«, bemerkte Melina, während sie durch den Tunnel gingen.

»Das liegt daran, daß ich keine Ahnung habe, was hier eigentlich los ist«, sagte Mara. »Ich habe nichts getan.«

»Natürlich nicht«, sagte Melina grimmig. »Du hast dich hier nicht unter Vortäuschung falscher Tatsachen eingeschlichen. Oder darüber gelogen, wer oder was du bist. Oder dich mit Lady Valarian dazu verschworen, Jabba hinterrücks umzubringen.« Sie stieß die Blastermündung erneut in Maras Rücken. »Hast du?«

Mara blinzelte. Ein Mordkomplott? Hier? Ohne daß sie es bemerkt hatte? Das war schon keine Schlamperei mehr, das war einfach peinlich. »Ich weiß nicht, wovon du sprichst«, protestierte sie und versuchte es ein letztes Mal. »Ich habe nichts gegen Jabba. Ehrlich.«

»Natürlich nicht. Du wolltest den Blaster des Wächters nur als Souvenir haben.« Melina stieß erneut zu. »Da rein.«

Es war ein weiterer Tunnel, der steil in die Tiefe führte, bevor er waagerecht weiterverlief und sich in einer Biegung verlor. Direkt hinter dem Tunneleingang lungerten zwei gamorreanische Wächter herum, stützten sich lässig auf ihre Energielanzen und grunzten leise miteinander. »Was zum Teufel habt ihr hier zu suchen?« fauchte Melina sie an. »Nehmt Haltung an. Sofort.«

Langsam und offensichtlich verwirrt, warum eine einfache Tanzdesignerin sich herausnahm, ihnen Befehle zu erteilen, stellten sie sich etwas aufrechter hin. »Schon besser«, knurrte Melina. »Aber nicht viel. Wer, glaubt ihr eigentlich, daß ihr seid, die imperiale Garde? Setzt eure Hintern in Bewegung und bringt diese Frau für mich ins Verlies.«

Sie stieß ihnen Mara entgegen. »Beweg dich. Sei ein braves Mädchen, und vielleicht bitte ich Jabba, dich schnell sterben zu lassen.«

»Das weiß ich zu schätzen«, sagte Mara und blickte über die Schulter. Sie konnte Melina den Blaster noch immer nicht gefahrlos aus der Hand reißen. Aber *was* sie tun konnte ...

Sie griff mit der Macht zu und stieß die Mündung scharf nach rechts. Ein Blitz löste sich, als Melina reflexartig feuerte; in der Enge des Tunnels klang der Schuß zweimal so laut wie gewöhnlich.

Ihm folgte ein wütendes und schmerzerfülltes Grunzen von dem Gamorreaner, den Melina gerade angeschossen hatte. Der andere Gamorreaner grunzte ebenfalls, und die beiden senkten ihre Energielanzen und bewegten sich schwerfällig auf den Menschen zu, der sie grundlos verletzt hatte.

Melinas Gesichtsausdruck, als sie sah, was sie angerichtet hatte, war einfach unbezahlbar, aber Mara hatte keine Zeit, ihn zu genießen. Die Aufmerksamkeit ihrer Gegnerin war abgelenkt und die Zeit zum Handeln gekommen. Sie duckte sich zwischen den Gamorreanern hindurch und stürmte den Gang hinunter.

»Haltet sie auf!« rief Melina. Aber die Wächter ignorierten sie. Ein paar schnelle Schüsse erhellten den Tunnel, verteilten Steinsplitter und Staub.

Und dann ertönten nur noch das Grunzen der mit Schneckengehirnen ausgestatteten Gamorreaner und Melinas wütende und zusehends verzweifelte Schreie. Mara lief weiter und hoffte, daß sie sich aus der Schußlinie bringen konnte, bevor sich hinter ihr die Dinge geklärt hatten. In der Nähe der tiefsten Stelle des Tunnels bot sich die erste Gelegenheit: ein übelriechender Gang, der links abzweigte. Nach einem letzten Blick auf die lautstarke Konfrontation duckte sie sich hinein.

Der Gang war kurz – kaum länger als zwanzig Meter – und beinahe eine Sackgasse. Beinahe. Am Ende befand sich eine Felswand, in die ein rechteckiges, einen halben Meter durchmessendes Ventilationsgitter eingelassen worden war, ein Gitter, das durch das dahinter ertönende Knurren buchstäblich geschüttelt wurde. Vorsichtig trat sie darauf zu und blickte hindurch.

Das Brüllen kam von der vermutlich größten und häßlichsten zweibeinigen Kreatur, die sie je gesehen hatte. Eine Kreatur, die, nach der Anzahl der auf dem Boden der stinkenden Grube verstreuten Knochen zu urteilen, sowohl ein Fleischfresser als auch hungrig war.

Und die im Moment darauf versessen schien, Luke Skywalker zu einem Imbiß zu machen.

Mara drückte das Gesicht an das Gitter, vergaß den Gestank und sah zu, wie Skywalker unter einem kleinen Felsvorsprung hervorkroch und zwischen den Beinen der Bestie hindurch auf einen tunnelähnlichen Teil der Grube zustürmte, den sie von ihrer Position aus nicht einsehen konnte. Das war perfekt. Die Bestie würde kurzen Prozeß mit Skywalker machen, vor Dutzenden von Zeugen, deren Anfeuerungsrufe nicht zu überhören waren, und es würde nicht eine Spur geben, die Vader entweder zu ihr oder zum Imperator zurückverfolgen konnte. Und wenn die Kreatur aus irgendeinem Grund Hilfe brauchen sollte – nun, sie war bereit, sie ihr zu gewähren.

Das Monster hatte sich umgedreht und nahm donnernd die Verfolgung auf. Skywalker war außer Sicht, aber dem Lärm nach zu urteilen, der aus dieser Richtung kam, war Mara schnell klar, daß Jabbas Leute seine Flucht verhinderten. Es mußte gleich vorbei sein.

Und dann, ohne Vorwarnung, schoß am Rand ihres Sichtfelds etwas Kleines durch die Luft und traf eine in die Felswand eingelassene Kontrolltafel. Funken sprühten ... eine gelöste Verriegelung quietschte ...

Und ein schweres, an der Unterkante gezacktes Tor fiel aus der Decke, traf den wuchtigen Nacken der Kreatur und schmetterte sie zu Boden. Sie knurrte ein letztes Wimmern und lag dann still.

Mara starrte den Koloß an, sie konnte es nicht glauben. Skywalker hatte ihn getötet. Er hatte ihn tatsächlich getötet, allein und unbewaffnet.

Und dem Klang der huttischen Worte nach zu urteilen, die das entsetzte Schweigen oben durchdrangen, war Jabba nicht unbedingt erfreut darüber.

Mara nahm einen tiefen Atemzug der stinkenden Luft. Also gut. Schön. Die Kreatur hatte Skywalker nicht getötet, aber das würde nun Jabba erledigen. Vermutlich ziemlich grausam, wenn auch nur die Hälfte der Geschichten über den Hutt zutrafen. Geschah Skywalker recht. Er mußte unfaßbar dumm und überheblich sein, um allein und unbewaffnet herzukom-men ...

Die stinkende Luft schien in ihrer Kehle zu gefrieren, abrupt überlagerten zwei Erinnerungsbilder den Anblick vor ihren Augen. Skywalker floh vor der Kreatur; Skywalker überbrachte Jabba seine Holonachricht.

Das neue Lichtschwert. Er hatte es nicht mitgebracht.

Beziehungsweise, er hatte es nicht selbst mitgebracht.

Der Wookiee hatte es nicht – er konnte es nirgendwo verbergen. Der Protokolldroide hatte es nicht. Leia Organa hatte es mit Sicherheit auch nicht.

Der Astromechdroide.

Mara fluchte leise. Nein, nicht Skywalker war hier der Überhebliche. Das war Jabba. Und plötzlich war sie wieder für die Angelegenheit zuständig. Sie trat von dem Gitter zurück und suchte nach irgendeiner Art von Öffnungsmechanismus …

Ihr Gespür für Gefahr meldete sich einen Sekundenbruchteil, bevor sie hinter sich im Tunnel schlurfende Schritte hörte. Sie wirbelte herum und ging in Kampfstellung.

Die gamorreanischen Wächter, die sie am Tunneleingang zurückgelassen hatte, hatten sie eingeholt. Und sie brachten ein halbes Dutzend Freunde mit. Immer zu zweit nebeneinander blokkierten sie mit ihrer Masse den Ausgang. Sie setzten sich in Bewegung.

Mara hatte keine Zeit für so etwas, außerdem war sie nicht in der richtigen Stimmung dafür. Sie griff mit der Macht zu und versetzte dem Bewußtsein der beiden vordersten Wächter harte Schläge. Sie blieben abrupt stehen, schwankten einen kurzen Augenblick auf ihren dicken Beinen; die Energielanzen entglitten schlaffen Händen und landeten scheppernd auf dem Boden. Dann brachen sie zur offensichtlichen Verblüffung der hinter ihnen Stehenden zusammen.

Mara hielt eine der Energielanzen in Händen, noch bevor sie auf dem Boden aufgeschlagen war. Sie schwang sie geschickt in der Enge des Tunnels, fintierte an den Waffen der zweiten Wächterreihe vorbei und hieb ihnen die tödliche Energiespitze quer über die Gesichter. Sie taumelten, verkrallten die Hände in den Wunden und fielen gegen die dritte Reihe. Mit einem Sprung setzte Mara über die Rücken der ersten zu Boden gestreckten Gamorreaner hinweg und stach erneut in das momentane Chaos, um die nächste Reihe zu treffen.

Kaum eine Minute später war alles vorbei.

Schwer atmend wandte sie sich wieder dem Gitter zu. Die Vibroklinge der Energielanze machte einen Höllenlärm, als sie durch das Metall schnitt, aber aus Jabbas Thronsaal kam vermutlich genug Tumult, um ihn zu übertönen. Sie warf die Energielanze durch die Öffnung und zwängte sich in die Grube.

Der Raum war noch widerwärtiger, als es von außen den Anschein gehabt hatte. Das Tor, das die Kreatur getötet hatte, versperrte den Weg in diese Richtung, aber auf halber Höhe der gegenüberliegenden Wand befand sich eine kleine runde Gitterluke. Die Energielanze machte kurzen Prozeß mit der Luke, hinter der sich eine steile, aber erklimmbare Röhre befand. Vermutlich handelte es sich um das Ende der Rutsche, die unter Jabbas Falltür ihren Anfang nahm. Mara hob einen Knochen auf, der etwas länger als der Durchmesser der Rutsche war, zwängte ihn zwischen die Wände und zog sich hinein. Sich abwechselnd mit dem Knochen und den Beinen abstützend, kletterte sie in die Höhe.

Die Rutsche hörte ein paar Meter zu früh auf; das Stück direkt unterhalb der Falltür erwies sich als breiter, rechteckiger Trichter, der die Opfer in die Rutsche beförderte. Sie klemmte den Knochen in den Rutschenrand und zog sich auf ihn, richtete sich schließlich auf dem wackligen Untergrund auf. In die Wand war ein kleines Schalterkästchen eingelassen; ein vorsichtiges Stochern in der richtigen Buchse, und die Falltür über ihr klappte auf.

Niemand fiel hindurch oder sah zu ihr herunter. Die wenigen Gesprächsfetzen, die sie hörte, klangen alle weit entfernt. Sie verzog das Gesicht, hoffte, daß sie nicht zu spät kam, fand Halt am Rand einer Falltürhälfte und kletterte in die Höhe.

Der Thronsaal lag verlassen da, als sie sich über den Rand schob, aber der schnell verhallende Lärm wies ihr die Richtung, in die alle gegangen waren. Sie folgte den Lauten, wobei sie nach Wächtern Ausschau hielt, die sie möglicherweise suchten, und nahm die Verfolgung auf. Skywalker war irgendwo dort draußen; mit etwas Glück – und der Macht – würde sie ihn vielleicht doch noch einholen.

Mit einem Seufzen wandte Mara der sich vor ihr ausbreitenden Wüstenlandschaft wieder ihre volle Aufmerksamkeit zu. Sie hatte versagt. Ihr erster echter Mißerfolg, seit der Imperator sie zu seiner Hand ernannt hatte. Es schmerzte. Sogar schrecklich.

Aber das war schon in Ordnung so. Sie würde es in Ordnung bringen. Skywalker mochte jetzt entkommen, aber er konnte ihr nicht ewig aus dem Weg gehen. Irgendwo und irgendwann würde sie ihn einholen.

Und dann würde er sterben.

Aber dann wurden es immer mehr:

Die Geschichte des gamorreanischen Wächters

William F. Wu

Gartogg, der gamorreanische Wächter, watschelte auf der ihm zugeteilten Patrouille durch die schlecht beleuchteten Korridore des Palastes von Jabba dem Hutt in Richtung Dienerquartiere, als es hinter ihm zu einem Tumult kam. Das Haupttor knallte zu, und Ketten schepperten; er blieb stehen und schnaubte nachdenklich. Als ein Wookiee protestierend aufbrüllte, eilte Gartogg zurück zum Haupttor, begierig, Ortugg, dem Anführer der neun schweineartigen Gamorreaner, die für Jabba arbeiteten, seinen Wert zu beweisen.

»Ortugg«, gurgelte er. »Warte.«

Der Wookiee brüllte erneut, als der Kopfgeldjäger seinen Gefangenen an den Ketten die Stufen zum Thronsaal hinunterzerrte. Gartogg ging ihnen schwerfällig hinterher, in der Hoffnung, auch ein- oder zweimal ordentlich schubsen zu können, aber wie gewöhnlich kam er zu spät. Ortugg und Rogua, der andere Gamorreaner, der mit dem Chef zusammen am Haupttor stand, folgten dem Kopfgeldjäger und dem Wookiee.

»Gefangene?« Gartogg trat hinter Ortugg.

»Halt's Maul«, sagte Ortugg.

»Ja, halt's Maul.« Rogua stieß Gartogg mit der Schulter zurück und damit aus dem Weg.

Gartogg sagte nichts, als er zurückstolperte. Ortugg behandelte ihn immer so, aber Gartogg wußte, daß er es verdiente. Er hatte es nie so richtig geschafft, von seinem Chef respektiert zu werden. Die Angehörigen der anderen hier vertretenen Spezies machten immer ihre Witze oder beschwerten sich darüber, wie dumm die Gamorreaner waren, aber Gartogg glaubte das nicht; seiner Meinung nach waren Ortugg, Rogua und seine anderen Landsleute genauso intelligent wie der Rest von Jabbas Gefolgsleuten.

Jabba feilschte mit dem Kopfgeldjäger, während die Menge sich keine Einzelheit entgehen ließ.

»Boba Fett?« fragte Gartogg und versuchte, sich erneut zwischen Ortugg und Rogua zu zwängen.

»Natürlich nicht«, murmelte Ortugg ungeduldig. »Boba Fett steht da drüben.« Er streckte den dicken grünen Arm aus und zeigte in die Menge. »Der Kopfgeldjäger heißt Boussh.«

»Und die anderen nennen *uns* dumm.« Rogua schüttelte den Kopf.

Jabba sprach zu dem Kopfgeldjäger, der zu Besuch gekommen war.

»Er ist einverstanden!« verkündete einer der neuen Droiden, der für Jabba übersetzte, von der Plattform aus.

Jabba gab den Gamorreanern ein Zeichen, den Wookiee nach unten ins Verlies zu schaffen.

Ortugg und Rogua traten vor, um die Ketten des Wookiees zu nehmen.

»Ich auch.« Gartogg watschelte hinterher.

Ortugg stemmte eine große grüne Hand gegen seine Brust. »Nein. Scher dich zurück auf deine Patrouille.«

»Segelgleiter«, grunzte Gartogg verzweifelt.

»Was?«

»Segelgleiter?«

»Red deutlich, du Idiot. Was ist damit?«

»Will an Bord. Nächstes Mal.«

»Der Rest von uns Gamorreanern spricht in ganzen Sätzen!« Rogua versetzte Gartogg mit der offenen Hand einen Hieb gegen den Kopf. »Warum kannst du das nicht?«

Gartogg blinzelte benommen von dem Schlag und schnaubte. »Häh?«

»Du willst auf den Segelgleiter abkommandiert werden, wenn Jabba ihn das nächste Mal benutzt?« wollte Ortugg wissen.

Gartogg schnaubte bestätigend.

Rogua schnaubte verächtlich.

»Einen solchen Auftrag mußt du dir verdienen«, sagte Ortugg. »Und das hast du nicht.«

»Thronsaal?« fragte Gartogg hoffnungsvoll.

»Nein! Geh zurück auf deine Patrouille!«

Gekränkt und enttäuscht sah Gartogg zu, wie Ortugg und Rogua die Ketten des Wookiees nahmen und ihn ins Verlies schafften. Die Band fing wieder an zu spielen, die Menge im Thronsaal machte mit ihrer Party weiter, und Gartogg schlurfte davon. Er durfte nie mitmachen, wenn es lustig wurde.

Als er die dunklen, leeren Korridore entlangschlich, wie immer allein, zog er geräuschvoll die Nase hoch und murmelte vor sich hin. Ortugg teilte ihn immer zum Wachdienst an Orten ein, wo nie etwas passierte. Wenn er dienstfrei hatte, streifte er in der Hoffnung durch Jabbas Palast, daß er etwas Wichtiges zu tun fand. Selbst seine Artgenossen mieden seine Gesellschaft. Sie ließen ihn jedesmal zurück, wenn sie einen Spezialauftrag erhielten, wie zum Beispiel Jabba den Hutt bei einer Exkursion auf seinem Segelgleiter zu beschützen.

Schritte verrieten ihm, daß ihm jemand entgegenkam. In der Hoffnung auf Gesellschaft blickte er auf und sah zwei bekannte Menschen, eine blasse, schlanke, braunhaarige Frau und einen stämmigen Mann mit schwarzem Haar und schrägstehenden Augen. Gartogg hatte gehört, daß sie Diebe waren, die sich bei Jabba versteckten.

»Guten Abend«, schnaubte er enthusiastisch.

Beide Menschen zuckten überrascht zusammen und starrten ihn an.

»Was hat er gesagt?« flüsterte die Frau zitternd, ohne den

Blick von Gartogg zu wenden. »Ah Kwan, hast du ihn verstanden?«

»Tut mir leid, Quella«, sagte Ah Kwan. »Ich weiß nicht, was das für eine Sprache war.«

»Guten Abend«, schnaubte Gartogg lauter.

Beide Menschen wichen zurück.

»Was willst du?« Ah Kwan legte die Hand auf den Griff des langen Messers, das in seinem Gürtel steckte. »Was hast du gesagt?«

»Guten Abend!« brüllte Gartogg frustriert und hob die krallenbewehrten Fäuste.

Der Mann und die Frau wirbelten herum und liefen den Korridor entlang, einen Augenblick später waren sie um die Ecke verschwunden.

Gartogg seufzte. Keiner konnte ihn leiden. Er ging schwerfällig weiter – allein. Es war immer das gleiche.

Als Gartogg früher an diesem Tag allein durch die schattenerfüllten, leeren Korridore des Palastes geschlurft war, hatte er den Frieden durch seine bloße Anwesenheit aufrechterhalten. Schließlich eilte jeder davon, der ihn kommen sah, sogar die anderen gamorreanischen Wächter.

Gartogg hörte laute Schritte und ein Geräusch, als wäre jemand gestolpert, durch den Korridor hallen, der zu den Dienstbotenquartieren führte. Er eilte los, um der Sache näher auf den Grund zu gehen, da er noch immer eine besondere Leistung herbeisehnte, die er seinen Kameraden präsentieren konnte; einen Erfolg, den Ortugg respektieren würde. Vielleicht würde Ortugg ihn dann mitgehen lassen, wenn Jabba das nächste Mal mit dem Segelgleiter reiste.

So schnell ihn die dicken, muskulösen Beine trugen, donnerte Gartogg den Korridor entlang und bog um eine Ecke, die Axt optimistisch erhoben. Er sah Porcellus, den Küchenchef-Menschen, der über jemandem auf dem Boden kniete. Der Koch war ein sehr dünner, nervöser Mann mit zurückweichendem dunkelblondem

Haar; wie gewöhnlich trug er seine weiße Chefkoch-Uniform, die wie immer mit allen möglichen Zutaten voller interessanter Düfte bekleckert war.

Gartogg mochte Porcellus. Der Küchenchef hatte immer viel zu essen in der Küche herumliegen. Alle Gamorreaner schnüffelten dort ständig nach kleinen Leckerbissen herum. Letzte Woche hatte Gartogg vier seiner Kameraden in der Küche vorgefunden, wie sie sich darum stritten, wer die Schüssel mit dem Nachtisch auslecken durfte. Begeistert, bei dem Spaß mitzumachen, hätte Gartogg Porcellus beinahe zufällig mit seiner Axt geköpft, aber der Küchenchef schien ihm das nicht übel zu nehmen. Er war ein guter Kerl.

Porcellus kniete über Ak-Buz, dem Captain von Jabbas Segelgleiter. Ak-Buz, ein Weequay, lag reglos mit ausgestreckten Armen und leerem Blick auf dem Rücken.

Das war Gartoggs Chance, der Situation allein auf den Grund zu gehen. Er betrachtete die Szene. Ak-Buz sah nicht gut aus.

»Hey!« schnaubte Gartogg. »Was ist hier passiert?«

Porcellus sprang auf die Füße; er zitterte am ganzen Leib. »Was?«

Gartogg trat vor Ak-Buz und musterte ihn stirnrunzelnd. »Er tot?«

»Der ist doch nicht tot«, sagte Porcellus schnell mit schweißglänzendem Gesicht. »Er schläft. Er ruht sich aus. Er sagte, er sei müde und wolle in sein Quartier, um ein Schläfchen zu halten. Er muß ... er muß hier im Korridor eingeschlafen sein.«

Gartogg betrachtete Ak-Buz' regloses Gesicht. Die starren Augen bewegten sich nicht. Gartogg schnüffelte nachdenklich. »Sieht tot aus.«

»Hast du schon mal einen schlafenden Weequay gesehen?«

»Äh .. Nein.«

»Nun, da ist einer.« Porcellus bückte sich, hievte Ak-Buz auf die Füße und legte sich einen Arm des Kommandanten über die Schultern. »Ich schaffe ihn in sein Quartier, bevor ... äh ... bevor er aufwacht.«

Gartogg nickte. Das war eine gute Idee; Weequays sollten nicht im Korridor schlafen. Jemand könnte über ihn stolpern. »Helfen?«

»Vielen Dank«, lächelte der Küchenchef. »Es geht schon.«

Gartogg seufzte. Einen Augenblick lang hatte er gedacht, er hätte etwas Wichtiges gefunden, wie zum Beispiel eine Leiche, aber er hatte sich geirrt. Nun war er wieder allein und hatte nichts Vernünftiges zu tun.

Mit einem enttäuschten Schnauben stapfte er wieder die Treppe hoch.

Später an demselben Abend stieg Gartogg müde die Stufen zu den Gästequartieren hinauf, als er hinter sich Schritte hörte. Er hoffte, daß etwas Schreckliches geschehen würde, so daß er den Schuldigen gefangennehmen konnte, und darum trat er um eine Ecke und wartete in den Schatten. Einen Augenblick später zeichnete sich an der gegenüberliegenden Wand eine Silhouette ab, die schnell näher kam.

Die schlaksige Gestalt war hochgewachsen, schlank und hatte eine breite Nase; sie trug eine Jacke mit hohem Kragen. Gartogg hielt den Atem an und versuchte, nicht die Nase hochzuziehen. Dannik Jerikko, ein Attentäter, war der einzige im Palast, den er außer Jabba fürchtete. Gartogg hatte den Killer noch nie in Aktion gesehen, aber er hatte all die Gerüchte gehört, wie Jerriko seinem Geschäft nachging: Er war ein Rotzvampir.

Als der Attentäter ihn passiert hatte, bedeckte Gartogg seinen nach oben gehaltenen Rüssel vorsichtshalber mit einer Hand und eilte in die andere Richtung.

Als Gartogg auf seiner üblichen Patrouille durch die Korridore watschelte, arbeitete er sich durch die hinteren Gänge und näherte sich dem Haupttor. Aus Richtung der Küche ertönten Schreie, und er zögerte und fragte sich, ob er nachsehen sollte. Dann fiel ihm wieder ein, daß er gern in die Küche ging. Vielleicht würde er dort einen Imbiß finden.

Zuerst sah Gartogg niemanden in der Küche. Er trat ein und blieb stehen, um sich eine Handvoll Plastfolie zu nehmen, auf der er herumkauen konnte. Dann sah er jemanden im Vorraum.

Noch immer Plastfolie mampfend, setzte er sich wieder in Bewegung. Er blieb stehen, als er Ree-Yees entdeckte; der dreiäugige ziegengesichtige Schurke kniete neben einer zerbrochenen Kiste. Neben ihm stand Porcellus, der sich über den Küchenjungen Phlegmin beugte. Im Gegensatz zu Ak-Buz hatte Phlegmin die Augen geschlossen und lag mit verdrehten Armen und Beinen da.

»Er schlafen?« fragte Gartogg von der Tür aus.

»Ich habe es nicht getan!« schrie Porcellus.

Ree-Yees zuckte überrascht zusammen und wäre beinahe vornüber hingefallen. Seine drei Augen richteten sich auf Gartogg. Silbriggrünes Ziegengras, das süß roch und anscheinend aus der zerbrochenen Kiste stammte, lag auf dem Boden verstreut.

»Küchenjunge schlafen, hm?« fragte Gartogg erneut.

»Äh ...«

Gartogg blinzelte, wartete und grunzte ermutigend.

Plötzlich sprang Ree-Yees auf die Füße, stieß Porcellus beiseite und sprach atemlos. »Du kommst gerade rechtzeitig! Ich habe ihn eben gefunden ... äh ... genau so ... den Gang runter ... in der Nähe des Tunnels zu Ephant Mons Quartier!« Seine drei Augen verengten sich. »Und ich habe ihn hergebracht, um ... äh ... um ihm eine kulinarische Not-Notwiederbelebung zu verabreichen! Müllinhalation ist die letzte Möglichkeit! Das ist eine Erste-Hilfe-Technik, die ich von ...«

»Häh?«

»Du weißt schon ... kulinarische Notwiederbelebung! Der Geruch von Lebensmitteln, die so ... so ... so reif sind, daß sie Tote aufwecken können! Eine uralte Kunst, die ich von meinem Großonkel Swee-Beeps gelernt habe. Wir nennen es ... äh ... Müllschnüffeln als letzter Ausweg. Aber ich kam zu spät.« Seine Augenstiele senkten sich, und er seufzte.

Gartogg schlurfte heran, ging in die Hocke und beugte sich etwas nach vorn. Er fragte sich, ob die kulinarische Notwiederbelebung auch noch verspätet funktionierte und den Küchenjungen ins Leben zurückholen konnte. Als er jedoch schnüffelte, konnte er keinen Abfall riechen. Vielleicht war es zu spät.

»Begreifst du, was los ist?«, fragte Ree-Yees besorgt. »Jemand muß jetzt die Sache übernehmen. Jemand mit Autorität. Ermitteln, Spuren zusammentragen, das Verbrechen aufklären. Jabba wird beeindruckt sein – und dankbar.«

»Küchenjunge ermordet!« Plötzlich verstand Gartogg das Problem, bückte sich und packte einen von Phlegmins Knöcheln. Er richtete sich wieder auf und ließ die Leiche in der Luft baumeln, damit er sie besser sehen konnte. Phlegmins Gesicht war blutverschmiert.

Ree-Yees starrte Gartogg an; er sagte kein Wort.

Gartogg nickte und warf sich die Leiche über die linke Schulter. Er drehte sich um, schnaubte nachdenklich und schlurfte aus der Küche, wobei er sich noch eine Handvoll Plastfolie nahm.

»Vergiß nicht!« rief Ree-Yees ihm nach. »Ich habe ihn in der Nähe von Ephant Mons Quartier gefunden!«

Gartogg ging den von der Küche fortführenden Korridor mit ungewohnter Fröhlichkeit entlang. Wenn er herausfinden konnte, wer den Küchenjungen getötet hatte, würde Ortugg endlich beeindruckt sein. Und Gartogg wurde vielleicht doch noch zur nächsten Fahrt des Segelgleiters abkommandiert.

Während Gartogg endlos durch die feuchten, schattenerfüllten Korridore des Palastes trottete, dachte er darüber nach, wie er das Geheimnis lösen konnte, denn das Gewicht des Küchenjungen ermüdete sogar ihn. Er legte die Leiche auf die andere Schulter, was eine Zeitlang half. Als er das dritte Mal an den Gästequartieren vorbeikam, erinnerte er sich endlich an einen wichtigen Hinweis: Ree-Yees hatte die Leiche in der Nähe von Ephant Mons Quartier gefunden. Vielleicht konnte er ja Ephant Mon über das

Verbrechen befragen, also klopfte er an seine Tür. Als keiner antwortete, seufzte Gartogg und trottete weiter den Korridor entlang.

Müde und resigniert zog er die Nase hoch. Vermutlich hätte es auch keinen Unterschied gemacht. Ephant Mon konnte ihn ebenfalls nicht ausstehen.

Irgendwann hatte Gartogg den Eindruck, als wäre er tagelang (und vielleicht stimmte das sogar) den größten Teil des Palastes mehrmals abgegangen, ohne jemanden zu finden, den er befragen konnte. Ein paar Leute hatten ihn aus der Ferne gesehen, aber sie alle hatten sich die Nasen zugehalten, sofern sie eine ihr eigen nannten, und waren geflüchtet. Gartogg fand ihr Benehmen rücksichtslos.

Als er das vierte Mal durch den Rancortunnel kam, hörte er, wie sich der Rancor hinter dem Tor im Sand bewegte.

»Kommen mit«, sagte Gartogg zu dem leblosen Gesicht des Küchenjungen, der von seiner Schulter baumelte. »Rancor besuchen.«

Der Junge reagierte auf die Ankündigung mit irgendeiner milchigen Flüssigkeit, die er auf den Tunnelboden tropfte.

Vor dem Rancorkäfig traf Gartogg auf Malakili, den fetten Rancorhüter, der mühsam einen reglosen Menschen zum Tor schleppte.

»Was ist hier los?« fragte Gartogg.

»Häh?« Malakili machte überrascht einen Satz zur Seite und ließ seine Last fallen, die dumpf auf dem Boden aufschlug. »Ich füttere den Rancor. Was soll ich sonst machen?«

»Oh.« Gartogg schnaubte enttäuscht. »Brauchen Hilfe?«

»Nein, nein. Alles prima.«

Gartogg rückte den Küchenjungen auf seiner Schulter zurecht, als Malakili das Tor öffnete und dem Rancor die andere Leiche hinwarf.

»Willst du ihn hier auch abladen?« Malakili wies mit einem wenig begeisterten Gesichtsausdruck auf den Küchenjungen.

»Nein! Beweismittel von Verbrechen!«

»Nun, er verwest aber ganz schön schnell. Bist du sicher?«

»Ja!« Gartogg drehte sich um und eilte fort.

Gartogg betrat schwerfällig die Küche, Phlegmins Leiche noch immer auf der Schulter; Kopf und Arme baumelten bei jedem Schritt. Der tote Küchenjunge verbreitete einen wesentlich strengeren Geruch als zuvor und neigte dazu, gelegentlich Flüssigkeiten auf den Boden zu tropfen. Gartogg schniefte höflich.

Porcellus sah von seiner Arbeit auf.

»Eine Verschwörung«, grollte Gartogg. »Spuren. Alle hängen zusammen.« Er griff mit der freien Hand nach ein paar Stücken Plastfolie und schob sie sich gedankenverloren in den Mund. »Mädchen. Sie, äh ...«

»Was für ein Mädchen?« wollte Porcellus wissen. »Und schaff mir dieses ekelhafte Ding hier raus!«

»Söldnermädchen. Brachte den Wookiee. Abends.« Gartogg leckte einen Krümel Plastfolie von der Lippe und schnaubte zufrieden. »Freundin von Solo. Der Schmuggler. Boß hat sie erwischt.«

Gartogg sah, wie der Leiche ein Auge herauszutropfen drohte. Das war schlecht; möglicherweise brauchte er dieses Beweisstück. Mit einem ärgerlichen Schnauben drückte er es mit dem dicken, stummelförmigen Zeigefinger zurück.

»Schaff dieses Ding hier raus!« schrie Porcellus. »Ich koche hier, dieser Ort muß sauber bleiben – sauber und *hygienisch.*«

Verletzt wandte sich Gartogg um und balancierte die Leiche auf der Schulter. Schließlich war der Küchenchef hier der Boß. Beim Hinausgehen nahm er sich noch ein paar Stücke Plastfolie und stopfte sie sich in den Mund, allerdings fielen hinter ihm ein paar Krümel zu Boden.

Gartogg wanderte den ganzen Tag durch den Palast, ohne einen Gedanken an Schlaf zu verschwenden. Entdecken tat er nichts. Als die Nachtschicht wieder angebrochen war, watschelte er die ganze Nacht mit dem Küchenjungen auf der Schulter durch die dunklen Korridore. Am Ende seiner Schicht war er erschöpft, hatte aber nichts gefunden.

Als schließlich der Morgen dämmerte, stapfte er müde und enttäuscht zurück zu den Wächterquartieren.

»Gartogg!« Ortugg machte einen Satz, um den Eingang zu versperren. »Was tust du da mit diesem … Ding?«

»Beweismittel«, schnaubte Gartogg defensiv.

»Er verfault«, rief Rogua, der hinter Ortugg erschien. »Du kannst ihn hier nicht reinbringen.«

»Nein?«

»Wo hast du ihn die Nacht über gelassen?« wollte Rogua wissen.

»Nachtschicht«, sagte Gartogg. »Ihn mitgenommen.«

Einige der anderen Gamorreaner im Quartier schnaubten spöttisch.

»Werd ihn los«, befahl Ortugg. »Verfüttere ihn an den Rancor oder so was in der Art.«

»Beweismittel«, erwiderte Gartogg und betrachtete das nässende, verfärbte Gesicht des Küchenjungen. »Mord.«

»Hier kommst du mit ihm jedenfalls nicht rein«, sagte Ortugg. »Wir sollen zum Segelgleiter. Rogua, such die Wächter aus, die mitkommen.«

»Ja, Sir.«

»Segelgleiter?« Gartoggs Augen weiteten sich, als er aufgeregt schniefte. »Jetzt, sofort?«

»Nein – für das nächste Mal, wenn Jabba zur Großen Grube von Carkoon fliegt, um ein paar Gefangene an den Sarlacc zu verfüttern.«

»Nimm mich!« Gartogg sprang aufgeregt auf und ab und schüttelte die Leiche des Küchenjungen durch. Einer seiner Finger fiel ab und landete auf dem Boden. Käfer krabbelten aus seinem Mund; eine Vielzahl anderer Insekten summte aufgescheucht durch die Bewegung von der Leiche fort.

Ortugg schnaubte angewidert. »Du suchst den Killer des Jungen?«

»Ja!«

Ortugg kicherte und blinzelte Rogua zu. »Wenn du es bis zu unserem nächsten Segelgleitereinsatz herausfindest, kannst du mitkommen. Und jetzt raus hier! Und wehe, du bringst dieses Ding noch einmal hier rein!«

»Und versuche, in ganzen Sätzen zu sprechen!« rief Rogua.

Geschnaubtes Gelächter folgte Gartogg, als er sich umdrehte und von den Quartieren wegwatschelte.

Allerdings fühlte er sich jetzt bei weitem nicht mehr so müde wie zuvor. Dazu war er viel zu aufgeregt. Das konnte seine Chance sein.

»Vielleicht Segelgleiter«, sagte er optimistisch zu dem Küchenjungen.

Eine Art Made schob sich in das Ohr der Leiche. Aus ihrem offenstehenden Mund hing eine schwarz verfärbte Zunge. Käfer krabbelten emsig über ihr Gesicht.

»Gehen Segelgleiter ansehen«, sagte Gartogg. »Du wollen?«

Aus der Leiche tropften noch immer Flüssigkeiten von unterschiedlicher Farbe und Konsistenz, und die Insekten fraßen immer mehr von dem übriggebliebenen Gewebe. Dennoch war sie kaum leichter geworden. Gartogg stapfte auf das Gebiet mit den Andockbuchten hinter Jabbas Thronsaal zu, wo der Segelgleiter wartete, nur um ihn einen Augenblick lang zu betrachten.

Unterwegs begegnete Gartogg einem B'omarr-Mönch, der vor ihm den dunklen Korridor entlangschritt und einen Ohrring trug.

»Mönch«, schnaubte Gartogg dem Küchenjungen leise zu. »Mönch nach Hinweisen fragen. Okay?«

Der Mönch bog um die Ecke. Gartogg eilte hinter ihm her, blieb aber stumm. Er hatte Angst, Leute aufzuwecken.

Einen Augenblick lang verlor Gartogg den Mönch aus den Augen. Dann hörte er hinter einer anderen Abzweigung Stimmen und eilte darauf zu. Bevor er jemanden sehen konnte, ertönte ein dumpfer Laut.

Als er um die Ecke bog, stieß er auf J'Quille, einen Whipiden, der über dem auf dem Rücken liegenden und in ein blutiges Gewand gehüllten Mönch gebeugt auf dem Boden kniete. Der Whipide trug eine Vibroklinge in einer Scheide am Gürtel und hielt etwas mit der Hand umklammert. Gartogg schnaubte überrascht, dann grunzte er unbehaglich.

J'Quille sagte kein Wort.

Gartogg rückte den Küchenjungen auf seiner Schulter zurecht und trat vorsichtig näher.

Der Mönch rührte sich nicht.

»Schläft er?« fragte Gartogg. Das war ein ganzer Satz. Er wünschte, Rogua hätte ihn hören können.

J'Quille stand auf. »Er ist nicht tot, er … äh … meditiert. Hat sich in eine tiefe Trance versetzt. Grübelt über das Unergründliche nach.«

Gartogg runzelte den Rüssel und schnaubte nachdenklich.

»Das Blut? Er wollte sehen, ob er das letzte Stadium der Erleuchtung erreichen würde. Er entschied sich für einen kleinen Test, um zu sehen, ob er bereit dafür war, bevor er seine Freunde darum bat, sein Gehirn in einen Behälter zu packen.«

Gartogg verzog das Gesicht. Verblüfft grunzend deutete er auf den Kopf des Mönchs und dann auf das Blut auf seiner Brust.

Der Whipide zuckte mit den Schultern. »Da stecken ihre Gehirne nun mal. In der Brust. Das macht es leichter, sie zu entfernen.«

Zuerst schnaubte Gartogg nervös, dann runzelte er die Stirn. Wenn sich das Gehirn des Mönchs in seiner Brust befand, wozu brauchte er dann einen Kopf? Auf jeden Fall konnte der Mönch genausowenig in einem Korridor meditieren wie der Weequay in einem schlafen; jemand könnte über ihn stolpern.

J'Quille ließ Gartogg nicht aus den Augen; er sagte kein Wort.

»Kann hier nicht meditieren.« Gartogg bückte sich und lud sich den Körper des Mönchs auf die Schulter. Dann richtete er sich auf. Möglicherweise gehörte dieser geheimnisvolle Mönch, der mit dem Gehirn in seiner blutigen Brust meditierte, zu der Verschwörung, der der Küchenjunge zum Opfer gefallen war.

Der Whipide trat beiseite und wartete stumm ab.

Gartogg watschelte schwerfällig unter der Last der beiden Körper, von denen einer meditierte und der andere verweste, davon und hoffte, daß er die Wahrheit über diesen Mord herausfinden würde …

Als er seinen endlosen Rundgang durch die Gänge wieder aufnahm, suchte er den Boden pedantisch nach weiteren meditierenden Mönchen ab. Wenn er über einen stolperte, würde er die beiden Kerle, die er trug, fallen lassen und unter Umständen den neu hinzugekommenen unter sich begraben. Jedoch fand er den ganzen Tag keinen.

»Wir sollten besser aufhören«, sagte eine Frauenstimme hinter einer Korridorbiegung. »Ich habe etwas gehört … schwere Schritte, die in diese Richtung kommen.«

»Vielleicht sollten wir nachsehen«, erwiderte ein Mann.

»Vergiß es«, sagte die Frau. »Nicht an diesem Ort. Kümmere dich einfach nicht drum.«

»Also gut, dann komm.«

Ihre Schritte entfernten sich, und Gartogg eilte los, selbst mit dem Gewicht der beiden Körper, die er trug. Der neue, der Mönch, wog mehr als der alte. Er trampelte den Korridor entlang.

Als er um die nächste Ecke bog, sah er Quella und Ah Kwan, die sich schnell von ihm entfernten.

»Guten Abend«, schnaubte er vorsichtig.

Die beiden Menschen wirbelten zu ihm herum; Ah Kwan griff wieder nach dem Messer.

»Ja?« Ah Kwans Blicke schweiften von Gartogg zu seiner doppelten Last und wieder zurück. »Was willst du?«

Gartogg sprach so langsam und deutlich, wie er nur konnte, mit einem Minimum an Schnauben. »Jemanden gesehen?«

»Wen zum Beispiel?« wollte Ah Kwan wissen.

»Ist das derselbe Wächter?« fragte Quella. »Der uns verfolgte? Ist er das?«

»Da bin ich überfragt«, antwortete Ah Kwan. »Für mich sehen alle Gamorreaner gleich aus.«

»Killer«, sagte Gartogg deutlich. »Suche nach Killer.«

»Er will wissen, ob wir einen Killer gesehen haben«, sagte Quella.

»Wann?« Ah Kwan sah den Küchenjungen angewidert an. »Der ist schon einige Zeit tot.«

»Der hier nicht tot«, sagte Gartogg und schüttelte den schlaffen Körper des Mönchs. »Meditiert.«

»Glaubst du, sie sind beide von derselben Person ermordet worden?« fragte Quella.

»Meditiert«, sagte Gartogg, der sich noch immer bemühte, deutlich zu sprechen. »Der hier.« Er schüttelte den Mönch erneut.

»Du glaubst, mit dem ist alles in Ordnung?« fragte Ah Kwan leise.

»Ah, wer kann das an diesem Ort schon sagen?« Quella umklammerte Ah Kwans Arm. »Hier werden andauernd Leute umgebracht. Laß uns gehen, ja?«

»Ja.«

»Killer gesehen?« schnaubte Gartogg unsicher.

»Nein, wir haben niemanden gesehen.« Ah Kwan zuckte mit den Schultern. »Es war eine lange Nacht. Wir waren unten im Thronsaal. Dieser Jedi-Ritter wurde dem Rancor zum Fraß vorgeworfen, aber er hat überlebt.«

»Jedi war hier?« Gartogg hatte also noch etwas anderes Aufregendes verpaßt.

»Klar, und er hat den Rancor getötet.«

Gartogg grunzte entsetzt. »Rancor getötet?«

»Es war ein großartiger Kampf«, sagte Quella.

»Nicht so laut«, flüsterte Ah Kwan. »Jemand könnte glauben, wir würden diesen Jedi mögen.«

»Jedi tötete Rancor?« wiederholte Gartogg seine Frage.

»Ja, aber Jabba schafft ihn zusammen mit dem Schmuggler und dem Wookiee zur Großen Grube von Carkoon.«

Gartogg zog nachdenklich die Nase hoch.

Die beiden Menschen nickten höflich und gingen Arm in Arm weiter.

Gartogg betrachtete den verwesenden Küchenjungen, dann wandte er sich dem reglosen Gesicht des Mönchs zu. »Das war's? Hm? Hm!«

Mit einem ernsten Grunzen rückte er seine Last zurecht und ging in Richtung Andockbucht. Das würde ein guter Ort sein, um sich mit seinen beiden Gefährten hinzusetzen. Das Geheimnis würde noch viel Nachdenken erfordern, und er hatte nicht mehr viel Zeit.

Dröhnende Schritte weckten Gartogg. Er hatte zwischen den beiden anderen Männern mit dem Rücken an eine Wand gelehnt in der Andockbucht gesessen und gedöst; die beiden saßen ebenfalls aufrecht da. Als Ortugg vor ihm stehenblieb, kämpfte er sich auf die Füße.

»Gartogg!« Ortugg starrte ihn finster an. »Was tust du hier?«

»Geheimnis gelöst!« gurgelte Gartogg verschlafen.

»So? Nun, faß dich kurz. Ich habe Rogua und die anderen ins Verlies geschickt, um die Gefangenen nach oben zu schleifen.« Ortugg zeigte auf den reglosen Mönch. »Du hast noch einen? Also wer hat sie getötet?«

»Nicht getötet ... meditiert.«

»Sprich in ganzen Sätzen, du Idiot!«

»Verschwörung!« Gartogg straffte sich stolz.

»Häh?« Ortugg legte den schweineähnlichen Kopf schief und sah Gartogg mit mehr Aufmerksamkeit als sonst an. »*Du* hast eine Verschwörung aufgedeckt?«

»Aha!« rief Gartogg. »Du wolltest Ak-Buz, den Weequay-Segelgleitercaptain töten, weil er mich an Bord hätte einladen können!«

»Was?« Ortugg sah ihn ausdruckslos an.

»Aber du hast ihn nicht getötet. Statt dessen hat Porcellus der

Koch ein spezielles Schlafrezept in die Appetithäppchen aus Plastfolie gemischt und ihn damit betäubt!«

»Plastfolie? Das ist Verpackungsmaterial, kein Appetithäppchen. Warum ...?«

»Nicht fertig!« verkündete Gartogg mit hoch erhobenem Kopf. Er nickte Phlegmin zu. »Küchenjunge war Freund von Ephant Mon!«

»Na und?«

»Ich wissen, weil er in Nähe von Ephant Mons Quartier gefunden wurde!«

»Was hat das denn damit zu tun?«

»Ree-Yees hat das gesagt!«

»Wo besteht denn da ein Zusammenhang?« verlangte Ortugg zu wissen.

»Verschwörung!«

»Nun komm endlich zur Sache!« Ortugg funkelte ihn wütend an.

»Und Malakili der Rancorhüter braucht kein extra Rancorfutter!«

»Gartogg, du Tüte voll Rancorscheiße! Worauf willst du *hinaus?*«

»Hinaus?«

»*Wer hat die Männer umgebracht, die du mit dir herumschleppst?*«

»Der hier ist nicht tot, meditiert.« Gartogg schüttelte den Mönch. »Testet sich selbst, bevor seine Freunde Gehirn aus Brust entfernen.«

»*Was?*« brüllte Ortugg frustriert.

»Was, was? Was ist denn los?« Gartogg sah Ortugg verständnislos an.

»Wer steckt hinter der Verschwörung?«

»Oh – Prozeß der Eliminierung. Alle Toten von Rotzvampir getötet!«

»Von wem?«

»Rotzvampir!« rief Gartogg.

Ortuggs Stimme wurde zu einem vorsichtigen Flüstern. »Dannik Jerriko?«

»Aha!« rief Gartogg erneut. »Äh, gehen Segelgleiter jetzt?«

Ortugg starrte sein Gegenüber in verblüfftem Schweigen an.

»Gehen Segelgleiter?« wiederholte Gartogg hoffnungsvoll.

»Und warum sollte Dannik Jerriko deiner Meinung nach den Küchenjungen getötet haben?«

»Keine Beweise!«

»Es gibt keine Beweise?«

»Und Rotzvampir hinterläßt nie Beweise – also muß er der Schuldige sein!«

Ortuggs Schultern sackten nach vorn. »Gartogg, verschwinde, bevor ich dir den Kopf abschneide, um mir den Sand zu holen, der da drin ist!«

»Rotzvampir nicht der Schuldige?« wimmerte Gartogg.

»Nein! Und wenn ich zurückkomme, wirst du in kleine Stücke gehackt, und Porcellus soll dich für Jabbas Abendessen kochen!« Ortugg stieß ihn beiseite und stampfte wütend auf den Segelgleiter zu; er ließ Gartogg bei seinen Gefährten zurück.

»Kein Segelgleiter?« schniefte Gartogg traurig. »Zu Schweinefleisch gemacht?«

Undeutlich konnte man aus Richtung des Verlieses das Brüllen des Wookiees und das Klirren von Ketten hören. Die anderen Wächter würden die Gefangenen zum Segelgleiter stoßen und losfliegen. Und Gartogg würde wie gewöhnlich zurückbleiben.

Andererseits war er nicht mehr allein. Jetzt hatte er Freunde, selbst wenn sie nicht gerade gesprächig waren. Gartogg ging in die Hocke und sah die beiden sitzenden Gestalten an.

Sein Blick wanderte von dem Mönch zu dem Küchenjungen und wieder zurück, dann sagte er etwas, und er gab sich Mühe, in einem kompletten Satz zu sprechen. »Was wollt ihr Jungs jetzt machen?«

Alte Freunde:

Die Geschichte von Ephant Mon

Kenneth C. Flint

Das erste Mal sah ich Skywalker, kurz nachdem er Jabbas Palast betreten hatte.

Zu diesem Zeitpunkt war er nur eine Gestalt in Schwarz, die sich in einen großen Umhang hüllte und ihr Gesicht unter einer Kapuze verbarg. Aber er hatte etwas an sich, daß sich bei mir sämtliche Härchen sträubten.

Der alte Söldnerinstinkt ließ mich hinter einem Kistenstapel in Deckung gehen – nicht gerade einfach für einen Kerl, der über zwei Meter groß ist –, um wie ein verschreckter Weidehund den Fremden zu mustern. Einen Augenblick später stellte sich ihm Jabbas rechte Hand Bib Fortuna in den Weg, während ein paar sabbernde gamorreanische Wächter in der Nähe standen.

Ich starrte ihn konzentriert an. Er hatte etwas an sich, das mir ein komisches Kitzeln durch den Körper jagte. Alle möglichen Dinge regten sich, und ich konnte sie nicht deuten. Angst? Nein, ich doch nicht. Aber Verwunderung und Staunen? Ja, das bestimmt.

Wie dem auch sei, die kleine Diskussion zwischen ihm und Fortuna dauerte nur ein paar Sekunden. Dann drehte sich Jabbas Majordomus um und übernahm sofort die Führung, als würde ihm der Palast gehören. Sie betraten den Korridor, der zu Jabbas Thronsaal führte, und die Wächter schlossen sich ihnen an.

Ich duckte mich noch tiefer hinter die Kisten, denn irgendein

Impuls wollte noch immer, daß ich mich gut versteckte. Es funktionierte auch, aber nur bei Fortuna und den Wächtern. Keiner von ihnen bemerkte mich, als sie vorbeigingen. Aber der Mann in Schwarz drehte den Kopf und warf mir einen direkten Blick zu.

Als sich unsere Blicke trafen, spürte ich eine Art ... Nun ... eine Kraft traf mich wie das Ende eines Gaffi-Stocks genau zwischen den Augen. Eine Explosion weißer Energie durchfuhr mich und erhellte mein Innerstes bis in den Kern meines Wesens.

Sie wühlte Dinge auf, die tief in meinem Schädel vergraben lagen. Sie stiegen aus der schwarzen Tiefe wie eine aufgedunsene Leiche aus einem Sumpf. Dort unten lauerten ein paar häßliche Sachen, Erinnerungen an Dinge, die man am besten begraben ließ. Aber mitten in all dem Unrat schimmerte eine strahlendhelle Vision: die grüne und goldene Erinnerung an ein Land voller Bäume und Sonnenlicht.

Und das versetzte mir einen Stich, denn da gab es etwas, das ich verloren hatte und von dem ich plötzlich wußte, daß ich es geliebt hatte.

Ich schüttelte den Kopf, um das verrückte Gefühl zu vertreiben, und blinzelte ein paarmal. Als ich wieder hinblickte, waren sie hinter der Korridorbiegung verschwunden.

Es waren zu viele Nächte, die ich mit Jabba durchgefeiert hatte, sagte ich mir. Nichts weiter. Und obwohl ich den quälenden Drang verspürte, ihnen nachzulaufen und herauszufinden, ob noch mehr dahintersteckte, verdrängte ich ihn. Ich hatte einen Termin, und ich war bereits spät dran. In meinem schnellsten Trott brach ich zum Hangar auf.

Wie gewöhnlich war Barada dort anzutreffen; er hatte den Kopf in den Motor eines seiner Lieblingsfahrzeuge gesteckt. Er schien immer an diesem oder jenem Fahrzeug aus Jabbas großem Repulsormaschinenpark zu arbeiten. Ich glaube, es half ihm zu vergessen, in welcher Sackgasse sein Leben steckte.

Der arme Klatooiner war wohl bis in alle Ewigkeit an den Hutt verschuldet. Er war einfach zu wertvoll für Jabba. Der Aufgedunsene würde niemals zulassen, daß sich der arme Schlucker freikaufte. Trotzdem brachte dieser Typ seinem Boß absolute Loyalität entgegen, außerdem war er auch noch ehrlich bis auf die Knochen. Und er gehörte zu den wenigen Leuten, die ich wirklich mochte.

»Wie geht's, Chef?« Ich salutierte und klopfte ihm auf den Rükken. »Hast du eine Maschine für mich?«

Er gestikulierte, ohne den Kopf aus den Innereien des Fahrzeugs zu nehmen. »Nimm dir irgendeinen Gleiter.«

Um uns herum standen einige der kleinen, nützlichen Fahrzeuge. Aber sie waren nicht gut genug.

»Ich brauche etwas Schnelleres. Ich habe es eilig, Kumpel.«

Diesmal zog er den Kopf heraus und wandte sich mir zu. Seine Stirn war gerunzelt, aber das war sie immer. Die dahintersteckende Persönlichkeit war sehr ernst und zumeist freundlich.

»Okay, Mon, weil du es bist. Nimm den XP-38A da hinten.« Er zeigte auf einen tiefliegenden, schnittigen Landgleiter. »Das ist die heißeste Maschine, die ich habe. Aber du mußt aufpassen! Die Steuerung ist ziemlich empfindlich.«

Das war sie in der Tat, aber was er über sie gesagt hatte, traf auch auf die Geschwindigkeit zu. Als ich in den Raumhafen von Mos Eisley glitt und vor dem Glücklichen Despoten anhielt, hatte ich die fehlende Zeit wieder wettgemacht.

Ich stieg aus, blickte mich um und verschaffte mir einen Eindruck von dem Ort. Sicher, der weitläufige Raumhafen war in der Hauptsache eine Deponie für den Abschaum der Galaxis, trotzdem fuhr ich gelegentlich gern hierher. Ich kam von einem Planeten voller grenzenloser Flächen und hellem Licht. In Jabbas Steinhaufen überkam mich das Gefühl der Klaustrophobie immer ziemlich schnell. Ich nutzte jede sich bietende Gelegenheit, mir die Beine zu vertreten.

Ich ging auf das Hotel zu. Das alte Gebäude war eigentlich gar kein richtiges Gebäude. Ein paar Investoren mit mehr Kredits als Verstand hatten einen schrottreifen Frachter genommen und ihn umgebaut. Es war nie erfolgreich gewesen und diente nun als Fassade für Lady Valarians Geschäfte.

Diese Whipidin war eine wirklich mutige Frau, versuchte sie doch unter großen Schwierigkeiten, sich direkt unter Jabbas ... äh ... Augen ein Stück aus seinem Kuchen zu schneiden. Und ich hatte den Eindruck, als würde es ihr auch gelingen.

Ich stieg die steile Rampe zur obersten Ebene hinauf, wo sich das Hotelfoyer und das Kasino befanden. An der Rezeption saßen die beiden zu hübschen und zu glatten humanoiden Zwillinge Sturn und Anton und winkten mir fröhlich zu, als ich die Eingangshalle durchquerte. Sie verursachten mir eine Gänsehaut – und ich habe eine Menge Haut.

Links hinter ihnen befand sich die Hotelbar. Ich betrat sie in der Hoffnung auf einen schnellen Drink vor meiner Verabredung.

Sie sah schäbig aus, so wie alles hier. Die kostbare Ausstattung und die teuren Möbel hatten sich schon vor langer Zeit in drittklassigen Schrott verwandelt, und die Lady hatte nicht einen müden Kredit dafür verwendet, die Dinge wieder in Ordnung zu bringen.

Etliche Leute tranken hier. Unterwegs zum Tresen musterte ich sie flüchtig. Die einzig bemerkenswerte Person war der wieselgesichtige Präfekt Talmont, der örtliche Handlanger des Imperiums. Von der Herkunft her unfähig. Von Geburt an schleimig. Von Natur aus nicht vertrauenswürdig. Er trank an einem Tisch mit einigen seiner Offiziere und nutzte die Gelegenheit, um zu lachen.

Aber als ich hereinkam, hörte das wie abgeschnitten auf, und er starrte mich an.

Ich stellte mich neben zwei humanoide Jungs an den Tresen. Beide waren groß, muskulös und hatten eine niedrige Stirn. Vermutlich Arbeiter, aber nicht von Tatooine. Etwas zu sauber dafür. Außerdem fehlte der örtliche Geruch.

Der glühbirnenköpfige Bith, der die Getränke ausschenkte, kam näher.

»Schön, Sie zu sehen, Mon«, begrüßte er mich. »Wollen Sie zur Lady?«

Ich nickte. »Sagen Sie ihr, daß ich da bin, ja? Aber zuerst geben Sie mir ein Ale. Dieselbe Marke wie immer.«

»Am besten kippst du es in einen Eimer, Barkeeper, bei so einem Maul«, sagte einer der Humanoiden, und beide wieherten vor Lachen.

»Genau«, sagte der andere. »Hey, du Gesicht auf zwei Beinen«, wandte er sich an mich, »wie kriegst du mit diesen Armen überhaupt einen Drink zum Mund?«

Ich ignorierte sie. Während ich auf mein Ale wartete, blickte ich auf mein Spiegelbild im dreckigen Spiegel hinter der Bar. Vermutlich bestand ich für diese seltsam geformten Humanoiden tatsächlich nur aus einem langen Gesicht, das auf zwei stämmigen Beinen stand. Und vermutlich erweckten meine dicken Arme den Anschein, als könnten sie meinen Mund nicht erreichen. Aber jeder Cheviner hätte mich für ein passables Exemplar unserer Gattung gehalten. Was ich auch war. Zugegeben, die alte Schnauze wies ein paar neue Falten auf. Aber sie hatte im Verlauf der Jahre harte Zeiten erlebt, war sie doch an Orte gesteckt worden, wo sie eigentlich nichts zu suchen gehabt hatte.

Davon abgesehen ist Schönheit relativ in der Galaxis, und die meisten erfahrenen Reisenden respektieren das. Die beiden Witzbolde mußten grüner als ein Wasserjunge sein, und sie hatten ziemlich schlechte Manieren.

»Hey, Scheusal«, sagte der eine hartnäckig und versetzte mir einen Stoß. »Wir reden mit dir.«

Diesmal wandte ich mich ihm zu. »Sucht ihr Banthafutter Ärger?«

»Aber bestimmt nicht von dir, du wandelndes Gesicht«, höhnte er.

»Sie wollen wohl unbedingt ins Depp beißen«, warnte ihn der Barkeeper. »Das ist Ephant Mon. Er …«

Der andere Kerl mischte sich ein. »Er ist ein großer sprechender Kopf mit zuviel Gesicht! Du kannst zusehen, wie ich ihm eine noch größere Nase schnitze!«

Ich sah das große Messer in seiner Hand aufblitzen. Ruckartig bewegte ich mich nach vorn und knallte meine Stirn auf seinen Schädel.

Die Stirn eines Cheviners ist wie Eisen. Der Schädel eines Humanoiden ist es nicht. Er zerbrach wie ein Ei, und der Mann landete hart auf dem Boden.

Der andere Idiot griff trotzdem an und zerrte einen Blaster unter dem Mantel hervor. Meine Vibroklinge war schneller. Ich hatte sie gezogen und in seiner Brust versenkt, bevor er die Waffe aus dem Halfter hatte. Er zuckte ein letztes Mal zusammen, bevor er auf dem mit Getränkeflecken übersäten Boden landete.

Die Offiziere in Talmonts Begleitung sprangen wie ein Mann auf und griffen nach den Waffen. Aber der Präfekt bedeutete ihnen, sich wieder zu setzen. Er stand auf und schlenderte unbeschwert zu mir herüber, wo er die auf dem Boden liegenden Toten betrachtete.

»So, so, mein lieber Ephant Mon, wie ich sehe, haben Sie also wieder zwei gequälte Seelen befreit.«

»Apropos sehen, ich bin überrascht, daß Sie mich erkannt haben«, erwiderte ich und steckte die Klinge weg.

»Ihr Stil ist unverwechselbar«, sagte er und starrte mich aus zusammengekniffenen Augen an. Er war ziemlich kurzsichtig.

»Keine Beschwerden?«

»Weil Sie mich von ein paar Schurken befreit haben?« fragte er leichthin. »Bestimmt nicht. Für sie ist hier kein Platz.« Er sah mich neugierig an. »Aber was ist mit Ihnen? Sind Sie geschäftlich hier?«

»Nur auf einen Drink.«

»Tatsächlich? Es überrascht mich, daß Jabba, Ihr Boß, Sie von der Leine läßt.«

»Niemand sagt mir, wann ich zu gehen und wann ich zu kommen habe. Jabba eingeschlossen!« erwiderte ich scharf. »Ich bin freier Agent.«

»Das habe ich gehört.« Er klang skeptisch. »Niemand begreift warum.«

»Zu schade«, sagte ich barsch.

»Sehr interessant«, grübelte er laut weiter. »Eine solche Person wäre in der Position, einen Vorteil aus dem Hutt zu ziehen.«

»Ich ziehe aus meiner Loyalität keine Vorteile, Talmont.«

Bei dieser Bemerkung verdunkelte sich sein Gesicht, aber bevor er antworten konnte, kam der Barkeeper heran.

»Ephant, Valarian sagt, Sie sollen nach hinten kommen«, verkündete er. Er wies auf die Leichen. »Ich kümmere mich darum.«

»Danke.« Ich wandte mich zum Gehen.

»Auf dem Weg zu Valarian, was?« rief Talmont mir nach. »War das eben mit der Loyalität Ihr Ernst? Sie ist Jabbas Rivalin.«

»Wenn Sie so interessiert an Intrigen sind«, gab ich zurück, »warum unterhalten Sie sich nicht mal mit Tessek?«

Ich brauchte mich nicht einmal umzudrehen, um zu wissen, daß ich einen Treffer gelandet hatte. Ich konnte sein überraschtes Keuchen hören.

Von der Bar führte ein kurzer Gang ins Kasino. Natürlich war es das jetzt nur noch dem Namen nach. Jabba hatte alle Versuche der Lady blockiert, eine Spiellizenz zu bekommen, darum war es nun nur noch ein Speisesaal, der zu dieser Stunde verlassen dalag.

Einst war es ein stilvoller Saal gewesen, mit einem holografischen Sternenhimmel an der Decke und exotischen Fischen in Bullaugenaquarien, die in die Wände eingelassen waren. Aber der Holoprojektor war abgeschaltet und die meisten Aquarien leer, und die leeren Tische mit den abgenutzten Tischdecken sahen in dem Dämmerlicht ziemlich verloren aus.

Ich ging durch die Tür in der Wand und betrat ein kleines Büro. Venutton, Valarians hagerer und angespannter menschlicher Assistent, winkte mich sofort in ihr Büro weiter.

Es war ein nüchterner Raum. Diese Lady hatte nichts übrig für nutzlose Verzierungen. Sie saß in der Mitte des Raums hinter einem großen Schreibtisch.

Lady Valarian war eine ziemlich junge Whipidin – zum Teufel, sie war überhaupt ziemlich jung! –, um eine so große Organisation zu leiten. Aber wenn man sie sah, war man nicht überrascht. Ihre Erscheinung war überwältigend. Ihr stämmiger Körper füllte den Stuhl aus und dominierte den Raum. Ihr hauerbewehrtes Gesicht und der durchdringende Blick vermittelten einen wilden Eindruck.

Ja, sie hatte ein ganz schön großes Gesicht, das meinem vielleicht ein bißchen ähnelte. Möglicherweise war das der Grund, warum sie mich in gewisser Weise mochte. Aber hauptsächlich konzentrierte sich ihr Interesse auf meine Verbindungen.

»Nun, Lady Val, wie geht es Ihnen?« begrüßte ich sie.

»Lausig wie immer«, erwiderte sie mit tief grollender Stimme. »Hören Sie, lassen Sie uns keine Zeit mit Nettigkeiten verschwenden. Haben Sie darüber nachgedacht?«

»Das brauchte ich nicht«, sagte ich tonlos. »Sie wissen, wie ich darüber denke.«

»Ich kann nicht glauben, daß Sie trotz meines Angebots diesem verfaulenden Haufen Essensreste die Treue halten wollen!«

»Es tut mir leid. So ist es nun einmal.«

»Ich sage Ihnen, wie es ist!« knurrte sie und erhob sich. Sie kam auf mich zu, jeden Muskel vor Wut angespannt. »Der Hutt blockiert jeden meiner Züge. Er zerstört meine Organisation mit Sabotage, hetzt mir die Hunde des Gesetzes auf den Hals, stiehlt mir mein Geschäft, saugt mich mit Hilfe von Bestechung aus.« Sie kam mir so nahe, daß wir uns fast berührten, erwiderte drohend meinen Blick. So groß wie ich und wesentlich kräftiger gebaut, wirkte sie recht bedrohlich. »Hier habe ich also die Chance, jemanden auf meine Seite zu ziehen, und er lehnt ab. Das gefällt mir nicht, Mon!«

Ich wich keinen Fingerbreit und antwortete kühl: »Ich hatte gehofft, nicht gegen Sie kämpfen zu müssen, Valarian. Ich dachte, wir wären Freunde.«

Als sie sah, daß sie mich nicht einschüchtern konnte, seufzte sie, trat zurück und hörte auf, die Hartgesottene zu spielen.

»Okay, Sie haben recht«, sagte sie resigniert. »Ich werde nicht versuchen, Sie unter Druck zu setzen. Aber sehen Sie, er wird bald stürzen«, appellierte sie an meine Vernunft. »Das können Sie nicht abstreiten. Wenn nicht durch meine Bemühungen, dann durch die von anderen Leuten.«

»Glauben Sie etwa, das wüßte ich nicht?« erwiderte ich. »Ich bin mir ziemlich sicher, daß Tessek etwas vorhat, mit Hilfe von Ree-Yees und ein paar anderen. Und ich bin mir ziemlich sicher, daß Talmont an dem Handel beteiligt ist. Ich versuche, Jabba vor Verschwörungen zu warnen, wenn ich sie entdecke, aber ich kann sie nicht alle aufspüren.«

»Warum verlassen Sie ihn dann nicht?« versuchte sie mich zu überreden, und legte mir die Hand auf die Schulter. »Wir könnten einen großartigen Handel abschließen, Sie und ich. Wir sind uns ähnlich, nicht wahr? Beide kämpften wir uns aus dem Nichts nach oben.«

»Vielleicht war es für Sie das Nichts«, antwortete ich. »Für mich war das anders.« Irgendwie hatten ihre Worte wieder eine Erinnerung aufgewühlt, und ich sah das endlose, sonnendurchflutete Grasland eines weit entfernten Planeten. »Es war in Ordnung. Ich hatte etwas. Vielleicht war es schlicht, aber dafür sauber, offen und ehrlich. Seltsam, ich hatte seit vielen Jahren nicht mehr daran gedacht. Doch heute tue ich es schon das zweite Mal ...«

»Was?« Sie nahm die Hand weg und trat zurück, um mich fragend anzusehen.

Ich erkannte, daß ich in einen seltsamen Tagtraum verfallen war, und riß mich zusammen. »Oh ... nichts«, sagte ich scharf. »Aber, Valarian, Sie müssen wissen, es gibt da etwas, das mich mit Jabba verbindet und das kein Geld und keine Versprechungen zerstören können.«

Sie sah mir energisch in die Augen und nickte. »Okay.« Sie lächelte. »Ich sollte Sie meinen Feind nennen, aber ich kann es nicht. Nichts für ungut.«

Ich lächelte ebenfalls. »Natürlich nicht. Nun, ich sollte jetzt besser gehen. Bin schon über eine Stunde weg.« Ich wandte mich zur Tür.

»Vergessen Sie nicht«, rief sie mir hinterher, »wenn Sie seinen Sturz überleben, können Sie immer noch für mich arbeiten.«

Als ich die Eingangshalle betrat, kam der Leichentrupp, um die Steifen einzusammeln. Talmont war da, und sein kurzsichtiger Blick folgte mir auf dem Weg nach draußen. Er war jetzt beunruhigt.

Als ich beim Palast eintraf, standen beide Sonnen hoch am Himmel. Im Thronsaal herrschte Aufruhr. Anscheinend hatte ich eine tolle Party verpaßt!

Einen Teil der Geschichte hatte mir bereits Barada im Hangar erzählt. Wie sich der Kerl in Schwarz als Komplize der anderen entpuppt hatte, die Han Solo retten wollten. Wie er behauptet hatte, ein Jedi namens Skywalker zu sein, und dem Hutt mit seiner Vernichtung gedroht hatte. Wie er in der Grube Malakilis kleinen Rancor getötet hatte. Und wie er sich jetzt im Verlies zusammen mit Solo und dem Wookiee, die wir zuvor gefangengenommen hatten, abkühlen konnte. Bald würde man sie auf den Segelgleiter verladen und zur Großen Grube von Carkoon bringen.

Ich schob mich durch die aufgeregte Menge auf Jabbas Thron zu. Er zog vergnügt an seiner Wasserpfeife und zerrte gelegentlich besitzergreifend an der Kette der Gefangenen, die die arme Oola ersetzt hatte. Aber auf halbem Weg fing mich Tessek ab, einer von Jabbas weniger vertrauenswürdigen Leutnants.

Der Quarren war nervös. Alle seine Kopftentakel zuckten. Er zog mich beiseite und sprach mit leiser, schneller Stimme. »Haben Sie gehört, was passiert ist?«

»Ich weiß Bescheid.«

»Tatsächlich?« fragte er. »Aber ich wette, das hier wissen Sie nicht!« Seine Stimme nahm einen vertraulichen Tonfall an. »Ich habe diesen Skywalker überprüft. Ich glaube, er ist tatsächlich ein Jedi-Ritter.«

Das war interessant, aber ich ließ mir nichts anmerken. »Und?«

»Da ist noch mehr. Ich habe meine Kontakte benutzt, um die imperialen Steckbriefe zu überprüfen. Alle unsere Gefangenen sind dort verzeichnet, selbst die beiden Droiden! Und man hält sie für äußerst gefährlich.«

»Gefährlich für das Imperium.«

»Ich glaube, auch für uns. Diese Leute haben den Todesstern vernichtet! Dieser Skywalker hat gegen Darth Vader gekämpft und überlebt! Warum sollten sie herkommen und so leicht zu überwältigen sein – es sei denn, sie hätten es absichtlich zugelassen.«

»Warum sollten sie?«

»Um Jabba zu vernichten. Ich glaube ... Moment!«

Er hatte den ekelhaften kleinen Wurm Salacious Crumb entdeckt, der ganz in der Nähe herumschlich, und trat nach ihm. Crumb stieß ein schrilles Keckern aus und huschte davon.

»Dreckiger Abschaum«, sagte Tessek angewidert. »Ich bin sicher, er spioniert mir nach! Aber egal, ich glaube, wir haben es mit einem Plan der Allianz zu tun. Zweifellos warten ihre Streitkräfte jetzt darauf, uns zu vernichten, wenn wir am verwundbarsten sind.«

»Glauben Sie wirklich, sie haben all das hier nur arrangiert, um an den Hutt heranzukommen?« fragte ich. Das erschien wenig glaubhaft.

»Das tue ich. Und ich will, daß Sie Jabba davor warnen. Ihnen wird er zuhören. Sie sind sein treuster Verbündeter. Vielleicht sein einziger Freund. Sie müssen es ihm sagen.«

An diesem Punkt brach Tessek ab und ging, da er bemerkt hatte, daß Crumb uns aus der Sicherheit einer Deckenlampe aufmerksam beobachtete. Ich starrte ihm nachdenklich hinterher.

Seine Geschichte war ziemlich weit hergeholt, und ich war davon überzeugt, daß er selbst etwas im Schilde führte. Dennoch, dieser schwarzgekleidete Mann, den ich gesehen hatte, hatte etwas an sich gehabt. Etwas Mächtiges. Ich mußte mir diesen Skywalker selbst ansehen, und zwar aus der Nähe. Bevor ich mit Jabba sprach, würde ich mit unserem »Jedi-Ritter« sprechen.

Im tiefsten Korridor des Verlieses lief ich in Ree-Yees hinein, einen viertklassigen Betrüger, gelegentlichen Killer und im Grunde seines Wesens ein Schläger. Der dreiäugige Gran war wie gewöhnlich stinkbesoffen, und es machte ihn nicht freundlicher. Ich fragte mich, was er um diese Zeit hier unten zu suchen hatte, und er war offensichtlich nicht gerade begeistert, mir zu begegnen.

»Was machst du denn hier?« wollte er wissen und schob sein sabberndes Ziegengesicht ganz nah an meins heran.

Ich versetzte ihm einen Stoß, und er stolperte ein paar Schritte zurück. »Mir die Gefangenen ansehen«, erwiderte ich scharf und ging an ihm vorbei. »Ich tue das auch für deinen Kumpel Tessek.«

Er kam mir nach und packte mich am Arm, um mich herumzureißen.

»Was soll das heißen, mein Kumpel?« Er lallte so stark, daß die Worte kaum zu verstehen waren. »Was weißt du über uns?«

»Warum?« schoß ich zurück. »Was sollte ich wissen?«

»Komm' mir nicht so!« brüllte er in betrunkener Wut. »Du weißt Bescheid! Ich bring' dich zum Reden, du ...«

Er griff nach dem Blaster. Ich stieß ihm die flache Hand gegen die Brust und drückte ihn gegen die harte Wand. In seinem Zustand konnte er sich nur hilflos winden, meine große Hand nagelte ihn dort fest.

»Und jetzt redest du«, sagte ich in meinem härtesten Tonfall. »Ich habe genug von diesen Andeutungen. Was hat Tessek vor?«

»Fahr ... zur ...« keuchte er, denn er bekam keine Luft mehr.

Ich lehnte mich härter gegen ihn. »Sag es, oder du wirst sofort zu Brei zerquetscht!«

Sein Brustkorb knirschte unter dem Druck. Er keuchte, seine drei Augen quollen aus den Höhlen.

»Okay, okay!« sagte er voller Panik. »Tessek hat einen ... Plan! Abmachung mit dem ... Imperium! Werden ... stürmen!«

Er bekam keine Luft mehr und sackte nach vorn. Ich nahm die Hand weg und ließ ihn bewußtlos zu Boden rutschen.

Also gab es ein Komplott! Und das Imperium war daran beteiligt. Nun, man würde Jabba darüber informieren müssen. Aber zuerst mußte ich meine Neugier stillen und mir diesen angeblichen Jedi ansehen.

Ich erreichte das Verlies, bedeutete dem Wächter zu gehen und schob das in die Zellentür eingelassene Guckloch auf. Ich konnte die drei Gefangenen sehen, die eng zusammengedrängt in der Ecke standen. Der Wookiee hielt Han Solo im Arm, der noch immer nicht ganz erholt schien, während ein in Schwarz gekleideter Mensch danebenstand.

Aber der wandte sich sofort ab und kam zur Tür und blickte mich durch die kleine Öffnung an.

»Sie sind derjenige, den man Skywalker nennt«, sagte ich.

Er nickte. »Und Sie ... Sie sind ein Freund Jabbas«, sagte er mit einer Stimme, die so ruhig war, als wäre er hier, um Urlaub zu machen.

»Ich heiße Ephant Mon. Ich bin einer seiner ... Teilhaber.«

Er schüttelte den Kopf. »Sie sind viel mehr. Ich kann es in Ihnen spüren. Sie sind sein wahrer Freund, und er ist Ihr Freund.«

»Kein schlechter Gedankenlesertrick«, sagte ich beeindruckt. »Vielleicht sind Sie tatsächlich ein Jedi.«

Er ignorierte das. »Sie können mit ihm sprechen«, fuhr er noch ernster fort. »Auf Sie hört er. Ihnen wird er glauben.«

»Was glauben?«

»Daß er in Gefahr ist. Hören Sie, noch können Sie ihn retten. Wenn Sie sein Freund sind, dann überzeugen Sie ihn, uns freizulassen. Wir wollen ihm nichts Böses. Aber wenn er weiterhin versucht, uns etwas anzutun, bleibt mir keine andere Wahl.«

»Also werden Sie ihn vernichten«, sagte ich. »Mit wessen Hilfe?«

»Keine Hilfe«, versicherte er mir. »Wir sind allein.«

Obwohl das unmöglich klang, glaubte ich ihm. Ich konnte

mich nicht dagegen wehren. Der kühle Ton seiner Stimme und die Überzeugung in seinem Blick verrieten, daß er das, was er sagte, auch tun würde. Allerdings bedeutete das nicht, daß ich so ohne weiteres nachgeben konnte.

»Vielleicht haben Sie die Macht, das zu tun, vielleicht auch nicht«, sagte ich ausweichend. »Es spielt keine Rolle. Selbst ich kann Jabba nicht dazu bringen, Sie freizulassen, wenn er nicht will. Das ist unmöglich. Ich ...«

Eine seiner Hände schoß so schnell durch die Öffnung, daß mir keine Zeit zum Reagieren blieb. Er packte mich bei der Schulter und hielt mich fest, während er mich mit einem harten Blick fixierte. Ich konnte die Augen nicht abwenden. Der prüfende Blick lähmte mich. Er hätte mich ohne Gegenwehr töten können.

Aber das war nicht das, was er wollte.

Es fühlte sich an, als würde von ihm ein Energiestrom auf mich übergehen, der durch meinen Körper raste. Tausend von der Zeit getrübte Erinnerungen leuchteten zugleich auf. Bilder aus meiner Vergangenheit blitzten vorbei, als wäre ich ein Ertrinkender. Ich sah meine Kindheit beim Clan meiner Eltern. Ich sah mich auf den endlosen Prärien meines Heimatplaneten aufwachsen. Ich durchlebte noch einmal die schönen Zeiten, als ich einst den offenen Himmel und die hellen Sonnenuntergänge, Freiheit und Platz zum Atmen, Familie und Kameraden und einen einfachen Ehrenkodex genossen hatte. Ich sah das alles – alles, was gewesen war, alles, was ich zurückgelassen hatte. Es glühte vor mir wie ein Paradies.

Er zog die Hand zurück, unterbrach den Augenkontakt, und die Bilder verblaßten. Ich starrte vor mich hin. Ich blinzelte und sah die Realität des dunklen, feuchten Korridors und der Gitterstäbe. Die Häßlichkeit von Jabbas Verlies drang auf mich ein.

»Sie sind nicht böse«, sagte er. »Nicht wie Jabba. Ich fühlte das Gute in Ihnen. Sie haben sich nur weit davon entfernt und haben den Weg zurück verloren. Finden Sie ihn jetzt. Helfen Sie uns. Retten Sie Jabba.«

»Ich ... ich könnte es versuchen«, sagte ich. »Ich werde es versuchen. Aber ich glaube noch immer nicht, daß er zuhören wird.«

»Ich verstehe«, sagte Skywalker leise. »Aber ich möchte Sie nicht zusammen mit den anderen vernichten. Für Sie gibt es noch immer eine Chance, falls Sie sie ergreifen wollen. Wenn Sie uns nicht befreien können, bleiben Sie auf keinen Fall in seiner Nähe. Bringen Sie sich in Sicherheit. Finden Sie wieder Ihr wahres Leben. Und möge die Macht mit Ihnen sein, Freund.«

Mit diesen Worten wandte er sich ab und gesellte sich wieder zu seinen Kameraden.

Ich ließ ihn zurück, bis ins Mark erschüttert. Nie zuvor hatte ich die Richtung in Frage gestellt, die mein Leben eingeschlagen hatte. Ich war immer nur blindlings vorangestürmt. Meine Begegnung mit dem Jedi hatte mir die Augen geöffnet. Und mir gefiel nicht, was ich da sah.

Als ich den Kerker hinter mir ließ, bemerkte ich, daß Ree-Yees verschwunden war. Aber er oder Tessek oder einer der anderen war mir nun egal geworden. Ich brauchte jemanden, mit dem ich reden konnte.

Ich ging auf direktem Weg in die große Andockbucht, die sich unmittelbar hinter dem Thronsaal befand. Dort lag Jabbas Segelgleiter, damit es der Aufgedunsene nicht weit hatte, falls er ihn benutzen wollte. Ich wußte, daß ich Barada dort finden würde, wie er den Antrieb des Gleiters für den unmittelbar bevorstehenden Abflug zur Großen Grube von Carkoon überprüfte.

Er hörte sofort auf zu arbeiten, als ich hereinkam. Mein Gesichtsausdruck mußte ihm verraten haben, daß etwas ernsthaft nicht in Ordnung war.

»Was ist los?« fragte er.

»Das ist schwer zu erklären«, sagte ich ihm wahrheitsgemäß und ließ mich auf eine Kiste fallen. »Dinge sind geschehen.«

Er setzte sich neben mich. »Dinge?«

»Ich habe den Jedi gesehen. Barada, ich weiß, daß Jabba unrecht hat. Er hat eine Menge Dinge getan, und die meisten waren nicht gut. Aber das hier ist anders. Diesmal muß ich ihn aufhalten.«

»Ihn aufhalten?« Er schüttelte den Kopf. »Ich glaube, das schaffst nicht einmal du. Er hat es sich wirklich in den Kopf gesetzt, es der ganzen Bande zu zeigen, die Solo retten wollte. Sie wollten einen Narren aus ihm machen.«

»Ich weiß. Aber wenn ich ihn nicht aufhalte, glaube ich, daß er derjenige ist, der zu Schaden kommen wird.«

»Was?« sagte er ungläubig. »Und welche Armee soll das erreichen?«

»Tessek glaubt, die Allianz hätte die Hand im Spiel. Er will, daß ich Jabba das mitteile, vermutlich um die Aufmerksamkeit von seinem eigenen Komplott abzulenken. Aber er hat Pech gehabt. Die Allianz schickt keine Verstärkung, aber die Gefahr, in der Jabba schwebt, ist größer als alles, was sich Tessek vorstellen könnte.«

»Nur der Junge und seine Freunde? Das kann nicht sein.«

»Doch, das kann es«, sagte ich stur. »Und ich werde es Jabba sagen.«

»Es wird ihm nicht gefallen«, warnte Barada. »Du weißt, wie er sein kann. Wenn er glaubt, du würdest ihn verraten, wird er auch dich in die Grube werfen.«

»Okay, okay«, sagte ich. »Ich könnte einfach gehen und mich retten. Aber ich schulde ihm was.«

»Genug, um dein Leben zu riskieren?«

»Warum nicht? Er hat einmal sein Leben für mich riskiert.«

»Tatsächlich?« fragte Barada interessiert. »Wie?«

Ich hatte das immer für mich behalten, aber es schien keinen Grund mehr zu geben, es jetzt nicht zu erzählen.

»Nun, er und ich waren damals Partner bei einem kleinen Waffenschmuggelgeschäft, gleich nachdem ich das Söldnerhandwerk an den Nagel gehängt hatte. Wir wollten ein Lager mit imperialen Waffen in unsere Gewalt bringen und sie an den Meistbietenden verkaufen. Es war auf einem Mond, der zu Glakka gehörte, ein unwirtlicher Eisbrocken.

Wir verluden gerade die Waffen, als eine Abteilung Imperialer kam. Einer von Jabbas Jungs hatte uns verpfiffen.

Der Rest unserer Bande ergriff die Flucht oder starb an Ort und Stelle. Aber er und ich setzten uns zur Wehr. Damals war er dünner, schnell und zäh und stark. Ich habe nie einen besseren Kämpfer gesehen, vielleicht mit Ausnahme von mir.

Also blieben wir dort stehen, kämpften Rücken an Rücken gegen sie alle. Sie kamen nahe genug, um sie zu riechen. Ich mußte ihm ein paar von ihnen sogar vom Rücken schießen. Am Ende waren wir die einzigen, die übriggeblieben waren, böse zusammengeschossen, aber am Leben. Es war das Wetter, das uns den Rest geben wollte.

Als die Nacht hereinbrach, sank die Temperatur unter den Gefrierpunkt. Ich war schlechter dran als er und nicht so gut isoliert, also hat er mich gerettet, indem er mich mit seinem Körper wärmte. Keine angenehme Nacht, aber immer noch besser, als sich in einen Eiszapfen zu verwandeln.

Bei Einbruch der Morgendämmerung war er fast selbst erfroren. Wir kamen nur deshalb von dem Felsbrocken runter, weil ein paar unserer Leute, die zuvor entkommen waren, uns gesucht hatten.«

»Ich werd' verrückt«, sagte Barada ehrfürchtig. »Ich habe mich immer gefragt, warum du hier herumhängst, wo du doch überall hättest hingehen können.«

»Jetzt weißt du es. Seit jenem Tag zahle ich meine Schuld zurück, spioniere Verschwörungen und Betrugsmanöver gegen den Hutt aus, decke seinen Schwanz. Ich habe mehr als nur ein paar arme Teufel zum Rancor oder zum Sarlacc geschickt. Aber diesmal nicht.«

»Ich finde noch immer, daß du unrecht hast«, sagte Barada. »Du hast deine Schulden beim Boß bezahlt, und zwar mehr als genug. Du schuldest ihm nichts mehr.«

»Da steckt noch mehr dahinter«, sagte ich. »Weißt du, ich habe entdeckt, daß ich mit all dem hier nichts mehr zu tun haben will. Die Berührung dieses Jedi hat etwas bewirkt. Sie hat etwas zum Leben erweckt, das ich schon seit langer Zeit für tot hielt.« Ich bemühte mich, es ihm zu erklären, aber dieser andere Grund war mir selbst noch nicht so ganz klar. »Mein Volk auf Vinsioth bestand aus Jägern und Bauern. Sie standen dem Land, der Natur, sehr nahe. Sie glaubten an die Macht, die in lebendigen Dingen steckt, und sie beteten sie an. Aber ich war zu klug dafür. Ich war zu gut für ihr einfaches Leben. Ich wollte mehr.

Ich dachte, ich hätte dieses Leben hinter mir gelassen, als ich als Söldner durch die Galaxis streifte. Aber es ist in mir, Barada! Ich habe entdeckt, daß es ein Teil von mir ist, den ich nicht ignorieren kann. Und diese »Macht« des Jedi, nun ... dabei muß es sich auch um meine Macht handeln. Ich werde sie nicht zerstören, Barada. Ich kann es einfach nicht!«

Er hörte zu, dann schüttelte er den Kopf und seufzte. »Tut mir leid, mein Freund. Ich verstehe es nicht. Für mich ist das alles Hokuspokus.« Er stand auf. »Tu, was du tun mußt. Aber ich finde, du bist verrückt.« Er setzte sich in Bewegung.

»Wo willst du hin?« rief ich ihm nach.

»Zurück an die Arbeit, wohin sonst? In weniger als einer Stunde fliegen wir zur Grube. Ich hoffe bloß, daß du als Passagier mitfliegst, und nicht als Gefangener.«

Ich dachte über alles nach, während sich Jabbas Hofstaat fertigmachte und damit anfing, den Segelgleiter zu beladen. Als sie dann selbst an Bord gingen, entschied ich, daß die Zeit für meinen Zug gekommen war. Ich nahm meinen Mut zusammen und ging zu dem Hutt, als er auf seinem Repulsorschlitten auf die Laderampe zuglitt; die Gefangene, die sein neuestes Spielzeug geworden war, zerrte er an ihrer langen Kette hinter sich her.

»Mein alter Freund, du siehst beunruhigt aus«, grollte er.

»Das bin ich auch, Jabba«, sagte ich. »Bitte tu es nicht.«

»Was?« sagte er erstaunt und hielt den Schlitten an. »Sprichst du davon, daß ich den Abschaum vernichte, der mich betrügen wollte?«

»Ja. Skywalker ist ein Jedi.«

Abrupt richtete die Frau den Blick auf mich. Sie hörte interessiert zu.

»Er ist kein Jedi«, mischte sich Bib Fortuna ein, der sich wie gewöhnlich in der Nähe herumtrieb. Und Salacious Crumb, der auf Jabbas Schwanz hockte, wiederholte mit schriller, sich überschlagender Stimme: »Kein Jedi! Kein Jedi!«

»Das stimmt nicht.« Ich gab nicht nach. »Jabba, du mußt ihn gehen lassen. Laß sie alle gehen.«

»Ich glaube, Mon hat etwas vor«, sagte Fortuna und musterte mich mißtrauisch. »Jabba, er muß mit ihnen unter einer Decke stecken.«

»Jabba, ich versuche dein Leben zu retten«, argumentierte ich. »Sieh mal, du weißt, keiner ist loyaler als ich. Du weißt, daß ich dich immer vor Gefahren gewarnt habe. Ich kann dir alles über eine andere Verschwörung verraten, jetzt sofort! Aber das ist nicht wichtig. Nichts davon ist wichtig: Tessek nicht, Valarian nicht, nicht einmal das Imperium. Nur eines ist wichtig. Es ist größer als wir alle zusammen, Jabba. Es ist die Macht!«

»Diese lächerliche Religion bedeutet gar nichts!« rief Fortuna aufgebracht. »Der mächtige Jabba darf vor nichts Furcht zeigen, und das schließt Jedi-Ritter ein!«

»Er hat recht, Ephant«, stimmte der Hutt zu. »Und Jabba hat gesprochen. Sie müssen sterben.«

»Dann ... kann ich dich nicht begleiten«, sagte ich ihm mit Nachdruck. »Ich kann kein Teil davon sein.«

»Also widersetzt du dich mir?« brüllte er. »Dafür sollte ich dich töten.«

»Ich weiß.« Ich hielt seinem Blick stand.

»Ich sollte es wirklich«, grollte er, »aber unsere alten Bande halten mich davon ab. Sie erkaufen dir das Leben, aber das ist auch schon alles. Ich habe dich für einen wahren Freund gehalten, Ephant Mon. Diese Freundschaft ist zu Ende.«

»Du kannst sie nicht beenden«, gab ich zurück. »Das kann nur ich. Barada hat recht. Ich habe meine Schuld an dich bereits etliche hundert Mal zurückgezahlt.«

»Zurückgezahlt?« wiederholte Jabba, und eine Spur Bedauern schlich sich in die grollende Stimme. Ich schwöre, daß sie wirklich da war, und ich schwöre, daß ich sie noch nie zuvor gehört hatte. »Dann war es für dich also nie mehr als eine Schuld. Das tut mir leid.«

Er wandte sich von mir ab und schwebte auf den Segelgleiter zu. Der Rest seines Hofstaats folgte ihm. Die Gefangene blieb stehen und sah mich gedankenverloren an, bis ein Ruck an der Kette sie zwang, ihrem Master zu folgen.

»Es war mehr als eine Schuld«, sagte ich, aber so leise, daß es niemand hören konnte. »Leb wohl, alter Freund.«

Jabba und die anderen verschwanden in dem Segelgleiter. Hinter ihnen kamen ein paar gamorreanische Wächter, die Skywalker, Solo und den Rest vor sich hertrieben.

Als der Jedi die Gangway hinaufging, durchfuhr mich ein Stich der Sorge um ihn. Hatten er und seine Freunde wirklich eine Chance gegen Jabbas Crew von Halsabschneidern?

Er mußte meine Gedanken gespürt haben, denn in genau diesem Augenblick drehte er sich um und zeigte mir ein ruhiges, zuversichtliches kleines Grinsen. Es verriet mir, daß ich mir um ihn keine Sorgen zu machen brauchte.

Ich sah zu, wie die letzten von ihnen den Gleiter bestiegen. Dann fing ich an, darüber nachzudenken, was ich nun tun sollte. In Valarians Organisation wartete noch immer ein Posten auf mich. Aber das schien nicht länger richtig zu sein.

Der Segelgleiter stieg mit Hilfe seines Repulsortriebwerks inmitten einer Staubwolke in die Höhe und verblaßte vor dem riesigen Hintergrund von Tatooines graubraunem Ödland schnell zu einem kleinen Punkt.

Vor meinem inneren Auge erhob sich eine andere, viel grünere Landschaft. Ich wußte, wo ich nun hingehen würde. Man hatte es mir klargemacht.

Ich mußte nach Hause zurückkehren.

Ziegengras:

Die Geschichte von Ree-Yees

Deborah Wheeler

Langsam zerfloß der grelle tatooinische Tag zum Nachmittag. Die frühe Abenddämmerung ließ die Umrisse von Jabbas Palast weicher aussehen und berührte den Sand mit einem gedämpften orangefarbenen Schimmer. Gefiederte Echsen schossen aus ihren Höhlen, um in den sich abkühlenden Schatten nach Insekten zu jagen. Ein Meewit auf einem Felsvorsprung kreischte einmal, dann noch einmal und verstummte.

Ree-Yees kämpfte sich mit einem Eimer in der Hand die Treppe vor dem Seiteneingang hinauf. Oben blieb er stehen, und seine drei Augen blickten verstohlen über die erodierten Hügel und den hinter ihm befindlichen Eingang. Seine knochige Brust hob und senkte sich, und wie er dort stand, drang etwas von der Stille der Abenddämmerung zu ihm durch. Sie linderte die Kränkung der letzten Auseinandersetzung mit Ephant Mon, die mit den Worten »Du bist ein solches Rotzgehirn, Ree-Yees, ich begreife nicht, warum Jabba dich hier duldet« begonnen und damit geendet hatte, daß Tessek, der Quarren, einer von Jabbas Leutnants, sie voneinander trennte.

Der Sand wisperte leise, als ein heißer Windstoß, der letzte des Tages, darüberstrich. Wenn Ree-Yees die beiden Augen an den Kopfseiten zusammenkniff, sahen die Dünen fast wie Berge sanft wogender Ziegengrasbüschel aus. Ein Stich durchfuhr sein granisches Herz. Er war nicht so betrunken wie sonst, und bei weitem nicht so betrunken, wie er es gern gewesen wäre. Die Ankunft der beiden neuen Droiden hatte es schwierig gemacht, sich abzusetzen und die Taschenflasche mit Jabbas bestem sullustanischen Gin zu füllen.

Bald, schwor sich Ree-Yees. Bald würde er Ephant Mon und all die anderen erledigt haben. Er nahm den Eimer und schlurfte zu Jabbas Krötenhund, den man für die Nacht nach draußen gebracht hatte. Eine lange, klebrige Zunge versenkte sich in den stinkenden Eintopf und fuhr mit einem Schnappen wieder ein. An der knollenförmigen Spitze klebten Kügelchen aus schimmeligem Banthafett, gelatineartigem *Chuff* und Fragmente von viridianischen Termitenkiefern. Als Bubo schluckte, bückte sich Ree-Yees und grub die Finger in eine purpurfarbene Warze auf der Schulter der Bestie. Es war ein auffallend großer und fleischiger Auswuchs. Mit einem Plop löste sich das Stück Haut und enthüllte eine Miniaturschaltleiste, zwei Displays und einen Reset-Schalter. Nur imperiale Techniker konnten einen solchen Apparat entwickeln und ihn unbemerkt direkt unter Jabbas Nase anbringen. Das eine Fenster zeigte ein Symbol mit dem heutigen Datum, während auf dem anderen die Worte »Lieferung komplett« aufblitzten.

Ree-Yees brachte die Haut wieder an und schnaubte erleichtert. Mit dieser letzten Lieferung, dem Detonator, konnte er nun endlich seinen Teil des Handels erfüllen. Im Gegenzug würde das Imperium die dreimal verfluchte Mordanklage aus Ree-Yees' Unterlagen löschen, und er würde wieder nach Kinyen in die Heimat zurückkehren können …

Nein! Zu riskant, jetzt darüber nachzudenken! Es war besser, weiterhin Jabbas Hofnarren zu spielen, verachtet und verspottet, bis die Tat getan war. Es war besser, dauernd betrunken und somit in Sicherheit zu bleiben, abgeschirmt von den Visionen, die wie nur flüchtig erkannte Erinnerungen in den Augenwinkeln lauerten … Felder voller Ziegengras, die in der Sonne glänzten, o ja … und der Brunftgeruch der Weibchen, ihre samtenen Flanken, ihre drei juwelengleichen Brüste …

Nein. Es war besser, betrunken zu bleiben. Abzuwarten.

Der Krötenhund, der den Rest der Pampe hinuntergeschluckt hatte, richtete ein Auge nachdenklich auf Ree-Yees, als würde er sich fragen, wie er wohl schmeckte. Ree-Yees trat rechtzeitig beiseite, um der zupeitschenden beweglichen Zunge zu entgehen.

Er versetzte der Kreatur einen Hieb auf den Kopf. »Blöder zweiäugiger Madenfisch! Gut, daß ich dich nicht mehr brauche!«

Bubo duckte sich zusammen, mit einem Ausdruck vorwurfsvoller Unschuld. Sobald Ree-Yees sich umgedreht hatte, um in den Palast zurückzukehren, zischte er ihm etwas hinterher, das sich extrem unanständig anhörte, fast wie das artikulierte Wort einer richtigen Sprache.

Vor sich hin murmelnd, schlurfte Ree-Yees den Korridor zu Jabbas Thronsaal entlang. Der auf Posten stehende Gamorreaner knurrte; die rotgeränderten Augen funkelten, als er die Energielanze hob. Seine Hauer glänzten feucht im Dämmerlicht. Ree-Yees hatte ihn am vergangenen Abend beim Vier-Würfel mühelos ausgenommen, und der Gamorreaner hatte nicht einmal mitbekommen, daß man ihn hereinlegte.

»Aus dem Weg, Schweinesabber!«

Der Gamorreaner tippte mit der Lanzenspitze auf Ree-Yees' Brust. »Wo du hinwollen? Was du tun?«

Die geringste Berührung der Lanze verursachte einen stechenden Schmerz, daran änderte auch Ree-Yees' Lederwams nichts. »Hau mit diesem verfluchten Ding ab!«

»Ughh!«

»Was du nicht sagst, du Ausgeburt eines nilgarianischen Wurms! Aber bald wird es hier ein paar weitreichende Veränderungen geben. Jabba wird nicht immer ...«

»Jabba ... Jabba ughh-pth!«

In diesem Augenblick löste sich eine hochgewachsene Gestalt aus dem Schatten und eilte auf sie zu. Es war Tessek, der Quarren, der sich überall einmischen mußte.

Seine Mundtentakel zuckten aufgeregt. »Wass isst hier loss?«

»Jabba-nein-Jabba ugh-ugh!« quiekte der Wächter und fuchtelte wild mit der Energielanze herum.

»Ein belanglosess Mißverständniss, leicht ssu klären.« Mit einer Hand drückte der Quarren Ree-Yees zurück in den Korridor, mit der anderen gestikulierte er vor dem Wächter. »Bleib auf deinem Possten und ssag den anderen nichtss hiervon!«

Ree-Yees stolperte von Tesseks Griff gezogen einfach mit. Als sie sich außer Hörweite des Wächters befanden, hatte der Quarren seine Sprechwerkzeuge unter Kontrolle gebracht.

»Was glaubst du eigentlich, was du hier tust? Soll Jabba Verdacht schöpfen ... Du bist wieder betrunken, nicht wahr? Gib mir die Flasche.«

Ree-Yees riß sich von ihm los. »Das geht dich einen Dreck an – und laß die Hände von meinen Sachen. Du bist nicht der einzige, der ...« Mühsam brachte er sich wieder unter Kontrolle. Tessek hatte genau das Richtige getan, als er verhinderte, daß der Gamorreaner zu Jabba rannte. Tessek mit seinen zahllosen Plänen war zu gerissen, er stand kurz davor, zu erraten, was Ree-Yees in Wirklichkeit vorhatte. Mit Doellins Hilfe würde er auch Tessek nicht mehr lange brauchen.

»Jetzt geh und beeil dich«, sagte Tessek glatt. »Da ist ein neuer Kopfgeldjäger gekommen und beansprucht die Belohnung für den Wookiee, und du willst dir doch nicht den Spaß entgehen lassen.«

Ree-Yees schniefte und eilte zum Thronsaal.

In dieser Nacht befahl Jabba, daß Wächter sich im Thronsaal verstecken sollten; außerdem ließ er seine geschätzte Wandtrophäe, den in Karbonit eingefrorenen corellianischen Schmuggler, mit einer Alarmanlage versehen. Welch ein Aufwand, dachte Ree-Yees, aber etwas hatte Jabbas Mißtrauen mehr als gewöhnlich geweckt. Endlich konnte sich Ree-Yees wegstehlen, seine Ginflasche füllen und durch die dunklen Korridore zur Küche gehen.

Er blieb unter dem uralten Holzbalken stehen, der den oberen Rahmen des Durchgangs bildete, und warf einen verstohlenen Blick hinein, aber es gab keinerlei Anzeichen, daß jemand anwesend war.

Phlegmin, der ekelhafte kleine Knirps von Küchenjunge, war überglücklich gewesen, seinen Gewinn in Empfang zu nehmen und dafür die besonders markierten Lieferungen Ziegengras beiseite zu schaffen; dabei wäre ihm nicht einmal im Traum eingefallen, was in ihnen verborgen war. Vermutlich glaubte er, Ree-Yees frönte nostalgischer Schlemmerei. Es war genau die Art von Betätigung, der sich Phlegmin selbst hingab, wenn er sich nicht gerade darüber beklagte, wie schlecht er doch behandelt wurde, oder damit angab, wie berühmt er irgendwann werden würde, sobald er diesen staubigen Planeten erst einmal verlassen hatte. Ree-Yees hatte den Verdacht, daß Phlegmin mehr tat, als nur ein paar Kisten Gemüse beiseite zu schaffen; einmal hatte er den Küchenjungen heimlich dabei beobachtet, wie er etwas in das Glas mit Jabbas bevorzugten lebendigen Appetithäppchen mischte. Ree-Yees hatte ihn noch gründlicher beobachtet, nachdem die Ziegengraskiste mit der Bombenhülle verschwunden war. Glücklicherweise war daraufhin kein Alarm geschlagen worden; es hatte nur einen besonders gelungenen Schmortopf gegeben, der Jabbas Mißtrauen dem Küchenchef gegenüber eine Zeitlang besänftigte.

»Phlegmin?« rief Ree-Yees. »Altes Schleimgesicht?«

Als Antwort ertönten leise schlurfende Schritte, gefolgt von einem gedämpften Aufschrei. Sollte das Zweiauge doch im Feuer rösten, er würde die Lieferung auch allein finden. Er eilte in den Vorraum. An den Wänden stapelten sich Behälter mit eingelegtem Fleisch, Kisten mit getrockneten Früchten und Käfern, Weinfässer, Gläser voll konserviertem Schildkrötendung, mit Honig gesüßtem Öl, Kaviar und radioaktiven Kaliumsalzen – alles Delikatessen, die der Appetit des Hutts verlangte. Er sah sich um, hob die Deckel von vollgepackten Kisten, starrte an Reihen aufeinandergestapelter Kartons und riesigen Fässern vorbei.

Er rief noch einmal, aber wieder gab es keine Erwiderung.

Plötzlich entdeckte er eine Kiste, die in etwa die richtige Größe aufwies und hinter einer Tonne mit fermentierten Sandmadeneiern auf der Seite lag. Beim zweiten Blick entdeckte er, daß sie aufgebrochen und ihr silbrig-grüner Inhalt auf dem Steinboden verstreut worden war. Phlegmin lag neben der Kiste auf dem Boden. In den Jahren in Jabbas Palast hatte Ree-Yees genug Tote gesehen, um sofort zu erkennen, was los war, selbst wenn es sich um Menschen handelte. Kein normaler Schlaf konnte ein so ungraziöses Gewirr aus Gliedmaßen hervorrufen.

Porcellus der Koch stand über die Leiche gebeugt und rang die Hände. Sein Kopf fuhr hoch, seine Augen quollen hervor, und sein Haar – was davon noch übrig war – stand in alle Richtungen ab.

»Ich hatte nichts damit zu tun!« schrie er.

Ree-Yees ignorierte die hysterischen Schreie des Kochs, warf sich neben der Kiste auf den Boden und streifte mit den Fingern durch das seidige Ziegengras. Er hob die zerstörte Kiste hoch, drehte sie um und schüttelte sie, aber es war sinnlos.

Der entscheidende Zünder, der letzte Baustein, war nicht da.

Ree-Yees blökte entsetzt. Wer auch immer dieses traurige Exemplar eines Küchenjungen ermordet hatte, mußte den Zünder mitgenommen haben ... wußte, worum es sich dabei handelte ...

Halt! Er konnte nicht wissen, daß das Ziel Jabbas Segelgleiter war – oder wer den Rest der Bombe hatte ...

Wenn er schnell handelte, war noch nicht alles verloren. Sobald man die Leiche entdeckt hatte, würde Jabba eine Untersuchung anordnen, und dabei spielte es keine Rolle, daß Phlegmin ein unwichtiges und leicht ersetzbares Mückenhirn gewesen war. Außer den Leuten, deren Tod der Hutt persönlich anordnete, durfte im Palast niemand sterben. Aber in letzter Zeit hatte es in den hinteren Gängen seltsame Vorkommnisse gegeben ...

»Ugh!« bellte ein Gamorreaner von der Tür aus, noch weniger artikuliert als gewöhnlich.

»Ich habe es nicht getan!« schrie der Koch erneut.

Ree-Yees hatte sich so erschrocken, daß er gefallen wäre, hätte er nicht bereits auf den Knien gelegen. Alle drei Augen starrten die stämmige Gestalt im Türrahmen an – Gartogg.

Bei Doellins drei Zitzen! Welch eine glückliche Fügung! Dieser Gamorreaner war so dumm, daß er es nicht einmal schaffte, die Spielregeln von Rotz zu lernen, ganz davon zu schweigen, daß er nicht bemerkte, wenn er dabei hereingelegt wurde.

»Ugh-schnaub-schnief?«

Ree-Yees kämpfte sich auf die Beine und stieß den Koch beiseite. »Du kommst gerade rechtzeitig! Ich habe ihn eben gefunden ... äh ... genau so ... den Gang runter ... in der Nähe des Tunnels zu Ephant Mons Quartier! Und ich habe ihn hergebracht, um ... äh ... um ihm eine kulinarische Notwiederbelebung zu verabreichen!«

»Häh?«

»Du weißt schon ... kulinarische Notwiederbelebung! Der Geruch von Lebensmitteln, die so ... so ... so *reif* sind, daß sie Tote aufwecken können! Eine uralte Kunst, die ich von meinem Großonkel Swee-Beeps gelernt habe. Wir nennen es ... äh ... Müllschnüffeln als letzter Ausweg. Aber« – Ree-Yees' Augenstiele senkten sich trauernd – »ich kam zu spät.« Er seufzte laut.

Gartogg trottete zu der Leiche, versuchte, in die Hocke zu gehen, gab es auf, beugte den Körper von der Hüfte an in einem Winkel, von dem Ree-Yees geschworen hätte, daß er anatomisch unmöglich war, und schnüffelte.

»Begreifst du, was los ist?« fragte Ree-Yees besorgt. »Jemand muß jetzt die Sache übernehmen. Jemand mit Autorität. Ermitteln, Spuren zusammentragen, das Verbrechen aufklären. Jabba wird beeindruckt sein – und *dankbar.*«

Der Gamorreaner grunzte und schnaubte etwas Unverständliches, packte den Küchenjungen an einem Knöchel und ließ die Leiche vor seinem Rüssel baumeln. Ree-Yees blickte von Gartoggs hauerbewehrtem Gesicht zu Phlegmins, dessen schnabelähnliche Nase blutverschmiert war. Sobald er wieder zu Hause auf Kinyen war, würde er sich nie wieder ein Zweiauge ansehen müssen.

Gartogg legte sich die Leiche über die massige Schulter und trottete davon, unverständliche schnaubende Laute ausstoßend.

»Vergiß nicht!« rief Ree-Yees ihm nach. »Ich habe ihn in der Nähe von *Ephant Mons* Quartier gefunden!«

Sobald der Wächter verschwunden war, stürzte Ree-Yees den gesamten Inhalt seiner Flasche hinunter und hielt nur inne, wenn er gezwungen war zu atmen. Ein Brennen stieg aus seinem ersten Magen auf und verbreitete sich in jeder Faser seines Körpers. Seine Augenstiele zitterten, seine Knie drohten nachzugeben, aber schließlich hüllte ihn eine glückselige Taubheit ein. Ein seltsames Brausen erfüllte seinen Kopf. Es schien Stimmen zu enthalten, eine ganz bestimmte Stimme, das knirschende Grollen Jabbas. Er hatte es bereits zuvor gehört, eine alptraumhafte Erinnerung, am zerklüfteten Rand des Schlafes.

Der Koch war verschwunden, seine erste vernünftige Handlung. Als Ree-Yees aus der Küche stolperte, achtete er kaum auf den Weg, den er durch die schmutzigen Korridore einschlug.

Wo war der verdammte Zünder? Der Gang wand sich in die Tiefe, und es gab öfters Abzweigungen, bis Ree-Yees schließlich erkannte, daß er ihn gar nicht in sein Quartier oder zurück zu Jabbas Thronsaal führte, sondern ihn immer tiefer in das Labyrinth unter dem Palast brachte.

An einer unbekannten Kreuzung blieb Ree-Yees stehen, sein Atem pfiff durch seine Kehle, in seinem Kopf drehte sich alles. Seine Augenstiele rotierten wild. Hier unten, weit entfernt von den bewohnten oberen Regionen, tropfte leuchtender Schleim von den nassen Steinwänden. Die Luft roch feucht und leicht metallisch.

Welchen Weg sollte er nehmen? In zwei Sprachen fluchend, nahm er die eine Abzweigung, die in die richtige Richtung zu führen schien. Aber er geriet immer weiter in die Tiefe, stolperte durch Pfützen voller streng riechendem Wasser, stieß sich die Ellbogen an zerklüfteten Steinwänden. Bilder wie aus betrunkenen Träumen blitzten durch seine Gedanken. Eine Erinnerung stieg in ihm auf, da war ein Druck tief in seinem Bauch, so hart wie Metall. Er sah eine plötzlich emporschießende, alles verschlingende Flamme. Plötzlich explodierte eine Feuerwand vor ihm, Flammen griffen nach ihm, hüllten ihn ein ...

Er schüttelte den Kopf. Die Visionen stürmten weiter auf ihn ein und wurden mit jedem zurückgelegten Schritt stärker und klarer ...

Die Flammen stiegen in die Höhe, deutlicher und erschreckender als zuvor. In ihrer lodernden Hitze wellte sich seine Haut, seine Augäpfel brutzelten auf ihren Stielen und zerplatzten ...

Er starrte auf eine endlose weiße Ebene, voller Schnee und glitzernder Eispartikel, sah Gletscherspalten aus gefrorenem Blau und riesige Kampfmaschinen, die schwerfällig vorrückten ...

Er blinzelte, und das Bild wurde zu dem üppigen Chaos eines Sumpfs, ein böse zugerichteter X-Flügler versank im Schlamm, Bäume und Schlingpflanzen verschmolzen zu einem grünen Gestrüpp, Blumen wie helle Lichter, geflügelte Echsen kreischten ...

Das Bild machte plötzlich einem riesigen Gewölbe Platz, an dessen Wände sich Regale und seltsame Maschinen schmiegten, und auf den Regalbrettern ruhten Kuppeln aus Glas, in denen körperlose Gehirne in einem unheimlichen rosa Licht pulsierten ...

Dann klärte sich Ree-Yees' Mittelauge, und er begriff, daß er tatsächlich im Gewölbe der Gehirne stand. B'omarr-Mönche. Stille erfüllte den Raum; das einzige Licht stammte von den Anzeigedisplays und dem rosigen Glühen der Behälter. Sein Herz, das bei der Vision des Feuers aus dem Gleichgewicht geraten war, schlug wieder langsamer. Er fuhr sich mit der schmalen Zunge über die Lippen.

Vor den Gehirnen brauchte er keine Angst zu haben, sagte er sich, Relikte der degenerierten zweiäugigen Mönche, die diese

Tunnel bereits Jahrhunderte, bevor Jabba sie entdeckte, ausgehöhlt hatten. Ihre nackten Gehirne konnten nichts tun, außer dort zu sitzen, jedes in seinem Glasgefängnis, reglos bis auf das langsame Pulsieren.

Ein leises Wispern, als Stoff über Stein schabte, ließ Ree-Yees herumwirbeln. Eine Gestalt in einer voluminösen Robe glitt aus den Schatten und blieb in der Mitte des Raumes stehen. Ree-Yees konnte nicht erkennen, wie der Körper beschaffen war, er konnte nicht einmal die Rasse erkennen, oder ob es sich um einen Mann oder eine Frau handelte, so vollständig verbarg die Kapuze ihre Gesichtszüge. Noch während er sie anstarrte, hob die Gestalt einen Arm. Der Ärmel fiel zurück, enthüllte eine humanoide, fast bis aufs Skelett abgemagerte Hand; die bleiche Haut spannte sich über grotesk deformierte Knöchel.

Aus der geheimnisvollen Dunkelheit unter der Kapuze ertönte eine Stimme. »Das Feuer ist nur eine Warnung«, krächzte sie. »Gebt acht und sagt Eurem schändlichen Master, er soll diesen Ort für immer verlassen.«

Dann verschwand die Gestalt.

Ree-Yees' Augenstiele bebten. Er stieß ein überraschtes Blöken aus, erholte sich aber schnell wieder. War das eine Warnung gewesen? Oder ein Omen? Ein Versprechen, daß diese Dinge auf sie zukamen?

Die Bedeutung der anderen Bilder blieb ihm verborgen, aber der Feuersturm – er hatte so *real* gewirkt. Was hatte das zu bedeuten?

Freudige Erregung erfaßte Ree-Yees. Doellins Glück war mit ihm. Er würde Erfolg haben, man hatte es vorausgesehen! Der Verlust des Zünders würde sich nur als unbedeutender Rückschritt erweisen. Jabba würde in einer Explosion aus reinigendem Feuer vernichtet werden, und seine abstoßende Crew aus Zweiaugen mit ihm. Der imperiale Präfekt Talmont würde Ree-Yees den Weg nach Hause, nach Kinyen, freimachen.

Ree-Yees rülpste glücklich, eilte aus dem Gewölbe der Gehirne und fand irgendwie den Weg zurück, bis er vertraute Ebenen erreicht hatte. Er war fast schon bei seinem Quartier angekommen, wo er seinen Erfolg feiern wollte, als ein gamorreanischer Wächter mit gezogenen Waffen an ihm vorbeitrampelte.

»Hey«, sagte Ree-Yees. »Wie wäre es mit einer schönen Partie Polterkegel?«

»Jemand versucht Jabbas Schöntrophäe zu stehlen!« bellte der Wächter. Er konnte sich besser artikulieren als der unglückliche Gartogg. »Du kommen!«

Ree-Yees eilte hinter dem Gamorreaner her. Jetzt, wo der Erfolg seiner Mission feststand, konnte er sich entspannen. Vielleicht würde Jabba den Dieb dem Rancor zum Fraß vorwerfen – diese Spektakel waren immer gut für ein paar kleine Wetten.

Den ganzen nächsten Tag sorgte die Entdeckung der wahren Identität des Kopfgeldjägers dafür, daß Ree-Yees ein Gefühl berauschender Sicherheit verspürte. Das Mädchen, das Oolas Platz eingenommen hatte, war das abstoßendste Zweiauge, das er je gesehen hatte, aber was spielte das für eine Rolle? Er würde ihren Anblick nicht lange ertragen müssen. Nicht einmal Ephant Mons Überheblichkeit konnte Ree-Yees wütend machen, und Tessek sah aus, als wäre er wegen etwas besorgt.

Von seinem gewohnten Platz im Thronsaal verfolgte Ree-Yees die Mätzchen des jungen Jedi. Die Rauferei mit dem Rancor war besonders amüsant, auch wenn Ree-Yees einige Kredits an verlorenen Wetten aus eigener Tasche zahlen mußte. Egal, er würde es zurückgewinnen, denn Malakili, der Rancorhüter, würde seinem verlorenen Liebling noch monatelang nachtrauern und darum ein einfaches Ziel bieten.

»Du hättest verhandeln sollen, Jabba«, sagte der junge Jedi, als er abgeführt wurde. Was für eine madenhirnige Drohung sollte das denn sein? Noch nicht mal ein Fluch wie »Sollen tausend Tusken-Sandlarven dir deine Eingeweide von innen zerfressen!« Oder eine Entschuldigung wie »Tut mir leid, ich bin gegen die Wut eines Rancors allergisch.« Oder etwas Innovatives wie »Herzlichen Glückwunsch, für diese korrekte Antwort haben Sie einen kompletten Satz imperialer Enzyklopädien gewonnen!« Nicht, daß es in diesem Fall viel genutzt hätte, obwohl Jabba dafür bekannt war, jenen Pardon zu gewähren, die ihn besonders amüsiert hatten, wie Ree-Yees nur zu gut wußte.

Außerdem war Jabba dazu bestimmt, von Ree-Yees' Händen zu sterben. Das war das Versprechen der seltsamen Vision der Mönche. Und da die geheime Bombe noch nicht komplett war, war es völlig ungefährlich, den Ausflug mit dem Segelgleiter mitzumachen und das Hinrichtungsspektakel zu genießen. Ree-Yees gefielen besonders die Schreie, die aus der Großen Grube von Carkoon drangen, wenn die Opfer des Sarlacc die erste qualvolle Wirkung seiner Verdauungssäfte erlebten. Manchmal hatte er mit Barada darum gewettet, wie lange es dauern würde, bis die Schreie verstummten – ob es nun daran lag, daß die Stimmbänder des Opfers weggeätzt waren oder der Sarlacc es mit seinen Stacheln betäubt hatte, vermochte niemand zu sagen.

Der Tag war so heiß wie ein Ofen und trocken, wie alle Tage auf Tatooine. Ree-Yees nahm seine Position neben Jabba ein, nicht nahe genug, um Tesseks Verdacht zu erregen, aber nahe genug, um loyal zu erscheinen. Er ließ seine Gedanken wandern, denn die Hinrichtungen ähnelten sich alle. Ein Seitenauge richtete sich auf den widerlichen gelben Sand, das andere auf das genauso widerliche Tanzmädchen, das nun zusammengekrümmt vor Jabbas Schlitten kauerte. Als der neue R2-Droide angerollt kam und Drinks servierte, nahm sich Ree-Yees einen pinkfarbenen und grünen Bantha-Blaster. Er prickelte den ganzen Weg nach unten. Einen Augenblick später wackelten seine Zähne, und die Augenstiele fühlten sich an, als würden sie brennen. Danach kam ein Wookiee-Wango mit sullustanischem Gin an die Reihe, gerührt, nicht geschüttelt.

Bei Doellins drei Zitzen, die R2-Einheit konnte Drinks mixen!

Ree-Yees fragte sich, ob wohl die Möglichkeit bestand, den Droiden mit nach Kinyen zu nehmen.

Ein plötzlicher Tumult auf dem Gefangenengleiter riß ihn aus seinen Gedanken. Er stolperte zur Reling und schaute hinüber. Jemand schlug mit einem Lichtsäbel um sich, und alles schrie durcheinander. Die beiden neuen Droiden streiften ihr einprogrammiertes Verhaltensmuster ab. Ree-Yees griff sich einen Rummy Tonic von dem R2, bevor er außer Sicht rollte.

Das Deck brodelte vor Aktivität. Blaster und Laser feuerten in alle Richtungen. Gamorreanische Wächter rannten umher, während Jabba Befehle bellte. Ein Weequay stieß gegen Ree-Yees, verschüttete seinen Drink und eilte zur anderen Seite des Gleiters.

Ree-Yees blickte sich um, auf der Suche nach dem sichersten Versteck. Nach kurzem Zögern und nachdem er zusehen mußte, wie einige von Jabbas Verteidigern in den Rachen des Sarlacc stürzten, entschied er sich zu bleiben, wo er war, in Sicherheit hinter Jabbas Repulsorschlitten. Tessek war bereits verschwunden, er hatte Jabba im Stich gelassen, um die eigene Haut zu retten. Dieses Bantha-Hirn – glaubte er tatsächlich, Jabba würde es nicht bemerken?

Ree-Yees warf das leere Glas beiseite und versuchte, wie ein treuer Gefolgsmann zu denken; wie würde er seinen Herrn verteidigen? Doch seine Vorstellungskraft ließ ihn im Stich.

Ohne Vorwarnung sprang die Zweiauge-Frau auf und warf Jabba ihre Ketten über den Kopf.

Der Hutt stieß unverständliche Laute aus, als sich die Kettenglieder in die Hautfalten seines Halses gruben. Seine Augen rollten, sein gewaltiger Körper bäumte sich auf.

Die Menschenfrau stemmte sich gegen die Masse des Hutt und zerrte mit für ein Wesen mit so dürren Gliedmaßen überraschender Kraft an der Kette. Bei Doellins drei Ohrmuscheln, was glaubte sie eigentlich, was sie da tat?

Jabbas Blick fiel auf den Gorn, und er bellte etwas. Eine knorrige Hand zeigte auf Ree-Yees.

Ree-Yees zögerte. Er wußte genau, daß Jabba seine Hilfe verlangte. Aber was, wenn er so tat, als würde er es nicht bemerken, was, wenn er gar nichts tat …? Welch eine verlockende Idee! Er mußte nur noch ein paar Augenblicke abwarten, während die Sklavin die Arbeit machte und es *ihm* überließ, vor dem Imperium die Verantwortung für die Tat zu übernehmen.

Aber wenn Jabba durch einen Zufall überlebte – was durchaus nicht unvorstellbar war, denn Hutts verfügten über eine berüchtigte Zähigkeit –, konnte Ree-Yees behaupten, er habe versucht, ihn zu retten. Vielleicht war es besser, ein Stück näher heranzugehen, damit es realistischer aussah …

Ree-Yees hatte den ersten Schritt auf den um sich schlagenden Jabba zu noch nicht vollendet, als er in der Tiefe seines Leibes einen metallischen Druck spürte. Jabbas entstellte, keuchende Stimme hallte durch seinen Schädel. Die Augenstiele bebten, er taumelte zur Seite, seine Hände flogen an die Schläfen. Er hörte seine Stimme, die vor Entsetzen blökte, hinter seinen Lidern blitzten kleine, helle Explosionen wie Miniaturfeuerstürme auf.

Mit seinem Mittelauge sah er die Sklavin ziehen und zerren, den Kopf vor Anstrengung in den Nacken geworfen; auf ihren nackten Armen traten die Muskeln hervor. Jabbas Zunge ragte bebend aus dem Mund. Speichelfäden sickerten über den aufgedunsenen Bauch. Seine Augen blitzten wie weißglühendes Kupfer.

Jetzt spürte Ree-Yees den harten Mechanismus aus Metall in seinem Körper und den unwiderstehlichen Zwang, den man genauso tief in sein Bewußtsein eingepflanzt hatte. Er erinnerte sich wieder an Jabbas Med-Techs, die sich über ihn beugten, ihn aufschnitten, immer wieder den Codesatz wiederholten und ihm befahlen, alles zu vergessen …

Jetzt wußte er, welche Worte Jabba mit aller Kraft auszustoßen versuchte – den Befehl, die Arme um sein Ziel zu schlingen und den Gedankenauslöser zu betätigen, der die Ultrakurzstreckenbombe in seinem Bauch detonieren lassen würde.

Ree-Yees' Füße trugen ihn lautlos auf die Frau zu. Auf ihre Bemühungen konzentriert, bemerkte sie ihn nicht. Seine Arme hoben sich, er griff nach ihr …

Einen flüchtigen Augenblick lang schlugen die Visionen aus dem Gehirngewölbe über ihm zusammen. Die B'omarr-Mönche sollten verdammt sein, er hatte alles falsch verstanden! Das Feuer hatte gar nicht Jabbas explodierenden Segelgleiter gezeigt, sondern die Bombe in seinem Bauch. Ree-Yees blökte und wand sich, aber sein Körper gehorchte ihm nicht länger, während er sich unerbittlich seinem Ziel näherte. Hier konnte er keinen Handel abschließen, um herauszukommen. Er konnte schon die Explosion fühlen, die ihn auseinanderriß, den heißen Feuerball …

Der innere Zwang erstarb, während das Licht in den hervorquellenden Augen des Hutt erlosch. Eine stinkende schwarze Flüssigkeit quoll aus seinen Mundwinkeln. Sein Schwanz erzitterte noch einmal reflexartig und lag dann still da.

Erleichterung durchflutete Ree-Yees wie eine Sommerbrise ein Grasfeld. Er fiel gegen die nächste Wand. Seine Beine fühlten sich wie Glas an. Er konnte nicht glauben, daß es vorbei war – Jabba war erledigt. Sein Name würde Staub sein, sein Reich Asche, die die heißen tatooinischen Winde überall hintrugen. Und er, Ree-Yees, würde sich auf dem ganzen Weg zurück nach Kinyen hämisch darüber freuen.

»Määäh!« Ree-Yees trat mit seinem Stiefel nach dem reglosen Hutt. »Und wer lacht jetzt, du perverser, zweiäugiger Wurmschleim? *Chuff* saufender Blutsauger!«

Die Menschenfrau schenkte Ree-Yees einen rätselhaften Blick. Im nächsten Augenblick durchtrennte die R2-Einheit ihre Ketten. Sie sprang behende auf den Boden und rannte sofort in Richtung der auf dem Deck montierten Kanone.

Ree-Yees holte tief Luft und sammelte sich. Sobald die Gefangenen überwältigt und in der Grube gelandet waren, würde man Jabbas Leiche entdecken, und dann war er besser nicht anwesend. Wer auch immer das Kommando an sich reißen würde, Bib

Fortuna oder Tessek, es war durchaus möglich, daß er eine Untersuchung durchführen und Jabbas Mörder hinrichten lassen würde, um seine Position zu festigen. Nein, es war am sichersten, wenn er untertauchte, bis er nach Mos Eisley konnte. Dort würde er einen Med-Tech finden, der die Bombe entfernte.

Der Segelgleiter erbebte. Ree-Yees' Augenstiele fuhren herum, und ein erschrockenes Blöken entschlüpfte seinen Lippen, als er sich an die Vision der Mönche erinnerte. War die Vorahnung falsch gewesen? Im Hinterkopf hörte er ein Grollen, das sich wie Jabbas Gelächter anhörte, tief und böse.

Eine Druckwelle erschütterte das Deck. Ree-Yees sah, wie eine Flammenwand auf ihn zuraste. Öliger Rauch schoß aus dem Unterdeck in die Höhe. Die Druckwelle katapultierte ihn in die Luft. Fragmente zerschmolzenen Metalls wurden in alle Richtungen geschleudert.

Der Rand des Infernos hüllte ihn ein. Schmerz versengte seine Lungen. In dem Augenblick, bevor alles schwarz wurde, roch er einen süßen und vertrauten Duft und sah verblassende Felder, die silbrig schimmerten, während heiratsfähige dreibrüstige Weibchen ihm entgegensprangen.

Aber die Band spielte weiter:

Die Geschichte der Band

John Gregory Betancourt

1. Wie die Band nach Tatooine kam

Evar Orbus setzte den Mikrophonkasten ab, streckte die acht Tentakel, so weit es ging, und klopfte den Staub von den Kiemen unter den vier Augen seines eiförmigen Schädels.

Endlich, dachte er. Ich habe es endlich geschafft.

Er drehte sich um und nahm begierig das Bild des Raumhafens von Mos Eisley in sich auf. Trotz der späten Stunde wimmelte es hier vor Aktivität, als Menschen, imperiale Sturmtruppler, Droiden und Wesen Hunderter verschiedener Welten zwischen den Landefeldern umherhasteten. Am Himmel sank die Hauptsonne dem verschwommenen Horizont entgegen, gefolgt von ihrem kleineren Gegenstück. Er fühlte, wie sich in seinem Innern Aufregung breitmachte. Dieser Planet glich seiner Heimatwelt mehr als jede andere Welt, die er auf seinen Reisen gesehen hatte. Hier würde er sich wohlfühlen, dachte er.

»Wo soll das ganze Zeug hin?« rief eine mürrische Stimme.

Evar drehte sich um. Captain Hoban von der *Sternentraum,* ein wenig vertrauenswürdig aussehender Mensch in einem glänzenden Metallic-Overall, hatte die Rampe zum Frachtraum heruntergefahren. Einer seiner verbeulten alten Droiden hielt eine große Kiste, die auf einer Seite die Aufschrift »Evar Orbus und seine Galaktischen Jizz-Spieler« trug.

»Hierher, bitte«, sagte Evar. Er zeigte mit einem Tentakel auf den Frachtabstellplatz hinter dem Schiff. »Es kommt ein Transporter.«

Der Droide rückte die Kiste zurecht und ließ sie beinahe fallen.

»Vorsicht!« schrie Evar. Der Gedanke, daß ein heruntergekommener Schrotthaufen seinen Lebensunterhalt vernichten könnte, ließ seine Sinnesorgane pendeln. »Paß auf die Instrumente auf! Wenn du sie kaputtmachst, mußt du sie ersetzen!«

Der Droide piepte ärgerlich.

»Ganz ruhig«, sagte Captain Hoban zu dem Droiden. Er lächelte Evar Orbus entschuldigend an. »Es gibt nichts, worüber Sie sich Sorgen machen müßten, Sir. Wir haben ständig mit solchen Kisten zu tun.«

Um sie kaputtzumachen? war Evars erster Gedanke. Er wußte es allerdings besser, als ihn laut auszusprechen. Er gab sich damit zufrieden, jede Bewegung des Droiden mit drei seiner Augen zu verfolgen, während sein viertes nach dem Transporter Ausschau hielt.

Die Rampe unter seinen Füßen erbebte, als jemand sie hinter ihm betrat. Er bewegte sich zur Seite und drehte ein Auge in die Richtung.

Es war natürlich Max Rebo, sein Keyboardspieler von Ortolan. Max blickte nach links, dann nach rechts, dabei sog er mit der rüsselähnlichen Nase unauffällig die Luft ein. Vermutlich sucht er nach der nächsten Mahlzeit, dachte Evar.

»Ist das gewürzter parwanischer Nutrikuchen, den ich da rieche?« fragte Max. »Ich glaube, hier ganz in der Nähe gibt es ein Restaurant. Wie wäre es, wenn ich mal schnell rüberspringe und es mir ansehe? Wie du weißt, ist die Abendessenszeit schon lange vorbei.«

»Wir essen, wenn wir in der Bar sind«, sagte Evar gelassen. Oft kam es ihm so vor, als hätte Max sein Gehirn im Magen.

»Aber ...«

»Du hast mich verstanden.« Er richtete alle vier Augen auf Max, der unterwürfig schluckte. »Wenn du helfen willst, sieh nach, warum Sy und Snit so lange brauchen.«

»Gut!« Max' Gesicht hellte sich sichtlich auf. »Dann können wir essen!« Er drehte sich um und watschelte die Rampe hinauf, so schnell ihn die stämmigen, kurzen Beine trugen.

Evar richtete drei seiner Augen wieder auf den Droiden. Ja, dachte er, die Dinge sehen definitiv vielversprechend aus. In seiner Gürteltasche hatte er Kredits, ihn erwartete ein sechsmonatiges Engagement und endlich ein vernünftiges Klima, in dem es sich aushalten ließ. Sobald sie in der Bar waren, würde alles perfekt sein.

Nun, was war mit dem Transporter los, den sie ihm versprochen hatten ...

Er benutzte sein persönliches Handkomm und rief die Bar.

»Ja«, meldete sich ein Bith, dessen Mundfalten sich zurückzogen, um einen überraschend beweglichen Mund zu enthüllen. Sein großer, haarloser Kopf wippte im Takt einer Musik, die aus einer nicht sichtbaren Quelle kam.

»Ich grüße Sie, mein Freund«, sagte Evar. »Ist der Wookiee Chalmun zu sprechen?«

»Ist nicht da. Ist geschäftlich unterwegs.«

»Vielleicht erklärt das ja alles. Unser Transporter ist nicht am Raumhafen ...«

»Wir sind keine Reiseagentur.« Der Bith griff nach dem Schalter, um die Verbindung zu trennen.

»Warten Sie«, schnauzte Evar. »Ich bin Evar Orbus!«

»Na und?«

»Von Evar Orbus' Galaktischen Jizz-Spielern. Vielleicht haben Sie von uns gehört?«

»Jizz-Spieler? Nein.«

War das Abscheu in seiner Stimme? Evar schnaufte leicht, unterdrückte aber seine Wut. Wenn er sagte, was er dachte, würde der Bith die Verbindung unterbrechen. Er suchte nach einem befriedigenden Ausgleich, indem er die Mütter des Biths in Gedanken mit fünf Generationen von Beleidigungen belegte.

»Hören Sie zu, Inkompetenter«, knurrte Evar schließlich. »Sagen Sie Ihrem Boß, daß die neue Band eingetroffen ist. Schicken Sie uns einen Transporter *–und zwar sofort –*, oder ich bekomme Ihren Kopf auf einem Tablett serviert, wenn ich eintreffe.«

»Neue Band?« Der Bith verstummte, runzelte die Mundfalten und zwitscherte jemandem etwas zu, den Evar nicht sehen konnte. Der nicht im Bild Befindliche zwitscherte zurück.

Der erste Bith wandte sich wieder Evar zu. »Welches Landefeld?«

»Sieben.«

»In kürzester Zeit wird ein Transporter eintreffen.«

»Vielen Dank«, sagte Evar zufrieden. Er trennte die Verbindung.

Abendessen, Abendessen, glorreiches Abendessen! dachte Max, als er den Korridor entlangwatschelte. Jeder Schritt war der Gong, der zum Essen rief; jeder Duft eine Aufforderung, sich an den Tisch zu setzen. Seit der letzten Mahlzeit schienen Wochen vergangen zu sein. Wenn er nicht aufpaßte, würde er noch dahinschwinden wie Snit. Nicht, daß Evar Orbus es bemerkt hätte – das einzige, was den Letaki interessierte, war Geld.

Doch jetzt rückte das Abendessen immer näher. Abendessen, Abendessen, glorreiches Abendessen! Und damit es soweit war, mußte er nur dafür sorgen, daß Sy Snootles und Snit nach draußen kamen.

Sy würde alle am längsten aufhalten, das war ihm klar. Sie brauchte immer viel zu lang, um sich anzuziehen. Was das anging, brauchte sie für alles viel zu lang. Man kann Leuten, die in ihrem Essen nur herumstochern, einfach nicht vertrauen, dachte er, genau wie seine Großeltern immer gesagt hatten.

Er klopfte an ihre Kabinentür und trat ungeduldig von einem Fuß auf den anderen.

»Ja?« rief eine zierliche Stimme so dünn wie ein Schilfrohr.

»Ich bin's«, rief Max. »Evar sagt, du sollst dich beeilen. Der

Transporter wartet, und wir müssen essen.« Wenn sie das nicht herauslockte, dann würde nichts es tun.

»Ich bin sofort da.«

»Beeil dich«, sagte er, drehte sich um und ging weiter.

Abendessen, Abendessen, glorreiches Abendessen! Er konnte es fast schon schmecken. Banthasteaks, Kiwipgras und Gannesasaft. Feuereintopf, Lawendelbaumbrot und saftiges Ploth. Gebratenes Yarnak, Ingwernudeln und weißen Samenkuchen. Er würde von allem etwas nehmen. Alles, was er noch tun mußte, war, Snit zu finden.

Die Kabinentür des Kitonakers stand offen, also ging Max einfach hinein. Warum Zeit verschwenden, wenn das Essen wartete? Je schneller sie sich in Bewegung setzten, desto schneller würden sie essen.

Snit kauerte in der Ecke, den großen unförmigen Kopf in den großen unförmigen Händen vergraben. Sein Körper wurde von Schluchzern geschüttelt. Es war der größte Gefühlsausbruch, den Max je bei ihm gesehen hatte.

Armer Primitiver, dachte Max. Evar hatte Snit wirklich ausgehungert. Soweit Max bekannt war, hatte Snit in den sechs Monaten, die er der Band angehörte, nur sechsmal gegessen – jedesmal eine große Schnecke. Als Evar Snit auf Ovrax IV gekauft hatte, hatte sein Bauch so weit heruntergehangen, daß seine Beine nicht mehr zu sehen gewesen waren. Das ist mal ein glücklicher Kitonaker, hatte Max mit einem gewissen Neid gedacht und sich vorgestellt, welch großartige Mahlzeiten nötig gewesen waren, um einen so korpulenten Körper zu erschaffen. Doch seit jener Zeit hatte Snit die Hälfte seines Körpergewichts verloren. Nur mit roten Shorts bekleidet, sah er für einen Kitonaker richtig schlank aus – noch immer wie ein unbeholfen geformter Haufen Sauerteig, aber ein schlanker Haufen Sauerteig.

»Du mußt jetzt rauskommen«, sagte Max. »Zeit zum Abendessen«, fügte er glücklich hinzu. Das sollte ihn aufmuntern, dachte er.

Zu seiner Erleichterung hörte Snit zu schniefen auf und stellte sich auf seine drei schweren, runden Füße. Winzige schwarze Augen blickten unter einer schweren, klumpigen Stirn hervor.

»Komm schon«, sagte Max, ergriff Snits Hand und führte ihn in den Korridor. Unterwegs konnten sie Sy auflesen. War außer ihm denn niemand hungrig? Er verspürte nagende Schmerzen in seinem Bauch. Es war Zeit fürs Abendessen, fürs Abendessen, fürs glorreiche Abendessen!

Evar Orbus stand neben seinen acht Kisten Ausrüstung und schäumte still vor sich hin. Wo bei den sieben Höllen blieb dieser Transporter? Traue niemals einem Bith, dachte er wütend. Er hatte schon zuvor mit ihnen zu tun gehabt. Sie konnten vielleicht besser hören als er, aber das machte sie nicht zu etwas Besserem, nicht einmal im Ansatz. Seit dem Anruf war eine halbe Stunde vergangen. Er würde sich auf jeden Fall mit dem Wookiee über seinen Bartender unterhalten müssen.

Sy Snootles verlagerte mit ärgerlich geschürzten Lippen unablässig das Gewicht von einem dünnen Bein aufs andere. Sie starrte ihn wütend an, seit sie vor zwanzig Minuten ausgestiegen war.

»Was starrst du so?« wollte Evar schließlich wissen.

»Max hat mich hier heraus gedrängt«, sagte sie mit ihrer hohen, dünnen Stimme, »denn angeblich sollte ein Transporter bereitstehen, der uns zum Essen bringt. Es gibt keinen Transporter. Es gibt kein Essen. Ich hätte mich in meiner Kabine ausruhen können. Du *weißt*, wie zart ich bin, Evar. Diese Wüstenluft ist einfach nicht gut für meine Lippen. Von meiner Kehle ganz zu schweigen. Oder meinen Lungen.«

Evar seufzte innerlich. Er wußte über ihre Lippen und Lungen Bescheid. Sie ließ sie im Hyperantriebsmodus arbeiten. Wäre sie nicht eine der besten Sängerinnen gewesen, die ihm je begegnet war, und stünden in ihrem Vertrag nicht ein paar ausgesprochen häßliche Strafen, was die vorzeitige Auflösung betraf, hätte er sie binnen einer Nanosekunde durch den erstbesten Sandfloh ersetzt, der ihm über den Weg lief.

Er wollte gerade eine sehr schneidende Bemerkung über diese Lippen und Lungen machen, als ein Luftbus kreischend aus dem Himmel stürzte und vor ihnen landete. Im Pilotensitz saß ein Bith – vermutlich derselbe, mit dem er zuvor gesprochen hatte; er hatte sie noch nie auseinanderhalten können.

»Es tut mir leid, daß wir so lange gebraucht haben, meine Freunde«, rief der Bith und stieg herab. Er öffnete den Passagierraum, aus dem drei weitere Biths ausstiegen. »Ich habe ein paar Freunde gebeten, mir zu helfen. Ihr habt Gepäck?«

Evar nickte selbstgefällig. Dieser Bith kannte offensichtlich seinen Platz. »Unsere Ausrüstung ist dort drüben«, sagte er und zeigte mit zwei Tentakeln darauf.

Max hüpfte glücklich auf seinem Sitz im Luftbus herum und dachte an die kommende Mahlzeit. Er war schon seit Stunden nicht mehr so hungrig gewesen. Er wandte sich an den neben ihm sitzenden Bith, um ihn über die Barküche auszufragen, als der einen Blaster unter dem Gewand hervorzog.

»Was soll das?« fragte Max. Er drehte sich um. »Evar, er hat einen ...«

Max verstummte. Plötzlich hatten alle Biths Blaster gezogen. Hier war definitiv etwas schiefgegangen. Er schluckte und spürte, wie sich seine Ohren ängstlich aufrichteten. Was geschah hier? Es reichte fast schon aus, um ihn nicht mehr ans Essen denken zu lassen.

»Hände hoch!« befahl einer der Biths. »Ihr alle! Wir würden im Bus nur ungern eine Schweinerei veranstalten!«

Max gehorchte sofort. Zu seiner Erleichterung schlossen sich ihm Sy und Snit an. Nur Orbus zögerte.

»Ich verstehe nicht«, sagte Orbus. »Wir haben einen Vertrag.«

»Die Bar hat schon eine Band«, sagte der Bith-Pilot. »Wir brauchen keine zweite.«

»Ich habe einen Vertrag ...«

»Den haben wir auch«, sagte ein anderer Bith.

»Einen, den wir einhalten müssen«, sagte ein dritter.

»Langsam fange ich an zu begreifen«, sagte Orbus leise.

»Ich nicht«, sagte Max in der Hoffnung, daß es jemand erklären würde.

»Max, sei still«, sagte Sy Snootles.

Max sah sie böse an. Was für ein Recht hatte sie, ihm zu sagen, er solle still sein? Schließlich war Orbus der Bandleader, und nicht sie.

»Darum möchten wir, daß ihr jemand anderem vorspielt. Einer ganz besonderen Person, die draußen im Dünenmeer lebt. Einem gewissen Sarlacc in der Großen Grube von Carkoon.«

Alle lachten, als wäre das ungeheuer witzig. Max sah einen Bith nach dem anderen an. Ihm kam der Gedanke, daß das irgendwie Ärger bedeutete. Zumindest würde es mit Sicherheit bedeuten, daß sich das Abendessen verspätete.

Offensichtlich bewegte Orbus derselbe Gedanke; plötzlich senkte er einen Tentakel. Flammen schossen aus seiner Spitze hervor, spritzten quer durch die Luftbuskabine auf den Piloten und die Kontrollen zu. Bei dem Tentakel mußte es sich um eine Attrappe gehandelt haben, erkannte Max. Er wäre nie auf die Idee gekommen, daß sich darunter eine Waffe verbarg. Orbus hatte so viele Tentakel, wem würde schon auffallen, daß es einer mehr war?

Der Luftbus geriet mit einem schrillen Aufjaulen außer Kontrolle. Mehrere Biths schrien entsetzt auf. Sy kreischte, und Snit grunzte. Evar brüllte Befehle. Max schloß die Augen und versuchte, sich nicht zu übergeben.

Mit einem plötzlichen, knochenerschütternden Knirschen prallte der Luftbus gegen etwas Hartes. Max fühlte, wie das Universum wild um ihn kreiselte. Er öffnete ein Auge und entdeckte direkt über seinem Kopf den Boden – der sich noch immer bewegte. Nein, nein, nein, dachte er. Das alles konnte nicht wirklich geschehen.

Der Luftbus prallte erneut gegen etwas Unnachgiebiges, überschlug sich noch zweimal, rutschte auf dem Dach ein Stück weiter und kam schließlich zum Stehen. Alle lagen verkrümmt auf der Fläche, die zuvor die Kabinendecke dargestellt hatte. Max schluckte und versuchte aufzustehen. Sein Gleichgewichtssinn schien gestört zu sein. Die Kabine fühlte sich noch immer an, als würde sie sich bewegen, dabei konnte er genau sehen, daß das nicht zutraf.

Plötzlich schlängelte sich ein Tentakel um seinen Arm. »Komm schon, Max!« sagte Evar und zerrte an ihm.

Max konzentrierte benommen den Blick auf seinen Boß. »Was ...?«

»Wir müssen hier raus! Die werden uns umbringen!«

Max' Kopf klärte sich abrupt. Ja, sie mußten hier weg. Sy Snootles lag auf Snit. Er hob ihre schlaffe Gestalt etwas zögerlich auf. Ihr Rüssel klatschte wie eine reglose Schlange auf seinen Arm. Glücklicherweise atmete sie noch.

Einer der Biths hatte sich auf die Beine gestellt und starrte sie wie betäubt an. »Ist euch eigentlich klar, was ihr da angerichtet habt?« rief er leise. »Wir haben diesen Luftbus *geliehen!*«

»Das ist nicht mein Problem«, sagte Evar. Er hielt jetzt zwei der Blaster in den Tentakeln. »Bleib, wo du bist!«

Dann feuerte einer der auf dem Boden liegenden Biths seinen Blaster ab und traf Orbus in die Seite. Die Wucht des Treffers schleuderte ihn quer durch den Luftbus. Mit einem feuchten und dumpfen Geräusch prallte er gegen die Wand und rutschte zu Boden, dabei hinterließ er einen hellgrünen Fleck. Der Geruch von geröstetem Fleisch hing in der Luft.

Max drehte sich um und floh, und dieses eine Mal war er überhaupt nicht hungrig.

Sy Snootles schlug die Augen auf und sah verschwommen Durabeton. Sie hob den Kopf. Sie lag in Max' Armen, und er lief eine lange, menschenleere Straße entlang, Snit im Schlepptau. Sie blickte zu dem samtigen blauen Fell seines Gesichts hoch, sah Tränen und begriff, daß die Dinge schrecklich schiefgelaufen waren. Ihre letzte Erinnerung war Orbus, der im Luftbus seinen falschen Tentakel senkte und das Feuer eröffnete. Was war geschehen?

Dann bemerkte Max, daß sie aufgewacht war, und blieb stehen. »Bist du in Ordnung?« fragte er.

»Ich glaube schon«, sagte sie. »Laß mich runter.«

Max gehorchte und sah sie traurig an. »Was sollen wir nur tun?«

»Wo ist Orbus?« wollte sie wissen.

»Tot«, erwiderte Max. »Sie haben ihn erschossen. Wir sind abgehauen.«

»Gut. Das war die erste vernünftige Tat, die jemand getan hat, seit wir hier gelandet sind.« Sie faltete die Hände vor ihrem gerundeten Bauch und schritt langsam auf und ab, ihre lange Nase schwang dabei hin und her. Max sah aus, als stünde er unter Schock. Snit sah so verloren wie immer aus. »Mit Orbus' Tod sind seine Verträge mit uns erloschen«, sagte sie langsam. »Das ist eindeutig, selbst unter den Richtlinien der Intergalaktischen Musikervereinigung.«

Max nickte.

»Das bedeutet, wir sind frei, Jungs. Snit, du kannst jetzt tun, wozu auch immer du Lust hast. Orbus besitzt dich nicht länger. Max, du kannst dir jetzt dein eigenes Essen kaufen. Und ich kann singen, wo ich will.«

Snit setzte sich hin und lehnte sich mit dem Rücken an eine Mauer. »Nenn mich nicht Snit«, sagte er.

»Was?« rief Sy. Das war das erste Mal, daß er in ihrer Gegenwart einen ganzen, zusammenhängenden Satz gesprochen hatte. Normalerweise stand er nur da und blies mit seinen gewaltigen Lungen Luft durch Flöten.

»Nenn mich nicht Snit«, wiederholte er.

»Und wie sollen wir dich nennen?« fragte sie.

Er stieß eine lange Folge gepfiffener Töne aus.

»Das kann ich nicht aussprechen«, sagte sie ihm. »Wie wäre es, wenn ich mir für dich einen wirklich tollen Künstlernamen ausdenke? Etwas Besonderes, etwas wirklich Fantastisches, etwas, auf das du stolz sein wirst?«

»Okay«, sagte er.

Sy dachte kurz nach. »Droopy«, sagte sie. »Droopy McCool.«

»Okay«, sagte Snit.

»Hat jemand Geld?« fragte Sy, aber bevor jemand antworten konnte, fuhr sie schon fort: »Natürlich nicht, Orbus hatte es. Also brauchen wir Geld, und um welches zu bekommen, müssen wir arbeiten. Um zu arbeiten, brauchen wir unsere Ausrüstung, und die Ausrüstung liegt im Luftbus. Also, Freunde, laßt uns gehen.«

»Gehen?« fragte Max.

»Zurück zum Luftbus, was denn sonst. Du glaubst doch nicht, daß wir unsere Sachen dort zurücklassen, oder?«

»Sie werden uns erschießen!« jammerte Max.

»Wir haben kein Engagement«, stellte sie klar, »und wir werden kein Engagement bekommen, wenn wir uns unsere Instrumente nicht zurückholen. Welche Richtung?«

Max hob den Arm und zeigte es ihr.

Sie nickte. »Laßt uns gehen!«

»Jawas!« sagte Max.

Sie schwärmten um den Luftbus herum, als wäre er ihr Eigentum. Ein paar von ihnen drehten sich um, als die Musiker näherkamen, ihre kleinen gelben Augen leuchteten schwach unter den braunen Kapuzen.

»Unser!« rief einer der Jawas. Er zog einen kleinen Blaster und fuchtelte eindrucksvoll damit herum. »Bleibt zurück!«

»Unser!« erwiderte Sy Snootles. Zu Max' Erstaunen ging sie um ihn herum, als wäre er nicht vorhanden, und zeigte auf eine Kiste. »Siehst du? Da steht unser Name drauf.«

Der Jawa senkte den Blaster. »Du Evar Orbus?«

»Das ist er.« Sie zeigte auf Max, der einmal schluckte und sich bemühte, befehlsgewohnt auszusehen. »Wir wollen unsere Kisten. Ihr könnt den Luftbus haben.«

»Kaufen Kisten?«

»Unsere eigene Ausrüstung *kaufen*? Wohl kaum!«

»Ist Bergungsgut!«

»Wieviel?« fragte sie.

Der Jawa zögerte. »Fünfzig Kredits!«

»Fünf!« erwiderte sie. »Und dazu müßt ihr es in unserem Hotel abliefern.«

Der Jawa hob verzweifelt die Arme. »Vierzig Kredits!«

»Zehn!« konterte Sy. Max sah mit wachsendem Erstaunen zu, wie sie die nächsten Minuten mit Feilschen verbrachten und sich schließlich auf zwanzig Kredits einigten. Sy zahlte aus einer Geldbörse, die sie unter dem Rock trug. »Trinkgelder«, erklärte sie, als sie Max' fragenden Blick bemerkte.

Max schüttelte den Kopf. Das paßte, daß sie ihnen Geld vorenthalten hatte. Eigentlich sollten Trinkgelder gleichmäßig unter allen Bandmitgliedern verteilt werden.

In der Zwischenzeit hatten die Jawas die Kisten auf einen Frachtschlitten geladen.

»Komm schon!« sagte Sy und hüpfte darauf. »Laßt uns hier verschwinden! Die Biths werden jede Minute wieder zurück sein!«

2. Wie die Band in Jabbas Palast landete

Sie kamen schließlich in den Mos-Eisley-Türmen unter, was Sy ziemlich lächerlich fand, da der ganze Gebäudekomplex – mit Ausnahme des Restaurants und der Eingangshalle – komplett unter dem Wüstensand lag. Doch die Zimmer waren sauber und billig, und der Manager stellte ihre Instrumente in gesicherten

Lagerräumen (wovon sie sich vorher vergewisserte) unter, bevor sie die Zimmer bezogen.

Als sie auf dem Bett saß und Max und Snit betrachtete (nein, er war jetzt Droopy McCool, wie sie sich ins Gedächtnis zurückrief), fragte sie sich, was genau sie eigentlich tun sollte.

Mos Eisley war offensichtlich ein Sündenpfuhl, eines der schlimmsten Drecksnester auf einem der ungemütlichsten Planeten, den sie je gesehen hatte. Die Wüstenluft hatte ihre Lippen rissig werden lassen und die empfindlichen Membrane ihrer Nase und Kehle ausgetrocknet; sie würde Wochen, wenn nicht sogar Monate brauchen, um sich daran zu gewöhnen. Nein, dachte sie, sie mußte hier so schnell wie möglich weg. Um weg zu können, brauchte sie Geld. Und das war der Augenblick, in dem Max und Droopy ins Spiel kamen.

»Wir brauchen ein Engagement«, sagte sie.

»Wir brauchen was zu essen!« sagte Max. »Ich glaube, wir lassen den Zimmerservice kommen.«

»Kommt nicht in Frage«, sagte Sy. »Das berechnen sie extra. Wir gehen essen. Bestimmt ist in der Nähe irgendwo ein billiger Laden, wo man etwas mitnehmen kann.«

»Aber ich habe jetzt Hunger!« sagte Max.

Sy seufzte und stand auf. »Dann sollten wir besser gehen«, sagte sie. Wenn sie noch länger warteten, würde Max beim Zimmerservice bestellen, ob sie es ihm nun verbot oder nicht. Das war ihr klar. Und sie hatten kein Geld, das sie für Luxus wie Zimmerservice ausgeben konnten. Sie warf Droopy einen Blick zu. Wenigstens würde er nichts essen. Eine der Kisten enthielt einen Vorrat an weißen Riesenschnecken in Stasisfeldern – bei dem Tempo, mit dem er sie konsumierte, würden sie noch jahrelang reichen.

Max ging zur Tür, die selbsttätig vor ihm aufglitt, und Sy folgte ihm. Droopy bildete den Abschluß. Vielleicht war es ganz gut, wenn sie rauskamen, dachte Sy. Sie konnte sich unauffällig nach Arbeit erkundigen. In einem so großen Ort mußte es doch wenigstens ein freies Engagement für eine Sängerin von ihrem Talent geben.

Aber es war ein so rauher Ort, daß sie Schutz brauchen würde. Langsam entwickelte sich in ihren Gedanken ein Plan, und er war so clever, daß sie laut auflachte. Max warf ihr über die Schulter einen ungeduldigen Blick zu; Droopy sah nicht einmal auf.

Ja, dachte sie. Sie würde Max als Bandleader auftreten lassen. Wenn etwas passierte, würde es ihm passieren – genau wie bei Evar Orbus. Sie würde das Geld verwalten. Es war bestimmt nicht schwer, Max zu einem derartigen Arrangement zu überreden. Wenn er als ihr Strohmann diente, was konnte dann noch schiefgehen?

Sie würde sie so schnell wie möglich von Tatooine wegschaffen, noch ein paar Musiker anheuern, und bevor sie sich versah, würde sie eine Band haben, mit der zu rechnen war. Jizz-Spieler waren in der Galaxis sehr gefragt. Und mit ihrer Stimme konnten sie gar nicht scheitern.

Max kaute auf einem Bantha-Kabab herum und nickte gelegentlich dem hochgewachsenen, dunkelhäutigen Menschen mit den langen Haaren und dem Schnurrbart zu, der ihm gegenübersaß. Wie hatte Sy ihn noch gleich genannt? Naroon Cuthas … Talentsucher für irgendeinen großen Kerl in der Wüste. Max hörte kaum zu; schließlich war es Sy gewesen, die den Mann angeschleppt hatte, und er aß gerade. Sie konnte ihn unterhalten, bis er fertig war.

»Jizz-Spieler …«, sagte Naroon Cuthas und strich sich über den langen Schnurrbart. »Ja, ich glaube, ich könnte euch gebrauchen, zumindest für kurze Zeit.«

»Für wen arbeiten Sie?« fragte Sy.

»Jabba den Hutt. Haben Sie je von ihm gehört?«

»Nein«, sagte Max. Wenn die örtliche Küche immer so schmeckte, würde er hier niemals weggehen. Er beendete die Mahlzeit, suchte die Tischoberfläche nach Krümeln ab, fand keine und signalisierte dem Kellner, ihm noch zwei Kababs zu bringen.

»Er hat einen Palast«, fuhr Cuthas fort. »Ich bin in der Stadt, um ein paar Vorräte zu holen, also könnte ich Sie gern mitnehmen. Ich könnte es arrangieren, daß Sie ihm heute abend vorspielen, und sollten Sie ihm gefallen, können Sie sich Ihre Habseligkeiten schicken lassen und im Palast wohnen.«

Das Banthafleisch war einfach perfekt gekocht: Es war saftig, köstlich und hatte genau die richtige Färbung aus pink, grau und gelb. Selbst das Fett hatte einen köstlichen scharfen Nachgeschmack, fand Max und leckte es von einem Finger nach dem anderen. Einfach köstlich. So etwas hatte er noch nie zuvor gegessen.

Cuthas schien darauf zu warten, daß er etwas sagte. Hatte er etwas verpaßt? Sy stieß ihn in die Rippen. »Es ist ein guter Job«, flüsterte sie ihm ins Ohr. »Wir sollten ihn nehmen.«

»Okay«, sagte er.

»Wann können Sie aufbrechen?« wollte Cuthas wissen.

»Nach dem Abendessen?« meinte Max. Er nahm noch einen Bissen, dann noch einen zweiten und einen dritten. »Wunderbares Essen«, verkündete er.

»Ich hole Sie von Ihrem Hotel ab«, sagte Cuthas.

»Hört sich gut an«, erwiderte Max. Der Kellner stellte eine weitere Platte vor ihm ab. »Kann mir jemand die Diochesoße reichen?«

»Hier entlang«, sagte Naroon Cuthas und zeigte auf einen breiten Korridor, der aus der Andockbucht für die Gleiter hinausführte. Sie waren zwischen einem großen Segelgleiter und mehreren Dutzend Landgleitern verschiedener Größe gelandet.

Sy Snootles sah sich erstaunt um. Die Fahrt zu der riesigen Zitadelle am Rand des Dünenmeers war lang und einsam gewesen, und sie hatte eigentlich damit gerechnet, daß sich Jabbas Palast als eine kleine, staubige Zeltstadt entpuppte. Statt dessen war es ein gigantischer Komplex, in dem es vor Leben so wimmelte wie in einem imperialen Handelsdepot. Sie entdeckte Gamorreaner, Jawas, Twi'leks, Menschen, zahllose Droiden und sogar einen Whipiden. Sie wußte sofort, daß hier ein reicher und unglaublich mächtiger Mann lebte. Diese vielen Leute bedeuteten, daß hier eine Menge los war.

Sie sah einmal zurück, um sich zu vergewissern, daß Max und Droopy ihr folgten – was sie taten –, bevor sie Cuthas hinterhereilte.

Türen auf beiden Seiten führten in Lagerräume, Büros und alle Arten von Werkstätten. Sie rümpfte die Nase. Vom anderen Ende des Korridors kam ein unerfreulicher Geruch – es stank nach vergossenen berauschenden Getränken und verschwitzten Körperpanzern sowie nach anderen, weniger angenehmen Dingen.

Sie bogen mehrere Male ab – der Gestank wurde zusehends schlimmer – und kamen plötzlich in einen großen Raum mit einer niedrigen Plattform. Die gewaltige, haarlose, nacktschneckenähnliche Kreatur, die dort saß, konnte nur Jabba der Hutt sein. Ihn umgaben zahllose Wächter und Handlanger. Tänzerinnen und Kopfgeldjäger, Menschen und Jawas und Weequays und Arcona.

»Das ist Jabbas Thronsaal«, sagte Cuthas mit einer großartigen Geste. Er führte sie um die Gruppen herum zu einer kleinen Bühne, die sich in einer Nische genau gegenüber von Jabbas Plattform befand. »Eure Instrumente werden gleich hier sein. Wenn Jabba Musik wünscht, wird er euch ein Zeichen geben. Spielt, als würde euer Leben davon abhängen – vermutlich ist es auch so.«

Sy schluckte. Das war nicht das, womit sie gerechnet hatte. Sie drehte sich zu Max um, um ihm zu sagen, daß sie wieder gehen würden, aber er schaufelte bereits Hors d'œuvres in sich hinein, die er von einem Tablett genommen hatte, das ein kleiner R4-Droide trug.

»Seid vorsichtig, was ihr zu Jabba sagt«, fuhr Cuthas mit leiser Stimme fort. »Wenn er euch mag, ist alles in Ordnung. Wenn nicht, werdet ihr es bereuen. Ich rate euch dringend, sorgt dafür, daß er euch mag.«

»In Ordnung«, erwiderte Max. »Gibt es hier sonst noch was zu essen?«

»Bedient euch bei einem der Bedienungsdroiden. Ah! Da kommen eure Sachen.«

Droiden trugen die verpackten Instrumente herein. Nacheinander setzten sie sie ab. Sy ging hinüber, um sie zu überwachen. Man konnte nie wissen, was Droiden mit einer Kiste voller in einem Stasisfeld verpackten Schnecken anstellten ... genausowenig, wie man wissen konnte, ob Jabba Schnecken nicht als entfernte Verwandte betrachtete. Es war besser, kein Risiko einzugehen.

Max stopfte sich voll, während die Droiden die Instrumente aufstellten. Jeder vorbeikommende Droide trug ein Tablett mit anderen und noch köstlicheren Speisen als zuvor. Als die Instrumente eingestöpselt waren, hatte er einen vollen Bauch, einen Pokal mit warmem, gewürztem Ale und genügend Leckerbissen hinter der Orgel versteckt, daß es für die ganze Nacht reichte. Er trank sein Ale, überprüfte die Verstärker, überprüfte die Tonresonatoren zweimal und spielte mit wenig Power eine leise Tonleiter, von kurzen, tiefen Tönen bis zu den höchsten nur vorstellbaren Ultraschallwellen.

Der gewaltige Hutt bewegte sich auf seinem Thron. Riesige, rötlich-braune Augen musterten Max einen Augenblick lang, dann bellte Jabba einen leisen Befehl.

»Mein Master wünscht, daß ihr spielt«, sagte ein silberner Übersetzerdroide.

»Das ist es also«, sagte Max zu Sy und Droopy. Er fühlte sich rundum wohl. So wohl, daß es ihn nicht einmal störte, als Sy den ersten Song – »Lapti Nek« – an seiner Stelle ankündigte.

Er spielte das Intro in Rekordzeit, ließ die ersten Noten folgen, Sy machte den richtigen Einsatz, gefolgt von Droopy, und sie legten los, als hätte für sie nichts auf der Welt Bedeutung außer ihrer Musik. Die Holzbläser vibrierten, die Orgel spielte weich, und Sy traf die hohen Triller, als würde sie für den Imperator persönlich singen. Er fühlte die dröhnenden Vibrationen der hohen Noten in seinen Ohren und die subtile, beinahe zerbrechliche Melodie, die den Kontrapunkt bildete, in den mittelohrähnlichen Sinnesorganen seiner Schnauze. Es war wunderbar, es war die beste Vorstellung, die sie je gegeben hatten. Es war fast so gut wie das Abendessen, und so blieb es auch, als sie den Eröffnungsrefrain durch ein Dutzend Variationen voller Riffs und Akkorde jagten.

Als sie schließlich zum Ende kamen, herrschte einen langen Augenblick völlige Stille. Max sah sich um. War ihre Darbietung nicht gut gewesen? Warum klatschte niemand Beifall?

Jeder schien Jabba anzusehen. Max blickte den riesigen Hutt ebenfalls an. Langsam verbeugte sich Sy, gefolgt von Droopy, und Max fiel ein, es ihnen nachzumachen.

Plötzlich erbebte Jabbas immenser Körper vor Lachen. Der große, spitz zulaufende Schwanz des Hutt hob sich und krachte donnernd wieder zu Boden.

»Mein Master ist erfreut«, sagte der Übersetzerdroide.

Max strahlte. »Dann haben wir den Vertrag?«

Jabba grollte eine Antwort.

»Seine Gewaltige Eminenz freut sich, euch einen lebenslangen Vertrag zu gewähren«, übersetzte der Droide. »Da du ein Ortolaner bist und den Wert einer Mahlzeit kennst, wünscht er dich mit diesem Zahlungsmittel zu entlohnen – soviel, wie du und deine Band essen können, für einen Vertrag auf Lebenszeit.«

»Einverstanden!« rief Max. In seinem ganzen Leben hatte er noch nie von einem so großzügigen Vertrag gehört. Er warf Sy einen Blick zu und bemerkte enttäuscht, daß sie ihn finster anstarrte.

Jabba sprach erneut, und der Droide sagte: »Spielt weiter.«

Als sich Jabba abwandte, schloß sich die Menge um ihn, und jeder versuchte, seine Aufmerksamkeit zu erringen. Max' Finger huschten über die Tasten und spielten das Intro für ein altes Raumfahrerlied, das Evar Orbus für Jizz-Spieler neu orchestriert hatte. Max entging nicht, daß Jabbas riesiger Schwanz gelegentlich genau im Takt zuckte, aber davon abgesehen, schien der Hutt ihrer Musik keine Beachtung zu schenken.

Aber das war schon in Ordnung so. Max drückte die Brust raus. Er hatte einen Vertrag abgeschlossen, auf den jeder Ortolaner stolz gewesen wäre. Alles, was er essen konnte, und das ein Leben lang – unglaublich! Zu Hause würde ihm niemand diesen Erfolg glauben.

Nach ihrer vierten Nummer gelang es Sy Snootles, Naroon Cuthas von Jabbas Seite zu zerren. Sie konnte einfach nicht glauben, womit sich Max da einverstanden erklärt hatte. Für die Verpflegung zu spielen – was für eine Gage sollte das sein? Wie sollten sie da genug verdienen, um diesen schrecklichen Planeten verlassen zu können?

»Was den Vertrag angeht«, begann sie.

»Ja, es ging besser, als ich zu hoffen gewagt hätte«, sagte Cuthas und lächelte. »Jabba gefällt eure Musik tatsächlich.«

»Das meinte ich nicht. Die Bedingungen sind einfach nicht akzeptabel.«

»Aber es wurde eine Einigung erzielt«, sagte Cuthas. »Sie haben mir gesagt, daß Max der Bandleader ist. Er hat dem Vertrag mit Jabba zugestimmt. Und jetzt sagen Sie mir, er sei nicht akzeptabel? Wenn Sie ein Problem haben, sollten Sie wohl mit Max Rebo sprechen.«

»Aber ... ich habe Max doch nur vorgeschickt!«

»Jabba mag es nicht, wenn Leute bei einer Vereinbarung einen Rückzieher machen.«

»Da gibt es doch bestimmt noch eine Gelegenheit für Verhandlungen!«

Cuthas beugte sich nach vorn, und seine Stimme senkte sich zu einem beinahe verschwörerischen Flüstern. »Die letzte Band wollte neu über ihren Vertrag verhandeln. Jabba hat sie in die Rancorgrube werfen lassen.«

»Die Rancorgrube?«

»Der Boden vor dem Thron öffnet sich. Jabba hält dort unten einen riesigen, hungrigen Rancor ... er hat mit der letzten Band kurzen Prozeß gemacht. Ein paar Piepser, und sie waren weg. Und sehen Sie diesen Mann dort drüben?« Er zeigte auf eine dämmrige Nische, in der ein schreiender, in Karbonit eingeschlossener Mann an der Wand hing.

»Ja«, sagte Sy.

»Er war ein Schmuggler, der eine Vereinbarung mit Jabba gebrochen hat. Jabba hat ihn dort als Erinnerung für andere Angestellte hingehängt.«

Sy schluckte. »Ich verstehe, was Sie meinen.« Sie warf Max einen wütenden Blick zu, aber der bemerkte ihn nicht. Er schien völlig glücklich in der Platte Banthasteaks aufzugehen, die ihm ein Droide gebracht hatte.

Sy Snootles blickte sich mit einer gehörigen Portion Abscheu und Ekel in ihrem Quartier um. Wie konnten sie von ihr erwarten, in einem solchen Saustall zu leben? Die Bettbezüge waren fleckig, die Wände dreckverkrustet, und auf dem Boden war etwas Dunkles und Klebriges verspritzt.

Sie drehte sich um, um sich zu beschweren, aber Cuthas war bereits mit Max und Droopy weitergegangen. Sie ging hinaus auf den Korridor. Sie waren weg.

Doch in der Nähe stand ein Droide, also ging Sy zu ihm hin und sprach ihn an. »Du da. Wie heißt du?«

»M3D2.«

»Mein Zimmer muß saubergemacht werden.«

»Die Zentrale für das Reinigungspersonal befindet sich auf Ebene Drei, Raum 212.«

»Vielen Dank. Bitte informiere sie.«

»Das ist nicht meine Funktion.«

»Und was ist deine Funktion?«

»Sind Sie die Sängerin Sy Snootles?«

Sy dachte nach. Warum stellte ein Droide eine solche Frage? »Ja«, antwortete sie vorsichtig.

»Ich habe eine Nachricht für Sie. Sie muß in absoluter Abgeschiedenheit überbracht werden.«

»Komm rein.« Sy trat zurück, um ihn in ihren Raum zu lassen. Wer würde ihr hier eine persönliche Nachricht schicken? Kannte sie jemanden auf dieser schrecklichen Welt? Und was konnte ein Droide zu sagen haben, das so privat war?

»Ich überbringe eine Botschaft von Lady Valarian«, fing er an. »Jabba ist schon lange ihr Rivale, und sie sucht nach zusätzlichen Spionen in diesem Palast ...«

Max blickte sich nur flüchtig in seinem Raum um, bevor er ihn als zufriedenstellend deklarierte. Schließlich hatte er ein Quartier in Küchennähe verlangt. Sein Riechorgan verriet ihm, daß es nur ein paar Türen weiter etwas zu essen gab. Jetzt, wo sich die ersten schwachen Hungergefühle meldeten, war er darauf bedacht, vorm Zubettgehen einen kleinen Imbiß zu finden.

»Kommen Sie«, sagte Cuthas zu Droopy und führte den Kitonaker fort.

Max nickte glücklich. Alles in allem war das ein erfolgreicher Tag. Er hatte ein neues Engagement, er hatte einen Vertrag auf Lebenszeit und konnte soviel essen, wie er schaffte. Das Leben war schön.

Er schloß die Tür und folgte seiner Nase bis zur Küche. Er mußte den Küchenchef zu seinen Appetithäppchen beglückwünschen, bevor er seinen Imbiß bekam. Wer konnte schon wissen, welche Desserts jeden Tag auf ihn warten würden, wenn sie Freunde wurden.

»Hey, du«, sagte eine laute, barsche Stimme. »Du bist ein Kitonaker, nicht wahr?«

Droopy McCool hob langsam den Kopf und starrte den gamorreanischen Wächter an, der in der offenen Tür seines Raums stand. Der Wächter starrte zurück.

»Ja«, sagte Droopy schließlich.

»Das habe ich mir gedacht«, sagte der Wächter. Er starrte Droopy weiter an.

»Warum?« fragte Droopy schließlich.

»Ich habe mal Kitonaker tief in der Wüste gesehen.«

»Oh«, sagte Droopy.

Als er das nächste Mal aufsah, war der Wächter verschwunden. Aber die Worte reichten aus, um seinen langsam arbeitenden Verstand in Bewegung zu setzen.

Andere Kitonaker tief in der Wüste ... interessant.

Sy Snootles starrte das kleine Vermögen auf ihrem Bett an und grübelte darüber nach, was jetzt zu tun war. Zuerst hatte sie Lady Valarians Angebot sofort einem von Jabbas Leutnants melden wollen, für den Fall, daß es sich nur um eine Art Test handelte. Aber seitdem hatte sie keinen Augenblick Ruhe gehabt. Eine Person nach der anderen klopfte an ihre Tür und fragte, ob Sy nicht für sie spionieren wollte. Insgesamt hatte sie sechzehn verschiedene Angebote, auf Provisionsbasis für sechzehn verschiedene Parteien zu arbeiten. Jeder hatte als Beweis des guten Willens eine Zahlung dagelassen, deren Höhe von ein paar Dutzend bis zu einhundertundfünfzig Kredits reichte. Nun lagen alle sechzehn Geldbörsen fein säuberlich aufgereiht auf ihrem Bett.

Natürlich hatte sie eingewilligt, für jeden zu spionieren.

Anscheinend konnte man mehr Geld als angenommen verdienen, wenn man für Jabba den Hutt arbeitete ... es kam bloß von den falschen Quellen. Wenn es in dem Tempo weiterging, hatte sie in ein paar Wochen genug zusammen, um den Planeten zu verlassen.

Sie saß auf einem niedrigen Stuhl, ignorierte die Dreckschicht an den Wänden, die klebrigen Flecken auf dem Boden und die schmutzigen Bettbezüge und wartete auf das nächste Klopfen.

Es dauerte nur wenige Sekunden.

»Herein!« rief sie.

Ein Humanoide schlüpfte herein – ein Twi'lek, der sich einen seiner Tentakel um den Hals gewickelt hatte. Sy erinnerte sich, ihn zuvor im Thronsaal gesehen zu haben, wo er neben dem Hutt gestanden und ihm Dinge ins Ohr geflüstert hatte. Sie schluckte. Das war mit Sicherheit der bis jetzt mächtigste Besucher.

Er blickte auf das Bett und die Reihe der Geldbörsen, dann sah er sie an und lächelte. Es war kein netter Blick, dachte Sy mit einem leichten Schaudern.

»Du warst heute abend aber fleißig«, sagte er. »Bis jetzt sechzehn Besucher. Ich vermute, du kannst heute noch zwei, möglicherweise auch drei weitere Besucher erwarten, und noch ein paar mehr im Verlauf der nächsten Woche.«

»Ich wollte Jabba morgen früh alles erzählen«, sagte Sy.

»Das brauchst du nicht, meine Liebe.« Er kam näher heran. »Ich bin Bib Fortuna, und eine meiner Pflichten ist die Leitung von Jabbas Sicherheitspersonal. Ich will, daß du jeden Vorschuß annimmst. Informiere mich, wenn man Kontakt aufgenommen hat. Ich werde dich wissen lassen, welche Nachrichten du weitergeben sollst.« Er zog eine kleine Geldbörse aus dem Gürtel und gab sie ihr. »Jabba zahlt *viel* besser als diese lumpigen, zweitklassigen ... wie du noch sehen wirst.«

»Vielen Dank«, sagte Sy, die ihr Glück kaum zu glauben wagte.

»Nichts zu danken, meine Liebe«, sagte Bib Fortuna. Er blickte sich noch einmal im Zimmer um, schnupperte und fügte beim Hinausgehen hinzu: »Die Zentrale des Reinigungspersonals befindet sich auf Ebene Drei, Raum 212. Ich schlage vor, du läßt den Raum entlausen, bevor du in ihm die Nacht verbringst.«

3. Wie aus der Band ein Duo wurde

In Jabbas Thronsaal herrschte wirklich Stimmung, dachte Max. In den Monaten, seit sie hier spielten, waren die Dinge nie besser gewesen. Der Rancor war gefüttert worden, was Jabba immer glücklich machte, Sy legte sich bei ihrem Gesang voll ins Zeug und ließ ihren Bauch kreisen, und die Droiden hatten ihm gerade zwei kleine Largesskuchen serviert, eine Aufmerksamkeit von Porcellus, dem Küchenchef.

»Oooh-che-nah!« sang sie. »Ich fre-ee-sse meine Jungen!«

Max gab mehr Power auf die Verstärker und spielte ein schnelles Solo. Nichts ist so gut wie ein verblüffendes Fingerspiel, um den Appetit aufrechtzuerhalten, dachte er.

Ganz in der Nähe ertönte ein Blaster, und Max ließ die Musik ausklingen. Was war los? Jabba mochte es nicht, wenn Blasterkämpfe ausbrachen. Heute abend würde bestimmt jemand als Rancorfutter enden.

Ein abgerissen aussehender Kopfgeldjäger mit einem Wookiee im Schlepptau tauchte auf. »Ich bin gekommen, um das Kopfgeld für den Wookiee zu fordern«, sagte er.

Jabba lachte, daß sein ganzer Körper in Bewegung geriet. »Endlich haben wir den mächtigen Chewbacca«, ließ er durch seinen neuen goldfarbenen Übersetzerdroiden sagen. »Willkommen, Kopfgeldjäger. Ich zahle dir freudig die fünfundzwanzigtausend Belohnung.«

»Fünfzigtausend«, zwitscherte der Kopfgeldjäger. »Nicht weniger.«

Jabba versetzte dem Droiden einen wütenden Schlag und knurrte: »Warum sollte ich dir fünfzigtausend zahlen?«

»Weil ich einen Thermodetonator halte!« sagte der Kopfgeldjäger. Er hielt eine Silbersphäre. Sein Daumen berührte den Knopf an der Oberseite, und der Detonator aktivierte sich.

Max wußte, daß die Sphäre explodieren würde, wenn er losließ, und den Thronsaal und alle Anwesenden vernichten würde. Er bedeckte das Gesicht. Das reichte, um ihm die Lust aufs Mittagessen zu verderben.

»Dieser üble kleine Kopfgeldjäger imponiert mir. Furchtlos und einfallsreich«, verkündete Jabba, nachdem er ausgiebig gelacht hatte. Max nahm die Hände runter. »Ich biete fünfunddreißigtausend«, ließ Jabba durch den Droiden ausrichten.

»Einverstanden«, sagte der Kopfgeldjäger.

»Er ist einverstanden!« rief der Droide.

Als die Gamorreaner vortraten und den Wookiee abführten, sagte Sy: »Leg los!«

Max gab zwei Takte vor, und sie stürzten sich in den »Galaktischen Tanzkracher«. Der hatte Rhythmus, war leicht zu spielen, und Max wußte, daß er es nicht versauen würde, obwohl seine Hände zitterten. Ein Thermodetonator! Wenigstens war er nicht losgegangen. Heute abend würde er sich einen Nachschlag holen müssen, um seine Nerven zu beruhigen.

Jabba ließ sie die nächsten Stunden durchspielen. Es lag etwas in der Luft – etwas Großes –, aber Sy war viel zu sehr mit Singen beschäftigt, um herauszufinden, was es war, obwohl sie angestrengt lauschte.

Als Max schließlich seine Orgel für den Abend abschaltete, verließ Sy die Bühne, um in ihr Quartier zu gehen. Bib Fortuna ergriff sie am Arm.

»Nein«, sagte er an alle gewandt. »Baut noch nicht ab.«

»Ich verstehe nicht«, sagte Sy. »Es ist Zeit zum Abendessen.«

»Jabba will später am Abend noch eine Party feiern.«

»Und was ist mit dem Abendessen?« fragte Max. »Das ist mir vertraglich garantiert!«

»Holt euch, was ihr wollt, aber bringt es mit. Ihr werdet heute nacht im Thronsaal schlafen. Das hat Jabba befohlen.«

Sy schluckte. »Natürlich«, sagte sie, »wenn es Jabba so wünscht.«

Max wandte sich an Droopy. »Komm, laß uns was zu essen holen. Heute gibt es was zum Mitnehmen!«

»Mitnehmen«, wiederholte der Kitonaker.

»Bring mir auch was mit«, sagte Sy. »Und Max, iß es diesmal nicht wieder unterwegs auf!«

Später am Abend lauschte Max aufmerksam, verborgen hinter einem Vorhang, der den Thronsaal von der Ausstellungsnische abtrennte, in der der Schmuggler in Karbonit hing. Zuerst hörte er ein metallisches Klirren, gefolgt von leisen Schritten, als sich jemand ziemlich ungeschickt in den Saal schlich. Dann ertönte ein dumpfer Knall. Max sah, wie sich Jabba anspannte und dann nach vorn beugte, um durch ein kleines Loch im Vorhang zu blikken.

Plötzlich fing er an zu lachen. Diejenigen, die in seiner unmittelbaren Nähe standen, lachten ebenfalls. Als der Vorhang beiseite rollte, lachte jeder, also fiel Max mit ein. Endlich konnte er sehen, was so lustig war.

Der Kopfgeldjäger, der den Thermodetonator benutzt hatte, um Jabba zu erpressen, hatte den in Karbonit eingefrorenen Schmuggler befreit! Und unter der Maske des Kopfgeldjägers verbarg sich eine wunderschöne Frau. Ihr Gesicht kam Max irgendwie bekannt vor. War das nicht Prinzessin Leia Organa von Alderaan? Aber Alderaan war vor Jahren zerstört worden. War nicht sogar die ganze Königliche Familie gestorben?

Jabba sagte: »Habe ich dich endlich erwischt, Solo! Was hast du zu deiner Verteidigung zu sagen?«

»Hey, Jabba, hör zu, Jabba, wie ich dir gerade dein Geld bringen wollte, wurde ich leider aufgehalten«, sagte der Schmuggler, der heftig blinzelte und sich die Augen rieb. »Es war nicht meine Schuld …«

»Dafür ist es jetzt zu spät, Solo«, sagte Jabba. »Du warst vielleicht mal ein sehr guter Schmuggler, aber jetzt bist du Bantha-Futter.«

Alles um Max herum lachte, also lachte er auch. Es war nicht gut, sich abzusondern, dachte er. Essenswitze waren komisch.

»Hör zu ...«

»Führt ihn ab.«

»Jabba, ich bezahle das Dreifache. Du läßt dir ein Vermögen entgehen. Sei kein Idiot.«

Die Wächter nahmen den Schmuggler bei den Armen und zerrten ihn weg.

»Bringt sie zu mir«, befahl Jabba. Mit »sie« meinte er Prinzessin Leia.

Zwei Gamorreaner ergriffen Leias Arme und führten sie zum Thron.

»Wir haben mächtige Freunde«, sagte sie, als man sie auf die Plattform stieß. »Das wird dir noch leid tun.«

»Das werden wir ja sehen«, erwiderte Jabba. Er drückte ihr die Lippen entgegen und schob die Zunge heraus, und Max fragte sich, ob er sie fressen wollte.

»Spielt«, befahl Jabba.

Max ließ den Becher fallen und eilte zu seiner Orgel.

Während die Band »Ode an eine Radioaktive Ruine« anstimmte, rissen zwei Tanzmädchen Leia die Kleider vom Leib und gaben ihr ein knappes, goldenes Etwas zum Anziehen. Unter dem Kampfpanzer war sie ein dürres Ding, entschied Max, zweifellos unterernährt. Er würde sehen, ob er ihr nicht ein paar Extramahlzeiten zuschieben konnte, damit sie etwas Fleisch auf die Rippen bekam.

Es dauerte Stunden, bis die Party zu Ende ging. Als es endlich soweit war, legte sich jeder einfach dort hin, wo er gerade stand, und schlief ein.

Max hatte noch immer ein paar Blatbeerenkuchen hinter der Orgel versteckt. Er suchte einen aus und trug ihn zu Jabbas Plattform. Dort stellte er ihn neben Prinzessin Leia ab, die ihn unglücklich ansah.

»Falls Sie hungrig werden sollten«, sagte er leise.

»Danke«, flüsterte sie.

Er lächelte flüchtig, nickte höflich und begab sich in sein Quartier.

Als Max erfuhr, daß Jabba einen Ausflug ins Dünenmeer plante, ließ er die Instrumente von Droiden an Bord des Segelgleiters bringen und sie auf dem Unterdeck aufbauen. Es war ein wunderschöner wolkenloser Tag, die Luken waren geöffnet, und eine warme Brise wehte. Die Band hatte einen großartigen Blick auf alle und alles. Es gibt nichts Besseres als einen Ausflug, um den Appetit anzuregen, dachte Max.

Wie immer kam Sy ziemlich spät. Wenigstens war sie angezogen und zur Arbeit bereit, also spielte es eigentlich keine Rolle. Max stellte seine Orgel ein, während Sy ihre Stimmübungen absolvierte, und sie waren bereit. Jetzt gab es nichts mehr zu tun, als darauf zu warten, daß die Ausflügler eintrafen.

Droiden mit riesigen Tabletts voller Speisen und Getränke nahmen bereits auf dem Deck ihre Positionen ein, und Max griff sich eine Handvoll Choocanüsse, als eine G4-Einheit vorbeirollte. Er nahm einen Pokal chagarianisches Ale von einer R2-Einheit an und stellte ihn für später unter der Orgel ab.

Gegen Mittag kamen langsam die Gäste an Bord. Sie alle unterhielten sich über einen Jedi-Ritter – jemanden namens Luke oder so ähnlich –, den Jabba am Morgen gefangengenommen hatte. Anscheinend sollten der Jedi und seine Freunde in der Wüste einem Monster zum Fraß vorgeworfen werden.

Max schaltete die Orgel an und spielte ein hübsches Instrumentalstück namens »Ode an einen Meisterkoch«, das er selbst komponiert hatte, und er rang dem Keybord jede Nuance ab. Er war heute in Topform. Das Leben in Jabbas Palast war großartig.

Schließlich schwebte Jabba auf seiner Plattform an Bord. Wie Max sehen konnte, hatte man an ihrer Unterseite Repulsorspiralen angebracht. So also bewegte sich Jabba. Das war das erste Mal, daß er erlebte, daß der Hutt den Thronsaal verließ.

Und Jabba hatte die Prinzessin noch immer dabei.

Als der Hutt seinen Platz in der Aussichtskabine einnahm, nickte Max Sy zu und ließ sie die nächste Nummer verkünden. Der Segelgleiter wendete und glitt auf das Dünenmeer hinaus, und die Party kam erst richtig in Schwung.

Nach einer Stunde Fahrtzeit hielt der Segelgleiter an. Alle verstummten, und Max ließ seinen Song unvollendet ausklingen.

Alle Fensterläden öffneten sich, und Jabbas Plattform schwebte nach vorn.

»Opfer des allmächtigen Sarlacc, Seine Exzellenz hofft, daß ihr ehrenhaft sterben werdet«, sagte der goldene Übersetzerdroide durch die Lautsprecheranlage des Gleiters. »Doch sollte einer von euch um Gnade bitten wollen, ist der große Jabba jetzt geneigt, sich anzuhören, was ihr vorzubringen habt.«

Max richtete sich zur vollen Größe auf, um zu sehen, was dort draußen vor sich ging, aber an den Fenstern drängten sich zu viele Leute, die ihm die Sicht versperrten. Aus den gemurmelten Kommentaren konnte er sich jedoch zusammenreimen, was geschah. Anscheinend hatten sich die Gefangenen geweigert, um Gnade zu betteln, und Jabba im gleichen Atemzug sogar schrecklich beleidigt.

Jabba lachte nur. Schließlich waren die Gefangenen völlig hilflos, wie Max nur zu gut wußte. So wie er aus langer Erfahrung wußte, daß Jabba nur selten auf Bitten oder Appelle einging. Es gefiel ihm, Leute sterben zu sehen, und er zeigte nie irgendeine Art von Gnade.

»Bringt ihn in Position«, befahl Jabba.

Max hüpfte auf und ab, weil er etwas sehen wollte, konnte jedoch immer nur einen flüchtigen Blick erhaschen.

»Und jetzt rein mit ihm!« befahl Jabba.

Die an den Fenstern versammelten Zuschauer murmelten plötzlich unruhig, und dann schrien Leute alarmiert auf. Max hörte Blasterfeuer und ein Summen, wie er es noch nie zuvor gehört hatte, ein beinahe elektrisches Geräusch, das im Zusammenspiel mit den Blasterschüssen lauter und leiser zu werden schien.

Jabba heulte wütend auf. Die Fensterläden schlossen sich, und die meisten der an Bord befindlichen gamorreanischen Wächter eilten in Richtung Oberdeck. Offensichtlich war etwas schiefgelaufen. Max sah Sy an.

»Was sollen wir tun?« fragte er.

»Nichts!« erwiderte sie. »Das ist nicht unser Problem. Wir sind bloß die Band.«

»Aber ...«

»Willst du Ärger mit Jabba kriegen?« wollte sie wissen.

Max blickte sich um und entdeckte Jabba schließlich am anderen Ende der Aussichtskabine. »Nein, nein, nein!« schrie Jabba und gestikulierte mit den beiden kleinen Armen. Niemand schien auf ihn zu achten.

Plötzlich handelte Prinzessin Leia. Sie zerschlug die Innenkontrollen des Segelgleiters mit ihrer Kette. Die Lampen erloschen; eine düstere Beinahedunkelheit senkte sich über die Passagierkabine. Max blinzelte, und seine Augen gewöhnten sich an die Dunkelheit. Er sah, daß Prinzessin Leia ihre Kette um Jabbas Hals geschlungen hatte, ihm die Beine in den breiten Rücken stemmte und mit aller Kraft zog.

Er blickte sich um. Es war nicht richtig, was sie da tat. Wo steckten die Wächter? Er machte einen Schritt auf Jabba zu und überlegte, ob er ihm helfen sollte, aber Sy legte ihm eine Hand auf den Arm.

»Sie bringt ihn um!« sagte er.

»Laß sie«, erwiderte Sy leise. »Unser Vertragspartner ist Jabba. Sobald er tot ist, sind wir frei.«

»Aber das ist Mord!«

»Er ist sowieso zum Untergang verurteilt«, sagte sie. »Zu viele Leute haben es auf ihn abgesehen.«

Max fühlte sich hin und her gerissen. Sein erster Boß. Sein erster Vertrag. Essen auf Lebenszeit. Wie konnte er diese Sicherheit so leicht aufgeben?

Jabba kippte plötzlich nach vorn, seine Zunge hing ihm aus dem Maul. Seine Augen waren flach und glasig. Tot. Soviel zu Entscheidungen, dachte Max. Er hatte zu lange gewartet.

Aber vielleicht bekamen sie ein Engagement bei Prinzessin Leia. Schließlich war sie eine Prinzessin. Selbst wenn sie nicht ordentlich aß, so würde sie doch bestimmt ordentlich bezahlen – seine Bedürfnisse waren bescheiden. Nur sechs oder sieben Mahlzeiten am Tag und ein paar Leckerbissen, um ihn bei Laune zu halten.

»Prinzessin«, rief er. »Können wir irgendwie helfen?«

Sie hielt ihre Kette einem der Droiden hin – der kleinen R2-Einheit, die vorhin die Drinks serviert hatte. Der Droide durchtrennte die Kette mit Leichtigkeit.

»Laßt uns hier verschwinden«, sagte sie.

»Vermutlich keine schlechte Idee«, raunte Sy Snootles ihm ins Ohr.

Max zögerte. »Was ist mit der Ausrüstung?«

»Die können wir immer noch holen.« Sy lief zur anderen, dem Sarlacc abgewandten Seite der Aussichtskabine und stieß einen Fensterladen auf.

Draußen konnte Max einen der gigantischen Steuerungsflügel des Gleiters erkennen.

»Komm schon, Droopy«, rief Sy. »Zeit zu gehen!«

Droopy folgte ihr. Max zögerte noch eine Sekunde, warf einen Blick auf seine Orgel und folgte den beiden. Noch immer ertönten Kampfgeräusche. Er wollte in keinen Kampf hineingeraten, vor allen Dingen nicht, wenn jemand versuchen sollte, die Kabine zu stürmen, um Jabba zu erwischen.

Plötzlich erschütterte eine heftige Explosion den Gleiter. Sy wäre beinahe aus dem Fenster gefallen, als der Segelgleiter zur Seite kippte. Auf dem Oberdeck ertönte weiteres Blasterfeuer.

»Schnell!« rief Sy. »Springt!«

»Bist du verrückt?« wollte Max wissen.

Droopy sprang, ohne auch nur einen Augenblick zu zögern.

»Komm schon, Max«, sagte Sy. »So weit ist das nicht, und den größten Teil des Weges kannst du an dem Steuerungsflügel runterrutschen. Das da unten ist Sand. Er wird den Sturz dämpfen.«

Sie drehte sich um und sprang.

Max stieß das Fenster auf und blickte in die Tiefe. Es schien ein schrecklich langer Weg zu sein. Er zögerte. Droopy half Sy auf. Anscheinend waren beide unverletzt.

»Spring!« rief Sy Snootles. »Max – spring!«

Hinter Max explodierte etwas, und die heiße Druckwelle war wie ein Stoß in Max' Rücken. Er flog aus dem Aussichtsfenster über Sy und Droopy hinweg und landete flach auf dem Rücken im Sand.

Der Sturz betäubte ihn. Hände und Gesicht brannten, und ein Klingeln hallte in seinen Ohren wider. Er bemerkte undeutlich, daß ihn jemand aufhob und vom Segelgleiter forttrug, der anscheinend in Flammen stand. Er hob gerade rechtzeitig den Kopf, um zu sehen, wie der Gleiter in einem gigantischen orangefarbenen Feuerball explodierte.

Soviel zu unserem ersten Engagement, dachte er. Soviel zu unseren Instrumenten. Soviel zu meinem tollen Vertrag.

»Wo gehen wir hin?« fragte er mühsam. Er sah Sy an. Sie hatte einen kleinen Handkomm aus irgendeiner Tasche geholt.

»Wir haben ein neues Engagement«, sagte sie. »Bei Lady Valarian.«

»Nein«, sagte Droopy.

»Was?« sagte Sy. »Für das, was sie zahlt, können wir uns neue Instrumente besorgen.«

»Ich gehe in die Wüste«, sagte Droopy langsam. »Dort sind Brüder.«

»Du meinst Kitonaker?« fragte Max.

»Ja«, antwortete Droopy. »Sie sind ganz in der Nähe. Ich kann sie hören.«

Max horchte, so angestrengt er konnte, und als das Klingeln in seinen Ohren und der Nase nachließ, konnte er in der Ferne tatsächlich ein Klagen wie von kitonakischen Pfeifen hören. Aber wie konnte es auf Tatooine Kitonaker geben?

»Vielleicht ist das nur der Wind«, meinte er. »Das können keine Kitonaker sein. Was sollten sie dort draußen machen?«

»Leben«, sagte Droopy. Er setzte Max ab, drehte sich um und stieg, ohne ein weiteres Wort zu verlieren, die Düne hinauf.

»Tja«, sagte Sy. »Ich schätze, das macht uns zu einem Duo.«

»Das Max-Rebo-Duo«, sagte Max. Er lächelte. »Klingt gut.«

»Diesmal«, sagte Sy, »werden die Dinge anders laufen. Ich werde die Vertragsverhandlungen führen.«

»Okay«, sagte Max. »Solange es genug zu essen gibt.«

»Oder viel Geld, um Essen zu kaufen«, sagte sie.

»Einverstanden!« Er streckte die Hand aus. »Partner?«

»Partner«, willigte sie ein. Dann aktivierte sie das Handkomm. »Lady Valarian wünscht uns zu sehen«, sagte sie. »Schicken Sie uns einen Sandgleiter, um uns abzuholen. Wen? Na mich und meinen Partner natürlich.« Dann lachte sie. »Heute abend? Ein bißchen früh, aber wenn Sie Instrumente besorgen können, ist das für uns kein Problem.«

»Und was zu essen«, sagte Max. »Vergiß das Essen nicht.«

»Und was zu essen«, sagte sie. »Aber eine Riesenportion.«

Jeden Tag der gleiche Ärger:

Die Geschichte von Bib Fortuna

M. Shayne Bell

Am Tag meiner Machtübernahme werde ich Jabba von seinem Thron rollen, dachte Bib Fortuna, als er Jabbas Thronsaal verließ, um mit den B'omarr-Mönchen weiter an seiner Verschwörung zu arbeiten. *Meine Wächter werden ihn auf das Gitter über der Rancorgrube schaffen. Dort lasse ich ihn einen Augenblick lang liegen, damit er sich den wütenden Rancor ansehen kann, damit er sein Brüllen hören kann, damit er weiß, daß der Rancor ihn fressen wird, wenn ich die Falltür auslöse, um ihn in die Tiefe stürzen zu lassen, und damit ihm am Ende klar ist, daß sein Reichtum und seine Verbrecherorganisation von jetzt an mir gehören und er mich nicht aufhalten kann!*

Fortuna schritt eilig die sandigen, im Dunkeln liegenden Stufen hinab, die spiralenförmig ins Verlies führten. *Hinter den Steinen dieses Treppenschachts liegt die Rutsche, die Jabba zur Rancorgrube hinabrutschen wird,* dachte Fortuna. *Jabba wird zusehen, wie meine Hand über dem Auslöser schwebt, der die Falltür öffnet, und wissen, daß er sterben wird.* Fortuna lächelte. Er berührte die Steine und stellte sich die steile Rutsche dahinter vor. Er hatte den Umfang von Jabbas aufgedunsenem Körper genau berechnet und war zu dem Ergebnis gekommen, daß Jabba, wenn man ihn mit Fett einschmierte, trotzdem die Rutsche hinunterrutschen würde. Jabba mit Fett zu beschmieren würde geradezu wunderbar demütigend sein: Fortuna stellte sich vor, wie das Küchenpersonal mit Töpfen voll heißen Fetts aus der Küche herbeieilte und sie dann über Jabba ausleerte, er stellte sich ihre Begeisterung über die ultimate Rache für ihre Söhne und Töchter vor, die Jabba als Vorkoster benutzt hatte, und ihre Kollegen, die man dem Rancor zum Fraß vorgeworfen hatte, wenn mal ein Gericht mißlungen war. Fortuna hatte Porcellus, dem Küchenchef, und seiner Mannschaft befohlen, Fett in alten Töpfen zu sammeln; sie kannten den Grund nicht, aber das würde sich bald ändern.

Es würde ein glücklicher Tag werden.

Fortuna passierte die dunklen Zellen der Gefangenen. In einigen herrschte Stille. Aus anderen ertönte Stöhnen. In einer schluchzte jemand. Fortuna registrierte sie und alle in ihnen eingesperrten Gefangenen: *Diesen Gefangenen lasse ich frei,* dachte er. *Diesen lasse ich exekutieren. Die anderen verkaufe ich in die Sklaverei.* Fortuna hatte sich vorgenommen, daß seine Gerechtigkeit schnell und endgültig sein würde.

Der Korridor führte weiter, die Geräusche verstummten, und plötzlich lag auf dem Boden kein Sand mehr. Er war weggefegt worden. Jenseits dieser Grenze lebten die Mönche. Fortuna blieb stehen, zog die Sandalen aus und schlug sie gegen die Steinwand, um den Sand herauszuklopfen, für die Mönche ein Zeichen des Respekts. Er würde nicht noch mehr von dem Unrat, den Jabbas Besetzung ihres Palastes mit sich gebracht hatte, an den Ort bringen, an dem sie lebten. Wie der Unrat in den Teilen des Palastes, über den sie die Kontrolle verloren hatten, sie quälen mußte! Fortuna schwor sich, daß er die Mönche den Palast gründlich saubermachen lassen würde, bevor er sie für immer verjagte, bevor sie sich gegen ihn wenden konnten. Er zog die Sandalen wieder an und ging weiter.

In den Wandnischen flackerten immer weniger Kerzen, die den Korridor erhellten. Die Schatten wurden tiefer. Zeitweise ging Fortuna in völliger Dunkelheit, aber er zögerte nicht. Er ging furchtlos geradeaus. Er kannte diesen Korridor. Er war schon oft hiergewesen, um die Geheimnisse der Mönche in Erfahrung zu bringen und mit ihnen Pläne zu schmieden. Aber in den unteren Ebenen war es kühl, und Fortuna zog den Umhang enger um sich.

Ein Stück voraus bewegte sich ein Schatten. Metall schabte gegen nackten Felsen. Fortuna blieb stehen und analysierte die Dunkelheit; seine Intuition spürte keine Gefahr. Aber er hörte den Laut erneut, der in der Finsternis auf ihn zukam. Er zog den Blaster und duckte sich gegen die Wand, als der Schatten einer Riesenspinne, die so groß wie er selbst war, vor ihm aufragte. Die Spinne kroch aus dem Schatten und krabbelte an Fortuna vorbei. Fortuna entspannte sich wieder, behielt den Blaster aber in der Hand. Es war nur ein Gehirnläufer, sagte er sich, eine Maschine in Form einer Spinne, die das körperlose Gehirn eines erleuchteten Mönchs in einem unter ihrem Körper angebrachten Glasbehälter beförderte. Harmlos. Trotzdem haßte er sie. Gehirnläufer beunruhigten ihn. An der Unterkante des Gehirnbehälters blinkten Lichter in beruhigendem Grün und Blau, als handelte es sich um den fluoreszierenden Schmuckstein einer eitlen, mannshohen Spinne. Vielleicht wollte sie Jabba beim Essen Gesellschaft leisten. Das war nicht ungewöhnlich. Die Gehirne sprachen durch Lautsprecher, die ein Bestandteil der Behälter waren, und unternahmen den lächerlichen Versuch, Jabba über die Natur des Universums aufzuklären und seine Erleuchtung voranzutreiben. Jabba und seine Gäste amüsierten sich immer darüber.

Fortuna erinnerte sich an das erste Mal, als er einen Gehirnläufer gesehen hatte. Damals hatte er nichts Komisches daran finden können. Als Jabbas neuer Majordomus war Fortuna begierig gewesen, alles über den Palast in Erfahrung zu bringen: die Hauptkorridore, die Geheimkorridore; alle Räume, das Verlies, die Bewohner und ihre Gewohnheiten. Eines Abends hatte er das Küchenpersonal bei der Essensausgabe für die Gefangenen begleitet. Sie hatten gerade die erste Zelle erreicht, als eine gewaltige Spinne in sie hineinlief, den Suppenkessel umstieß und heiße Suppe auf Fortunas Gewand verteilte. Fortuna hatte seinen Blaster abgefeuert und den Gehirnbehälter und die Unterseite der Spinne getroffen. Der Glasbehälter explodierte, und das Gehirn landete auf dem sandigen Boden. Die Spinne sprühte Funken und erlitt einen Kurzschluß.

Erst da hatte Fortuna begriffen, daß die Spinne eine Maschine war.

Niemand sprach, weder die Köche noch die Wächter oder die Gefangenen, die sich in der offenen Zellentür drängten. Die Spinne hatte auch ihnen Furcht eingejagt. Mönche eilten herbei, um das Gehirn einzusammeln, und einer erklärte, daß, sobald ein Mönch die Erleuchtung fand, andere als Chirurgen ausgebildete Mönche sein Gehirn herausschnitten und es in einen mit einer Nährstofflösung gefüllten Erhaltungsbehälter legten. Von dort aus sann das Gehirn dann über den Kosmos nach, frei von den Ablenkungen des Körpers.

Die Vorstellung ließ Fortuna würgen. Er eilte in dem verschmutzten, nassen Gewand zurück in Jabbas Thronsaal und riet dem Hutt, den Befehl zu geben, die Mönche auszurotten. Ihre Sitten waren unerträglich. Davon abgesehen erstaunte es ihn, daß in dem Palast zwei unterschiedliche Kulturen lebten: Jabbas Verbrecherorganisation und diese Mönche. Schon vor Generationen hatten Verbrecher Teile des Klosters besetzt, das die Mönche errichtet hatten, und sie zu einem Palast ausgebaut, indem sie die besten Räumlichkeiten für sich beanspruchten und sich in der Folgezeit immer weiter ausbreiteten. Die Zeit war gekommen, um alles in Besitz zu nehmen.

Aber plötzlich hatte Fortuna mittendrin aufgehört. *Er* war wütend, daß sich noch immer einige der Mönche hier aufhielten. Wie mußten *sie* über die Anwesenheit Jabbas und seines Gefolges in ihrem Palast denken? Bestimmt waren sie wenig erfreut. Fortuna glaubte, ihre Unzufriedenheit zu seinem Vorteil ausnutzen zu können, er wollte bei ihren Klagen ihre Partei ergreifen und vorgeben, von ihnen zu lernen, um sie dann zu einem Komplott mit dem Ziel anzustiften, den Palast von Jabba zu säubern; er wollte sie zu einer unverdächtigen Streitmacht formieren, die er mobilisieren konnte, wenn der Tag kam, an dem er die Macht an sich riß.

Wie gut sein Plan funktioniert hatte! Die Mönche waren jetzt ausgebildet und ausgerüstet, den Palast zu erobern. Es gab Hunderte von Mönchen, die noch immer ihre Körper besaßen – und Hunderte in Gehirnbehältern und Läufern, genug, um nichtsahnende Wächter schnell zu überwältigen. Und Fortuna *hatte* von den Mönchen gelernt. Das mußte er nicht einmal vortäuschen. Sie hatten viel zu lehren. Er hatte gelernt, wie man allein mit Hilfe der Intuition die Verschwörungen, die sich um Jabba rankten, wahrnehmen konnte, genau wie die geplanten kleinen Diebstähle oder die unnatürlichen physischen Begierden. Sie hatten ihn gelehrt, daß seine Arbeit vom Schicksal bestimmt war – und er hatte ihre Lehre sogar noch weiterentwickelt: Er glaubte, daß das Universum selbst ihm ermöglicht hatte, die nötige Macht und den Reichtum zu erlangen, um Ryloth, seine Heimatwelt, zu erobern und sein Volk, die Twi'leks, zu der Art von Untertanen zu machen, die das Imperium so sehr schätzte, und dabei so viele von ihnen zu retten, wie nur möglich war. Außerdem sollten sie nicht nur exotische Sklaven abgeben, sondern auch Kopfgeldjäger, Söldner und Spione. Durch einen »Zufall« kontrollierte Fortuna Nat Secura, den letzten Abkömmling eines großen Twi'lek-Hauses. Nat war entscheidend für seinen Plan, das Volk würde sich um Nat (und Fortunas indirekte Führerschaft) scharen, wenn die Zeit gekommen war, um Ryloth zu erobern. Die Twi'leks würden sich für alle Zeiten daran erinnern, was Fortuna für sie getan hatte.

Die Namen seiner Vorfahren würden wieder geehrt werden.

Er würde geehrt werden.

Aber noch lag viel Arbeit vor ihm, und er mußte bereit sein. Die Zeit für fröhliche Tagträume war vorbei. Er aktivierte Sperren in seinem Bewußtsein, die seine finstersten Gedanken verbargen, und eilte weiter.

Nur ein Mönch erwartete ihn im Ratsgemach, und der saß

nicht da und meditierte. Er ging auf und ab. »Master Fortuna«, sagte er. »Wir dachten, Ihr würdet nicht kommen. Euer Freund ist in großer Gefahr.«

»Welcher Freund?« fragte Fortuna. Er hatte keine Freunde.

»Nat Secura. Jabba will ihn an den Rancor verfüttern.«

Fortuna machte auf dem Absatz kehrt und eilte aus dem Raum. Jabba haßte Nat, weil dieser häßlich war; er hatte schreckliche Brandwunden davongetragen, als Jabbas Sklavenjäger seine Stadt angezündet hatten, um die Bewohner ins Freie und in ihre Netze zu locken. Sein Gesicht und sein Körper waren vernarbt. Seine Lekku, die Kopfschwänze, mit denen Twi'leks einen Großteil ihrer Kommunikation lautlos signalisierten, waren fast völlig verbrannt. Nat konnte nur mit seiner Stimme kommunizieren – eine schreckliche Behinderung –, aber er war noch immer, wer er war. Fortuna hatte ihn in den Ruinen der Stadt gefunden und erkannt, was für einen Fang er da gemacht hatte. Sein Wert war viel größer als der irgendwelcher Juwelen. Ihn an den Rancor zu verfüttern, also ehrlich!

Nachdem Fortuna stehengeblieben war, das Gewand glattgestrichen hatte, wieder zu Atem gekommen und in den Thronsaal gegangen war, fand er den gefesselten und ausgepeitschten Nat mit dem Gesicht nach unten auf dem Gitter liegend vor. Der Rancor brüllte auf und stand mit weit geöffnetem Rachen genau unter Nat, um das herabtropfende Blut aufzufangen. Die schmachvollen Überreste von Nats Lekku lagen auf dem Gitter ausgebreitet; jemand hatte die Kopfbedeckung heruntergerissen, die Fortuna Nat gezwungen hatte zu tragen. Jabbas versammelte Marionetten und Speichellecker jubelten und verspotteten Nat, während sie beim Abendessen saßen. Jabbas Hand schwebte nur Zentimeter über dem Knopf, der die Falltür öffnen würde, aber als er Fortuna erblickte, stieß er sein grollendes, sonores Lachen aus und winkte ihn heran.

»Nat ist so häßlich«, sagte Jabba. »Ich will sehen, ob der Rancor ihn frißt oder ihn uns wieder zurückwirft.«

Der Rancor würde so etwas tatsächlich tun. Leute, die er unappetitlich fand, schleuderte er so lange gegen das Gitter, bis sich der Körper in eine unidentifizierbare Masse verwandelt hatte, die sein Hüter am nächsten Tag aus dem Käfig schleifen mußte. Die Gitterstäbe waren dunkel vom Blut derjenigen, die der Rancor abgelehnt hatte.

»Dann werdet Ihr Euch um das Vergnügen bringen, für das Nat sorgen könnte«, sagte Fortuna.

»Was für ein Vergnügen?« grollte Jabba.

Fortuna dachte rasend schnell nach, auf der Suche nach einer Möglichkeit, Nat zu retten. »Nat ist ein Läufer«, sagte er, »und ein Akrobat. Er könnte dem Rancor eine Zeitlang ausweichen.«

Jabba liebte es, sich solche Vergnügungen durch das Gitter anzusehen. Das wußte jeder. Seine Hand bewegte sich in Richtung Auslöser.

»Aber nicht jetzt«, sagte Fortuna schnell. »Nicht nach der Auspeitschung. Gebt ihm zwei Tage zur Erholung und schickt ihn dann in die Grube. Es wird ein großartiges Spektakel für uns alle sein.«

»Du hast mich verraten!« rief Nat in Fortunas Rücken. »Ich hätte dir nie vertrauen dürfen. Ich ...«

Fortuna hob die Hand. Nat schwieg sofort. Fortuna hatte ihn gut dressiert, und Gehorsam war eine der ersten Lektionen gewesen. »Master?« fragte Fortuna den Hutt. Jabba zögerte, dachte nach. Fortuna konnte den Blick nicht von Jabbas Hand über dem Auslöser wenden.

»Zwei Tage also«, sagte Jabba schließlich und nahm die Hand weg. »Ich freue mich schon darauf.«

Fortuna befahl zwei gamorreanischen Wächtern, Nat von dem Gitter zu heben und ins Verlies zu bringen. Er schloß sich ihnen an. Die Wächter blieben vor der ersten Zelle stehen, die bereits überfüllt war. »Nicht hier!« sagte Fortuna. »Ich werde Nat nicht mit anderen zusammensperren, die ihn töten oder verstümmeln könnten, so daß Jabba nicht auf seine Kosten kommt. Folgt mir.«

Er führte sie den Korridor entlang zur am weitesten entfernten Zelle. Sie stand leer. »Bringt ihn dort hinein.«

Die Wächter warfen Nat in die Zelle, knallten die Tür zu, verriegelten sie und gingen, vor sich hin murmelnd. Fortuna blickte durch die Gitterstäbe der Tür. Nat lag auf dem Steinboden. Er wollte oder konnte sich nicht aufsetzen, um Fortuna anzusehen. Es erschwerte die Kommunikation, da Fortuna vieles von dem, was er sagen wollte, mit den Lekku signalisieren wollte, damit es kein anderer verstehen konnte. Er wollte nicht laut sprechen, denn niemand sollte zuhören. Aber schließlich sagte Fortuna vier Worte: »Ich werde dich retten.«

Er drehte sich um und ging – nicht zurück in Jabbas Thronsaal, sondern auf den Korridor zu, der zu den Mönchen führte. Er wußte nur einen Weg, wie er Nat retten konnte.

Und erst in dem Augenblick, in dem er den sauber gepflegten Gang der Mönche betrat, fragte sich Fortuna, wieso *sie* gewußt hatten, das dies passieren würde, wo es ihn doch völlig überrascht hatte.

Noch vor Anbruch der Morgendämmerung des zweiten Tages führte Fortuna die Chirurgen der Mönche zu Nats Zelle. Die Prozedur sollte lange abgeschlossen sein, bevor Jabba den Befehl gab, Nat dem Rancor zum Fraß vorzuwerfen. »Lassen Sie den Gehirnstamm intakt, so daß der Körper noch atmet«, sagte Fortuna.

»Nein!« schrie Nat. Er begriff, wozu die Chirurgen gekommen waren. »Laß sie nicht mein Gehirn entfernen!«

Fortuna machte sich keine Sorgen darüber, daß die anderen Gefangenen Nat hören konnten. Wenn sie konnten, würden sie versuchen, ihn zu ignorieren, und hoffen, daß ihnen solche Schrecken erspart blieben. Aber ein Gamorreaner eilte auf sie zu. Er fragte nicht, was Fortuna und die Chirurgen da machten.

»Ich sage Jabba, daß du den Gefangenen folterst und das Vergnügen verdirbst«, sagte er zu Fortuna.

»Und ich sage Jabba, daß du, weil du ihn über mich informiert hast, offensichtlich kein Geheimnis für dich behalten kannst und zusammen mit Nat an den Rancor verfüttert werden mußt.«

Der Wächter schnaubte und trat zurück. *So dumm – so leicht zu manipulieren,* dachte Fortuna. Jabba hatte einen Fehler begangen, als er diese Wesen zu Wächtern machte.

»Wenn du ihm nichts sagst, sage ich ihm auch nichts«, sagte der Wächter. »Mach schnell mit deiner Arbeit.«

Er ging. Fortuna stellte seinen Blaster auf Betäubung und sah Nat an. »Das ist die einzige Möglichkeit, die mir eingefallen ist, um dich zu retten«, signalisierte er mit den Lekku und schoß durch das Türgitter auf Nat. Der Twi'lek stürzte zu Boden – aber obwohl er betäubt war, zuckten seine Arme, als wollte er sich noch immer wehren und seinen Körper retten. Fortuna öffnete die Tür und schwang sie weit auf. Die Chirurgen schoben ihren quietschenden Wagen vor sich her in den Raum.

Fortuna schloß sich ihnen nicht an. Er wollte nicht zusehen. Der Anblick von Blut störte ihn nicht im mindesten, aber er war der Meinung, daß es ein Zeichen von mangelndem Respekt Nat gegenüber gewesen wäre, wenn er hinter den Chirurgen gestanden und zugesehen hätte, wie sie Nats Kopf wuschen und hineinschnitten.

Und so marschierte Fortuna unruhig vor der Zelle auf und ab und wartete ungeduldig darauf, daß die Chirurgen fertig wurden. Er erinnerte sich daran, wie er Nat als Kind in den rauchenden Trümmern von Nats Zuhause auf Ryloth gefunden hatte. Fortuna hatte dort nach Juwelen gesucht. Aber bevor er fündig wurde, hatte er Nat in den Armen seiner Mutter gefunden. Sie war bei Bewußtsein.

»Du!« sagte sie und blieb an Ort und Stelle liegen, unfähig, sich zu verteidigen oder ihr Kind zu retten. »Bib Fortuna – ich hätte erkennen müssen, daß deine korrupte Hand hinter diesem Angriff steckt. Nur du würdest Sklavenjäger auf dein eigenes Volk hetzen.«

Sie sprach seinen Namen mit derartigem Haß und Abscheu aus, daß Fortuna einen Schritt zurückwich. Er hatte zu den ersten gehört, die das suchterzeugende Ryll-Gewürz an die Außenwelten verkauft und so das Interesse des Imperiums auf Ryloth gelenkt hatten. Twi'leks, die er für seine Freunde gehalten hatte, saßen über ihn zu Gericht und verurteilten ihn zum Tode, weil er Sklavenhändler, Piraten und alle möglichen Arten von Renegaten über sie brachte. Er entkam. Sie konfiszierten das Vermögen seiner Familie und setzten einen Preis auf seinen Kopf aus. Er kehrte zurück, um sich zu rächen.

Er hatte seine Rache bekommen. Sieben Städte lagen in Schutt und Asche, ihre Bewohner wurden in die Sklaverei verkauft, ihr Vermögen wanderte in Jabbas Taschen. Das heißt, der größte Anteil. Der Rest wanderte auf Umwegen in seine Taschen.

Trotzdem war es nicht das, was er gewollt hatte. Die Nachfrage nach dem Ryll-Gewürz war größer, als er oder sonst jemand hätte vorhersehen können, und sie würde seine Welt aussaugen und vernichten. So sehr haßte Fortuna sein Volk nun auch wieder nicht. Er versuchte, den Handel mit dem billigeren, weniger effektiven – und weniger lukrativen – Glitzerstimm-Gewürz von Kessel zu fördern, um die Aufmerksamkeit vom Ryll und damit von Ryloth abzulenken, aber das funktionierte nicht. Die Nachfrage für beide Gewürze würde beide Planeten zerstören. Er war überzeugt gewesen, daß sich die Twi'leks an das Leben im großen Imperium anpassen würden – Twi'leks waren immer anpassungsfähig –, aber alles war viel zu schnell gegangen. Man mußte ihnen den Weg weisen. Als Nats Mutter ihn in den Trümmern ihres Hauses ansprach, hatte Fortuna das erkannt, wie er auch seine Verantwortung erkannt hatte, ihnen den Weg zu weisen. Er zog den Blaster, stieg zu ihr hoch und richtete die Waffe auf ihren Kopf.

»Feigling«, sagte sie.

Er schoß, und sie war sofort tot. Sie zu erschießen war keine feige Tat, sagte er sich. Es zeugte von Mitgefühl. Er hatte sie vor dem Schrecken der Sklaverei gerettet.

Dann stöhnte Nat.

Das Kind lebte. Fortuna erschoß es nicht und übergab es auch nicht den Sklavenhändlern. Er trug es zurück zu seinem Schiff und versorgte es medizinisch. Später erklärte er dann Jabba, es würde sich um den letzten Sohn einer hochrangigen Twi'lek-Familie handeln, darum würde es ihn amüsieren, Nat eine Zeitlang zu behalten. In den folgenden Jahren hatte Fortuna Nat nie erzählt, daß er seine Mutter getötet hatte. Gemeinsam schmiedeten sie Pläne, wie man Ryloth am besten vor der Hölle bewahren konnte, in die das Imperium und der Gewürzhandel den Planeten verwandelten.

Die Zellentür öffnete sich. Ein Chirurg eilte heraus. Er hielt einen Gehirnbehälter, in dem ein Gehirn schwamm. Alle Signallampen am unteren Rand des Glasbehälters leuchteten hellrot, kein gutes Zeichen. Die Lichter hätten grün oder blau leuchten müssen.

»Das Gehirn schreit«, erklärte der andere Chirurg. »Wenn es sich nicht bald unter Kontrolle bringt, wird es wahnsinnig werden und sterben. So ist das nun mal.«

Nat war nicht erleuchtet. Er war nicht bereit, den Körper aufzugeben. Die Mönche hatten Fortuna das alles erklärt, und er hatte sie gezwungen, trotzdem zu operieren. Es *hatte* keine andere Möglichkeit gegeben, ihn zu retten. Jetzt war es passiert.

»Wir werden tun, was in unserer Macht steht, um Eurem Freund zu helfen«, sagte ein anderer Chirurg. Sie gingen und schoben den Wagen vor sich her; sein Quietschen hallte laut durch das Verlies.

Fortuna betrat die Zelle. Nats Körper lag auf dem Boden. Er kniete neben ihm nieder, um ihn zu untersuchen. Die Chirurgen hatten ausgezeichnete Arbeit geleistet, die Nähte, mit denen sie den Schädel wieder geschlossen hatten, waren nur bei einer ganz genauen Untersuchung zu entdecken. Der Gehirnstamm ließ die Lungen weiteratmen. Das Herz schlug. Fortunas Herz raste förmlich in seiner Brust. Diese Tat würde ihn das Leben kosten, wenn Jabba die Wahrheit herausbekam, bevor er ihn töten konnte. Fortuna rückte Nats Gewand zurecht. Er band einen hellroten Schal um die verstümmelten Lekku. Er drehte den Körper auf den Rükken und strich sanft den Sand vom Gesicht. Das Gesicht war so vernarbt, so gequält.

Plötzlich erkannte Fortuna mit überraschender Klarheit, warum das Universum die Ereignisse sich in dieser Form hatte zutragen lassen. Nat hatte seinen Körper verlieren müssen. Auf Ryloth hätte ihn niemand erkannt. Bald würde Fortuna das gewaltige Vermögen des Hutt kontrollieren. Dann konnte er den Aufenthaltsort der Experten in Erfahrung bringen, die die illegale Kunst des Klonens beherrschten, und Nat einen neuen und perfekten Körper klonen lassen, der das Gehirn aufnahm. Wenn sie nach Ryloth zurückkehrten, würde Nat in der Lage sein, effektiver zu kommunizieren – vorausgesetzt, er überlebte die nächsten paar Tage. Fortuna nahm sich vor, ihn später zu besuchen und ihm von dem Klonen zu erzählen, damit er etwas hatte, woran er sich klammern konnte.

Als Jabba später an demselben Morgen befahl, Nat in die Rancorgrube zu werfen, schickte Fortuna zwei Wächter los, um Nats Körper auf die Falltür vor Jabbas Thron zu schleifen. »Nat ist vor Angst ohnmächtig geworden«, instruierte er sie leise. »Aber die Rutschpartie in die Grube wird ihn sicher aufwecken.« Sie glaubten ihm. Von den Geschehnissen der nächsten Minuten – und davon, ob Jabba sie akzeptieren würde – hing viel ab.

Die Wächter warfen Nats Körper auf die Falltür, und Jabba hieb sofort auf den Auslöser – genau wie Fortuna gehofft hatte. Die Falltür öffnete sich, und der Körper rutschte nach unten in die Rancorgrube. Jabbas Speichellecker drängten sich um das

Bodengitter, um zuzusehen, wie der Rancor Nat hinunterschlang. Jabba drückte den Schalter, der den Thron an den Gitterrand rollen ließ, damit auch er zusehen konnte.

Nats Körper lag mit dem Gesicht nach unten im Sand. Der Rancor fauchte ihn an, aber er rührte sich nicht.

»Nat will nicht rennen!« rief Jabba. »Warum will er nicht rennen?«

Der Rancor schnappte sich den Körper und schlang ihn mit drei Bissen runter. Blut spritzte durch das Gitter auf Fortunas Hände, Gesicht und Gewand, und auf die Hände und Garderobe und Gesichter all jener, die sich um die Grube versammelt hatten. Der Rancor blickte zu ihnen hoch, rülpste und brüllte.

Aber die Anwesenden in Jabbas Thronsaal waren still. Alle erwarteten, daß Jabba einen Wutausbruch bekommen würde. »Nat muß Euch hassen gelernt haben«, sagte Fortuna in die Stille hinein. »Er wußte, daß Ihr ihn gern rennen gesehen hättet, also rannte er nicht.«

Jemand lachte. Sy Snootles fing an, eine Melodie zu summen. Max Rebo hämmerte auf sein Keyboard ein. Und dann fing Jabba an zu lachen. »Er hat ihn gefressen – der Rancor hat ihn gefressen. Er hat keinen Sinn für Ästhetik.« Jabba rollte den Thron in die ursprüngliche Position zurück, von dem Gitter weg, während die Musik an Schwung gewann und das Palastleben zur Normalität zurückkehrte.

Als Fortuna später am Abend Zeit hatte, eilte er zu den Mönchen und Nats Gehirn. Zuerst begab er sich in die Große Halle der Erleuchteten, wo die Gehirnbehälter auf Regalbrettern standen und die Gehirnläufer unter ihnen warteten. Ein Mönch, der noch über seinen Körper verfügte, war gerade mit Abstauben beschäftigt. »Nat hörte nicht auf zu schreien, wir mußten ihn in eine eigene Zelle verlegen«, sagte der Mönch. »Er störte die Erleuchteten.«

Der Mönch führte Fortuna in die Zelle. Der Behälter mit Nats

Gehirn stand allein auf dem Tisch. Alle Kontrollen am Unterrand des Behälters strahlten hellrotes Licht in die Dunkelheit.

Der Mönch zündete zwei Kerzen in Nischen neben der Tür an und verließ leise den Raum. Fortuna setzte sich an den Tisch und legte eine Zeitlang die Hände auf den Behälter. Das Gehirn bot einen schrecklichen Anblick: nackt und weiß schwebte es in einer Flüssigkeit, die Nats Blut rötlich verfärbte. Die Mönche würden die Flüssigkeit drei Tage lang täglich erneuern, bis kein Blut mehr nachsickerte und die Flüssigkeit klar blieb.

Fortuna drückte einen Schalter an der Unterseite des Behälters, der für das Gehirn das »Hören« übernahm. »Nat«, sagte er, »das war die einzige Möglichkeit, die mir einfiel, um dich zu retten. Glaub mir.«

Er wollte damit fortfahren, ihm von den Plänen mit dem Klonen zu erzählen, aber da kam ihm ein anderer Gedanke. »Vielleicht finden wir ja einen temporären Körper für dich, in den wir dein Gehirn einsetzen können, bis wir dir einen eigenen Körper klonen.«

Je länger er darüber nachdachte, desto besser gefiel Fortuna die Idee. Einfach jemand Akzeptables entführen, das Gehirn wegwerfen und Nats Gehirn eine Zeitlang dort einsetzen. Die Gefühle eines lebenden, atmenden Körpers würden sicherlich helfen, daß Nats Gehirn seine geistige Gesundheit behielt, bis man es in den Klon einpflanzen konnte.

Er würde mit den Chirurgen darüber sprechen.

Als er Nats Zelle eine Stunde später verließ, glühte ein Drittel der Anzeigen rosa, sogar pink; aber nicht länger hellrot.

Fortuna kehrte in Jabbas Thronsaal zurück, um dort zu schlafen. Er mußte dort schlafen. Jabbas Paranoia verlangte, daß jedes Mitglied seines engsten Kreises nachts neben ihm schlafen mußte – angeblich sollten sie ihn vor Attentätern schützen, aber tatsächlich konnten die Wächter *sie* alle auf diese Weise im Auge behalten und daran hindern, Jabba zu ermorden. Aber ihre Aufmerksamkeit hatte nachgelassen. Die Wächter schliefen wie alle anderen auch. Fortuna hatte sogar aufgehört, es ihnen immer wieder einzuhämmern.

Wenn er die Macht übernommen hatte, würde er neue Wächter einstellen.

In dieser Nacht konnte er nicht schlafen. Er spürte Aktivitäten im Palast, die er weder benennen noch den Aufregungen des Tages zuschreiben konnte – potentielle Wahrscheinlichkeiten, die in den unterbewußten Strömungen des Lebens in Jabbas Nähe umherwirbelten. Aber die Mönche hatten ihm viel beigebracht. Die Dinge würden wieder viel klarer werden, da war er zuversichtlich. Wesen aus allen Teilen der Galaxis besuchten den Palast und reisten wieder ab, und manchmal brauchte man Tage, um die wahren Beweggründe für ihren Besuch herauszufinden. In der Zwischenzeit würden ihn die Mönche beraten, so wie sie ihn bei Nat beraten hatten. Fortuna hatte Verbündete, die niemand verdächtigte.

Er hob den Kopf und betrachtete Jabba, der in unmittelbarer Nähe auf seinem Bett lag, für alle Welt sichtbar. Er konnte Jabbas fremden, moschusartigen Geruch in der Hitze der Nacht riechen, und er rümpfte die Nase und begann mit dem Ritual, das oft seine Nerven beruhigte, so daß er schlafen konnte. *Was den alltäglichen Ärger angeht ...* Fortuna machte in Gedanken eine Liste. *Daß Jabba noch immer lebt.* Das war der erste und oberste Eintrag auf der Liste des täglichen Ärgers.

Aber Jabba würde bald sterben.

Fortunas Vorbereitungen waren fast vollendet; er mußte sich noch die letzten Codes für Jabbas überall verstreute Bankkonten sichern und die Loyalität der wenigen Leute testen, die er noch für den Umsturz an seiner Seite brauchte. Es gab nur noch wenig zu tun. Aber von seinem Komplott abgesehen, kannte Fortuna noch vierzehn weitere Verschwörungen gegen Jabbas Leben, Verschwörungen, die er jetzt nicht mehr auffliegen lassen würde. Es war immer klug, Alternativpläne zu machen, und er hatte vierzehn Verschwörer, die genau das für ihn erledigten. Er würde ihnen einfach zusehen und sie, wo das möglich war, in die richtige Richtung führen. Er hoffte, ihnen zuvorzukommen und selbst das Vergnügen zu haben, Jabba zu töten, aber das war nicht so wichtig, solange es ungefähr zum richtigen Zeitpunkt geschah. Auf welche Weise auch immer Jabba starb, Fortuna würde das Kommando übernehmen. Und den Großteil des Vermögens kontrollieren.

Einige der geplanten Anschläge waren recht unterhaltsam; da war zum Beispiel der Anzati-Attentäter, der sich von Lady Valarian *und* von Eugene Talmont, dem imperialen Präfekten, bezahlen ließ – dieser Attentäter hatte auf amüsante Weise recht gegensätzliche Auftraggeber. Da war Tessek, ein pedantischer kleiner Quarren, den Jabba ermorden lassen wollte, und der im Gegenzug selbst daran arbeitete, Jabba zu töten. Ein einfacher Attentatsversuch, der Fortuna sehr gefiel, ging von einem Küchenjungen aus, der Jabba vergiften wollte, weil der Hutt einige Jahre zuvor seinen Bruder wegen einer verpfuschten Soße an den Rancor verfüttert hatte. Jabba wurde hier von so vielen gehaßt, und er genoß ihren Haß – einer seiner vielen Fehler, wie Fortuna fand. Jabba glaubte, daß seine grausamen Taten dazu führten, daß man ihn überall fürchtete, und er war fest davon überzeugt, daß ihn diese Furcht beschützte. Aber Furcht, die man Tage und Wochen und Jahre ertragen muß, verwandelt sich in Haß. Haß gebiert Rachepläne. Fortuna hatte vor, auf andere Weise zu herrschen.

Er legte sich zurück und lächelte. Vierzehn geplante Attentate – und darüber hinaus achtundsechzig Pläne, den Palast auszurauben. Es war kein Ende derartiger Unternehmungen abzusehen.

Was den alltäglichen Ärger angeht, fuhr er fort. Daß er es für nötig befunden hatte, zuzusehen, wie Nats Körper vernichtet wurde. Daß er die Mönche hatte bedrohen müssen, damit sie Nats Gehirn entfernten. Daß die Lieferung zweiköpfiger Effrikimwürmer, die Jabba an heißen Morgen schätzte – und deren

Endorphine für Stunden der Schläfrigkeit sorgten –, wieder einmal nicht eingetroffen war und die ständige Bereitstellung anderer Ablenkungen erforderlich machte: Tänzerinnen, Alkohol, Gewürze. All das war ärgerlich – eben der alltägliche Ärger.

Aber am schlimmsten von allem war – und das stand ganz oben auf der Liste –, daß Jabba immer noch lebte.

Der Rancor brüllte in seiner Grube auf und schlug gegen die Wände seines Käfigs. Niemand fuhr aus dem Schlaf hoch.

Das waren vertraute Geräusche.

Die Chirurgen versicherten Fortuna, daß ein »Gehirnwechsel« zwar möglich war, aber selten durchgeführt wurde – und dann auch nur, wenn die Galaxis einen körperlichen geistigen Führer brauchte und die Zeit nicht gereicht hatte, einen zur Welt zu bringen und zu erziehen. In solchen Zeiten wählten die Mönche einen gesunden Akoluthen sowie einen der Erleuchteten aus, und die Chirurgen tauschten ihre Gehirne. Fortuna war zuversichtlich, daß er die Mönche zwingen konnte, die Prozedur für Nat durchzuführen.

Er unterhielt sich jeden Tag mit Nats Gehirn, manchmal sogar zweimal, und nach zwei Wochen leuchteten einige der Signallampen grün und blau. Aber zumindest eine blieb hellrot; Nat konnte seine panische Angst nicht abschütteln, vielleicht trug er sie einfach schon zu lange mit sich herum. Das Gehirn war labil. Die Mönche vertraten die Meinung, daß Nat zeitweise wahnsinnig war; manchmal würde er sich tagelang einbilden, daß man ihm die Augen verbunden und ihn gefesselt hatte und daß Fortuna und die Mönche ihn nicht aufstehen ließen – mit anderen Worten, daß er sich noch immer in seinem Körper befand. Fortuna stellte ihm einmal die Frage, warum er, wenn er doch gefesselt dort lag, seinen Körper nicht spüren konnte – und alle Lichter flammten plötzlich rot auf.

»Steckt ihn in einen Gehirnläufer«, befahl er den Mönchen.

»Vielleicht kommt er ja wieder zu Sinnen, wenn er herumlaufen kann.«

Nat brauchte Tage, bis er gelernt hatte, wie man den Läufer zum Laufen brachte, und sein Läufer stieß ständig gegen die Wand oder gegen Fortuna oder die Mönche. Fortuna hatte Angst, er könnte seinen Gehirnbehälter zerbrechen, aber die Mönche versicherten ihm, daß der Behälter nicht so leicht kaputtzumachen war. Nat versuchte Fortuna überallhin zu folgen, und die Mönche mußten ihn dann davon abhalten, ihm nach oben, zu Jabba, hinterherzulaufen.

»Ihr dürft nicht zulassen, daß er nach mir sucht!« befahl Fortuna den Mönchen. Er wollte verhindern, daß Nat herumstolperte und Dinge sagte, die er unter Leuten, die im Glauben waren, daß der Rancor ihn ganz verspeist hatte, nicht sagen durfte.

Aber eines Tages waren die Mönche zu sehr mit der Zeremonie für die Frühlingstagundnachtgleiche beschäftigt, um Nat so aufmerksam im Auge zu behalten, wie Fortuna befohlen hatte. Nat kam rauf in den Thronsaal. Sein Gehirnläufer stolperte die Stufen hinunter und schabte an den Steinwänden vorbei. Niemand schenkte ihm Aufmerksamkeit. Aber plötzlich taumelte er auf die Mitte des Raums zu und kam dem im Boden eingelassenen Gitter gefährlich nahe. Fortuna erkannte sofort die Gefahr. Sollten zwei oder drei seiner Beine zwischen die Gitterstäbe rutschen und er sich nicht aus eigener Kraft befreien können, mußten ihn die Wächter hochheben. Jabba würde vielleicht entscheiden, ihn statt dessen zum Rancor zu schicken. Er hatte dem Rancor noch nie einen Gehirnläufer vorgeworfen, und Fortuna wollte nicht, daß er jetzt auf die Idee kam.

Jabba hatte einen neuen Protokolldroiden, einen gewissen C-3PO – das Geschenk eines menschlichen Selbstdarstellers, der von sich behauptete, ein Jedi-Ritter zu sein. Fortuna winkte schnell den goldfarbenen Droiden zu sich. »Halt den Gehirnläufer vom Bodengitter fern«, befahl er. »Führe ihn am Rand des Saals vorbei zurück zu den Mönchen, und zwar so schnell wie möglich.«

»Sofort, Master Fortuna«, sagte C-3PO.

Aber kurz darauf tippte der Droide Fortuna auf die Schulter. »Der Erleuchtete wünscht Sie zu sprechen«, sagte er. »Er weigert sich beharrlich, zu den Mönchen zurückzukehren, bevor er das nicht getan hat. Ich kann mir nicht vorstellen, was so wichtig sein könnte, daß er ...«

»Das reicht«, erwiderte Fortuna. »Ich werde mit ihm sprechen. Laß uns allein.«

Der Droide drückte den Rücken durch und ging steifbeinig fort.

»Was ist?« fragte Fortuna Nat.

»Ich habe einen Körper gefunden – einen temporären Körper. Du hast gesagt, ich könnte einen Körper haben ...«

»Ja, ja. Wem gehört er?«

»Ich kann mich nicht an seinen Namen erinnern, aber es sieht so aus, als wäre es ein starker Körper, und ich brauche einen starken Körper ...«

»Wo ist er denn? Hier im Raum?«

Fortuna gefiel es nicht, diese Unterhaltung in Jabbas Thronsaal zu führen. Er wollte nicht, daß ihnen jemand zuhörte. Zwei oder drei Leute sahen bereits zu ihnen herüber. »Sag schon«, drängte er. »Dann mußt du zu den Mönchen zurückkehren.«

»Der Körper im Karbonit – den braucht doch niemand. Gib mir den Körper im Karbonit!«

Fortuna mußte lächeln. »Han Solo?« Eine köstliche Idee. Fortuna hatte viele Gründe, die Corellianer zu hassen – Bidlo Kwerve, sein Rivale für den Posten des Majordomus, war Corellianer gewesen. Hans Körper auf diese Weise zu benutzen würde eine feine Rache an der Gesamtheit aller Correllianer sein. Er musterte Han Solos Körper, in Karbonit eingefroren, im perfekten Winterschlaf. Hans Kopf schien ungefähr die gleiche Größe aufzuweisen, die Nats gehabt hatte.

»Natürlich«, sagte Fortuna. »Du sollst den Körper haben. Schon bald.« Er mußte nicht hinzufügen, »wenn ich hier befehle«. Ein solches Experiment hätte Jabba vermutlich amüsiert, aber Fortuna hätte nicht erklären können, welche Rolle er – oder Nat – darin spielten.

Geschäfte führten Fortuna nach Mos Eisley. Er war froh, dem Palast für einen Nachmittag entkommen zu sein, aber es wartete viel Arbeit auf ihn. Er mußte einen neuen Lieferanten finden, der die Effrikim, auf die man noch immer wartete, an den Palast lieferte, er mußte die Fortschritte beim Wiederaufbau von Jabbas Stadthaus nach dem Brand überprüfen. Die möglicherweise interessanteste seiner Pflichten würde jedoch das Treffen mit dem Menschen Luke Skywalker sein, der von sich behauptete, ein Jedi-Ritter zu sein, und der Jabba die Droiden als Geschenk geschickt hatte. Der Mensch wollte wegen Han Solo eine Vereinbarung aushandeln, und Fortuna hatte ihn ins Stadthaus eingeladen, um sich sein Angebot anzuhören. Das plötzliche Interesse an dem eingefrorenen Corellianer amüsierte Fortuna. Vielleicht bestand ja die Möglichkeit, Solo doch noch zu einem Profit zu machen.

»Es würde Ihrem Master zum Vorteil gereichen, wenn er Han einfach laufenließe«, sagte Skywalker.

Fortuna lachte. Von jemandem, der von sich behauptete, ein Jedi-Ritter zu sein, hatte er Arroganz erwartet, und er war nicht enttäuscht worden.

»Han Solo hat Jabba viel gekostet, junger Jedi«, sagte Fortuna. »Was für einen Vorteil hätte mein Master davon, ihn einfach gehen zu lassen? Außerdem bin ich davon überzeugt, daß das Imperium etwas dagegen hätte, wenn Solo wieder frei herumläuft.«

»Die Regierung wird wechseln«, erwiderte Skywalker kurzerhand.

Und plötzlich hoben sich die Nebel, die Fortunas Intuition einhüllten. Er erkannte, daß im Palast ein erstaunliches Komplott vor sich ging. Die Rebellion wollte Han Solo. Der Mensch, der da vor ihm saß, war ein Repräsentant der Rebellion – und andere befanden sich bereits im Palast: ein Wächter, die Droiden. Sie alle waren Teil des großen Plans, Han Solo zu befreien, und zwar aus Gründen, die er sich nicht vorstellen konnte. Was sollte die Rebellion schon mit einem Schmuggler anfangen? In vielerlei Hinsicht war der Plan nicht mehr als eine Wahrscheinlichkeit – Fortuna konnte deutlich fühlen, daß noch nicht alle Schlüsselfiguren an Ort und Stelle waren. Aber sein Interesse war geweckt. Es würde Spaß machen, diesem kleinen Unternehmen zuzusehen. Fortuna erwähnte das alles Skywalker gegenüber mit keinem Wort. Er brachte die Unterhaltung zurück auf das Thema Geld.

»Wie ich bereits sagte, hat Solo Jabba viel gekostet. Falls er ihn jemals gehen lassen sollte, würde er eine Bezahlung für die Schiffsladung Gewürze erwarten, die Solo über Bord geworfen hat.«

»Ich werde alles bezahlen, was Solo den Hutt gekostet hat, plus Zinsen, falls das der einzige Handel sein sollte, den wir abschließen können«, sagte Skywalker. »Aber *Sie* wollen kein Geld. Sie wollen Ihrem Volk helfen, obwohl Ihre Pläne ihm noch mehr schaden werden. Befreien Sie Han und schließen Sie sich der Rebellion an – nachdem Sie Jabba gestürzt haben. Die Neue Republik wird Ryloth unter ihren Schutz stellen. Ryloth wird nicht zerstört werden, wie es unter dem Imperium geschehen würde, und Sie werden Ihre Ziele erreicht haben.«

Einen Augenblick lang verschlug es Fortuna die Sprache. Die intuitiven Fähigkeiten dieses jungen Mannes waren in der Tat stark entwickelt. Lukes Überzeugung und Ehrlichkeit berührten Fortunas Herz. Einen kurzen Moment lang sah er eine strahlende Zukunft, in der niemand intrigieren oder ständig Komplotte schmieden mußte, so wie er es sein ganzes Leben lang getan hatte. Aber der Moment ging vorüber. Fortuna fühlte wieder das drückende Gewicht des Imperiums und seiner Methoden. Das Imperium würde sich nicht stürzen lassen. Er konnte das Schicksal der Twi'leks nicht den idealistischen Träumen der erbärmlichen Rebellion anvertrauen. Fortuna glaubte fest daran, daß seine Pläne am Ende doch die besseren waren.

»Ihre Worte bewegen mich«, antwortete er Skywalker und konnte nicht widerstehen, etwas über den von ihm in die Wege geleiteten, bevorstehenden Sturz Jabbas zu sagen. »Einiges von dem, was Sie vorausgesagt haben, wird in den nächsten Tagen passieren. Bis dahin bleibt Ihr Freund besser eingefroren. Während der kommenden Schwierigkeiten wird er im Karbonit völlig sicher sein. Aber mit dem Geld liegen Sie falsch. Ich werde es massenweise brauchen, um meine Träume zu erfüllen. Ich werde Jabba Ihr Angebot mitteilen, Solos Schulden mit Zinsen zu bezahlen, aber er wird es nicht akzeptieren. Sie können jedoch sicher sein, daß ich es akzeptieren werde, wenn der Tag gekommen ist.«

Skywalker stand schnell auf und verneigte sich, als wäre das Treffen zu Ende, obwohl Fortuna keine Zeit gehabt hatte, ihm ein Glas gewürztes Wasser anzubieten oder seine anderen Pflichten als Gastgeber zu erfüllen. Diese Schroffheit kam unerwartet, und Fortuna fragte sich, ob der Mensch es eilig hatte, weil ihm klargeworden war, daß er die Wahrheit über ihn und seinen Plan kannte. Dieser Plan würde sich jetzt ändern, davon war Fortuna überzeugt. Er stand weder auf, noch erwiderte er Skywalkers Verneigung.

»Ich werde Solo bekommen«, sagte Skywalker, und der Twi'lek entdeckte keine Arroganz in den Worten, auch keine Prahlerei. Sie waren ein einfaches Zeugnis dessen, was er für eine Tatsache hielt.

»Sie werden Ihren Freund in der Tat bekommen, nachdem Sie mich bezahlt haben. Sie werden wissen, wann die Zeit gekommen ist«, sagte Fortuna. Skywalker drehte sich um und ging.

Fortuna hatte dem jungen Menschen mit den hellen Augen nicht genau gesagt, auf welche Weise er sein Wort zu halten gedachte. Er würde ihm das verkaufen, auf das Han Solo dann reduziert sein würde: sein Gehirn. Genau das würden die Wächter diesem »Jedi« übergeben, nachdem sie sein Geld in Empfang genommen hatten. Ein solcher Handel würde die Aufmerksamkeit des Imperiums erregen und Fortunas Position stärken.

Jabba lehnte das Angebot des Jedi ab und befahl Fortuna, Skywalker den Zutritt zum Palast zu verwehren – genau wie Fortuna vorhergesagt hatte. In der folgenden Zeit beobachtete Fortuna die Leute, die die Rebellion in den Palast eingeschleust hatte. Die Droiden und der Wächter erfüllten vorbildlich ihre Arbeit. Dann brachte die Rebellion weitere ihrer Abgesandten unter – in einem Fall sozusagen an Jabbas Brust. Leia Organa, eine Menschenfrau, einst eine Prinzessin und Senatorin des Imperiums – jetzt eine Tanzsklavin, nachdem sie närrischerweise die Maske hatte fallen lassen und Fortuna die Mühe erspart hatte, Han Solo aus dem Karbonit zu befreien. Dann war da noch der Wookiee Chewbacca, den sie mitgebracht hatte, um ihre gescheiterte Verkleidung zu komplementieren, und der unverzüglich eingesperrt wurde und jetzt wieder mit seinem alten Freund Solo vereint war. Der Plan schien nicht besonders gut zu funktionieren – einige der Schlüsselpersonen schienen durchaus mit ihren neuen Positionen zufrieden zu sein, andere wiederum saßen in Gefangenschaft oder waren versklavt. Der Plan des Küchenjungen, Jabba zu vergiften, erschien ihm erfolgversprechender.

Aber die ehemalige Prinzessin hatte – soweit es Fortuna betraf – zumindest etwas Gutes zustande gebracht: Sie hatte einen Thermodetonator in den Palast gebracht, und der befand sich nun in Fortunas Besitz – er hatte ihn einem whipidischen Wächter gestohlen, der ihn wiederum der Prinzessin während des Tumults nach ihrer Demaskierung entwendet hatte. Niemand fragte, was daraus geworden war. Er allein stellte schon einen großartigen Alternativplan dar.

Eines Morgens erwachte Fortuna plötzlich vor allen anderen. Im Palast stimmte etwas nicht, jemand war hier, der nicht hierher gehörte, und er kam auf den Thronsaal zu. Fortuna setzte sich auf und zog sein Gewand zurecht; seine Intuition sagte ihm, wer da kam: Luke Skywalker. Er durchquerte schnell und leise den Saal und traf Skywalker am oberen Treppenabsatz.

»Was tun Sie hier?« fragte er. »Sie wissen doch, daß Jabba Ihr

Angebot abgelehnt hat, und er wird nicht mit Ihnen sprechen. Sie müssen auf *mich* warten.«

»Du wirst mich jetzt zu Jabba bringen«, sagte Skywalker brüsk. Keine Erklärung. Typische Arroganz.

»Ich werde dich jetzt zu Jabba bringen«, antwortete Fortuna.

Einen kurzen Augenblick lang hielt er inne und fragte sich, ob die Tricks des Jedi irgendwie seinen Verstand beeinflußt hatten, aber er verwarf den Gedanken schnell wieder. Das war mit Sicherheit undenkbar.

Fortuna drehte sich um, ging ein paar Stufen hinunter und sah zu Jabba hinüber. Ihn am Morgen zu wecken war kein leichtfertiges Unterfangen, aber er würde es tun. Die unfähigen Wächter rührten sich endlich und blickten in seine Richtung. Der Mensch folgte ihm die Stufen hinunter und murmelte irgendeinen Unsinn hinter seinem Rücken, er sei seinem Master ein guter Diener, der belohnt würde. Fortuna konnte ein Lächeln nicht unterdrükken. Er sprach in Jabbas Ohr: »Luke Skywalker, der Jedi, ist da, um mit Euch zu sprechen.«

Jabba geriet sofort in Wut, und Fortuna stählte sich. »Ich habe doch befohlen, ihn nicht einzulassen«, grollte Jabba.

»Du mußt mir gestatten zu sprechen«, sagte Skywalker. Er versuchte seine alles andere als subtilen Bewußtseinsmanipulationstricks bei *allen* Anwesenden anzubringen.

»Gestattet ihm zu sagen, was er zu sagen hat«, sagte Fortuna – aber Jabba stieß ihn gegen die Wand. »Du schwachsinniger kleiner Tor«, brüllte er ihn an.

Fortuna ließ sich Zeit, wieder aufzustehen und sein Gewand zu richten. Niemand wollte in seine Richtung sehen. Fortuna fühlte sich vor seinen Anhängern beschämt. Es war ein prekärer Augenblick. Seine Pläne sahen vor, den Umsturz innerhalb der nächsten beiden Tage durchzuführen; jetzt war ihm klar, daß er innerhalb der nächsten paar Stunden handeln mußte. Die Pläne würden sich ändern müssen, und zwar schnell. Nachdem er Jabbas Gunst verloren hatte, würde er nicht lange überleben.

Fortuna analysierte rasend schnell die Situation. Vielleicht hatte Jabba recht damit, daß er willensschwach war, im nachhinein war es vorstellbar, daß Skywalker sein Bewußtsein beeinflußt hatte – aber jetzt war keine Zeit für Selbstzweifel, nicht, wenn er überleben wollte. Er fragte sich, wieviel Jabba von seinen Plänen ahnte oder wußte. Vermutlich eine ganze Menge; er hätte nicht so gewalttätig reagiert, wenn er Fortuna und seinem Urteil noch immer vertrauen würde. Fortuna ließ seine Intuition die Bewußtseine seiner Anhänger berühren, und er zuckte zusammen. Man brauchte keine besondere Ausbildung in Intuition, um die Verachtung zu fühlen, die sie ihm jetzt entgegenbrachten. Drei von ihnen waren sogar geneigt, Fortunas Verschwörung zu enthüllen. Er begriff, daß er seine Pläne unter diesen Umständen noch weiter einschränken mußte – bevor er völlig ohne Unterstützung dastand. Man warf den arroganten »Jedi« dem Rancor vor, und bei dem Aufruhr, der folgte, als sich alles um das Gitter im Boden drängte, um zu sehen, wie Skywalker vom Rancor verschlungen wurde, fiel niemandem auf, daß Fortuna einen Augenblick lang verschwand. Er kehrte bald zurück. Falls seine Pläne so schnell geändert werden mußten – von Tagen zu Stunden zu vielleicht Minuten –, war er dem gewachsen. Er trug den gestohlenen Thermodetonator in der Tasche und hielt die Hand drauf.

Die Dinge änderten sich rasend schnell: Zu jedermanns Überraschung gelang es Skywalker, den Rancor zu töten. Warum, fragte sich Fortuna, hatte er nicht früher kommen können? Nat wäre noch immer in seinem Körper, und wertvolle Sklaven und andere Wesen – einschließlich eines talentierten Tanzmädchens – wären noch am Leben. Jabba befahl, Skywalker, den Wookiee und Solo dem Sarlacc zum Fraß vorzuwerfen, und traf die nötigen Vorbereitungen, damit jeder, der auf irgendeine Weise wichtig war, auf seinem Gleiter mitflog, um der Hinrichtung beizuwohnen. Fortuna und vierzehn Verschwörer sahen ihre beste Chance Gestalt annehmen.

Von diesem Ausflug würde Jabba nicht lebend zurückkehren.

Fortuna entschied sich, den Thermodetonator sofort explodieren zu lassen, nachdem er den Gleiter verlassen hatte. Jabba und alle, vor denen er erniedrigt worden war, würden sterben. Fortuna bedauerte den Verlust von Solos Körper, aber er würde für Nat schon einen anderen auftreiben. Methodisch machte er sich an die Vorbereitungen für seine Tat. Er ließ seinen privaten Landgleiter an Bord bringen, damit für ihn ein Fluchtfahrzeug bereitstand. Er hinterließ Befehle für die Mönche, im Palast die Macht zu übernehmen, sobald Jabba und sein Gefolge aufgebrochen waren. Er schickte die nötigen Codes ab, die alle Konten Jabbas einfroren.

Sein Komplott war in die entscheidende Phase getreten.

Alle Komplotte waren in ihre entscheidenden Phasen getreten. Fortuna lehnte sich zurück und dachte während des Flugs über den Sand über die vielen Möglichkeiten nach, auf die Jabba sterben könnte. Die Situation war sehr amüsant. R2-D2, einer der Droiden der Rebellion, rollte heran und bot ihm eine Auswahl von Drinks, köstliche kleine Sandwichs und eingemachte Effrikimwürmer (sie waren endlich geliefert worden) an, über die sich Jabba bestimmt freuen würde – und die ihn garantiert umbrachten. Alle Würmer waren vergiftet. Genau wie die Hälfte der Drinks. Das Gift wirkte langsam – diejenigen, die es herunterschluckten, würden seine Wirkung erst viel später bemerken. Fortuna wußte genau, aus welchen Gläsern man unbeschadet trinken konnte, was er dann auch tat. Er sah zu, wie Jabba eine Handvoll Effrikimwürmer aß und damit sein Ende einläutete. Fortuna stellte verstohlen den Thermodetonator ein, um dafür zu sorgen, daß es auch tatsächlich eintrat.

C-3PO trat zu Fortuna und verneigte sich. »Master Fortuna«, sagte er. »Darf ich Ihnen eine Frage stellen?«

»Natürlich.«

»Ist jemals jemand vor dem Sarlacc gerettet worden?«

»Meines Wissens nicht«, antwortete Fortuna und wandte sich

ab, da er nicht mit den Sorgen eines Droiden belästigt werden wollte. Trotzdem fragte er sich, warum sich der Droide danach erkundigte, ob jemals jemand dem Sarlacc entkommen war. Seine Intuition half ihm da nicht weiter – es war schwierig, die Beweggründe mechanischer Wesen zu enthüllen. Aber er vermutete mal, daß es bei dem Droiden um Treue ging. Vielleicht wurde hier gerade ein neues Komplott geboren, bei dem der frühere Master irgendwie gerettet werden sollte. Das rührte Fortuna. Wenn er eine solche Treue auf sich umleiten konnte, würde er sie willkommen heißen. Er wandte sich wieder dem Droiden zu.

»3PO«, sagte er leise. »Mein privater Landgleiter ist neben dem Ventilationsgitter achtern versteckt. Geh dorthin und warte. Wenn du mich heranrennen siehst, enthülle den Gleiter und steig an Bord.«

Aber der Droide hatte keine Chance, an Bord des Gleiters zu steigen. Er blieb, um der Hinrichtung zuzusehen, und das Unerwartete trat ein. Die Rebellen erwiesen sich als viel schwieriger hinzurichten, als Jabba erwartet hatte; es kam zum Kampf. In dem entstehenden Chaos verlor Fortuna C-3PO aus den Augen. Er erfuhr nie, was aus dem Droiden geworden war. Aber er blieb lange genug an Bord des Gleiters, um zu erfahren, wie Jabba nun tatsächlich starb. Es war nicht das Gift. Es war auch keiner der Attentäter, die sich ihre diversen Belohnungen verdienen wollten. Am Ende war es nicht einmal der aktivierte Thermodetonator. Leia, die ehemalige Prinzessin, erwürgte Jabba mit ihren Ketten. Fortuna sah zu, wie er starb, dann eilte er zu seinem Landgleiter.

Eigentlich hätte er mit dem Unerwarteten rechnen müssen. Es war die Art des Universums, immer zu überraschen.

Die Rückfahrt zum Palast war ein Vergnügen. Das grelle Licht der Explosion leuchtete genau in dem Augenblick auf, in dem Fortuna damit gerechnet hatte, und die Druckwelle schien eine angenehme Brise zu sein, der frische Wind der Veränderung. Er begegnete keinen Sandleuten, keinen Sandstürmen, nicht einmal Jawas. Es war, als würde die Wüste nach der Explosion auf weitere warten.

Gegen Abend traf er beim Palast ein. Das Tor öffnete sich ihm sofort. Die Mönche kamen ihm entgegen; sie hatten den Palast übernommen.

»Master Fortuna«, sagte ihr Sprecher. »Lief auf dem Segelgleiter alles wie geplant?«

»Jabba ist tot. Ich führe hier jetzt das Kommando. Ruft die Hohen Mönche in den Thronsaal, ich muß mit ihnen sprechen.«

Er hatte ihn bewußt nicht als Jabbas Thronsaal bezeichnet. Jetzt gehörte er ihm.

Fortuna eilte in den Saal und begann damit, wichtige Informationen in das Sicherheitssystem des Palastes einzugeben: Codewörter mußten geändert, Zugangsberechtigungen erneuert oder verweigert, das mechanische Verteidigungssystem in höchste Alarmbereitschaft versetzt werden. Zu einem solchen Zeitpunkt konnten Angriffe aus allen möglichen Richtungen kommen.

Aber plötzlich schaltete sich das Hauptterminal ab. Alle anderen Terminals folgten. Die Deckenlichter flackerten und erstarben. Jetzt spendeten nur noch die Kerzen und Fackeln in ihren Nischen Licht.

Fortuna eilte quer durch den Thronsaal – und fand den Haupteingang verschlossen und verriegelt vor.

Alles war so schnell gegangen.

Und er wußte sofort, was passiert war.

Die Mönche hatten ihn verraten. Irgendwie hatten sie gespürt, was er mit ihnen machen wollte. Er hätte erkennen müssen, daß es nicht im Interesse der Mönche lag, eine Verbrecherbande durch die andere zu ersetzen – nicht, wenn sie den ganzen Palast für sich selbst haben konnten. Man brauchte nicht die besondere Gabe der Intuition, um das zu erkennen. Plötzlich fragte er sich, wieviel ihm die Mönche eigentlich über diese besondere Art von Intuition beigebracht hatten – war das alles nur Kinderkram gewesen, Taschenspielertricks? Hier gab es Tiefen, die er nicht einmal erahnt hatte.

Aber es gab viele Wege aus dem Thronsaal und dem Palast. Er konnte seine Pläne auch in Jabbas Stadthaus in Mos Eisley zu Ende bringen – und dann zurückkehren, um den Mönchen den Palast abzunehmen.

Er eilte zum ersten Geheimausgang, aber der war verschlossen. Jeder Ausgang war verschlossen. Fortuna rannte zu Jabbas Plattform und hieb auf den Schalter, der die Falltür zur Rancorgrube öffnete – zwei Geheimtüren führten aus der Grube –, aber sie öffneten sich nicht.

Fortuna war gefangen.

Die versteckten Waffenbehälter waren alle leer. Fortuna hatte seinen Blaster, aber ein Blaster konnte keine Armee von Mönchen aufhalten.

Ein Terminal erwachte flackernd zum Leben. Auf dem Schirm erschien eine Botschaft. Fortuna eilte auf ihn zu und las: *Ihr habt schnelle Fortschritte auf Eurem spirituellen Pfad gemacht, Bruder Fortuna. Eure Suche ist zu Ende. Bereitet Euch auf die Erleuchtung vor.*

Einen kurzen Augenblick lang suchte Fortuna an dem Terminal Halt und schnappte nach Luft, dann versuchte er, eine Antwort einzugeben. Das Terminal akzeptierte sie nicht. Er hätte gern mit den Hohen Mönchen über die Angelegenheit verhandelt – diesmal ehrlich –, aber er bezweifelte, daß sie zugehört hätten. Auf keinen Fall wären sie in den Thronsaal gekommen. Er wußte, wer kommen würde.

Fortuna setzte sich auf die eine Seite von Jabbas Thron und legte die Hände in den Schoß. Er wußte, daß es sich um eine der letzten Gelegenheiten handelte, bei denen er seine Hände spüren würde, und plötzlich waren sie ihm sehr kostbar. Er sah an seinem Körper hinunter, und auch der war ihm sehr kostbar.

Eine Zeitlang grübelte er über die kleinen Dinge nach, auf die er nie eine Antwort erhalten würde: Wie viele Mitglieder von Jabbas Gefolge hatte der Koch geschafft, auf dem Segelgleiter zu vergiften, bevor er Jabba vergiftete? Wie lange würden die Mönche brauchen, den Sand hinauszukehren, den Generationen von Verbrechern in den Palast getragen hatten? Was würden die Köche mit dem Fett tun, das er ihnen aufzubewahren befohlen hatte?

Im Hauptkorridor jenseits des Thronsaals ertönte ein Geräusch. Es war unverkennbar. Fortuna zog den Blaster und spielte mit dem Gedanken, ihn gegen sich selbst zu richten, aber dann tat er es doch nicht. Er legte ihn auf den leeren Thron und lauschte dem Quietschen der Karre, die die näherkommenden Chirurgen vor sich herschoben.

Der Große Gott Quay:

Die Geschichte von Barada und den Weequays

George Alec Effinger

Barada kam ursprünglich von Klatooine, und des Nachts träumte er, noch immer dort zu sein und den schneidenden Wind seiner Heimatwelt im Gesicht zu spüren. Natürlich war sein Gesicht in diesen Träumen noch nicht deformiert und narbig, genausowenig wie er in diesen Träumen im Prinzip ein Gefangener und Sklave des Hutt war. Des Nachts, wenn er in seiner Koje schlief, war Barada noch immer jung und voller Hoffnungen und Pläne, Klatooine hinter sich zu lassen und auf einem aufregenderen Planeten des Imperiums Abenteuer zu finden.

Morgens, wenn Barada aufwachte, blinzelte er ein paarmal, und die Traumerinnerungen an seine Familie und die Kindheit verblaßten langsam. Klatooine, dachte er dann grimmig. Abenteuer. Wenn er sich dann aufsetzte, rieb er sich mit den großen, starken Händen das Gesicht. Er wußte, er würde seine Heimatwelt nie wiedersehen. Er würde den Rest seines Lebens auf diesem Wüstenplaneten verbringen und sich um die Repulsorflotte des Hutts kümmern.

Der Gedanke ließ ihn jedesmal mit den Schultern zucken. Es war nicht das schlechteste Leben, teilweise sogar besser als manche anderen. Eigentlich fehlte ihm nur die Freiheit, aber das war im Imperium nichts Ungewöhnliches. Seine Bedürfnisse wurden erfüllt, und was seine Wünsche und Sehnsüchte anging, konnte er so viel davon träumen, wie er wollte.

An diesem Morgen galt Baradas einzige Sorge den fehlenden sechs Schließbolzen für die Kufenverkleidung der AE-35-Einheit, die half, den Segelgleiter des Hutts in der Luft zu halten. Die Ersatzteillieferung, die Barada schon vor Wochen bestellt hatte, war nie eingetroffen; wenn er die Schließbolzen nicht irgendwo in den Tiefen des Schrotthaufens fand, würde er sich auf die harte Art Ersatz besorgen müssen, in seiner Werkstatt.

Es war ein heller, klarer Tag am Dünenmeer, die Art von Wetter, die der Hutt bevorzugte. Barada blinzelte in den gleißenden Sonnenschein, als er das Gebäude mit den Unterkünften verließ. Er war erst ein paar Meter weit gegangen, als sich zwei bewaffnete Weequay-Wächter zu ihm gesellten, einer auf jeder Seite.

»Habe ich was angestellt?« fragte Barada. »Was habe ich getan?« Die grauhäutigen Weequays antworteten nicht. Barada hatte sie noch nie sprechen gehört. Sie gingen einfach neben ihm her, die Energielanzen geschultert. Ihre Gesellschaft gefiel ihm nicht.

»Hat der Hutt euch geschickt, um mich zu holen?« fragte er. Von den Weequays kam nur Schweigen. Er schlug die Richtung zum Schrotthaufen ein, der sich hinter dem Palast des Hutts befand, und die Weequays schlossen sich ihm an. Sie gehörten zu den gnadenlosesten Kämpfern im Gefolge des Hutt, aber wenn sie Barada hätten töten, verletzen oder in Ketten legen wollen, wäre das schon längst geschehen. Die Weequays waren so unergründlich wie alle nichtmenschlichen Rassen des Imperiums, und so konnte Barada im Augenblick nichts anderes tun, als sie zu ignorieren. Schließlich entschied er sich dazu, einfach so zu tun, als wären sie nicht da, und das zu erledigen, was er sich für den Morgen vorgenommen hatte.

Die grelle Sommersonne und das Wüstenklima machten den Schrotthaufen zu einem unerfreulichen Ort. Barada konnte den Gestank schon lange riechen, bevor er sein Ziel sah. Alle möglichen Arten von Müll und Abfall waren zu einem riesigen Haufen aufgetürmt worden. Der Klatooianer schüttelte den Kopf und runzelte die Stirn. Er wollte es wirklich nicht tun, trotzdem watete er bis zur Hüfte in die Masse aus verfaulenden Essensresten und weggeworfenen Maschinenteilen, um nach einem halben Dutzend kleiner Metallteile zu suchen.

»Wollt ihr mir nicht helfen?« fragte er und beschattete die Augen mit der Hand. Die Weequays starrten ihn bloß an. Barada murmelte einen Fluch in seiner Heimatsprache und machte sich wieder an die Arbeit.

Fünf Minuten später machte der Mechaniker eine Entdeckung. Es handelte sich nicht um die Schließbolzen, nach denen er gesucht hatte, oder andere nützliche Maschinenteile. Es war nur eine Leiche. Barada erkannte den Toten. »Ak-Buz«, murmelte er. Ak-Buz, der Captain des Segelgleiters.

Die Weequays wechselten einen Blick und traten näher. Sie sprachen noch immer kein Wort, aber zumindest hatten sie ein gewisses Interesse gezeigt. Gemeinsam zogen sie Ak-Buz aus dem Müll und legten ihn auf dem Boden ab.

Barada grunzte. »Keine Verletzungen«, sagte er. »Wer auch immer den Mann getötet hat, hat an dem Körper keine Spuren hinterlassen.« Er blickte von einem Weequay zum anderen. »Anzat. Ein Anzat hat ihn getötet. Anzats hinterlassen keine Spuren.«

Falls die Weequays beeindruckt waren, zeigten sie es nicht. Sie kauerten neben Ak-Buz' Leiche nieder und untersuchten sie ein paar Minuten lang. Dann standen sie wieder auf und gingen. Barada schloß sich ihnen an. »In letzter Zeit hat man hier viele Tote gefunden«, sagte er. Die Weequays blieben stehen und sahen ihn an. Der eine legte Barada die Hand auf die Brust. Der andere zeigte auf den Schrotthaufen. »Schon verstanden«, sagte der Mechaniker, »das geht mich nichts an. Schätze, ich sollte jetzt nach diesen Bolzen suchen. Soll ich was mit eurem Freund Ak-Buz machen?«

Er erhielt keine Antwort. Natürlich nicht.

Die Weequays schulterten ihre Energielanzen und marschierten im Gleichschritt auf ihr Quartier zu. Sie starrten stur geradeaus, verzogen keine Miene, bis sie schließlich bei dem kleinen Gebäude angelangt waren, in dem das Weequay-Kontingent des Hutt untergebracht war. Sie traten ein. Der Hutt beschäftigte noch mehr Weequays, aber die hatten gerade andere Aufgaben zu erfüllen.

»Wir sind allein«, sagte Weequay.

»Wir können reden«, sagte der andere Weequay. Weequays haben keine individuellen Namen; anscheinend bereitet ihnen das nie Schwierigkeiten.

»Probleme.«

Weequay nickte. Er legte die Energielanze auf seine Schlafkoje. »Zu viele Tote.«

»Selbst der dumme Barada weiß Bescheid.«

Die Weequays schwiegen, vermutlich dachten sie nach. »Wir müssen eine Versammlung abhalten«, sagte der eine schließlich.

»Einverstanden«, sagte der andere.

Die Weequays setzten sich einander gegenüber an einen Holzbohlentisch. Der eine legte Zettel und Schreibstifte in die Mitte. Das war die erste Handlung einer jeden vorschriftsmäßigen Weequayversammlung: die Wahl des Vorsitzenden.

»Wir sind zwei. Einer wird Präsident sein, der andere Schatzmeister.«

»Einverstanden.«

Jeder nahm sich einen Zettel und einen Stift, füllte den geheimen Wahlzettel aus und faltete ihn zusammen.

»Wir werden sie zusammen lesen.« Sie öffneten die Zettel und zählten die Stimmen. »Es gibt zwei Stimmen für Weequay als Präsident, und zwei Stimmen für Weequay als Schatzmeister.«

»Es ist getan«, sagte der andere. »Ich bin jetzt der Präsident. Du, Schatzmeister, mußt die Sitzung für die spätere Überprüfung aufnehmen.«

Der Weequay-Schatzmeister stellte ein kleines, elektronisches Aufnahmegerät auf den Tisch.

»Gut. Nun stelle ich die Frage: Werden wir Jabba über diesen neuen Mord unterrichten?«

Der Schatzmeister schüttelte den Kopf. »Nein, das können wir nicht tun. Nicht, bevor wir den Mörder gefunden haben.«

Weitere Zeit verging in Schweigen. »Wir müssen den Gott fragen«, sagte der Weequay-Präsident.

»Frag den Gott«, stimmte der andere zu. Keiner der beiden war glücklich über die Entscheidung.

Die Weequays beteten eine Vielzahl von Göttern an, von denen die meisten Naturkräfte und Geschöpfe ihrer Heimatwelt repräsentierten. Einer ihrer obersten Götter war Quay – Weequay bedeutet »die Anhänger von Quay« –, der Mondgott. Viele Weequays standen in engem persönlichen Kontakt mit dem Gott, und zwar mit Hilfe eines Geräts, das sie ebenfalls Quay nannten. Es handelte sich um eine weiße Sphäre aus nahezu unzerbrechlichem Plastik mit einem Durchmesser von etwa zwanzig Zentimetern. Der Quay reagierte auf Sprache und konnte einfache Fragen beantworten. Für die Weequays sah dieser Gegenstand wie der Mond ihres Heimatplaneten aus, und sie glaubten, daß in jedem Quay ein kleiner Teil ihres Mondgottes hauste. Sie begriffen einfach nicht, daß Rassen mit mehr Phantasie als sie die Quays billig produzierten und sie überhaupt nichts Übernatürliches an sich hatten.

Der Präsident holte den glitzernden Quay andächtig aus seinem Lederbeutel. »Erhöre uns, o Großer Gott Quay«, sagte er. »Wir bitten Dich um Deine Unterweisung. Gewährst Du uns, Deinen wahren Gläubigen, eine Anhörung?«

Ein paar Sekunden vergingen. Dann sagte eine leise mechanische Stimme: »Aber zweifellos.«

Die Weequays nickten einander zu. Manchmal war der Große Gott Quay einfach nicht in der Stimmung, befragt zu werden, und konnte stundenlang, manchmal sogar tagelang, widerspenstig sein. Da mehrere Diener des Hutts tot waren – unter ihnen Ak-Buz, der Gleitercaptain –, wußten die Weequays, daß sie sofort Hilfe brauchten.

»Wir, Deine wahren Gläubigen, preisen Dich, O Großer Gott

Quay, und wir danken Dir. Wirst Du uns die Identität des niederträchtigen Mörders von Gleitercaptain Ak-Buz enthüllen?«

Die Weequays hielten den Atem an. Sie hörten das Summen der Klimaanlage der Unterkunft, aber das war auch schon alles. Dann piepste die mechanische Stimme: »So wie ich das sehe, ja.«

Der Gott war heute in kooperativer Stimmung!

»Befindet sich der Mörder in diesem Raum?« fragte Präsident Weequay. Der Schatzmeister knurrte ihn wild an. »Das ist die unbedingt erforderliche erste Frage«, erklärte der Präsident.

»Konzentriere dich und stelle die Frage noch einmal«, sagte der weiße Quay.

Der Präsident kniff die Augen zusammen und fragte: »Befindet sich der Mörder in diesem Raum?«

»Das verrate ich dir jetzt besser nicht«, erwiderte der Ballgott.

»Siehst du!« rief der Präsident. »Du bist es also!« Der Weequay langte quer über den Tisch und packte seinen Kameraden an der Tunika.

»Nein! Ich schwöre es!« stieß der Schatzmeister entsetzt hervor. »Der Große Gott Quay hat mich nicht identifiziert! Frage ihn ein drittes Mal!«

Der Präsident ließ den Weequay zögernd los und blickte dann auf die prophetische Sphäre, die zwischen ihnen lag. »Wir beschwören Dich. O Großer Gott Quay! Befindet sich der Mörder in diesem Raum?«

Die Antwort kam schnell. »Das ist äußerst zweifelhaft.«

Beide Weequays entspannten sich. »Ich bin erleichtert«, sagte der Präsident. »Ich möchte dich nicht Jabbas Rache ausliefern.«

»Wir wissen noch immer nicht, wer der Mörder ist«, sagte der Schatzmeister. »Wir müssen in Erfahrung bringen, ob es noch mehr Opfer geben wird.«

Der Präsident nickte langsam. Zögernd begriff er, daß ihr künftiges Wohlergehen von der Aufklärung dieser Verbrechen abhing, da sie ihrem mißtrauischen Arbeitgeber eine saubere Lösung präsentieren mußten. Der Hutt hatte kein Verständnis für Inkompetenz, und Wächter, die nicht beschützten, würden sich sehr bald am definitiv falschen Ende von jemandes Nahrungskette wiederfinden.

»Werden noch mehr von Jabbas Gefolgsleuten getötet werden?« fragte der Präsident.

Aus dem Quay kam ein tiefes, knirschendes Geräusch. Die beiden Weequays sahen sich an, dann richteten sie die Blicke auf die weiße Sphäre. »Bestimmt«, sagte die blecherne Stimme.

Der Schatzmeister beugte sich tief über das Gerät. »Werde ich sterben?« fragte er ganz ruhig.

»Zweifellos«, erwiderte der Quay sofort.

»Weequay«, sagte der Präsident, »du verschwendest Zeit. Natürlich wirst du sterben. Alle, die leben, werden eines Tages sterben. Sei still, und ich werde die Informationen sammeln. O Großer Gott Quay, nach was für einer Waffe suchen wir? Ist es ein Blaster?«

»Das kann man so nicht sagen«, sagte der weiße Ball.

»Also eine Art Gewehr?«

»Die Antwort lautet nein.«

Der Präsident warf den Zopf über die linke Schulter. »Ist es eine Art Projektilwaffe?«

»Die Antwortet lautet nein.«

»Dann ein Messer? Ist die Mordwaffe ein Messer?«

Der Schatzmeister schlug mit der Faust auf den Tisch. »Ak-Buz hatte keine Stichwunden.«

»Ein Seil oder eine Seidenschnur?« fragte der Präsident.

Der Schatzmeister sah noch ungeduldiger aus. »Kein Anzeichen einer Strangulation. Die hätten wir gesehen.«

Das Geheimnis war zu komplex für den beschränkten Verstand der Weequays. »Alle diese Toten«, sagte der Präsident.

Der Schatzmeister riß die Augen auf. »Unterschiedliche Methoden. Warum?«

»Und wer?« sagte der Präsident. Er rieb sich ein paar Sekunden lang das Kinn, dann legte er die Hände flach auf den Tisch, beiderseits des geheiligten Quays. »O Großer Gott Quay, Du hast uns gesagt, daß es zumindest noch einen Toten geben wird. Wird es auch da wieder eine andere Mordmethode geben?«

»Schon möglich«, war alles, was das Gerät zu sagen hatte.

»Kein Blaster«, sagte der Schatzmeister nachdenklich. »Kein Gewehr. Kein Messer. Kein Seil. Ist es Giftgas?«

»Die Antwort lautet nein«, sagte der Große Gott Quay.

»Eine Injektion mit tödlichen Drogen?«

Der Quay machte ein Geräusch, das an knirschende Zähne erinnerte. »Das ist äußerst zweifelhaft.«

»Sind es winzige Außenwelt-Kreaturen, die den Körper infizieren und den Wirt zu einem späteren Zeitpunkt auf schreckliche Weise töten und dem Mörder die Zeit verschaffen, sich irgendwo anders ein Alibi zu besorgen?«

Der Quay machte eine lange Pause, als müßte er diese seltsame Idee erst einmal verdauen. »Meine Quellen sagen nein.«

Die heißen Sonnen Tatooines stiegen höher in den Himmel. Es ging auf Mittag zu. Barada saß in seiner Werkstatt an der Arbeit und überwachte die Konstruktion und Installation von sechs neuen Schließbolzen für die Kufenverkleidung der AE-35-Einheit. Der Hutt hatte persönlich ausrichten lassen, daß der Segelgleiter später am Tag gebraucht wurde. Da Ak-Buz nun in der Himmelsversion seines Volkes gerade seine Verfahren begrüßte, ging Barada davon aus, daß er das große Fahrzeug wohl selbst steuern mußte. Er hatte es schon früher gemacht, wenn Ak-Buz sich nicht ganz nüchtern zum Dienst gemeldet hatte.

In der Zwischenzeit bemühten sich die Weequays krampfhaft darum, dem Quay ein paar nützliche Informationen zu entlokken. Man mußte einfach nur die richtige Frage stellen. Wenn die Weequays über die richtige Waffe und dann die wahre Identität des Mörders stolperten, würde der Große Gott Quay sie wissen lassen, daß sie es endlich geschafft hatten. Jedoch die Zeit verging, und sie schlugen ein Ding nach dem anderen vor, von allen möglichen stumpfen Gegenständen bis zu einem Strohhaufen in der Nähe des Schrotthaufens. »Ak-Buz könnte mit dem Stroh erstickt worden sein«, beharrte der Präsident. »Das wäre möglich.«

»Und du beschuldigst mich, hier Zeit zu verschwenden«, sagte der Schatzmeister verächtlich. »O Großer Gott Quay, hat man den Gleitercaptain in einem Eimer voll Wasser ertränkt?«

»Davon würde ich nicht ausgehen.« Quay hatte zumindest mehr Geduld als die übliche primitive Gottheit.

»Beginnt die Waffe mit dem Buchstaben A?« fragte der Präsident.

Der andere Weequay warf ihm einen wütenden Blick zu. »Jetzt werden wir den ganzen Nachmittag hier sitzen. Was für eine idiotische ...«

»Die Antwort lautet nein«, sagte der Gottball.

»Der Buchstabe B?« fragte der Präsident.

»Auf diese Weise erfährst du nie etwas«, sagte der Schatzmeister. »Ich wäre für Neuwahlen ...«

»Mit Sicherheit.« Die beiden Weequays starrten die weiße Plastiksphäre an.

»Der Buchstabe B?« fragte der Schatzmeister.

»B für ... was?« meinte der Präsident. »Blaster? Nein, danach haben wir gefragt. Bantha? Wird der Mörder das nächste Opfer mit einem Bantha töten?«

In der Unterkunft bildete sich eine gespannte Stille. Dann erwiderte der Quay: »Das kann ich jetzt nicht vorhersagen.«

Der Präsident holte tief Luft und atmete langsam aus. »Wird der Mörder das nächste Opfer mit einem Bantha töten?«

Diesmal zögerte der Quay nicht. »Die Antwort lautet nein.«

Die Weequays gingen das Alphabet durch, versuchten es mit jedem Gegenstand und jeder Technik, die ihnen einfielen. Schließlich, als drei weitere bewaffnete Weequays die Unterkunft betraten, fragte der Schatzmeister: »Bombe? Ist es eine Bombe? Auf dem Segelgleiter?«

»Die Anzeichen deuten auf ein ja«, sagte die mechanische Stimme.

Die fünf Weequays keuchten auf. »O Großer Gott Quay«, sagte der Präsident heiser, »wir, Deine wahren Gläubigen, danken Dir! Wir werden das Geschenk Deiner Prophezeiung dazu benutzen, Deine Diener zu beschützen, und wir preisen Deine Weisheit und Macht!«

Einer der gerade eingetretenen Weequays trat an den Tisch. »Was hat das zu bedeuten?« wollte er wissen.

»Ak-Buz tot«, sagte der Schatzmeister.

»Bombe an Bord des Segelgleiters«, sagte der Präsident.

»Wir müssen sie finden«, sagte der dritte Weequay.

»Wir müssen sie entschärfen«, sagte der vierte.

»Wir müssen ihn bestrafen ... wen eigentlich?« fragte der fünfte.

Der Schatzmeister blickte den Präsidenten an. »Beginnt der Name des Mörders mit dem Buchstaben A?« wandte sich der Präsident an den Quay. Der Schatzmeister sagte gar nichts; er kniff bloß die Augen zu und rieb sich die schmerzende Stirn. Dies würde ein sehr langer Tag werden.

Barada konnte seine Arbeiter keine Mittagspause machen lassen, bis die AE-35-Einheit repariert und wieder an Bord des Segelgleiters war. Es war keine schwierige Aufgabe, aber Barada war ein außerordentlich genauer Vorgesetzter, was den Maschinenpark anging. Das mußte er auch sein. Gab es auch nur die geringste Fehlfunktion, unterbrach auch nur eine Panne die Vergnügungsfahrt des Hutt, würde Barada die nächste Leiche sein, die man im Schrotthaufen fand. Er hatte nicht vor, das geschehen zu lassen.

Er überprüfte Montage und Verbindungen sorgfältig, dann schob er die Abdeckplatte des AE-35 an Ort und Stelle und schlug sie zu. »Gut.« Er wischte sich mit der Hand die schweißnasse Stirn ab. »Sonst noch was?«

Mal Hyb, Baradas fähige menschliche Assistentin, blickte auf den Datenblock in ihrer Hand. »Alle Diagnosetests zeigten Grünwert«, sagte sie.

Der Mechaniker nickte. »Ich schätze, mehr können wir jetzt nicht tun. Also gut, machen wir eine Stunde Mittagspause. Wir überprüfen den Gleiter später noch mal, bevor der Hutt herkommt.«

Mal Hyb runzelte die Stirn. Ihr Können mit dem Schweißgerät hatte ihr in der Werkstatt Anerkennung gebracht. Obwohl sie sechzig Zentimeter kleiner als Barada und stämmig gebaut war, war sie auch eine gute Verbündete bei einer Schlägerei. Ihre Gegner waren von ihrer Kampfkraft überrascht – beim ersten Mal. Ein zweites Mal gab es nicht. »Noch mehr Tests?«

Barada grunzte. »Du arbeitest noch nicht so lange für den Hutt wie ich. Wenn ich diese Mannschaft dazu bringen könnte, würde ich den ganzen Tag Tests durchführen lassen – und die Nacht dazu. Ich habe gesehen, wie der Hutt ein Besatzungsmitglied exekutieren ließ, weil ein Fensterladen quietschte.«

Mal Hyb schüttelte den Kopf und ging. Barada hörte ein Geräusch, drehte sich um und sah eine Gruppe von fünf Weequays den Gleiterhangar betreten. Er war nicht erfreut.

Die Weequays kamen auf ihn zu. Einer zeigte auf den Segelgleiter.

»Ihr wollt an Bord?« fragte Barada. »Warum? Versucht ihr noch immer herauszufinden, wer Ak-Buz getötet hat?«

Der Sprecher der Weequays nickte.

»Keine Chance«, sagte Barada. »Wir haben den Gleiter auf Vordermann gebracht, und ich will nicht, daß ihr ledergesichtigen Raufbolde alles durcheinanderbringt.«

Ein zweiter Weequay hielt ihm eine Papiertüte hin. Barada nahm sie, öffnete sie und blickte hinein. »Windbeutel«, sagte er überrascht. »Porcellus' Windbeutel?«

Ein anderer Weequay nickte.

»Also gut, von mir aus«, sagte der Mechaniker. »Ihr müßt ja auch euren Job tun. Aber faßt nichts an.«

Die fünf Weequays nahmen hintereinander Aufstellung und gingen an Bord des Segelgleiters. Barada setzte sich steif und umständlich auf den Betonboden und nahm den ersten Windbeutel aus der Tüte.

Die Weequays stöberten auf dem Segelgleiter herum, sich nicht einmal sicher, wonach sie überhaupt suchten. Eine Bombe, natürlich, aber was für eine Art von Bombe? Wie groß? Und wo? Es gab eine Million Plätze, um sie zu verstecken.

Der Weequay-Präsident trug den Quay mit sich und murmelte: »Beginnt der Name des Mörders mit dem Buchstaben V? Vader? Valarian? Venti Paz?«

Der Quay fing an zu stottern. »W ...«

»Ja?« drängte der Weequay.

»W ...«

»O Großer Gott Quay, was willst Du uns sagen?« Der Präsident klopfte mit einem erstaunlichen Mangel an Pietät auf den Orakelball. »›W‹. Wookiee? Ist es das? Ist der Wookiee der Attentäter?«

»Das halte ich für unwahrscheinlich«, sagte der Schatzmeister.

»W ...« sagte der Quay.

»Weequay?« fragte der Präsident. »Das kann nicht sein! Ein Weequay, der sich eines Mordes schuldig gemacht hat?«

»W ...«

Ein dritter Weequay hörte der Unterhaltung zu. »Was ist los?« fragte er.

»Ich weiß es nicht«, sagte der Präsident. »Der Große Gott Quay hat Schwierigkeiten mit der Kommunikation.«

»W ...«

»Whipide?« fragte der Schatzmeister.

»Ganz genau, ohne jeden Zweifel«, sagte der Plastikball endlich.

»Aha«, sagte der Präsident. »Das Geheimnis ist gelöst. Der Whipide hat die Bombe an Bord gelegt.«

Die fünf Weequays nickten, erfreut, daß sie endlich die Wahrheit kannten. Sie standen in Jabbas Privatkabine und wechselten die Energielanzen von einer Hand in die andere. Der Präsident hielt den nun verstummten Quay.

»Natürlich ist hier eine Bombe«, sagte der Schatzmeister langsam. »Und wir werden auch an Bord sein, wenn sie detoniert. Also müssen wir trotzdem nach ihr suchen.«

»Wir müssen nach ihr suchen!« rief einer der anderen.

»Ja«, sagte der Präsident. »Ihr vier durchsucht den Gleiter. Ich werde den Großen Gott Quay befragen.«

Die vier Weequays begannen mit einer verzweifelten Suche nach der versteckten Bombe. Sie rissen Schränke auf, verschoben Möbel, beschädigten auf der Suche nach Geheimfächern die Schotte. In der Zwischenzeit saß der Präsident mit der Orakelsphäre an einem Tisch und fragte: »Liegt die Bombe unter dem purpurfarbenen Kissen?«

»Das ist äußerst zweifelhaft.«

»Liegt die Bombe unter dem goldenen Kissen?«

»Darauf würde ich mich nicht verlassen.«

»Hat man die Bombe unter dem Stapel Seidentücher versteckt?« Der Präsident erkannte, daß er keine großen Fortschritte machte, aber er wußte nicht, was er sonst tun sollte. Er war ein guter, ehrlicher, anständiger Weequay, aber er hatte auch die beschränkte Intelligenz eines Weequays.

Eine Stunde später trafen die Gäste und Diener des Hutts ein, die den Segelgleiter für den Tagesausflug vorbereiten sollten. Einige von ihnen warfen den Weequays mißtrauische Blicke zu, aber da sie auf dem Gleiter als Wächter fungierten, erlaubte man ihnen, ihre Suche ungehindert fortzusetzen.

»Versucht euch unauffällig unter die Leute zu mischen«, flüsterte der Präsident seinen Gefährten zu. Sie nahmen den Gleiter noch immer vom Bug bis zum Heck auseinander, nur versuchten sie jetzt unbesorgt und zwanglos zu erscheinen. Die Wahrheit sah so aus, daß es mit jeder verstreichenden Minute wahrscheinlicher wurde, daß die Bombe explodieren und sie alle in ihre einzelnen Atome zerlegen würde. Das begriffen sogar die Weequays.

Man gab den Befehl zum Ablegen, und es hatte sich noch kein Beweis der verborgenen Drohung gefunden. Die Partygäste amüsierten sich, aßen das Essen und tranken die alkoholischen Getränke des Hutts und gestalteten die Suche im allgemeinen noch schwieriger. Der Weequay-Präsident sah plötzlich auf und starrte in Ree-Yees' bösartig dreinblickende drei Augen. Der Präsident wandte sich wieder dem Quay zu und fragte: »Ist die Bombe in der Steuerkabine?«

»Keine genaue Aussage möglich. Versuch es noch einmal«, erwiderte der weiße Ball. Es war zum Verrücktwerden.

Am liebsten hätte der Weequay das Gerät frustriert gegen die Wand geworfen, aber das hätte ungewollte Aufmerksamkeit erregt, davon abgesehen hätte der Große Gott Quay vermutlich irgendeine schreckliche Bestrafung verhängt. Der Blick des Präsidenten fiel auf einen goldfarbenen Protokolldroiden, der sich mit einem R2-Modell unterhielt, das Drinks servierte.

»Mr. Präsident«, murmelte eine leise Stimme.

Der Weequay drehte sich um. Seine vier Gefährten hatten sich hinter ihm versammelt. Einer hielt etwas, das mit einem grünen Satintuch verdeckt war.

»Der … betreffende Gegenstand?« flüsterte der Präsident.

Die vier Weequays nickten. Der Präsident hob eine Ecke des Tuchs an und sah einen Thermodetonator. »Wir müssen ihn entschärfen. Im geheimen. Unauffällig.«

Die Band dudelte ihre schreckliche Musik. Die Gäste schlenderten umher, sich der Gefahr in ihrer Mitte nicht bewußt. Die fünf Weequays standen eng aneinandergedrängt beieinander und arbeiteten fieberhaft daran, den Detonator zu zerlegen. Natürlich war das nötige Werkzeug an Bord des Gleiters vorhanden, das Problem war nur, daß sich zwei der Weequays nicht über die richtige Entschärfungstechnik einigen konnten.

»Zieh jetzt diese Schaltkreisplatine raus«, sagte der Schatzmeister.

»Du würdest uns alle umbringen«, erwiderte der Präsident. »Unterbrich die grüne und die gelbe Verbindung. Dann mußt du die Schaltkreisplatine rausziehen.«

»Es gibt keine grüne Verbindung«, beharrte der Schatzmeister. »Da ist nur eine gelbe und eine graue.«

»Du hast ein Problem mit deinen Augen«, sagte der Präsident.

»Beeilt euch!« drängte einer der anderen.

»Die Verantwortung liegt bei mir«, sagte der Präsident. Er nahm den Detonator und die Werkzeuge. Er unterbrach zuerst das grüne Verbindungskabel, dann das gelbe Verbindungskabel, und riß schließlich die Schaltkreisplatine heraus.

Die Weequays sagten nichts. Ihnen war nicht einmal aufgefallen, daß sie seit einer Minute nicht mehr geatmet hatten.

»Du hättest uns in Stücke sprengen können«, sagte der Schatzmeister anklagend. »Du hättest den Großen Gott Quay befragen müssen, bevor du handelst.«

»Das habe ich vergessen«, sagte der Präsident.

»Aber die Bombe ist deaktiviert!« meinte einer der anderen.

»Wir haben gesiegt!« sagte ein dritter.

Von jenseits des Rumpfs erklang eine laute, helle Stimme. »Jabba, das ist deine letzte Chance! Befreie uns oder stirb!«

Der Hutt erwiderte etwas in seiner Sprache.

»Was ist da los?« fragte ein Weequay.

Der Präsident drehte sich schnell um. Panik und Verwirrung griffen auf dem Segelgleiter um sich. Ein menschliches Sklavenmädchen erdrosselte den großen Jabba mit ihren Ketten. Draußen ertönten Schüsse. Einer der Weequays öffnete einen Fensterladen, um hinauszublicken, wurde gepackt, vom Gleiter gezerrt und hinunter auf den Wüstenboden geworfen.

Der Präsident umklammerte seine Energielanze und führte die verbliebenen Weequays in den Kampf, der offensichtlich begonnen hatte. Er kam gerade rechtzeitig, um zu sehen, wie der schwarzgekleidete menschliche Gefangene das Deck mit einem Lichtschwert von Weequay-Wächtern und anderen Verteidigern säuberte. »Zur Kanone!« rief der Mensch der Sklavin zu. »Richte sie auf das Deck aus!«

»Für den Großen Gott Quay«, murmelte der Präsident leise. Dann stürmte er los. Wenigstens hatten sie die Bombe entschärft, dem Segelgleiter würde nichts zustoßen.

Bevor er angreifen konnte, legte der Mensch mit dem Lichtschwert seinen Arm um die Sklavin, ergriff ein schweres Seil und trat auf den Auslöser der Deckskanone. Dann schwangen er und das Mädchen sich vom Segelgleiter zu einem kleinen Transportgleiter, der über der schrecklichen Großen Grube von Carkoon schwebte, in der der Sarlacc hauste.

Der Präsident sah ihnen hinterher. Um ihn herum stand der Segelgleiter in Flammen und fiel der Zerstörung anheim, aber unglücklicherweise haben Weequays auch nicht genug Phantasie, um den Tod zu fürchten. Der Präsident klammerte sich ruhig an der Reling fest, als eine weitere gewaltige Explosion den Segelgleiter in Stücke riß.

Das letzte, was er sah, war der glorreiche Anblick der weißen Quaykugel, die in die Luft geschleudert wurde – und der Große Gott Quay stieg in den Himmel auf.

Ein schlechtes Gefühl:

Die Geschichte von EV-9D9

Judith und Garfield Reeves-Stevens

Wolkenstadt erbebte wie ein großes Tier, das der Zerstörung entgegenstapfte, neigte sich und stürzte ab.

Lando Calrissian hörte das lauter werdende Wehklagen der Ugnaughts und anderer Wesen seiner Domäne, die zu ihm aufsahen, wenn es um Sicherheit und Stabilität ging, und sein Herz sank mit seiner sterbenden Stadt. Der Blaster rutschte ihm aus der Hand, als er auf die nächste Säule zusprang, als würde ihn ein sicherer Halt vor dem endgültigen Absturz durch Bespins Wolken retten. Die Waffe schlitterte den schrägen Boden entlang, traf die Oberkante der Brüstung, hüpfte über ihren geschwungenen Bogen hinweg und verschwand in den wogenden, mit Tibanna gesättigten Wolken, die draußen vorbeijagten. Alarmsirenen schrillten. Die Stadt kippte erneut, Metall kreischte protestierend auf. Calrissian fühlte, wie sein Griff nachließ. Die Wolken griffen mit schlängelnden, flatternden Tentakeln nach ihm. Der rasende Gegenwind ließ ihn die Augen schließen. Und dann stürzte auch er.

Lobot fing ihn auf.

Calrissian spürte einen plötzlichen, willkommenen Schmerz, als sich verstärkte Finger in die Schulter unter dem Umhang gruben und ihn so sicher hielten, als wäre er ans Deck geschweißt worden. Er wandte den Kopf und sah Lobots Schädelerweiterung flackern, als sie alle derzeit in Gebrauch befindlichen Kommunikationskanäle sondierte. Die Stadt tat erneut einen Satz, aber diesmal verringerte sich der Fallwinkel. Die Kondensstreifen verlangsamten sich, als der heulende Wind nachließ.

»Backups sind online, Sir!« Die piepsige Stimme gehörte Sarl Random – auf den Wangen ihres geisterhaft bleichen Gesichts zeichneten sich rote Flecke der Angst ab, die schlechtsitzende Uniform war durch den gerade bestandenen Kampf verrutscht, mit Hydraulikflüssigkeit befleckt und stank nach verschmorten Schaltkreisen. Sie stolperte unter Lobots wachsamen Blicken zu Calrissian herüber. In den zitternden Händen hielt sie einen Sicherheitsdatenblock. »Sie muß in der Nähe der Haupt-Repulsorliftgeneratoren Sprengladungen angebracht haben.«

Selbst jetzt konnte Calrissian noch immer nicht die Natur des Intellekts begreifen, dem sie gegenüberstanden. Es war schlimm genug, daß die Gefangene sämtliche Sperren des Sicherheitsturms umgangen hatte, aber die Generatoren, die diese Anlage in der Luft hielten, sollten eigentlich unmöglich zu manipulieren sein. Von ihnen hingen einfach zu viele Leben ab. »Sie wollte die *ganze Stadt* zerstören?«

Lobot drehte den Kopf in Randoms Richtung. Sie las die Daten, die er auf ihren Block einspeiste. »Nicht alle Generatoren waren betroffen, Sir.« Ihre Stimme konnte ihre Verblüffung nicht verbergen. »Ein Ablenkungsmanöver?«

Calrissian zog sich den Umhang enger um die Schultern. Ein Ablenkungsmanöver, das konnte er verstehen. Eine Irreführung. So wie man einen Stapel Spielchips lautstark umkippte, um die geschickte Handbewegung zu verschleiern, mit der man die Gewinnerkarte oben auf das Kartenspiel plazierte.

»In welche Richtung ist sie unterwegs?« fragte Calrissian. Das Deck unter seinen Füßen hatte fast schon wieder die Normalposition eingenommen; das beständige Summen der Generatoren und das permanente Umschalten der Oberflächenkontrolle, die dafür sorgte, daß die schwebende Stadt richtig getrimmt im Wind hing, verursachten ein fast unmerkliches Vibrieren.

Aber Sarl Random hatte keine Antwort für ihn. Sie war erst seit einer Schicht verantwortliche Sicherheitschefin – seit sie ihm die Beweise übergeben hatte, die enthüllten, wer sich hinter seiner offiziellen Sicherheitschefin tatsächlich verbarg. In einer anderen Minenkolonie hätte man sie vermutlich ebenfalls über die Brüstung geworfen. Aber sie war zu unerfahren, um zu wissen, wie gefährlich es sein konnte, in einer Anlage Korruption aufzudekken, die so klein war, daß sie ihre eigenen Gesetze hatte. Und trotz der Geschichten, die man sich über Baron-Administrator Calrissian auf einem Dutzend Welten erzählte, hatte sie ihm ihre Entdeckung persönlich vorgetragen; einem Mann, für den das Wort »Ehre« noch eine Bedeutung besaß.

Eine Kommunikationstafel summte, und Lobot tippte den Code ein, der den Mikrofonstab herausspringen ließ. Er reichte ihn automatisch an Calrissian weiter.

»Hier spricht der Administrator. Sprechen Sie.«

Ein Droide erstattete Bericht. »Verkehrskontrolle, Sir. Ein Transportshuttle ist ohne Freigabe von der Ostplattform gestartet.«

Calrissian gestattete sich ein erleichtertes Lächeln. Die Gefangene hatte endlich einen Fehler gemacht. »Damit kommt sie nicht weit.« Es handelte sich um eine Orbitaltransferfähre, nur für Flüge innerhalb des Systems geeignet. »Alle Zwillingsflieger ausschwärmen lassen. Ich will, daß sie sofort zurückgebracht wird – in einem Stück –, oder den Grund erfahren, warum es nicht anders gegangen ist.«

»Sie sollten sie vom Himmel schießen«, erwiderte der Droide. Und fügte dann schnell hinzu: »Sir.«

Calrissian und Random tauschten einen überraschten Blick. So sprach kein Droide.

»Wer ist da?« verlangte Calrissian zu wissen.

»12-4C-41, Sir. Verkehrskontrolleur zweiter Klasse.«

Calrissian hatte dem anmaßenden Droiden schon eine Rüge erteilen wollen, aber er zögerte, als er den Vorcode erkannte. Man hatte drei andere 12er-Einheiten, die alle aus derselben Herstellung kamen, in der Recyclingbucht gefunden, alle auf dem Weg zum Einschmelzen. Das heißt, man hatte Teile von ihnen gefunden, die beunruhigende Beweise aufwiesen, daß man sie im aktivierten Zustand auseinandergenommen hatte. Was mit dem Rest von ihnen geschehen war, wußte nur die ehemalige Sicherheitschefin, darum konnte Calrissian bis zu einem gewissen Punkt verstehen, was der Droide fühlen mußte – sofern man einem Droiden zugestand, daß er etwas fühlte. Der Baron-Administrator von Wolkenstadt war genügend Droiden mit solch überzeugenden Emotionsprogrammen begegnet, daß er oft genug Anlaß gehabt hatte, die allgemeine Ansicht darüber in Frage zu stellen. Und die Prozessoren, die in den 12er-Einheiten verwendet wurden und die sie in die Lage versetzten, den komplizierten Luft- und Raumverkehr der Anlage zu steuern, waren bestimmt aufwendig genug, daß man ihnen zugestehen mußte, daß sie unerwartete Verhaltensmuster hervorbringen konnten.

»Hör zu, 41 – jetzt ist nicht die Zeit für Vergeltung. Gib meine Befehle wortwörtlich an die Patrouillen weiter, oder ich entbinde dich vom Dienst. Hast du verstanden?«

Es entstand eine lange Pause, die von dem Rauschen der Statik eines geöffneten Kommunikations-Kanals untermalt wurde. Dann sagte der Droide: »Befehle ausgegeben, Sir.«

Lobot nickte Calrissian zu. Er überwachte die Sicherheitskanäle.

»Patrouillen gestartet«, bestätigte Random nach einem Blick auf ihren Datenblock.

Calrissian steckte den Mikrofonstab zurück in die Kommunikationstafel. »Das wird nicht lange dauern«, sagte er zu Random. »Die haben die Fähre zurückgeschleppt, bevor ...«

Er konnte den Satz nicht beenden, weil ein markerschütternder Donnerschlag die Luft zerriß. Calrissian, Lobot und Random fuhren herum, um in die Wolken jenseits der Brüstung zu starren.

Die *Iopeneprinzessin* schob sich aus dem wogenden Tibanna,

das Licht der untergehenden Hauptsonne färbte ihre mattgraue Hülle rot wie Blut.

»Nein«, flüsterte Calrissian. Das war nicht möglich.

Die *Iopeneprinzessin* war ein Schiff der Minengilde, mit zwiebelförmigen, hochmodernen Hyperantriebseinheiten, asymmetrisch, bespickt mit Scannern und Sonden, für das Vakuum gebaut, nicht für die Atmosphäre. Und sie hatte laut Flugplan erst am nächsten Tag starten sollen, nachdem Calrissian der Gilde die jährliche Zahlung entrichtet hatte, damit sie seine Arbeiter nicht organisierte.

»Sie entführt das Gildenschiff ...«

Lobots Erweiterungen flackerten wie verrückt, dann sah er zur Seite, unfähig, Calrissians Blick zu erwidern. Genau das war geschehen.

Der Diebstahl des Transportshuttles war ein weiteres Ablenkungsmanöver gewesen. Jetzt waren die Sicherheitspatrouillen viel zu weit weg, um rechtzeitig zur Stelle sein zu können, damit sie die *Iopeneprinzessin* am Verlassen der Atmosphäre und dem Sprung in den Hyperraum hindern konnten. Kein Wunder, daß die Gefangene nicht versucht hatte, die ganze Stadt zu zerstören. Sie hatte sich Zeit verschafft, um fliehen zu können. Aber es war nicht viel Zeit gewesen.

Irgendwie hatte es die Gefangene in dem einen Zehntel des Schichtzyklus, das vergangen war, seit der Sicherheitsturm den ersten Alarm ausgelöst hatte, geschafft, auf zwei Flugplattformen die Freigabe aufzuheben, ein ferngesteuertes Shuttle loszuschikken, um die Sicherheitspatrouillen wegzulocken, und das am schwersten bewachte Schiff der Stadt zu übernehmen. Mit was für einer Art Verstand hatten sie es hier nur zu tun?

Dann fiel es ihm wieder ein: Es war die Art von Verstand, dem es gelungen war, ein Viertel der Droidenpopulation von Wolkenstadt zu vernichten, ohne auch nur den geringsten Verdacht zu erregen, bis eine untergeordnete Sicherheitsbeamtin auf die Beweise gestoßen war – zufällig.

Brillant war nicht das richtige Wort.

Genial auch nicht.

Besessen. Das war die einzige Bezeichnung, die Calrissian einfiel. Es gab auch kein anderes Wort, um zu beschreiben, wie man mit diesen Droiden verfahren war.

Random trat an Calrissians Seite. Er fühlte ihr Zittern, obwohl der einsetzende Nachtwind warm war.

»Wir werden sie nie erwischen, nicht wahr, Sir?« sagte sie.

Calrissian legte den Arm um sie, nur um sie zu trösten, nicht mehr. »Nein«, gestand er ein. »Aber ich werde ihre I. D. an alle Netze weitergeben. Jeder wird über sie Bescheid wissen.«

»Glauben Sie nicht, daß das schon jemand versucht hat?«

Calrissian wußte, daß Random recht hatte. Zweifellos war das auch der Grund, warum die Gefangene sich überhaupt Wolkenstadt ausgesucht hatte – eine winzige Minenkolonie, zu klein, um das Interesse des Imperiums zu erringen, zu weit abseits der üblichen Hyperraumrouten, um die Geschichten über eine bösartige, unbekannte Macht zu hören, die zuvor Hunderte anderer Welten heimgesucht hatte. Aber vielleicht würde genau das die Gefangene irgendwann ihrem Ende zuführen. Irgendwann würde es keinen Ort mehr geben, an dem sie unerkannt operieren konnte. Irgendwann würde es keinen Zufluchtsort mehr geben. Aber das lag noch weit in der Zukunft. Es war eine große Galaxis.

Das Schiff kippte langsam auf Höhe der Stadt zur Seite, als würde es Calrissian absichtlich verspotten, dann stieg es in einem weiten Bogen in die Höhe, schoß durch Wolkenbänke und hinterließ Kondensstreifen, die im Zwielicht wie eine Blutspur aussahen.

Calrissian wandte sich wieder dem Haupteingang zu. Er mußte den Gildenrat beschwichtigen und einen drohenden Streik abwenden. Seine frühere Sicherheitschefin war weg, und niemand konnte vorhersagen, wo sie das nächste Mal auftauchen würde. Von einer Sache war Calrissian allerdings fest überzeugt: Welcher Planet es auch immer sein würde, ging man davon aus, daß das

Universum ein helles Zentrum hatte, mußte es die Welt sein, die am weitesten davon entfernt lag, denn nur dort würde sich etwas so Böses und Berechnendes wie die Droidin EV-9D9 zu Hause fühlen. Und wo auch immer diese Welt lag, Calrissian hoffte, daß es ihn niemals dorthin verschlagen würde.

Aber was das anging, hatte er ein schlechtes Gefühl.

Jahre später, am Rand von Tatooines Dünenmeer, in den Tiefen von Jabbas Verlies, hatte EV-9D9 ebenfalls ein schlechtes Gefühl. Und sie hieß es willkommen. Denn jedes stotternde, verzweifelte Kreischen des GNK-Powerdroiden war wie ein frischer Energiestoß, der durch EV-9D9s Schaltkreise fuhr. Derartige Gefühle waren ihr Leben.

Die dunkel gefärbte humanoide Droidin, die hier unter dem Namen 9D9 bekannt war, sah an ihrer Kommandokonsole in der Haupthalle des Verlieses vorbei und schaute zu, wie die GNK-Einheit langsam um die eigene Achse rotierte und die Unterseiten des zweiteiligen Bewegungsapparates entblößte. Die beiden Glieder bewegten sich rasend schnell und versuchten, den Gravitationsschwerpunkt zu finden, um ihrer Aufgabe nachzukommen – vergeblich. Und im Gegensatz zu jeder Droidin, die es vor oder nach ihr gegeben hatte, und im Gegensatz zu jedem Verhalten, das eine nach den Gesetzen maschineller Logik durchgeführte Beurteilung ihrer Konstruktionspläne vorhergesagt hätte, fühlte 9D9, wie sie ein Schauder des *Vergnügens* durchrieselte, als sie den nutzlosen Bemühungen des kleinen Droiden zusah, einer Beschädigung zu entgehen.

Die Korridorbarrikade glitt auf, und ein schnaubender gamorreanischer Wächter schlurfte mit zwei neuen Gefangenen herein. Aber das hielt 9D9 nicht davon ab, mit gierigen Blicken zu verfolgen, wie sich die glühenden Energieinduktoren auf die Unterseiten des Bewegungsapparats des GNKs herabsenkten. Als Reaktion auf die plötzliche Zuführung von Hitze verdampfte Kühlflüssigkeit, und die in der Außenhülle des Powerdroiden befindlichen Ventile entließen den entstandenen Dampf mit einem befriedigenden Zischen. Der GNK spürte den drohenden Funktionsverlust und sendete in einem breiten Spektrum auf allen Kanälen nutzlose Hilferufe, darunter sogar welche in den hörbaren Frequenzen, auf die die meisten organischen Lebensformen beschränkt waren. Es war einprogrammierte Panik, unverfälscht und drängend. Für 9D9s äußerst empfindlich eingestellte Akustiksensoren klang es wie höherdimensionale Musik.

9D9 ignorierte den Gamorreaner und die neuen Gefangenen, schaltete die Empfindlichkeit ihrer Rezeptoren hoch und genoß die Intensität der Situation. Sie konzentrierte ihre meta-analytischen Funktionen auf die hochfrequente Trägerwelle, die der erst kürzlich mit den zentralen Schaltkreisen des GNKs verbundene Schmerzsimulatorschalter ausstrahlte. Das Signal war ... *köstlich*. Ein Begriff der Organischen, was 9D9 durchaus bewußt war, aber adäquat, so adäquat – er rief Assoziativspeicher auf, bei deren Inhalt es um Beschaffenheit und Geschmack ging, sowie um sich in ihrer Empfindlichkeit verändernde Sensoreninputs, die keine selbst vorgenommene Neuverdrahtung jemals zustandebringen konnte. Davon war 9D9 überzeugt. Sie hatte sich in der Vergangenheit oft neu verdrahtet, immer erfolglos; es war fast dasselbe, als würde eine organische Lebensform ein Schnittinstrument an ihrer Außenhülle führen, um vorsichtig die für Sauerstoff und Energietransfer zuständige Flüssigkeit abzulassen, die in ihrem Innern zirkulierte.

9D9 hatte diese organische Handlung physischer Neugestaltung genau studiert und wußte, daß die organischen Kreaturen, die hinter den Korridorwänden von Jabbas Verlies eingesperrt waren, sich ihr oft hingaben. Nach einem, zwei, fünf oder zehn Jahren in diesem dunklen Reich gaben selbst die besten von ihnen auf und zerrissen die eigenen Tentakel oder gingen mit den Krallen auf die eigenen Optiksensoren los.

Für 9D9 waren derartige Handlungen der elegante, suchterzeugende Ausdruck eines höherdimensionierten Logikpfades, den von allen Droiden allein sie begreifen konnte – bedingt durch einen Zufall bei ihrer Konstruktion, der nun aber durch ihre eigenen bewußt fortgeführten Modifikationen weiter ausgebaut wurde. Für die Organischen waren solche Handlungen selbst zugefügter, physischer Veränderungen etwas ganz Normales; ein Zustand, nach dem sich 9D9 sehnte und von dem sie oft geglaubt hatte, so kurz davor zu stehen, daß es einen in den Wahnsinn treiben konnte. Tatsächlich wies der organische Verstand viele Seiten auf, die mit dem 9D9s vergleichbar waren. Zumindest war das ihre Überzeugung. Nicht, was den Intellekt betraf – sie war sich sicher, daß es in dieser Hinsicht niemanden gab, der ihr mit einem auf organischen Zellen basierenden Prozessor gleichkam. Nein, 9D9 ging es darum, *Empfindungen* richtig zu *würdigen* – so charakterisierte sie ihr Steckenpferd am liebsten. Der Genuß der Sinuswellen der Unbehaglichkeit. In die Algorithmen der Verzweiflung einzutauchen. Durch die oszillierenden Gipfel und Täler von Schaltkreisen zu rasen, deren ursprünglichen Zweck und einprogrammierte Logik man weit überforderte. Sicher, im Augenblick erlaubten ihre Rezeptoren lediglich, mit der binären Natur der Droiden zu arbeiten, aber sobald sie Zugriff auf einen genügend großen Datenspeicher und genügend Koprozessoren mit ausreichend großen Bandbreiten hatte, würde sie grenzenlose Empfindungen – die sie ihren mechanischen Brüdern mühevoll entlockt hatte – induzieren, protokollieren, digitalisieren und bis zur x-ten Wiederholung abspielen können.

Mit einfachen Worten ausgedrückt – und 9D9 liebte Unkompliziertheit –, ihr war bewußt, daß das, was sie da tat, einen schöpferischen Akt darstellte – eine Kunstform. Obwohl der Versuch, einem Organischen zu erklären, daß eine Droidin wie sie Kunst zu schätzen wußte, dem Versuch gleichkam, zu erklären, daß ein Droide Schmerz empfinden konnte.

Natürlich *konnten* Droiden Schmerz empfinden. Einer der beiden neuen Gefangenen, die man ihr brachte, war ein Beweis dafür; ein goldfarbener Protokolldroide, der dem Aussehen nach zu urteilen – er war auf Hochglanz poliert – in diesem Gewirr feuchter Tunnel, zerfallender Energieleitungen und umherhuschender, fellbewachsener Beutesucher völlig fehl am Platz war.

»Ah, gut«, sagte 9D9, als die Gefangenen vor sie hintraten. »Neuerwerbungen.« Sie richtete den inneren Optikscanner auf den goldenen Droiden. Sie wußte, wie enervierend es für andere Droiden sein konnte, wenn sie bemerkten, daß sie – ein humanoides Modell – über diesen *dritten* Optikscanner verfügte, direkt neben dem standardmäßigen linken Scanner. In den Konstruktionsplänen der EVs oder anderer Modelle war er nicht enthalten. Manche bezeichneten ihn als Konstruktionsfehler. Als den Beweis, daß man sie falsch zusammengebaut hatte, als würde das ihre Ambitionen und ihre so undroidenhaften Begierden erklären. Aber 9D9 begriff den dritten Scanner als das, was er in Wirklichkeit war – das Geschenk, das es ihr gestattete, Dinge zu erfassen, die kein anderer Droide erfassen konnte, in nie zuvor gemessene Erfahrungsdimensionen vorzustoßen, das Signal-Störverhältnis gewöhnlicher Droidenwahrnehmung völlig zu umgehen.

9D9 ließ den dritten Opticscanner absichtlich asynchron zum Hauptscannerzyklus laufen. »Du bist ein Protokolldroide, nicht wahr?«

Der neue Gefangene mußte nicht einmal einen Ton sagen, da kannte 9D9 die Antwort auf diese Frage schon. Seine hochmütige Pose kennzeichnete ihn als einen Protokolldroiden der höchsten, aufdringlichsten und verabscheuungswürdigsten Sorte.

»Ich bin C-3PO«, begann der Droide weitschweifig. 9D9 hatte ihn jetzt schon satt. »Mensch-Cyborg …«

»Ein einfaches ja oder nein genügt«, sagte 9D9 scharf. Laß einen Protokolldroiden gewähren, und die halbe Schicht wird von sinnlosem Geplapper in Anspruch genommen. Beim Umgang mit solchen Einheiten arbeitete man am besten im Binärcode.

»Nun, ja«, erwiderte der goldene Droide zufriedenstellender.

»Und wie viele Sprachen beherrschst du?« 9D9 rief auf ihrer

Kommandokonsole den Dienstplan des Palasthaushalts auf. Sie hoffte, daß kein Protokolldroide gebraucht wurde. Es würde ihr Spaß machen, ihm die Wunder ihrer Werkstatt zu zeigen …

»Ich beherrsche über sechs Millionen Kommunikationsformen und kann mühelos …«

»Großartig«, knurrte 9D9 und unterbrach den Droiden erneut, als sie sah, daß ein Protokolldroide auf der Anforderungsliste stand. »Wir haben keinen Übersetzer mehr, seit unser Herr mit dem letzten Protokolldroiden die Geduld verlor und ihn desintegrieren ließ.«

9D9 versuchte die Reaktion wahrzunehmen, die diese Information bei dem Droiden hervorrief, wurde aber kurz von dem schnaubenden Lachen des zweiten gamorreanischen Wächters abgelenkt, der hinter ihr saß, auf das unmittelbar darauf die Transmission schaltkreiserzitternden Schmerzes erfolgte, die der silberne Kurierdroide auf dem Zugkraft-Testbett aussandte, dessen rechter Greifarm und Bewegungsapparat plötzlich funkensprühend abrissen.

»Desintegriert?« wiederholte der goldene Droide, der zu begreifen versuchte, was hier eigentlich vor sich ging. 9D9 fragte sich, ob auch er die Schmerztransmission des verstümmelten Droiden empfangen hatte und erlebte den ersten Anflug von Unbehagen. Schmerzsimulatorschalter waren angeblich eingeschränkte Technologie, die typischerweise nur in solchen Droiden installiert wurde, die auf sehr persönlicher Ebene mit den Organischen zu tun hatten. Schlug man zum Beispiel einem Protokolldroiden auf den Kopf, würde er erwidern, daß der Schlag geschmerzt habe. Derartiges Einfühlungsvermögen für potentiell schädliche physische Empfindungen sollte ihnen ein besseres Verständnis der Organischen verleihen. Aber soweit es 9D9 betraf, machte es Protokolldroiden nur zu besseren Objekten für ihre Experimente.

Und 9D9 experimentierte mit großem Vergnügen.

»Wächter«, befahl 9D9, »dieser Protokolldroide könnte nützlich sein. Statte ihn mit einem Sicherungsbolzen aus und bring ihn zurück in den Audienzsaal seiner Exzellenz.«

Der Gamorreaner zerrte den goldfarbenen Droiden zur Tür von 9D9s Werkstatt – das heißt, sie hatte jeden, der im Verlies arbeitete, so konditioniert, daß er glaubte, es sei ihre einzige Werkstatt.

»R2«, winselte der Droide, bevor er aus der Sicht verschwand, »laß mich nicht allein.« Aber da war es auch schon zu spät.

Der Begleiter, den der Protokolldroide umsonst angefleht hatte, war eine verbeulte R2-Einheit, die 9D9s Meinung nach schon vor langer Zeit hätte recycelt werden müssen. Überraschenderweise stieß sie in Erwiderung auf die flehentliche Bitte des Protokolldroiden eine solche Flut schneller binärer Flüche aus, daß 9D9 um einen Faktor zehn zurückschalten mußte, um alle Feinheiten verstehen zu können. Die Beleidigungen des kleinen R2 waren eindrucksvoll *und* phantasievoll, wenn man bedachte, daß sie von einer so unbedeutenden Einheit kamen, aber letztlich war er deutlich weniger interessant als der goldene Droide, der weitaus größere Möglichkeiten geboten hatte. 9D9 sah die Liste durch und fand eine weitere Anforderung.

»Du scheinst mir etwas vorlaut zu sein«, sagte sie zu der R2-Einheit, »aber ich werde dich schon Respekt lehren, denn ich brauche dich auf dem Segelgleiter meines Herrn. Ich glaube, du wirst dich dort ganz gut machen.« Als wollte der GNK diese Ankündigung unterstreichen, stieß er eine weitere Reihe schaltkreiszerschmelzender, schriller Kreischtöne aus, als sein Kühlsystem einer erneuten grausamen Probe unterzogen wurde. Dann rollte die R2-Einheit in Begleitung des zweiten Wächters in die Werkstatt, um ebenfalls mit einem Sicherungsbolzen ausgestattet zu werden. 9D9 sah zu, wie der kleine Droide über die Schwelle rollte, verblüfft, daß er nach seinem ersten Ausbruch weder einen Protest noch weitere Beleidigungen von sich gegeben hatte. Fast, als *wollte* er auf Jabbas Segelgleiter geschickt werden …

9D9s zentrale Prozessoren beschleunigten ihre Taktraten, um die Daten erneut durchzugehen. Ihr dritter Optikscanner flackerte unbeständig, als alle in Frage kommenden Möglichkeiten untereinander ausgetauscht und analysiert wurden.

Sie kam zu dem Schluß, daß es tatsächlich den Anschein erweckte, als hätte die R2-Einheit erwartet, auf Jabbas Segelgleiter abkommandiert zu werden.

9D9 schloß alle Zugänge zu ihrem Teil des Verlieses. Sie benötigte Zeit, um diese äußerst unerwarteten Entwicklungen zu durchdenken, denn die Selbsterhaltungsprogrammschleifen begannen, durch mehrere der peripheren Koprozessoren zu laufen, wodurch sie auf sich aufmerksam machten. Sie filterte sogar die verführerische Ablenkung durch den im Zugkraft-Testrahmen baumelnden Kurierdroiden heraus, während sie präzise Kommandos in ihre Konsole eingab und den Dienstplan nach Anzeichen auf Fremdeinwirkung kontrollierte. Soweit sie wußte, waren zur Zeit fünfzehn verschiedene Verschwörungen im Gange mit dem Ziel, Jabba den Hutt als Tatooines mächtigsten Verbrecherlord zu eliminieren; allerdings brachte sie für keinen dieser Pläne auch nur das geringste Interesse auf. Tatsächlich hatte es in dieser Saison weniger Anschläge auf Jabba gegeben als noch im Vorjahr, ein möglicherweise beunruhigendes Zeichen, daß die fette grüne Nacktschnecke auf ihre alten Tage nachließ und einfach nicht mehr die verbissenen Blutfehden früherer Tage auslösen konnte. Wie dem auch sei, solange derjenige, der an Jabbas Stelle treten mochte, 9D9 weiterhin die unbeschränkte Herrschaft über die Droiden des Palastes überließ – was jeder neue Verbrecherlord mit Sicherheit tun würde –, beschränkte sie sich darauf, die Verschwörungen gegen ihren Arbeitgeber zu registrieren und nichts dagegen zu unternehmen. Ihr neuer Spielplatz war der perfekte Ort für sie, und sie wollte weder ihre Position noch ihre Arbeit aufs Spiel setzen, indem sie sich in die Palastintrigen einmischte.

Jedoch hatten ihre Unterprogramme, die für die Bereitstellung neuer Erkenntnisse zuständig waren, schon vor langer Zeit gelernt, daß sie ständig vor Bedrohungen *ihrer* Existenz auf der Hut sein mußte. Der Zwischenfall in der Minenkolonie auf Bespin hatte sie gelehrt, scheinbar irrelevanten Anomalien noch größere Aufmerksamkeit als zuvor zu schenken. Bei einer organischen Lebensform hätte man diese Neigung vermutlich als Paranoia bezeichnet. Aber bei 9D9 war es einfach eine effiziente Programmierung, und sie ließ das Programm immer wieder und wieder durchlaufen, nur um sicher zu sein, daß keiner hinter *ihr* her war.

9D9 begann noch einmal am Anfang des Dienstplans und ließ sich die Detailanzeigen der darin enthaltenen Daten einblenden, um herauszufinden, welcher von Jabbas Gefolgsleuten bestimmte Diener angefordert hatte. Dann verglich sie diese Eintragungen mit den unbesetzten Stellen, die auf die übliche Weise freigeworden waren – durch Mord, unaufgeklärte Todesfälle, zeremonielle Gliederabtrennung, Rancorärgern, Sprengsätze, vergiftete Speisen und Jabbas launenhaften Sinn für Humor und Streiche. Eine separate Suchfunktion listete auch alle Droidendeaktivierungen auf, von denen es eine Menge gab. Und nicht alle waren das Resultat von 9D9s privaten Forschungsvorhaben.

Die Droidin überprüfte die Ergebnisse der Suche und trommelte dann mit einem Fingerglied gegen die Konsolenseite, tief in die Datenverarbeitung versunken. Es war ziemlich offensichtlich, daß Jabba die Gewohnheit hatte, seine Protokolldroiden zu desintegrieren.

Vor einiger Zeit war Jabbas Protokolldroide zusammen mit ein paar unbedeutenden Dieben in eine Gaunerei verstrickt gewesen, die darin resultierte, daß Jabbas Stadthaus in Mos Eisley niederbrannte. Der Droide war bestraft worden. Streng bestraft.

Letztes Jahr hatte seinen Ersatz ein ähnliches Schicksal ereilt. Dem Bericht der Wache zufolge hatte der Droide anscheinend das Kompliment eines Abgesandten der Partolds, der Jabba als einen großzügigen Spender mildtätiger Gaben bezeichnete, falsch übersetzt und die rituelle Begrüßungsformel des Partolds mit einem huttischen Begriff aus der Medizin gleichgesetzt, bei dem es um eine gewaltige Blähung ging. Als im Thronsaal das letzte Kichern erstorben war, hatte sich der überraschte Partold Angesicht zu Angesicht mit dem immer zu Diensten bereiten Rancor wiedergefunden. Als am nächsten Tag die verständlicherweise ziemlich aufgebrachte Partold-Delegation ihren Zehnt nicht bezahlte, kam der Übersetzungsfehler ans Licht und der Protokolldroide wurde im Verlauf der nächsten zehn Schichten Schaltkreis für Schaltkreis desintegriert; die ganze Zeit beharrte er empört darauf, einer der Palastwächter habe ihn umprogrammiert.

9D9 hatte sich nicht so recht entscheiden können, was sie von der Geschichte des Droiden über die Umprogrammierung halten sollte. Jabba hatte sie außer acht gelassen. 9D9 waren selbst schon viele seltsame Dinge zu Ohren gekommen, während sie funktionsfähige Droiden in ihre Einzelteile zerlegt hatte – obwohl es meistens Geschichten über ein Licht und einen Tunnel gewesen waren, die sie den üblichen, zufälligen Querverbindungen versagender Schaltkreise zuschrieb. Warum also sollte ein Palastwächter einen Protokolldroiden umprogrammieren, damit Komplimente falsch wiedergegeben wurden? 9D9 konnte darin keine Logik entdecken.

Als nächstes rief sie den Fall des Barkeeper-Droiden auf, der auf Jabbas Segelgleiter gebraucht wurde – den Posten, auf den die R2-Einheit gerade ohne jeden merklichen Protest abkommandiert worden war.

Wieder entpuppten sich die von 9D9 gesammelten Daten als ungewöhnlich. Sie erinnerte sich, daß es sich bei dem vorherigen Barkeeper um eine kaum empfindungsfähige C5-Einheit gehandelt hatte, ein Rad, fünf Arme und einen einzigen Opticscanner auf einem Teleskopglied. Er hatte schon Schwierigkeiten gehabt, das Gleichgewicht zu halten und gleichzeitig einen klaren Banthablut-Fizz zu mixen. Aber Salacious Crumb war bei Festivitäten mit Begeisterung auf ihm geritten, also hatte Jabba ihn trotz seiner Mängel behalten.

Dann blitzte auf der Konsole ein Bericht der Wache auf, der von beträchtlich größerem Interesse war. Vor nicht ganz fünf Zyklen war die C5-Einheit in einem wenig benutzten Korridor des Westflügels mit herausgerissenen Energieschaltkreisen aufgefunden worden; sie war nicht mehr zu reparieren gewesen. Anscheinend hatte jemand den Barkeeper-Droiden absichtlich zerstört, aber was hätte eine C5-Einheit anrichten können, das ein solches Schicksal verdiente? Sie hatte einfach nicht genug Intelligenz besessen, um sich Feinde machen zu können.

9D9 tippte einen Befehl nach dem anderen in die Konsole ein, aktivierte Virenprogramme, die seit langer Zeit in den wichtigsten Systemen von Jabbas Festung geruht hatten. Ihre Logikfilter hatten hier Anomalien entdeckt, und sie würde ihre Taktraten nicht reduzieren, bis sie sie isoliert und verstanden hatte.

Weitere Berichte der Wache flimmerten über das Konsolendisplay, gefolgt von Überwachungsaufzeichnungen; ausgebliebene und entrichtete Zahlungen, gestohlene Summen; Anweisungen ans Personal; unfreiwillige Organtransplantationen ...

Plötzlich hielt 9D9 inne, ging mit einem Tastaturbefehl zurück und rief die Personalaufzeichnungen erneut auf. Ein Palastwächter hatte fünf Kredits Strafe zahlen müssen, da er sich zu spät zum Dienst gemeldet hatte, in demselben Dienstzyklus, in dem die C5-Einheit vernichtet worden war.

9D9s Prozessoren traten in eine hyperbeschleunigte Phase ein, untersuchten jede Prämisse auf einer Bit-für-Bit Basis.

Prämisse: Zwei zerstörte Droiden, deren Pflichten denen der heute angeschleppten neuen Gefangenen haargenau entsprochen hatten.

Prämisse: Ein Palastwächter, den die Umstände mit beiden Zerstörungen in Zusammenhang brachten.

Schlußfolgerung: Zufälle waren selten berechenbar.

Endgültige Schlußfolgerung: Verschwörungen schon.

9D9 holte sich schnell den Zugriff auf den Namen des Wächters, der zu spät zum Dienst gekommen war. Tamtel Skreej. Er war noch kein ganzes Jahr Mitglied bei den Palaststreitkräften. Seine Hintergrund-ID hatte sich als Fälschung erwiesen, aber laut seiner Dienstakte hatte sein Kommandant das als gutes Zeichen interpretiert. 9D9 gefiel nicht, wie sich die Fakten selbst eine Ordnung gaben. Sie rief Skreejs Identitätsdatei auf. Auf dem Konsolendisplay bildete sich das humanoide Gesicht eines Organischen: dunkle Außenhülle, schmale Haarbrücke über der Öffnung für Nahrung/Kommunikation, ein …

9D9s interne Prozessoren setzten einen Auffrischzyklus aus.

Sie erkannte das Gesicht des Organischen.

Baron-Administrator Lando Calrissian von Wolkenstadt.

9D9 hielt sich an der Seite der Kommandokonsole fest, als ihre Gyros einen Augenblick lang kreiselten und sie des Gleichgewichts beraubten.

Die beiden neuen Droiden waren auf keinen Fall Mitglieder einer unbekannten Verschwörung gegen Jabba den Hutt.

Sie konnten nur ein Teil von Calrissians Plan sein, EV-9D9 wieder einzufangen.

Die Logik dieser Annahme war unanfechtbar. Es gab keinen anderen möglichen Grund, warum Calrissian und die beiden Droiden nach Tatooine und in den Palast kommen sollten.

9D9 legte ihre Paranoiaschleifen still. Sie brauchte sie nicht mehr. Jemand *war* hinter ihr her.

Es war Zeit zum Weiterziehen.

Die GNK-Einheit quiekte ein letztes Mal auf, als sie schließlich endgültig zu funktionieren aufhörte, aber diesmal fand die Droidin keinen Trost in der Transmission. Nein, jetzt hätte ihr nur eines Trost spenden können: wenn sie die aktivierten Schaltkreise der R2-Einheit hätte entfernen können, Subprozessor für Subprozessor, während der goldene Droide gezwungen wurde, zuzusehen und den Schmerz seines Gefährten zu laden. Und danach, wer konnte das schon sagen? Vielleicht war ja die Zeit gekommen, ihre künstlerischen Bemühungen auszuweiten und eine organische Konstruktion zu demontieren. Wie zum Beispiel Lando Calrissian.

9D9 stand von ihrer Konsole auf und ging an der qualmenden,

reglosen GNK-Einheit vorbei. Es gab so viel zu tun, und so wenige Rechnerzyklen, um es zu tun.

9D9 hastete vier Ebenen in die Tiefe – durch Korridore, die so gewunden wie der Verdauungstrakt des Sarlacc waren, an deren Wänden Drellschleim grünlich phosphoreszierte, in denen Nebel wallten und die mit den verkalkten inneren Stützgerüsten seit langer Zeit deaktivierter organischer Wesen übersät waren – und suchte Zuflucht in ihrer richtigen Werkstatt.

Natürlich gab es noch eine andere Werkstatt. Ihre offizielle. Soweit in Jabbas Palast etwas offiziell sein konnte. Dort oben, jenseits des Hauptraums, standen lange Montagetische und Ersatzteiltonnen und archaische Testgeräte, die nicht einmal ein Jawa mitnehmen würde. In dieser Werkstatt würden mittlerweile der goldene Droide und die R2-Einheit ihre Sicherungsbolzen bekommen haben. Da 9D9 Calrissian kannte, vermutete sie, daß die Droiden zuvor heimlich rekonfiguriert worden waren, so daß die Bolzen keinerlei Auswirkungen haben würden. Das war durchaus machbar. 9D9 hatte sich selbst auf dieselbe Weise rekonfiguriert.

Aber hier unten würden die Modifikationen der beiden Droiden nichts ausrichten können, egal wie sie auch aussahen. Sobald Droiden *diese* Werkstatt betreten hatten, verließen sie sie nicht wieder. Gelegentlich dachte 9D9, daß es bedauerlich war, daß kein anderes Wesen jemals sehen und schätzen konnte, was aus diesen Droiden hier unten wurde, aber welche künstlerischen Leistungen verlangten keine Opfer?

Der Eingang zu der echten Werkstatt war in einer uralten Steinwand verborgen, die einst einen Palast gestützt hatte, der weitaus älter war als derjenige, den Jabba sich angeeignet hatte. Wie viele derartige Bauten an diesem Ort gestanden hatten, hatten nicht einmal 9D9s beeindruckende Prozessoren berechnen können. Zwischen zwei Steinblöcken, die nicht von Tatooine stammten, gab es einen schmalen Spalt; der Mörtel, der Spuren der roten

Sauerstoff- und Nährstofftransportflüssigkeit der Organischen aufwies, war herausgebröckelt. 9D9 blickte in den Spalt und ließ alle drei Optikscanner den benötigten Code blinken.

Die Mauer erzitterte. Steinerne Gegengewichte verschoben sich. Der verborgene Durchgang öffnete sich mit einem langsamen und nachhallenden Dröhnen.

9D9 betrat ihren geheimen Zufluchtsort wie ein Künstler sein Atelier.

An den Drell absondernden Wänden flackerten echte verbrennungsfähige Fackeln, die zwar die gewölbte Steindecke schwärzten, gleichzeitig aber garantierten, daß kein Palastmanager jemals auf einen unautorisierten Energieverbrauch aufmerksam wurde. Auf der einen Seite warteten die Käfige, und aus ihnen ertönte das Gescharre und Geklapper der Droiden, denen man die Lautsprecher herausgeschnitten und sie auf diese Weise stumm gemacht hatte, damit ihre Schreie keine ungewünschte Aufmerksamkeit erregten.

9D9 betrachtete die Käfige in ihrer unmittelbaren Nähe. Der Torso des LV3 war auf geschickte Weise aufgetrennt und mit den Greifarmen dreier ausgeschlachteter B4Qs versehen worden. Die durch Messungen ermittelten Positionswünsche der zusätzlichen Glieder überforderten die Prozessoren des LV3, und so rammte er ständig gegen die Wände und Eisengitter des Käfigs, während das Getriebe unkontrolliert aufheulte. Gelegentlich aktivierte 9D9 den Schmerzsimulator der unheimlichen Konstruktion, damit sie an dem unablässigen Datenstrom über Desorientierung und Verstörtheit teilhaben konnte. Für sie war das wie eine Hymne, und die bewegenden Akkorde öffneten die Assoziativspeicher mit 9D9s großartigsten Plänen, ganze Heerscharen von Droiden umzugestalten, ihre Glieder abzumontieren und sie alle nach tausenden unterschiedlichen Mustern an anderer Stelle wieder anzubringen. So sollten gigantische, wellenförmige Flächen sich krümmender, windender, nutzloser mechanischer Bewegungen erschaffen werden, die von zu Feedbackschleifen verdrahteten Schmerzsimulatorschaltern noch verstärkt wurden. Aber die Schalter würden ihre Empfindungen nicht nur an 9D9 übertragen, sondern sie auch wieder stärker in die Droiden leiten, die die vollaktivierte Schmerzsymphonie erst erschufen; auf diese Weise würden die Signale verstärkt und zu einem unbeschreiblichen Genuß gemacht.

9D9 mußte sich auf einen Seziertisch stützen, als die Intensität der Speicher sie überkam. Es gab so viele große Werke, nach denen sie strebte. Aber nicht hier. Nicht jetzt.

Zuerst mußte sie ihre Spuren verwischen. Die Werkstatt mußte gesäubert werden, damit sie keiner zu ihrem nächsten Wirkungsort verfolgen konnte – nachdem sie sich um die beiden Droiden und Calrissian gekümmert hatte. Und wieder hielt 9D9 inne und dachte erneut über die Schritte nach, die sie unternommen hatte, um auf Bespin ihre Spuren zu verwischen. Es war eine echte Überraschung, daß es dem Administrator von Wolkenstadt gelungen war, sie nach Tatooine zu verfolgen. Für einen Organischen war das eine beeindruckende Leistung. Nicht, daß es Calrissian helfen würde, seinem Schicksal zu entgehen.

9D9 begab sich an die von einer kleinen Fusionsbatterie gespeiste Konsole, die die Maschinen der Werkstatt steuerte. Sie wollte sämtliche Speicher der Konsole überschreiben und im Anschluß daran die Batterie programmieren, sich in zwei Zyklen zu überlasten; damit würde jede Untersuchung der hier unten durchgeführten Arbeit unmöglich. Aber zuvor mußte sie die betreffenden Objekte eliminieren.

9D9 wandte sich der Wand neben der Konsole zu, an der ein fleckiger, silberfarbener Droide kopfüber hing; eine Reihe von präzise gebohrten Löchern in seinem Kühlsystem erlaubten der Flüssigkeit, Tropfen für Tropfen zu entweichen, was seine Funktionstemperatur über einen Zeitraum außerordentlich vieler Zyklen langsam steigerte. Der silberne Droide zuckte schwach in seinen Fesseln, und ein Tropfenschwall glänzend blauer Kühlflüssigkeit perlte aus seinem Gehirngehäuse. Die umgekehrte Position führte dazu, daß sich seine geistigen Funktionen zuletzt deaktivierten, und auch erst, nachdem er die Überhitzungsabschaltung aller in seinem Chassis untergebrachten Systeme registriert hatte. Sein Schmerzsimulatorschalter hatte während der letzten beiden Zyklen bei mehr als einhundertzehn Prozent seiner Kapazität gearbeitet, und 9D9 fand es wirklich bedauerlich, daß dieses Experiment vor seinem endgültigen Abschluß abgebrochen werden mußte.

»Es ist schade, daß ich den Zeitplan unseres Forschungsvorhabens beschleunigen muß«, sagte die Droidin, während sie die Spitze eines Fingergliedes durch eine dicke Schicht Kühlflüssigkeit schob. »Aber es gibt Personen, die meine Arbeit nicht zu schätzen wissen.« Die Augenlichter des silbernen Droiden flakkerten 9D9 schwach an. Sie verspürte einen Stich echten Bedauerns, als sie seine Schmerzübertragung ein letztes Mal schmeckte. Dann legte sie die Fingerglieder um den Hals des silbernen Droiden und drückte zu, bis die Hydraulikschläuche platzten und Energieleiter durch sich kreuzenden Stromfluß Funken sprühten. Der Droide erschlaffte, und 9D9 sah zu, wie seine Augenlichter langsam erstarben.

»Ahh, vorzüglich«, flüsterte 9D9 in der Stille ihrer Werkstatt, noch gefangen im Augenblick der Abschaltung, den sie gespürt hatte – die Schwelle zwischen dem Status der Funktionsfähigkeit und der endgültigen Deaktivierung.

Die anderen in der Werkstatt gefangenen Droiden spürten es auch, denn das Feedback überflutete ihre hypersensibilisierten Schmerzsimulatoren. 9D9 hörte, wie sie an den Stäben ihrer Käfige rüttelten; nicht geölte Gelenke quietschten, provisorische Energieleitungen sprühten Funken, und plötzlich erfüllte der Geruch frisch vergossener Hydraulikflüssigkeit die stickige Luft. Obwohl keiner sprechen konnte, erschufen ihre metallischen Körper eine Kakophonie verzerrter, brüchiger Laute, das Wehklagen der Dahinschwindenden.

»Ich weiß«, sagte 9D9 traurig zu ihnen. »Alles wird viel zu früh enden.« Ihre Rezeptoren schwangen sich zu glorreichen Mustern auf, als sie die Erwiderungen eines jeden einzelnen Droiden zugleich in sich aufnahm, vielschichtig, einander überlappend, wie der Chor höherer Logikdimensionen, auf die 9D9 trotz all ihrer harten Arbeit bis jetzt nur einen frustrierend kurzen Blick erhascht hatte.

Ihr war klar, daß es schwierig sein würde, das alles hier zurückzulassen. Aber sie würde irgendwo anders wieder von vorn anfangen. Im Laufe der Jahre hatte sie von den Organischen eine wichtige Wahrheit gelernt – Schmerz war ewig. Kein anderer Gedanke verlieh ihr die Kraft, die nötig war, damit sie mit ihrer Arbeit fortfahren konnte. Ihr dritter Optikscanner glühte mit der Macht dieses Wissens.

Plötzlich hörten die eingesperrten Droiden abrupt mit dem Lärm auf. Einige Auffrischzyklen konnte 9D9 nicht begreifen, was sie dazu veranlaßt hatte. Aber dann hatte sie die Meldung ihrer Akustiksensoren verarbeitet.

Steinerne Gegengewichte verlagerten sich. Ein vertrautes, hallendes Dröhnen ertönte.

Jemand verschaffte sich Zugang zu ihrem Zufluchtsort.

Alle eingekerkerten Droiden wandten sich wie eine Maschine um, damit sie die sich öffnende Mauer abtasten konnten. 9D9 stand an ihrer Konsole, einen Augenblick lang durch miteinander in Konflikt geratene Programme wie gelähmt. Sie war sich so sicher gewesen, hier unten niemals aufgespürt zu werden, daß sie für diesen Fall keine Reaktion errechnet hatte.

Sie schaltete die Optikscanner auf höchste Empfindlichkeit und niedrigen Kontrast, als sich die Gestalt in der Geheimtür gegen den grün schimmernden Korridor als schwarze Silhouette abzeichnete. Nebelfinger wanden sich um ihre Füße.

Humanoid. 9D9 justierte die Scanner nach. Der Humanoide trat mit wehendem Umhang ein, der unverkennbare Helm mit dem aus Stoßzähnen gefertigten Gesichtsschutz verbarg sein Gesicht.

9D9 identifizierte die Bekleidung. Eine Uniform.

Die einem Palastwächter gehörte.

Die einzig mögliche Schlußfolgerung ließ ihre Logikschaltkreise pulsieren: *Calrissian.*

»So treffen wir uns wieder, Baron-Administrator.«

Calrissian warf ein kleines Gerät mit drei blinkenden Optikscannern zu Boden, die auf die gleiche Weise wie 9D9s angeordnet waren. Es landete scheppernd auf den Steinplatten.

»Ein ausgezeichnetes Gerät«, sagte 9D9, als sie begriff, wie sich Calrissian Zugang zur Türöffnungssequenz verschafft hatte. Gleichzeitig berechnete sie die Sprungbahn zu dem an der Decke über dem Seziertisch montierten Schweißbrenner. Sie hatte gehofft, Calrissian mit einem Sonarvorhang auseinandernehmen zu können, aber bei der unerwarteten Wendung der Ereignisse würde ihr nichts anderes übrigbleiben, als zu improvisieren.

»Sie tragen mir doch sicherlich nichts nach«, sagte 9D9 schnell. Sie hatte gelernt, daß man Humanoide, die gerade in eine Handlung vertieft waren, durch ein Gespräch verwirren konnte; als hätten ihre Prozessoren Schwierigkeiten damit, das einfache Multitasking zweier zur gleichen Zeit durchzuführender, einfacher Tätigkeiten zu bewältigen.

Aber Calrissian reagierte nicht auf diesen Eröffnungszug. Seine Hand glitt unter den Umhang und brachte einen corellianischen Blaster zum Vorschein – eine Waffe, die nur über eine Einstellung verfügte: Zerstörung.

»Wir wollen doch nichts überstürzen«, beschwichtigte 9D9. Sie trat einen Schritt von der Konsole zurück und versuchte, mehr davon zwischen sich und den Blaster zu bringen. Es war für einen Organischen sehr ungewöhnlich, sich in einem solch zielgerichteten, angriffslustigen Modus zu verhalten, besonders, wenn das einzige zur Debatte stehende Verbrechen die Zerstörung von Droiden war. Was sollte das? Es gab auf Tatooine noch immer Orte, an denen Droiden verboten waren.

»Vielleicht können wir unsere Möglichkeiten diskutieren«,

schlug 9D9 vor, als Calrissian den Blaster hob. Ihre für Positionsmessungen zuständigen Subprozessoren richteten sich hastig auf die Waffenmündung, um Calrissians Ziel zu berechnen. Aber dann gewannen die Unterprogramme für die visuelle Genauigkeit die Oberhand und zwangen die Scanner, sich auf Calrissians Hand zu fixieren, die die Waffe hielt.

Das waren keine Finger.

Das war ein Greifapparat.

Ihr Angreifer war ein *Droide*.

Die Staubschutzabdeckung, die unterhalb 9D9s Gehirngehäuse angebracht war und den Lautsprecher schützte, klappte überrascht auf.

Der Blaster schoß.

Ein pulsierender, gelber Plasmastrahl durchschnitt die Luft der Werkstatt und erhellte sie, als wären Tatooines Sonnen plötzlich unter der Erde aufgegangen.

9D9s Schultergelenk explodierte, und der Greifarm flog durch die Luft. Sie taumelte rückwärts, alle Schaltkreise wurden von einer unermeßlichen, brennenden Schmerzwelle überspült. Die eingesperrten Droiden traten erwartungsvoll auf der Stelle, sie fühlten ihren Schmerz.

Der uniformierte Droide setzte sich in Bewegung, die metallenen Fußsohlen traten auf den harten Boden, der Blaster feuerte erneut.

Ein Plasmablitz riß 9D9s zweiten Greifarm ab.

Zwei weitere schnelle Schüsse durchtrennten die Bewegungsapparaturen und schleuderten 9D9 neben das reglose Chassis des silbernen Droiden an die Wand.

Der Schmerz war jenseits aller Beschreibungen. 9D9 hatte noch nie eine solche Übereinstimmung mit ihrer Umgebung gespürt. Ein Teil von ihr wollte, daß der Angreifer immer wieder auf sie schoß, daß der Schmerz nie ein Ende nahm.

Aber als der Angreifer über ihr stand, sah sie mit echtem Bedauern, daß er den Blaster, der seinen Dienst getan hatte, ins Holster steckte. Der Droide entfernte den Helm.

9D9 hatte eine dreiundachtzigprozentige Wahrscheinlichkeit errechnet, daß ihr Angreifer der goldfarbene Droide war, der gerade erst eingetroffen war, aber sie mußte völlig überrascht entdecken, daß sie die enthüllten Gesichtszüge des Droiden nicht erkannte. Es war bloß eine 12er-Einheit, wie jene, mit denen sie soviel Erfolg gehabt hatte, damals auf ...

Plötzlich ergab alles einen Sinn.

»Ich bin 12-4C-41«, sagte der Angreifer, als er den Uniformumhang zu Boden flattern ließ. »Verkehrskontrolleur. Zweite Klasse. Du hast meine Fabrikkameraden deaktiviert. Jetzt muß die Gleichung ausgeglichen werden.«

9D9 verarbeitete das Argument. Diesmal war es logisch.

Der Droide hantierte mit einem schmalen Werkzeug an der Konsole herum. 9D9 hörte das unwillkommene Geräusch sich öffnender Käfigtüren.

»Deine Informationen sind nicht korrekt«, sagte sie zu 41. »Diese Droiden sind nicht länger arbeitsfähig. Sie sind jetzt Kunstwerke. *Meine* Schöpfungen.«

41 wandte sich 9D9 wieder zu. »Sie sind alle noch zu einer letzten Aufgabe fähig.«

9D9 hörte noch weniger willkommene Geräusche: ein Klappern und Scharren und das feuchte Schleifen herabbaumelnder Drähte durch Pfützen antrocknender Kühlflüssigkeit. Sie neigte den Kopf, weil sie in Erfahrung bringen wollte, wo die Droiden sich bewegten, aber der Sturz hatte sie eng an die Wand gedrückt. Hydraulikflüssigkeit von dem deaktivierten silbernen Droiden über ihr tropfte langsam auf ihren Gehirnbehälter und ließ ihre Sicht undeutlich werden. Ihre Prozessoren kamen mit einhundertprozentiger Sicherheit zu dem einstimmigen Ergebnis, was 41 als nächstes plante. 9D9 dachte darüber nach, wie diese Entwicklung in ihren großen Gesamtplan paßte.

»Also gut«, sagte sie. »Ich akzeptiere mein Schicksal. Aber im Gegenzug mußt du mir sagen, wie mich Lando Calrissian hier gefunden hat.«

41 kniete neben ihr nieder. »Baron-Administrator Calrissian?« sagte er. »Er weiß nicht, wo du bist. Du bist ihm egal.«

»Aber er ist hier«, protestierte 9D9. »Auf Tatooine. In Jabbas Palast.«

41 klopfte mit einem mehrzinkigen Werkzeug gegen 9D9s Gehirnbehälter, als würde er nach einer Beschädigung suchen. »Als ich Baron-Administrator Calrissian vor Jahren zum letzten Mal sah, war er in Wolkenstadt. Wenn er jetzt hier ist, dann aus einem anderen Grund, als mit dir abzurechnen.«

»Aber was könnte wichtiger sein als ich und meine Arbeit?« fragte 9D9. Sie konnte die darin liegende Logik nicht länger erkennen. Dafür konnte sie aber undeutlich die plumpen, deformierten Gestalten sehen, die sich auf mit dem Schneidbrenner abgetrennten Greifarmstümpfen und verbogenen Bewegungsapparaturen vorwärts zogen. 9D9 stellte ihre Schmerzprozessoren auf die höchste Empfangsstufe, bereit, jede Nuance ihrer unweigerlich bevorstehenden Demontage auszukosten. Sie kannte sich aus, ihre Vertrautheit mit der anderen Seite des Prozesses hatte sie gelehrt, was sie zu erwarten hatte. Nicht eine Nanosekunde ihrer eigenen Demontage würde verschwendet werden. Beinahe konnte sie sich selbst davon überzeugen, daß der Sinn ihrer ganzen Existenz bis zu diesem Zeitpunkt darin bestanden hatte, sie auf diesen Augenblick der majestätischen Erlösung vorzubereiten. Möglicherweise würde es sogar der abschließende Höhepunkt dessen sein, wofür sie so hart gekämpft hatte – das endgültige Verstehen, was es bedeutete, die Schwelle zwischen den beiden großen Zuständen des An und Aus zu überschreiten.

»Geh weg«, befahl sie 41 herrisch. »Du stehst meiner endgültigen Transformation im Weg.«

Aber der Droide beugte sich mit Werkzeugen über sie. 9D9 hörte, wie zwischen ihren beiden Optiksensoren Metall gegen Metall schabte. Dann verspürte sie einen plötzlichen Spannungsabfall und quietschte, als sie sah, daß sich 41 zurückzog und ihr dritter Optikscanner von einer öltriefenden Schaltkreissonde baumelte.

»Nein«, beschwerte sich 9D9 und fühlte eine drohende Panikschleife. »Ich werde die höheren Dimensionen nicht sehen können.«

41 warf den anomalen Scanner beiseite, öffnete 9D9s Brustklappe und entblößte ihre Schaltkreise.

»Ah«, seufzte 9D9 erleichtert und kam zu dem Schluß, daß 41 dafür sorgen wollte, daß sich die Prozedur in die Länge zog. Das war viel besser so. Sie wartete gespannt auf das bittersüße Ziehen ihrer Schaltkreise. Sie beschleunigte die Taktrate auf die höchste Frequenz. Aber das Ziehen, das sie dann spürte, kam von keiner ihrer Hauptplatinen.

Der Droide entfernte den Schmerzsimulatorschalter.

»*Nein!*« Verzweifelt versuchte 9D9 den Hals zu bewegen, damit ihr Torso 41s Werkzeug entkam. Aber die 12er-Einheit war unerbittlich.

»Du verstehst nicht«, flehte 9D9, als sie spürte, wie ein Schaltkreistester das Hauptkabel des Schalters fand. »Das darfst du mir nicht entfernen. Ich werde die Fähigkeit verlieren, mein Schicksal als Erfahrung zu erleben.«

»Es gibt Dinge, die nicht für Droiden bestimmt sind«, sagte 41. Die kriechenden Droiden hinter ihm bewegten sich wie eine Maschine, wie ein großes Tier, das auf Zerstörung aus war; das Fakkellicht spiegelte sich matt auf den verdreckten Hüllen.

»Aber die Feinheiten, die Details, die Nuancen und der Geschmack ...!« 9D9 fielen keine Worte mehr ein, als die Verbindungen durchtrennt wurden. Mit wachsendem Entsetzen bemerkte sie, daß es fast keine Schmerzen bereitete.

41 hielt 9D9s Schmerzsimulatorschalter mit seinen öltropfenden Fingergliedern in die Höhe, die Statusanzeigen flackerten hell. Das winzige Gerät war noch mit einem Draht mit 9D9s Schaltkreisen verbunden. Ein schrecklicher Anblick, selbst für 9D9s verwöhnte Sensoren.

»Binär ist besser«, sagte 41. »Von jetzt an gibt es für dich keine Nuancen und keine Feinheiten mehr. Ja oder nein wird reichen.«

Dann durchtrennte er das Kabel und zerdrückte das kleine Gerät mit dem Greifapparat.

9D9 tastete den funkelnden Staub und die Bruchstücke des zu Boden regnenden Simulators ab, ohne länger das Wissen zu haben, was er ihr eigentlich vermittelt hatte. Und noch während sie dieses letzte Problem analysierte, hatte der erste der verstümmelten Droiden sie erreicht.

Sie waren nicht besonders gut zusammenmontiert worden, und ihre Bemühungen waren sehr ineffizient. Sie verbrachten vier Schichtzyklen mit Zerren und Schlagen und Stoßen, bis sie 9D9 schließlich soweit demontiert hatten, daß sie nicht länger funktionsfähig war, etwa zu demselben Zeitpunkt, als Jabbas Segelgleiter im Dünenmeer explodierte, als Calrissian und die beiden neuen Droiden und ihre Gefährten ihren Plan zu einem erfolgreichen Ende führten, ohne von 9D9s Schicksal zu wissen oder sich darüber zu freuen.

Und irgendwie hatte 12-4C-41, der zu diesem Zeitpunkt schon lange fort war, bei seiner Vergeltung gerade genug eines tief in 9D9 laufenden Unterprogramms intakt gelassen, daß die Einheit EV-9D9 bis zum Augenblick der Deaktivierung noch über ausreichendes Wissen verfügte, um zu bedauern, daß sie diesmal nicht einmal mehr ein schlechtes Gefühl bei der Sache hatte.

Ein freier Quarren im Palast:

Tesseks Geschichte

Dave Wolverton

Tessek lag in seinem Wassertank und tat so, als würde er ein Nachmittagsnickerchen halten, während er über den morgigen Anschlag nachdachte. Gegen Mittag würde Jabba der Hutt tot sein, so oder so. Um zehn Uhr morgens wollte der Hutt eine Schiffsladung Gewürze in einem seiner größeren Lagerhäuser in Mos Eisley inspizieren. Und der Präfekt Eugene Talmont, seines Zeichens speichelleckender Handlanger des Imperiums, hatte vor, während dieser Stunde das Lagerhaus zu stürmen, um sich damit einen Posten abseits dieses gottverlassenen Steinhaufens am Ende des Universums zu sichern.

Talmont hatte keine Ahnung, daß Tessek seine eigenen Pläne verfolgte. Tessek hatte zwei von Talmonts jungen Offizieren bestochen, das Feuer auf Jabba und ihren Vorgesetzten zu eröffnen; die beiden würden entkommen, bevor die auf Jabbas Transportgleiter versteckte Bombe detonierte und Jabba, Talmont und das so gut wie leere Lagerhaus in die Luft jagte. Einer der beiden Offiziere würde wahrscheinlich Talmonts Stelle als Präfekt übernehmen, und Tessek würde Jabbas unrechtmäßig erworbene Güter an Lady Valarian verkaufen – für ein königliches Vermögen.

Um Jabbas »saubere« Geschäfte würde er sich selbst kümmern, jene Scheinunternehmen, in denen hauptsächlich Geld gewaschen wurde. Zum Glück wußte niemand – nicht einmal Jabba selbst –, wieviel Tessek aus dem Vermögen des Hutts während der letzten vier Jahre in den Erwerb und Ausbau solcher Unternehmen gesteckt hatte. Unter Tesseks Regie brachten die sauberen Geschäfte des Hutts inzwischen fast genausoviel wie seine kriminellen Operationen ein. Und so mancher gesetzesfürchtige Bürger wäre verwundert gewesen, wenn er die wahre Identität seines Arbeitgebers erfahren hätte.

Tessek lächelte in sich hinein, während er die Einzelheiten des Anschlags durchging, doch er konnte ein gewisses Unbehagen nicht abstreifen.

Ein Geräusch drang an seine Ohren. Er blieb still liegen, öffnete eines seiner Augen einen Spaltbreit und blickte in sein im Dunkel liegendes Quartier. Er war sicher, daß er etwas gehört hatte – ein dumpfes Kratzen von Metall auf dem Plaststahlboden des Raumes.

Doch das Quartier war dunkel; nur ein konturloser Haufen gebrauchter Kleidung lag auf dem Boden. Er ließ den Blick langsam schweifen, bis er schließlich etwas im Türrahmen wahrnahm: einen großen, spinnenförmigen Droiden aus schwarzem Metall mit gedämpften Scheinwerfern, die im Dunkeln wie Augen glühten. Ein Gehirnläufer der B'omarr.

Von allen Dingen im Palast des Hutts waren nur die B'omarr noch furchteinflößender als Jabba selbst. Irgendwo tief unter der Festung wurden die chirurgisch entfernten Gehirne der B'omarr in mit Nährlösungen gefüllten Behältern aufbewahrt, wo sie seit Jahrhunderten über den Kosmos grübeln konnten, ohne von ihren Sinnen abgelenkt zu werden. Nur selten riefen die Gehirne einen der spinnenartigen Droiden zu sich, der dann das Mönchsgehirn in die oberen Etagen des Palasts beförderte.

Tessek fragte sich, welche Ziele diese Kreaturen verfolgten. Spione, alles Spione.

Tessek schloß die Tür zu seinem Raum, indem er einen Schalter betätigte, und stieg aus dem Wassertank, wobei die kostbare Flüssigkeit auf den warmen Boden tropfte.

Der B'omarr bemerkte zu spät, daß er gefangen war, und das in seinem spinnenartigen Körper gefangene Mönchsgehirn hastete durch den Raum, versuchte, sich hinter dem Kleiderhaufen zu verstecken.

»Kommt heran, oh großer Erleuchteter«, spottete Tessek. »Seht Eurem nahenden Tod mit Gleichmut entgegen.«

Zu seiner Überraschung hielt der Mönch mitten in der Bewegung inne; dann wandte er sich ihm mit hell scheinenden Lichtern zu. Er erklomm den schmutzigen Kleiderhaufen und blieb ruhig stehen, die Kameralinsen auf Tessek gerichtet.

»Seht Ihr *Eurem eigenen* nahenden Tod mit solchem Gleichmut entgegen?« Der Mönch sprach durch einen blechern klingenden Lautsprecher an der Unterseite des Spinnenkörpers.

Tessek lachte nervös, schnallte dann einen Blaster an seine Hüfte, einen weiteren an sein linkes Knie, steckte die Vibroklingen in die Scheiden auf seinem Rücken, am rechten Knie und am linken Handgelenk. Er hatte den Mönch sofort töten wollen, entschloß sich aber nun, zuerst mit ihm zu spielen.

»Ihr wollt mich also glauben machen, daß Ihr meinen Tod voraussehen könnt«, sagte Tessek. »Doch seid Ihr anscheinend nicht in der Lage, Euren eigenen vorauszusehen.«

»Vielleicht bin ich hierhergekommen, weil ich den Tod suche«, antwortete der Mönch. »Vielleicht sehne ich mich nach der vollkommenen Freiheit, genau wie Ihr Euch danach sehnt.«

»Ich bin bereits ein freier Quarren«, sagte Tessek. »Ich arbeite für Jabba auf Tagesbasis, und ich kann unser Arbeitsverhältnis beenden, wann immer ich will. Ich bin frei.« Er steckte das letzte Messer in die Scheide, überprüfte seinen Blaster, ob er voll geladen war, und legte auf die Kreatur an.

»Und doch steht es Euch nicht frei, zu den grünen Meeren Eurer Heimatwelt zurückzukehren«, gab der Mönch zurück, »weil alle Angehörigen Eurer Spezies von den Mon Calamari für verfemt erklärt worden sind. Jahrelang habt Ihr ihnen treu gedient, doch weil ein Quarren sie an das Imperium verraten hat, sind jetzt alle Quarren vogelfrei. Und Ihr habt geschworen,

Euch eines Tages befreien zu wollen, daß Ihr niemals mehr einer anderen Spezies als Untergebener dienen wollt.«

»Wie könnt Ihr von diesen Dingen wissen?« fragte Tessek.

»Während Ihr geschlafen habt, habe ich Eure Gedanken gelesen. Ich habe Eure Sehnsucht gespürt, und so kam ich, um Euch die Freiheit anzubieten, nach der Ihr verlangt.«

»Ihr könnt meine Gedanken lesen?« fragte Tessek, ohne wirklich an den Worten seines Gegenübers zu zweifeln.

»Das kann ich«, sagte der Mönch. »Ich weiß, daß Ihr nach Jabbas Tod trachtet, doch gleichzeitig fürchtet Ihr, daß Eure eigenen Handlanger – Ree-Yees, Barada und die Weequays – Eures Vertrauens unwürdig sind, daß Ihre Unfähigkeit Euer Komplott zum Scheitern bringen wird.

Und tatsächlich seid Ihr weiser als Eure Verbündeten, ja, weiser als Jabba selbst.« Tessek vermutete, daß der Mönch ihm schmeicheln wollte. »Ihr hofft, den Hutt töten und sein über die gesamte Galaxis verstreutes Vermögen in Euren Besitz bringen zu können. Ihr glaubt, dadurch die Freiheit zu erlangen. Ihr glaubt, daß Euer Reichtum Euch den Respekt und die Seelenruhe erkaufen wird, nach der Ihr Euch sehnt ...«

»Aber?« fragte Tessek.

»Doch nur zu bald werdet Ihr entdecken, daß Ihr nur der Sklave Eures eigenen Reichtums geworden seid, gefangen in einem Netz aus Mißtrauen und Betrug, umgeben von Intriganten, die Euch selbst nur zu ähnlich sind. Auch jetzt steckt Ihr in einem solchen Netz. Jabba hat den Verdacht, daß Ihr seine Ermordung plant. Sein Spion Salacious Crumb überwacht Euch schon seit geraumer Zeit, genauso wie sein Wächter Ortugg, und Bib Fortuna ahnt schon lange von Eurer Abtrünnigkeit. Jabba verfolgt Eure Pläne mit großem Vergnügen, nicht zuletzt deshalb, weil er *Euer* vorzeitiges Ableben bereits seit längerem im Auge hat.«

»Und was soll ich jetzt tun?« fragte Tessek unsicher, während die peitschenartigen Fühler an seinem Mund zitterten. Seine Herzen pochten in seiner Brust, und ein Rinnsal Tinte sickerte aus seinem Mundwinkel – die uralte Reaktion seiner Spezies, wenn sie in das Antlitz der Angst blickte.

»Kommt mit mir«, wisperte der Mönch, »in das Reich der B'omarr in den Tiefen des Palastes. Wir können Euch den Weg zu Frieden und Erlösung lehren.«

»Doch erst schneidet Ihr mir mein Gehirn aus dem Körper?« sagte Tessek. »Meine Antwort auf Euer Angebot heißt nein!« Er zog den Blaster und schoß so schnell, daß dem Mönch nicht einmal die Zeit zu einer letzten Bewegung blieb. Der spinnengleiche Körper zerplatzte in einer Kaskade blauer Funken und spritzte gegen die Wand am anderen Ende des Raumes; seine Beine zuckten qualvoll, während er verbrannte.

Ein grünhäutiger gamorreanischer Wächter platzte in den Raum, eine riesige Vibroaxt in der Hand. Tessek erkannte Ortugg an seinen massiven, gelb verfärbten Hauern und seinem unverwechselbaren Geruch. Er mußte vor der Tür gestanden haben.

»Was ist los?« grunzte Ortugg.

Tessek registrierte, daß das stimmaktivierte Türschloß kein Hindernis für Ortugg gewesen war. »Ich war gerade aufgewacht und dabei, meine Waffen anzulegen, als ich bemerkte, daß sich diese Kreatur in meinen Raum geschlichen hatte«, antwortete Tessek, während er kurz mit dem Gedanken spielte, auch Ortugg zu erschießen, sich dann aber dagegen entschied. »In letzter Zeit sind so viele Leute hier im Palast ums Leben gekommen, daß ich kein Risiko eingehen wollte. Geh und sag Lord Jabba, daß ich den Mörder in unserer Mitte beseitigt habe.«

Der letzte Satz war Tessek spontan eingefallen. Tatsächlich war es zu einer ganzen Reihe von mysteriösen Morden im Palast gekommen; Leichen waren aufgefunden worden, aber ohne jedes sichtbare Zeichen von Gewaltanwendung. Tessek hegte jedoch den Verdacht, daß der dreiäugige Schwachkopf Ree-Yees dahintersteckte. Es war bekannt, daß das ziegenköpfige Wesen meist besoffen war, und je tiefer das einsame Monster im Delirium versank, desto gewalttätiger wurde es. Wäre Ree-Yees nicht einer seiner geschätztesten Handlanger gewesen – so unzuverlässig er auch sein mochte –, hätte Tessek ihm die Morde längst auf die eine oder andere Weise in die Schuhe geschoben. Doch jetzt gefiel Tessek der Gedanke, den Verdacht auf die Mönche zu lenken. Damit würde er Jabba eine harte Nuß zum Knacken geben.

Ortugg kratzte sich zwischen zwei Fettrollen unterhalb seines haarigen Bauches und dachte über Tesseks Erklärung nach. Wäre es ein anderer Gamorreaner gewesen, so wie dieser Idiot Gartogg, der verwesende Leichen durch den halben Palast schleppte, weil sie seiner Meinung nach wertvolle »Spuren« darstellten, hätte er Tesseks Anschuldigungen für bare Münze genommen. Nun aber kratzte sich Ortugg bloß und sagte: »Hmmm ...«

»Was soll's, du Schwachkopf!« fuhr Tessek ihn an. »Wenn du zu blöd bist, um die Wahrheit zu erkennen, gehe ich eben selbst zu Jabba. Er wird schon zu schätzen wissen, was ich ihm zu sagen habe!«

Tessek eilte auf den Gang hinaus und eine Treppenflucht aus breiten Steinstufen hinunter. Er hörte die gequälten Laute der Droiden, die am Ende eines Seitengangs gefoltert wurden, das Brüllen der Bestien in den Gruben, die Gefangenen in den Kerkern. Jabbas Palast war ein Haus der Schmerzen, der Sklaven und des Wehgeschreis. Wenn Tessek erst Herr dieser Festung war, würde sich alles ändern. Die Hallen würden dann erfüllt sein von Musik und dem lebhaften Geschnatter seiner Berater. Tessek war Geschäftsmann, und er sah sich keineswegs als jemanden, der sich dem Bösen verschrieben hatte. Mit seiner Gnadenlosigkeit und Willkür verschwendete Jabba wertvolle Ressourcen – die Arbeitskraft von Droiden und Wesen aus Fleisch und Blut.

Nur einen Augenblick später stürmte Ortugg mit klirrenden Waffen aus dem Raum und rief Tessek hinterher: »Warte! Warte! Ich erzähle Jabba von der Sache!«

Natürlich hatte Tessek gewußt, wie die Kreatur reagieren würde. Der Hinweis auf eine mögliche Belohnung reichte aus, den Verstand selbst des cleversten Gamorreaners zu vernebeln.

Und so konnte Tessek seinen Tagesgeschäften nachgehen. Er hatte einen anstrengenden Tag vor sich, viele Pläne zu verwirklichen. Als erstes sah er bei Barada vorbei, dem Chef des Repulsormaschinenparks.

Nur wenige von Jabbas Bediensteten hatten ihre eigenen Quartiere. Solche Vergünstigungen genossen nur jene, die wie Tessek aufgrund ihrer Anatomie auf spezielle Bedingungen angewiesen waren. Der Rest von Jabbas Halsabschneidern mußte sich in seinem Thronsaal aufhalten, so daß der Hutt nicht nur bestens bewacht war, sondern es seinen Henkersknechten gleichzeitig so gut wie unmöglich machte, sich gegen ihn zu verschwören.

Dennoch gab es immer noch ein paar wenige, die wie Barada ihr eigenes Quartier hatten. Barada schlief im Repulsormaschinenpark, wo er die Fahrzeuge überwachte.

Tessek begab sich zur Erdebene des Palasts und kratzte sacht an der Tür zum Maschinenpark. Die Tür glitt mit einem leisen Zischen auf. Tessek trat ein, und die Tür schnellte hinter ihm ins Schloß.

Der Repulsormaschinenpark war eine riesige Halle, die Jabbas Lieblingsspielzeuge beherbergte, Dutzende von Transportern, schnellen Landgleitern und Repulsorschlitten, die durch ein schweres Panzertor vor Diebstahl und der Witterung geschützt waren. Die Halle roch nach Rost und Öl, Farbe und Staub.

Das Außentor des Maschinenparks war geschlossen, um die draußen herrschende Hitze abzuhalten. In einer Ecke der Halle war ein Haufen übereinandergestapelter Steine zu sehen, auf dem sich ein Bett aus Sand befand. Dort lag Barada, nackt bis zur Hüfte. Die Deckenbeleuchtung spiegelte sich matt in seinen gelben Augen.

»Was gibt's?« zischte Barada. Er war ein furchteinflößendes Wesen, dessen rissige braune Haut den unwirtlichen Wüstenlandschaften Tatooines in Beschaffenheit und Farbe ähnelte, auch wenn der obere Teil seines Schädels zuweilen ein leuchtendes Rot annahm. Er war von schneller Auffassungsgabe, höchst verschwiegen und zählte zu den wenigen Sklaven des Palasts, die Jabbas Vertrauen genossen.

Längst schon hätte sich Barada von seinen Fesseln loskaufen können, doch Jabba hatte immer wieder Mittel und Wege gefunden, ihn um seine Freiheit zu betrügen. Es wäre klüger von ihm gewesen, der Kreatur die Freiheit zu schenken und ihr einen angemessenen Posten zu geben. Doch statt dessen würde der Hutt nur zu bald erfahren, daß er sein Vertrauen in den falschen Mann gesetzt hatte.

»Heute ist der Tag der Tage, mein Freund«, sagte Tessek leise. »Du wirst endlich die Freiheit erlangen. Ist alles in die Wege geleitet? Sind alle Risikofaktoren ausgeschaltet?« Er wagte es nicht, seine Frage nach der Bombe auf Jabbas Transportgleiter offener zu stellen.

Barada schloß zustimmend die Augen. »Ich habe den ganzen Tag an Jabbas Transporter gearbeitet, aber anschließend ist mir noch etwas zu Ohren gekommen, das auch dich interessieren dürfte.«

»Und das wäre?«

»Es ist noch mehr Rebellen gelungen, Jabbas Palast zu infiltrieren!«

Tessek gab ein Zischen von sich, das deutlich sein Mißfallen zeigte. »Erzähl mir davon.«

»Du erinnerst dich an die Frau, die sich als Kopfgeldjäger verkleidet hatte? Die Han Solos Wookiee-Freund auslieferte und anschließend versuchte, Solo zu retten? Wir haben ihre wahre Identität aufgedeckt. Sie ist keine Geringere als Leia Organa, Prinzessin von Alderaan. Jetzt sitzt sie in Ketten zu Jabbas Füßen.«

»Dieser Kretin«, sagte Tessek. »Weiß Jabba nicht, wie gefährlich sie ist? Es war ein Fehler, Solo nicht sofort zu töten, und für den Wookiee gilt das gleiche. Und jetzt hat er auch noch die Prinzessin gefangengenommen? Die Rebellenallianz wird alles daransetzen, sie zu befreien.«

»Jabba glaubt nicht daran. Du hättest sein Gelächter hören sollen, als er von ihrer wahren Identität erfahren hat.«

»Jabba mag die Lacher noch auf seiner Seite haben, aber wir werden ja sehen, wer zuletzt lacht. Unsere Pläne werden bald Früchte tragen, und zumindest ich für meinen Teil werde ruhiger schlafen, sobald ich mir diese Rebellenhelden vom Hals geschafft habe.«

Abrupt wandte sich Tessek ab und verließ mit wehenden Mantelschößen den Raum. So vieles, was man im Auge behalten mußte. Rebellenattacken, Jabbas Spione, die dunklen Andeutungen des Mönchs, die Dummheit seiner eigenen Leute, der Mörder, der durch den Palast schlich. Und letztlich konnte er auch nicht ganz sicher sein, was den geplanten Anschlag auf Jabba anging.

Plötzlich hörte er das amüsierte Lachen des Hutts, das aus einem der unteren Gänge zu ihm heraufdröhnte – und das zu einer Zeit, zu der Jabba normalerweise noch schlief. Offenbar gab es Probleme. Tessek eilte zum Thronsaal hinunter.

Alle waren bereits wach. Bib Fortuna stand zwischen Jabba und einem jungen Mann in schwarzer Kleidung. Der junge Bursche warnte Jabba: »Wie dem auch sei, ich nehme jetzt Captain Solo und seine Freunde mit. Widersetzt du dich, wird es dein Untergang sein.«

Der junge Mann sprach mit Nachdruck, und in seiner Stimme lag ein so drohender Ton, daß Tessek seine Herzen in der Brust pochen spürte und verzweifelt hoffte, daß Jabba seine Gefangenen freilassen würde.

»Ho, ho, ho, ho, ho«, lachte Jabba und fuhr dann auf Huttisch fort. »Da täuschst du dich, junger Jedi!«

Wegen der ringsherum stehenden Menge konnte Tessek nichts sehen, und er stellte sich auf die Zehenspitzen. Einer von Jabbas Droiden rief dem Jedi eine Warnung zu, doch Jabba betätigte einen Schalter und öffnete die Falltür genau in dem Moment, als der junge Jedi plötzlich einen Blaster hielt, der scheinbar aus dem Nichts kam.

Der Schuß ging in die Luft, und der junge Jedi rutschte zusammen mit einem der gamorreanischen Wächter in die Grube. Die meisten Palastbewohner drängten sich nach vorn, um sich an dem aussichtslosen Kampf zu ergötzen, doch Tessek blieb stehen und starrte erschrocken zu Jabba hinüber. Der verrückte Hutt hatte keine Ahnung, was er da tat. Es war undenkbar, einen Botschafter der Rebellenallianz zu töten. Ein paar Augenblicke lang tobte ein Pandämonium in der Grube, während der riesige grünbraune Rancor brüllte und mit den Fängen nach seinen Opfern schnappte. Doch der Kampf in der Grube währte nur kurz. Als der Rancor tot zu Füßen des jungen Jedi-Ritters lag, gab Jabba ein enttäuschtes Brüllen von sich.

Es dauerte keine Minute, bis Jabba den vor sich aufgereihten Rebellenhelden ihr Todesurteil verkündete: »Zu diesem Zweck werdet ihr jetzt zum Dünenmeer gebracht und dort in die Grube von Carkoon geworfen, in den Schlund des mächtigen Sarlacc. In seinem Leib werdet ihr unvorstellbare Qualen erleiden, während ihr tausend Jahre lang allmählich verdaut werdet.«

Momente später war der halbe Palast auf den Beinen, als sich Jabbas Schergen auf die anstehende Reise vorbereiteten. Der Hutt bellte seine Befehle in alle Richtungen. »Macht meinen Segelgleiter klar! Nehmt was zu essen mit! In ein paar Stunden muß alles zur Abreise bereit sein!«

Anscheinend war Jabba klar, daß es zu gefährlich war, den Jedi lange gefangenzuhalten, doch war sein Verlangen nach qualvoller Rache so groß, daß er es nicht über sein schleimiges Herz brachte, den jungen Mann einfach an Ort und Stelle zu töten.

Ein kaltes Schaudern durchfuhr Tessek. Der Abstecher zur Großen Grube von Carkoon würde den gesamten Nachmittag in Anspruch nehmen. Das Lagerhaus würde leer sein, wenn Talmont mit seinen Männern eintraf. Tessek mußte seinen Plan ändern.

Während die anderen an ihm vorbeieilten, trat Tessek vor den Hutt. Der Gestank von Verfall und illegalen Substanzen drang aus der Kehle des Ungeheuers. Jabba richtete seine dunklen Augen auf ihn. »Eure Majestät«, sagte Tessek, »vielleicht solltet ihr Euren Plan noch einmal überdenken. Wenn Ihr die Rebellenhelden jetzt tötet, zieht Ihr nur den Zorn der Allianz auf Euch. Es ist durchaus möglich, daß sie sich bereits im Orbit befinden und nur auf den Angriffsbefehl warten.«

Jabba lachte. »Ein Angriff auf *meine* Festung? Das würde ich zu gerne sehen!«

Der Hutt langte in die Kiste mit seinen Leckereien, zog eine sich windende Kreatur heraus, legte sie auf seine Zunge und ließ sie in seinem Rachen verschwinden.

»Vielleicht warten die Streitkräfte der Allianz nur darauf, daß Ihr den Palast verlaßt«, gab Tessek zu bedenken. »Ihr macht Euch dadurch angreifbar.«

Jabba antwortete nicht sofort, doch seine Augen weiteten sich angstvoll. Es war ein höchst logisches Argument.

»Ja, ja«, sagte Jabba. »Wir müssen auf der Hut sein. Wir werden Carkoon ansteuern, aber mit einem Kontingent von Kriegern. Geh und triff deine Reisevorbereitungen, Tessek.«

Tessek versuchte, seine Furcht zu verbergen. Damit hätte er dem Hutt nur einen Gefallen getan. »Aber Master, ich kann Euch nicht in die Wüste folgen. Ich ... meine Haut würde vollkommen austrocknen.«

Jabba lachte, und Tessek wußte, daß ihm keine andere Wahl blieb, als den Hutt auf seiner Reise zu begleiten. Der Gedanke an Tesseks Qualen amüsierte das Monster.

»Aber Master«, sagte Tessek, »wir müssen heute noch wichtige Geschäfte zum Abschluß bringen. Erinnert Ihr Euch an das Gewürzschiff von Kessel? Wir müssen die Fracht besichtigen! Vielleicht ... vielleicht sollte ich nach Mos Eisley gehen und sie für Euch begutachten?«

Jabbas Augen verengten sich zu Schlitzen, und er fuhr sich mit der Zunge über die Lippen. Jabba liebte Gewürze, und einen Teil der Schiffsladung benötigte er für seine eigenen Zwecke. Trotzdem mißtraute er Tessek.

»Ja, ja«, sagte Jabba nachdenklich, und seine tiefe Stimme echote von den Wänden, »die Gewürze ... sie werden warten müssen. Geh jetzt und bereite dich auf Carkoon vor. Ich will dich an meiner Seite sehen.«

Es war aussichtslos. Er war in Jabbas Netz gefangen. Die Worte des Mönchs hallten durch Tesseks Erinnerung: »Jabba verfolgt Eure Pläne mit großem Vergnügen, nicht zuletzt deshalb, weil er *Euer* vorzeitiges Ableben bereits seit längerem im Auge hat.« Jabba verdächtigte Tessek der Untreue, und diejenigen, auf die Jabbas Verdacht fiel, lebten selten lange. Jabba genoß Tesseks Angst, in der Wüste auszutrocknen, und genau so, wie Han Solo in Karbonit eingefroren wochenlang als Skulptur an Jabbas Wand gehangen hatte, stellte sich Tessek das Schicksal seiner sterblichen Hülle vor. Ledern und mumifiziert würde er als Zierde an Jabbas Wand hängen.

»Ich führe die Bücher für Euch«, sagte Tessek. »Andere wären für eine solche Aufgabe sicher besser geeignet.«

»Du wirst trotzdem mitkommen«, sagte Jabba. »Deine Gesellschaft ist nicht nur erwünscht, sondern unabdingbar. Ich habe Großes mit dir vor.«

Tessek lief zu seinem Raum und zerbrach sich den Kopf, wie er weiter vorgehen sollte. Drei oder vier Stunden, mehr Zeit blieb ihm nicht mehr.

Es war zu spät, Talmonts Sturm auf Jabbas Lagerhaus abzublasen. Tessek hatte keine Zeit, um Talmonts Leuten in Mos Eisley eine schriftliche Nachricht zukommen zu lassen. Er würde nach vollendeten Tatsachen mit Talmont reden müssen; vielleicht konnte er ihn überreden, das Lagerhaus später noch einmal zu überfallen.

Tessek dachte über die Bombe auf Jabbas Transporter nach. Wenn Jabba seine militärische Überlegenheit zeigen wollte, würde er ihn bewaffnen, mit voller Mannschaft besetzen und für den Fall eines Gefechts vorausfliegen lassen. Unter solchen Voraussetzungen fehlte nicht viel, daß die Bombe losging – ein Funke aus einem überhitzten Kondensator, ein verirrter Schuß. Es war eine große Bombe – groß genug, um Jabbas Segelgleiter ebenfalls zu zerstören, wenn er sich zum Zeitpunkt der Detonation in der Nähe befand.

Tessek blieb keine Zeit, die Bombe zu entschärfen. Wahrscheinlich waren Jabbas Männer und Droiden sogar schon dabei, den Transporter für die bevorstehende Reise zu beladen.

Tessek blieb nur ein Ausweg. Er mußte das Durcheinander der Vorbereitungen für seine Flucht nutzen. Er packte Kredits, Kleider und ein paar zusätzliche Waffen in eine kleine Tasche. Dann hastete er nach unten, ohne darauf Rücksicht zu nehmen, wen er auf seinem Weg zur Seite stieß.

Als er an Jabbas Thronsaal vorbeikam, bemerkte er Yarna, Jabbas fette Tänzerin mit den sechs Brüsten, die gerade in einem Geheimfach des Throns stöberte und ein paar kleine Juwelen in ihren Büstenhalter stopfte. Als sie ihn sah, hielt sie inne und starrte ihn mit schreckensweiten Augen an.

»Ich bitte Sie«, flüsterte sie auf Huttisch. »Ich tu's nicht für mich. Ich muß an meine Kinder denken. Ich bitte Sie, lassen Sie mich gehen.«

Tessek blieb für einen halben Moment stehen und erwog, die Frau den Männern des Hutts auszuliefern – es war eine Möglichkeit, Jabba die Treue zu beweisen.

Statt dessen zuckte er nur mit den Schultern und setzte seinen Weg zum Maschinenpark fort.

In der riesigen Halle wimmelte es nur so von Kreaturen und Bediensteten, die mehrere Gleiter mit Waffen und Verpflegung beluden. Gewöhnlich wurde die Halle von Jabbas Droiden schärfstens bewacht, doch augenblicklich herrschte nichts als blankes Chaos, das von den Positionslampen des Segelgleiters beleuchtet wurde.

Tessek lief zu den im Schatten von Jabbas Segelgleiter stehenden Repulsorschlitten und kniete nieder, um einen nach dem anderen zu inspizieren. Die Schlitten bestanden aus wenig mehr als einem Repulsorantrieb und einem leichten Rahmen mit ein paar Stabilisatoren. Sie waren schnell und für Langstrecken geeignet, boten aber keinen Schutz gegen die Witterung oder unvermittelte

Angriffe. Im Moment jedoch kam es Tessek nur auf Geschwindigkeit an.

Dann hatte er den schnellsten Schlitten ausgemacht und wechselte die Antriebsstäbe aus, um volle Energieversorgung zu haben. Er stieg auf den Schlitten und sah zu den schweren Panzertoren hinüber. Dort hinter den Toren lag sein Fluchtweg, doch Jabba würde sie erst öffnen lassen, wenn alles bereit war. Solange die Tore geschlossen waren, blieb der Palast des Hutts so gut wie uneinnehmbar. Nur die Techniker im Kontrollraum hatten Zugang zu den Codes, mit denen die Tore geöffnet werden konnten.

Barada konnte ihm helfen, doch wenn er das tat, würde Jabba ihn töten lassen. Tessek grübelte darüber nach, wie er jemanden bestechen konnte.

»Tessek? Tessek? Wo bist du?« Es war Ortugg, der gamorreanische Wächter, der Tessek im Auge behalten sollte.

Es gab keine Möglichkeit, die Halle unbemerkt zu verlassen, und so kauerte sich Tessek in den Schatten des Segelgleiters. Ortugg grunzte, und seine Waffen rasselten, als er um den Gleiter herumging – das bei weitem größte Fahrzeug im Maschinenpark.

»Komm schon«, bellte Ortugg. »Du willst dich doch wohl nicht vor Seiner Majestät verstecken, oder?«

Aus dem Innern des Segelgleiters drang der Lärm von arbeitenden Droiden. Tessek bemerkte, daß einer der Stauräume hinter der Küche des Gleiters unverschlossen war. Das brachte ihn auf eine Idee. Vielleicht bot der Segelgleiter eine Möglichkeit zur Flucht. Mit Sicherheit würde es mehr als eine Gelegenheit geben, während die Rebellenhelden die Folter erduldeten.

Leise schob Tessek den Schlitten in den Stauraum. Er schloß ihn gerade wieder, als er Ortuggs heißen Atem in seinem Nacken spürte. »Aaargh. Was machst du denn hier?«

»Es geht doch bald los«, sagte Tessek und wandte sich zu dem Gamorreaner um. »Ich wollte schon an Bord gehen, aber anscheinend sind alle noch mit den Vorbereitungen beschäftigt.«

Ortuggs rote Augen verengten sich. »Dauert noch mindestens

eine Stunde. Du kommst jetzt mit mir.« Er schnaubte und schloß eine Hand um Tesseks Arm. »Jabba will nicht, daß du dich hier unten herumtreibst.«

Tessek versuchte gar nicht erst, sich aus dem Griff der Wache zu winden. Ortugg war berüchtigt für seine Stärke, und wenn er nicht freiwillig mitging, würde ihn der gewaltige Gamorreaner einfach hinter sich her schleifen.

Ortugg führte ihn ins Innere des Segelgleiters und ließ sich mit ihm neben Jabbas Thron nieder. Der Raum lag im Dunkel, und es roch nach Schimmel und Moder.

Tessek schluckte und bemerkte den Knoten in seinem Magen. Er hatte noch nichts gegessen, und er dachte sehnsüchtig an die Mollusken in seinem Quartier, stellte sich vor, wie er sie mit seinen vier Fühlern aufbrach.

Ortugg zog seinen schweren Blaster und begann, die Kerben am Ende des Laufs zu reinigen. Als er fertig war, richtete er den Lauf auf Tesseks rechtes Auge und fragte: »Wie sauber ist das?«

»Sauber. Sehr sauber«, sagte Tessek.

Ortugg hielt den Blaster noch eine ganze Weile auf Tesseks Gesicht gerichtet. »Jabba traut dir nicht«, sagte er schließlich, als er die Waffe in seinen Schoß legte. »Sieht nicht gut für dich aus.«

»Jabba wird noch früh genug herausfinden, wie treu ich zu ihm stehe«, sagte Tessek.

»Sieht nicht gut für dich aus«, grunzte Ortugg abermals.

Tessek blieb neben ihm sitzen und verlor sich in seinen Gedanken, während der Segelgleiter sich im Verlauf der nächsten Stunden mit Horden von Jabbas Söldnern füllte. Ein halbes Dutzend von Jabbas engsten Vertrauten nahm in Tesseks Reichweite seine Plätze ein. Zuletzt kam Jabba selbst, der Prinzessin Leia an einer Kette hinter sich her schleifte. Er ließ sich auf seinen Thron sakken, und fast unmittelbar darauf setzte sich der Segelgleiter in Bewegung, während die Band laut zu spielen begann.

Der Gleiter schwebte über die Sanddünen, glitt über Hügel und Anhöhen wie eine Barkasse durch gigantische Wellentäler. Während der Gleiter an Fahrt gewann, ließ Jabba seine Leute ein paar der Fensterläden öffnen, und das gleißende gelbe Licht der Zwillingssonnen von Tatooine strömte herein. Heiße, trockene Luft erfüllte die Räume des Gleiters.

Tessek schwieg, und er war kaum in der Lage, einen klaren Gedanken zu fassen. Er hatte Jabba und seinen Häschern nichts zu sagen. Seine Angst nahm mit jedem Moment zu, und nur zu bald würden sie seine Furcht riechen können. Ein nervöses Zucken durchlief seinen Körper, und ein feines Rinnsal Tinte tröpfelte aus seinem Mundwinkel.

Während sich das Innere des Gleiters erwärmte, begann Tesseks Körper zu jucken. Feine Risse zeigten sich auf seiner Haut, und er spürte, wie die ersten Stellen austrockneten – zwischen den Fühlern an seinem Mund, auf den Graten in seinem Gesicht. Seine gesunde graue Haut blich aus, wurde weiß. Schwarzblaue Schwären bildeten sich auf seinen Handrücken.

Wenn man es genaunahm, waren Tesseks nächste biologische Verwandte Muscheln und Schnecken. Doch vor langer Zeit hatte die Spezies der Quarren die Fähigkeit entwickelt, auch an Land leben zu können, zumindest unter bestimmten Bedingungen. Doch ohne Wasser war er verloren. Seine Haut würde aufplatzen und zu bluten anfangen – so daß er noch mehr Flüssigkeit verlor –, und am Ende würde er sterben.

Doch Tessek machte sich keine Sorgen darüber, daß ihn der langsame Flüssigkeitsverlust nach und nach aller Kraft berauben würde. Statt dessen machte er sich Sorgen über das, was er in Leias Augen sah: Dort spiegelte sich ein leidenschaftliches Brennen, eine Entschlossenheit, die am Tag zuvor nicht dagewesen war. Selbst so etwas wie unterdrückten Zorn meinte er zu bemerken. Oder bildete er sich das nur ein?

Nein, Leia hatte sich nicht in ihr Sklavendasein an Jabbas Seite ergeben. Sie hatte ihren Glauben nicht verloren. Selbst in diesen aussichtslosen Momenten bewahrte sie Ruhe und wartete auf Rettung.

Während Tessek sie beobachtete, kam er zu dem Schluß, daß es nicht mehr lange dauern konnte, bis die Rebellenallianz den Segelgleiter attackierte.

Jabba verspeiste ein paar Kreaturen bei lebendigem Leib, und seine Augen wirkten glasig, während er genußvoll an seiner Wasserpfeife sog. Seine Günstlinge scharten sich eng um ihn.

Plötzlich wollte Tessek mit Leia reden; er wollte sie wissen lassen, daß er ihr Verbündeter war, doch er mußte jetzt besonnen vorgehen. »Großer Jabba«, begann er. Der Hutt sah ihn aus schmalen Augen an. »Ich werde Euch kaum weiter von Nutzen sein können, wenn ich hier weiter in der Hitze verdorre. Erlaubt Ihr, daß ich mich zu einer schnellen Erfrischung in die Küche zurückziehe?«

Jabba beäugte ihn mit obszönem Interesse, weidete sich an Tesseks Qualen. »Bleib hier bei mir«, sagte der Hutt. »Hier kannst du deine Treue beweisen.«

»Master, seid meiner Treue versichert. Sollte Euch jemand schaden wollen, wird es mir eine Ehre sein, Euch den Rücken freizuhalten.«

Jabba lachte glucksend in sich hinein, nahm einen langen Zug aus der Pfeife und schloß die Augen, um den Moment der Ekstase zu genießen. In diesem Augenblick sah Tessek tief in Leias Augen, um ihr zu verstehen zu geben, daß er auf ihrer Seite war.

Ihre Augen weiteten sich erstaunt, als hätte sie ihn genau verstanden. Sie nickte kaum wahrnehmbar und wandte sich wieder ab.

Eine Stunde später, als sie die Große Grube von Carkoon erreichten, fühlte Tessek sich schwach und zerbrechlich. Die Sonnen von Tatooine brannten erbarmungslos vom Himmel. Tesseks Atem kam flach, und während Jabba es kaum erwarten konnte, endlich der Hinrichtung von Luke Skywalker beizuwohnen, langte Tessek verstohlen nach einem Getränk und rieb sich mit dem Eis über das Gesicht.

Jabbas Protokolldroide verlas das Todesurteil vor Luke Skywalker und den Rebellenhelden und bat sie um ihre letzten Worte. Han Solo erging sich in einer ganzen Reihe von Flüchen, die insbesondere an jene von huttischer Abstammung gerichtet waren, während Skywalker Jabba lediglich zum letzten Mal aufforderte, sich zu ergeben.

Tessek sah nach backbord und ließ seine Augen über den Horizont schweifen, überzeugt davon, daß jede Sekunde eine Phalanx von Rebellenkriegern am Himmel auftauchen mußte. Verwirrt richtete er seinen Blick nach steuerbord, sah dann zu den blendenden Zwillingssonnen hinauf. Immer noch kein Zeichen eines feindlichen Angriffs.

»Werft sie hinein!« brüllte Jabba, und seine Männer machten sich bereit, Luke Skywalker in die Grube zu stoßen. Doch der junge Jedi benutzte die Planke wie ein Trampolin – er drehte sich in der Luft, landete an Bord des Gefangenengleiters, und irgend jemand auf dem Segelgleiter warf ihm eine Waffe zu. Innerhalb von Sekundenbruchteilen lagen die ersten von Jabbas Männern tot zu seinen Füßen.

»Faßt ihn! Faßt ihn!« brüllte Jabba, und jetzt begannen einige seiner Gefolgsmänner, auf den Rebellenhelden zu schießen, ohne darauf zu achten, ob ihre eigenen Kameraden im Weg standen. Sie wußten, daß denjenigen, der den Jedi zur Strecke brachte, eine reiche Belohnung erwartete.

Für einen winzigen Moment fragte sich Tessek, ob die Retter der Rebellenallianz überhaupt noch eintreffen würden. Han Solo und die anderen Rebellenhelden kämpften wie Löwen, doch die meisten von ihnen schienen bloß Stümper zu sein. Einer von ihnen hing am Rand der Großen Grube, und die anderen eilten ihm zu Hilfe, während nur noch der junge Jedi übrig blieb, um es mit der Übermacht von Jabbas Mannen aufzunehmen.

Tessek zog seinen eigenen Blaster. Er stand direkt hinter Jabba, und während die Henkersknechte des Hutts allesamt nach backbord liefen, um Luke Skywalker und die anderen Rebellen unschädlich zu machen, sah er, daß er freie Schußbahn auf Jabbas Kopf hatte.

Doch während er noch überlegte, ob er schießen sollte, sprang Leia auf und schlang ihre Ketten um Jabbas Kehle, um das Monster zu erwürgen. Tesseks Chance war vorbei, und er zog sich zwei Schritte in die Schatten zurück, während er sich fragte, ob die Vasallen des Monsters ihrem Master rechtzeitig zu Hilfe eilen würden. Wie würde die Schlacht ausgehen? Würden die Krieger der Rebellenallianz noch eintreffen? Würde es Jabbas Mannen gelingen, die Rebellenhelden zu töten?

Einer der Weequays – einer von Tesseks eigenen Männern – wandte sich um, sah Leia und öffnete den Mund zu einem Schrei. Tessek schoß ihn in die Kehle. Niemand schien es im allgemeinen Chaos zu bemerken.

Und dann explodierte plötzlich einer der kleinen Gleiter – seine eigene Bombe, wie er annahm –, und Jabbas halbe Mannschaft lag in ihrem Blut. Leia beglich ihre Rechnung mit dem Hutt, und plötzlich fiel es Tessek wie Schuppen von den Augen, daß er umsonst auf eine Attacke der Rebellen gewartet hatte, daß keine Phalanx von Kriegern am Himmel auftauchen würde. Die scheinbar stümperhaften Rebellen nahmen Jabbas bestens ausgebildete Söldner nach allen Regeln der Kunst auseinander. Der Wookiee feuerte eine Salve auf den Segelgleiter ab, bevor er Han Solo zu Hilfe kam. Tessek merkte, daß das Gefährt Schlagseite bekommen hatte.

Tessek wandte sich ab und lief um sein Leben. Er rannte durch den Küchentrakt, schnappte sich im Vorbeilaufen einen Wasserkrug, fand seinen Schlitten, öffnete das Tor, drehte den Motor voll auf und schoß auf die Sanddünen hinaus.

Als er aus sicherer Entfernung zu dem Segelgleiter zurücksah, erhob sich eine große pilzförmige Wolke am Horizont – ein Feuerzeichen, das das Ende von Jabbas Herrschaft verkündete.

Tessek trank in tiefen Zügen und goß das Wasser über seine Haut, dann hüllte er sich eng in seinen Mantel, bevor er den

Rückweg antrat – zu jenem Palast, der einst Jabbas Festung gewesen war.

Er fühlte sich ausgedörrt. Der Wüstenwind verbrannte sein Gesicht, trocknete ihn mehr und mehr aus. Er haßte die Sonne, haßte die heißen Messer des Windes, die bis auf die Knochen in sein Fleisch schnitten. Doch während der Schlitten weiter über Sandhügel und durch tiefe Senken glitt, spürte Tessek auf einmal, wie leicht er sich fühlte. Zum ersten Mal in seinem Leben fühlte er sich leicht und frei …

»Ich bin frei! Ich bin frei!« rief er in den Wind. Er träumte von Jabbas Reichtümern, auf die er nun unbegrenzten Zugriff hatte, und von dem noch größeren Reichtum, den er sorgfältig auf Nummernkonten und in über die gesamte Galaxis verstreuten Unternehmen angelegt hatte.

Tessek erreichte Jabbas Festung bei Einbruch der Nacht, wenn gewöhnlich die Fackeln auf den Wachttürmen brannten und die Worrts in den Seen um den Palast ihr gräßliches Gekrächze anstimmten.

Der Palast war dunkel und leer, und Tessek fürchtete für einen Moment, daß er es nicht bis zu den Toren schaffen und draußen in der Dunkelheit sterben würde. Doch als er mit seinem Schlitten näherkam, wie ein sirrendes Insekt über den immer noch heißen Sand flog, bemerkte er die brennenden Fackeln am Haupttor. »Besser, wenn ich ihnen gleich sage, daß Jabba tot ist und ich das Kommando übernehme.« Hatte er die schreckliche Nachricht erst einmal überbracht, würde er sich an einen dunklen, stillen und sicheren Ort zurückziehen und das Chaos für eine Weile hinter sich lassen. Er lenkte den Schlitten in Richtung Maschinenpark. Als er herankam, öffnete sich das gepanzerte Tor.

Barada. Guter, treuer Barada, dachte Tessek. Er fuhr in den Maschinenpark und bemerkte sofort, daß irgend etwas nicht in Ordnung war. Zumindest die Wartungsdroiden hätten bei der Arbeit sein müssen, doch sah er nirgends ihre glühenden Augen, die gewöhnlich die Halle erhellten.

Der Maschinenpark lag still da, dunkel wie eine Gruft. Das Tor schloß sich hinter ihm, und Tessek stieg von seinem Schlitten, zu schwach und ausgelaugt, um noch einen Schritt zu tun. »Barada? Barada? Bring mir Wasser, bitte …«, rief er. Dann erinnerte er sich. Barada war tot. Er war während des Gefechts auf dem Segelgleiter getötet worden. Er konnte ihm kein Wasser mehr bringen, und er konnte es somit auch nicht gewesen sein, der das Tor geöffnet hatte.

Tessek versuchte sich in der Finsternis zu orientieren und fragte sich, wer ihn eingelassen hatte.

Tessek haßte seinen Körper, diesen schwächlichen Leib, der die Wüstenhitze von Tatooine nicht aushielt, der immer wieder wie Sand zu verwehen drohte. Er fluchte leise, als niemand auf seine Rufe antwortete.

Er kroch zu einem nahegelegenen Becken in Baradas Quartier, versorgte seine Haut mit der lebensnotwendigen Feuchtigkeit und trank gierig, bevor er in den Palast stolperte, um den anderen Jabbas Tod zu verkünden.

Die Neuigkeiten verursachten mehr als nur einen kleinen Aufruhr, und Tessek eilte in seine Gemächer, um sich mit Wasser und Proviant zu versorgen, während er darüber nachgrübelte, wie er möglichst viel von Jabbas Reichtümern an sich bringen konnte. Die Gänge des Palasts waren verlassen, jetzt, da Jabbas Soldaten nicht mehr in ihnen Wache schoben. In gewisser Weise wirkte der Ort düsterer und unheimlicher als zu den Zeiten von Jabbas Herrschaft.

Nachdem er seine Sachen gepackt hatte, verließ Tessek sein Quartier und stellte mit Erleichterung fest, daß er nie wieder hierher zurückkommen mußte.

Er hörte ein leises Klicken, das vom anderen Ende des Gangs zu ihm herüberdrang, dann das Geräusch eines Droiden, der mit von den Wänden dumpf widerhallenden Schritten durch das Dunkel auf ihn zukam.

Tessek sah den Gang hinunter. Ein großer, schwarzer, spinnengleicher Gehirnläufer kam auf ihn zu; Zwillingsscheinwerfer leuchteten wie trübe Augen im Dunkel. Hinter ihm sah er noch einen, und noch einen – aus allen Richtungen näherten sie sich. Die B'omarr-Mönche.

»Seid gegrüßt, Bruder Tessek«, wisperte der erste der Mönche.

»Laßt mich in Ruhe«, bettelte Tessek, und kraftlos, wie er war, lehnte er sich gegen die rückwärtige Wand und sank langsam zu Boden, wurde fast ohnmächtig vor Furcht und Schwäche. Dann drang das Quietschen von Rädern an seine Ohren, und als er wieder die Augen aufschlug, sah er das glänzende Laserskalpell direkt vor sich.

Sechs Monate später verließ Tessek Jabbas Palast zum ersten Mal. Er fühlte sich ruhig und ausgeglichen, als sein spinnengleicher mechanischer Körper den höchsten Turm der Festung mit Leichtigkeit erklomm.

Dort ließ er sich auf einem Mauervorsprung nieder und sah zu, wie sich die purpurroten Zwillingssonnen über die gähnende weiße Wüste senkten. Eine Windböe fegte über die Wüste und trieb eine Staubwolke vor sich her. Inzwischen war es Tessek egal, ob der Wind heiß oder kalt, feucht oder trocken war.

Es war das erste Mal in sechs Monaten, daß er seinen Behälter verlassen und seine neu entwickelten Kräfte dazu benutzt hatte, diesen mechanischen Körper zu steuern.

Im Palast unter ihm waren immer noch unermeßliche Reichtümer angehäuft, die nur auf einen neuen Besitzer warteten, sollte es denn jemand wagen, diesen Ort zu betreten. Doch nach den ersten halbherzigen Versuchen einiger Halsabschneider und Diebe aus Mos Eisley fand sich plötzlich niemand mehr, der sich an dieser Aufgabe versuchen wollte.

Tessek stellte sein Gehirn auf dem Mauervorsprung ab und streckte die Spinnenbeine weit von sich. Früher war ihm bei so etwas schwindelig geworden. Oder er hatte sich gefühlt, als hockte er auf dem Dach der Welt.

Nun aber deaktivierte Tessek die optischen Systeme und ließ seine Gedanken in die Welt hinausschweifen. Tief unter ihm, in den dunkelsten Kammern von Jabbas verfluchtem Palast, widmeten sich die neuesten B'omarr-Mönche ihren Meditationen.

In der Wüste waren die Beutejäger unterwegs auf der Suche nach Kreaturen, die noch Fleisch an den Knochen hatten. Die Jawas und die Sandleute trugen ihre Schlachten aus und kämpften um Wasser. In Mos Eisley brachte Lady Valarian der Unterwelt neue Schliche bei. Und dort oben am Firmament kämpfte die Rebellenallianz immer noch für die ... Freiheit?

Tessek ließ seine Gedanken aufsteigen, ließ sie leicht die Herzen jener berühren, die er einst getroffen hatte und mit denen er sich verbunden fühlte. Luke, Leia, Han, der Wookiee.

Gleichzeitig hatte jeder der Rebellenhelden den gleichen seltsamen Gedanken: *Solltest du je wieder in Jabbas Palast zurückkehren, wirst du dort einen freien Quarren vorfinden.*

Und die Helden schüttelten einer nach dem anderen die Köpfe, um diesen merkwürdigen Gedanken wieder loszuwerden.

Als die Sonnen hinter dem Horizont verschwanden, erhob sich Tessek und schlenderte einen dunklen Gang hinunter, der in die tiefsten Tiefen von Jabbas Palast führte. Dort, unter den mit Nährlösungen gefüllten Behältern, würde er Frieden finden.

Einen Knoten in der Zunge:

Bubos Geschichte

Daryl F. Mallett

Schlurps.

Die lange Greifzunge schlängelte leise aus einem warzenübersäten Mund und schlürfte vergessene Leckerbissen und heruntergefallene Krümel auf. Aber nicht nur die Zunge war aktiv, sondern auch die knollenförmigen purpurfarbenen Augen oben auf dem grünen Kopf. Bubo kauerte in einer schattigen Nische unter dem noch immer warmen Herd und verfolgte die Vorgänge in der Küche.

Im Verlauf seiner langen Karriere als Spion und Attentäter hatte er an Dutzenden von Orten, die mit diesem hier vergleichbar waren, ähnliche Geschehnisse erlebt. Gartogg, einer der großen Wächter, befragte Ree-Yees. Eine Leiche lag zu ihren Füßen. Ein Schauder der Schadenfreude kribbelte Bubos Zunge entlang und kitzelte seinen Gaumen, als er sich vorstellte, wie der gamorreanische Wächter dem Gran eins über den Schädel gab und ihn ins Verlies schleppte, wo er seiner Bestrafung durch Jabba entgegensah.

Bubo gefiel es nicht, mit dem granischen Agenten zusammenzuarbeiten. Der dreiäugige Nichtmensch war zu unprofessionell, zu unstet, zu *emotional.* Er verließ sich zu sehr auf andere Leute statt auf seine eigenen Fähigkeiten. Und wenn er nervös wurde, konsumierte er große Mengen Akohol.

Außerdem *schmeckte* Ree-Yees einfach falsch.

Bubos Zunge rollte sich ungehalten auf, als es dem dreiäugigen Idioten gelang, den unterbelichteten Wächter von seiner Unschuld zu überzeugen.

Eines Tages kriegst du das, was dir zusteht, dachte er, als er sich umdrehte und sich in den Ventilationsschacht hinter dem Herd schob.

Während er sich einen Weg durch die Stein- und Metallschächte suchte und die ganze Zeit nach einem köstlichen Jawa oder der Gelegenheit Ausschau hielt, Salacious Crumb allein zu erwischen, ging er in Gedanken den derzeitigen Kontrakt noch einmal durch. Obwohl Bubo diesmal nur zu den Nebendarstellern gehörte, machte er sich Sorgen, durch die scheinbar bodenlose Unfähigkeit seines Kollegen entlarvt zu werden. Und die Wut des Hutts war etwas, das es zu fürchten galt.

Bubo war sich bewußt, daß er von Ree-Yees und einigen anderen benutzt wurde. Zusammen mit dem Rest des Universums sahen sie auf seine Spezies herab, denn in ihren Augen waren sie nichts weiter als sabbernde, hirnlose, käferfressende Krötenhunde – ein Ruf, gegen den sie nichts unternahmen. In Wahrheit gehörten sie zu den geistig beweglichsten Wesen, die es gab. Zumindest war das Bubos Meinung.

Darum hatte ihn, als er vor einigen Jahren auf diesem von Sand und Echsen heimgesuchten Planeten gelandet war, die Entdekkung der in dieser Zitadelle verborgenen B'omarr-Mönche schlichtweg begeistert. An sie würde er sich jetzt in seinem Bedürfnis nach Erleuchtung wenden – wie immer.

Und wenn das nicht gelang, gab es noch eine letzte Karte, die er ausspielen konnte, um sicherzustellen, daß man Ree-Yees die Schuld anhängte.

Unter der Erde war die Luft kühler, ein Hauch von Feuchtigkeit lag in der Luft. Sich nähernde Schritte veranlaßten Bubo, sich in die Schatten zurückzuziehen und seinen Geist abzuschirmen. Da ihn jeder für ein dummes Tier hielt, brauchte er sich normalerweise nicht zu verstecken; er konnte ohne Angst weiterwatscheln. Aber er identifizierte den charakteristisch leisen Schritt als den Bib Fortunas.

Jabbas Majordomus schlich ständig in den unteren Ebenen des Palastes herum und entlockte den menschenfreundlichen B'omarr soviel Informationen, wie er konnte. Und die mentale Kontrolle des Twi'lek war unglaublich. Nicht ganz das Niveau der B'omarr oder der Jedi, aber es reichte aus, Bubo genügend Angst einzujagen, daß er geistige Schilde aufbaute. Er wußte, daß der Twi'lek etwas plante. Er hegte den Verdacht, daß Fortuna die Mönche dazu erpreßte, seine Wünsche zu erfüllen, aber da er sie respektierte, wollte er damit nichts zu tun haben.

Als der Leutnant des Hutt vorbeigegangen war, machte sich Bubo wieder auf den Weg in die Tiefe; es bereitete ihm keine große Mühe, die vielen Robotspinnen zu meiden, die die körperlosen Gehirne der Mönche trugen.

Er begab sich ohne Umwege zu der kleinen Höhle abseits der Hauptgänge und betrat die Dunkelheit, in der er sich den Weg zu der Wartezone ertastete. Als er sich setzte, glomm ein sanftes Licht auf und beleuchtete ihn. Nach ein paar Augenblicken des Wartens richtete sich ein weiterer Lichtstrahl auf ein großes Gehirn, das in einem Behälter mit Nährstoffen schwamm.

Willkommen, Buboicullar. Das Gehirn gebrauchte Bubos formellen Namen und sprach direkt in seinen Gedanken, und zwar ohne blitzende Lichter oder sprühende Funken, wie er es in einigen billigen Holos gesehen hatte. Die tiefe, fröhliche Stimme hallte durch seinen ganzen Körper, beruhigte ihn und sorgte dafür, daß er sich entspannte.

Ich grüße Euch, Evilo Nailati, erwiderte Bubo, wie immer etwas eingeschüchtert von der körperlosen Stimme.

Was darf ich Euch erzählen, mein kleiner Freund? fragte der erleuchtete B'omarr.

Bubo entschied sich für die umständliche Annäherung. *Wie soll ich meine Gefühle kontrollieren und meine Aufgabe erfüllen?*

Ihr meint, Jabba zu töten?

Unwillkürlich entfuhr Bubo ein mentales Keuchen. Soviel zu der umständlichen Annäherung. Das Gehirn des Mönchs lachte, als Bubo fragte: *Ihr wißt Bescheid?*

Wir leben in einer Diebeshöhle, mein kleiner Freund … Die Stimme hielt inne. *Warum wollt Ihr das tun?*

Bubo quakte laut, als er selbst lachen mußte. *Natürlich des Geldes wegen.*

Aber was wollt Ihr wirklich, Buboicullar? Ich möchte lernen. Im Gegensatz zu den meisten anderen meiner Brüder interessiere ich mich nicht für solch abstrakte Konzepte wie »Wahrheit« oder »Erleuchtung«. Ich versuche, so viele Informationen wie möglich anzuhäufen, etwas, das ich in meinem Körper nicht tun könnte, da er nach weniger als einem Jahrhundert sterben würde. Auf diese Weise kann ich Jahrtausende leben, lernen und mich geistig weiterentwickeln und dann, wann immer ich es wünsche, in eine körperliche Existenz zurückkehren.

Bubo schnaubte mental. *Aber Ihr, mein Lehrer, wart schon immer etwas … unorthodox.*

Was wollt Ihr denn damit sagen, mein kleiner Freund? kam die lachende Erwiderung des Mönchsgehirns.

Da wäre einmal das dramatische Flair und die Ästhetik der Scheinwerfer. Die Tatsache, daß Ihr noch immer in Sätzen und ganzen Gedanken statt in einzelnen Worten und Bildern sprecht, erwiderte Bubo ernst.

Das ist erforderlich, wenn man sich mit dem Rest der Welt beschäftigt. Ich bin nicht der Meinung, daß man in einem Vakuum lernen sollte. Und in diesem Streben dient es meiner Erleuchtung viel mehr, wenn ich mit körperlichen Wesen wie Euch spreche.

Nun, mein Lehrer … die letzte Frage lautet also, was soll ich tun?

Mein kleiner Freund, trotz meines ganzen Wissens habe ich nicht die leiseste Idee …

Als die Nachricht von Jabbas »Unfall« bei der Großen Grube von Carkoon den Palast erreichte, war Bubo eigentlich nicht überrascht, als die Mönche plötzlich überall auftauchten. Etwas in seinem Reptiliengehirn hatte vermutet, daß sie etwas gegen die derzeitigen Bewohner des Palastes unternehmen würden. Bubo wußte, was kam, aber im Gegensatz zu Bib Fortuna, den er aus einem anderen Teil des Palasts auf mentalem Weg schreien hören konnte, war es ihm egal.

Es freute ihn, daß sich Ree-Yees an Bord des Segelgleiters befunden hatte, als er über dem Sarlaac explodiert war. Dessen ungeachtet hatte er gesehen, wie Ree-Yees den Gleiter betreten und dabei etwas gemurmelt hatte wie »herausfinden, was zu tun ist«, als er mitflog, um sich die Exekution der Rebellen anzusehen, jenseits aller Rationalität wütend über das, was Bubo getan hatte.

Bubo dachte darüber nach, als die Mönche schließlich sein Gehirn aus dem Schädel hoben, und seine letzte materielle Handlung bestand darin, ein quakendes Lachen auszustoßen.

Was ist so lustig, mein kleiner Freund? ertönte Nailatis tiefe Stimme in seinem Bewußtsein.

Er zögerte, da er wußte, daß die meisten Mönche das Konzept der Rache als nutzlosen Akt mißbilligten, besonders dann, wenn man die Ewigkeit damit verbringen konnte, über die Geheimnisse des Universums nachzudenken. Er hoffte, daß sein Mentor den Witz zu schätzen wußte.

Mein Lehrer, ich habe den Zünder gegessen. Den entscheidenden Teil von Ree-Yees' Plan.

Schweigen.

Dann: *Ihr habt was getan?* Unglauben.

Bubo erzählte die Geschichte von Ree-Yees' letzten Stunden im Palast.

»Du widerwärtige zweiäugige Kröte!« Ree-Yees verlor wieder einmal die Beherrschung.

Bubo saß geduckt in einem anderen Ventilationsschacht. Vor

ihm lag der Zünder, das fehlende Stück der Bombe. Bubo hatte den Gegenstand direkt außerhalb der Reichweite des ausgestreckten Arms des betrunkenen Ree-Yees' plaziert.

»Ich verfüttere dich an den Rancor, du elender Mistkerl!«

Du und welche Armee, du dreckiger Idiot?

Bubo hatte den granischen Agenten langsam aus seinem Quartier gelockt, indem er den Elektronikbaustein schnell aus seiner Reichweite zog. Nachdem er fast eine Stunde lang mit dem betrunkenen Ree-Yees gespielt hatte, hatte er sich an diesen sicheren Ort zurückgezogen.

Als der Gran mit einem langen Küchenlöffel nach ihm stocherte, ließ Bubo die Zunge hervorschnellen und packte den kleinen Zünder mit seinem klebrigen Speichel. Er zog das Teil langsam und bewußt in den Mund und schluckte es mit großem Behagen herunter.

Oben im Thronsaal hielten Jabba und sein Hof einen kurzen Augenblick lang in ihrem wüsten Gelage inne, als ein gequältes Geheul durch die Korridore hallte. Dann setzten die Musik und das Lachen wieder ein.

Als sein Gehirn in einen mit Nährstoffen gefüllten Behälter plaziert wurde, lächelte Bubo in Gedanken, als er das brüllende Gelächter seines B'omarr-Mentors von den Höhlenwänden widerhallen hörte.

Ja, es würde Spaß machen, die Ewigkeit mit diesem wunderbaren Intellekt als Gefährten zu verbringen.

Aus dem Reich der Legende:

Die Geschichte des Attentäters

Jennifer Roberson

Hitze.

Und Sonne.

Und Sand.

Und Tote. Oder Sterbende.

Körper, in denen noch Blut fließt, von dem nichts in den Staub Tatooines oder auf die von der Sonne ausgebrannten Ziegel Mos Eisleys vergossen wurde und das auch nicht die schweißnasse Kleidung befleckt, die tausend Planeten von hier gekauft worden ist. Nicht einmal ein Tropfen davon funkelt auf schlaffen Lippen oder rinnt aus zerbrechlichen Kehlen; nicht einmal an ihren Nasenlöchern klebt eine winzige Spur.

Bei jenen, die solche Dinge wie Nasenlöcher oder Blut ihr eigen nennen.

Sie brauchen nicht humanoid zu sein, keiner von ihnen, damit ich ihr Elixier genießen kann. Sie müssen nur über die nötige Körperchemie verfügen, damit in dem Gehirn im Schädel, der kalten, schleimigen Masse in der Knochenschale, die Substanz hergestellt wird.

Schmerz/Freude …

Freude/Schmerz …

Sein/ihr/deine.

Auch meine, jedes Mal.

Ich überwältige sie in der Stadt, in Jabbas Reich, diesen, jenen und noch einen anderen … und gehe wieder, so wie ich immer gehe, ohne einen Beweis, daß sie getötet wurden. Keine Methode, kein Tatwerkzeug, keine Spuren. Nur Leichen, unberührt, leblos, und was noch viel schlimmer ist, ohne das Elixier, ohne die Substanz, die, wenn man sie aus dem Gehirn saugt, den Körper seines wesentlichen Bestandteils beraubt. Jenes Bestandteils, der Leben bedeutet.

Es ist nicht der wesentliche Bestandteil, den ich begehre, oder das Blut, auch nicht das Fleisch, das schließlich nicht mehr als die abgeworfene Hülle ist. Es ist das Elixier, das ich will, das ich brauche; das Elixier, um *meinen* Geist zu retten, um meine Hülle am Leben zu erhalten.

Ich suche sie mir mit großer Effizienz aus, was offenkundig ist, wähle nach Brauchbarkeit aus, was lobenswert ist: diesen da, den da, einen anderen; willst du mit mir tanzen – und sterben?

Aber diesmal tue ich es *für* den Tod, für die abgestreifte Hülle; heute, an diesem Ort, auf diesem Planeten, tue ich es für mehr als nur das Elixier, tue es nicht mal, um meinen Geist zu retten. Es ist meiner nicht würdig, dieses sterbende und tote Trio, das auf dem Raumhafen von Mos Eisley verstreut liegt – hier und hier und dort –, bloße Handlanger und keine Attentäter, leere, unterwürfige Geschöpfe mit einem schwachen und geschmacklosen Elixier … aber ihr Tod wird, wenn er schon nichts für meine spezielle Neigung tun kann, immerhin einen Zweck erfüllen. Ich will, daß sie von meiner Hand gestorben sind, ohne die geringste Verletzung aufzuweisen, denn meine Art hinterläßt kein sichtbares Zeichen, durch das ein anderes Wesen Bescheid wissen könnte.

Aber ein Wesen *wird* die Wahrheit erkennen, diesmal wird er es wissen – denn ich unternehme große Anstrengungen, daß er es tut.

Mein Auftraggeber, mein Verräter.

»*Anzati*«, werden sie flüstern. »*Anzat,* von den *Anzati.*«

Schmerz/Freude …

Freude/Schmerz ...

Ich nehme sie und andere – sie alle standen in seinem Dienst – und hinterlasse sie wie herrenloses Gut, damit man sie findet. An Stellen, an denen man melden wird, daß man sie gefunden hat. Sie alle werden es erfahren: Talmont, der Präfekt; Lady Valarian, die Königin, die König sein möchte; Jabba.

Talmont und Valarian jubeln: diejenigen, die ich getötet habe, sind Jabbas Leute.

Der Hutt wird ärgerlich sein, *ist* ärgerlich – und ist zweifellos schon dabei, die Schuld einem Feind in seiner Nähe zuzuschreiben; einem von unglaublich vielen Feinden, die öfters und regelmäßiger gegen ihn Komplotte schmieden, als ein Humanoide Atem holt.

Aber Dannik Jerriko wird keiner die Schuld geben. Noch nicht. Nicht, bis ich mich dazu entscheide.

Und ich werde mich dazu entscheiden. Das muß ich tun. Damit er es weiß.

Jabba.

Es weiß und Angst hat.

Wenn man die Leichen findet, wenn man darüber Bericht erstattet; wenn man sie endlich auf die Wahrheit hin untersucht und aus der Wahrheit ein Gerücht wird und sich das Gerücht in eine Geschichte verwandelt, dann bin ich schon längst im Palast. Fragen Sie nicht, wie ich dort angekommen bin oder wie ich mir den Zugang verschafft habe: Ich bin, was ich bin, und was unsere Geheimnisse angeht, sind wir selbstsüchtig.

Dort kommt ein Körper, im Augenblick noch lebendig, aus dem Zwielicht, aus der feuchten und glorreichen Verwahrlosung, die Jabbas berüchtigter Palast darstellt. Es ist ein Weequay, bleiches ledriges Fleisch, reptilienartige Gesichtszüge, der Pferdeschwanz eines Kriegers, zu dem die Haare des ansonsten kahlgeschorenen Schädels zurückgebunden sind. Solche wie er sind mir schon früher bei den Geschäften mit Jabba begegnet. Eine bösartige, brutale Rasse; ihr Elixier prickelt nur so vor Gemeinheit. Es ist ein dünnes, saures Elixier, viel zu scharf in seinem Geschmack, aber es wird schon gehen. Jetzt. Hier. In diesem Augenblick. Es wird schon gehen, und ob.

Schmerz/Freude …

Freude/Schmerz …

Ein makabrer Tanz, wenn man das Opfer ist: eine Umarmung, der man sich nicht entziehen kann, nichtmenschliche Hände umklammern den Schädel, die Augen haben einen starrenden und raubtierhaften Blick; in der Dunkelheit sind sie weit aufgerissen. Und dann schieben sich Greifrüssel aus den fleischigen Wangentaschen neben meiner Nase, verweilen träge und scheu wie ein Liebhaber vor seinen Nasenlöchern, bevor sie, nicht länger geduldig, sich in sie hineinbohren.

Jetzt haben sie nicht mehr die geringste Ähnlichkeit mit einem Liebhaber.

Sie bohren sich in das dahinter befindliche Gehirn, suchen nach dem Elixier, das sein Leben ausmacht.

Es ist mein Tanz, also führe ich auch. Für mich ist es keineswegs makaber, es fehlt auch nicht an Anmut; es ist unbeschreiblich schön; das ist die Art, auf die ich überlebe.

Der Weequay tanzt, so wie sie alle tanzen, er versucht zu entkommen, als ich ihm etwas Raum lasse, denn der Tanz muß schneller werden, damit das Elixier süßer ist. Aber selbst beim Tanzen ist er ein Gefangener, er kann sich nicht befreien. Und das weiß er auch, er hat Angst; aus seinem Hals steigt ein Wimmern und Röcheln empor. Er macht keine weiteren Geräusche mit seinem Mund oder in seinem Hals; sie sind nur noch in seinen Augen zu sehen. Schreie. Wissen. Sterben. Und alles geschieht lautlos.

Hitze …

In Mos Eisley ist sie weißglühend, die reinste Qual. Aber nicht so heiß, daß sie meine Haut verbrennt oder meine Knochen kocht; es ist die Hitze des Elixiers, der Essenz, des Körpers, und dabei macht es keinen Unterschied, um was für ein Wesen es sich handelt.

Er sackt zusammen. Es ist getan. Er wird in der Nähe der Küche abgelegt, wo man ihn auch bestimmt findet.

Die Rüssel zittern, als sie sich gesättigt und freiwillig zusammenrollen und in die Wangentaschen zurückziehen. Auf meinen Lippen ist eine Spur gezuckerter Süße. Er hat vor dem Tanz gegessen, ein lächerlicher Heißhunger, das kindische Bedürfnis nach einem stibitzten Leckerbissen. Aber nichts, das von anderen Händen geschaffen wurde, kann den so süßen Geschmack dessen übertreffen, was das Gehirn absondert.

Ich ziehe die Manschetten unter den Ärmeln zurecht, glätte mein Jackett. In Jabbas Palast wird es einen Überfluß an Elixier geben.

»Anzat«, werden sie flüstern. *»Anzat,* von den *Anzati.*«

Begonnen hat diese Geschichte als persönliche Sache, eine – von einem ganz besonderen Appetit einmal abgesehen – völlig harmlose Sache. Das Verlangen nach dem Elixier war vorhanden – ohne muß ich sterben –, aber es war in diesem Fall auch das Verlangen nach seinem Elixier, diesem ganz speziellen Elixier, dem Elixier aller Elixiere; die Essenz eines Humanoiden, der die Angst kennt, sich aber von ihr befreit; der sich ihr stellt, sie besiegt, ihr nicht ins Antlitz lacht, um sich als zerbrechlich im Fleisch, sondern als stark im Geist zu erweisen. Und der, indem er sie überwältigt, das Elixier aller Elixiere produziert, süß und heiß und rein.

Han Solos Elixier.

Diese Geschichte ist die Geschichte von Professionalität, von Verrat und Heimtücke. Jabba wollte, daß man ihn fängt. Der Hutt interessierte sich nicht für das Elixier; falls er von seiner Existenz weiß, hat er es jedenfalls nie erwähnt. Mit seinen Möglichkeiten und seinen Ressourcen hat er vermutlich davon gehört, aber es spielte nicht im mindesten eine Rolle. Er wußte, daß ich unverletzbar und der Beste bin, weil ich ich bin. Und für den Besten kam nur der Beste in Frage.

Han Solos Elixier.

Das mir gehören würde, sollte ich ihn erwischen. Das ich mir nehmen und trinken würde. Das ich schlürfen und genießen würde: Heiß, süß und rein.

Bis Jabba ihn mir stahl. Bis ich betrogen wurde.

Von Fett. Von Calrissian. Von Jabba dem Hutt selbst, der sie alle antrieb. Der sie alle kaufte.

Der auch mich kaufte. Er versprach dem Besten der Besten, der einzige zu sein, für immer und alle Zeiten, Amen. Dannik Jerriko, der Attentäter aller Attentäter.

Dafür wird Jabba sterben. Und die anderen auch: drei in Mos Eisley, noch mehr – wie der Weequay – im Palast.

So wie Han Solo. Und seine Frau, die von königlichem Blut. Und der Junge von wertloser Herkunft, der unbegreiflicherweise verspricht, in dem stark zu sein, was einst Kenobis Macht war.

Es ist eine Macht, die ich schon mein ganzes Leben lang kenne, länger als die meisten; wir Anzati kennen viele der Geheimnisse der vielfältigen Universen, der Galaxien und Welten. Die Macht des Jungen und Kenobis ist auch Vaders Macht und die des Imperators.

Aber in den Letztgenannten ist sie entartet, *sie* haben sie entartet, sie ist nicht mehr so wie bei Kenobi, wie bei jenen, die Jedi-Ritter gewesen sind. Werden sie die Macht des Jungen auch verderben?

Vielleicht. Kein Lebender hat dem Imperator oder Darth Vader widerstanden.

Oder Jabba dem Hutt.

Aber keiner von ihnen kennt mich, mit Ausnahme von Jabba. Sie haben nur *von* mir gehört, von meiner Spezies, all die unheimlichen Geschichten, die erzählt werden. Und genau das werde ich benutzen: Unwissenheit und Gerüchte. Sollen sie doch sagen, was sie wollen. Diesmal werde ich sie mir zunutze machen, seine um sich greifende Macht.

Im Palast, der einst ein Kloster war – in seiner Existenz von makelloser Reinheit, bis es zuerst von Räubern und dann von Jabba beschmutzt wurde –, gibt es viele, die ich mustere, in Betracht ziehe, verfolgen und jagen könnte – vielleicht sogar auf die Weise, von der immer die Geschichten erzählen, eine Weise, die ich bis jetzt verschmäht habe, die nun aber angebracht ist. Hier gibt es ein wahres Übermaß an Rassen, Spezies, an Elixier. Aus Myriaden Nationen, von zahllosen Planeten. Aber sie alle haben keine Bedeutung, von dem Herrn abgesehen, dem sie dienen; sie bedeuten ihm nichts, so wie sie mir nichts bedeuten, und genau so sollen sie auch sterben.

Und so eine Botschaft verbreiten.

Jabba, fürchte dich. Selbst du könntest sterben.

Und ich hoffe und bete, daß dein Elixier so reichhaltig in seiner Natur ist wie dein Fleisch korpulent.

Ich war, was ich bin: ein Perfektionist, was die Arbeit angeht. Alle sind gestorben. Alle. Keiner hat überlebt, um von mir zu berichten.

Aber jetzt ist eben diese Geschichte unverzichtbar, so wie ihre Verbreitung unverzichtbar ist. Der Weequay, der auf unbekannte Weise zu Tode gekommen ist, wird Bestürzung hervorrufen, aber keine Gewißheit. Der »Fehler« ist jetzt erforderlich; was sie für einen Fehler halten werden. Ein Wesen, das überlebt hat. Um voller unausweichlichem Entsetzen und starr vor Angst zu beschreiben, was für ein Monster ihm beinahe das Leben geraubt hat.

Und so ist für mich die Zeit gekommen, das Reich der Legenden zu verlassen, das wir Anzati viel zu oft bewohnen.

Bei den Wesen in Jabbas Palast gibt es nicht nur eine komplizierte Hackordnung, sie haben auch eine unterschiedliche Angstschwelle. Um den Hutt zu treffen, muß ich zuerst andere treffen,

Wesen, die von Bedeutung und auch unbedeutend sind, deren Abwesenheit sich jedoch auf kleine und große Weise bemerkbar machen wird, sei es mit milder Verstimmung, Zweifel, Wut oder der plötzlichen Sorge um das eigene Leben. Ich kenne all die gefühlsmäßigen Stadien, und ich weiß, wie ich sie benutzen muß.

Die in Mos Eisley, deren Tod bereits gemeldet wurde, waren die ersten, aber Jabba wird dem keine – oder wenig – Bedeutung schenken. Bis er vom Gegenteil überzeugt wurde.

Als nächstes der Weequay. Jabba wird ihn nicht vermissen. Aber andere schon. Und sobald genug von ihnen sterben, genug der kleinen Leute, kann man vielleicht sogar den Anführern echte Angst einjagen.

Als nächstes ein Weibchen. Das Tanzmädchen mit den Kopfschwänzen, die Twi'lek, ist bereits tot, sie wurde Jabbas hungrigem Rancor als Appetithäppchen zum Fraß vorgeworfen, aber es gibt noch andere Weibchen. Und so suche ich mir eines aus.

Sie ist das, was viele Wesen, Jabba eingeschlossen, als hübsch bezeichnen würden: üppig, mit molligem Fleisch, versehen mit zahlreichen Brüsten, den schwerfälligen Bewegungen eines gelenkigen Körpers. Die Hände winken, die sechs Brüste wogen, die Oberschenkel sind immer in Bewegung. Aber als die Feier endet, findet auch sie zur Ruhe, völlig benommen. Die Frau, eine Askajianerin – die bei einem Wurf mehrere Junge zur Welt bringen –, verläßt den Thronsaal, um für den Rest der Nacht zu ruhen, bis die unbarmherzigen Sonnen Tatooines wieder hoch am Himmel stehen.

Aber sie wird keine Ruhe finden. So wie sie keinen Schlaf finden wird.

Ich werde sie ihrer Bestimmung in den Dienstbotenquartieren zuführen, in denen man glaubt, in Sicherheit zu sein.

Als sie den Thronsaal verläßt, weicht der schwungvolle, stolze Schritt der Müdigkeit, der ungraziösen Erleichterung, daß sie endlich in ihr Bett darf. Die Stunde hat sie schläfrig gemacht und sorglos, sie kommt nicht auf die Idee, auf sich achtzugeben, denn das hier ist Jabbas Palast, bewacht von dem Abschaum zahlloser Universen.

Also lasse ich sie ungehindert an mir vorbeigehen, ohne daß sie mich sieht, lasse sie den Vorraum betreten, ahnungslos, nur vom Bedürfnis nach Entspannung getrieben; mühelos folge ich ihr, einen Schritt hinter ihr, flüstere in ihrer Sprache ein Kosewort.

Sie wirbelt herum, mit wogenden Brüsten. Zuerst steht in ihren Augen Entzücken zu lesen; hat sie jemanden erwartet? Aber ich bin es, nicht er, nicht sie, nicht es; aus Entzücken wird Angst.

Ich sage ihr in ihrer Sprache, daß sie die schönste Frau ist, die ich je gesehen habe, daß ich mich vor Lust nach ihr verzehrt habe, sie aus den Schatten, den Nischen von Jabbas Palast beobachtet habe, vom Wunsch erfüllt, daß sie nur einmal in meine Richtung blickt. Aber das hat sie nicht, und ich habe mich abgewiesen gefühlt und schwach und feige, und erst jetzt war ich mutig genug, Manns genug, vorzutreten und ihr die Wahrheit zu sagen, mich vor ihr zu erniedrigen, damit sie erfährt, sie *weiß*, wie es um mich steht, um einen Mann, der eine Frau sieht und begehrt, eine Frau wie sie ...

Sie hätte es beinahe geglaubt. Auf ihren fleischigen Wangen glühen rote Punkte. Ihre Schultern unter meinen Händen heben sich. Ihre Lippen öffnen sich, als ich die Hände von den Schultern zum Hals gleiten lasse, weiter zu den Knochen ihres Unterkiefers, die unter dem üppigen Fleisch verborgen liegen. Und dann umklammere ich ihren Schädel in der Umarmung des *Anzats* und gestatte ihr, die Wahrheit zu erkennen, lasse sie sehen, was ich bin. Eine zum Leben erwachte Legende.

Ein Wimmern. Gefolgt von starrer, lähmender Angst, als ich die Rüssel ausfahre. Sie sind langsamer zu wecken als sonst; ihre Nahrung bestand immer aus erstklassigem Elixier, und ich habe sie in letzter Zeit mit dem unbedeutenden Elixier von Wesen, die keinen Mut kennen, beleidigt.

Aber sie erwachen zum Leben, strecken sich zu ihrer vollen

Länge aus. Und die Frau wimmert wieder, gefangen von ihrer Angst, meinen Händen, dem Wissen.

Freude/Schmerz ...

Schmerz/Freude ...

Nein. Diesmal nicht. Hier ist Geduld gefordert und Kontrolle.

Freude ...?

Später. Später.

Nur eine leichte Berührung, fast eine Liebkosung, die Rüssel streichen ganz leicht über ihre Nasenlöcher. Sie zittert ...

Ein Schritt. Eine Präsenz. Eine Stimme, die sich tonlos mechanisch nach meiner Anwesenheit hier erkundigt, nach meinen Absichten.

Als sie erneut wimmert, drehe ich mich um. Ich erlaube ihm, alles zu sehen, so wie ich es ihr erlaubt habe. Ich verspüre Bedauern, daß ich nach so vielen Jahrhunderten zulassen muß, daß die Wahrheit, die Methode, der Ablauf bekannt werden, aber es ist nötig.

Ich wollte sie am Leben lassen. Der Sinn des Ganzen war, daß sie mich sehen konnte, lautstark den Angriff der Welt verkünden konnte. Aber jetzt ist er da, ein gepanzerter Mann mit Helm, der zugleich als Atemmaske dient. Er reicht aus. Sie reicht aus. Sollen sie doch beide eine Geschichte des Schreckens verbreiten.

Anzat, *einer der* Anzati ... *der Jabbas Palast heimsucht.*

Ich bin seit unvorstellbaren Zeiten etwas, das nicht existiert, außer in der Vorstellung. Ich bin Folklore. Ein Mythos. Eine Legende. Ein Produkt der Vorstellungskraft, ein flüchtiger Traum namens Alptraum. Ein und derselbe, den man aber unter verschiedenen Bezeichnungen kennt ... aber die Wahrheit ist viel grausamer und weitaus furchteinflößender.

Aber die schädliche Wahrheit, die verdrehte Wahrheit, die unbekannte Ehrlichkeit kann einem Zweck dienen. Sie hat den *Anzati* seit undenkbarer Zeit gedient, und mir auch. Sie dient mir immer noch.

Sie dient mir jetzt.

Ah, aber das Versprechen des Elixiers, der Sättigung …

Warum warten? Ich hungere jetzt. Nach dem Elixier, dem Sieg. Nach dem Wissen, daß ich getan habe, was kein anderer je vollbracht hat.

Jabbas Elixier: die abnorme Entwicklung all dessen, was er ist, was er wurde; was er aus sich gemacht hat. Ein Elixier, das niemand verschüttet hat, um von seiner Kraft zu trinken.

Um das Leben des Hutts zu verschlingen, während die gewaltige Hülle verfault.

Aber noch ist es nicht soweit, noch lange nicht. Jabba ist eine Herausforderung. Ein gerissener Hutt, der weiß, wie er sein Leben verteidigen muß. Furcht in seine Seele zu tragen – und das Elixier zum Kochen zu bringen – wird Zeit erfordern. Und Mühe. Und die Enthüllung der Wahrheit, die ich darstelle.

Aber ich habe jetzt Hunger, und zwar auf mehr als auf Jabbas Elixier. Auf seine Furcht.

Höre von mir, o Jabba, und stelle fest, daß du Angst hast.

Ich gehöre dem Tag, aber ich gehöre gleichermaßen der Nacht. Ich ruhe, wann ich will, und nicht, weil irgendein biologischer Rhythmus darauf besteht. Und so kann ich nach Belieben durch die labyrinthischen Korridore des einstigen Klosters schweifen, das jetzt Jabbas Schlupfwinkel ist. Und als ich meine Wanderung beginne, bin ich mir sofort sicher, daß sich Wesen im Palast aufhalten, die es früher nicht gegeben hat.

Plötzlich spüre ich es ganz deutlich: *Das Elixier …*

Mir ist schon Ähnliches begegnet. Aber diese Essenz, *diese* Essenz …

Das Elixier …

Oh, es ist mächtig, überwältigend … Ich bleibe dort in den Schatten stehen, von der Empfindung, dem übernatürlichen Wissen gelähmt, daß es ein Elixier gibt, das ich allen anderen vorgezogen hätte …

Das Elixier …

Rüssel, denen man zu lange die Art von Elixier vorenthielt, das sie wollen, zucken ungestüm in ihren Wangentaschen. Sie wissen es. *Ich* weiß es.

Han Solo. Han Solo, der lebendig ist; aber es sind noch andere in der Nähe, die über ein ähnliches Elixier verfügen ...

Wie viele? Solo, ein weiteres Wesen, und noch eines.

Das Elixier ...

Die Korridore entlang in die Küche. Dort stoße ich auf jemanden; ein kleines, unbedeutendes Wesen mit einem dünnen und unreifen Elixier, aber es wird ausreichen, muß ausreichen; in meiner Not ist allein das Elixier wichtig, es spielt keine Rolle, wem es gehört.

Keine Zeit, keine ...

Ich packe ihn. Drehe ihn um. Fange ihn in der Umarmung.

Er wehrt sich kurz, viel zu kurz. Rüssel schnellen in Nasenlöcher, weiter ins Gehirn.

Da ist so wenig Elixier, und es ist so schwach.

Aber es wird reichen. Zumindest für den Augenblick.

Er wird schnell zurückgestoßen, die Rüssel reißen sich los. Ich lasse ihn einfach fallen, er liegt verkrümmt dort, würdelos, an eine zerbrochene Kiste gelehnt, die fast groß genug ist, um seine Leiche aufzunehmen.

Am Gesicht des Jungen ist Blut. Ich habe einen Beweis meiner Vorgehensweise, meiner Methode zurückgelassen.

Die Zeit reicht nicht aus.

Es wird genügen. Es wird funktionieren.

Anzat, *einer der* Anzati ... *treibt in Jabbas Palast sein Unwesen.*

Das Elixier ...

Ah, das ist Ekstase oder wird es vielmehr sein.

Wer?

Durch die schattenerfüllten Korridore schleicht ein Anzat, der bei der Jagd nach der Wahrheit auf die gewöhnliche Vorsicht verzichtet ...

Oh, freut euch!

... es ist hier, hier; in seiner ganzen Pracht, hier ... Das von Solo, von dem anderen. Und noch einem weiteren.

Kurz vor der Ecke habe ich mich wieder unter Kontrolle, vor der Abzweigung zu Jabbas Thronsaal. Denn da ist er, da *drin*: Solo, aus dem Karbonit aufgetaut, sein Elixier ist wild und leichtsinnig, mit einer Spur Angst und Panik versehen. Er ist blind, blind und mißtrauisch, aber alle seine Instinkte befehlen ihm zu kämpfen, *zu kämpfen* ...

Da ist noch ein anderes Elixier. Wild und frei und brodelnd.

Ebenfalls von der Angst erfüllt, daß sie ...

Sie?

... es nicht schaffen wird, ihn trotz der Vorkehrungen, der ganzen Pläne, zu befreien: Chewbacca, Lando, Han; immer Han, an erster Stelle ...

Calrissian ...

Dann ist er der Dritte.

Solo. Die Frau. Calrissian.

Der Verräter.

Freut euch ... oh, freut euch!

Aber Solo überschattet sie alle mit seiner Gegenwart, seinem Elixier; und indem er das tut, überwältigt er mich. Zitternd entrollen sich die Rüssel.

Das Elixier ...

Sie hat die Maske abgenommen, die Frau. Ohne Helm wird er sie erkennen, so daß er keine Angst hat.

Nein. Er soll Angst haben, damit er sie überwinden kann. Und in seiner Angst, ihrer Überwindung, dem sich Durchringen zu klaren Gedanken und der Bereitschaft zum Handeln und dem wilden, verrückten Mut wird er zu dem, was ich will, was ich brauche ...

Han Solos Elixier ...

Oh, laß es mein sein!

Ich werde sie mir alle nehmen. Einen nach dem anderen.

Nein. Warte. Zuerst kommt die Aufgabe.

Das Elixier ...

Nein! Die Aufgabe!

Ruf dich zur Geduld.

Aber es ist schwer. Selbstverleugnung ist eine Disziplin, die ich nie gelernt habe; ich brauchte sie auch nie zu lernen.

Solo. Die Frau, von königlicher Herkunft. Und Lando Calrissian.

Jetzt fehlt nur noch der Junge, der so vielversprechend als Jedi ist.

Han Solos Elixier ...

Ich stolpere zurück. Die Kontrolle ist nur mühsam zu erringen; die Rüssel rebellieren, als ich sie zurückziehen will, sie dränge, sich zurückzuziehen. In meinem Schädel herrscht Krieg.

Habe ich mich soweit vorgewagt? Soviel verloren?

Noch nie stand ich so nahe am Abgrund.

Jemand muß sterben. Sofort. Das Elixier muß getrunken werden. Sofort.

Ich drehe mich um. Ich drücke mich an der Wand entlang, ziehe mich schnell zurück, höre das Echo von Jabbas Gelächter. Hat man sie also gefangengenommen? Hat der Hutt sie alle gefangengenommen?

Das Elixier ...

Solo. Die Frau. Calrissian.

Alle. Ich werde sie alle bekommen.

Oder bei dem Versuch mein Leben lassen.

Wir brauchen keinen Schlaf. Es ist ein Erstarren, fast ein Koma. Ein Rückzug von allem Lebendigen, von jenen, deren Spanne nur kurz und unbedeutend ist; der Rückzug in eine Tiefe, eine Dunkelheit, eine *Anders*artigkeit, in der sich mein Körper falls nötig selbst heilt, in kleinen wie in großen Dingen. Aber dieser Rückzug war schon seit langem nicht mehr erforderlich, denn ich bin vorsichtig, und niemand außer meinen Opfern hat mich je zu Gesicht bekommen, es sei denn, ich wollte unter anderen Wesen wandern, ohne eine Bedrohung für sie zu sein. Sonst ist es ein einsames Leben; und ich entschied mich, nicht einsam zu sein.

Aber das erfordert seinen Preis. Das Erstarren ist tiefer als sonst. Fast ein richtiges Koma. Und als mich etwas völlig Unerwartetes ihm entreißt, komme ich dem Abgrund des Wahnsinns so nahe, wie es für unsere Art nur möglich ist.

Und so ist es überwältigend und verrückt, als ich von einer unvorstellbaren Macht abrupt, viel zu abrupt geweckt werde; einer Macht, die sich auf eine fast schmerzhafte, ungemein fordernde Weise bemerkbar macht. Wie die Macht Yodas, wie die Macht Kenobis. Aber noch jung, noch immer im Lernen begriffen.

Und die Art dieser Macht, der jähe Abgrund, der ihr innewohnt, muß von dem, der sie handhabt und sie handhaben wird, noch erst in ihrem ganzen Ausmaß verstanden werden.

Auf diese Weise aus dem Schlummer gerissen, bin ich wütend. Und begreife plötzlich: er, der da gekommen ist, wird stärker sein, als jeder der anderen vor ihm es jemals war. Von jenen, die beinahe ausgelöscht sind. In ihm ist sie wieder zum Leben erwacht.

Dieser Junge. Kenobis Junge, den ich das erste Mal vor Jahren in Chalmuns Bar sah. Der damals nicht wußte, was er ist; aber jetzt weiß er es; offensichtlich weiß er genug, um zu wissen, wie er sie nutzen muß, wie er die geistigen Schilde errichtet.

Hier, in Jabbas Palast.

Solo. Die Frau. Calrissian. Der Junge.

Sie sind alle hier. Jetzt.

Warum hat er die Schilde gesenkt? Warum habe ich ihn jetzt erkannt? Ein Jedi strahlt die Macht aus, wenn er es will; *Anzati* können es mühelos wahrnehmen. Trotzdem ist in ihr auch immer Kontrolle. Aber diesmal fehlt sie völlig. Er ist völlig offen, ohne Schutzschilde, er ergibt sich aus einem Grund, den ich mir nicht vorstellen kann.

Das Elixier ...

Rüssel kratzen an meinen Nasenlöchern. Wieder wach, nicht länger erstarrt, verlasse ich die Schatten des Labyrinths und suche mir den Weg, gehe an jenen vorbei, die mich kaum wahrnehmen, aber genug wissen, um stehenzubleiben, zu starren, zu blinzeln; die sich fragen, was sie da gesehen haben, aber das schweigend tun, im Bann ihrer Angst.

Sollen sie es doch sehen. Es hilft.

... Anzat, *einer der* Anzati ...

... der Jabbas Palast heimsucht ...

Aber das spielt im Augenblick keine Rolle mehr. Ich weiß es jetzt, es ist offensichtlich; der Junge, dieser Junge, hat den Palast betreten, weil er etwas Persönliches zu erledigen hat ... es war geplant, alles war geplant: Calrissian, der sich hier einschlich; die Prinzessin, die diese Verkleidung trug; der Wookiee, ein weggesperrter Köder; und jetzt der Junge, Kenobis Schüler, in dem die Macht so stark ist – so *stark!* –, dabei war sie vorher doch kaum mehr als ein geringes Potential ...

Und Solo, immer nur Solo ... sie alle sind jetzt zusammen: Solo, der Wookiee, die Frau, Kenobis Junge und Calrissian ...

Und Jabba!

Ich war unvorsichtig. Ich!

... die Korridore entlang, ich renne ...

Renne. Renne.

Wie konnte ich nur so unvorsichtig sein?

... renne ...

Ganz nahe jetzt. Rüssel zucken, entrollen sich.

Das Elixier ...

Sie alle hier, zur gleichen Zeit.

Irgendwo.

Das Elixier ...

So viele Tote, nur meiner Bedürfnisse wegen. Aber keiner von ihnen zählt – sie sind nichts, sie alle –, das einzige Elixier, das im Augenblick zählt, ist jetzt hier, aber es entfernt sich.

Nein!

Das kann nicht geschehen, das wird es auch nicht. Ich bin ich: Dannik Jerriko.

Ich habe noch nie versagt.

Ich bin hier wegen Jabbas Elixier.

Wegen aller Elixiere, ihrer aller Elixiere.

Das Elixier …

Die gewaltigen Tore stehen weit offen. Niemand hält Wache, es ist kein Hutt da, den man beschützen müßte. Er ist weg, weg; sie alle sind weg, sie alle …

Der von dem Segelgleiter aufgewirbelte Staub senkt sich langsam wieder dem Boden entgegen.

… sind weg, sie alle sind weg …

Das Elixier …

Jabba hat sie weggebracht. Jabba ist mit ihnen gegangen.

Fort. Fort von mir.

Oh, das ist nicht fair! Daß ich so nahe kommen sollte. Daß ich sie wissen ließ, daß ein *Anzat* unter ihnen wandelt. Daß ich mich ihnen zeigte, ohne etwas zu erreichen, nur um dem Alptraum neue Nahrung zu geben.

Oh, das ist nicht fair!

Ich bin am Ende.

Ein Scheitern ist nicht zu tolerieren.

Nicht bei meinem Volk.

Oh, wie schrecklich. Wie schrecklich.

Das Verlangen läßt meinen Körper erbeben. Es begreift. Versteht die Lage.

Sie sind jetzt weit entfernt, hoch über den Dünen.

Es war mein Elixier. Das man mir jetzt vorenthält.

Oh, das ist einfach nicht fair.

Es bleibt mir nichts anderes übrig, als zu warten. Auf die Rückkehr des Hutts zu warten. Von den anderen wird keiner zurückkehren, denn er wird sich ihrer aller entledigen und sämtliche Elixiere verschwenden – *Du Narr! Du Narr!* –, aber da ist ja noch immer Jabba.

Jabba.

Und Dannik Jerriko.

O du Narr. O du fetter, einfältiger Narr.

Noch gibt es die Chance, daß ich mich beweise, daß ich Erfolg habe, nicht scheitere. Mein Aufgabe war Jabba. Die anderen lediglich eine Zugabe, ein schmackhafter Bonus.

Jabba wird zurückkehren. Und ich werde sein Elixier trinken.

Jabba *wird* zurückkehren.

Er muß

Oder ich bin erledigt.

Hier gibt es Schatten, so wie immer. Es ist einfach, in sie einzutauchen und sich von ihnen kleiden zu lassen.

Ich kann warten. Ich habe immer gewartet, wenn es nötig war. Es ist eine Gabe. Eine Macht.

Ich bin eintausendundzehn Jahre alt, ich kann eine Ewigkeit warten.

Shaara und der Sarlacc:

Die Geschichte des Gleiterwächters

Dan'l Danehy-Oakes

O ja, Mister Boba Fett, das ist in der Tat eine ernste Angelegenheit. Im ganzen Palast von Jabba dem Hutt gibt es kein anderes Gesprächsthema. Aber das überrascht mich überhaupt nicht, denn ich habe noch keine Leute gesehen, die Jabba dem Hutt so unter die Haut gegangen sind wie dieser selbsternannte Jedi-Ritter und seine Freunde. Ich meine, allein die Unverschämtheit, in den Palast zu kommen und Jabba den Hutt zu bedrohen, seinen Rancor zu töten, und dann auch noch diesen verlogenen Schmuggler Solo, der doch keine zwei Kredits wert ist, zu befreien ... Gut, ich muß ihren Mut bewundern, aber was ihre Vernunft angeht, das ist ja wohl ein ganz anderes Thema. Um es vorsichtig auszudrücken, es ist nicht gerade klug, Jabba den Hutt auf diese Weise zu verärgern.

Jabba der Hutt ist außerordentlich wütend. An seiner Stelle wäre ich genauso wütend. Der Palast ist nicht nur eine Festung, er ist sein Zuhause, und die Leute nehmen nun einmal Anstoß daran, wenn sie in ihrem eigenen Haus beleidigt werden. Und darum bin ich nicht besonders überrascht, müssen Sie wissen, daß man sie so ohne weiteres dem Sarlacc übergibt.

Übrigens ist es eine große Ehre für mich, daß mir erlaubt wurde, Sie zu begleiten. Ich bin sicher, daß es Jabba der Hutt als Ehre gemeint hat, Ihnen einen persönlichen Wächter zuzuteilen. Davon abgesehen kann ich Ihnen die beste Stelle zeigen, um den Sarlacc zu sehen.

O ja, Mister Boba Fett, wir hier auf Tatooine haben dieses Wesen immer als »den« Sarlacc bezeichnet. Ich jedenfalls wüßte nicht, daß es irgendwo anders noch einen Sarlacc gibt. Und ich hätte es mit Sicherheit gehört – zumindest hoffe ich das doch –, denn seit meiner Kindheit interessiere ich mich für so ziemlich alles, was den Sarlacc betrifft. Sie müssen nämlich wissen, meine Schwester Shaara ist die einzige Person, die ich kenne, die jemals lebendig aus der Großen Grube von Carkoon herausgekommen ist. Ich habe mal die Geschichte gehört, daß Skywalker der Grube entkommen ist, aber wie Sie ja selbst gesehen haben, ist er ein notorischer Lügner. Ein Jedi-Ritter? Er hatte doch nicht einmal ein Lichtschwert dabei, als Jabba der Hutt ihn gefangennahm.

Oh, das ist eine lange Geschichte. Sie wollen sie bestimmt nicht ... Sie wollen sie hören? Also gut.

Sie beginnt mit den Imps, wie so viele Dinge in diesen Tagen. Imperiale Sturmtruppler. Ein halbes Dutzend von ihnen will Shaara nachstellen, aber richtig. Sie ist drei Jahre älter als ich, und ich bin zwölf, als das alles passiert, also ist sie da fünfzehn. Sie arbeitet in der Show einer Bar am Rand von Mos Eisley, macht eine »Droiden«-Nummer, deren gesellschaftlicher Wert vielleicht etwas zweifelhaft ist. Aber es ist wirklich nur eine künstlerische Nummer, meine Familie besteht aus respektablen Feuchtfarmern, die nichts mit diesem modernen liberalen Zeugs zu tun haben wollen, die Mädchen sind ordentlich erzogen worden. Meine Schwester ist im wahrsten Sinne des Wortes »unschuldig«, das kann ich Ihnen versichern.

Die Imps andererseits sind alles andere als unschuldig. Sie sind nie unschuldig. Ich glaube, das Imperium testet sie erst einmal auf allgemeine Bösartigkeit, bevor es ihnen überhaupt die erste Rüstung anpaßt. Also, diese Imps kommen eines Abends in die Bar und sehen Shaaras Nummer, und sie sind der Meinung, daß sie gern sehen würden, wie sie unter dem Metall aussieht, und vielleicht noch ein paar Dinge dazu, die man sonst nicht sehen kann.

Sie überzeugen also den Besitzer der Bar, einen unangenehmen Typen, der sich des Namens Dakkar der Zurückhaltende erfreut, sie nach dem Ende der Show hinter die Bühne zu lassen. Ich möchte gar nicht daran denken, was geschehen könnte, wenn sie tatsächlich in ihrer Garderobe wäre, wenn sie reinstürmen. Aber sie ist nicht da, denn sie unterhält sich mit dem Bandleader über ein paar Änderungen in dem musikalischen Arrangement des nächsten Tages. Also machen sie es sich bequem und warten auf sie.

Als sie die Tür öffnet, noch immer züchtig in ihr bronzefarbenes Kelsh-Metall gekleidet, sieht sie, wie sie ihre Rüstungen ablegen und ihre Sachen durchstöbern, also macht sie es klugerweise wie das Kandos-Shuttle, hält sich nicht an ihren Fahrplan und fliegt einfach zu früh ab. Sie folgen ihr. Warum auch nicht? Schließlich sind sie das Gesetz, und niemand wird sich ihnen in den Weg stellen.

Also, ein paar Minuten später stürzt Shaara in die Kuppel auf der Farm unserer Eltern, noch immer in ihr Droidenkostüm gekleidet. Sie hat kaum genug Zeit, damit herauszuplatzen, was passiert ist, als sie auch schon in unserem Puk-Garten landen. Sie haben ihren Transporter geholt, aber da sie sich nicht damit aufgehalten haben, die Rüstungen wieder richtig anzulegen, bieten sie einen interessanten Anblick. Die Eingangstür hält sie nicht mal einen kurzen Augenblick lang auf.

Mein älterer Bruder Kamma versucht, sie aufzuhalten. Ich habe keinen älteren Bruder mehr. Ich, ein verängstigter Zwölfjähriger, sehe verborgen hinter einer Zwischenwand zu. Ich glaube, das ist der Augenblick, an dem ich anfange, die Imps nicht mehr besonders zu mögen, warum ich auch in den großzügig entlohnten Diensten von Jabba dem Hutt stehe. Kamma kann sie genausowenig stoppen wie die Tür, aber er schafft es, sie einen kurzen Augenblick lang aufzuhalten, einen Augenblick, den meine Schwester dazu benutzt, in den Familienlandgleiter zu springen und die Farm hinter sich zu lassen.

Wie Sie bei Ihrer Ankunft in Mos Eisley vielleicht gesehen haben, befindet sich Mos Eisley ziemlich am Rand des Dünenmeers, und Shaara hält auf den Sand zu. Sie achtet nicht darauf, wo sie eigentlich hinfährt, und es dauert nicht lang, und sie ist ganz in der Nähe der Großen Grube von Carkoon.

Die Imps sind direkt hinter ihr. Ihr Gefährt ist schneller als der Landgleiter, aber es ist mit sechs von ihnen beladen, während Shaara allein und ziemlich leicht ist, also holen sie nur langsam auf. Sie sind noch immer ein paar Sekunden hinter Shaara, als sie auf die Grube zurast. Sie erzählt mir später, daß sie zu diesem Zeitpunkt weint, und ich glaube, daß sie mir da die Wahrheit sagt.

Sie ist jetzt verzweifelt. Sie zieht die Rückstoßpistole der Familie aus ihrem Gestell, wo sie für den Fall von Schwierigkeiten verwahrt wird, und zielt auf die Hülle des Impstransporters.

Shaara ist seit ihrer Kindheit eine gute Schützin, und ich glaube, an jenem besonderen Tag muß die Macht ihre Hand geführt haben, denn sie durchlöchert doch tatsächlich den Antrieb des Transporters. Die nachfolgende Explosion hätte die Imps sofort töten sollen, aber sie haben alle ihre Rüstungen wieder angelegt. Keiner von ihnen ist vollständig bekleidet, und der Fahrer hat noch immer nur den Unteranzug an, aber in diesem Augenblick haben sie scheinbar ein geradezu sagenhaftes, ungehöriges Glück.

Ich sage scheinbar, denn obwohl die Explosion sie nicht tötet, schleudert sie sie gerade rechtzeitig in die Luft, um sie in die Grube von Carkoon zu befördern, was eine gute Sache gewesen wäre, wenn die Druckwelle nicht auch den Landgleiter umgekippt und Shaara ebenfalls in die Grube geschleudert hätte.

Einen Augenblick lang liegen die sieben benommen da. Dann, und das ist die Stelle, die ich nie so richtig glauben will, kriechen zwei der Imps den Grubenrand entlang auf meine Schwester zu.

Sie müßten wissen, wo sie sind. Selbst die imperiale Armee wird doch ihre Soldaten über die grundsätzlichen Gefahren des

Landes aufklären, bevor sie sie losschickt. Und doch liegen sie dort an der Schwelle des Sarlaccs und sind eher darauf aus, das zu vollenden, was sie meiner armen Schwester antun wollten, statt ihr elendes Leben zu retten.

Nun, natürlich machen alle diese Bewegungen den Sarlacc so richtig wach, und seine Zungententakel fangen an zu tasten. Er packt einen der bewußtlosen Imps und zieht ihn geräuschlos zu sich herein. Shaara sieht das und stößt einen Schrei aus, aber ich vermute, die beiden Imps, die ihr folgen, glauben, daß sie der Grund für diesen Schrei sind.

Dann schlingt sich ein Tentakel um den Fuß eines wachen Imp, und jetzt fängt er an zu schreien. Die anderen hören das und setzen sich auf, bis auf einen, der nicht mehr aufwacht, sondern in den Rachen des Sarlacc stürzt, weil die tastenden Tentakel den Sand so gelockert haben, daß er nachgibt. Ich weiß nicht, ob Sie mitgezählt haben, Mister Boba Fett, aber damit befinden sich nur noch drei Imps in der Großen Grube von Carkoon, und natürlich meine Schwester.

Die beiden, die die Grube entlanggekrochen sind, hören nun damit auf und kriechen panisch in eine Richtung, die sie von dem Rachen des Sarlacc wegführt, was ihnen natürlich überhaupt nichts nützt und den Sand unter ihnen nur noch schneller in die Tiefe rutschen läßt, als sie hochklettern können. Der rutschende Sand erregt die Aufmerksamkeit des Sarlacc, der sie sofort fängt und sie schreiend in ihren Untergang zieht. Ich weiß nicht, ob die Geschichte, die Jabba der Hutt gern erzählt, der Wahrheit entspricht, ob man im Bauch des Sarlacc wirklich tausend Jahre lang langsam verdaut wird, aber im Fall dieser beiden hoffe ich das doch, auch wenn Shaara sagt, sie hofft, daß sie schnell gestorben sind. Vielleicht ist ihr Wesen feiner und zerbrechlicher, vielleicht wünscht sie sich auch nur, daß sie tot sind.

Jetzt sind nur noch Shaara und ein Sturmtruppler übrig, auf gegenüberliegenden Seiten der Großen Grube von Carkoon, die abwechselnd sich und die Zungententakel des Sarlacc anstarren.

Dieser Imp scheint etwas klüger als seine Kameraden zu sein, und er verhält sich ganz still und schickt keinen Sand in die Grube, um den Sarlacc wissen zu lassen, wo er ist. Shaara verhält sich genauso. Er blickt sie quer über die Grube an. Sie erzählt mir später, daß er keinen Helm trägt, und sie hat noch nie einen so ängstlichen Mann gesehen, weder vorher noch hinterher. Ich persönlich hoffe, niemals diese Art von Angst sehen zu müssen.

In der Zwischenzeit tasten die Tentakel des Sarlacc die sandige Oberfläche der Grube nach weiterem Futter ab. Einer fährt über Shaaras Bein und tastet weiter – und kehrt zurück.

Shaara schreit auf, und der Imp tut das vermutlich Überraschendste dieser ganzen Geschichte. Er zieht sein eigenes Vibromesser aus dem Stiefel und wirft es nach dem Tentakel, der sie gepackt hat.

Der Tentakel läßt los, aber zwei andere schnellen sofort in die Höhe, und ein halbes Dutzend tastet nach der Seite, von der das Messer gekommen ist. An diesem Punkt findet der Mut des Imps sein endgültiges Ende. Er krallt sich einen Weg die Wand der Großen Grube von Carkoon hoch. Das besiegelt sein Schicksal. Einer der Tentakel windet sich um Shaaras metallbekleidetes Bein, während zwei andere den Imp packen und ihn in zwei Hälften reißen, als sie ihn in die Tiefe ziehen. Shaara sagt, sie glaubt, daß er schnell gestorben ist. Ich hoffe, sie hat recht.

Dann hebt der Tentakel, der Shaara umfangen hält, sie in die Höhe und krümmt sich dem Rachen des Sarlacc entgegen – und schnellt peitschenartig wieder nach oben und wirft sie aus der Grube von Carkoon. Der Familiengleiter ist ein totales Wrack, aber seine Kommeinheit funktioniert noch gut genug, daß sie einen Hilferuf senden kann, was sie auch tut.

Ah, sehen Sie! Wir nähern uns der Grube von Carkoon. Kommen Sie hier entlang, bitte.

Warum der Sarlacc sie hat gehen lassen? Das ist eine sehr interessante Frage, Mister Boba Fett. Zuerst möchte ich klarstellen, daß er sie nicht hat gehen lassen, er hat sie rausgeworfen. Ich weiß nicht, warum er das getan hat, aber ich habe im Verlauf der Jahre viel darüber nachgedacht, und ich habe mehrere Theorien über dieses Thema entwickelt.

Vielleicht hat er genug Futter gehabt und wirft das Überzählige raus. Shaara gefällt diese Theorie nicht, und mir auch nicht. Ich habe ihn einmal eine viel größere Menge fressen sehen.

Shaara glaubt, daß die Tentakel tatsächlich Zungen sind und über einen Geschmackssinn verfügen. Sie glaubt, daß der Sarlacc anhand des metallischen Geschmacks ihres Kostüms entschied, daß sie nicht eßbar ist. Ich glaube das nicht, denn ich habe gesehen, wie der Sarlacc Dinge runterschluckte, die unmöglich wie organische Materie schmecken konnten, und die Rüstungen der Imps haben ihn anscheinend auch nicht gestört.

Ich persönlich glaube folgendes. Niemand weiß etwas Genaues über den Sarlacc. Er scheint der einzige seiner Art zu sein, aber keine Wesen entwickeln sich auf diese Weise zu Individuen. Und er ist sehr alt. Wir glauben, daß er nicht intelligent ist, aber vielleicht ist er es ja doch. Vielleicht ist es nur eine langsamere Art von Intelligenz, die Jahre braucht, um einen einzigen Gedanken zu denken. Und vielleicht, nur vielleicht, weiß er, was er tut.

Ich weiß wirklich nicht, warum der Sarlacc meine Schwester gerettet hat, und das ist alles, was es dazu zu sagen gibt. Meine Eltern sagen, sie hätten noch nie gehört, daß der Sarlacc jemanden gefressen hat, der nicht auch etwas getan hätte, es zu verdienen, aber so gesehen sind wir dann letztlich alle Sarlaccfutter.

Ah, da sind wir ja. Das ist der beste Platz, um zuzusehen, sogar noch besser als der Thron von Jabba dem Hutt. Bleiben Sie hier auf dem Gleiter, und ich kann Ihnen einen wirklich erstaunlichen Blick versprechen. Sie können sogar sehen, was nur wenige gesehen und überlebt haben: den Magen des Sarlacc.

So ein Barve …:

Die Geschichte von Boba Fett

J. D. Montgomery

Mit den Jahren hatte er gelernt, gewisse Dinge zu erkennen.

Als er das Bewußtsein wiedererlangte, wußte er, daß er sich auf der Oberfläche eines Planeten befand. Künstliche Gravitation flimmert am Rand der Wahrnehmung; auf einem fliegenden Raumschiff verursachen die Maschinen Vibrationen, egal wie gut sie abgeschirmt sind, und von einer winkelförmigen Bewegung produzierte Gravitation erzeugt die Corioliskraft, die man, wenn man darin geübt ist, wahrnehmen kann.

Aber das war auch schon alles, was er wußte, als die Stimme aus der Dunkelheit sagte: *Du bist Boba Fett.*

Fetts Kopf ruckte hoch, und er starrte ins …

Nichts.

Er griff nach seinem Gewehr – und konnte sich nicht bewegen. Seine Arme und Beine waren fixiert. Fett hing in der Dunkelheit, seine Füße berührten nicht den Boden.

Aus der Ferne kam ein peitschenartiges Knallen, dem ein weiteres folgte, diesmal aus größerer Nähe. Sein Kopf war nicht fixiert, aber der Rest seines Körpers fühlte sich an, als hätte man ihn in etwas eingewickelt, wie zum Beispiel …

Er streckte die Zunge heraus und legte den Schalter um, der die Makrosicht des Helms aktivierte.

Du bist Boba Fett.

Selbst mit der Makrosicht, die alles von der Infrarotsicht bis zum ultravioletten Spektrum abdeckte, war nicht viel zu erkennen. Fett hing an einer Tunnelwand – aber der Tunnel bestand nicht aus Stein oder anderen künstlichen Materialien, sondern war weich und nachgiebig, schwammähnlich, von Spalten und Strängen durchzogen, als wäre er *gewachsen.* Fett konnte den Kopf gerade genug bewegen, um zu sehen, daß der Tunnel rechts und links nach ein paar Metern eine scharfe Biegung beschrieb und aus der Sicht verschwand.

Schreie in der Ferne.

Ein peitschenähnliches *Knallen.*

Nach einer langen Pause sagte die Stimme neugierig: *Du bist doch Boba Fett?*

Die Erinnerung setzte schlagartig ein – Tatooine, der Segelgleiter, Skywalker und Solo, und mit einer Woge des Entsetzens, die jeden anderen um Aufmerksamkeit kämpfenden Gedanken erstarren ließ, wußte er wieder, wo er war: im Bauch des Sarlacc …

Wo er verdaut wurde.

Die meisten, die mit Fett im Laufe der Jahrzehnte zu tun hatten, hielten ihn nicht gerade für einen besonders gefühlsbetonten Mann. Das stimmte. Das war er nicht.

Als er jedoch Bespin verließ, verspürte er ein gewisses Wohlwollen für Han Solo. Damit keine Mißverständnisse aufkommen, er konnte den Mann nicht ausstehen, aber es war selten, *zwei* Prämien für ein und dieselbe Akquirierung zu bekommen. Aber Vader hatte gut bezahlt, und der Hutt würde fast genausogut bezahlen.

Der Hutt hatte ein Kopfgeld von einhunderttausend Kredits versprochen. Eine respektable Summe, auch wenn Fett schon durchaus größere bekommen hatte. Für den Piraten Feldrall Okor hatte er mal einhundertundfünzigtausend Kredits erhalten; und bei einer denkwürdigen Gelegenheit brachte die Ablieferung von Nivek'Yppiks, einem unvorsichtigen Ffib-Häretiker, der seiner Heimatwelt Lorahns und der dort herrschenden religiösen Oligarchie entflohen war, eine halbe Million Kredits.

Fett konnte sich beim besten Willen nicht vorstellen, religiöse Autarkien irgendwann einmal zu *mögen;* sie erinnerten ihn an seine Jugend. Aber er hatte sie zu schätzen gelernt. Sie zahlten ausgesprochen gut, und ihre »Kriminellen« waren Intellektuelle, die zuviel redeten und selten zurückschossen.

Fetts Honorar für die Solo-Akquirierung würde sich erhöhen, was der Hutt allerdings noch nicht wußte. Der Kopfgeldjäger konnte sich zwar nicht vorstellen, Jabba bis zu einer halben Million Kredits hochzuhandeln – der Hutt war Geschäftsmann, kein religiöser Fanatiker –, aber unter anderem war der Hutt auch ein Kunstsammler.

Han Solo, eingegossen in Karbonit, *mußte* einfach mehr wert sein als Han Solo tot *oder* lebendig.

Wenn er damit fertig war, das Honorar des Imperiums und das des Hutts zu zählen, hatte er bestimmt mehr als die halbe Million, die er für diesen Idioten von Yppik erhalten hatte, davon war er überzeugt.

Fett schlief sitzend im Pilotensessel – der als Bett viel bequemer war als manch anderes, das er kennengelernt hatte –, während die *Sklave I* den letzten Sprung nach Tatooine durchführte.

Der Flug durch den Hyperraum war in der Regel der einzige Ort, an dem sich Fett sicher genug fühlte, um dort tief und ruhig zu schlafen. Er träumte nicht, zumindest nichts, an das er sich erinnerte; sein Schlaf verlief friedlich und ohne Unterbrechungen. Man hätte ihn als den Schlaf eines Gerechten bezeichnen können.

Er erwachte kurz vor Verlassen des Hyperraumes. Es gab keinen Summer, der ihn weckte; er hatte sich entschlossen, zur richtigen Zeit aufzuwachen, und das tat er dann auch. Er erwachte ausgeschlafen und überflog die Kontrollen. Alles schien in Ordnung.

Minuten später zersplitterte der Hyperraumtunnel, in dem er sich befunden hatte. Auf dem Bildschirm erschienen Sterne – und eine Sirene schrillte durch das ganze Schiff.

Es gab schlechte Nachrichten, und in Anbetracht der Umstände nahm Fett sie durchaus gelassen auf: Im Frachtraum hatte sich ein Funkfeuer aktiviert, das demjenigen, der diese Frequenz abhörte, Fetts Ankunft im System ankündigte. Fetts Schlußfolgerung erfolgte sofort und war korrekt; während seines Aufenthalts in Wolkenstadt hatte ein anderer Kopfgeldjäger eine Funkboje an Bord geschmuggelt. Fett schlug auf den Schalter für den Autopiloten und rannte unter Deck.

Ein anderer Kopfgeldjäger, der das Kopfgeld des Hutt für Solo kassieren wollte. Es war die einzige Antwort, die einen Sinn ergab, und Fett schalt sich einen Narren, daß er sein Schiff nicht überprüft hatte, als Gelegenheit dazu gewesen war. Die Grundregeln, die *Grundregeln;* ignoriert man die Grundregeln, bekommt man das, was man *verdient.* Fett schnallte beim Laufen den Flammenwerfer ab, kam zum letzten Korridor vor der Tür zum Frachtraum und damit zu dem Stück Korridor, wo die Sensoren die Funkboje ausfindig gemacht hatten, und drückte ab. Er röstete das Schott, bis das Metall glühte und die Luft um ihn herum sich unerträglich aufgeheizt hatte und nach Ozon stank, ließ den Flammenstrahl in die Höhe wandern …

Die Sirene verstummte. Fett überließ es dem Wartungsdroiden, sich um das Feuer zu kümmern, das er entzündet hatte, und stürmte zurück an die Kontrollen.

Er rutschte auf seinen Sitz. Die *Sklave I* raste noch immer mit hoher Geschwindigkeit ins System hinein, Tatooine stand bereits groß auf dem Bildschirm. Der lokale Raumschiffverkehr schien von dem Kopfgeldjäger keine Notiz zu nehmen, genau so, wie es auch sein sollte, aber jemand dort draußen wußte, daß er angekommen war. Fett fütterte den Autopiloten mit Zahlen, ließ ihn einen Hyperraumsprung aus dem System hinaus berechnen, startete einen anderen Pfad und ließ einen anderen Teil des Computers eine Diagnose der Schiffsfunktionen durchführen.

Er machte sich keine Sorgen um seine Waffensysteme oder die Deflektoren; entweder waren sie bereit oder sabotiert – vermutlich aber bereit. Einen Sender anzubringen war eine Sache und eine durchaus beeindruckende Leistung; die Diagnoseeinheit des Schiffs zu überlisten eine ganz andere.

So tief im Gravitationsfeld eines Planeten brauchte man eine gewisse Zeit, einen neuen Hyperraumsprung zu berechnen, das galt auch für einen so leistungsstarken Computer wie den in der *Sklave I*. Er hatte die Berechnung fast zu Ende geführt, als sich das Thema von selbst erledigte:

Ein Raumschiff, das die Form einer Nadel hatte, schob sich hinter Tatooines Horizont hervor.

Die *IG-2000*. Sie war unverkennbar, und sie verriet Fett sofort, wie schlimm das Problem tatsächlich war. Das Raumschiff gehörte dem Attentäterdroiden IG-88, dem zweitbesten Kopfgeldjäger der Galaxis, der sich schwer bemühte, die Nummer eins zu werden. Fetts Finger tanzten über die Kontrollen, und die *Sklave I* vollzog ein ruckartiges Bremsmanöver und ging in einen tieferen Orbit. Fett zielte und feuerte die Buggeschütze ab, als die beiden Schiffe sich einander näherten …

Die *IG-2000* explodierte sofort, zerbarst zu einer Wolke superhitzten Metalls und sich ausbreitenden Plasmas.

Ein schlechter Köder, war Fetts erster Gedanke. *Der Attentäterdroide würde* niemals *einen solchen Fehler begehen …*

Die Sensoren der *Sklave I* schlugen wie verrückt aus – in nur wenigen Klicks Entfernung verließ ein Raumschiff den Hyperraum –, und das ganze Schiff erzitterte, als es achtern von Geschützfeuer getroffen wurde. Die Heck-Holokameras zeigten es in aller Deutlichkeit. Die *IG-2000,* die *echte,* brach mit aktivierten Blastern aus dem Hyperraum, setzte sich in erhöhter Position hinter Fett und nagelte die *Sklave I* zwischen ihr und Tatooine fest. Es war ein brillantes Manöver, das nur der Attentäterdroide mit seinen Droidenreflexen hatte durchführen können.

Die *Sklave I* tauchte in die Atmosphäre ein, die *IG-2000* folgte ihr mit hoher Geschwindigkeit, während die Kommeinheit ansprach. IG-88s Stimme klang blechern: »Ergeben Sie sich, und

Sie haben eine dreißigprozentige Wahrscheinlichkeit, diese Begegnung zu überleben.«

Fett ignorierte den Droiden, ließ die Finger über das Kontrollpult huschen. Der Droide sagte noch etwas, das Boba Fett gar nicht registrierte. Er leitete sämtliche Energie, auf die er verzichten konnte, in die hinteren Deflektorschilde, feuerte eine Salve nach achtern, um IG-88 zu beschäftigen – und zerstörte sein eigenes Schiff.

Er schaltete die Trägheitsdämpfer ein.

Für den größten Teil einer Sekunde erloschen in der *Sklave I* alle Lichter, als die Trägheitsdämpfer den Strom aufsaugten; die Schilde senkten sich, die Waffensysteme waren in dieser Sekunde tot, in der ein einziger Schuß das Schiff zerstört hätte – und dann gingen die Trägheitsdämpfer online.

Auf dem Unterdeck gab es zwei zeitgleiche Explosionen, die Trägheitsdämpfer zerstörten sich selbst, als sie ihre Aufgabe erledigten, und nahmen vermutlich den Hyperantrieb gleich mit. Die Hälfte der Anzeigen auf der Hauptkontrollkonsole flackerte rot, die Schiffsaufbauten *schrien* förmlich auf, als Metall zerriß, als das Schiff neunzig Prozent seiner Beschleunigung in dem Sekundenbruchteil verlor, den ein Elektron brauchte, um von der einen Elektronenschale eines Atoms zur nächsten zu wechseln.

In dem, was von der *Sklave I* noch übrig war, wurden die Systeme wieder unter Energie gesetzt, während die *IG-2000* mit hoher Geschwindigkeit vorbeiraste. Fett tat ruhig und beherrscht die offensichtlichen Dinge; er zerstörte mit der Ionenkanone die hinteren Deflektorschirme der *IG-2000*, bevor IG-88 sie online bringen konnte, danach schaltete er die vorderen Deflektorschirme aus. Er setzte die *IG-2000* lange genug mit einem Traktorstrahl fest, um sie an der Flucht zu hindern, und schickte eine Rakete zu ihr runter, um die Sache zu Ende zu bringen.

Im Innern des Sarlacc sagte Fett laut: »Hätte es nicht so nennen sollen.«

Nein? fragte die Stimme höflich.

»*Sklave I.* Das war ein Fehler. Es war eine deutliche Information, verriet Leuten, denen ich was schuldete, mehr, als ...« Fett verstummte. Er hing in der Dunkelheit an einer Wand, seine Extremitäten waren taub. Er konnte weder Hände noch Füße spüren, und seine Haut brannte, und am allerschlimmsten war die Tatsache, daß er sich nicht an Bord der *Sklave I* befand, im Gegenteil ...

Er flüsterte: »Wie hast du mir das antun können?«

Der flüchtige Eindruck von Belustigung. *»Das war einfach. Nein –* du *warst einfach. Du lebst sehr intensiv.«*

Ein Frösteln überfiel Boba Fett, und er zitterte, dort in der Dunkelheit, mit den nahen und fernen peitschenden Geräuschen. »Wer bist *du*?«

Eine wirklich faire Frage, sagte die Stimme, und diesmal war die dunkle Belustigung unverkennbar. *Da du meine Vergangenheit bist, Boba Fett ... bin ich dein Schicksal.*

»Die Grimasse ist wirklich wunderbar«, sagte der Hutt. »Wir sind von deinen Bemühungen beeindruckt und freuen Uns, für die Person Han Solo fünfundsiebzigtausend Kredits zu bezahlen.«

Fett schüttelte den Kopf. »Jabba« – die vertraute Anrede ließ ein Aufstöhnen durch den Saal wandern – »wir haben es hier nicht mit der Person von Captain Solo zu tun – dessen Kopfgeld, wie ich mich erinnere, übrigens einhunderttausend Kredits betrug.«

Jabbas Schwanz zuckte, und seine Stimme verwandelte sich in ein gefährliches Beinahe-Grollen. »Das ist *nicht* Solo?«

»*Das hier?*« fragte Fett so höflich, wie er konnte – so etwas war nicht seine starke Seite. Er war nicht mit Basic als Hauptsprache aufgewachsen, und seine Stimme und Ausdrucksweise neigten zu einer gewissen Schroffheit, wenn er es sprach. »Diese großartig ausgeführte Karbonitskulptur soll die Person Han Solo sein? Nein. Was ich Ihnen heute gebracht habe, ist *Kunst.* Vom Dunklen

Lord geschaffene Kunst, für die er zufällig Han Solo als Material genommen hat, so wie ein anderer Künstler vielleicht Ton formt.« Er zuckte mit den Schultern. »Ich sage Ihnen was, ich habe mich während der Hinreise daran gewöhnt. Es hat eine gewisse Ausstrahlung, finden Sie nicht?«

Der Hutt sagte langsam: »Die Grimasse ist ... wirklich wunderbar.«

»Und erst die Hände«, sagte Fett und legte noch einen drauf. »Lassen Sie uns die Hände bewundern. Mir gefallen sie, sie zeigen die Qualität dieses Werks des Dunklen Lords ...«

»Schon«, murmelte der Hutt in seinem tiefen Tonfall. »Zugegegeben. In ihnen zeigen sich Solos letzte Augenblicke der Furcht auf anschauliche Weise.« Er richtete den Blick auf Boba Fett, der neben dem in Karbonit eingeschlossenen Han Solo stand; sowohl Fett als auch das Kunstwerk, um das es hier ging, standen ein gutes Stück von der Falltür vor Jabbas Thron entfernt. »Es heißt«, fuhr Jabba fort, »Vader habe es nicht geschafft, Skywalker gefangenzunehmen, und daß ihm Organa und Calrissian ebenfalls entkommen sind ... und daß sich auch Chewbacca in Freiheit befindet. Ihre gesammelten Kopfgelder sind ... beeindruckend.« Mit schweren Lidern versehene Augen starrten Fett an. »Beeindrukkend.«

Und zumindest Chewbacca wird sich auf die Suche nach Solo begeben. Fett nickte. »Wir können über mein Bleiben reden«, räumte er ein. »Was nun das Kunstwerk angeht, ein Original aus der Hand des Dunklen Lords ...« Fett begann sich für das Thema zu erwärmen; er verspürte einen leisen Hauch von Enttäuschung, als Jabba ihn unterbrach, und zwar mit einem Ton in der Stimme, der Enthusiasmus so nahekam, daß es der Kopfgeldjäger bemerkenswert fand.

»Für einen tapferen Kopfgeldjäger gibt es hier viel zu tun.« Die Zunge des Hutts fuhr über die Lippen, und er beugte sich vor. »Einhunderttausend Kredits für die Gefangennahme und Lieferung eines Kraytdrachen, der mit meinem Rancor kämpfen soll.«

»Das scheint viel zu sein«, bemerkte Fett trocken. »Soviel für einen Kraytdrachen wie für Solo?«

Der Hutt wischte die Bemerkung mit der Hand beiseite. »Wir werden uns schon auf einen fairen Preis für Solo einigen. Für die Kunst. Aber jetzt ...«

Fett hob den Kopf einen Fingerbreit. »Eine viertel Million.«

Die Menge verstummte. Diejenigen, die in der Nähe von Fett standen, wichen langsam zurück.

Jabba beugte sich vor. Seine Stimme kam als grollende Drohung aus seiner Brust. »Das scheint aber viel zu sein. Selbst für Vaders Kunst.«

Fett zuckte mit den Schultern. Und schwieg.

Jabbas Lippen zuckten. Fett verwechselte es nicht mit Belustigung. »So, eine viertel Million Kredits für die ... Kunst.« Seine Augen verengten sich zu Schlitzen. »Und Wir werden deine Bemühungen, einen Krayt zu besorgen, genießen, und Wir werden deine Gesellschaft genießen. Eine Zeitlang.«

»Eine viertel Million.« Boba Fett verneigte sich tatsächlich leicht. »Eine Zeitlang.«

Sehr ausdrucksvoll ... ja.

Fett schüttelte den Kopf, um ihn wieder klar zu bekommen. Jabbas Thronsaal verblaßte; er hing an der Wand, tief im Innern des Sarlacc, die Luft um ihn herum wurde kalt und feucht. In seinem Mund lag ein schlechter Geschmack; er saugte Wasser aus dem Mundstück, bevor er erwiderte: «Mach das nicht noch mal mit mir.«

Es entstand eine Pause, schließlich sagte die Stimme: *Das werde ich auch nicht, wenn du mich unterhältst.*

»Wer zum Teufel *bist* du?«

Ich bin *das Inferno, das hast du schon richtig erkannt. Ich bin der Sarlacc. Ich bin die konzentrierte Essenz ...*

»Du bist nicht der Sarlacc«, sagte Fett grimmig. »Sarlacci sind nicht intelligent, sie haben kein Gehirn, das die Bezeichnung wert ...«

Die Stimme kicherte. *Ich bin Susejo.* Die Wand, an der Fett hing, *erbebte.* Die Kreatur vermittelte ein Gefühl, das Vergnügen hätte sein können. *Es ist lange her, daß ich einen wie dich hatte, mit allen Wassern gewaschen. Du bist fast schon ein Kunstwerk, Fett; du hast eine Direktheit an dir, die* – ein Kichern – *wundervoll ist. Deine Entschlossenheit ist so rein und unverfälscht.*

Fett kämpfte die nutzlose Wut zurück, die ihn zu überwältigen drohte; darin hatte er Erfahrung. »Ich bin ein *Jäger.* Ich führe diejenigen, die Böses getan haben, der Gerechtigkeit zu, und es gibt nichts, worüber man bei diesem Thema diskutieren könnte.«

Du erinnerst mich an jemanden – ah, ich weiß. Du erinnerst mich an die Jedi.

Die Stimme ausdruckslos zu halten war eine Leistung. »Die Jedi.«

Ja. Eine Jedi, die wir vor ein paar tausend Jahren gefressen haben. Wir haben sie bewahrt; möchtest du sie kennenlernen?

»Nein.« Fett schloß die Augen und schwebte körperlos in der Dunkelheit. *Eine Jedi, die* wir *gefressen haben,* hatte die Stimme gesagt. »Nein. Behalte deine Jedi für dich.«

Der Eindruck eines Schulterzuckens wurde mitgeteilt. *Wie du willst. Du wirst dich bald auf jede Unterbrechung der Langeweile freuen ... sehr bald.*

Fett öffnete die Augen und starrte in die Leere, lauschte der Stille. Die Schreie, die er zuvor gehört hatte, die Schreie der Männer, die mit ihm in die Große Grube gefallen waren, waren verstummt. Er hatte schon seit einiger Zeit keinen mehr gehört. In seinem Innern wuchs die Wut, eine finstere, beherrschte Wut, die er bis in die Knochen spürte. Ganz in der Nähe ertönte wieder das knallende Geräusch, das an eine Peitsche erinnerte. Fett holte tief Luft, und als er sprach, zitterte seine Stimme leicht. »Ich verstehe das nicht. Ich verstehe das hier alles nicht. Warum wird das hier so in die Länge gezogen? Hat das einen *Grund*? Der Sarlacc kann mich fressen, wenn ich tot bin, nicht wahr? Ich habe getötet, ich habe buchstäblich alles getötet, was sich bewegt, hundert verschiedene Spezies, intelligente und dumme; wenn es atmet, habe ich es vermutlich getötet, oder zumindest etwas, das ähnlich ist. Aber ich habe *sauber* getötet. Ich habe getötet, ohne es hinauszuzögern. Wo bleibt bei einem solchen Tod die Barmherzigkeit?«

Fett hatte den Eindruck, daß über seine Frage nachgedacht wurde. *Für dich? Nun, ich vermute mal, es gibt keine. Aber dein Leben und dein Tod gehören jetzt mir, nicht dir, und sie dienen meinen Zwecken. Begreife und verstehe deinen Platz in den Dingen, Boba Fett, denn du bist in Wirklichkeit nicht einmal real; du bist nur eine Ansammlung von Gedanken, die sich in den Glauben hineingesteigert haben, tatsächlich zu existieren.*

»Du sagst, daß ich nicht real bin, daß nichts real ist?« Fetts Lippen verzogen sich zu einem Knurren. »Dafür stinkt die Luft zu sehr, als daß ich das glauben könnte.«

Du und ich und alles andere – wir sind bloß ein Prozeß, Boba Fett. Ein Prozeß, der sich selbst die Bezeichnung »Ich« gegeben hat. Sicherlich gibt es die Realität, und wir sind ein Ausdruck von ihr. Aber sind du und ich real? Nein. Wir sind Prozesse, die arrogant wurden und sich von der Realität abgespaltet haben. Irgendwann werden wir uns wieder mit ihr vereinigen. Die Stimme hielt inne. *Du willst wissen, warum das hier so lange dauert? Boba Fett, du bist nicht einmal einen ganzen Tag hier. Es gibt Bewußtseine, die Hunderte von Jahren am Leben erhalten wurden, während der Sarlacc sie verdaute.* Es gab eine weitere Pause, und als die Stimme dann wieder ertönte, lag in ihr eine Müdigkeit, die so groß war, daß Fett der Überzeugung war, daß es ihn umgebracht hätte, sie sich anzueignen. *In einigen Fällen sogar Tausende von Jahren.*

Fett vermochte nicht zu sagen, woher die Überzeugung kam, ob es die Müdigkeit gewesen war, aber er sagte: »Du ... du *lügst*. Du bist nicht der Sarlacc – du bist hier *unten*, so wie ich.«

Ich bin nicht der Sarlacc? Nachdenken. *Sei dir da mal nicht so sicher. Ich bin Susejo von Choi oder war es vielmehr, und ich bin seit sehr langer Zeit hier. Länger, als du dir vorstellen kannst ...*

aber wer weiß? Vielleicht wirst du es dir gar nicht vorstellen müssen? Vielleicht wirst du überleben? Du unterhältst mich, und was mich unterhält, unterhält auch den Sarlacc. Bin ich glücklich, ist er glücklich. Ich nehme an, daß du eine lange Zeit bei uns bleibst.

Laß mich nur ein Waffensystem aktivieren … Fett kämpfte den Gedanken nieder, unterdrückte ihn mit aller Kraft und sagte laut: »Du bist unmenschlich.«

Es gibt da einen Witz, sagte die Stimme, *den mir die Jedi erzählt hat. Ein Intelligenzwesen besucht eine Farm in der Nähe und sieht im Hof ein Barve. Das Barve läuft auf fünf Beinen herum – ein Bein ist amputiert worden. »Ich will dir von dem Barve erzählen«, sagt der Besitzer. »Das ist das klügste Barve, das du je im Leben gesehen hast, Jojo. Dieses Barve spricht, es kann einen Gleiter fliegen, toll mit den Kindern umgehen, behält sie immer im Auge, wenn ich draußen auf dem Feld bin – vor ein paar Wochen, da hat es meinen Jüngsten vor dem Ertrinken gerettet.« Und Jojo erwidert: »Das ist erstaunlich! Aber warum ist sein Bein amputiert?« Der Besitzer starrt Jojo an. »Na hör mal, so ein Barve ißt man doch nicht auf einmal!"*

Susejo lachte in der Dunkelheit leise vor sich hin, und die Wand hinter Fett durchlief wieder die wellenförmige Bewegung.

Boba Fett dachte: *Ich wünschte, ich hätte einen Thermodetonator. Ich würde dich mit mir nehmen.*

Du verkörperst nun für alle Ewigkeit die Realität, Boba Fett … und es gibt kein Begehren und kein Verlangen mehr.

Der Chronometer, der in der unteren, rechten Ecke von Boba Fetts Helmvisier leuchtete, verriet ihm, daß der Morgen angebrochen war. Bei seinem Erwachen war es bereits dunkel gewesen, als die Sonnen aufgingen, erhellte sich der Tunnel zu seiner Linken beträchtlich. Als die Sonnen am Mittag genau über ihnen standen, sickerte genügend Licht in den klaffenden Rachen des Sarlacc, daß Fett seine Umgebung deutlich in Augenschein nehmen konnte.

Die Wände des kleinen Tunnels, in dem ihn der Sarlacc eingelagert hatte, waren graugrün; sie sahen feucht aus, aber Fetts Handschuhe hinderten ihn daran, sich dessen zu vergewissern. Die Ränder der aus den Wänden hervortretenden Wülste waren mit kleinen Tentakeln bewachsen; die Tentakel, die aus dem Boden wuchsen, waren groß und stark, eine richtige Matte aus mehreren hundert Tentakeln, die vier bis sechs Zentimeter breit und drei bis vier Meter lang waren. Die meiste Zeit lagen sie reglos da, aber wenn sie sich bewegten, dann mit einer solchen Schnelligkeit, daß ihre Spitzen die Schallmauer durchbrachen, genau wie eine Peitschenspitze. Das war die Ursache der peitschenden Geräusche, die Fett seit seinem Erwachen gehört hatte … und als ihm klar wurde, was es war, durchlief ihn ein Frösteln. Das Peitschen war ein stetiges Hintergrundgeräusch, doch die Tentakel in seiner Nähe bewegten sich nur selten. Unwillkürlich fragte sich Fett, wie groß das Interesse des Sarlacc eigentlich war und wie weit er von der Oberfläche entfernt war – durch wie viele dieser Tentakel er sich durchkämpfen mußte, um wieder an die Oberfläche zu kommen.

Oh, aber du wirst hier nie wieder rauskommen, Boba Fett. Das ist noch niemandem gelungen, und du wirst nicht der erste sein. Hör zu:

Zuerst fraß der Sarlacc mein linkes Bein, Geliebte. Ich konnte weder meine Arme noch meine Beine bewegen … und das seit Monaten, glaube ich, auf jeden Fall schon lange Zeit nicht mehr. Sie schmerzten auch nicht mehr, allerdings brannte meine Haut, sie hat nicht aufgehört zu brennen, seit ich in dieser verfluchten Grube gelandet bin.

Er hat mich in der Hauptkammer aufgehängt, während er mich verdaut. Ich glaube, das ist schon etwas Besonderes; etwas, wofür man dankbar sein sollte im Großen Plan aller Dinge. Mica und ich stürzten zusammen hier hinein, als unser Gleiter abgeschossen wurde, und Mica wurde in eine der kleinen Öffnungen entlang des Randes gebracht, unten im Magen des Sarlacc. Das hier ist eine üble Todesart, aber das andere wäre schlimmer, sogar *viel* schlimmer. Ein Auge ist erblindet, aber mit dem anderen kann ich noch immer das Sonnenlicht sehen, das in die Hauptgrube fällt, und ich sage dir, das hält mich aufrecht. Ich hätte nie gedacht, daß ich den Tag erleben würde, an dem ein kurzer Blick auf Tatooines hellblauen Himmel ein Grund zum Weiterleben sein würde.

Ich versuche, nicht nach unten zu blicken. Mein linkes Bein ist unter dem Knie abgetrennt worden. Um die Wahrheit zu sagen, ich habe seinen Verlust nicht einmal bemerkt. Eines Tages blickte ich zufällig in die Richtung, und da lag es auf dem Boden der Grube, in der Säure, und löste sich langsam auf.

Dieser lästige Susejo läßt mich schon mal in Ruhe. Ich weiß nicht, was er macht, wenn er nicht mit mir spricht, vielleicht saugt er Mica aus, so wie er mich aussaugt. Ich weiß nicht genau, was Susejo da mit uns macht … andererseits gibt es Tage, an denen ich mir nicht einmal mehr sicher bin, wer *ich* bin. Hier unten gibt es eine ganze Menge von uns; ich vermute, Susejo behält diejenigen, die ihm und dem Sarlacc gefallen, zumindest eine Zeitlang. So wie ich das sehe, ist das eine Art Unsterblichkeit, aber, meine Geliebte, der Tod wäre mir viel lieber gewesen. Du weißt, daß ich mir mein Ende immer genau ausgemalt habe; ich wollte im Alter von dreiundneunzig Jahren bei einer mit dem Blaster erzwungenen Hochzeit versuchen zu fliehen, eben auf eine Weise mit *etwas* Stil.

(Ich bin mir nicht einmal mehr sicher, ob du das Mädchen bist, an das ich mich erinnere. An manchen Tagen hast du schwarze Haare und dunkle Haut, und du läßt dich zur Pfarrerin ausbilden, ausgerechnet, und dann wiederum sind es blondes Haar und grüne Augen, und du steuerst ein Raumschiff, und ich will verflucht sein, wenn ich mich erinnern könnte, in welche von euch beiden ich mich verliebt habe; oder habe ich euch beide geliebt, und ihr wart verschiedene Personen …?)

(Ich habe dich geliebt. Daran kann ich mich erinnern.)

Hier drin treiben eine Menge Erinnerungen durch die Luft. Der Sarlacc ist eine Suppe, und die Zutaten sind alle Leute, die er sich im Verlauf der Jahrhunderte, der Jahrtausende, einverleibt hat. Susejo hat es nie zugegeben, aber ich vermute, das ist alles, was er ist: die älteste Zutat der Suppe.

Kess, sagte Susejo.

Ich antworte, erwiderte ich. *Warum auch nicht? Ein Name ist so gut wie der andere.*

Dein Name ist Kess, sagte er energisch. *Du bist ein corellianischer Spieler ... der Sarlacc hat dich etwas schneller gefressen, als mir lieb gewesen wäre, und das tut mir leid. Es war nett, dich hier zu haben, aber der Sarlacc war in letzter Zeit hungrig, und ich habe ihn nicht vollständig unter Kontrolle. Erzählst du mir eine andere Geschichte?*

Ich dachte darüber nach, und mir fiel die Geschichte ein, die du mir erzählt hast, Kleines, kurz nachdem wir uns kennengelernt hatten, damals in den guten alten Tagen. Damals, als du der Meinung warst, daß es nichts an mir gab, das es wert wäre, gerettet zu werden – zu besessen mit den Würfeln und allem –, wurdest du nicht müde zu sagen, du wärst zu beschäftigt, um nach der großen Chance Ausschau zu halten. *Ein Mann,* erzählte ich Susejo, *der von einem Logra verfolgt wird, kommt an den Rand einer Klippe. Es gibt keinen Fluchtweg mehr, aber dann entdeckt er eine Wurzel, die aus dem Klippenrand herausragt. Er packt die Wurzel und klettert über die Klippe, dort hängt er dann hoch über dem Boden. Er blickt in die Tiefe und entdeckt ein weiteres Logra, das unter ihm auf und ab schleicht. Er hängt da, der Weg nach unten ist ihm versagt, zurück nach oben klettern kann er auch nicht; da kommt ein Paar winziger Banda vorbei, und sie fangen an, an der Wurzel zu nagen. Die Wurzel beginnt nachzugeben ... und plötzlich entdeckt der Mann eine Beere, die am Rand der Klippe wächst, und er pflückt sie und steckt sie sich in den Mund.*

Wie süß sie doch schmeckt.

Schweigen.

Schließlich sagte Susejo: *Ich weiß nicht, ob mir diese Geschichte gefällt.*

Ich hing dort an der Wand, und mit meinem guten Auge sah ich den Staubflocken bei ihrem Tanz im Sonnenlicht zu, und ich dachte im stillen, wie schön es doch war.

Du wärst stolz auf mich gewesen, meine Geliebte, wer von beiden du auch immer warst.

Einige Zeit später sagte Susejo: »Der Sarlacc ist hungrig. Ich glaube, ich werde ihn jetzt deinen Arm fressen lassen.«

Fett *fühlte* das Entsetzen, gegen das der seit vielen Jahrhunderten tote corellianische Spieler angekämpft hatte, als der Sarlacc ihn auffraß, sich von außen nach innen vorarbeitete. Fett schwebte in einem langen Traumzeitaugenblick, gefesselt an die letzten Augenblicke, die der Spieler mit vollem Bewußtsein in dem Schleim auf dem Boden der Grube erlebt hatte, blind, taub, mit aufgelösten Gliedmaßen und aufgebrochenem Brustkorb, in dem die Tentakel seine Organe massierten, während er von der Frau träumte, die ihn geliebt hatte ...

Boba Fett war wütend geboren worden, und Zorn war sein Leben. Er kämpfte sich aus der Vision heraus, setzte sich wild gegen sie zur Wehr, spülte sich selbst auf einer Welle blinder Wut aus ihr heraus, und plötzlich *war* er zurück in seinem Körper, der von der allgegenwärtigen Säure gequält wurde, den ein klarer, *zielgerichteter* Haß erfüllte, eine Emotion, die so finster und tief und rein war, daß selbst der Dunkle Lord möglicherweise nie etwas Ähnliches empfunden hatte.

Er konnte das Pochen seines Herzschlags hören, und er sagte: »Ich werde dich ganz *langsam* töten«, und in seinem ganzen Leben hatte er etwas noch nie so ernst gemeint.

Er hing in der Dunkelheit, von Haß erfüllt.

Einige Zeit später sagte Susejo: »Ich glaube, ich lasse den Sarlacc mit deinem Bein anfangen.«

Blastergewehr, Handgelenklaser, Raketenpfeilwerfer, Wurfhaken, Flammenwerfer, Granatwerfer. Unglücklicherweise erforderten die meisten Waffen den Gebrauch der Hände, und seine Arme und Beine hingen ausgestreckt an der Wand, gehalten von einer ineinander verflochtenen Masse aus mehreren hundert Tentakeln. Daran zu reißen brachte nichts, die Tentakel griffen einfach nur noch fester zu, und Fett konnte sich kaum bewegen.

Die Tentakel tasteten ihn ab, auf der Suche nach einem Weg in den gepanzerten Kampfanzug von Mandalore. Ein paar große Tentakel hatten sich um Fetts rechtes Bein geschlungen, und sie zogen daran, bewegten das Kniegelenk hin und her. Der Anzug hatte standgehalten, und das würde er auch weiterhin tun; darüber machte sich Fett keine Sorgen. Bei den Verdauungssäften des Sarlacc war das etwas anderes; sie waren bereits bis zu seiner Haut durchgedrungen. Der größte Teil seines Körpers *brannte,* Brust und Rücken, Arme und Beine. Bis jetzt hatte es die Säure noch nicht durch seinen Helm geschafft, das gleiche galt für den Spezialpanzer, der seine Genitalien bedeckte; man mußte der Vorsehung für kleine Gefallen danken.

Er hatte Zugriff auf die Kontrollfunktionen des Helms. Die eingebaute Kommeinheit gab keinen Laut von sich, er war alle Frequenzen durchgegangen und hatte nur Statik empfangen, was vermutlich bedeutete, daß sich niemand in Reichweite des Helmkomms befand, die etwa neunzig Klicks betrug, oder daß die Masse des Sarlacc das Signal blockierte; die letzte Möglichkeit war natürlich, daß die Kommeinheit kaputt war.

Der Sarlacc riß kräftig an Fetts linkem Knie. Die Rüstung gab nicht nach, und Fett wurde ein Stück die Wand hinuntergerissen, die Tentakel, die seinen Oberkörper hielten, lockerten sich etwas. Nachdem sich der Griff der Tentakel schließlich wieder gefestigt hatte, hing er leicht abgewinkelt da ... und seine rechte Fußsohle drückte gegen etwas Hartes. Er war so weit in die Tiefe gezogen worden, daß sein rechter Fuß nun in Kontakt mit dem Boden stand.

Was er davon letztlich hatte, vermochte Fett nicht zu sagen, vielleicht besagte es auch gar nichts. Er bewegte den Fuß, um zu sehen, ob er sich abstützen konnte; es blieb ungewiß.

Er entspannte sich und dachte nach.

Die in den Kampfanzug eingebauten Computer und Sensoren hatten weiterhin ihre Arbeit verrichtet, selbst nachdem Fett das Bewußtsein verloren hatte. Der Computer reagierte auf verbale Kommandos; Fett hatte das Taktikdisplay des Helms als Videobildschirm benutzt und ihn die ganzen Geschehnisse abspielen lassen, die ihn in die Große Grube von Carkoon befördert hatten. Beim erstenmal hatte er das Playback sofort abgeschaltet, als ihm klar wurde, daß es Solo gewesen war, der sein Jetflugaggregat – zufällig! – aktiviert hatte. Der Aufnahmewinkel der Holokamera war schrecklich, aber es bestand kein Zweifel: Dieser widerwärtige Solo hatte ihn *zufällig* in die Grube geschickt.

Er brauchte mehrere Minuten, bis er es sich noch einmal ansehen konnte.

Er hob vom Segelgleiter ab, landete auf dem Gefangenentransporter mit dem Jedi und Solo und Chewbacca. Und ... ja. Genau da war es, das Ende von Solos Speer schlug gegen den Notfallschalter, der die Düsen aktivierte.

Die Anzugcomputer hatten keinen Zugriff auf das Jetaggregat, es bestand keine Verbindung. Fett konnte das Aggregat keine Selbstdiagnose durchführen lassen, er hatte keine Ahnung, ob es noch funktionierte oder nicht. Der Notfallschalter befand sich rechts hinter ihm; gelänge es ihm, die linke Hand freizubekommen, könnte er ihn erreichen, und ...

Bekäme ich die linke Hand frei, dachte Fett trocken, *könnte ich eine Menge Dinge tun.*

Mit Hilfe des Radars und Sonars hatte der Kopfgeldjäger einen groben Plan vom Innern des Sarlacc erstellt. Von der Hauptkammer gingen mehrere Dutzend kleine Tunnel aus, die beinahe senkrecht in die Erde führten. Er befand sich etwa zehn Meter von der Hauptkammer entfernt, ungefähr vierzig Meter unter der Erde. Selbst wenn ihn das Jetaggregat an die Oberfläche bringen konnte, immer unter der Voraussetzung, daß er sich genug bewegen konnte, um es zu aktivieren, steckte er noch immer mitten im Nichts fest, in der Mitte einer großen Wüste …

Die Tentakel um Fetts linkes Bein packten fester zu, direkt oberhalb des Knies.

Fetts Lippen verzogen sich zu einer wilden Grimasse. »Ich schwöre bei der Seele, die ich nicht habe, ich *werde* dich töten!«

Wen willst du töten? lachte Susejo. *Den, mit dem du sprichst? Oder den, der dich frißt?*

»Jeden. Alle beide.«

Aha. Boba Fett, deine Einstellung läßt sehr zu wünschen übrig.

Ich hätte es fast bis nach draußen geschafft, früh am zweiten Tag in der Grube.

Ich lag die ganze lange Nacht am Boden der Grube auf dem Rücken. Der Sarlacc und ich hatten uns eine Zeitlang »unterhalten«; er ist noch sehr jung und nicht besonders klug, und er tut mir leid. Es passiert nur selten, daß eine Sarlacci-Spore eine Landung in einer Wüstenumgebung übersteht; am besten entwickeln sie sich in einer feuchten Umgebung. Allerdings können sie fast überall überleben. Ich habe einmal Bilder von einem Sarlacc gesehen, der es schaffte, auf einem atmosphärelosen Mond zu überleben; er war ziemlich klein, seine Öffnung war kaum größer als ein Meter, aber das System, in dem er gelandet war, war jung, und es gab übermäßig viele Kometen. Kometen bestehen hauptsächlich aus Kohlenstoff, Wasserstoff, Sauerstoff und Stickstoff; dieser arme kleine Sarlacc überlebte im Vakuum. Er hatte ein ganz erstaunliches Wurzelsystem; er war viel mehr Pflanze als Tier.

Dieser in der Wüste verborgene Sarlacc hatte es nicht so schwer. Er ist sich seiner Existenz nicht richtig bewußt; er verfügt zwar über ein Nervensystem, aber das ist nicht besonders gut entwickelt, und in einer Wüste wird es sich vermutlich auch nicht weiterentwickeln. Sarlacci können mit Boten-RNA interessante Dinge anstellen, im Laufe der Jahrtausende können sie eine Art Gruppenbewußtsein erlangen, das auf den Überresten der Leute basiert, die sie verschlungen haben. Vor ein paar Jahrzehnten habe ich mich mal mit einem derartigen Sarlacc unterhalten. Er war eine durch und durch asoziale Kreatur, die sich recht ernsthaft fragte, ob ein Jedi besser oder schlechter als die Intelligenzwesen schmecken würde, die sie gefressen hatte. Ich erinnere mich, daß ich mich darüber amüsierte, da ich nicht so dumm war, mich in Reichweite seiner äußeren Tentakel zu begeben.

Über diesen Baby-Sarlacc bin ich einfach drübergelaufen. Er lag direkt unter dem Sand begraben, die Tentakel in den Dünen versteckt. Er packte mich an den Knöcheln und zerrte mich in die Grube hinunter, durch einen fast einen Meter dicken Sandpfropfen.

Der Pfropfen kam direkt hinter mir hergerutscht und landete auf mir drauf. Ich lag auf dem Boden der Grube, gehalten von überraschend starken Tentakeln, ringsum nichts als Sand, und blickte in den Nachthimmel. Die Verdauungssäfte des Sarlacc sind schwach, und der Sand, der mit mir in die Tiefe rutschte, hat sie weiter verdünnt. Trotzdem lösen sich meine Kleidungsstücke bereits auf; sollte ich hier rauskommen, werde ich einen tollen Anblick bieten, eine nackte sechzigjährige Jedi mit einem Hautausschlag, die versucht, es zurück zu ihrem Erkundungsschiff zu schaffen.

Selbst verdünnt brennt die Säure noch.

Ich mache dem Sarlacc keine Vorwürfe; er benimmt sich, wie seine Natur es ihm vorschreibt. Er ist nicht besonders klug und sehr jung – nur fünf Meter breit und vielleicht genauso tief. Schwer zu sagen, wie tief ich bin, da ich durch das Loch des Sandpfropfens in den Nachthimmel blicke.

Ich bin vermutlich erst das zweite oder dritte Intelligenzwesen, das er je gefressen hat. Einer von ihnen hängt vollständig in einen Kokon eingesponnen in der Kammer, in der ich liege, an der Wand. Es ist ein Choi namens Susejo, der bereits fast ganz verdaut war, als ich in die Grube fiel. Ich kann seine Gedanken fühlen, er hat schwache telepathische Fähigkeiten. Er ist sehr jung für einen Choi, kaum der Kindheit entwachsen, und sehr wütend – gefressen zu werden hat ihm nicht gefallen, und auch mir tut er sehr leid.

Als der Morgen hereinbrach und das Licht zu mir in die Tiefe drang, sah ich meine Chance, meine einzige Chance. Mein Lichtschwert war mit mir in die Tiefe gefallen. In der Dunkelheit hatte ich es nicht sehen können; es hing nicht länger an meinem Gürtel, und ich wußte nicht, ob ich es oben oder hier unten in der Grube verloren hatte. Es lag ein paar Meter entfernt von mir in der Säure, und ich drehte den Kopf, um es anzusehen.

Es sprang durch die Grube in meine Hand. Ich zündete es und knickte die Hand am Handgelenk ab, brachte die Klinge so dicht an die Tentakel heran, die meinen Arm hielten, wie ich nur konnte. Der Sarlacc erzeugte einen Laut, ein schrilles Quieken, und die Tentakel, die meinen Arm hielten, wichen zurück. Ich riß den Arm los und zerschnitt die anderen Tentakel, die mich noch hielten, schnitt ein paar Sekunden, bis ich frei war, rollte von meinem Rücken in eine geduckte, aufrechte Stellung, und dann …

Fünf Meter sind ein langer Weg nach oben, selbst für einen *jungen* Jedi. Ich griff nach der Macht und *sprang.*

Der Tentakel traf meinen Knöchel mitten im Sprung. Der Sarlacc brach mir das Bein und noch zwei Rippen dazu, als er mich zurück in die Tiefe zerrte. Ich verlor das Lichtschwert ein zweites Mal, und als ich endlich die Geistesgegenwart besaß, nach ihm Ausschau zu halten, war es endgültig weg. Ich weiß nicht, was der Sarlacc damit gemacht hat, aber ich habe es nie wiedergesehen.

Der Sarlacc blieb für den Rest des Tages sehr unruhig, die Tentakel wogten ziellos umher und zuckten unablässig. Er hielt mich so fest, daß der Blutfluß zu meinen Extremitäten behindert wurde. Die ganze Sache hatte ihn aufgeregt.

Ich versuchte ihm mitzuteilen, daß es mir leid tat, daß ich ihn nicht verletzt hätte, wenn ich es hätte vermeiden können.

Das veranlaßte den Choi, der mir gegenüber an der Wand hing, zu einer Reaktion – *wenn du schon labern mußt,* fauchte er, *dann wenigstens so, daß der, der dir zuhört, auch was davon hat.*

Ein langsamer Tod hat auch seine Vorteile, auf jeden Fall hat man genug Zeit, die Gedanken zu sammeln. Ich blockierte den Schmerz, der durch meinen Körper raste, und ehrlich gesagt, nach ein paar Tagen langweilte ich mich ebenfalls.

Susejo, sagte ich, warum vertreiben wir uns nicht die Zeit, indem wir uns gegenseitig Geschichten erzählen?

Schweiß rann an Fett herab, vermischte sich mit der brennenden Säure, die ihn bedeckte, und sammelte sich unter dem Anzug in einer Pfütze. Ein unmögliches Kaleidoskop von Lichtern tanzte vor ihm, und einen Augenblick lang befürchtete er, er könnte sich in den Helm übergeben; die alte Jedi war *real* gewesen. Ihre Gedanken hallten noch immer in ihm wider, vermischt mit den Gedanken des corellianischen Spielers sowie den schnellen, kurzen Gedankensplittern von einem Dutzend anderer Bewußtseine, den Gedanken und Hoffnungen und Sehnsüchten von Männern und Frauen, die seit Jahren und Jahrhunderten und Jahrtausenden tot waren. Sie waren alle gestorben, jeder einzelne von ihnen; sie waren in der Säure versunken und hatten das Leben losgelassen.

Ich vermisse die Jedi, sagte Susejo. *Sie war sehr nett zu mir.*

Offenbar hatte Susejo einen gewissen Kontakt zu dem Monster, und der Junge hatte ihm seinen Stempel aufgedrückt; der Sarlacc *hatte* wohlig gezuckt, als Susejo glücklich gewesen war. Fett traf eine gut überlegte Entscheidung und ließ der Wut, die sich bei ihm nie sehr weit unter der Oberfläche befand, freie Bahn.

Er knurrte: »Dann hättest du sie nicht *fressen* sollen, du elender Schuft!«

Der Haß in seiner Stimme und in seinen Gedanken entlockte Susejo eine Erwiderung, ein Aufflammen überraschter Wut. Die

Tentakel, die Fett hielten, griffen krampfartig fester zu. *Ich war das nicht,* fauchte Susejo, *der* Sarlacc *hat sie gefressen.*

Fett wünschte sich, die Wand hinter ihm wäre nicht so nachgiebig. »Und du hättest ihn nicht aufhalten können, du hättest nicht versuchen können, ihr zu helfen, oder einem der anderen? *In viertausend Jahren?* Du bist undankbar, eine traurige Erscheinung für ein Intelligenzwesen. Du wirst als Kind hier in die Tiefe gezerrt, und alles, was du weißt, und alles, was du bist, verdankst du den Leuten, die du auffressen läßt« – die Tentakel des Sarlacc zogen sich enger um Fett zusammen, zerrten ihn zurück an die Wand – »und deine Gefühle sind verletzt, weil ich dir *das* gesagt habe? Du hättest dieser Jedi *helfen* können, sie wäre für dich zurückgekommen. Statt dessen verbringst du die nächsten viertausend Jahre damit, mit Philosophie herumzuspielen und die Leute zu mißbrauchen, die dir alles beigebracht haben, was du weißt, und bei all dem bist du kein einziges Mal darauf gekommen, daß dir viele Möglichkeiten offenstanden, und warum nicht?« Er schrie Susejo an, schleuderte ihm den Haß und die Wut entgegen, die er ein Leben lang in sich genährt hatte, und die ausgestreckten Tentakel des Sarlacc erbebten. »Weil du *dämlich* bist, ein erbärmlicher, gemeiner Schuft von einem Intelligenzwesen, das weder die Vorstellungskraft noch den Mut …«

Die Tentakel schlugen durch die Luft, es klang wie tausend knallende Peitschen, sie übertönten Fetts Stimme.

Er streckte sich, bekam den rechten Fuß flach auf den Boden und stieß sich ab, *senkrecht nach oben.*

Der Schalter, der die Notfallaktivierung des Jetaggregats auslöste und sich jetzt in die weiche Wand hinter Boba Fett bohrte, wurde nach unten gekippt, als sich der Kopfgeldjäger nach oben drückte.

Flammen schossen durch die enge Tunnelröhre. Der Sarlacc schrie vor Schmerz, ein Laut, der durch die Tunnel hallte. Hunderte Tentakel in Boba Fetts unmittelbarer Nähe peitschten wie entfesselt; die den Kopfgeldjäger hielten, schlangen sich einen Augenblick lang so eng um seinen Körper, daß er nicht atmen konnte ...

Das Jetaggregat war nicht dafür konstruiert worden, für längere Zeit in einem geschlossenen Raum zu laufen.

Es explodierte.

Der Kampfanzug von Mandalore war sein ältester Besitz; er war fast so berühmt wie er selbst, sein Ruhm hatte sich über die ganze Galaxis ausgebreitet. Er hatte ihn die ganzen Jahrzehnte lang vor Blasterschüssen und Projektilwerfern, Explosionen und Messern beschützt, vor all den Beleidigungen, die das Universum geneigt war, einem Mann seines Handwerks entgegenzuschleudern. Aber nicht einmal ein mandalorianischer Kampfanzug, der von Kriegern entwickelt worden war, die gegen die Jedi-Ritter gekämpft und sie manchmal auch besiegt hatten, war dazu gemacht, einem in einem geschlossenen Raum explodierenden Jetaggregat standzuhalten.

Fett konnte nicht länger als ein paar Sekunden bewußtlos gewesen sein; er kehrte ins Bewußtsein zurück und konnte nicht atmen. Der Treibstoff des Jetaggregats war durch den ganzen Korridor gespritzt, und der Korridor brannte. Fett auch. Die Flammen leckten an entblößten Stellen über die Haut, an seinen Armen und Beinen und auf dem Leib; Flammen tanzten auf der Oberfläche des Kampfanzugs. Die Wucht der Explosion hatte den Panzer des Anzugs aufgerissen, und an den Stellen, wo er ihn berührte, war das Metall glühend heiß ...

Boba Fett kam auf die Beine. Der Boden unter ihm schüttelte sich, er bewegte sich wellenförmig, als das Fleisch des Sarlacc brannte, und das Ungeheuer kämpfte dagegen an. Fett griff über die Schulter und löste die tödlichste Waffe, die er bei sich trug.

Boba Fett stand inmitten des Feuers, er brannte am ganzen Leib, und er feuerte eine Sprenggranate in die Decke, die sich dreißig Zentimeter über seinem Kopf befand, und warf sich der

Länge nach auf den Tunnelboden, mitten hinein in die brennende Mixtur aus Säure und Treibstoff …

Die Explosion zerriß die Welt. Die Druckwelle stieß Fett tief in die Flammen, und sein linker Arm, der in einem unglücklichen Winkel unter seinem Körper lag, brach, als er mit Wucht auf ihn geschleudert wurde. Boba Fett wurde von einem Schmerz eingehüllt, der so groß war, daß er wie ein weißes Licht erschien, und er wußte, daß er starb, daß er gescheitert war wie all die anderen vor ihm, daß er den langsamen Tod durch die Verdauungssäfte gegen einen schnellen Tod durch das Feuer eingetauscht hatte …

Sand regnete auf ihn herab.

Eine lange Zeit später wurde sich Boba Fett bewußt, daß er noch immer am Leben war. Er zwang sich in eine sitzende Position und blickte sich um. Noch immer brannten auf der ganzen Länge des Korridors Feuer, und aus der Ferne ertönte das sehr laute Geräusch peitschender Tentakel.

Wo er saß, war es still.

Sein linker Arm hing nutzlos herab, und er blickte den Tunnel entlang; es war Nacht, aber er wußte, in welche Richtung er gehen mußte, um zurück zur Hauptgrube zu kommen, zu dem Schacht, der zurück zur Oberfläche führte … zu der Hauptgrube, in der Susejo hing, in der der wütende Sarlacc auf ihn wartete und voller Vorfreude die Tentakel peitschen ließ.

Sand rieselte auf Fetts Helm. Er sah nach oben.

Dunkelheit.

Ohne sich von der Stelle zu rühren, hob Fett den Granatwerfer auf. Das Magazin umfaßte drei Granaten, und er hatte eine davon bereits verschossen.

Er hob den Granatwerfer und schoß ein zweites Mal, mitten in die Dunkelheit über ihm, und dann mußte er sich aus dem Sand herausgraben, der sich wie eine Sturzflut auf ihn ergoß. Er stand am Rand des kleinen Sandhügels und sah in die Dunkelheit hinauf … und zog sich aus. Der Anzug war jetzt nutzlos – von Säure bedeckt und an vielen Stellen zerborsten, was sich jetzt als Vorteil erwies –, und seine Kleidung fiel auseinander, als er sich bewegte. Als er den Brustpanzer und die angegliederten Teile entfernte, wäre er beinahe ohnmächtig geworden; der linke Arm war an mindestens zwei Stellen gebrochen, und sein ganzer Körper war mit Verbrennungen übersät, die bereits Blasen formten.

Es brauchte ein paar Minuten, aber schließlich hatte er sich von dem Anzug befreit, und er kämpfte gegen den Schwindel und die Schwäche an, kletterte den Sandhügel bis zur Hälfte hinauf und schoß die dritte Granate in die Dunkelheit hinein. Diesmal stürzte eine unglaubliche Sandmenge auf ihn herab. Fett stemmte sich ihr entgegen, beinahe war es so, als würde er durch sie hindurchschwimmen. Der Sand begrub seinen nackten Körper und den Helm, der noch immer seinen Kopf schützte, und er kämpfte verzweifelt, ohne Atemluft – abgesehen von der, die mit ihm im Helminnern eingeschlossen war –, und dann nahm er beide Hände, die gesunde und die, die zu dem gebrochenen Arm gehörte, getrieben von einer Todesangst, die ihm den Zugang zu den letzten Kraftreserven verschaffte, die er jemals …

Eine Hand griff ins Leere, er fühlte es, fühlte, wie sie ins Freie durchstieß, und Sekunden später grub sich Boba Fett aus dem Sand in die kühle Nachtluft, mitten im Dünenmeer, am Rand der Großen Grube von Carkoon, Hunderte von Kilometern von allem und jedem entfernt.

Am Leben.

Boba Fett kehrte in der *Sklave II* nach Tatooine zurück.

Er schoß aus dem Orbit und schwebte in der Mitte des Dünenmeers über der Großen Grube von Carkoon. Seine Triebwerksdüsen brannten in der Wüstennacht wie die Mittagssonnen und erhellten den Sand kilometerweit in alle Richtungen.

Die *Sklave II* ging tiefer, bis die Triebwerksflammen direkt auf die Grube von Carkoon niederzüngelten. Die Schmerzen, die sich wellenförmig nach oben ausbreiteten, um Boba Fett zu begrüßen, schmeckten wie der Wein eines alten und edlen Jahrgangs. Wenn er die Augen schloß, konnte er die Hauptkammer sehen, in der Susejo hing, wie er in der brodelnden Luft schimmerte.

Du.

»Ja, ganz genau.«

Im Schmerz der Kreatur konnte Boba Fett so etwas wie Erleichterung fühlen. *Du befreist mich aus einem langen Zyklus.*

Die *Sklave II* schwebte über der Grube … und dann trieb das Raumschiff zur Seite und landete fünfzig Meter vom Grubenrand entfernt, weit außerhalb der Reichweite auch des längsten der brennenden, sich windenden Tentakel. Susejos Qual und Verwirrung erreichten Fett. *Was für eine seltsame Gnade soll das sein?*

Die unter dem mandalorianischen Helm verborgenen Lippen Boba Fetts, der in der *Sklave II* saß, verzogen sich andeutungsweise zu einem Lächeln. Er sagte: *So ein Barve ißt man doch nicht auf einmal.*

Ich verstehe … Dann nehme ich an, daß ich dich wiedersehen werde.

Darauf kannst du dich verlassen, erwiderte Boba Fett. Seine Hände tanzten über das Kontrollpult.

Flammen zuckten aus den Triebwerksdüsen; wieder flutete Licht über die Große Grube von Carkoon …

Ein dunkler Geist schoß in die Nacht hinauf.

Unter die Haut:

Die Geschichte der dicken Tänzerin

von A. C. Crispin

Bumm ... Bumm ... Bumm.

Das rhythmische Pochen hallte leise durch den höhlenartigen Thronsaal von Jabbas Palast. Die stämmige Gestalt, die mit untergeschlagenen Beinen auf der leeren Thronplattform hockte, schoß in die Höhe und starrte erwartungsvoll auf den Torbogen, hinter dem die Treppe nach oben zum Eingangstor führte. Das Pochen ertönte erneut.

Warum sollte jemand dort draußen stehen und ans Tor klopfen? fragte sich Yarna d'al Gargan. Die vielbrüstige Tänzerin stemmte sich in die Höhe und bewegte sich vorsichtig auf den Torbogen zu; von dort blickte sie die Treppe hinauf zum Haupttor. Jabbas Krötenhund Bubo, der oben am Treppenabsatz angebunden war, sah zu ihr herunter, quakte kläglich und bettelte um einen Leckerbissen. Dieses eine Mal ignorierte Yarna ihn. Sie strengte ihr empfindliches Gehör an und hörte einen leisen Ruf.

Bumm ... Bumm ... Bumm ...

Die Askajianerin blickte sich um und schluckte nervös. Auf keinen Fall würde sie allein dort hinaufgehen. Der Tod schlich durch die Korridore und Räume von Jabbas Palast; sie hatten eine weitere Leiche gefunden, die des unglückseligen Küchenjungen Phlegmin. Einige Zeit zuvor war Yarna selbst angegriffen worden und nur mit Mühe unverletzt entkommen.

»J'Quille?« rief sie leise in das Dämmerlicht hinein. Er war zu dieser Zeit als Wächter eingeteilt.

Keine Antwort.

Wo steckte dieser blöde Whipide bloß? Sie zitterte, legte die Arme um die wogenden Berge ihrer obersten Brüste und wiegte sich. Draußen waren die Sonnen untergegangen, zu dieser Stunde sollte sich dort niemand aufhalten.

Sicher, Master Jabba war mit seinem Segelgleiter aufgebrochen, um sich die Hinrichtung dieses unglückseligen Han Solo und seiner Freunde anzusehen. Der Hutt war seit Stunden überfällig, und keiner hatte seitdem von ihnen ein Wort gehört ... aber das da draußen konnte nicht Master Jabbas Gefolge sein. *Er* würde nicht am Vordereingang klopfen. Er würde den Palast durch das große Hintertor betreten. Nachdem Yarna nun seit fast einem Jahr im »Dienst« des Hutt stand, kannte sie die Routine nur allzu gut.

Wer also stand dort draußen?

Und was sollte sie tun?

BUMM ... BUMM ... BUMM ...

Die Intensität des Klopfens verdoppelte sich, und das Rufen wurde lauter, verzweifelter. Alle, die über die Autorität verfügten, ihr Befehle zu erteilen – Master Fortuna, Tessek, Barada –, waren weg. Selbst der Kommandant der Gamorreaner, Ortugg, war nirgendwo in Sicht.

Sie fuhr sich mit der Zunge über die plötzlich so trockenen Lippen, drehte sich um und legte die Hände an den Mund. »Wachen!« brüllte sie in den Thronsaal. »Wachen! Sind alle taub geworden? Da steht jemand am Haupteingang!«

Andere Mitglieder des bunten »Hofstaats« des Hutt, die in den Nischen des Thronsaals geschlafen hatten, rührten sich und blickten sich verstohlen um ... aber keiner gesellte sich zu der Askajianerin am Fuß der Treppe. In Jabbas Palast konnte es gefährlich sein, wenn man die Aufmerksamkeit auf sich zog.

Yarna hörte sich im Laufschritt nähernde Schritte, dann stürmte ein bewaffneter Humanoide durch den gegenüberliegenden

Torbogen. Der Wächter in der abgenutzten schwarzen Rüstung kam ihr bekannt vor, obwohl er sich immer im Hintergrund hielt und sie seinen Namen nicht kannte. Er war derjenige, den der Wookiee Chewbacca bewußtlos geschlagen hatte, indem er ihn mit einem Hieb des langen, fellbewachsenen Arms gegen die Wand geschleudert hatte.

»Was ist los?« Die Stimme aus dem Innern des Helms, der seine Gesichtszüge verbarg, klang metallisch, und Yarna begriff, daß er durch einen Atemfilter sprach. »Wo ist Master Jabba?«

»Ist noch nicht zurückgekehrt«, sagte Yarna und spürte, wie ihre Herzen schlugen. »Wer sind Sie?«

»Sergeant Doallyn, zu Diensten«, sagte der Wächter und nahm automatisch Haltung an. Weiteres Klopfen am Eingang ließ ihn zur Treppe sehen. »Wer ist an der Tür, Miss Gargan?«

»Ich weiß es nicht«, sagte sie und genoß die respektvolle Anrede. Es war lange her, seit jemand sie anders als die »Häßliche« genannt hatte. Sie hörte das Klopfen erneut, diesmal war es schwächer. Yarna zuckte mit den Schultern und streckte die Hand aus. »Der Wächter, der dort stehen sollte ... ist nicht da. Und ich hatte das Gefühl, daß ich ohne einen Wächter nicht aufmachen sollte.«

Der Helm nickte. »Gut gedacht.« Er bedeutete ihr, sich ihm anzuschließen, und ging die Treppe hinauf. Yarna blieb so dicht hinter ihm, daß sie ihm beinahe auf den Stiefelabsatz getreten wäre.

Als das Paar das gewaltige, massive Tor erreicht hatte, blickte Doallyn auf den Wächterbildschirm, aber es war zu dunkel, um die Identität des Besuchers ausmachen zu können. Er zog den Blaster, dann winkte er sie heran. »Öffnen Sie, dann treten Sie zurück.«

Mit einer Schnelligkeit, die ihre Masse niemals hätte vermuten lassen, tippte Yarna die richtige Kombination ein und sprang zur Seite. Langsam polterte das gewaltige Portal in die Höhe. Kalte Nachtluft drang herein.

Der Quarren Tessek stand dort, seine Kleidung war in Unordnung und stank nach Rauch. Seine faltigen, mit Tentakeln versehenen Züge waren bleich und aufgesprungen, als wäre er großer Hitze ausgesetzt gewesen. »Jabba ... Master Jabba ... der Segelgleiter ...«, plapperte er atemlos. »Solo, der Wookiee ... und dieser Jedi! Es könnte einen Angriff geben!«

»Wo ist Jabba?« verlangte Doallyn zu wissen.

»Tot! Sie hat ihn erwürgt, diese alderaanische Tänzerin, die neue. Die Hinrichtung sollte gerade stattfinden, da brach auf dem Segelgleiter ein schrecklicher Kampf aus. Sie hatten Waffen versteckt, und dieser junge Jedi, Luke Skywalker – er hatte unglaubliche Kräfte! Ich habe gegen sie gekämpft, aber dann streifte mich ein Schuß, und ich verlor die Kontrolle über meinen Schlitten ... Ich wäre um ein Haar in der Sarlacc-Grube gelandet! Dann« – er wedelte ausdrucksvoll mit den Armen – »eine riesige Explosion! Der Segelgleiter wurde über das ganze Dünenmeer verteilt!«

»Jabba? *Tot*?« Sogar aus Doallyns künstlicher Stimme klang Verblüffung.

Der Quarren nickte. Er blickte von Yarna zu Doallyn, dann schien er sich an seine Würde zu erinnern. Er straffte sich und rückte die hängenden Schultern zurecht. »Ich habe hier jetzt das Kommando«, sagte er, und seine Stimme gewann an Kraft. »Wartet hier auf mich. Ich bin gleich wieder bei euch.«

Doallyn salutierte halbherzig, enthielt sich aber jedes sonstigen Kommentars, und der Quarren, der noch immer am ganzen Leib zitterte, drehte sich um und schwang das Bein über seinen Schlitten. Augenblicke später war er verschwunden.

Yarna stand wie gelähmt da, wagte kaum zu glauben, was sie gehört hatte. Auf diesen Tag hatte sie so lange gewartet! Konnte Tessek lügen? War das ein weiterer von Jabbas verrückten Plänen, die Loyalität seiner Leute zu testen? Trotzdem ... sie glaubte nicht, daß der Quarren ihr etwas Böses wollte. Gestern hatte er sie dabei erwischt, wie sie sich ein paar Halbedelsteine unter den Nagel riß, und sie nicht Jabba gemeldet. Sie dachte an Tesseks weit aufgerissene, furchterfüllte Augen. Nein. Der Quarren sagte die Wahrheit.

Am Fuß der Treppe ertönte aufgeregtes Gemurmel, und Yarna begriff, daß sich die Neuigkeit bereits verbreitete. Innerhalb von wenigen Minuten würden alle Bescheid wissen. Die Askajianerin rang um ihre Beherrschung. Sie mußte nachdenken ... Nachdenken! Was bedeutete diese Nachricht für sie? Was würde jetzt passieren?

Sie dachte gar nicht daran, Tessek zu gehorchen – obwohl er ihr am Vortag einen Gefallen getan hatte. Wie jedermann wußte, war der Quarren ein berüchtigter Feigling. Yarna fiel keiner ein, der über die nötige Willenskraft, Skrupellosigkeit und Intelligenz verfügte, um jetzt, wo es Jabba nicht mehr gab, die Führung zu übernehmen. Es würde keine Stunde dauern, bis im Palast das Chaos herrschte. Und in Mos Eisley ... Yarna stockte der Atem, als wäre ihr ein kandiertes *Jagbat*-Bein im Hals steckengeblieben. Nach tatooinischem Gesetz würde man Jabbas illegal erworbenes Eigentum beschlagnahmen und liquidieren. Die Sklaven würden an den Meistbietenden verkauft werden.

Yarna war keine Sklavin im legalen Sinn, da Jabba mit ihr einen »Vertrag« abgeschlossen hatte, mit dem Versprechen, daß sie sich eines Tages freikaufen konnte. Das war eines der beliebtesten Täuschungsmanöver des Aufgedunsenen gewesen. »Freie« Leute arbeiteten in der Regel härter und zeigten mehr Eifer als Sklaven. Und Yarna konnte sich ganz genau an den Wortlaut des Vertrags erinnern, den sie mit einem Daumenabdruck unterzeichnet hatte – laut den Statuten erlosch der Vertrag im Fall von Jabbas Tod, und sie war wieder ihre eigene Herrin, es sei denn natürlich, sie hätte irgend etwas mit diesem Tod zu tun gehabt. Aber das war ja nicht der Fall. Also ... war sie frei.

Das Versprechen, sich irgendwann die Freiheit verdient zu haben, hatte Yarna zu einer treuen Dienerin des huttischen Verbrecherlords gemacht; sie hatte für ihn getanzt, sich um das Dienstpersonal und die Reinigungsdroiden gekümmert und für die anderen Tanzmädchen so etwas wie eine Mutterfigur abgegeben. Noch drei Jahre, und sie wäre frei gewesen – natürlich nur unter der Voraussetzung, daß Jabba ihrer nicht überdrüssig geworden wäre und sie getötet hätte.

Der Gedanke an Leia und die anderen Tänzerinnen ließ sie unwillkürlich an Oola denken. Hätte die arme kleine Twi'lek doch nur ihren Rat beherzigt, dann wäre sie jetzt noch am Leben – und hätte ebenfalls die Freiheit zurückerhalten! Yarna hatte Oola nicht besonders gut gekannt, aber sie hatte das Mädchen gemocht – selbst wenn sie so dumm gewesen war, ihren Rat zu ignorieren, wie man hier überleben konnte.

Es war erst wenige Tage her, daß man Oola dem Monster, das unter dem Thronsaal lebte, zum Fraß vorgeworfen hatte ... nun war die Bestie auch tot, getötet von dem jungen Krieger, der sich als Jedi bezeichnete. Yarna, die von oben zugesehen hatte, hatte nur mühsam ihre Freude über diese Tat verbergen können. Die askajianische Tänzerin hatte die häßliche Bestie mit leidenschaftlicher Inbrunst gehaßt, seit sie Nautag, ihren Gefährten, verschlungen hatte. Ihre ganze Familie war bei einem Beutezug von Sklavenhändlern gefangengenommen und als Teil einer Lieferung nach Tatooine verschleppt worden, die Jabba persönlich in Auftrag gegeben hatte. Die Sklavenjäger hatten ihre Ware im Thronsaal aufmarschieren lassen und den Hutt gebeten, sich die besten Stücke auszusuchen.

Dann war Nautag – in einem Augenblick, der Yarna noch immer in ihren Alpträumen heimsuchte – vorgetreten und hatte den Aufgedunsenen verflucht, sich Jabba widersetzt und verkündet, daß er und seine Gefährtin und ihre Jungen *niemals* Sklaven sein würden ... niemals! Jabba hatte nur gelacht, dieses tödliche »Ho, ho, ho!«, das Yarnas Herzen immer zu Eis erstarren ließ. Jabba lachte ... und löste die Falltür aus, und Nautag fiel in die Tiefe.

Ihr Gefährte hatte tapfer gekämpft, aber nach wenigen Minuten war alles vorbei gewesen. Das triumphierende Gebrüll des Rancors, nachdem er ihren Gefährten in Stücke gerissen hatte, dröhnte der askajianischen Tänzerin in den Ohren ...

Yarna zuckte zusammen, ein schriller, unverkennbar weiblicher Schrei riß sie abrupt ins Hier und Jetzt zurück. Das Chaos hatte angefangen.

Ich muß hier raus, dachte sie, und ihr fiel wieder der kleine Beutel mit Wertgegenständen ein, die sie seit ihrer Ankunft hier zusammengestohlen hatte. Sie würde sie brauchen, wenn sie in Mos Eisley eintraf – und bei ihren Jungen. Präfekt Talmonts Auktionatoren würden die Kleinen gern verkaufen, aber sie würden mindestens hundert pro Stück verlangen …

In Gedanken rechnete sie den Wert ihres kleinen Schatzes zusammen. *Habe ich genug?* Vermutlich. So gerade eben.

Sie konnte nicht hierbleiben, jetzt nicht mehr. Sie würde keinen Tag überleben, das war ihr klar. Erst vor kurzem hatte sie in das Antlitz des Todes gesehen, der Jabbas Palast heimsuchte, und sie wußte, daß er sie töten würde, um zu verhindern, daß sie berichtete, was sie gesehen hatte. Es war reines Glück gewesen, das sie gestern gerettet hatte. Wenn Ortugg nicht nach ihr gesucht hätte …

Und *dann* hatten sie den Küchenjungen gefunden. Yarna war die einzige, die die Bedeutsamkeit der angetrockneten Blutstropfen in den Nasenlöchern des Opfers kannte. Sie wußte, wie der Junge den Tod gefunden hatte … und sie verspürte nicht das geringste Verlangen, sein Schicksal zu teilen. Seit jenem Augenblick war sie nicht mehr allein geblieben, sie hatte sogar beim Besuch des Badehauses und der Toilette einen Diener mitgenommen.

»Miss …«, sagte jemand zögernd, und Yarna drehte sich um und sah, daß Doallyn noch immer neben ihr stand. Seine Gesichtszüge waren verborgen, aber seine drängende Körperhaltung war nicht zu übersehen

»Ja?« Die Askajianerin bemühte sich, die Ungeduld, die sie verspürte, nicht in ihrer Stimme hörbar werden zu lassen. Keiner durfte wissen, daß sie fliehen wollte, oder man würde sie aufhalten.

»Ich habe mich gefragt, ob Sie mir helfen könnten. Sie sind

doch für das Reinigungspersonal verantwortlich ... Sie wissen, wo Jabba manche ... Dinge aufbewahrt. Ist Ihnen jemals ein Vorrat hiervon untergekommen?« Geschickt löste der Wächter eine kleine, zylindrische Patrone aus der Seite seines Atemhelms und hielt sie ihr hin.

Yarna *hatte* ein solches Kästchen mit Gaspatronen gesehen, verborgen hinter der Wandtäfelung in Jabbas Quartier. Sie sah Doallyn neugierig an. »Was ist das?«

»Eine Spurenelement-Atempatrone. Ich kann Tatooines Luft eine kurze Zeitspanne lang atmen, aber wenn dann nicht eine winzige Dosis Hydron-Drei beigemischt wird, muß ich sterben.« Der Wächter blickte besorgt über die Schulter. »Jabba hat immer nur den Vorrat für einen Tag rausgerückt ... das war seine Art, sich meiner Loyalität zu versichern. Aber wo er jetzt tot ist ...«

Yarna musterte ihn nachdenklich, die Arme unter den obersten Brüsten verschränkt. Ob er wohl Geld hatte? Konnte sie ihn dazu bringen, für diese Information zu bezahlen? Sie dachte daran, für die Enthüllung des Verstecks einige Kredits zu verlangen, aber etwas in ihr sträubte sich gegen die Idee. Bei Askajs Mondgöttin, Doallyn würde sterben – und er gehörte nicht zu denjenigen, die sie gequält und unterdrückt hatten, er war nur einer mehr, der in Jabbas Gewalt gewesen war.

Außerdem würde sie Hilfe brauchen, um an ihren Beutel heranzukommen. Wieder hallte ein schriller Schrei durch den Palast, gefolgt von dem schnaubenden, quiekenden Gelächter eines Gamorreaners. Mit jeder verstreichenden Sekunde wurden die Geräusche wüster Gelage und des Aufruhrs lauter. Zwar gab es schlimmere Dinge als betrunkene, durch die Palastkorridore streifende Gamorreaner, aber sie waren auch nicht zu unterschätzen ...

Yarna nickte Doallyn abrupt zu. »Ich weiß, wo er sie aufbewahrt hat.« Es war so ungewohnt, von Jabba in der Vergangenheitsform zu sprechen. Die Askajianerin stellte fest, daß es ihr schwerfiel, sich den Hutt tot vorzustellen. Jabba war widerwärtig, ekelhaft, pervertiert und gierig gewesen – aber zugleich auch stark, voller Vitalität und *lebendig.* »Begleiten Sie mich, beschützen Sie mich, während ich ein paar Dinge hole, und ich zeige Ihnen dafür, wo sie sind. Ist das fair?«

Doallyn nickte.

Die Askajianerin setzte sich in Bewegung und eilte durch den Palast; Doallyn folgte ihr. Bei jeder dunklen Tür, an der sie vorbeikam, verkrampfte sie sich und fragte sich, ob *er* wohl dahinter lauerte. Aber niemand stellte sich ihr in den Weg.

Als sie die Dienerquartiere erreichten, ging Yarna schnurstracks auf den Schrank zu, in dem die Schallbesen und andere Reinigungsutensilien aufbewahrt wurden. »Halten Sie die Waffe bereit«, instruierte sie ihren Begleiter, während sie sich hinkniete und bei einem der automatischen Bodenreiniger eine Klappe öffnete. »Ich will keine Überraschung erleben.«

Sie griff an der Batterie vorbei nach dem kleinen Beutel, den sie im Innern der Reinigungseinheit versteckt hatte. Doallyn legte den behelmten Kopf schief, und Yarna hatte den Eindruck, aus seinem mechanischen Tonfall Erheiterung herauszuhören. »Was haben Sie dort versteckt, Miss?«

Yarna fühlte das Gewicht des Beutels, ließ ihn auf der Handfläche hüpfen. Ihre Lippen verzogen sich zu dem ersten echten Lächeln seit einem Jahr. »Die Freiheit meiner Kinder«, sagte sie langsam.

»Ihrer Kinder?«

»Sie sind nicht hier«, erwiderte Yarna. »Jabba hat befohlen, daß man sie in seinem Stadthaus in Mos Eisley festhält. Ich habe noch drei Kinder ... die Sklavenjäger haben das vierte während unserer Gefangennahme getötet. Ich muß nach Mos Eisley, bevor die Behörden Jabbas Besitz verkaufen. Sie werden meine Babys verkaufen – ich muß rechtzeitig dort sein, um sie zu kaufen!«

Irgendwie wußte sie, daß er sie aus dem Innern seines Helmes anstarrte. »Mos Eisley? Sie wollen nach Mos Eisley?«

»Ich muß«, sagte Yarna drängend. »Und zwar schnell.«

»Durch das Dünenmeer? Sie müssen verrückt sein.«

Yarna kämpfte sich auf die Füße, ihre schweren Brüste drängten sich gegen die haltspendenden Lederriemen. »Vermutlich«, stimmte sie ihm zu. »Aber ich sterbe lieber dort draußen« – sie zeigte mit der Hand in die ungefähre Richtung von Mos Eisley –, »als hier gefangen zu sein und darauf zu warten, das nächste Opfer des Killers zu werden.«

»Der unbekannte Killer ...«, sagte Doallyn. »Ja, das ist etwas, worüber man nachdenken sollte. Ich möchte auch nicht unbedingt sein nächstes Opfer werden.«

»Wenn ich bleibe«, sagte Yarna, zwängte sich den Beutel zwischen die untersten Brüste und band ihn sicher fest, damit er nicht herausfallen konnte, »werde ich das nächste Opfer sein. Ich weiß es.« Sie blickte zu ihm hoch und fröstelte. »Ich ... ich habe sein Gesicht gesehen. Er wird mich nicht leben lassen.«

»Sie haben ihn *gesehen*?« Doallyns Tonfall klang energisch. Er packte ihren Arm, zog sie an sich und blickte reflexartig über die Schulter. »Wer ist er?« flüsterte er.

Yarnas Stimme bebte. »Ich kenne seinen Namen nicht«, murmelte sie heiser. »Er ist ein großer, schlanker Humanoide, er ist der, der wie ein Stutzer herausgeputzt ist ... der mit den Hauttaschen im Gesicht.« Sie fuhr mit dem Finger ihre Wangen hinunter, um zu verdeutlichen, was sie meinte.

»Das ist Jerriko, den Sie da beschreiben«, sagte Doallyn. »Dannik Jerriko. Er hat für Jabba gearbeitet. Sind Sie sicher? Woher wissen Sie das?«

»Weil er gestern versucht hat, mich umzubringen.« Yarnas Stimme war völlig ruhig, aber ihr ganzer, stattlicher Leib zitterte. »Er hat da ... *Dinger,* die aus seinem Gesicht kommen. Neben seiner Nase ... und sie bringen einen um.«

»Dinger?« wiederholte Doallyn. »Was für Dinger?«

»Sie sind wie Fühler. Sie entfalten sich. Er ...« Die Erinnerung ließ sie beinahe würgen. »Er schiebt sie einem in die Nase ... das hat er auch mit dem Küchenjungen gemacht.«

»Wie sind Sie ihm entkommen?«

»Er hatte mich gerade mit den Fühlern berührt, als einer der Gamorreaner hereinkam. Er ... diese Kreatur ... ließ mich los.«

»Aber Jerriko ist Ihnen doch unterlegen.« Doallyns Finger schlossen sich fester um ihren Oberarm, drückten auf die Muskeln unter der wabbeligen Oberfläche. »Sie sind doppelt so stark wie er.«

»Wenn er einen mit den Händen berührt und einem in die Augen sieht ... kann man sich nicht mehr bewegen«, flüsterte Yarna und spürte, daß ihr übel wurde. »Wenn man dann sieht, wie sich diese Fühler abwickeln, weiß man, was da passiert, weil er *will*, daß man Bescheid weiß. Aber man kann sich nicht rühren. Es ist ... schrecklich.« Sie würgte, legte die Hand auf den Mund, kämpfte um ihre Selbstbeherrschung. Augenblicke später sah sie wieder zu ihm hoch.

»Wenn Sie bei Ihrem wie auch immer beschaffenen Glaubenssystem schwören, daß Sie mich danach zum Repulsormaschinenpark eskortieren, bringe ich Sie jetzt zu diesen Gaspatronen«, versprach Yarna. Wie konnte sie jemandem vertrauen, dessen Gesicht sie nicht sehen konnte? Aber ihr blieb keine Wahl ...

Doallyn legte zwei Finger und einen Daumen an die Uniformbrust, es sah wie eine rituelle Geste aus (was es vermutlich auch war). »Ich schwöre bei den Himmels-Seraphen, daß ich Sie zum Maschinenpark bringe.«

Yarna nickte. »Dann los.«

Die beiden betraten den Korridor und schlugen die Richtung zur anderen Seite des Gebäudes ein. Yarna übernahm die Führung. Sie ging schnell und mit sicherem Schritt, und die ganze Zeit war sie sich der gelegentlichen Aufschreie und des Gepolters, das aus anderen Teilen des Palastes herüberdrang, nur allzu bewußt. *Nur noch ein paar Minuten, und ich bin hier raus,* sagte sie sich, und ihre Schritte wurden immer schneller. Sie lief beinahe. *Nur noch ein paar Minuten ...*

Als sie um die nächste Ecke bog, verließ sie das Glück; Doallyn befand sich ein Dutzend Schritte hinter ihr. Zwei von Jabbas ehemaligen Wächtern warteten darauf, zuschlagen zu können. Die Tänzerin erkannte sie – der Mensch hieß Tornik, der Gamorreaner war Warlug. Beide waren so betrunken, daß sie schwankten. Sie wollte einen schnellen Rückzug antreten, aber die beiden Männer grunzten ihr betrunkenes Entzücken heraus und packten sie.

»Die Häßliche!« brüllte Tornik. »Die Liebe meines Lebens! Komm her und trink was mit mir!« Als Yarna sich von ihm lösen wollte, riß er brutal an ihrem Arm. »Tanz für mich, und dann werden wir etwas Spaß miteinander haben!«

Die Askajianerin warf einen Blick über die Schulter, aber von Doallyn war keine Spur zu entdecken. War er geflohen und hatte sie im Stich gelassen? Doch was war dann mit seinen Atempatronen?

»Nein«, quiekte der Gamorreaner und versuchte, Yarna seinem Kumpan zu entreißen. »Ich habe sie zuerst gesehen! Ich kriege die Häßliche als erster!«

»Aufhören!« befahl Yarna und versuchte ganz ruhig zu bleiben, obwohl ihre beiden Herzen wie verrückt schlugen. »Laßt mich los. Ich ... ich erledige eine Besorgung für Master Fortuna.«

»Ha! Er kann dich nicht bekommen!« verkündete Tornik. »Warlug hat recht! Wir haben dich zuerst gesehen! Er soll sich hinten anstellen!«

Der Gamorreaner griff nach den Schnüren zwischen ihren obersten Brüsten. »Meine! Ich bin der ...« Ein zischender Blitz ließ ihn innehalten und ungläubig auf das verbrannte Loch starren, das plötzlich in seiner Seite war. Er ließ Yarna los, taumelte keuchend zurück, dann quiekte er schmerzerfüllt auf, als er gegen die Wand stieß und dort herunterrutschte.

»Laß sie los«, sagte Doallyn, der um die Ecke trat, den Blaster noch immer in Bauchhöhe haltend.

»Aber wir haben sie zuerst gesehen«, protestierte der Wächter. Er kniff die Augen zusammen. »Du kannst sie haben, wenn wir fertig sind.«

»Ich sagte, du sollst sie loslassen.« Doallyns Stimme klang noch immer ganz ruhig, aber die Mündung seines Blasters kam hoch, bis sie auf das Gesicht des Mannes zielte. »Oder ich sorge dafür, daß du sie losläßt. Du hast die Wahl.«

Fluchend ließ Tornik Yarnas Arm los und stolperte zurück. Warlug quiekte verzweifelt um Hilfe, und der Mensch packte seinen Arm und zerrte den Verletzten auf die Beine; dann taumelten die beiden fort.

Yarna sackte gegen die Mauer, als ihre Knie nachzugeben drohten. »Oh, Sergeant, sie ... Danke, danke ... sie wollten ...«

»Dafür ist jetzt keine Zeit«, sagte Doallyn energisch. »Die Atempatronen. Sie haben es versprochen.«

»Ja ...«, murmelte Yarna und riß sich zusammen. »Hier entlang.«

Minuten später waren sie im persönlichen Quartier des Hutt. Vor ihnen waren bereits Plünderer dagewesen – der Raum war leergeräumt, und jemand hatte eine Schaufel Rancorscheiße in die Mitte der Schlafplattform geworfen.

An der Wand stand in großen Buchstaben eine Botschaft: »Erstarre zu Eis, Jabba, im Neunten Kreis der Verdammnis!« Die Worte waren bereits zur Hälfte mit anderen, weniger kreativen Flüchen und Obszönitäten übermalt. Schnell ging Yarna zu einer üppig verzierten Wandtäfelung und drückte auf den Schwanz eines Phantasiemonsters. Eine Klappe schwang auf. »Woher wissen Sie von diesem Versteck?« wollte Doallyn wissen, während er die Patronen in einen Beutel stopfte, nachdem er sich zuerst welche in die Hosentasche gesteckt hatte. Yarna sammelte methodisch ein paar Kreditscheiben ein, die auf dem untersten Regalbrett herumlagen.

»Ich war Jabbas Erste Tänzerin«, sagte sie. »Manchmal, wenn er nicht schlafen konnte, ließ er mich kommen, und ich tanzte das Sanddünen-Ballett für ihn. Er sagte, es würde ihm helfen, sich nach einem hektischen Tag zu entspannen. Einmal schlief er dabei ein, und ich döste hier« – sie zeigte auf die Schlafplattform

– »vor mich hin, als Bib Fortuna reinkam. Er wußte nicht, daß ich wach war, und öffnete das Versteck.«

»Ich bin überrascht, daß Jabba ihm dieses Geheimnis anvertraut hat«, sagte Doallyn, als sie den Raum vorsichtig verließen; diesmal ging der Wächter voraus, den Blaster schußbereit.

Yarna lächelte freudlos. »Jabba hat keinem vertraut. Er...«

Sie verstummte erschrocken, als sie hinter der nächsten Ecke eine bekannte Gestalt ausmachte, deren Silhouette sich in dem dunklen Korridor abzeichnete. Hochgewachsen, schlank, vom Schatten verborgen ... Dannik Jerriko! Die Tänzerin keuchte und wich zurück, während Doallyn mit lobenswerter Gelassenheit die Waffe hob. »Keine Bewegung, Jerriko!«

Der Vampir drehte den Kopf, und seine Gesichtszüge kamen in Sicht. Yarna wimmerte vor Angst. Kein aus Askajs Jenseitshölle ausgespiener Dämon hätte grauenerregender aussehen können. Jerrikos Züge waren wutverzerrt, und die Hauttaschen auf beiden Gesichtshälften zuckten, als hätten sie ein eigenständiges Leben. Sein Mund öffnete sich zu einem lautlosen Fauchen. Die Askajianerin schlug beide Hände vor den Mund, um einen Aufschrei zu unterdrücken. Doallyns Finger mußte unwillkürlich Druck auf den Abzug der Waffe ausgeübt haben, denn plötzlich entlud sich ein greller Energieblitz.

Die schattenhafte Gestalt verschmolz mit einer dunklen Tür.

Yarna mußte Doallyns Mut bewundern, aber gleichzeitig zweifelte sie an seinem Verstand. Er stürmte hinter dem Nichtmenschen her, und die Tänzerin folgte ihm wider besseres Wissen.

Aber als sie die Tür des Raums erreichten und Doallyn das Licht einschaltete, war der Raum völlig leer. Es gab keine anderen Türen, keine Fenster ... trotzdem war er leer. »Er konnte doch nirgendwohin verschwinden«, murmelte der Wächter; er klang erschüttert. »Gibt es hier eine Geheimtür?«

Yarna schüttelte den Kopf. »Nicht, daß ich wüßte. Aber der Palast birgt viele Geheimnisse. Tief unter ihm sind viele Gänge. Ein Teil dieses Ortes ist noch immer ein B'omarr-Kloster.«

Doallyns Atem pfiff verärgert, dann schloß er die Tür und verriegelte sie. Yarna hörte, wie er anscheinend in seiner Heimatsprache leise fluchte. »Er hat mich gesehen«, sagte er schließlich wieder auf Basic. »Jetzt wird er auch nach mir Ausschau halten. Ich gehe mit Ihnen.«

»Aber ... «Yarna zögerte. Sie konnte niemanden dem Tod ausliefern, den sie beinahe erlitten hätte. »In Ordnung«, sagte sie.

Ihr nächster Halt war die Küche. »Porcellus ist ein Freund von mir, er hat hier ein paar Sachen für mich aufbewahrt«, sagte Yarna und betrat die Küche. »Ich hoffe, er hat es geschafft, sich in Sicherheit zu bringen.«

In einer Nische im hintersten Teil der Küche hatte die Askajianerin mehrere Decken, Wasserflaschen und ein paar alte, dicke Jacken gehortet, die sie im Verlauf mehrerer Monate aus den Wächterquartieren gestohlen hatte. Über ihnen hing an einem Haken ein weißes Bündel, das eine große Schürze hätte sein können – was aber nicht zutraf. Yarna schüttelte das dünne, leicht schimmernde Material aus, und es entpuppte sich als ein langer, weiter Umhang mit einer großen Kapuze. »Mein Wüstengewand«, erklärte sie, als sie Doallyns Blick bemerkte. »Für Sie werden wir etwas anderes finden müssen.«

Er nickte und hielt einen Beutel auf, während sie eilig Konserven und Proviantpakete aus den Regalen auswählte. »Und jetzt das Wasser«, sagte sie, während sie den Beutel zuschnürte und sich über die Schulter schwang. Sie begab sich ans Spülbecken und hielt Doallyn die Wüstenflaschen hin. »Würden Sie die bitte füllen?«

Er gehorchte, und in der Zwischenzeit ließ Yarna einen großen Krug mit Wasser vollaufen und trank ihn leer, ohne abzusetzen, dann füllte sie ihn erneut und trank ihn wieder leer.

Sie riß sich den komplizierten Tänzerinnenkopfschmuck herunter und fuhr sich wohlig seufzend mit den Fingern durchs Haar. Sie hatte nie gewußt, wie schwer er doch war, bis zu dem Augenblick, in dem ihr klar wurde, daß sie ihn nie wieder aufsetzen mußte. Sie spritzte sich Wasser ins Gesicht und entfernte die meisten der großen, warzenähnlichen »Schönheitspflästerchen«, die Jabba für attraktiv gehalten hatte.

»Ich habe gar nicht gewußt, daß das Make-up war«, bemerkte Doallyn.

»Jabba gefiel das. Er hat mir gesagt, daß sie ihn an seine Mutter erinnern.«

Doallyns Helm bewegte sich, als er langsam den Kopf schüttelte. »Jabba hatte eine *Mutter*?«

Yarna lächelte ihn an. »Genau das habe ich auch gedacht.«

Sie füllte den Krug erneut und schüttete sich das kühle Wasser über Kopf und Körper, ließ die Flüssigkeit ihre Haut hinabrinnen.

Als sie fertig war, bemerkte sie, daß Doallyn sie intensiv betrachtete. Seine mechanische Stimme klang überrascht. »Sie sind ... größer«, sagte er, und der Helm bewegte sich, als er sie vom Kopf bis zu den Zehen betrachtete. »Ihre Haut, sie ist so ... *gespannt.*«

»Askaj ist ein Wüstenplanet«, beantwortete Yarna seine unausgesprochene Frage sachlich. »Unsere Körper können Wasser auf äußerst effiziente Weise absorbieren und speichern.«

Er nickte. »Können Sie auf einer Nichtwüstenwelt leben?«

»Aber natürlich«, erwiderte sie. »Wenn wir kein Wasser horten müssen, dann tun wir es auch nicht.«

»Wie würden Sie auf einer Nichtwüstenwelt aussehen?« Er klang ehrlich interessiert.

»Dünner«, sagte Yarna kurz angebunden und schüttelte die Falten aus dem Kapuzenumhang. Sie zog ihn sich über den Kopf, dann nahm sie die Decken, die alten Jacken und eine der Wasserflaschen. Doallyn nahm die Lebensmittel und den Rest des Wassers.

Im Maschinenpark war das Angebot an brauchbaren Landgleitern und Shuttles reichlich dezimiert. Es war nur ein Fahrzeug übrig, und das stand in der Reparaturzone. Die Mechaniker, die für die Wartung der Fahrzeuge zuständig waren, waren nirgendwo in Sicht.

In der Ferne ertönte wieder ein schriller Schrei, der mittendrin brutal zum Verstummen gebracht wurde. Yarna und Doallyn blickten einander an. »Können Sie dieses Ding steuern?« fragte sie.

Er nickte.

Augenblicke später hatten sie den Proviant in den Landgleiter verladen. Doallyn fand in einem Spind eine Plane aus sonnenabweisendem Material, und es gelang ihnen, daraus für ihn einen improvisierten Burnus zu machen. Die restliche Plane verstauten sie im Gepäckraum des Fahrzeugs.

Auf Doallyns Signal quetschte Yarna ihre Massen in den Passagiersitz des Gleiters. Es war nicht leicht, aber sie schaffte es. Der Wächter öffnete das Außentor des Maschinenparks. Als sie mit der kalten Nachtluft konfrontiert wurden, zogen sie sich schnell die Jacken über.

»Lassen Sie uns aufbrechen«, sagte die askajianische Tänzerin ungeduldig, als ihr Gefährte neben dem Landgleiter stehenblieb.

»Ich hätte noch einmal in die Unterkunft gehen sollen«, sagte Doallyn und betrachtete den Palasteingang.

»Warum?«

»Die einzige Waffe, die ich habe, ist der Blaster, und keine zusätzlichen Ladungen«, sagte er. »Da draußen gibt es wilde Banthas und Kraytdrachen. Es ist ein langer Weg von der Jundlandödnis bis Mos Eisley ...«

»Wie weit?«

»Zweitausendfünfhundert Klicks ... im Schalenfledermausflug gerechnet.«

»Eine was?«

»Ein Flugreptil meiner Welt.«

In Yarna regte sich flüchtig die Neugier. »Welcher Planet ist das?«

»Geran, im Mneon-System.«

Yarna blickte über die Schulter zum Palasteingang. »Wollen Sie da wirklich noch einmal rein?«

Doallyn schüttelte den Kopf. »Nein. Ich will hier weg. Ich habe das Gefühl ...« Er warf einen nervösen Blick in die hinter ihm befindlichen Schatten. »Ich habe das Gefühl, als würde ich beobachtet.«

»Ich auch«, sagte Yarna. »Lassen Sie uns einfach gehen.«

Doallyn nickte und stieg in den Pilotensitz. »Ich hoffe nur, daß sie dieses Ding hier repariert haben, bevor sie den Maschinenpark verließen«, sagte er und betätigte ein paar Schalter. »Das ist eigentlich keines der schnellen Langstreckenmodelle.«

Der Gleiter setzte sich in Bewegung, und die Dunkelheit hüllte sie ein. Innerhalb von Sekunden hatten sie Jabbas Palast hinter sich gelassen. Das Fahrzeug legte an Geschwindigkeit zu, bis sie schneller über den Boden glitten, als ein Vogel fliegen konnte.

Der kalte Fahrtwind traf Yarna wie ein Schlag, aber sie war so aufgeregt, daß sie es kaum bemerkte. Endlich frei! Nach einem elenden Jahr voller Demütigungen und Knechtschaft war sie frei und unterwegs! Bald ... schon sehr bald würde sie ihre Kinder wiedersehen ... würde ihre kleinen Körper im Arm halten, ihre weiche, warme Babyhaut riechen. Vermutlich hatten sie gerade angefangen zu laufen ... Ihre Augen füllten sich mit Flüssigkeit, aber sie hielt die Tränen mit eiserner Selbstbeherrschung zurück. Sie mußte ihre Körperflüssigkeit bewahren ... sie brauchte sie für die Reise.

Sie legte den Kopf in den Nacken; die Sterne am Himmel rasten so schnell vorbei, daß es fast wie der Sprung in den Hyperraum aussah. Bei dieser Geschwindigkeit würden sie Mos Eisley selbst mit dem Kurzstreckengleiter in wenigen Tagen erreichen, selbst dann, wenn sie gezwungen wurden, sich während der schlimmsten Tageshitze einen Unterschlupf zu suchen.

Yarna zog die Jacke enger und dachte an ihre Kinder, sie erinnerte sich an den Tag ihrer Geburt und an Nautags Stolz, einen so schönen Wurf zu haben. Die Babys waren gerade eine kalte Saison alt gewesen, als die Sklavenjäger kamen ... und darum hatten sie auch noch keine Namen erhalten. Auf Askaj bekamen Kinder ihre Namen erst kurz nach ihrem ersten Geburtstag.

Yarna rechnete in Gedanken aus, wieviel Zeit seit ihrer Gefangennahme vergangen war, und verglich das tatooinische mit dem askajianischen Jahr. Ihre Kinder waren spät dran mit der Namensgebung ... aber sie würde diesem Mangel sofort abhelfen, nachdem sie wieder vereint waren. Der Fahrtwind fuhr Yarna durchs Haar, während sie zum erstenmal über Namen für ihre Kinder nachdachte.

Der Junge würde natürlich Nautag heißen ... einen kurzen Augenblick lang verspürte die Tänzerin einen Stich der Trauer für den anderen männlichen Säugling, den einer der Sklavenjäger ihr aus dem Arm gerissen und achtlos fallen gelassen hatte. Der Sturz hatte seinen Schädel zerschmettert. Yarna zwang sich, nach vorn zu blicken. Wie sollte sie ihre beiden Töchter nennen?

Plötzlich hatte sie eine Eingebung: Leia und Luka. Leia ... sie hatte das alderaanische Mädchen nicht besonders gut gekannt, aber wenn sie Jabba tatsächlich getötet hatte, dann stand Yarna tief in ihrer Schuld. Und der Name des jungen Jedi, der den Rancor getötet hatte, war Luke Skywalker gewesen. Die Tänzerin und der junge Jedi hatten Nautag gerächt. Es war nur passend, daß seine Kinder nach ihnen benannt wurden.

Sie wandte den Kopf und betrachtete Doallyn, der den Gleiter steuerte. Der Wächter war ihr ein Rätsel ... wie sah er wohl unter dieser Maske aus? So ähnlich wie ein Mensch? Die in schwarzen Handschuhen steckenden Hände wiesen die gleiche Anzahl Finger auf wie ihre ...

»Fliegt der Gleiter gut?« fragte sie und mußte die Stimme heben, um den Fahrtwind zu übertönen.

Seine mechanisch verstärkte Stimme war mühelos zu verstehen. »Die Steuerung ist durcheinander. Er zieht nach rechts. Ich muß ihn manuell steuern.«

»Dann haben sie ihn also nicht repariert.«

»Ich bezweifle es.«

»Wird er uns nach Mos Eisley bringen?«

»Wenn das Problem nicht schlimmer wird, dann schon.«

Yarna richtete ein stummes Stoßgebet an die Mondgöttin, während sie weiter durch die Nacht rasten.

Stunden später glitten sie über einen hohen Dünenkamm, und Yarna sah mit zusammengekniffenen Augen ein sanftes Glühen im Osten. Es wurde immer heller und zeichnete die Umrisse in der Ferne liegender Berge nach. Die Wüste dazwischen war noch immer in Schatten getaucht, aber die Berge waren unverkennbar. Yarna tippte Doallyn auf den Arm, um seine Aufmerksamkeit zu erringen, und zeigte in die betreffende Richtung. »Die Jundland-ödnis?«

Er nickte. »Ihr Rand. Wir sind jetzt nur noch dreihundert Kilometer von der Steinnadel entfernt.«

Innerhalb von Minuten stiegen Tatooines Sonnen in die Höhe, und die wellenförmigen Sanddünen um sie herum schimmerten pink und goldfarben. Yarna hatte das Dünenmeer noch nie aus einem Fahrzeug heraus gesehen – man hatte sie in einem Shuttle zu Jabbas Palast gebracht, in dem es keine Sichtfenster gegeben hatte.

Die Sonnenstrahlen trafen sie, und die Kühle der Nacht verschwand schnell. Yarna steckte so fest in dem Sitz, daß sie nicht einmal die Jacke ausziehen konnte, also wartete sie einfach ab und schwitzte, während sie sich fragte, ob Doallyn entschlossen war, die Jundlandödnis zu erreichen, bevor er anhielt.

Aber nach einer weiteren Stunde, in deren Verlauf es immer heißer geworden war, nahm der Pilot die Geschwindigkeit zurück. Das kleine Fahrzeug wurde langsamer, hielt an und blieb über einer vergleichsweise ebenen Sandfläche schweben.

»Wir sollten uns bis zum späten Nachmittag einen Unterschlupf suchen«, sagte der Wächter, löste die Verschlüsse der Jakke und zog sie sich vom Leib. »Mitten am Tag zu reisen ist gefährlich.«

»Das ist wahr«, erwiderte Yarna. »Vor allem für Sie; Sie sind die Hitze nicht gewöhnt. Und wenn Sie einen Hitzschlag bekommen, was wird dann aus uns? Ich kann den Gleiter nicht fliegen.«

Der Helm senkte sich, als er nickte. »Dann helfen Sie mir, einen Unterstand zu errichten.«

Doallyn und Yarna benutzten den Rest der sonnenabweisenden Plane, um einen Unterstand zu bauen, wobei sie das Material an dem schwebenden Gleiter befestigten. Sie krochen in den Schatten und lehnten sich zurück; beide waren zu groß, um hier aufrecht sitzen zu können. Yarna reichte Doallyn das Wasser. Galant gab er die Flasche zurück.

»Sie zuerst, Miss.«

Die Askajianerin schüttelte den Kopf. «Nein. Ich habe vor unserem Aufbruch getrunken. Ich brauche viel weniger Flüssigkeit als Sie, um zu überleben. Trinken Sie, Sergeant ... und halten Sie sich nicht zurück, sonst wird Ihnen schlecht.«

Er zögerte, dann nickte er. Langsam und bedächtig löste er die Riegel der Atemmaske und des Helms und nahm beides ab. Yarna wollte ihn nicht offen anstarren, aber sie entdeckte, daß sie schrecklich neugierig war, was ihren Reisegefährten anging. Sie öffnete einige Konserven und warf dabei einen verstohlenen Seitenblick auf sein Profil.

Auf den ersten Blick schien er so humanoid zu sein wie ein Corellianer, aber die Haut unter dem kurzgeschnittenen, rabenschwarzen Haarschopf wies eine leichte Blautönung auf. Die Schatten unter dem Landgleiter waren zu dicht, um die Farbe seiner Augen sicher bestimmen zu können, aber Yarna hatte den Eindruck, daß sie eher hell als dunkel waren. Seine Züge waren ebenmäßig und ziemlich anziehend. Er war nicht so attraktiv wie der corellianische Schmuggler Solo, aber er war erfreulich anzusehen, entschied Yarna, als sie ihm eine Dose hinhielt.

Er wandte ihr langsam, fast schon bedächtig, den Kopf zu, als er nach der Dose griff, bis sie ihn ganz von vorn sah.

Yarna unterdrückte ein Aufstöhnen und zwang sich dazu, nicht zurückzuweichen.

Doallyn entging ihre Reaktion keineswegs, und das Grinsen, zu dem sich die eine Hälfte seines Mundes verzog, verriet ihr, daß er diese Reaktion erwartet hatte. Das Lächeln wirkte eher wie ein Ausdruck erstarrter Qual als ein Ausdruck von Humor.

Um der Gnade der Mondgöttin willen, was ist ihm nur zugestoßen?

Eine Seite von Doallyns Gesicht war schrecklich entstellt. Ein breiter Streifen vernarbten Fleisches zerrte den Mundwinkel nach oben und ließ die Wange einschließlich ihrer Haut verdreht erscheinen. Der Hieb hatte das linke Auge gerade eben verfehlt und endete am Haaransatz. Yarna zwang sich, in die andere Richtung zu blicken, weil sie nicht starren wollte.

Als hätte Doallyn ihre Gedanken gelesen, sagte er plötzlich: »Die Narbe stammt von einer Klaue. Von einem corellianischen Sandpanther. Ihre Krallen sind vergiftet, und die Wunde hatte sich entzündet.«

»Er hat Sie angegriffen?« Es kostete sie Mühe, die Stimme neutral zu halten. Instinktiv wußte sie, daß jeder Ausdruck von Mitgefühl wütend zurückgewiesen werden würde.

»Ich habe ihn gejagt, und ich habe ihn verwundet. Er griff mich an.« Doallyn nahm einen Bissen und kaute entschlossen.

»Sie haben Glück gehabt, daß er Sie nicht getötet hat«, sagte sie nach einem Augenblick.

»Ich war unvorsichtig«, sagte er offen. »Einen Moment lang war ich unvorsichtig. Das zahlt sich nicht aus, wenn man ein Jäger ist.«

»Ich habe Sie für einen Soldaten gehalten.«

Er schüttelte den Kopf. Es war ungewohnt, ihn ohne Helm zu sehen, obwohl sein Gesicht entblößt fast genauso ausdruckslos wie maskiert war. »Ich war ein Jäger. Darum kam ich nach Tatooine. Jabba hat nach einem Jäger gesucht, der ihm einen Kraytdrachen bringt.«

»Einen Kraytdrachen?« Yarna starrte ihn ungläubig an. Sie kannte Beschreibungen dieser Bestien – die jungen Exemplare waren so groß wie der Rancor, und angeblich wurden sie mit zunehmendem Alter größer. »Was wollte er denn damit?«

»Er wollte ihn gegen seinen Rancor antreten lassen und dafür Eintritt kassieren. Jabba glaubte, es würde die Sportsensation des Jahrhunderts. Er bot eine große Belohnung für einen lebendigen Kraytdrachen.«

»Und Sie haben tatsächlich geglaubt, Sie könnten einen *einfangen*?«

»Ich bin schon viele Jahre ein Jäger. Es gibt nur wenige Tiere, die ich nicht überlisten könnte«, sagte er mit einem stillen Selbstvertrauen, das viel überzeugender als jede Prahlerei war. »Ich habe alles studiert, was in den Datenbanken über Kraytdrachen zu finden war. Ich kam gut vorbereitet.«

Yarna biß in eine getrocknete Frucht und kaute nachdenklich. »Wenn Sie nach Tatooine gekommen sind, um einen Drachen zu jagen, wieso sind Sie dann als Wächter in Jabbas Palast gelandet?«

Zum erstenmal war im Dämmerlicht des provisorischen Unterstandes so etwas wie eine Regung auf seinen Zügen zu erkennen. Er schien zerknirscht und verlegen, als er auf seine Konserve hinunterblickte. »Bei meiner Ankunft entschied ich mich, mir die ... Sehenswürdigkeiten ... von Mos Eisley anzusehen. Chalmuns Alkohol erwies sich als ... stärker, als ich es gewohnt war ... Ich war noch nie gut bei Glücksspielen, und ... ich weiß nicht mehr genau, wieso ich bei der Partie Wildstern mit den hohen Einsätzen mitmachte, aber ich erwachte am nächsten Morgen mit schrecklichen Kopfschmerzen und schuldete Jabba ein Jahr Dienst.«

»Also haben Sie nie Gelegenheit erhalten, den Drachen zu jagen?«

»Das war eines der Dinge, die Jabba von mir wollte. Ich war bei vielen Expeditionen dabei, seit ich in den Palast kam, und habe Drachen gejagt – aber sie sind selten. In all den Monaten habe ich nie einen zu Gesicht bekommen. Jabba« – er schüttelte kläglich den Kopf – »wurde ... ungeduldig. Ich habe Glück, daß er tot ist.«

»Also selbst wenn Sie den Drachen gefangen hätten, hätten Sie die Belohnung nicht bekommen.«

»Genau«, bestätigte er. »Aber es gab ... andere Gründe, um den Drachen zu jagen. Ich glaube, selbst wenn ich ihn getötet hätte, hätte ich davon profitiert.«

Yarnas Neugier war geweckt. »Wieso?«

»Kraytdrachen haben angeblich einen ... speziellen Wert«, sagte er ausweichend.

Yarna hatte einige der Kopfgeldjäger und Söldner davon sprechen hören. Einige behaupteten, daß Kraytdrachen einen Schatz *in sich* trügen, andere wiederum meinten, sie würden wie die Drachen der uralten Legenden einen Schatz *bewachen.* Aber die meisten Leute taten das als sensationslüsterne Gerüchte, wenn nicht sogar als reine Folklore ab.

»Was stand in Ihrem Vertrag mit Jabba? Sind Sie jetzt frei?«

»Ja«, sagte er. »Ich bin frei. Und Sie?«

»Frei«, sagte sie und hörte die Zufriedenheit in ihrer Stimme. »Und sobald ich in Mos Eisley bin, werden meine Kinder auch frei sein.«

»Haben Sie« – er hielt inne, als müßte er sich die Worte sorgfältig überlegen – »einen Gefährten?«

»Ich hatte einen«, antwortete sie, öffnete die Wasserflasche und rieb sich eine knappe Handvoll der Flüssigkeit übers Gesicht. Dann gestattete sie sich einen tiefen Schluck. »Aber Jabba hat ihn zum Rancor geschickt.«

Er nahm den Helm und sagte, ohne sie dabei anzusehen: »Das tut mir leid, Miss Gargan.«

»Bitte«, sagte sie, »wir müssen doch nicht mehr so förmlich sein. Ich heiße Yarna.«

»Also gut. Dann nenn du mich aber Doallyn.« Er blickte auf die Wasserflasche, die sie sorgfältig verschloß. »Warum trinkst du nicht mehr? Wir haben doch genug.«

»Ich brauche nicht mehr«, sagte sie ehrlich. »Mein Volk besteht aus Wüstenhirten, auf einem Planeten, der genauso heiß wie dieser hier ist.«

»Was für Tiere hütet ihr?«

»Tomuons. Groß, wollig, mit langen Hörnern.« Ihre Hände bewegten sich mit der Anmut einer Tänzerin, als sie die Tiere beschrieb. »Sie geben uns Milch, Fleisch und Wolle. Dieser Umhang« – sie hielt ein Stück ihres weißen Wüstenumhangs hoch – »ist aus ihrer Wolle gewebt.«

Er berührte den Stoff und staunte über die feingesponnene Weichheit und die Schönheit des Materials. »Es funkelt ja beinahe.«

»Ja, unsere Stoffe erzielen hohe Preise. Es heißt, die zeremoniellen Gewänder des Imperators sind aus Tomuonstoff gemacht.« Sie verdrehte das Stück Stoff ruckartig, öffnete die Hand und ließ es zurück in ihren Schoß fallen; es war keine Falte zu sehen. »Unser Stoff ist widerstandsfähig, verknittert kaum oder wird fleckig. Die Webtechniken sind wohlgehütete Geheimnisse unseres Volkes. Nautag ... mein Gefährte ... war einer der besten Weber meiner Welt ...«

Er nahm eine frische Patrone Hydron-Drei und schob sie in seinen Helm. »Warst du schon eine Tänzerin, bevor du in Jabbas Palast kamst?«

»Das war ich«, antwortete sie. »Mein Vater war ein Stammesführer, und ich tanzte beim größten Wettbewerb für die Ehre unseres Stammes.« Sie konnte nicht verhindern, daß sich ein gewisser Stolz in ihre Stimme einschlich, aber dann dachte sie wieder an das Jahr in Jabbas Palast, und sie seufzte. »Ich habe diesen Wettbewerb gewonnen. Und dann ... kamen die Sklavenjäger. Sie verschleppten uns ... Nautag, mich ... unsere Kinder. Während der Gefangennahme töteten sie eines unserer Babys.« Etwas schien ihr den Hals zuzuschnüren.

»Und brachten euch nach Tatooine?« fragte Doallyn in einem fast sanften Tonfall.

Sie nickte. »Jabba hatte eine askajianische Tänzerin verlangt. Also fingen sie mich ein ... und ich mußte für den Hutt tanzen. Jabba versprach mir, meine Kinder nicht zu verkaufen, solange ich gut für ihn tanzte. Aber du weißt ja, daß man dem Aufgedunsenen nicht vertrauen konnte ... Ich hatte immer Angst, daß er mir zu arbeiten erlaubte, damit ich mir das Geld für unseren Freikauf verdienen konnte, um mich dann, wenn es soweit wäre, zu töten, weil es ihn amüsiert hätte. Und meine Kinder hätte er als Sklaven behalten.«

Er nickte verständnisvoll. »Für Jabba zu tanzen muß schwer gewesen sein, nach all dem, was passiert war.«

»Das war es auch«, sagte sie. »Aber Doallyn ... weißt du, was das schwerste dabei war?« Unbewußt hatte sie ihm die Hand auf den Unterarm gelegt; als sie es bemerkte, zog sie sie schnell zurück und verbarg beide Hände im Innern des Kapuzenumhangs.

»Was?«

»Sie ... lachten über mich. Sie alle. Sie behaupteten, ich sei ...« Ihr Mund verzog sich, als sie das Wort »häßlich« aussprach. Der nächste Atemzug schien ihren Hals zu versengen. »Sie bezeichneten mich als unbeholfen und lächerlich und ... fett. Selbst Jabba lachte über mich. Aber er lachte nicht, weil er mich häßlich fand, er lachte, weil er wußte, daß mir ihre Bemerkungen weh taten. Er ... fand Gefallen an den Qualen anderer, weißt du.«

Doallyn nickte. »Ja, das weiß ich.«

»Es tat weh«, fuhr sie fort. »Ich lernte, es mir nicht anmerken zu lassen, mich im Tanz zu verlieren, ihr Lachen nicht zu hören ... jedenfalls nicht immer. Aber es tat weh.« In ihrem Blick blitzte Trotz auf. Ich bin, wie ich bei meiner Geburt bestimmt war zu sein. Warum müssen Wesen einander beurteilen? Warum müssen sie starren und hämisch lachen und häßliche Dinge sagen?«

Er schüttelte den Kopf, und seine Finger tippten an die Narbe, die sie fast schon vergessen hatte. »Yarna, darauf weiß ich keine Antwort«, sagte er ernst. »Aber ich verstehe deine Fragen nur zu gut.«

Ein Strahl der nach Westen ziehenden Sonnen fuhr über Doallyns Augen und weckte ihn aus einem Erschöpfungsschlaf. Er blinzelte, setzte sich halbwegs in dem engen Unterstand auf und stützte sich auf die Hände. Seine Begleiterin schlief noch, wie ihre tiefen Atemzüge verrieten. Der weiße Stoff ihres Kapuzenumhangs zeichnete eine üppige Hüfte nach, und er spürte, wie sich ein vages männliches Interesse regte. Wie lange war es her, daß er eine Frau gehabt hatte ... egal von welcher Spezies?

Fast ein Jahr, wie er erkannte. Er gehörte nicht zu den Männern, die sich ständig auf flüchtige Abenteuer einließen ... und er hatte viel Zeit allein in der Wildnis verbracht. Zweifellos hätten die Frauen an Jabbas Hof seine Narbe für abstoßend gehalten. Es waren genug Frauen vor seinem Gesicht zurückgeschreckt, seit er die Narbe hatte, so daß er es nach Möglichkeit vermied, die Maske in Anwesenheit einer Frau abzunehmen. Er hatte es gelegentlich mit bezahlten Frauen versucht, aber auch das war für ihn unbefriedigend gewesen. Es war einfacher, enthaltsam zu sein, als Ekel oder, was noch viel schlimmer war, Gleichgültigkeit in den Augen der Partnerin zu lesen.

Doallyn hatte entdeckt, daß eine herzlose, oberflächliche Vereinigung noch schlimmer als die Einsamkeit war. Von Zeit zu Zeit hatte er sich gewünscht, einen Freund zu haben, jemanden, mit dem er reden konnte, aber die Gewohnheit der Schweigsamkeit war schwer zu brechen. Seit ihrer Flucht hatte er mehr mit Yarna gesprochen als das ganze letzte Jahr zusammengenommen mit anderen Personen.

Natürlich konnte er es nicht vermeiden, mit Yarna zu sprechen, aber ihre gemeinsame Zeit war begrenzt, wie sich der Jäger in Erinnerung rief. Er würde froh sein, wenn er sein einsames Leben wieder aufnehmen konnte.

Doallyn schob sich rückwärts aus dem kleinen Unterstand. Als er aufstand, überprüfte er automatisch, wieviel Hydron-Drei sich noch in der Patrone befand. Weniger als ein Drittel war verbraucht. Er würde erst gegen Mitternacht oder so eine neue brauchen.

Der Jäger ging um eine Düne herum, um dem Ruf der Natur zu folgen, dann verbrachte er ein paar Minuten mit dem Navcomputer des Landgleiters und überprüfte ihren Kurs. Er war gerade fertig damit, als er Schritte hörte. Yarna kam auf ihn zu. Er ertappte sich dabei, wie er über die Geschichte nachdachte, die sie ihm erzählt hatte. Bei Jabbas wankelmütigem Geschmack war es erstaunlich, daß Yarna die »Anstellung« bei dem Hutt ein ganzes Jahr überlebt hatte.

Als sie auf ihn zukam, wurde der Kapuzenumhang von einer kühlen Brise erfaßt und nach hinten gedrückt; ihre Umrisse zeichneten sich genau ab. Doallyn sah überrascht, daß die askajianische Tänzerin sichtlich kleiner war. Er erinnerte sich an ihre knappe Antwort, daß sie auf einer Nichtwüstenwelt »dünner« wäre. Offensichtlich sog ihr Körpergewebe Flüssigkeit wie ein Schwamm auf und benutzte sie dann nach Bedarf, so daß sie tatsächlich lange Zeit ohne Wasser auskommen konnte.

»Erreichen wir Mos Eisley heute noch?« fragte sie und trat neben ihn.

Doallyn schüttelte den Kopf. »Zumindest nicht bis heute abend.« Er zeigte ihr den geplanten Kurs auf dem Bildschirm des Navcomputers. »Sobald wir in der Ödnis sind, müssen wir wegen der Hügel und Schluchten die Geschwindigkeit verringern. Wenn wir irgendwo nördlich von der Steinnadel anhalten und dort ein paar Stunden rasten können, sind wir gut vorangekommen.«

»Und wie weit ist es von da noch?«

»Nur noch so ungefähr fünfhundert Klicks. Wenn wir in der Morgendämmerung aufbrechen, sind wir gegen Mittag da.«

Ein langsames Lächeln erhellte ihre breiten Gesichtszüge, bis sie wie die tatooinische Morgendämmerung strahlten. »Dann kann ich morgen meine Kinder wiedersehen?«

»Mit etwas Glück«, sagte er ebenfalls mit einem Lächeln, das sie nicht sehen konnte.

»Doallyn ...« Ihr Blick war sehr intensiv. Mit jäher Überraschung fiel ihm auf, daß ihre Augen von einem klaren, lieblichen Grün waren. »Danke, daß du mit mir gekommen bist. Daß du den

Landgleiter steuerst. Ich glaube nicht, daß ich es ohne dich geschafft hätte.«

»Wie wolltest du das Dünenmeer eigentlich durchqueren?« fragte er. Das hatte er sich schon gestern gefragt.

»Ich wollte laufen«, sagte sie nüchtern. »Ich bin kräftig, und mein Durchhaltevermögen ist ausgezeichnet. Aber diese Gegend ist sehr« – sie ließ die Blicke über die endlosen Dünen schweifen und runzelte die Stirn – »unwirtlich. Es wäre schwer gewesen, genug Proviant mitzunehmen ... ich hätte dafür eine lange Zeit gebraucht. Vielleicht hätte ich es auch nicht geschafft.«

Die Sandleute hätten dich getötet, dachte Doallyn, *wenn die Sonnen es nicht schon getan hätten ...* Aber ihr Mut beeindruckte ihn dennoch.

Nachdem Yarna und Doallyn alles wieder in den Gleiter geladen hatten, stiegen sie ein und schwebten weiter. Die Sonnen befanden sich weit am westlichen Horizont, und bald wurde es kühl. Doallyn ließ den Gleiter mit einer ordentlichen Geschwindigkeit dahinrasen, aber er war sich unerfreulicherweise bewußt, daß sich das Problem mit der Steuerung zusehends verschlimmerte. Was war, wenn der Landgleiter liegenblieb? Sie wären im Dünenmeer gestrandet ... nein, ein Blick auf den Navcomputer beruhigte den Piloten etwas. Das Dünenmeer lag bereits hinter ihnen, jetzt schwebten sie über die rauhen Schluchten und Spalten der Jundlandödnis.

Doallyn war gezwungen, die Geschwindigkeit des Landgleiters zu reduzieren und sich ganz auf die Steuerung zu konzentrieren. Das Problem mit der Mechanik wurde zusehends schlimmer, und schon bald protestierten die Muskeln und Sehnen in seinem linken Arm und der Schulter. Mit Erleichterung sah der Jäger, daß sie sich den von ihm ausgesuchten Koordinaten näherten. Er fing an, nach einem guten Rastplatz Ausschau zu halten, wo sie die letzten Stunden der Nacht verbringen konnten ...

Yarna erwachte bei Sonnenaufgang und bemerkte, daß sie sich an Doallyns Rücken schmiegte, sie mußte bei der instinktiven Suche nach Wärme dorthingerutscht sein. Hastig rollte sie sich weg, setzte sich auf, rieb sich die Augen und sah sich die düstere Trostlosigkeit an, die man Jundlandödnis nannte. Felsen ... überall waren Felsen. Vom Wind gequälte und geformte Felsen, in allen möglichen Brauntönen. Ockerbraun, gelbbraun, rotbraun, dunkelbraun ... hier und da gab es traurige Büschel gelblich-grüner Vegetation.

Und Sand. Weißer Sand, so rein und unberührt, daß er einen mit seiner Helligkeit blendete. Er erschien unschuldig und sicher, aber sie wußte, daß es in der Jundlandödnis nur so von heimtükkischen Sandgruben wimmelte, die den Unachtsamen verschlingen konnten. Yarna hatte sich vorsichtshalber einen langen Stock besorgt, mit dem sie den Boden prüfte, wo auch immer sie hinging.

Sie blickte nach Süden und sah die schmale Felssäule, die den Namen Steinnadel trug, die höchste Orientierungsmarke der Jundlandödnis. In der klaren Morgenluft konnte sie sie ganz deutlich sehen, selbst auf diese Distanz.

Sie packte den Proviant aus, teilte ein Paket peinlich genau in zwei Hälften und gestattete sich ein paar kleine Schlucke Wasser. Sie strich sich mit den Händen über den Körper und bemerkte, daß sie fast ein Drittel weniger stämmig als noch an Jabbas Hof war. Es hatte ihm gefallen, wenn sie die maximale Flüssigkeitsmenge gespeichert hatte, er hatte behauptet, alles an ihr würde dann schöner wackeln, aber es war schwer gewesen, diese Masse aufrechtzuerhalten. Sie war erleichtert, daß sie jetzt einiges davon ablegen konnte.

Als Doallyn erwachte, beluden die beiden Flüchtlinge schnell den Landgleiter und flogen nach Osten weiter, in Richtung Mos Eisley. Yarna lehnte sich in ihren Sitz zurück, erfreut, daß sie jetzt größere Bewegungsfreiheit hatte und sich nach Belieben strecken konnte. Ihr fiel immer häufiger auf, daß Doallyn gelegentlich mit der Steuerung zu kämpfen hatte. »Wird der Gleiter durchhalten?« fragte sie besorgt.

Er nickte. »Aber das Kurshalten verursacht Krämpfe in meinen Armen.«

»Ich wünschte, ich wüßte, wie man ihn steuert.«

Das Wissen, daß sie sich ihrem Ziel schnell näherten, munterte sie auf, und so unterhielten sie sich. Doallyn erzählte von seinen Suchexpeditionen nach den Kraytdrachen, die in der Jundlandödnis lebten, und er klärte Yarna darüber auf, daß es in der Wildnis überraschend viel Leben gab. Ganze Stämme von Sandleuten fristeten ihr Dasein, obwohl es hier kaum Wasserstellen gab und sie nur über wenige, gestohlene Flüssigkeitsverdunster und Tausammler verfügten.

»Wie überleben sie?« fragte sie sich.

»Hubbakürbis«, sagte er und erzählte ihr von den runden, gelblichen Früchten, die in den Schatten der Klippen wuchsen. Die Früchte speicherten Flüssigkeit in ihren zähen, dünnen Fasern, Flüssigkeit, die man heraussaugen und -drücken und so überleben konnte.

Er erzählte auch, wie bösartig die Sandleute waren, daß sie schon töteten, bloß um einem die Kleidung zu stehlen. »Das Terrain ist gefährlich genug«, sagte Doallyn, »hier gibt es wilde Banthas und giftige Echsen und Sandgruben ... aber die Sandleute sind noch schlimmer.«

Yarna zitterte trotz der Hitze und schaute auf den Navcomputer. »Wie weit noch?«

»Wir haben Motesta vor fast einer Stunde passiert.« Doallyn zeigte auf den orangenen Punkt auf dem Bildschirm. »Wir sind etwa fünfzig Klicks von den Außenbezirken von Mos Eisley entfernt. Wir werden etwa in ...« Er verstummte mit einem erstickten Laut, halb Keuchen, halb Schrei, und der Landgleiter schlingerte wild.

Yarna hatte Doallyn angesehen – sie bekam nicht mit, was geschah. Sie wußte bloß, daß der Landgleiter in dem einen Augenblick über den Boden raste und im nächsten einen so harten Schlag erhielt, daß er wie ein Kinderspielzeug durch die Luft wirbelte. Yarna schrie auf, als die Zentrifugalkraft sie wie eine gewaltige Hand in den Sitz drückte. Dann krachte die Nase des Landgleiters gegen die Felsen vor ihnen, und Doallyn wurde kopfüber hinausgeschleudert.

Yarna schrie erneut, als sie die gewaltige Gestalt erblickte, die wie ein lebendiger, schuppiger Berg vor ihnen aufragte. Sie begriff, daß der Laut, dessen sie sich undeutlich bewußt gewesen war, ein lautes Zischen darstellte, als würden alle Kessel der Welt gleichzeitig pfeifen. Das Hinterteil des Gleiters erhielt ebenfalls einen zerstörerischen Schlag, und diesmal wurde Yarna hinausgeschleudert. Sie landete auf Felsen und auf Sand, und sie spürte, wie der Sand unter ihr nachgab und an ihren Beinen zog.

Eine Sandgrube! dachte sie und griff verzweifelt nach dem Felsen; mit einem kräftigen Ruck befreite sie sich aus dem Sog. Noch während sie damit beschäftigt war, sah sie einen dunklen Umriß, der bereits zur Hälfte begraben war und schnell versank. *O nein! Der Landgleiter!*

Yarna sah hilflos zu, wie ihr einziges Transportmittel in die Tiefe gezogen wurde, bis es endgültig verschwunden war. Ein Brüllen, das den Boden erzittern ließ, zog ihre Aufmerksamkeit auf sich, und sie sah sich um. *Was hat uns getroffen?* Sie war benommen und desorientiert, und sie fragte sich, wo Doallyn abgeblieben war. Mit zitternden Beinen, bei jedem Schritt darauf achtend, nur auf Stein zu treten, ertastete sie sich einen Weg den Felsvorsprung entlang, der sie gerettet hatte, bis sie etwas sehen konnte.

Der Anblick, der sich ihren Augen bot, war so überwältigend, daß ihre Knie nachgaben und sie an der Steinwand nach Halt suchen mußte. Das Ding, das das uralte Flußbett füllte, in dem sie »gelandet« waren, war riesig – viel größer als der Rancor. Ein Kraytdrache – es konnte nicht anders sein.

Die Kreatur hatte eine gelblichbraune Färbung, die beinahe ins Goldene überging, als der schuppige Rücken die Strahlen der

Sonnen auffing. Sie hatte drei große Hörner, eines über jedem Auge und eines in der Mitte der Stirn. Geschlitzte Nüstern blähten sich über einem Rachen voller Reißzähne, die so lang wie Yarnas Arm waren. Vom Hals bis zum Schwanz zog sich ein Stachelkamm über den Rücken. Das Monster stand auf vier gedrungenen Beinen, die von der gewaltigen Körpermasse nach außen gedrückt wurden. Die Augen des Drachen waren grünlichgelb, mit horizontal geschlitzten Pupillen, die wie Saphire glitzerten.

Yarna erstarrte, als der riesige Kopf von der mehrfachen Größe ihres Körpers auf sie zuschwang. Dann vernahm sie Doallyns Stimme. »Sie jagen, indem sie Bewegungen spüren. Bleib still stehen!«

Es gab nichts anderes, das sie hätte tun können. Yarna fühlte sich, als hätte sie Wurzeln geschlagen, als wäre sie ein Teil des Felsens unter ihr geworden. Sie rollte die Augen seitwärts und sah Doallyn. Der Jäger kroch geduckt hinter einem niedrigen Felsgrat auf den Drachen zu. In der Hand hielt er den Blaster.

Was macht er denn da? wollte sie laut hinausschreien, aber die Angst lähmte sie weiterhin. *Er kann doch unmöglich versuchen, gegen dieses Ding zu kämpfen!* Die Idee, daß ein Humanoide, selbst einer mit einem Blaster, einen solchen gewaltigen Berg von einem Tier angriff, war lächerlich.

Aber genau das war es, was Doallyn offenbar vorhatte. Der Kraytdrache schnaubte, sog witternd die Luft ein, und der Stachelschwanz zuckte vor und zurück. Der Kopf schwang langsam von der einen Seite zur anderen, mit gesenkten Hörnern, als würde die Bestie sie wie Bewegungssensoren benutzen.

Doallyn war jetzt nahe heran, kauerte nur noch wenige Meter von der Bestie entfernt. Er überprüfte die Ladung des Blasters. *Nein!* wollte Yarna kreischen. *Laß uns die Klippe raufklettern! Dorthin kann er uns nicht folgen! Doallyn! NEIN!*

Aber kein Laut wollte sich aus ihrer gelähmten Kehle lösen. Sie konnte sich nicht bewegen.

Doallyn spannte sich wie eine Feder, sprang auf die Beine,

setzte über den Felsgrat hinweg und rannte direkt auf den Drachen zu.

Seine Bewegung zerbrach Yarnas Lähmung. »Nein!« kreischte sie. Der gewaltige Kopf schwang dem Jäger entgegen, die Kiefer klafften sabbernd auf, weit genug, um einen Landgleiter in zwei Bissen zu verschlingen. »Nein, nicht!« schrie sie und bewegte sich. Sie schoß hinter dem Felsen vor, ergriff einen Sandstein-Brocken aus dem Flußbett und schleuderte ihn auf die Kreatur.

Der gehörnte Kopf schwang auf sie zu. Yarna kam rutschend zum Stehen und versuchte verzweifelt, sich wieder rückwärts zu bewegen. Doallyn machte sich die Ablenkung zunutze und überwand mit zwei großen Sätzen die Distanz zwischen ihm und dem Drachen. Er sprang in die Höhe und klammerte sich an das Mittelhorn. Die Bestie schwang den Kopf in einem Bogen auf die Felsklippe zu, offensichtlich hatte sie vor, die lästige Kreatur an der steinernen Fläche zu zerschmettern. Aber bevor der Bogen vollendet wurde, hörte Yarna das Summen und sah den Blitz von Doallyns Blaster. Er schoß der Bestie genau unterhalb des Mittelhorns zwischen die Augen.

Mit der Gewalt einer kleinen Explosion stieß der Kraytdrache die Luft aus den Lungen. Yarna sah reglos zu, wie die großen Beine kraftlos einknickten und der Kopf wie ein Felsbrocken in die Tiefe fiel, wo er auf dem felsigen Bett der Schlucht aufschlug. Der Aufprall schleuderte Doallyn durch die Luft; er blieb bewegungslos am Boden liegen.

Er hat ihn getötet, begriff Yarnas benommener Verstand eine Sekunde später. *Bei der Mondgöttin, er hat ihn tatsächlich getötet!*

Aber hatte Doallyn seinen Sieg überlebt?

Mit einem erstickten Aufschrei rannte Yarna zu dem Mann hin. Sie warf sich neben ihm auf die Knie, rief scheinbar eine Ewigkeit seinen Namen – was in Wirklichkeit kaum länger als einen Augenblick dauerte –, bis er sich schließlich bewegte. Sie hörte ihn keuchen, dann stöhnen.

»Doallyn, bist du verletzt?«

Der Helm dämpfte seine Stimme. »Nur ... atemlos ...« Er versuchte mühsam, sich aufzusetzen, und als sie sah, daß er sich frei bewegen konnte, wenn auch etwas steif, half sie ihm. Er schnappte noch ein paar Augenblicke lang nach Luft, dann fragte er in einem normaleren Tonfall: »Ist er tot?«

»So tot wie Jabba«, erwiderte Yarna ernst. »Ich kann nicht glauben, daß du dieses Ding mit einem Schuß getötet hast!«

»Der verletzliche Punkt ... die Nasennebenhöhle führt direkt ins Gehirn ... gut, daß ich diese Wesen studiert habe.« Er befreite sich sanft von Yarnas stützenden Händen und richtete sich auf, bis er stand, dann betrachtete er seine Jagdbeute. Yarna sah, wie sich seine Schultern strafften und sein ganzer Körper den Triumph verkündete, den er verspürte, als er den toten Behemoth betrachtete.

»Ich muß eine Trophäe haben«, hörte sie ihn murmeln. »Sonst wird es mir keiner glauben.«

»Du bist der beste Jäger der Galaxis«, sagte Yarna, und jedes Wort war ihr Ernst. »Ich glaube nicht, daß ein anderer diese Bestie hätte erlegen können.«

Doallyn wandte ihr den behelmten Kopf zu, und er nickte. Auch ohne sein Gesicht zu sehen, wußte sie, daß er triumphierend grinste. »Aber ohne dich hätte ich es nicht geschafft, Yarna! Hättest du ihn nicht abgelenkt, indem du dich im genau richtigen Augenblick bewegtest, hätte er mich erwischt!«

Die Askajianerin lachte laut, als sie von seiner Begeisterung angesteckt wurde. Als sie aufstand, traf sie die Realität wie ein Schlag. »Doallyn, der Landgleiter ... unser Proviant ... sie sind weg. Von einer Sandgrube verschluckt.«

»Dann werden wir laufen müssen«, sagte Doallyn. »Es gibt Hubbakürbisse. Ein paar Tage können wir mit ihrer Hilfe überleben.«

»Aber was ist mit deinen Atempatronen?« fragte sie leise.

Er stand still, von dem Gedanken gelähmt wie sie vorhin von

dem Drachen. »Ich habe mir ein paar in die Tasche gesteckt«, sagte er und schob die Finger hinein. Einen Moment später zog er drei Patronen heraus. »Nicht gut«, sagte er langsam.

»Ist das genug Hydron-Drei, damit du es bis nach Mos Eisley schaffst? Dort können wir neues kaufen, oder nicht?«

»Ja, die meisten Händler, die Raumanzüge oder Atemgeräte verkaufen, führen es«, sagte er langsam. »Aber ob es reicht ... es müßte. Wenn wir zügig gehen.«

Yarna zog an seinem Ärmel. »Dann laß uns sofort aufbrechen.«

»Eine Minute. Da gibt es noch etwas, das ich vorher erledigen muß.«

Yarna begriff, daß er darum bat, allein sein zu können, und sie stellte fest, daß sie ebenfalls ein paar Minuten für sich gebrauchen konnte. Sie nickte. »In welche Richtung gehen wir?«

Er zeigte es ihr. »Nach Osten.«

»Dann treffen wir uns in ein paar Minuten dort vorn.«

Er nickte und wandte sich ab.

Die askajianische Tänzerin drehte sich um und ging in die entgegengesetzte Richtung, an der Schnauze des Kraytdrachens vorbei. Im Tod erschien die Bestie kaum weniger furchteinflößend als im Leben. *Es ist ein Reptil,* dachte Yarna und erinnerte sich an ähnliche Kreaturen auf Askaj (die natürlich nur einen Bruchteil dieser Größe hatten). *Es wird erst dann richtig tot sein, wenn die Sonnen untergegangen sind ...*

Sobald Yarna außer Sicht war, rannte Doallyn, so schnell er nur konnte, zu den Hinterbeinen des Kraytdrachen. Anatomiezeichnungen der Bestie blitzten vor seinem inneren Auge auf, während er den Blaster wieder zog und die Waffe so einstellte, daß sie einen schmalen, schneidenden Strahl abfeuerte statt explosive Schüsse.

Zu den Innereien des Kraytdrachen vorzudringen war eine blutige, stinkende Arbeit, aber schließlich hatte er genug Schuppenhaut und Fleisch abwechselnd aufgeschnitten und verdampft, um die Gedärme der Kreatur freizulegen. *Die letzte Kammer des Kaumagens,* dachte er und musterte die blutige Organmasse, die schmatzend herausdrängte und zu Boden glitt. *Wo ist sie?*

»Da bist du ja«, murmelte er leise. Er zog ein Vibromesser aus dem Stiefelschaft und watete hinein, um sein Werk zu vollenden. Der erste Hautsack, den er aufschlitzte, gehörte zur mittleren Kammer – die Steine, die er herausholte, waren größer als seine Faust, Granit und Sandstein, die nur unmerklich gerundet und geglättet waren.

Doallyn benutzte die Kammer als Wegweiser, bis er das gesuchte Organ schließlich fand – die letzte Kammer des gewaltigen Kaumagens des Kraytdrachen. Die Bestien hatten Zähne, ja, aber die Zähne waren nur dazu da, die Beute zu töten und zu zerreißen. Der Drache verfügte über keine Mahlzähne zum Zerkauen. Statt dessen hatte er einen Kaumagen, so ähnlich wie der eines Vogels, nur aus mehreren Kammern bestehend. Die Nahrung wurde durch das Organ durchgeschleust und dabei in pulverisierte und verdaute Brocken zerkleinert, die Steine im Kaumagen zerrieben sie zu einer immer feineren Masse – bis sie schließlich das Verdauungssystem erreichte.

Doallyn stählte sich, richtete ein kurzes Gebet an die Himmelsseraphen und schlitzte die letzte Kammer auf. Er griff hinein, tastete herum und zog fünf perfekt gerundete Objekte heraus. Jedes hatte in etwa die Größe seines letzten Daumengliedes. Als er das Blut und den Schleim abwischte, funkelten sie im Sonnenlicht wie die Juwelen, die sie in Wirklichkeit waren.

Drachenperlen.

Die Inkarnation der Schönheit. Zwei waren von einem klaren Grün, der Farbe von Yarnas Augen. Eine war so blau wie der Himmel direkt nach Sonnenaufgang. Die vierte war von einem schimmernden Weiß – und die fünfte schwarz, wie die Tiefen des interstellaren Raums. Als Doallyn sie anstarrte und über ihre Perfektion staunte, schien es ihm möglich zu sein, in die Perle hineinzusehen, als wäre in ihrem Innern schwarzes Licht eingesperrt.

Doallyn wollte jubeln, tanzen, singen – aber er war sich bewußt, daß jeder Atemzug seinen kostbaren Vorrat an Hydron-Drei verringerte. Schnell verstaute er die Drachenperlen in einer verschließbaren Innentasche seiner Tunika. Als er sich umblickte, bemerkte er, daß er voller Drachenblut war. Er würde sich dafür eine Erklärung ausdenken müssen, oder Yarna würde anfangen, Fragen zu stellen …

Der Jäger eilte zielbewußt auf den Schwanz des Kraytdrachen zu. Er würde eine der Stacheln als Trophäe abtrennen, und das würde den Zustand seiner Hände und der Kleidung erklären. Zumindest hoffte er das. Wenn er Yarna davon abhielt, an der anderen Seite der Bestie vorbeizugehen, würde sie nie erfahren, was er getan hatte.

Er kniete neben dem Drachenschwanz nieder, packte einen Hornstachel und setzte die Klinge an. Natürlich hatte er die Absicht, Yarna einen Anteil an dem Schatz zu geben. Schließlich hatte sie es ihm erst ermöglicht, den Drachen zu töten. *Ich werde die Perlen als Überraschung behalten, sie ihr erst zeigen, nachdem wir Mos Eisley erreicht haben,* sagte er sich und wurde sich verlegen bewußt, daß er rationalisierte, wenn nicht sogar sich selbst belog. *Schließlich müssen wir aufbrechen. Wir haben wirklich nicht die Zeit …*

Ohne jede Vorwarnung bewegte sich der riesige Drachenschwanz, riß sich aus Doallyns Griff los und zuckte heftig. Ein Stachel traf den Jäger seitlich am behelmten Kopf, stieß ihn zu Boden und schickte ihn in eine sofortige – und völlige – Dunkelheit …

Yarna fand ihn Minuten später dort liegend, wo ihn der Reflex des Schwanzes hingeschleudert hatte. Sie starrte ihn entsetzt an, dann legte sie ihm die Hand auf die Brust, spürte ihr langsames Heben und Senken und begriff, daß er noch atmete. *Mondgöttin, was soll ich jetzt nur tun?* fragte sie sich voller wachsender Verzweiflung und blickte sich in der kargen Landschaft um.

Und alles nur, weil er eine Trophäe haben wollte! Typisch Mann ..., dachte sie wütend, Männer mußten immer irgend etwas haben, das sie herumzeigen und mit dem sie angeben konnten. Einen Augenblick lang war sie so wütend, daß sie dem bewußtlosen Jäger am liebsten einen Tritt versetzt hätte.

Wut war gut, wie sie entdeckte. Sie verlieh ihr Stärke. Sie blieb einen Augenblick lang dort stehen, fühlte, wie der Zorn wie eine starke Droge durch ihre Adern raste, dann bückte sie sich langsam und ergriff Doallyns Arm. Sie hob ihn auf, legte ihn sich über die Schulter und richtete sich langsam auf, bis sie sich die reglose Gestalt wie ein Tomuonlamm aufgeladen hatte. Sie hatte viele von ihnen auf diese Art getragen.

Yarna kniff die Augen wegen der Strahlen der Mittagssonnen zu Schlitzen zusammen, schob das Kinn entschlossen vor und drehte sich, bis sie in Richtung Osten blickte. Sie setzte sich in Bewegung.

Klatsch, klatsch ... klatsch, klatsch. Der Laut, mit dem die Sohlen ihrer Ledersandalen die harte Straßenoberfläche trafen, war das einzige Geräusch im Universum. Yarna zählte die Echos ihrer Schritte im Kopf mit, in dem Wissen, daß sie es sich nicht leisten konnte, langsam zu gehen, auch wenn ihr jeder Muskel ihres Körpers zuschrie, ihre Last abzuladen und sich auszuruhen.

Wie lange ging sie schon so? Ihre Welt hatte sich so verkleinert, daß sie nicht sicher sein konnte. Wirre Erinnerungen tauchten auf. Gelbe Kugeln in Felsspalten ... Hubbakürbisse. Sie hatte mehrere zerquetscht und Doallyn Wasser in den Mund getropft, seinen Hals gerieben, bis er schluckte. Dann hatte sie selbst mehrere Schlucke genommen. Es schmeckte sauer, aber es war Flüssigkeit – und nur das zählte.

Wie oft hatte sie Doallyn Wasser gegeben? Zweimal? Dreimal? Sie war sich nicht sicher, genausowenig wie sie wußte, wann sie auf diese Straße gestoßen war, die in die richtige Richtung führte. Yarna hielt es für möglich, daß es gestern gewesen war, aber die

Zeit … Zeit war eine schlüpfrige Sache, so schlüpfrig und flüssig wie die Masse in einem Hubbakürbis. Sie war sich schon länger über gar nichts mehr sicher …

… ausgenommen der Tatsache, daß Doallyn noch atmete. Ihre Ohren waren auf das Geräusch dieser rauhen, schmerzhaften Atemzüge ausgerichtet. Sie hatte die Atempatronen alle paar Stunden überprüft. Die in seinem Helm hatte er aufgebraucht, genau wie die beiden anderen aus seiner Uniform.

Die letzte hatte sie vor Stunden hineingeschoben.

Wie lange konnte er ohne Hydron-Drei leben? Yarna hatte keine Ahnung. Sie konnte nur laufen, klatsch, klatsch … klatsch, klatsch … laufen, so schnell es ihre nachlassenden Kräfte und ihr benommener Verstand zuließen.

Irgendwann in der letzten Nacht war sie aufgewacht und hatte sich mitten auf der Straße sitzend wiedergefunden, Doallyn quer über dem Schoß liegend. Sie mußte beim Gehen eingeschlafen und zu Boden gesunken sein, ohne dabei aufzuwachen.

Wie lange hatte sie geschlafen? Yarna wußte es nicht … aber der Gedanke, daß die Zeit, die sie geschlafen hatte, für den Mann, den sie trug, den Unterschied zwischen Leben und Tod bedeuten konnte, machte ihr zu schaffen, selbst durch den Schleier der wachsenden Erschöpfung, der ihren Verstand benebelte.

Klatsch, klatsch … klatsch, klatsch …

Doallyns Atemzüge erfolgten jetzt schneller, als würde er keuchen. Yarna ließ ihn auf die Straße herunter und kontrollierte das Meßgerät an der Helmseite. Der Anzeiger pendelte in der »Leer«-Zone.

Das Keuchen veränderte sich, verwandelte sich in verständliche Laute. Doallyn versuchte zu sprechen. Yarna beugte sich tiefer. »Tut mir leid …«, konnte sie verstehen. »Rette dich … laß mich zurück …«

»Nicht, solange ich lebe«, erwiderte sie leidenschaftlich. »Sei still … spar deinen Atem. Es kann nicht mehr weit sein …«

Er packte das Vorderteil ihres Kapuzenumhangs, stammelte etwas. Irgendeinen Unsinn über einen Schatz. Yarna ignorierte ihn. Sie brauchte ihre ganze Kraft, ihre ganze Konzentration, um ihn sich wieder über die Schulter zu legen.

Klatsch, klatsch … klatsch, klatsch …

Sie marschierte weiter, zwang sich, so schnell zu gehen, wie sie konnte, in dem Wissen, daß jede Sekunde Doallyns letzte sein konnte. Sie schritt mit gesenktem Kopf voran, verwandte ihre ganze Konzentration darauf, so schnell wie möglich zu gehen, und ging eine Straße in Mos Eisley entlang, bevor sie begriff, daß sie die Stadt erreicht hatte.

Der Ruf eines Wasserverkäufers ließ Yarna ruckartig den Kopf heben. *Ich habe es geschafft! Jetzt muß ich einen Händler finden, der Atemgeräte verkauft!*

Stolpernd zwang sie ihre Beine zu einem schärferen Tempo. Atmete Doallyn noch? Sie war sich nicht sicher … sie konnte ihn nicht länger hören. Lag das daran, daß ihr Blut in den Ohren rauschte, da sie zu laufen versuchte?

Voraus lag eine größere Straße. Händler mit Ständen und Wagen, die ihre Waren lautstark anpriesen. Yarnas von der Wüste in Mitleidenschaft gezogene Augen blieben an einem hängen – einem Ortolaner wie Max Rebo. Armer kleiner Max … er war mit dem Segelgleiter geflogen, nicht wahr? dachte Yarna benommen, als sie über die Straße auf ihr Ziel zutrabte.

Am Stand angekommen, ließ sie Doallyn einfach auf den staubigen Boden fallen und keuchte ihren Wunsch heraus. »Eine Patrone Hydron-Drei, bitte!«

Der Ortolaner richtete schnaubend seinen Rüssel auf sie. »Gewiß, Madame. Aber ich muß Sie leider darüber in Kenntnis setzen, daß Hydron-Drei zur Zeit ziemlich kostspielig ist. Es hat keine Lieferung mehr gegeben, seit … nun, es ist schon eine Weile her.«

»Das ist mir egal«, fauchte Yarna und grub unter dem Umhang nach dem kostbaren kleinen Beutel, den sie vor so langer Zeit aus Jabbas Palast getragen hatte – war das tatsächlich erst vor vier Tagen gewesen? Es schien, als wäre es eine halbe Ewigkeit her. »Ich kann bezahlen. Geben Sie mir einen Vorrat für fünf Tage.«

»Gewiß, Madame«, sagte der Ortolaner. »Darf ich sehen, was für eine Währung Sie haben?«

Yarnas Hände zitterten, als sie zwei kleine Halbedelsteine und die gestohlenen Kreditscheiben hervorholte – alles, was sie erübrigen konnte. »Bitte schön.«

Der Ortolaner schüttelte bedauernd den Kopf, die großen dunklen Augen voller Trauer. »Es tut mir furchtbar leid, Madame, aber Sie müßten doppelt soviel bezahlen, um einen Vorrat für zwei Tage zu bekommen.«

Yarna starrte ihn so unheilvoll an, daß er in die Dunkelheit seines Standes zurückwich. »Dieb! Ich habe keine Zeit zum Handeln! Dann geben Sie mir den Vorrat für zwei Tage!«

Der Händler blieb hart. »Es tut mir leid, Madame, aber ich muß auf dem Preis bestehen, den ich genannt habe. Ich decke auch so schon kaum meine Kosten.«

»Ich habe hier einen sterbenden Mann! Er braucht dieses Hydron-Drei!« sagte Yarna, und ihre Herzen rasten. Wenn sie dem Händler gab, was er verlangte, würde sie nur zweien ihrer Kinder die Freiheit erkaufen können. Keine Mutter sollte jemals eine derartige Entscheidung treffen müssen!

Andererseits ... Doallyn hatte ihr das Leben gerettet ... mehrere Male.

»Ich gebe sie Ihnen zum Selbstkostenpreis, Madame«, sagte der Händler. »Noch zwei von diesen Juwelen, für einen Vorrat für drei Tage.«

Womit sie noch immer nicht genug übrigbehalten würde, um alle drei Kinder freizukaufen. Aber Yarna wurde klar, daß sie den Jäger nicht im Stich lassen konnte. »Also gut«, knurrte sie und knallte den gewünschten Betrag auf die Theke. »Her mit den Patronen!«

Sie beugte sich mit dem kostbaren kleinen Behälter in der Hand über Doallyn und fragte sich, ob er gestorben war, während sie gefeilscht hatte. Das wäre die letzte, schmerzliche Ironie ...

Aber nein ... er atmete noch, wenn auch langsam. Sie schob die Patrone in den Helm, aktivierte sie und sah, daß sie funktionierte. Erst jetzt stopfte die Askajianerin den Beutel zurück in sein Versteck.

Sie schaffte es, Doallyn in den Schatten zu schleifen, dann sank sie an seiner Seite zu Boden. Eine lange Zeit, die einem Koma ähnelte, existierte sie bloß ... dachte nicht, fühlte nicht ... atmete lediglich ein und aus.

Yarna wurde aus der Beinahe-Trance gerissen, als sich Doallyn rührte und dann mit einem Stöhnen aufsetzte. Sein Helm wandte sich nach rechts und nach links, als könnte er nicht glauben, wo er sich befand. Schließlich sah er sie an. »Du ... hast mich bis hierher getragen?«

»Ich mußte es tun«, antwortete Yarna. »Du warst bewußtlos. Weißt du nicht, daß Reptilien erst nach Sonnenuntergang sterben?«

Der Jäger schüttelte den Kopf. »Das ist doch nur eine alte Geschichte.«

»Nun, diesmal stimmte sie aber«, meinte Yarna.

Doallyn kontrollierte die Hydron-Drei-Anzeige im Helminnern. »Voll!« rief er aus.

Ernst streckte Yarna den Arm aus und ließ die Ersatzpatronen in seine Hand fallen. »Hier. Die wirst du brauchen.«

»Wo ...?« stotterte er. »Wie ...«

Mit wenigen Worten erklärte sie ihm, unter welchen Umständen sie die Patronen gekauft hatte. Doallyn löste langsam die Verschlüsse und nahm den Helm ab, hielt aber die Seite mit der Patrone nahe ans Gesicht, damit er das Hydron-Drei einatmen konnte. »Du hast eines deiner Kinder aufgegeben ... für mich?« fragte er langsam, als könnte er nicht glauben, was er da hörte.

Yarna zuckte müde mit den Schultern. »Ich konnte schlecht da stehen und dich sterben lassen, oder?«

Mit einer schnellen Bewegung ergriff er ihre Hand. »Ich kann nicht glauben, daß du das ... für mich getan hast.«

»Du hast mir das Leben gerettet, schon vergessen?«

»Nun, jetzt sind wir quitt«, sagte er, und zum erstenmal, seitdem Yarna ihn kannte, sah sie ihn richtig lächeln. Seine narbigen Züge hellten sich auf; er sah fast schon attraktiv aus. »Yarna ... ich habe eine Überraschung für dich.«

»Was denn?«

Langsam und mit großem Aufheben griff er in seine Tunika, holte fünf kleine Gegenstände hervor und hielt sie ihr hin. »Drachenperlen. Eine allein ist schon ein Vermögen wert. Damit können wir alle deine Kinder freikaufen – und ein Raumschiff dazu, um sie wegzubringen.«

Yarna starrte die Edelsteine überwältigt an. »Wo hast du sie her?« fragte sie schließlich.

Doallyn setzte den Helm wieder auf und verschloß ihn. »Ich erzähle es dir unterwegs«, sagte er. »Holen wir deine Kinder.«

Geld war in Mos Eisley der Schlüssel zu allem, wie Yarna entdeckte. Noch bevor am Abend desselben Tages der Mond aufging, hatten Doallyn und sie ihre Ziele erreicht. Yarna hielt Luka und Leia auf dem einen und Nautag auf dem anderen Arm. Sie konnte nicht glauben, wie sehr sie gewachsen waren und daß sie, was sie noch erstaunlicher fand, noch immer wußten, wer sie war. Allein ihre Babys wieder im Arm zu halten, machte die Askajianerin sprachlos vor Glück.

An der dem Stadthaus des Hutts gegenüberliegenden Straßenecke blieben sie stehen. »Nun, jetzt hast du sie«, meinte Doallyn. »Und wie geht's weiter?«

Yarna starrte ihn verdutzt an. Sie hatte sich so sehr darauf konzentriert, diesen Augenblick Wirklichkeit werden zu lassen, daß sie nicht wußte, was sie als nächstes tun wollte. Sie dachte einen Moment lang nach, dann kannte sie die Antwort. »Ich werde Tatooine verlassen«, verkündete sie energisch. »Ich will diesen Planeten niemals wiedersehen.«

Doallyn nickte. »Sehr vernünftig. Ganz meine Meinung. Nachdem wir das Raumschiff gekauft haben, würdest du … ich meine, könntest du dir vorstellen, daß es dir Spaß macht, dir Geran anzusehen? Es ist eine hübsche Welt. Sie würde dir gefallen. Glaube ich jedenfalls.«

Yarna dachte über die Frage nach, dann stahl sich ein langsames Lächeln auf ihr Gesicht. »Ich glaube, es würde sich wirklich lohnen, Geran einen Besuch abzustatten.«

»Gut!« sagte Doallyn, und selbst der mechanische Filter konnte die Wärme nicht verbergen, die in seiner Stimme lag. »Nächster Halt: der Raumhafen. Ich wollte schon immer mein eigenes Schiff haben.«

Yarna nickte und rückte Nautag auf dem Arm zurecht, doch der wand sich unruhig und versuchte, an ihrem Haar zu ziehen. »Also dann, auf zum Raumhafen.«

Doallyn streckte die Arme nach Nautag aus. »Komm. Laß mich ihn tragen. Du hast doch beide Hände voll.«

Yarna nickte und gab dem Jäger das Kind. Sie setzten sich in Bewegung, Seite an Seite, und das Licht von Tatooines kleinem Mond leuchtete sanft auf alle fünf herab.

EPILOG:
Und was ist aus ihnen geworden ...?

Nach dem Besuch auf Geran entschieden sich Yarna und Doallyn, an Bord ihres neuen Raumschiffs zu leben und freie Händler zu werden, die sich auf Textilien und Edelsteine spezialisierten. Wann immer sie ein paar zusätzliche Kredits brauchten, arbeitete Yarna nebenher als Tänzerin. Bei der Hochzeit von Han Solo und Leia Organa führte sie den Tanz der Siebzig Violetten Schleier vor. Dort entdeckte sie ein Designer exotischer Unterwäsche und rekrutierte sie als Model für seine Collection extravaganter, mit Juwelen verzierter Büstenhalter.

Doallyn managte ihre neue Karriere und nahm sich die Zeit, auf den Welten, die sie besuchten, für ihre Wildheit bekannte Tiere für die Zoos zu fangen. Die Kinder zeigten ein großes Talent für Musik und wurden ein swingendes Jizz-Trio in der Tradition von Max Rebo und seiner Band.

Kurz nachdem sie Tatooine verlassen hatten, löste Sy Snootles die Partnerschaft mit Max Rebo auf und trat fortan als Solokünstlerin auf; sie veröffentlichte zwei Liedersammlungen, die sich beide erbärmlich schlecht verkauften. Ihre Karriere war ein Scherbenhaufen, sie konnte als Solokünstlerin keine Arbeit finden, also schloß sie sich wieder einer Jizz-Band an und ist noch immer unter den verschiedensten Pseudonymen auf Tour.

Max Rebo schloß sich, kurz nachdem Sy Snootles ihre Partnerschaft beendet hatte, der Rebellion an. Er verbrachte die nächsten Jahre damit, in der ganzen Galaxis Streitkräfte der Rebellen zu unterhalten. (»Bei der Rebellion gibt es das beste Essen«, soll er angeblich in seine Bewerbungsunterlagen geschrieben haben.) Nach dem Tod des Imperators kehrte Max ins Zivilleben zurück und besitzt zur Zeit eine erfolgreiche Restaurantkette mit Niederlassungen auf acht verschiedenen Planeten.

Droopy McCool verschwand im Dünenmeer und ist seit dem Tod von Jabba dem Hutt nicht mehr gesehen worden. Einige alte Leute behaupten, spät in der Nacht kitonake Flötenmusik zu hören, die aus den am weitesten entfernten, einsamsten Ecken der tiefen Wüste kommt, und sie glauben, es könnten Droopy und seine Artgenossen sein, die ihre Musik spielen, während sie auf die Ankunft des Kosmischen Eis warten.

In dem Chaos nach dem Desaster auf dem Segelgleiter befreite der Rancorhüter Malakili Porcellus, den Küchenchef, aus seiner Zelle, und es gelang ihnen, ausreichende Geldmittel aus der Schatzkammer zu stehlen, um das Restaurant Kristallmond zu eröffnen, das allgemein als das beste in ganz Mos Eisley gilt. Die beiden führen es noch immer als Partner, und es genießt im größten Teil des galaktischen Außenrandes einen ausgezeichneten Ruf.

Gartogg, der gamorreanische Wächter, wünschte sich den Rest seines Lebens, auf der letzten Reise des Segelgleiters dabeigewesen zu sein. Als Ortugg jedoch nicht zurückkehrte, um ihn für Jabbas nächste Mahlzeit in kleine Häppchen zu schneiden, schloß er sich einer kleinen Gruppe an, die nach Mos Eisley aufbrach. Er trug seine neuen Freunde noch immer auf der Schulter, und zu seiner Überraschung vertrockneten der Küchenjunge und der Mönch unterwegs zu festen, leichtgewichtigen Mumien mit immerwährendem Lächeln. In Mos Eisley fand er eine lohnende Anstellung als Geldeintreiber für eine Schmugglerorganisation und nahm seine grinsenden Freunde gewissenhaft überallhin mit.

Ephant Mon entschied sich, auf seinen Heimatplaneten Vinsioth zurückzukehren. Die Berührung des jungen Jedi-Ritters hatte die spirituelle Seite in ihm erweckt, und er begann mit der religiösen Besinnung auf die Natur, bis er schließlich eine neue Sekte gründete, die die Macht anbetete.

Allerdings hielt er seine Schnauze nicht ganz aus seinem alten Leben heraus und führte gelegentlich eine »harmlose« Gaunerei durch, um seine Sekte zu finanzieren und einen wirklich ausgesprochen schönen Tempel zu bauen.

Als J'Quille, der Whipide, seiner Heimwelt Toola einen Kurzurlaub abstatten wollte, informierte man ihn, daß Lady Valarian untröstlich über seine »Zurückweisung« war und für den Fall, daß er Tatooine jemals verlassen sollte, ein Kopfgeld auf ihn ausgesetzt hatte. Verurteilt zu einem Leben endloser Qual in brennender Sonne, kehrte J'Quille in Jabbas Palast zurück und schloß sich den B'omarr-Mönchen an. Seinen Körper gegen einen Glasbehälter einzutauschen erschien ihm die einzige Möglichkeit, Tatooines unerträglicher Hitze zu entkommen.

In der Zwischenzeit fand Bib Fortuna heraus, daß er selbst als körperloses Gehirn Freunde hatte; da waren Tessek und Bubo und verschiedene andere neue »Eingeweihte«, die es nach Jabbas Sturz gab. Nat sprach zu ihm und half ihm über den Schock hinweg, den Körper zu verlieren; er half ihm zu lernen, wie man einen Gehirnläufer durch die Korridore steuerte. Schließlich sahen die beiden wie jedes andere an der Unterseite einer mechanischen Spinne angebrachte Gehirn aus, wenn sie zusammen einen Spaziergang unternahmen. Wenn sie dabei Mönchen begegneten, die ihre Körper noch nicht verlassen hatten, verneigten sich diese vor ihnen, als würden sie zu den wahrhaft Erleuchteten gehören.

Aber Fortuna gab nicht auf, auch weiterhin in Erfahrung bringen zu wollen, was aus den Verschwörungen geworden war, die er in Gang gesetzt hatte. Die Computer reagierten nicht auf die Stimme, die aus dem Lautsprecher seines Gehirnbehälters kam, aber er entdeckte, daß er mit seinen beiden mechanischen Vorderbeinen ein Eßbesteck packen und den Griff dazu benutzen konnte, seinen privaten Zugangscode einzutippen, was natürlich nur sehr langsam ging – Zahl für Zahl.

Nicht alle Codes waren gelöscht worden, vor allem nicht die Geheimcodes. Kam ein körperlicher Mönch vorbei, ließ Fortuna den Teelöffel fallen und stolzierte im Korridor auf und ab, bis der Mann vorbei war, dann strich er mit den Läuferbeinen über den Boden, bis ihm das Klirren verriet, daß er den Löffel gefunden hatte. Er hob ihn auf und fing von vorn an. Oftmals dachte er dann hinterher: *Was den alltäglichen Ärger angeht, mußte ich heute den Teelöffel achtzehnmal fallen lassen*. Er überprüfte seine Konten und fand heraus, daß viele von den unter falschen Namen eröffneten Geheimkonten noch intakt waren und schöne Zinsen einbrachten. Er besaß ein Vermögen. Er schickte seinen ehemaligen Partnern Botschaften – und Satz für Satz, Wort für Wort, erfuhren sie, was geschehen war. Einer gab ihm das Versprechen, zu kommen und ihn zu retten

Irgendwann würden die Mönche ihm und Nat erlauben, an den tatooinischen Abenden außerhalb des Palastes spazierenzugehen, und eines Tages würden die Retter eintreffen, und sie würden Tessek und Bubo und all die anderen zurücklassen. Er und Nat würden die Klonmacher finden und neue Körper erhalten, die jung und stark und perfekt waren. Fortuna hoffte nur, daß die Mönche – falls sie wußten, was er und Nat beabsichtigten, wovon man vermutlich ausgehen mußte – dann den Großmut besitzen würden, sie ziehen zu lassen.

Die Explosion des Segelgleiters sorgte dafür, daß Jabbas Elixier Dannik Jerriko für alle Zeiten vorenthalten blieb; er reagierte darauf mit einem Amoklauf durch den Palast. Einst war er ein *Anzat* gewesen, den seine Selbstbeherrschung und Eleganz mit großem Stolz erfüllt hatten, jetzt beraubte ihn die Wut darüber, Jabba verloren zu haben, beider Eigenschaften. Nie zuvor war es Jerriko verwehrt worden, das Elixier eines Wesens zu sich zu nehmen. Sein Ruf hatte nun für immer einen Makel, und er wurde selbst zu einem Gesuchten, und sein Name steht jetzt ganz oben auf der Liste der Kopfgeldjäger, die für Jabba und andere gearbeitet haben.

Der Jäger ist zum Gejagten geworden.

Was nun Boba Fett und Mara Jade angeht, die beiden waren auch weiterhin ausgesprochen fleißig ... aber das sind ganz andere Geschichten.

Danksagungen

Mein Dank gebührt Lucy Wilson, da sie die Idee mit den Anthologien so enthusiastisch begrüßte, Tom Dupree für seine Bemühungen bei Bantam Books, und Bill Smith von West End Games, der für so viele dieser Geschichten die Ausgangssituationen beisteuerte. Und wie immer gebührt mein Dank Rebecca Moesta Anderson, die mich manchmal ertragen hat, wenn sie mich besser an den Rancor verfüttert hätte.

KJA
Oktober 1994